哮喘

马担牛 著

九州出版社
JIUZHOUPRESS

图书在版编目（CIP）数据

哮喘 / 马担牛著. —北京：九州出版社，2022.4

ISBN 978-7-5225-0916-7

Ⅰ.①哮…　Ⅱ.①马…　Ⅲ.①长篇小说－中国－当代
Ⅳ.①I247.5

中国版本图书馆CIP数据核字（2022）第069197号

哮喘

作　　者	马担牛　著	
责任编辑	李创娇	
出版发行	九州出版社	
地　　址	北京市西城区阜外大街甲35号（100037）	
发行电话	（010）68992190/3/5/6	
网　　址	www.jiuzhoupress.com	
印　　刷	天津中印联印务有限公司	
开　　本	710毫米×1000毫米　16开	
印　　张	26	
字　　数	396千字	
版　　次	2022年4月第1版	
印　　次	2022年4月第1次印刷	
书　　号	ISBN 978-7-5225-0916-7	
定　　价	68.00元	

自　序

　　动笔写这部小说是在 2020 年 11 月。疫情使很多人都远离了原来的忙乱与喧嚣，这种被动的安静与简单的生活，倒是给了我一些不同的收获，让我有了更多的时间去思考。虽然"人类一思考，上帝就发笑"，但通常我们听不到那笑声，也就无所谓了。然后，想着想着，就想把一些感触写出来，于是埋头书写三个月，每天写一点，随后就写出了这么一个故事。写作最核心的动力，其实是满足自己。不管别人怎样看，自己觉得纾解了心绪，总是不坏的。

　　故事在脑中成型时，尚有不少貌似离奇的情节，出于各种原因，成稿时已大都被删。选择更容易让读者理解的真实，是其中一个原因。书中的人物与事件，几乎都源于我过往的生活经历，甚至是直接照搬过来的。所以，行笔间常会有一种置身其中的错觉。我希望读者能感受到这些形形色色人物的真实性，一如书中的每个时间信息点都是真实无误的。进而，若能为人物的遭遇产生些许思想与情感的共鸣，那就更让我满足了。

　　步入中年的主人公，可以说是职场的成功人士、常人眼里的人生赢家。他为人正直善良，有些理想主义，待人真诚又有些执拗，理应顺遂的生活却藏着诸多不和谐的音符与危机，在周遭众多的生活关系中，逐渐变得无所适从。他试图找到答案，却又在不断经历的情感纠葛、价值取向和生死别离中，体味着人生的困境，渐渐迷失。

你可以把这一切视为一种中年危机。实际上，这种彷徨，又岂止发生在中年阶段？这与身份、金钱、地位无关，就像书中的各种人物，他们既参与了主人公的困惑，本身也处于困境之中。而种种困扰他们的因果与对错，又是难以一言蔽之的。

　　当你笃信某种曲直时，又难言真正的是非。审视故事中关键关系的冲突，站在不同的角度，会觉得人物的言行与感受都具合理性，最起码他们没有恶意；而那些伤害又是真实存在的，让人束手无策。对于过往或现在，每个人都会有各种既定的观念，甚至是执念，但真实状况是，那些认知可能并非如此。

　　当你怨天尤人时，又常常会感到一种内在的宿命。很多事情看似是拜外界侵扰所赐，然而，个体自身的缺陷也参与其中，并在不知不觉中决定了一种必然的结果。就像性格与观念的养成，这些都在左右着当事人的命运。主人公的遭遇一定是有其自身的原因，而在现实生活中，能做到时常自省，是很难得的。

　　当你感到现世安稳时，又惶恐于生活的周而复始。无论好坏，很多事情都是去了又来，来了又去。社会也好，人生也罢，都逃不脱这种往复。正如男主人公骆文的母亲病中乱语的揭示——一切都会再来。能够静待逆境，并从容处之的人，少之又少。

　　这些构成了人物的矛盾与纠缠，剪不断，理还乱。很多时候，生活本身就是不可理喻的。不管你是谁，理解不理解，接受不接受，它都在那里，像水一样静静地流淌，任你感受。生活不是数学题，不是所有问题都有答案，不管你有多少公理与定理，都无济于事。你只能接受它，并试着坦然。这可以说是一种消极情绪，也很难说不是一种积极的态度，见仁见智。

　　对于本书的主题，如果一定要有个简略的概括，那就暂且用"困境"这个词吧。可以说是中年人的困境，也可以说是人生的困境。面对困境，不同的人有不同的应对，根本上是出于不同的认知。麻烦的是每个人又都有认识上的盲区，对于自身的问题，更容易出现"只缘身在此山中"的茫然。因此，纠缠不清、无谓挣扎、错上加错，便成了很多人司空见惯的现实。

　　哮喘是以自身免疫缺陷为基础的一种顽固性疾病，外界敏感物质是发病的诱因，表现为反复发作的喘息、气急、胸闷等痛苦症状，经过治疗，大多可以得到良好的控制。这是哮喘在医学上的简单定义。当我们把"哮喘"一词置换为人生的失意或痛苦时，你会发现，大体的含义竟也是适用的。这可以帮助读者理解书名的由来（不仅是因为主人公的儿子患有哮喘），或是作为理解这个故事的一个角度。

每个人当下的日子，实际上是家庭、社会的砂砾堆积出来的形状与必然。正如我们都跳不出前辈、家庭命运的影子，任何无视与自命不凡都无法影响血脉里的基因所划定着我们的边界；同时，也无法挣脱社会洪流的裹挟，任何反抗都是那么渺小而无力。所谓命运，即是自身与外界因素共振的结果。

发病是痛苦的，甚至是绝望的，但终究会过去。但采取什么样的治疗方案，即如何应对，不同人的反应却是大相径庭。如何理解逆境，如何排解悲郁，这是个难题，但躲是躲不过的，想要享受平静，硬着头皮也要扛过去。

更为重要的是，走了还会回来！福祸相依，往返不息。人生也像哮喘，有痛苦的发作期，也有舒适的安宁期，起起伏伏，悲欢交杂，缺一不可。既然不能根除，剩下的就看你拥有什么样的心态了。希望每位读者在面对失意时，都能从容应对，因为它是生活的必要元素，正如男主人公的儿子所言："这就是生活，管它呢。"

与生活和解，与困境共存，这或许也是一种智慧。

第一章

　　"死磕！""上！"

　　骆文大声喊着，手里卖力摇动着助威的小旗。熙攘的退场人群中，主队球迷因为支持的球队创下多年联赛的最低排名，把一个赛季的郁闷撒在了几个并未张扬的客队球迷身上。从挑衅的叫骂，逐渐发展到手脚的撕扯，对峙局势大有升温之势。骆文和他的伙伴们也在围观，他喊了两嗓子，脚步却不向危险区域滑动半步。是的，他是在起哄。

　　刘莎审视自己这位新的 VIP 客户，觉得有些惊讶。交接工作时，前任及老板都说这个客户虽然对工作要求比较严，但平时为人是很温和理性的，难见发脾气。自己还挺庆幸碰上了一个好客户，没想到没几天就见到了对方如此暴力粗糙的一面。她有点担心，不是害怕前方撕扯叫骂的战场，而是为自己这份新工作的前景深感忧虑。

　　刘莎供职于一家国际知名的广告公司，两周前刚从上海调任北京分公司高级业务总监，接管这边的一个重要客户。该客户是某国际知名食品公司，旗下多个产品的广告代理业务都放在刘莎公司，是公司的长期客户，也是重要的收入来源。客户近两年业绩不好，压力很大，作为主要的广告代理商，感到的压力也越来越大。客户对原有团队的服务已有多次负面反馈，若服务再无起色，公司极有可能失去这位大金主。刘莎是上海团队的业务骨干，总部决定将她调到北京重新建立团队，维护住这个超级客户。她和骆文的交往也由此开始。

上班第一天，刘莎的首要任务就是接触关键客户。市场部是他们的服务对象，她以一个热情洋溢的电话与对方最高管理者互致问候，并敲定双方团队的会面安排。

一周后的周一，在客户十八楼的会议室里，刘莎见到了这位名叫Vincent的客户。毫不夸张地说，对方是她从业多年合作伙伴中较为英俊的一位了：一米八四的个头，身材挺拔健壮，皮肤白皙，却没有一丝阴柔之气，五官谈不上多么精致，组合在一起却恰如其分，眉宇间流露着一种聪慧、洒脱的气息，眼睛不大，又是单眼皮，但眼神坚定和蔼，让人感觉舒适并充满安全感。刘莎对他的第一印象很好，内心深处竟生出隐约的悸动。

一个多小时的会谈中，刘莎尽量顾全到全体议会人员，却因心中的那份悸动，目光总会不自觉地落在Vincent身上，又不好意思长时间停留，反倒显得有点局促。她也不知为什么会有这种感觉，按说自己也算"老江湖"了，不会轻易心旌荡漾，但那份莫名的好感却始终撩拨着心弦。所幸，职业感和敬业心帮她克制了内心的波动，始终维持着良好的谈吐与专业形象，给对方留下了很好的印象。

"今天的会议很棒！"Vincent言简意赅，语气却很真诚。

Vincent就是骆文。外资企业的员工大多有个英文名字，多是环境使然，与媚外无关。Vincent是大学期间在英语老师的要求下骆文给自己起的，不仅有"文"的谐音，更主要的原因，它也是画家凡·高的名字。

骆文是20世纪80年代末上的大学，当时正值改革开放初期。大众的思想逐渐解放开来，外界的新鲜事物不断涌进，层出不穷。人们如饥似渴地吸收，发现世上原来还有那么多从未见过，甚至想都不敢想的事物。各行各业的变化令人应接不暇，娱乐文化更像脱了缰的野马，大有奔向四面八方的姿态。《年轻的朋友来相会》是当时年轻人广为传唱的歌曲，"再过二十年，我们再相会，伟大的祖国该有多么美……光荣属于80年代的新一辈……"大家每天都憧憬着未来美好的生活。三十年过去了，每每聊起这段记忆，骆文总会自诩为"80年代的新一辈"。他不仅自豪，更多的是想表达对当下的不满。他觉得那是最好的时代，思想活跃，名人辈出，人们生活在一种积极的状态中，每天似乎都有新的变化，迸发着无穷的活力。现在很难看到那样的情景了，虽然经济上远比那时富裕，但总觉得心里空空的，生活好像失去了方向。

80年代的年轻人尤其喜欢抓来一些似懂非懂的文化元素"活学活用"。骆文并不擅长绘画，对所谓的印象派更是一无所知，只因凡·高的名气大，又读了一些有关其身世、经历的书籍，对这位名叫Vincent的大画家产生了一种崇敬，便毫不犹豫地选择了这个名字。工作之后，尤其是到了外资企业，英文名便成了自己的代号，甚至生意场上很多人都知道Vincent，却不晓得骆文是谁。他喜欢大家互称英文名，这样可以避免母语语境下关乎辈分、职务的繁文缛节，显得更为平等。他也不喜欢别人称呼他"骆总"，如今遍地都是"总"，虽是别人对你的敬意，却让他感到更多的是阿谀奉承，给人际交往平添了许多虚伪。他常批评现在的职场已被虚荣过度包装，很多人都是才不配位，却顶着各种超出实际能力的职称，自欺欺人。一如他从事的这个行业，多年前若能做到高级经理已很出色，能升至总监就非常难得了。如今，"总监"的称呼就像一顶浮夸的帽子，随手就能戴在一些人的头上，其业务能力却连以往的基层经理都不如，滥竽充数。除了嗤之以鼻，骆文也无能为力，尤其看不上动辄把管理人员称作"首席XX官"，认为这样显得很傻很做作——总之，他不喜欢装！这两年，他内心抵触的东西越来越多，大大小小的矛盾在心中不断累积，随着年龄一起有增无减。

会议进行得很顺利，不知不觉就到了午饭时间，索性大家一起聚个餐。骆文很爽快，带着团队的几个主要负责人，与刘莎的团队来到餐馆里，又坐到了一起。

此时的气氛就轻松了很多，大家七嘴八舌聊起一些时下热门的话题。刘莎得知骆文喜欢足球，想到本周六下午是国安队本赛季的最后一场球，且是主场，便顺水推舟地表达了自己对足球的兴趣，接着就约大家周末一起去看球。对于刘莎这样的公关老手，套近乎的伎俩信手拈来，一点不露痕迹："就当团建了，加快队伍之间的融合，对工作也有好处的！"刘莎亢奋的言语与热烈的眼神迎面袭来，几乎不给骆文犹豫的机会，一个"好"字脱口而出。这让几个下属都有点吃惊，骆文很少与代理商吃饭，更不要说周末一起消遣了。刘莎的欣喜之情溢于言表，她自己也说不清为什么，就是觉得很愉快。

剩下的事情就好办了，乙方负责所有后勤事务，公司也乐得把公关经费砸在 VIP 身上。门票很快就买好了，最好的位置，外加围巾、喇叭、小旗子等观赛装备，一应俱全。

周六下午，两方近二十人的队伍汇聚到工人体育场的看台上。有些第一次看球的同事显得格外兴奋，连喊带叫地舞弄着手中的助威工具，宣泄着高昂的情绪。作为资深球迷，骆文知道同行大部分人不太懂球，但看到他们手舞足蹈、乐不可支的样子，他也感到非常高兴。

骆文从小学时就喜欢踢球。上中学后，他一直是校足球队队长和主力球员，在市、区的比赛都拿过好名次，被公认为学校的骄傲。他最喜欢荷兰队，彼时荷兰队的踢法是全攻全守，非常强大。因为荷兰队的队服是橙色的，在骆文的倡导下，校队队服也一直使用橙色。因为他是前锋，技术好，经常进球，也穿九号球衣，所以大家都管他叫"范巴斯滕"，后来干脆就叫"骆巴斯滕"，足见其地位。而他真正的偶像是马拉多纳，但这并不重要，被称为"骆巴斯滕"已足够让他感觉良好了。这段历史只是和同学、好友在一起时才会搬出来聊聊，平时他不爱说这些，但他懂球是毫无疑问的。

今天也是骆文二十年来头一次来现场看球。工人体育场对他来说既熟悉又陌生，既亲切又有距离感。1985 年，他上初三，5 月 19 日中国队坐镇工体，只需打平弱旅香港队，就可以在进军世界杯决赛圈的道路上继续前进。但在一片"狂胜"论调的气氛渲染下，国家队意外主场输球被淘汰，当时他就在现场，对那次震惊全国的赛后球迷骚乱事件记忆犹新，他虽未参与闹事，但伤心至极。作为乖学生，骆文不知该去何处宣泄郁闷，只能闷头生气，脑子一片空白地在外面暴走了几个小时才回到家。骆父也是球迷，给儿子买了票，自己在家看直播。比赛结束后，也是气得在家属院独自溜达了很久，见儿子半夜才回来也啥都不问，一起宣泄了一通，这才算消了点气。彼时的骆文时常会有献身足球事业的梦想，怎奈父母都是知识分子，考大学是早已规划好的道路，他只能在课外兑现对这项运动的热爱，并获得满足感。那次经历后，他发誓再也不去现场看球。

哮喘

然而，誓言在欲望面前常常无足轻重。1994 年，体制改革后的职业联赛开始，球市也跟着热闹起来。那时，骆文刚工作不久，单身又精力旺盛，最熟悉的爱好也就占据了他的业余时间。除了约同事、朋友去踢球，到现场看球也成为他生活中的一大乐趣。可看了一两年，他又不去了。他不喜欢球场上排山倒海、整齐划一的咒骂声，觉得不堪入耳，有损道德及城市形象，甚至置身其中他都觉得羞愧。这是充满激情的运动，冲动失智、恶语相加他都能理解，认为是人之常情，也是足球的一部分，却不能接受情绪亢奋升级为人身攻击。为数不少的人注意力全然不在球上，他们似乎就是为了骂人而来的。也有些人并不懂球，对关涉技术、判罚的辱骂是毫无道理的。尤其还有部分女性观众，也跟着鼓掌起哄，附和着身边的污言秽语。这些人全然不顾会给身边的孩子怎样负面的影响，他甚至觉得这是一座城市的耻辱。从那以后，他再也不去现场看球了，后来，在电视里听到这些整齐的声音也会心生反感。

　　今天，工体还是熟悉的样子，联赛已由过去的"甲级联赛"改称"超级联赛"。但在骆文看来，换汤不换药，比赛质量距离"超级"还差得很远。在资本的推动下，管理与市场化都有进步，也有很多世界级球员来此淘金，比赛水平与吸引力自然也就有所提升。遗憾的是国内球员的整体水平并未提高，甚至还不如十几年前。这就像他所不齿的职场上的才不配位，金玉其外，败絮其中。如今的孩子娇贵，踢球的少了，人才自然难觅。技术与成绩一代不如一代，钱却越挣越多，足球成了大众的"痰盂"和娱乐的对象，倒是一点也不冤枉。令骆文更为不满的是，二十年后的观众素质仍是令人担忧，叫骂诅咒声仍是不绝于耳，爆粗口的套路也升级换代了，索性编成顺口溜，押着韵骂，球队换人也骂，球员受伤也骂，感觉就是来故意找碴。这让骆文从心里产生厌恶。经济条件好了，并不代表其他的都跟着好了，足球是社会的缩影，道理是相通的。

　　思绪很快被拉回到现实。此时，场上的形势并不利于主队，已是无关痛痒的比赛，球队踢得乱七八糟、毫无斗志。对比身边伙伴的叫闹，骆文要冷静得多。他总是不自觉用余光扫向身边的刘莎。刚进场的时候，她还担心坐着看球可能会着凉，后悔没带个垫子来，现在才明白，就没有人会坐着看球。起初使劲擦拭的座位，现在全然变成了她的垫脚板。她是不懂球的，看来也是第一次现场看球，几乎到了忘我的境地。骆文不由想起前两天她装作球迷邀请大家看球时热情真切的样子，更觉有趣。恍惚中，他竟对身边这个散发着活力热情的女孩生出一份莫名的好奇感。

刘莎应算是身形、容貌姣好的女孩。一米六八的个子在北方姑娘中也不算矮了，可她告诉骆文，自己是川妹子。她身材比例匀称，白皙的皮肤很有光泽，除了右侧额头接近发际处有个小瘢痕外，瓜子脸上几乎看不到瑕疵；大大的眼睛以最合适的位置嵌在鼻根两侧，在没有过多修饰的长睫毛掩映下，闪着沉静而动人的光亮，波澜不惊之处，蓄藏着一股炙热；坚挺的鼻子，轮廓清晰而圆润；口阔适中，稍有兜齿却未超出合理界限，清晰的唇线箍着两片饱满的唇，启合之间，宛若完美契合的一对香果，轻柔摩挲，香气宜人；两排整齐的牙齿亮白洁净，看得出有很好的护齿习惯；耳垂圆润，任何耳饰戴在上面都很适宜；微烫的黑色发丝间，挑染了几缕棕红色，时尚的短发造型显得气质洒脱、出尘。

初见，刘莎就给骆文留下了很特别的印象，这自然有外貌的原因，除此之外，必定还有其他东西。可能是穿着、谈吐，也可能是别的什么，骆文一时也说不出来，只觉得跟她相处很舒服。冥冥中，似乎有一种力量牵引着他去接近这个女孩，了解这个女孩。

比赛在一片叹息声中戛然而止。最后一分钟，主队被远道而来的北方球队踢进了一个球：一比二！输掉了赛季最后一场比赛，年度成绩也跌到谷底。前几年的某个赛季，同样是最后一个主场，也是输给了这支球队，因此丢掉了夺冠的机会。骆文记得那是个雨夜，他的一个朋友就在现场看球，还因此病了一场。今天虽然是晴天，但凉意仍写在每个人的脸上。好在他们一众是伪球迷，怀着纯娱乐的目的而来，还没有走出工体的大门，似乎就忘掉了刚才的比赛，继而又欢声笑语起来，夹杂在失落的人群中，反显得有点不合时宜。多亏大家都穿着力挺主队的装备，否则也会被揪到那些客队球迷中，被群起而攻之了。

"上！"

骆文又一喊了一声。这次的声量较前一次弱了许多，像是刚说过话的回音。他自觉有点不妥，能明显感到刘莎和周围伙伴讶异的目光。是的，这太不像他了。

平素，骆文是没有半点痞气的，在大家眼中，他是一个地道的斯文暖男，才华横溢，言谈举止得当且颇具风度，虽然身居高位，但风趣幽默，没有架子。对女性而言，他是那种典型的零距离感大众情人。"死磕！"这句带着浓重京味的俗语，虽登不了大雅之堂，但也没脏到不堪入耳，尤其是在球迷的话语体系里，更多表达的是一种跟对方死拼到底的决心。可自骆文口中出，就显得有些别扭了。

骆文也想不通为什么会失口喊出这样的话。是自己最近心情不佳需要宣泄？是想在团队中显示自己接地气的一面？抑或是想在某些人面前一展自己的阳刚魅力，比如刘莎？他的脑海冒出无数的问号，却没有时间去细品。这种刹那间的混乱已表现在他稍显僵硬的姿态上，进而就要写在脸上了。他眨了一下眼睛，技术性地让自己快速跳出短路状态，自觉尴尬地笑了一下，招呼大家继续退场。对于同事来说他是头儿，对于广告公司团队来说就更是关键人物，大家也迎合招呼，跟在骆文身后向场外走去。这个本来欢快的小团队突然因为骆文刚才的反常举动，突然安静下来。

十一月初的北京，日落提前，天空中还有些青灰色的残留，路灯已经亮起来，提示夜晚即将开启。正要走出北大门之际，一直跟在骆文身边的刘莎突然打破了僵局。

"看球还真是个体力活，现在有点累了，急需补充能量，我们继续 Happy 吧！反正是周末，如果大家都没事，咱们找个地方吃饭去，好不好？"

刘莎侧过脸，热情地望着骆文，一对明眸像两湾温暖的湖水，释放出令人难以拒绝的召唤。话是对着大家说的，但没人应答，应该都在等待领导表态。骆文怎么能说不呢？刚刚的失态仍令他感到意难平，正不知该如何圆场，刘莎的建议就像恰逢其时地给了一个台阶。他将这种惯常的交际辞令看作善意的解围之举，对刘莎的好感更深了一层。这就像已经旋转起来的车轮，在没有遇到任何阻力时，继续向前滚动是很自然的事情。

"你这是祈使句吧，不太像疑问句啊！"骆文没有太多的迟疑，及时表态。

"哈哈，我是说出了大家的心声，应该是陈述句。"刘莎回以调皮的口气。

"看大家的，我没问题！想吃什么我请客！"骆文兴致颇高。

"太好了！领导爽快，大家肯定趋之若鹜啦！"刘莎像是在指令上加盖了一个章。

"不好意思，我有点事，你们去吧，替我多吃两碗。"一个中等身材的短发女孩微笑地回应。

"Sissi，别扫兴，没什么要紧的事就一起去吧，难得大家在一起。"骆文温和地看着对方。

骆文的部门有四个管理产品的团队，名叫 Sissi 的女孩是其中一个产品组的负责人，维护着公司近三分之一利润的几个重要品牌。Sissi 加入公司四年多了，是骆文最得力的助手。她是个北漂，1984 年出生，本科学的是传播学，聪明勤奋，处事沉稳，一直在外资企业打拼，三十出头仍然单身。

"也好。"犹豫了片刻，Sissi 接受了骆文的建议，仍是面带微笑，也不知道她是真的有事，还是等着骆文亲自邀请才应允。

"好啦，全体通过！"刘莎索性也不给其他人说话的机会，直接拍板决定。

"想吃什么？既然是领导请客，咱们还不得狠命宰他一下！"刘莎继续炒热这个话题。

"涮羊肉吧！快立冬了，我们得补补！"Hulk 扯起嗓门儿打趣道。他也是四个产品组的负责人之一，个子不高，但因喜欢健身，身材管理出色。

"同意！好久没吃老北京涮肉了，我知道一家店不错，就在簋街上，不远。大家分别打车过去，打不到就骑共享单车，实在不行，走过去也不算远，看运气啦！一会儿我把地址发给大家。总之，先到占位，人齐开饭！"这是骆文的一贯风格——快速、简洁、果决。众口难调，反复征求意见反而浪费时间。大家也都对他的风格习以为常，觉得挺好。

大家运气不错，不出一个小时就在餐馆聚齐了。

餐馆面积很大，正好提供能容团队的大包间，十八个人围坐一个超大圆桌，丝毫不显拥挤。

说是老北京涮羊肉，其实已然不是传统的调性，不再是众食客围着一个热气腾腾的火锅，而是每人面前放置一个专属的小火锅，食材放中间，各取所需，既经济又卫生。骆文则不太喜欢这种吃法，他更倾向于用老式的铜火锅，而且一定要烧炭的那种，吃起来才有感觉；他也不喜欢食材的花样太多，羊肉、白菜、豆腐、粉丝足矣，其他都显得多余。在他心中，老北京涮羊肉就应该只吃这几种才地道。调料要讲究，没有糖蒜可不行，最后一定要来个芝麻酱火烧。不知道是不是因为有钱了，如今人们吃得越来越杂，大有来者不拒之势。做事要讲规矩、有原则，这是骆文的人生哲学。然而这些不过他的内心活动。四十几岁的人，他还没有保守到迂腐的程度。

骆文到得比较早，仍沿袭了他的果断风格，为大家点好了丰富的食材。人到齐时，已经万事俱备了。安排好的不只食材，还有座位。团队的人都知道骆文的习惯，男女必须间隔坐，有利于营造席间互动的气氛。市场部这样的部门，女性通常占大多数，广告公司更是阴盛阳衰，特别是做客服的。今天的十八人中只有六位男士，有四位来自骆文团队，大家很自觉地相隔落座。刘莎到得稍晚，深知自己应该坐在哪里，脱去外套后，径直走到骆文右手边的位子，坐了下来。

刘莎环顾了一圈，正对着她坐的是 Sissi，仍是面带微笑。自己团队的一位男性客服经理坐在 Sissi 旁边，正略显恭敬地倒茶。经过球场内的交流，大家已经没有初见时的拘束，气氛十分融洽。

骆文的左手边坐着他的另一个团队主管 Coco。她比 Sissi 小一岁，同样未婚，但有男友。几个产品组经理中，Coco 是为公司效力最久的一个，有六七年了，管理维护着一个比较小的产品线，她的团队也是最小的。她人很聪明，乐于打扮。让大家有些尴尬的是，她特别热衷于性感装扮，内衣不是露出来让人直接看，就是清晰地透过外衣让人看，喜欢在朋友圈晒各种自认为有品位的生活日常，且不知疲倦地卖弄文笔，只可惜在骆文眼里，文字功底着实一般。

挨着 Coco 坐的是 Monica，是 Coco 手下的一位产品经理。不知是近朱者赤，还是兴趣相投，Monica也很热衷打扮，着装上走的是时尚范，不像Coco那样有暴露欲。业余时间，她和朋友一起经营着一家小网店，专卖女士内衣。卖内衣并不是什么稀奇的事情，比较劲爆的是她经常亲自充当模特，不断上传自己的内衣照！她的面容一般，只是个子瘦高，皮肤还算白皙，胸也比较平，在骆文眼中属于那种不太起眼的女孩。但架不住人家自信满满，也不忌讳与大家聊这类话题，经常主动将自己的宣传照秀给同事，顺便推销产品。按理说公司是不允许兼职的，但她的工作业绩比较令人满意，骆文便也睁一只眼闭一只眼，有时会通过Coco去提醒她，不要在工作时间做这些。Coco这组人比较乐于表现，有了他们，桌上热闹了许多。

Hulk是个活跃分子，饭局上的主力。但这次还没等他开口，刘莎已经占了先机："今天难得大家在一起，是不是应该喝几杯？""你们一班女将可以吗？"还没等骆文搭腔，Hulk已经拉开了应战的架势。"谁说我们都是女的？明明还有两位男士啊！"刘莎从座位上站起来，微扬着头，又腰挺胸，一只手指点着自己团队的两位男士，一副迎战的姿态。纤细白皙的手指在骆文眼前晃动，食指有些微微反弧，小指微曲着，典型的兰花指，身上幽幽的香水气息毫无遮拦地向骆文袭来。在骆文的眼中，此时的刘莎不显豪气，而是妩媚动人。

"既然你们兴致这么高，就喝吧，反正明天是周日，也不用上班。只是大家随意就好，不要强人所难。"骆文算是默认了。餐桌又恢复了嘈杂，大家就近谈笑风生起来。Hulk起身离席，与服务员一起去安排酒水。

骆文侧身低声问刘莎："你们真能喝吗？别勉强啊！"此言听起来略显客套，却是发自肺腑。双方团队只是第二次见面，一下搞得这么热络，难免会对日后工作的开展产生一定影响。毕竟骆文对刘莎之前的团队深为不满，有过尖锐的批评，新团队虽然在专业方面给他留下了很好的印象，但毕竟没有进入实质性合作，其团队的能力能否满足他的要求，尚无从知晓。

"放心，我能喝一些，至于他们……"刘莎用手连扫了一圈，点了点广告公司的几位，"他们到底能不能喝，我也不是很清楚，正好今天也了解一下！"刘莎说的是实话，新官上任，一堆工作压过来，既要组建新队伍、熟悉客户业务内容，又要尽快接触客户，做好第一次会议工作简报与演讲文件……还要压榨出业余时间安排自己的生活。公司虽然给她提供了住房，但房屋的交接、收拾、布置等还是要亲力亲为。和骆文初次见面时，她刚到北京公司报到仅两周，根本没时间好好了解自己的团队成员，虽然大部分人是她选的，但对每个人的脾气秉性还不太了解，更别说酒量了。"但我们都不装，这是我们团队的特点，相信大家不会掉链子！"刘莎不无自豪地看着大家，实际上也是在向自己的团队提出要求：别给我丢脸！

广告业是典型的吃青春饭，刘莎团队几乎都是 85 后，个别职位低一些都是 90 后了，平均年龄比骆文团队要小一些。骆文能感觉到蓬勃的朝气在一张张青春的面庞上跳动，对于他这个 70 后来说，不用去细品，就能清晰感受到代沟的存在。这不仅限于脸上的岁月蚀痕，连同他们的穿着、举止、说话方式等统统已经和自己不在一个时代了。每每与他们坐在一起，骆文都会生出一些感叹，觉得自己老了，甚至即将被时代淘汰了。同事们总恭维他英姿勃发正当年，他虽深感窃喜，但也不那么自信。

这时，刘莎把脸贴了过来，压声对骆文说："其实不仅是你对他们不太熟悉，我也需要了解自己的团队。当然，我更需要了解你和你的团队。喝两口酒更能展现人的本性，机会难得。大家的起点一致，不管怎样，今晚尽兴就好。您说呢？"最后一句话的音量已经大到众人都能听到，而且用了"您"的称呼。骆文在部门内部立过一个不成文的规矩，后来外部团队也都知道，他不让别人特别是资历低、年龄小的同事称呼他"您"，会让他感到有距离感。说穿了，他不喜欢摆架子，也厌恶道貌岸然，喜欢平等的称呼，最烦别人称他"骆总"。奇怪的是，刘莎的一个"您"字，却并未让骆文感到疏远，反而显得有些许可爱。

刘莎的话击中了骆文的内心所想，他喜欢她的冰雪聪明和坦诚，特别是后者。他最看不惯装的人，可这世上有太多假的东西，真诚已成为奢侈品。人与人交流都像戴了面具，彼此间的信任也越来越难得。既然很难，大家就习惯去选择掩饰自己、怀疑他人，这种为人处世的冷漠像传染病般腐蚀着社会。

刘莎的坦诚就像一把钥匙，打开了骆文的顾虑之门。他本是个爽快人，遇到志同道合者，顿时来了精神："好！既然你这么说，我们今天就尽兴。大家今晚只有一个目的——高兴！"说后半句时，他故意调高了嗓门。若说刘莎刚才只是动员了自己的团队，骆文的这两句话就等同于在挑战书上签了字，也是给自己的团队下了军令。

"好！"在大家的积极响应中，气氛一下子被推到了顶点，好像敌我双方都同时冲出了战壕，一场激烈的拼杀一触即发。

哮
喘

第二章

Hulk 已经把酒准备好了，白酒、红酒、啤酒摆了一桌子。"没喝可退，不足管够！"他一边叫着，一边张罗着各位选酒、倒酒。很快，每个人面前都有了酒。可能是跟两位领导的动员有关，大家都挺痛快，没有过多的推脱，不管能不能喝，都领了一小杯白酒。部分女士也给自己倒好了红酒，不能喝的便把果汁饮料备在手边。

对于骆文的团队来说，没日没夜的加班状态终于暂告一段落，刚忙完年度计划与预算工作，虽尚存很大的争执，但确定得比较快，只等他下周去上海与亚太区老板开会进行最后的审批。往年，大家开会前的周末只能在办公室熬着，今年少有的轻松，也是好久没出来放松了，加上下午看球时的撒欢，大家的情绪都十分饱满。虽然部门只来了一部分人，但每个人好像都要给甲方争脸似的，言语、气势上都上满了发条，一副绝不给公司、老板拖后腿的架势。

乙方的"少男少女"们也放下面对客户时的拘束，借由球场狂欢已大幅拉近了彼此的距离。现在也没人再谈论足球了，输赢跟他们一点关系也没有，毕竟没什么人真正关心过这项运动。

照例由"最高首长"发言以示开席。骆文在大家的怂恿下，端起酒杯站起来，其他人也随即捧杯而立。所有人的目光聚了过来，刹那的安静被主座嘉宾浑厚沉稳的声音打破了："今天很高兴大家能聚在一起，希望今后还有很多机会，也预祝我们未来合作顺利、愉快！干杯！"

"合作愉快！""愉快！""干杯！"大家热烈地呼应着，高举起自己的酒杯。

"Vincent，你这发言不合格，太老套了！"大家愣了一下，正滑向嘴边的酒杯仿佛被什么力量突然拽了一下，齐刷刷地停在半途。循声望去，刘莎继续说道："这官腔打得与今天的气氛太不搭调啦！这些话上次见面时已经说过了，大家已经是一家人了，应该来点更有温度的内容。大家说对不对？重说，不然就要罚酒！"她侧头注视着骆文，送上比微笑更热烈些的笑容，两排牙齿在灯光的照射下显得更加洁白，同时将左手轻搭在骆文的右臂上，让人觉得很自然。谁也没想到刘莎会在开席之际就"发难"，但因为这话说得恰如其分，倒也并不让人觉得无理或鲁莽。他们并未意识到刘莎的话实则大幅提升了双方的互动起点，缩短了酒席的预热进程。正如乐章的精彩开篇，一开始就抓住了听众，瞬间进入高潮。

骆文不禁对刘莎的情商和表达能力有些侧目，觉得这个对手不一般。不过，他更喜欢这样的对白，直截了当又带着智慧。他厌恶鲁莽的直率，也不喜欢愚钝的温婉，对于刘莎的"挑衅"，他没有半点不快，反而对她增加了更多的好感。

"好，重来！"骆文再度举起僵在嘴边的酒杯，"大家都不容易，都是为了生活打拼，能聚在一起就是缘分。以后我们互相理解，工作尽力不走样，生活享受也不能含糊！咱日子够苦的了，不能再亏待自己。今晚就是一个主题——高兴！"大家感到了话语中的诚恳与温暖，有的抿着嘴静静聆听，有的微微点头称是。此时，已无须再说"干杯"，众人齐声叫着"高兴"，把酒杯更有力地向空中推去。

原以为大家不会饮尽杯中的白酒，想必会有几个不胜酒力的女孩只是做做样子，抿一口就罢了，甚至还会有人故意耍滑躲酒。可当大家齐刷刷地把小酒杯倒置在空中时，骆文也被这种气氛迅速感染了，霎时生出一种歃血为盟的感觉，觉得眼前这一干伙伴个个义盖云天、豪气满溢，显得特别可爱！此时，骆文的脑海中就剩下一个念头——尽兴！

骆文不仅是性情中人，也是个酒量不凡之人。他的酒量应该是得益于遗传。虽然是土生土长的北京孩子，但他父母都是山东人，不仅生得一副挺拔健壮的大个子，齐鲁大汉的善饮也植入了他的基因。他喜欢饮酒，并将之作为一种宣泄的工具，常常处于高压状态的他需要这个。平时在一般场合，他都是浅尝辄止，偶尔跟身边亲近的同事多喝一些，机会并不多。躲不开的应酬他也多是摆摆样子，点到为止，只有与很亲近的朋友交往时才会开怀畅饮。他需要维护自己的外在形象，深知酒能乱性，因而不喜在关系一般的人面前有所失态，所以就更谨慎。

酒席有了好的开端，后面的进展就和谐得一塌糊涂了。前三杯集体共饮的程序（这也是骆文的"规矩"）过后，大家就进入自由组合式的嘘寒问暖与互敬互爱环节。

"你真的会上去打架吗？"刘莎突然发问，"刚才，在工体。"

骆文愣了一下，没想到自己和刘莎的单线互动会起于这个话题。

"你觉得呢？"骆文微笑着应答，其实他并没想好怎么回复。

"你应该不会吧，那不像你应该有的样子。"

"应该有的样子？"

"不过，我倒是希望你能打一下。"刘莎并不理会骆文的疑问，目光投向桌上的食材，一副若有所思的样子。

"啊？为什么？"

"你好像需要打一下。"

"怎么？"

"没什么，我只是觉得你心里有一股火，没有发泄出来。"

骆文轻咬住下唇，没有立刻作答。他有点不知所措，眼前这个女子好像窥见了他的内心。自己最近确实有些不顺，又岂止是最近，可以说这两年来，他都不太顺。他当然不会参与那种无理的打斗，但有时真的会烦闷得想要宣泄，很多时候他都找不到可以倾诉的对象。有时他会对别人发无名火，事后自己都觉得很无理、很讨厌。今天在工体的表现就是这样，他爆粗口哪里是为了打架，不过是借机发泄一下，不想却被同伴们撞见。这一小小的失节，对于骆文这种很在意外在形象的人来说，无疑是一种不小的尴尬，这就是进入餐馆前他一直若有所思的原因，他有点后悔那样的举动。此时的骆文有一点被戳穿的感觉，在这个自己渐生好感的女人面前，竟然有点小小的慌张。

"没有啦！你是怎么看出来的？"他无力招架着，分明是先否认再承认。

"反正我有这个感觉。"刘莎也不故作神秘，她的感觉不只源于在工体看到的，更多的是来自双方初次见面时的察言观色。当时骆文的言谈举止并未有明显不妥，交流的内容也大多与工作有关，但言语之间会流露出一些连骆文自己都不易察觉的不安与躁动。他的措辞、表情的配合、细小的动作等都会不经意间暴露他的心境。女人是很敏感的动物，特别像刘莎这种聪明的女人。

"不管啦，我们喝酒吧，今天要高兴！我敬你一杯，多谢你，以后请多多关照！"不等骆文回话，刘莎的杯子已经倒扣在自己的朱唇之上。再谈下去也不知该怎么收场，骆文只好就坡下驴，一仰脖，满满地倾了一杯。

十八台小火炉滚动着蒸汽，把封闭的房间熏得暖暖的，体内的酒精更是由内及外地烘烤着每个人的身躯。写在脸上的红晕就像是一团团火焰，流动着，跳跃着，让包房内的欢乐气氛尽情燃烧。数杯酒下肚后，很多人都显得异常兴奋，虽然有的女士已把白酒换成了红酒或啤酒，或干脆夹杂着果汁、酸奶来应战，但对于酒精的摄入，大家都没有停下来。

酒喝多了，话也难免多起来，大家更积极、更主动地寻找着倾诉对象。此时，桌上的食材已经不重要了，任由小锅不断循环着沸腾、蒸发、蓄水的过程。饮酒是主要的事情，夹两口食物已经成为点缀，就像长长的句子中需要有个标点符号，然后再继续，直到等来下一个标点符号。

Coco端着酒杯翩翩飘到骆文身边，还拉来了正在给旁边女孩秀自己内衣照片的Monica。十一月初的北京，虽已近立冬，仍不是很凉。女孩子们因为爱美，穿得本就不多，加上蒸汽与酒精的作用，能脱的衣服都已褪去，尤其Coco与Monica这样的"时尚控"，此时已是一副"清凉"的打扮。

Coco今天穿了一件白色一字低胸短袖衬衣，淡藕荷色的蕾丝胸衣依着她的一贯风格隐约可见；赭色紧身裙衬出不错的腰身曲线；黑色高跟筒靴让她暂时进入了高个子行列；右侧腰间装饰腰带上缠系着淡紫色的碎花小方巾。由于燥热，她已顾不上精致的装饰，干脆把脖子上的方巾取下，顺手系在身上唯一可挂东西的地方；胸口立时开阔，多亏有项上彩金项链的点缀，才显得含蓄一些。链坠中心嵌有字母"C"的一颗心簇拥在几朵玫瑰花中，这是她的男朋友送的，饰品的由来好像全部门的人都知道。

"老板，我们敬你一杯！今天我们几个美女没给你丢人吧？"她有点撒娇似的仰头看着骆文，一只手已搭在了骆文的胳膊上。"没有！带劲，必须的！"骆文说的也是真心话，喝酒方面，Coco从来没有给他丢过脸。"必须的！"Coco用标准的东北话应和着。她和Monica不仅都喜欢捯饬，也都是东北老乡，一个生在吉林，一个长在黑龙江。骆文经常模仿东北口音（他在语言上有天赋，善于模仿）和她俩打趣，对方觉得那是一种亲近，也乐于顺势而为。二人的性格也比较相近，都有东北人的豪爽，喝起酒来不让须眉。"那我们代表今天没有来的同组其他小伙伴敬你一杯，谢谢对我们组的关怀与指导！以后请继续多关照！""也谢谢你们！必须的！"骆文客气回应。"老板，您随意，我们俩干了哈！"Monica在旁边敲着边鼓。这是反话，如果真那么做了，后面会有无穷尽的奚落与惩罚。骆文岂会这样不知酒桌礼数，尤其是女性对男性这么说话，他更没有可能不识时务地落入圈套。"岂敢！岂敢！您随意！"骆文笑着回赠几个字，迅速仰脖。酒还未入喉，两位女将的杯子已经倒悬在他眼前。

"让你俩在这儿整'二人转'呢？怎么还搞上小帮派了？要是这样，为了公平，我们组也得敬老板一杯。"声到人至，其实Hulk已带着两位下属，站在骆文身后观战了一会儿。骆文知道这肯定也是跑不掉的一杯。

Hulk身着短袖T恤，挺拔的肌肉勾勒出清晰的肢体轮廓，颇具阳刚气。他是1980年生人，安徽人。他在上海读大学的时候，学的是交通方面的专业，平时热衷讨论金融、资本类的话题。他原来在上海一家知名外资消费品公司工作，管理清洁用品品牌。Hulk曾有个上海女朋友，交往几年到了谈婚论嫁的时候，却被女孩甩了，随后对方嫁给了比他更帅、学历更高、更有钱的本地人。从那以后，Hulk离开了伤心地，来到北京，加入了现在的公司。他同时做了两个决定：一是掷重金到上海一家知名工商管理学院读EMBA，明年即将毕业；另一个决定就是开始健身，没想到坚持了三年，卓有成效。他个子不高，一米七五。入司时体重接近一百八十斤，现在只有一百五十斤出头，相当有型。Hulk 这一路的华丽转型，骆文看在眼里，也很佩服。

被 Hulk 团队攻下一杯，接下来的酒更是顺理成章了。"下一个团队！老板，你应该还搞得清我们有几个团队吧？"Coco 继续颤动腰身指挥着。对面的 Sissi 不紧不慢地应声而起，端着酒杯徐步移近，身后跟着她的两位产品经理。"Vincent，你知道我不能喝，咱俩都少喝点，每人一小口，意思意思，也算公平，好不好？"她的语速不快，声调也不高，温和而有力。

Sissi 是标准的淑女型，短发过耳而不及肩，乌黑柔顺的直发间没有一丝杂色，总是干干净净、光洁整齐；银色金属丝边眼镜衬托着文静的脸庞，镜片后的双目总散发着温婉又坚强的目光，让人看了总会生出不忍亵渎又极想呵护的感觉；她的容貌虽不算出色，但五官端正，也挑不出什么大的瑕疵；话不多，笑得也比较矜持，却能做到收放自如；着装含蓄又不失品位。她是江西九江人，家境一般，父母是当地机关的小职员。Sissi 从小就乖巧努力，当年以本地文科状元的傲人成绩考入北京的知名大学，一路打拼到现在的位置，是家里的骄傲。骆文亲自将她招进公司，很快她就展现出独当一面的能力。什么事情交给她都让人很放心，团队让她管理得井井有条，跟骆文配合也很默契。骆文的职业生涯中招聘过很多年轻人，Sissi 是最令他满意的一个，并自诩为慧眼识珠的代表作。虽然他经常提醒自己要一视同仁，但他对 Sissi 的信任与偏爱昭然若揭，这多少也在团队中产生了各种各样微妙的化学反应。

骆文感到 Sissi 的脸色有些苍白，这在众多醉意朦胧的面孔中显得尤为突出。"Sissi，你脸色不好，是不是不舒服啊？不舒服就别喝了。"骆文关切地问道。"是，今天有点……"Sissi 的话还没说完，已被旁边涌进来的声音淹没。"呦——老板挺会心疼人的哈，我今天也不舒服呢！"Coco 在一旁起着哄，同时捂着胸口，摆出一副"病西施"的样子。Sissi 也不生气，只是轻笑一下，瞪了 Hulk 一眼，道："别整事儿啊，我喝就是了。要是不方便，你就少喝点。"转身又扫了 Coco 一眼，仍然带着笑容。"酒能治病，哈哈，我好了！"Coco 迅速直起腰，也不管 Sissi 这句是真的关心还是回击。

骆文抢过 Sissi 手里的酒杯，直接饮下，又把自己的酒杯喝干。"她不能喝你们都知道，又不舒服，别难为她。"这就是骆文莽撞了，Sissi 没做任何反

哮
喘

18

馈，他已认定对方不舒服了；Sissi 已经表态要喝，他则直接抢过去代劳，也没有商量的余地——这不就是明显的偏袒吗？

"老板爽快！老帅了！但 Sissi 逃酒，罪责难免！" Coco 一边朝骆文竖起大拇指，一边又夺过 Sissi 的杯子，张罗着让 Monica 把酒斟满。Sissi 接过杯子也不推脱，就一饮而尽。骆文试图阻拦的手刚举到半空，Sissi 已将空杯放到餐桌上，眉宇间浮现出一丝极难察觉的感激之情，轻柔地从骆文眼前掠过。"没问题了吧？别吃醋了！" Sissi 轻轻拍打了一下 Coco 的肩膀，微笑如故。

"OK！没毛病！" Coco 给了 Sissi 一个飞吻，也顾不得细品对方的话是否意含讽刺，微醺的她继续享受着酒精带来的快感，兴奋地高喊："下一组！"

Sissi 确实身体不适，看球时已觉下腹疼痛。她以为是着凉了，想提前回家休息一下，所以推说有事不参加饭局，但骆文一句话她就改了主意。包间内比较暖和，腹痛有所缓解，但喝了些酒，此时她又感到有些不舒服。最近两个月她经常会感到腹痛，自认为可能是因为前段时间太忙经常熬夜，导致亚健康的缘故。Coco 喊她过去之前，她刚经历了一阵绞痛，所以脸色不好看，想少喝或不喝也是本意。除了前三杯的共饮，其余时间她都是摆摆样子，基本上都是在喝热水。她回到座位，继续跟周围人寒暄说笑，敬茶敬酒，沉静的目光时常刻意地扫向席间的两个人——骆文与刘莎。

Sissi 还没回到座位，Lucia 就已被 Coco 和 Hulk 叫嚷着喊到骆文身边。Lucia 姓陆，今年三十岁，河北石家庄人，父亲是当地政府的基层官员，母亲经商，家中颇有积蓄。她上的大学很一般，毕业后自费到美国一所不知名的大学读了个社会科学的硕士。在国外不好找工作，毕业后她又回国打工。她也是被骆文招进公司的，六年来也算踏实肯干，业绩也很不错，年初刚被提拔为产品经理。

Lucia 留学的时候开始信奉基督教，在北京常去教会做礼拜，还总试图在部门内传播福音，所以大家给她起了个小绰号——"陆嬷嬷"。多数人也不知道基督教和天主教的区别，外号也没什么恶意，只是觉得有趣，就安在她身上了，平时呼来唤去的，Lucia 也不在意，脾气好得很。最近部门的热门话题是"嬷嬷要结婚了"，给大家添了很多话题与乐趣。大家一边逗她，也一边开始讨论送她的结婚礼物，婚礼定在元旦。她的上级主管 Jessica 因为生病最近一直在家休息，这个团队就暂时由骆文代管。好在成员们都比较能干，业务也算平稳。组长缺席，Lucia 就被叫过来代行敬酒的角色。

Lucia 这杯酒骆文也是没有理由拒绝的，她也蛮风趣，硬逼着骆文再喝一杯，名义是预祝她新婚快乐。这个说法是很有杀伤力的，实在无法拒绝，于是骆文又被灌了一杯。

酒桌上劝酒、躲酒是有技术含量的，尤其是在酒过数巡大家都进入状态后，言语的功力便成了撒手锏，往往是一句话、一个简单的事实或道理，只要你善于运用在合适的时机或对象上，就能保持很高的胜算。骆文擅长此道，只是还没喝到他要用到这个技巧的量。

周旋于不同的人与话题，觥筹交错之间，刘莎的注意力始终没有离开骆文。整个局势她看得很清楚，甲方的几组完成了对骆文的初步"围剿"，现在该她的团队出场了。

"Vincent，还好吗？"她并没有举起酒杯，而用关切的口吻把骆文从 Coco 的控制范围分离了出来。她冲着 Coco 努了努嘴，同时用手指了指自己，意思是该我了。"好的，交给你啦！"Coco 把刘莎向骆文的方向推了一把，头也不回，步态有点不稳地朝 Hulk 走去，继续斗嘴。

这带着酒劲的一推力气有点大，几乎把刘莎推到骆文怀里。她的脸和骆文的胸膛有了个短暂的接触，靠抓住骆文的臂膀才站稳，酒杯里的酒也洒了大半。刘莎迅速调整了一下身体，手也快速从骆文结实的臂膀上移开。她有点不好意思，感到自己的心跳有点快，脸也有些发热。其实，体内的酒精已让她的两腮红得像多打了一层胭脂，她自以为难藏的窘态并未像她想象得那么容易被察觉。

被刘莎着实地扑了一下，骆文突然像僵住了一样。对方的脸抵在他的胸前，带着香气的发梢触到鼻尖下，让他有点手足失措。刘莎的快速抽身又让他有点遗憾，后悔自己应该反应得更快些，起码应该给对方一个更有力或更有安全感的保护动作，或是托扶住她的双臂，可现在，刘莎又与他保持着合适的距离。

"不好意思！没有洒到身上吧？"刘莎的问话把骆文从刹那的失神中拽了回来。

"没事，Coco喝多了，你别在意啊！"骆文恢复了他招牌式的笑容。

"怎么会，你不是给今晚定调了吗？高兴！"刘莎举起重新倒满的酒杯。

"对！高兴！"骆文将自己的酒杯迎了过去，"把那些不高兴的都扔掉！"

"都扔掉！"刘莎的酒杯与骆文的轻碰了一下，随即一饮而尽。

此时，乙方团队已列队站到骆文身旁，骆文面对接踵而至的"猎杀"来者不拒。他方寸不乱、风趣幽默，觥筹交错间不落下风。刘莎抽身出来，定了定神，深呼吸了几下。她的酒量并不大，此时酒劲有些上头，她想节制一下，避免喝醉。

"喝点白水吧，悠着点！"Sissi说着，将一杯水递过来，冲她温婉一笑。刘莎这才意识到自己刚好站到了Sissi的座位旁。"谢谢！你感觉好点了吗？"刘莎握了一下Sissi的手，感觉有些凉，关切地问道。"没事了，小问题。我没喝多少，但看你没少喝，悠着点。"Sissi拍了拍身边空着的座椅，示意刘莎坐下来。"你真暖心。"刘莎接过水杯，坐下来，仍目不转睛地关注骆文那边的"战况"。

"Vincent很爽快，也有酒量，只是平时很少跟我们喝酒，看来他今天挺高兴，你功不可没啊！"Sissi以水代酒敬了一下刘莎。"哪里！主要是你们个个能干，又给老板撑面子，他不高兴才怪呢！"刘莎喝了一口水，继续道，"Vincent是不是最近心情不好？生意压力大？他是老江湖了，不至于吧？""是，近两年公司业绩压力很大，部门也有些不稳定，他确实挺辛苦的，生活上好像也不是很顺，具体的我们也不知道。他好面子，我们也不好打听他的私事。也可能是我们瞎猜疑吧！"Sissi不紧不慢答道。

谈话被敬酒的浪潮冲断了。在这种场合，想完成一个完整的交流是很难的。刘莎毕竟是乙方代表，自然是被重点关照的对象，又被众人以不同的由头灌下了几杯，此时已有了些微微的醉意。刘莎随手拉出一把椅子坐下来。此时，她感到自己有些亢奋，并努力想抑制住自己。她回味着Sissi的话，又想着骆文那句"把那些不高兴的都扔掉"，看着眼前穿梭于人流中高人半头的骆文，张扬而不失风度，应答如流又诙谐风趣，兴奋的举止中流露着几分可爱……她有一种隐隐的冲动，特别想探究一下那些所谓的"不高兴"指什么，尤其是生活中的。这个男人想必压抑了很多东西，她坚信自己的直觉。刘莎感到有一种磁力从骆文身上散发出来，吸引着她向对方靠近。

骆文浑然不知自己无意中透露了"天机"。今天，他确实蛮开心的，这是一种久违的感觉了。不知从哪里来的劲头，他特别想多喝点，特别想表达，特别想展示自己的魅力，特别想让别人关注自己。这极不符合他的性格。骆文被公认为是那种逻辑性很强的人，思维极度清晰而缜密，凡事都会论个前因后果。这一点使他在工作中受益匪浅，一路脱颖而出升至目前的高位。这个优势也同样延伸至生活中，他喜欢有理有据地表达，不喜欢情绪化的东西。一般人如果想说服他什么，若思路不清晰就已经输在起跑线上，如果没有足够的信息或知识量打底，很容易被他简单的几句逻辑链条抽打得不知方向。他知识面宽、口才又好，辩论中经常是那种无敌的存在。喜欢他的人，会觉得跟他交流有质量、有趣味、有营养；不喜欢他的人，会说他卖弄、矫情、偏执。人都有两面性，就像硬币一样，无所谓别人怎么看，那都是你。这是骆文小时候妈妈告诉的，他一直铭记于心。其实，他也不是刻意扮成这个样子，不过是性格使然。骆文对自己非常了解，也能听取他人的反馈，但这么多年下来，他一直是这样，安然自得。以前部门也常聚会，少不了要喝酒，喝多的时候也难免，但今天似乎有什么不同，是因为多了一个刘莎吗？

又经历了一轮"乱战"，局面已不止杯盘狼藉，也少不得人仰马翻。有人趴在桌上昏睡，有人频繁进出洗手间，室内的酒气越来越浓，仿佛一个火星就可以点燃整个房间，好在没有人抽烟。Hulk 在那里念叨着一定要再找个上海姑娘，以雪前耻；Coco 拍打着 Hulk 结实的胸脯，一边鼓励一边恭维，说自己的男友若也练成 Hulk 这样的身材，当场就嫁给对方；Monica 指手画脚地给旁边的 90 后小服务员普及着挑选内衣的窍门；为数不多的几位男士勾肩搭背搂在一起，吞吐着义盖云天的豪情壮志。

不算啤酒，骆文大致也有三十杯下肚了。二钱的小杯子，即使去掉碰碰撞撞酒的酒，至少也有半斤白酒在体内运行了。骆文能够清晰感到自己的状态，大致六七十分位吧！他确实有相当的酒量，除非是他想把自己放倒，当下在座的恐怕没有人是他的对手。现在的他，头脑尚算清晰，举止依然有度。

片刻之后，刘莎回到骆文身边。"少喝点，伤身的。"刘莎右手托着腮，撑在桌上，用清亮的眸子望着骆文，柔声送去了关切。"没关系，我有酒量，应该能撑得住。"喝酒的人都知道，永远不要在酒桌上自称有量，即使有也要低调说没有，这样会比较安全。骆文的坦诚让刘莎心中一动。"那就好，难得你今天这么高兴，你自己把握，能喝就多喝点吧，反正我不会灌你就是了。""对啊，今天高兴！宽心应是酒！喝酒能摆脱烦恼，心情舒畅！"骆文搬出杜甫的诗句以渲染愉悦的心情，似乎也有意无意向刘莎暗示：这个人好像确实心存烦扰。"看你这么豁达开朗，哪像有烦恼的样子？我们女孩子多愁善感还好理解，你个顶天立地的男子汉不至于吧？"刘莎抓住话茬追问道。回想下午到现在刘莎零星抛来的几句话，骆文觉得自己的内心好像已毫无遮拦地暴露在这个女子面前了。是她真的冰雪聪明，还是自己过度敏感？他有心倾诉，又觉得此时此刻不合时宜，也无法确认对方就是能够倾诉的对象。他只能切实地感到了某种力量，推动着自己不自觉地接近对方。

"Teresa，不要霸占 Vincent，我们也需要他啊！"Coco 一手拎着酒瓶一手捏着酒杯，从对面高声叫嚣着走过来，红晕已从脸庞蔓至半露的胸脯。

Teresa 就是刘莎。好不容易得来与骆文近距离相处的机会，她不想就这么快结束，便仰起头笑着反击："难道我不配吗？想跟 Vincent 喝杯酒也有人管，太霸道了！""我没有看到你喝啊！"Coco 说的是实情。刘莎二话不说，拿起眼前的酒杯一仰而尽，后又倒满："我还要喝呢，您批准了吧？""牛！""爽！""Teresa！酷！""Teresa！ Teresa！"……大家一阵哄笑。"批准了！批准了！"Coco 伸出舌头向刘莎和骆文使了个鬼脸，欣然寻找下一个挑衅目标去了。

这时，刘莎脸上的胭脂又加深了一层。在骆文眼里，这红晕红得恰到好处，为刘莎平添了一抹妩媚。经过这么一闹，他们之间刚刚营造出的温馨气氛突然冷却下来，就像凭空插入一个休止符，两人同时不知说什么好了。双方只能相视一笑，又都有些不好意思地快速挪开彼此的眼神。

短暂的凌乱后，骆文率先打破尴尬，胡乱捡个话题抛了过去："为什么叫这个英文名？背后有什么故事吗？"

"哪有什么故事啊，上大学时乱起的。不过，也确实有点缘由。"刘莎也醒过劲来，笑着接上话头。

"哦，分享一下？"骆文将身体向刘莎靠了靠，故作严肃地追问。

"嗯……你这么聪明，给你个机会吧！"刘莎俏皮地晃了晃头，卖了个关子。她想把两人的交流时间拉得长一些，并不真的指望骆文能找出答案。

本是用来救场的无心之问，居然滋生了几分趣味。骆文是个认真的人，也就较上劲了："还不知道你哪年生人呢，方不方便问啊？或者你告诉我哪年上的大学也行。"

"那不都一样吗？"刘莎笑得很可爱，"这个有什么不能说的，我是八一年生，五月八日，阴历四月初五，辰时，金牛座，属鸡，今年是我本命年。您还需要什么信息啊，大仙儿？"刘莎摆动着腰肢，顽皮地笑出了声，显得更加可人。不知是不是因为喝了酒，她一股脑儿把这么多隐私信息都放了出来。

"年轻有为！"骆文的脑子已经转起来了，嘴上却胡乱应对着。倒也是实情，这个年纪能做到这个位置，确实说明刘莎很厉害了。

空气又有了些许的凝滞。骆文两手托着下巴，双肘支在大腿上，躬身若有所思地定在那里。刘莎觉得那样子有点好笑，又觉得他这种认真劲很可爱，不想打破他的"冥想"，索性微笑地静静注视对方。她并没期待什么答案，只想跟对方这样安静地待一会儿，这感觉很舒服。

这样的闹中取静不知过了多久，骆文抬起头来，双手搓了搓棱角清晰的脸颊，吁了一口气。

这一举动，让对答案原本未寄予期望的刘莎产生了兴趣。不会吧！难道他真的在猜？刘莎这样想着，睁大了眼睛，直起上身，做出一副恭敬的架势，等着对方回复。

"这个太难了，我是瞎猜的啊，是不是因为你喜欢邓丽君啊？"骆文缓慢地给出答案。

"啊！天哪！"刘莎几乎从椅子上蹦了起来，嘴巴张得老大，半天没有

哮喘

24

闭上。

众人被这声惊呼吸引，纷纷将注意力转了过来，齐刷刷地将目光投向刘莎。不过，刘莎的反应已然昭告天下——谜底揭晓了。

Teresa 是邓丽君的英文名字。刘莎从小就喜欢听她的歌，也喜欢模仿她的唱腔，大家都说她唱得很像。中学时她就是学校的"金嗓子"，虽然是瓜子脸的骨相，但当时脸上还有些婴儿肥，把脸蛋撑得圆圆，大大的眼睛笑起来很甜，与邓丽君还真有几分神似，所以同学们都叫她"邓丽君"，刚好她名字里有个"莎"字，就毫不犹豫地选了 Teresa（特蕾莎）作为英文名。

"你怎么会知道啊？"刘莎压低声音问道，却掩饰不住内心的激动。

"这不难啊，叫 Teresa 的名人不多！当然，还有点别的线索。"

"是什么？"刘莎仍未从吃惊的情绪里跳出来。

"嗯……保密。"骆文微笑着对她挤了一下眼，端起了酒杯，"来日方长，都说了，就没有东西拴着你了。哈哈！"

"讨厌啦！"刘莎娇嗔地看了骆文一眼，拾起酒杯，身体柔柔地向对方凑过去。"老板就是老板！厉害！我记住了哈，下次一定告诉我。"刘莎深谙任何好东西最好不要一次尽享，留些余味反而更妙。

其实，骆文对此也没什么把握，但刘莎提供的信息还是很有价值的，她的生日就是一个重要线索：五月八日正是邓丽君的忌日。他记得很清楚，那是一九九五年。那年的五月一日起，中国开始执行双休日政策，人们不再需要每周上六天班。第一个双休日就是五月八日，他参加了单位同事的婚礼，也是他第一次当伴郎。这个吉利的数字带来的本应是欢快的回忆，但就在那天，邓丽君香消玉殒的噩耗传来，让他深感痛心。因为，他也酷爱邓丽君。骆文没把这个判断思路跟刘莎说，觉得欠逻辑，说出来也不吉利。

刘莎没有穷追，心里仍荡漾着余波。骆文在她眼中更平添了一种神秘感，短暂的两次接触，对方在她脑海里出现的频次已远远超出一般的相熟，居然让她有点心跳加快的感觉。她理不清脉络，不过心想以后接触的机会还多着呢！

"那 Vincent 这个名字也是因为你喜欢某人而取的吗？"刘莎以其人之道还治其人之身，抛出一个同样的问题，试图把此刻这种美好的感觉再延长一会儿。

"没错。"骆文也没兜圈子，"难道你也要猜？"

"当然。"刘莎端起酒杯，倔强站起来正视着骆文，像是要迎接挑战。其实没人说要赌酒，她开始有点醉意了。

"好，你来吧！"骆文极配合地端起了酒杯。

"凡·高，对不对？"刘莎几乎是脱口而出。此时，她的大脑转速已经明显下降，这个答案纯属是调动过往的知识储备，未加太多逻辑处理的本能反应。当然，也可以说是一种灵感吧！

"厉害！"骆文心甘情愿地干了这一杯，竟觉得杯中的酒是甜的。他已不再对刘莎的聪慧刮目相看，更多的是为彼此间的心有灵犀感到神奇。

彼此内心的朦胧好感随着在欢乐的气氛中不断发酵，愈加清晰起来，愉快的心情在胸中荡漾。同时荡漾在众人体内的酒精却激烈很多，又是几波热热闹闹之后，聚会终于迎来尾声。多数人已经没有再纠缠下去的精力和体力，能平稳走路的都屈指可数了。

Sissi 示意差不多可以结束了，状态尚佳的骆文才得体地宣告了宴会终结，正要嘱咐 Sissi 代他结账时，对方告知刘莎已经买好单了。

"这怎么行？说好我结账的！"这倒不是什么客套，骆文说请客本是想弥补工体爆粗口的歉意。再者，看球的费用刘莎那边已经出了，饭钱理应由他来付，这个礼数还是要讲的。当然，也可以公款报销部门团建的费用，但骆文的本意是自己出钱，但他也并不想彰显。这就是骆文的性格，就像大家并没有太在意他的粗口一样，更多的尴尬都是他自己体会的，哪怕是无足挂齿的。对于自己的观念和处事，他有一种自信，甚至是执拗。

"一样的。别担心，我用的是公司的钱，也是应该的，不争了。"刘莎回答得直白利落，又冲骆文摇了摇手，那意思是没有商量的空间。这次骆文没有执拗，居然就顺从了。

众人相互送到外面，深秋的北京昼夜温差很大，凉意十足。已经是十一点多的子夜，天上惨淡地挂着一轮圆月，在薄薄的迷霾中吃力地泛着白，沉重的灰色并没有因为黑夜而难以分辨。

大家迅速钻进出租车，挥舞着别离，各自去了。骆文坚持让 Sissi 先上车，还不忘挂念她的身体。对方称已无碍，还嘱咐骆文好好休息，说周一早上机场见，语调与目光饱含关切。

　　最后只剩下刘莎一直跟着骆文，外面的寒冷让她清醒了一些。止步车前，她轻轻搭了一下骆文的臂膀："Vincent，今天我很高兴。""我也很高兴，Teresa。"双方用最俗套的措辞道出了彼此最真实的感受。"放下一些了吗？"刘莎看着对方，温柔而又略带神秘地笑着。骆文也意味深长地朝刘莎微笑："谈何容易！谢谢！"

　　"下周末见！""下周末见！"两人重复着对方的告别语，彼此跳上出租车，渐渐消失在北京深夜的灯火阑珊里。

第三章

　　回家后，骆文疲惫地蜷在床上，在体内酒精的驱使下很快就迷糊了。但翻来覆去总是无法入眠，萦绕在脑海里的不是下午的球赛，也不是包间内的众人与美食，而是那个倩影——刘莎。

　　他像按了回放键一样，快速搜寻着有刘莎出现的那些场景。对方的容貌、笑声、喝酒的样子、吃惊的表情，还有那洞穿他内心的眼神与关切……画面不停播放，怎么也无法关掉。心跳在加快，他知道这不只是酒精的作用。良久，骆文仍无法睡去。他感到心脏的悸动顶到了太阳穴上，血管内的血液狂乱奔腾，好像要冲破枕头喷射出去，喉咙燥得像裹挟着一团不熄的火焰。

　　他索性起身，喝了些水，上了趟厕所，又洗了把脸，几乎把睡前的所有流程重新走了一遍，才躺了回去。可是，这些影像仍在重播。他辗转反侧，内心思忖：我难道是对她动了心？这是好久都没有过的感觉了，不过是一时兴起吧？这个女孩确实挺特别的。有点意思，我怕是要老树开花吧，不会是一厢情愿吧？酒确实是能乱性的……在凌乱思绪的消耗中，骆文的大脑终究抵挡不住极度的困倦，带着健壮的身躯一起偃旗息鼓，沉沉地睡去。

　　……

　　一个球，米粒大小，在蠕动，在变大，不断地从身体里生出来，从手、脚、躯干、脑子、眼睛里……个头越来越大，数量也多得数不清，像蜂巢一样密，一个挨着一个。深蓝色，或是灰蓝色，很难说清它的颜色，反正很暗。表面好像是软的，摸起来又很硬。它很重，而且越来越重，都压在自己身上。眼前这个还在变大、变重，已经像一个健身球，压住了胸口，顶着下颌。怎么推也没有半点移动。自己的力气太渺小了，也消耗殆尽了！胸腔已被压扁，实在无法呼吸，憋闷得难以忍受，像是正在死去！恐惧！没有人来帮助自己，想喊出来，却没有声音！马上要死了，只有眼睛还可以看到，看到那些球还在不断地生出、变大、变重，向自己压过来！

……

恍然惊起！骆文深深地喘了口气，头上已经有微微的汗水。

这不是他第一次做这个梦，记得大约在四十岁前后就开始了。虽然只是偶尔出现，但从来就没有中断过，每年最少都会有一两次，内容几乎一模一样。他也奇怪，自己平时梦的内容凌乱不整，也不会留下什么印象，唯独这个梦，细节很清楚，而且很恐怖。

他无力解释这个梦有什么特殊含义，早些时候还会去看一些专业书籍，像《梦的解析》之类的，但几乎都是看不懂或看不下去，终究没有个答案，也就干脆抛到一边不再研究。毕竟那不是经常出现的东西，也不影响他任何的事情。只是做梦时的感觉很恐惧，醒来还会后怕，甚至需要好久才能平静下来。

被惊醒后，骆文便不再睡。口渴得很，头也有些痛，他也躺不住了。看了一下表，已经是上午十点多。今天还要去看母亲，而且答应妹妹一起吃晚饭。由于最近忙，他已经快一个月没有看望母亲了。

起来洗个澡，简单吃些东西，然后整理房间，处理工作上的邮件，转眼已经是下午两点多了。于是，他稍做整理就踏上了去妹妹家的路。此时，刘莎的形象已不再出现在他的脑海里。

二十世纪七十年代初，骆文出生在一个知识分子家庭，父母都是山东人。父亲家在齐国故都淄博，祖上家境贫寒，几辈都是农民，直到骆文祖父这辈才进城做些小买卖，维持生计。骆文的祖父母几乎不识字，膝下有几个儿女，骆文的父亲排行老大，兄弟姊妹中只有他上了大学，跳出了原生环境。其实家中也没有人管，骆父从小好学，成绩喜人，骆文的祖父母就咬牙供他上了大学。其他几个孩子没有超过初中文化水平，也就一辈子守在老家。

学业出色的骆父毕业后被分配到北京中科院下属的一个研究院搞科研。本来事业起步很顺利，没想到几年后，环境发生了大转变，他所在科研小组的组长被停职审查，小组所有科研工作也都被迫停下来。当时，骆父年轻，血气方刚，是一个标准的山东汉子，为人耿直又比较倔强。他想不通也看不惯组长被冤枉，经常帮其说话，打抱不平，事后又不肯服软，没多久也遭受牵连，一起被停职了。后来，骆父远离了自己的专业，被安排在单位机关从事后勤管理工作。一晃十年，当他回到原来的岗位时黄金年龄已经过去大半。本来还是开朗的性格，但经历了漫长的波折后，骆父逐渐变得沉默寡言、谨小慎微，脾气也暴躁起来。九十年代末，骆文刚结婚不久，父亲在体检中被查出肺癌，折腾了三年多，最终也没能扛过去。尚记得二〇〇一年年底，作为球迷的父亲，目睹了中国足球队历史性地冲进世界杯决赛圈。当时已病入膏肓的他很是兴奋，觉得是老天开恩，让他能带着一件开心的事情离开这个世界。因为在他眼中，自己的一生都是失意的。

骆文母亲家在鲁国故都曲阜，书香门第，父母都是旧时的官宦之后，四个子女都接受了大学教育。骆母排行最小，大学学的是历史，毕业后留校做老师，其命运也在后来的岁月中发生了巨变，被调到某中学担任历史老师，直至退休。

骆文的父母是上班后经人介绍认识的。骆文的姥姥姥爷一直守信门当户对的观念，但当时的环境已经不允许他们考虑这些了，犹豫再三，最终还是同意把自己最疼爱的女儿嫁给了家徒四壁的穷小伙。母亲曾告诉骆文，她当时看上父亲三点：家庭成分好、老乡、模样俊。

起初，婚后生活还是蛮幸福的，但随着父亲的境遇发生改变，以及后来性格的改变，两人的生活就变得越来越乏味。日子过得紧紧巴巴倒没什么，那时各家都差不多，主要是双方交流产生了不小的隔阂。父亲基本不管家务，后来开始抽烟，越抽越凶，偶尔还会喝酒，以前他是不碰这些的。母亲觉得他心里憋屈需要宣泄，也就没有过多干涉，只是希望他能多跟自己交流，彼此慰藉，但父亲没有做到。

父亲对妻儿缺少足够的关心与照顾，还有些大男子主义，其实更多源于不善表达。生活细节上，夫妻俩也体现了很大的差异。母亲是很知性的女子，拥有良好的家教和生活习惯，爱好读书吟诗、谈古论今，钟情于有滋有味的生活情趣。可是父亲做不到，在各方面几乎都是背道而驰。按母亲的话说，他们最终还是败在了门当户对上。

周日堵车不严重，半个多小时的车程就到了妹妹家。

母亲与妹妹住在一起有两年多了。以前母亲住在中关村中科院系统分配的老式楼房里，那里也是骆文兄妹小时候生活的地方，生活上自己照顾自己，只是每周请保洁阿姨到家中打扫两次卫生。平时，母亲自得其乐，看书、写字、遛弯、会朋友、见学生……每天过得也挺充实。兄妹两个忙，没有特别情况，每周过来看她一次她就很满足了。

二〇一五年开春，母亲七十五周岁生日刚过没两周，妹妹便向骆文汇报情况。据保洁阿姨反映，母亲最近经常丢三落四，记性变得特别差，有时发现她会发愣出神，偶有做饭烧干锅的情况，邻居们也有反馈类似的事情，认为老人智力急剧下降。母亲倒是不忌讳与周围人谈这些，毕竟是知识分子，获得一些医学常识并不难，她经常跟周围人打趣说自己得了老年痴呆，但愿以后不要因为太傻而拖累孩子。她不跟孩子提这些事，怕他们操心。平时两个孩子很忙，又不在身边，并没有注意到此事。

兄妹两个都很孝顺，尤其是骆文，母亲对他来说就是精神支柱。小时候，他很黏母亲，母亲脾气温和，很少训斥孩子，总能讲明道理。不像父亲那样，不是沉默就是暴躁，偶尔还会打他，这种既冷又热的暴力记忆对他的伤害很大。为此，成年后的他都不能原谅父亲，父子关系一直比较冷淡，几乎没有思想上的交流。正是由于和父亲的疏远，母亲在他的成长过程中扮演着举足轻重的角色。

母亲的知识储备相当丰富，常给孩子们讲述历史故事，骆文如今过硬的文史基础，完全得益于母亲的教育。母亲的陪伴无处不在，学习辅导、青春期疏导、考大学、就业、婚恋……每一步都有她贴心的关切与指导。他跟母亲会谈心里话，母亲也是个很好的聆听者。每逢遇到比较烦的事情，不管工作上的还是生活上的，他都愿意跟她说一说。有些事情她即使提供不了什么建议，也会很适度地表达关心和宽慰，骆文觉得跟母亲在一起有一种踏实的感觉。这么多年过去，虽然两代人之间已有很多谈不到一起的东西，生活方式上也大不相同，但母亲在骆文心里的位置却一直没有改变，关系与感情远远超过了一般的母子，他与母亲已达成了心灵上的默契。

这种特殊的母子情，让骆文对母亲有着很强的依赖心理。没人知晓，这么一个外表强壮、性格直硬、处事果决的汉子，心中却存有如此柔软脆弱的情感区间。在他心中，母亲是最后的避风港，任何可能对母亲的伤害和对母子亲密关系的破坏，都会引起他强烈的焦虑与捍卫心理。对母亲这种特殊、隐匿的情感，虽然没有人理解，但也无须担心有人会去破坏。可现在不一样了，生老病死是自然规律，该来的还是躲不过。这一点让骆文既惶恐，又无奈。

母亲的这些生理变化令兄妹俩紧张起来，他们知道这可能是个危险的信号。近些年来随着老年痴呆发病率的不断增高，这方面的知识已经比较普及了，为了避免出现意外，他们决定让母亲搬来和单身的妹妹同住。母亲不太愿意，她习惯了自己的生活，也不想给孩子添乱。但她是明理之人，也拗不过孩子，最终只提了一个要求：不能把自己的房子租出去，以便她可以随时回去住。这个要求不难满足，毕竟他们的经济条件还不错。

母亲的状况并没有因为搬去和妹妹同住就得以改善，相反，两年多来情况越来越糟，记忆力不断下降，昨天吃的东西今天回想起来都吃力，脑子反应明显慢了许多。特别是最近两个月，情况更坏。有时中午吃的东西，晚上就想不起来了；对很多事情也不是那么感兴趣了，即使是以前很喜欢做的；读书也比较吃力，很难专注下去；经常自己反复念叨很久以前的事情。好在不是一直这样，好的时候还能跟家人正常交流。

母亲在骆文心中的位置很特别，每次与妹妹联系或去她家前，都会生出一种矛盾又忐忑的心情，怕听到新的坏消息，或是看到母亲每况愈下的状态，但又要面对，不然心里更是担忧、慌乱。

妹妹家在靠近北五环一个比较新的小区里。她自己买的一个三居室，母女二人生活足够宽敞，房间的陈设很有艺术气息。妹妹独自生活多年，家里有只叫"旺财"的秋田犬，从小养到大，已经三岁了，很是可爱。有了旺财的陪伴，不仅妹妹快活，妈妈也有了个伴。旺财刚来的时候，母亲还没搬过来住，骆文批评妹妹瞎折腾，现在又觉得挺好，旺财聪明、懂事又可爱，看望旺财也成了他来妹妹家的一个目的。

旺财见骆文来了，兴奋得不得了，又贴又舔地撒娇。它知道骆文会直奔母亲，便开路似的引他向阳台走去，老人在那里晒太阳。母亲坐在靠椅里，双手捧着那本不知翻了多少遍的《红楼梦》，搭在膝上。她的目光并未落在书页上，而是平视窗外远方的某处。灰白的短发有点长了，但依然整齐，妹妹刚给她梳理过，就是怕哥哥来了说她照顾不周。转过年就七十八岁了，但老人的面容显得比实际年龄要年轻些，脸上的褶皱并不多，皮肤在阳光的照射下可见些许光泽反射出来。乳白色的大粗针毛线外套裹着上身，一款暗红大波浪花纹的围巾披在肩上，巾脚自然地垂在胸前，看起来气色不错。骆文内心对妹妹的"工作"很满意。

骆文走上前去从侧后方搂住母亲轻贴了一下脸，对方的反应比常人慢了一拍。只见她侧过脸来，顿了两秒，对儿子笑了一下，没有说话，只是用手指轻搓了一下书页。

接下来的对话需要骆文放慢语速，以便对方能跟上节奏。母亲尚可进行基本的交流，只是不可能保持健康时的语速和语量，表情也没那么丰富了。对骆文来说，以往对母亲的依赖主要来源自她温柔坚定的眼神，那双眸子像是能包容他全部身心的两湾深潭，让他倍觉踏实。如今，老人的慈祥仍在，深潭却已变成平静的浅池。

骆文每次都会尽可能和母亲多聊一会儿。对方的状态并不是很稳定，有时聊得挺好，经常突然就语塞或答非所问，过一会儿又有可能回到正题上来，只是言归正传的情况越来越少。骆文不太在意谈话的内容，想起什么就说什么。他其实并不太指望母亲的答案，每次看到对方目光呆滞或语无伦次时，便觉得自己是在折磨母亲。这两年，母亲的健康每况愈下，使骆文一直处在一个无法摆脱的压抑心境中，身心疲惫又不知所措。

晚饭时，骆文胡乱吃了几口，昨晚的酒精尚未代谢干净，也没什么胃口，早早便放下碗筷，开始"审查"起妹妹的近期生活。

"安安，最近有什么'艳遇'吗？"安安是妹妹的小名，大名叫骆平。

"又开始了哈？"骆平用筷子朝着哥哥点了几下，"我还想问你呢！"

"我？心如止水，无欲无求。"

"扯吧你！这么久不来给皇额娘请安，一定有重大未披露事件，赶紧从实招来，让本姑娘解解馋。"

"我可不像你，自由自在，可以随着性子来。"

"不耽误！不耽误！假释跟自由一个意思。"

"一边儿待着去吧！"

"不要条件太高啊！让我省点心吧！"骆平学着母亲的口吻，又点了几下筷子。母亲在旁边居然也跟着笑了一下，这句话是她经常奉送两个孩子的口头禅。

骆平比骆文小七岁，属蛇。有别于哥哥从小安静、学习拔尖，骆平从小就淘气、任性，不喜欢读书，整天到处乱跑，和一些男孩子玩在一起，上房爬树的，是家属大院里的孩子王，手下居然有一杆男生服服帖帖地被她管着。因为是女孩，爸爸很宠她，与管教骆文的方式完全相反，基本就是和颜悦色、放任自流。本以为长大后就会收心了，可上了中学的她仍没有什么改变。青春期，她疯狂追星，终日梦想成为电影明星，极端叛逆，一看书头就痛，学习成绩始终上不去。初中毕业时，父母觉着这样发展下去恐怕也没什么上大学的希望，最终选择让她去护校读书，以便日后有个稳定的工作。毕业后，骆平分配到一家大医院当了外科护士，那时还不到二十岁，居然比上大学的哥哥还早一年进入社会。

母亲以前常与家人好友打趣，说自己的两个孩子可以用一句话形容，就是"狗不叫，蛇乱跳"。狗天生就是要叫的，属狗的骆文反而沉稳听话；蛇是没有脚的，属蛇的骆平却上蹿下跳，不让人省心。骆平的不省心并没有因为步入社会或年龄的增长而减少。在医院工作时，经常有医生追求她，她都看不上眼，心气儿高得很。那时很多人认为，护士能嫁给医生就是最好的归宿，也确实不乏一些年轻姑娘利用工作之便，吸引男大夫的注意，希望能找到一个学历高、职业好的高质量伴侣。可是，骆平偏偏不走寻常路，看不上医生也就罢了，偏偏看上了一个住院患者，就像中学时追星那样，爱得极为疯狂。

这位患者是因急性化脓性阑尾炎住院的，此症恢复快，住院时间也不长，一般一周多也就出院了。然而就在这十来天的时间里，骆平竟上演了她的爱情神话。此前虽也不乏追求者，但她实际上并没真正谈过恋爱。在爱情方面可说得上是一张白纸，然而从一见钟情到情定终身，居然就在这短短的时间内完成了，又是十足的倒追剧情。男方家境背景不好，有个不入流的民办学校的大专文凭，无固定职业，只是生得一副好皮囊和一张会哄人的嘴，却把不谙世事的骆平迷得神魂颠倒。她根本油盐不进，听不进亲友的规劝，各种阻拦都无济于事，动辄就以死相逼。最后，家人只好妥协，任其自由发展。一年后，骆平就做了新娘。然而，神剧并未结束，它就像迅速膨胀的气球，当你还在惊叹它的美丽时，就听到了一声脆响，然后空空如也，一地碎片。

很快，男方就有了外遇。以骆平的性格是绝不可能容忍的，还没等到庆祝结婚一周年，结婚证就改成离婚证。受到伤害的骆平也很快辞职，离开了让自己感到丢人、伤感的医院，去了一家医药公司做销售代表，自此展开她新的"不省心之旅"。从那以后，她就一直单身，如今已至不惑之年，一晃十四载过去。

骆文见和妹妹也聊不出什么新鲜内容，想到明天一大早还要飞到上海参加亚太区预算管理会，就起身准备回去。临别时，他又搂着母亲贴贴脸，这是每次见面与告别时的"例行公事"。母亲问他什么时候再来，他说两周后，因为下周末还要与广告公司开会。此时，刘莎的身影在他脑海中快速闪现了一下。

旺财不舍的纠缠也没有封住骆文的嘴，跨出大门时，他还在叮嘱骆平要用心看护母亲。他在公司时可没这么啰唆，都是雷厉风行的架势，可一旦面对母亲他就难以自禁地儿女情长起来。骆平嫌哥哥婆婆妈妈，让他赶紧走。骆文也自觉好笑，拍了拍旺财的脑门儿，不再回头，径直离开了。

看望过母亲后，骆文心情好了很多。一是觉得老人状态还不错，二是母子间多少还能做一些抒怀解闷的沟通。

骆文的心情确实不好，已经好久没像昨天聚会时那样开怀了。同事们早就察觉老板几个月来总是郁郁寡欢，笑容较以前少了很多，还会偶尔发脾气，显得很烦躁。骆文基本不跟别人谈论私生活，加上职位较高，下属对他多少还是存有一些敬畏与距离感。所以大家最后得出的结论就是工作上的不顺心，可能是公司业绩不好、跟新来的总经理不对付、Jessica 生病、一个小组的事务放到他手上亲自管理、做预算忙的……这些都是事实，也不过是冰山一角，藏在水面下的更多烦恼来自工作之外的生活，而且不是最近才开始的。母亲的健康问题便是其中之一。

骆文现在公司附近的住房是他租的，他和妻子分居已经有三年多了。近二十年的婚姻生活接近终点，而对他来说，却没有丝毫解脱的感觉。家中的各种琐事并未因两人物理上的距离而消失，就像原来整体运转的机器，即使故障百出，也能继续容错运行。但当突然拆开部件时，呈现在眼前的不仅是简单的停摆，更有可能是一片狼藉。

生活中所有的琐碎原来都是以一个习惯的方式运转，不管你在家庭中是享受者还是付出者，都会不知不觉地坚守各自习以为常的角色。可有一天，你突然跳出来了，所有角色就要全部重置。角色就是你的生活方式，你喘息的分分秒秒，当需要仔细看时，可能会具体得让人吃惊。

看是不够的，还要去做。突然没人分担你从来不管的一些生活细节时，那些琐碎就会跳出来让你感到各种刺眼与不适。对骆文来说，租房子、选家具、布置房间、备齐各种生活用品……自己以前是不管这些的。他是追求完美之人，认为每一天都不能凑合，没有人能活一天多一天，这些东西不管大小多少他都要称心的、好的。

屋里的布置与家用要整齐，他不是那种邋遢的男人；常用的东西要洁净，他爱干净，但没有洁癖；饭菜的营养搭配与咸淡口味……这些有妻子在身边时，他的角色就是享受者，不需要动手，连嘴都不需要动。在这方面，夫妻俩是有共识的，已经有了默契，不过是对方承包了所有具体工作。

从分居的那天起，骆文就必须在已经很忙的日程表里，硬挤出一些时间去应对那些琐碎。这些他都可以忍，谁让他要搬出来生活呢，但不代表他不烦。

而且他还不能把妻子那边的事情全都抛诸脑后，很多具体的事情反而比双方住在一起时还要多，不可能完全置身事外。他非常忙，多年来一直如此，这个对方也知道。但此时，他绝对不会用这个理由拒绝妻子的要求，甚至还经常主动回去找些事情做，他是一个重情义之人。

晚上车少些，骆文很快回到住处。收拾停当后，便打开电脑，继续处理工作邮件。这就是他的生活，并将此自嘲为一周七天、一天二十四小时的浸润式的工作生活。即使休息日，邮件也不会停，上午刚清理掉，晚上又是新的一批，本部门的、外部门的；北京总部的、外地分支的；国内的、国外的；老板的、下属的；重要的、普通的；与己相关的、毫不搭界的……不仅是信息沟通，还有各种审批流程在不同系统里等着他批阅，电子化办公已把大家拴在了尺寸不同的屏幕前。房中最大的屏幕却挂在墙上成了摆设，电视对于他来说只是偶尔打开看球赛转播之用，他的有线电视费只是为一两个体育频道交的。

处理完工作事务，合上电脑前，骆文扫了一眼桌面右上角单独放在那里的文件。他是极有条理之人，喜欢有序地归纳，文件夹都会及时编辑归类，平时电脑桌面只保留几个常用的快捷方式。他看不惯布满密密麻麻图标的电脑桌面，认为这种桌面的主人不是思维混乱，就是处事没条理、能力差，再或是刻意给人展示出忙碌的假象，以博得赞许或同情。

右上角那个文件放在那里快一个月了，文件名清晰写着"离婚协议书——何瑛"。何瑛就是骆文的妻子。文件是十一长假后何瑛发给他的，让他审阅，如果同意，他们就往下走流程，并希望他能在年底前明确答复。

分居这么久，"离婚"二字对骆文来说并不是什么难以承受的敏感字眼，只是走到这一步的时候，还是会百感交集。在他看来，离婚应是由自己先提出来，而非对方。分居后，他们曾几次触及这个话题，甚至谈到了可以各自开始新的感情生活而互不相扰，至于形式上那个手续，基本共识是为了孩子先不急着处理，除非某一方有切实的需要双方再谈，对方会积极配合。

难道是何瑛有了新欢？还是她生出了什么其他的想法？骆文不太清楚她为何此时提出，他本来答应对方最近忙完抽个时间一起好好聊聊，孩子开学后他们还没见过面呢。然而就在上周日，也就是和刘莎开会的前一天晚上，他接到了何瑛的信息。对方简单告知骆文，想让儿子去国外念书，手续办得差不多了，问他还有什么建议。

骆文的第一反应是吃惊，此事从头到尾他都不知道，何瑛居然瞒着他做了一个这么重要的决定！第二个反应是不满，这么重大的决定为什么不征求自己的"意见"，而只剩"建议"，这种生米煮成熟饭的做法令他深感受辱！再加上对孩子的担心、不舍等各种连带的情绪反应，他也没心情再去有逻辑地摘出三、四、五了，抓起电话劈头就质问何瑛。

"我是为了孩子好，一句两句也说不清，有时间见面谈吧！"何瑛语气平和地回应。由于夜班在忙，她也不多解释，约骆文下周末到她那里聊，顺便看看孩子。

这一波未平一波又起的意外，让骆文有些失去方寸，这几天更是觉得心情烦躁。之所以没有跟母亲、妹妹谈及此事，是因为他自己都没弄清楚原委，也不想去烦扰她们。他茫然对着电脑屏幕，鼠标箭头钉落在离婚协议的文件上，却始终也不曾去打开。也不知这样失神了多久，电话传来短信的提示音，骆文这才被拉回现实。只能走一步算一步了。他索性合上电脑，抓起手机。

"下午忘说了：我和妈好久没见到凡凡了哈……"是骆平的微信，甩给了骆文这么一句多义陈述句，其中包含不满、批评、请求、期盼。凡凡，就是他与何瑛唯一的儿子骆一凡。

骆文起身准备好出差的行李，看了一下表，已经十二点多了。明早七点的飞机，凌晨五点前就要出门。他把闹钟调到四点四十，尽可能让自己多睡一会儿，明天的会议不会轻松，必须赶快上床养精蓄锐。这种折寿式的起居方式，正是他的日常。虽已习惯，但这两年身体渐渐有了反抗，经常会感到极度疲惫，有时还会伴有头痛等不适，毕竟已不是血气方刚的小伙子了。深深的倦意席卷而来，他觉得很累，身体、心理都是。躺在床上，脑海又浮现出与何瑛的过往，曾经那个温馨的小家。他有点想儿子了……

他努力压制这些杂念，提醒自己别顾影自怜、枉自伤感，赶紧睡觉！他翻个身，关灯前做了最后一件事：打开微信，键入信息，按发送键，接收人是骆平："知道了。"回复很短，同样是多义陈述句，包含知晓、歉意、无奈、承诺。

第四章

　　骆文与何瑛的牵线人是骆平。当时正值骆平毕业前一年在医院实习，轮转到妇产科，正赶上何瑛读博士期间在那里从事临床工作。得知何瑛尚未婚配、文化程度高、模样也不错，骆平就热心给哥哥搭了座鹊桥，没想到还真成了。

　　何瑛比骆文小三岁，一九七三年生，属牛。其父母是上海人，皆为"老三届"，是在云南插队时认识的。大城市来的年轻人起初非常不适应这里的生活，因为同乡有共同语言，两人便逐渐产生了好感。那时也不知道未来会怎样，或许一辈子都留在当地了，相依为命的感觉促使二人年纪轻轻就结婚了。婚后第二年，何瑛出生了，然后是妹妹，到一九七八年底回上海时，母亲肚子里已经怀上了弟弟。

　　何瑛的爷爷原是上海市政府的干部，家庭条件还不错。一九七六年后，何父靠老人走动了一些关系，较早拿到了全家回沪的指标，带着妻女回到了朝思暮想的上海。随后，他被安排在铁路系统从事后勤工作，何母自学了一些财务知识，在银行找了一份工作。

　　何瑛的姥姥姥爷都是旧上海的商人之后，原本家当蛮殷实的，随着时代的变迁，家境也跟着逐渐衰败，到何瑛父母这代，已经是弄堂里很普通的底层市民了。

　　何瑛的父亲在插队时学会了抽烟喝酒，且不思上进，家里的事也不怎么管。后来，他的酒越喝越多，慢慢成了瘾。何瑛的母亲看不惯，天天争吵，家里终日鸡犬不宁。后来见干预无效，她也就彻底放任不管了，任其发展，夫妻感情淡漠很多。前几年，何父查出肝硬化，却仍是杯不离手。

何母要照顾三个孩子，非常辛苦，又得不到丈夫更多的支持与爱，脾气也变得越来越暴躁，动辄发火，经常为一些小事大发雷霆，情绪一旦失控便完全不顾形象，脏话连篇，连哭带叫，很久才能平息。有邻居告诉何父那可能是一种叫作"歇斯底里症"的病，但何母正常的时候记不住这些，也不承认自己有精神方面的问题，丈夫更不可能带她去看病。再吵架时，何父就骂她是疯婆子，躲得远远的或找个地方继续宿醉。等到孩子长大成家后，夫妻间的争吵少了很多，何母的失常情绪缓解不少。

何家收入不高，日子过得很紧。身为长女的何瑛从小便担负起很多责任，帮助做家务，照顾妹弟，好吃的也要优先给他们，处处让着两个小的。每次父母吵闹或行事不当时，她都觉得很丢人。在正处青春期的何瑛眼中，父母活脱脱就是素质低下、令人厌恶的小市民。有时，她也会同情父母的悲惨境遇，但遇心情不好时，则恨不得离家出走。从那时起，何瑛就对父母产生一种深深的怨气，甚至是恨，直到成家后才慢慢释怀。

上初中时，何瑛就有一个强烈的念头：今后一定要远离这个家上学和生活，越远越好。后来报考大学时，她填的所有志愿都是外地学校。所幸，由于学习出色，她顺利地实现了这个愿望。

何瑛不到六岁就在云南上了小学，后来随父母回到上海就读时，比同年级的学生都小一岁，相当于跳了一级。年龄小并没有影响她在学业上的竞争力，她很用功，即使没有得到父母在学习上的任何帮助，从小学到高中一直都是学校的尖子生。高考时，她高分考取了北京知名的医科大学，如愿离开了原生家庭。她读的是八年制的临床专业，一九九八年博士毕业时才二十五岁。

何瑛性格沉稳内敛，从小就比较安静，不喜欢交际，虽然话不多，但思维很清晰。她喜欢读书，没事就捧着书看，张爱玲是她最喜爱的作家。受家庭环境与成长经历的影响，她骨子里对社会及生活带有一种悲观的情绪。她没有从父母那里感受到家庭的温暖，对婚姻一直抱有躲避与消极的心理。这些都给其日后的人生带来了深远的影响。

哮喘

一九九七年，何瑛经她未来小姑子的介绍下认识了骆文。

骆文在学业上与何瑛有相似之处，从小就是重点学校的好学生，一路高歌猛进考取了国内最高学府的化学系，大学毕业分配到国家事业单位，从事研究工作。那时正是二十世纪九十年代初期，国内的经济、文化、思想都处于迅速发展的阶段。天生反骨的骆文，并不适应单位死气沉沉的气氛，也不愿论资排辈慢慢熬到老。一九九六年，端了四年铁饭碗的他跳离了原单位。当时，丢掉铁饭碗去没有保障的公司里做事被称为"下海"，骆文没有犹豫，非常果断决绝，毅然跳入这个未知而又宽阔的"海洋"。想好就做，骆文是个彻头彻尾的行动派，贯彻始终。

那时只有骆父试图干涉过儿子，但终究输在了染色体上——骆文继承了祖上传下来的执着、倔强的基因。骆母是开明之人，虽然担心，但也没强行阻拦，甚至还不断宽慰丈夫。

从此，骆文的生活轨迹发生了极大的改变。现在想起来，他仍庆幸当时的选择。他无法想象自己如果一直在原单位工作，现在会是怎样的情形，一定是自己极度厌恶的样子。他觉得这些年来不管经历了多少起伏，看到的世界和享受到的生活都是比较满意的，这都得益于当年的果决。

跳出体制后，骆文加入的第一个公司是一家大型外资日化企业，生产销售洗衣粉、肥皂等清洁用品。在这里，骆文打下了很好的商业知识基础，也熟悉了先进的经营管理体系。相较于原来的工作环境，完全是两个世界。虽然两种工作无法直接对比，但其内在的专业体系、思想理念、文化价值等，对于骆文显然是更加受用的。他喜欢这样的环境，觉得这里更先进，自己更有用武之地。他疯狂地汲取着养分，快速成长。就在刚刚"下海"的第二年，经过骆平的撮合，他与何瑛的生活产生了交集。

起初，骆文有些犹豫。虽然自己是名牌大学毕业，但对方毕竟是博士。他倒不是怕自己在知识及修养方面不及女方，只是担心对方是那种性格比较死板的学究型女孩，就像婚后他和何瑛开玩笑时说的那样，那时社会上流行着一句打趣的话："世上有三种人，男人、女人和女博士。"其中的戏谑之味，尽在不言中。见面前，他还顾虑重重：对方会不会有学历上的优越感，而让自己在家庭中的地位比较被动？地域差异会不会在生活习惯上造成双方无法调和的矛盾？工作性质的反差会不会让彼此逐渐产生隔阂？等等。大学期间，骆文有过一次稀里糊涂的恋爱经历，但这次是以结婚为前提谈恋爱的，便开启了他善于分析思考的大脑，但这种事不是认真就能看清的。

骆平有些不耐烦，不断催促哥哥见面并做决定，就像她自己的事一样上心。她觉得骆文想得太复杂，按她的套路，找对象不需要想那么多，靠感觉就好，自己觉得舒服就在一起，爱超越一切的，两情相悦就一定会幸福。她的观点并非没有道理，只可惜，几年后自己那段疯狂的爱并没有印证这一理念。

骆母善意地提醒过儿子：来自不同家庭背景的人走到一起，有可能会潜藏危机。这一顾虑来自她的亲身经历，门当户对的老理儿并非偏见。也难怪，生活中很多旧理还是具有现实指导意义的，不然也不会经历那么多年的洗礼仍广为流传。最后，骆母还是找了一些理由说服自己不要墨守成规：何瑛的母亲也算是大家之后，其命运的无情转折与自己的遭遇颇有几分相似，这无疑增加了同情分；何父也是出自干部家庭，虽然本人教育水平不高，但根儿上还可以；何瑛是医生，她对医生的职业向来有偏爱，当年骆平虽是没办法才学的护理，但毕竟属于医疗行业，心里还是挺安慰的，如今家里能有个正牌医生，在她眼里是好事一桩；至于博士的头衔，她觉得挺好，一则对外有面子，二则她始终认为有知识不是错误。

其实，这些顾虑大可不必，只有双方真正接触后才会有深刻的体会。

彼时的何瑛，一眼望过去就能感到一种文静的气质。眼睛大却不咄咄逼人，目光中尽是聪慧与温和；一米六四的身高在南方女孩中绝对算得上亭亭玉立；皮肤白净，五官端正；头上扎着马尾，穿着也不花哨，朴素平实却得体；言谈举止温柔恬淡，彰显了很好的教养。

如此，骆母这一关几乎是形同虚设，不仅没有制造障碍，还对这位未来的儿媳积极敞开了大门。骆文对何瑛也是一见钟情，迅速展开了攻势，而且非常迅猛。

世人少有异样，若认定了什么，就会自发找足理由，以便让最终的选择看起来理所应当。爱情方面，所谓的原则实际上都是空洞无力的，不管怎么设计，占主导地位的终究还是荷尔蒙。

那时，骆文对理想伴侣的标准是：眼睛要好看，不喜欢近视眼；短发最好；性格要外向活泼；身高至少要一米六五以上；喜欢穿高跟鞋、短裙子、黑丝袜的，换言之，喜欢摩登女郎；最好是洗澡快的——这一点有点怪，他也说不出为什么，可能是喜欢利落的吧！可有了更深入的接触后，这些理想标准便被一一打破。前几次见面，何瑛戴的是隐形眼镜，实际上她有五百度的近视，后来看到对方戴眼镜时，骆文有明显露出吃惊的表情；马尾自然不是短发，且长发的造型直到今天也没有变过；她喜欢安静的生活，更多时间宅在家里，闲暇时就看书或在电脑前浏览信息，不喜欢到处社交；一米六四虽已不矮，毕竟还没"达标"，可何瑛自觉不矮，鞋柜里几乎没有高跟鞋，中跟都是少数，她喜欢穿平底鞋，舒服；刚露膝盖的裙子已是最短的了，她更青睐长裙；虽然不拒绝黑色丝袜，但很少有机会穿到；洗澡对她来说是一种放松与享受，所以时间并不短，而且要求家人也认真洗，说自己是"水牛"……

何瑛着实喜欢骆文这家人。公公虽然不爱说话，甚至有时有点暴躁，但心地善良，内里总有一团热火，只是不善表达而已；骆平为人诚恳、心直口快，没有城府，不用防着，又是自己的红娘，所以姑嫂关系不错；婆婆就更不用说了，通情达理、温和知性，挑不出毛病，尤其和自己的母亲一对比，高下立现，让她对婆婆更有一分亲切感和幸福感。当然，她对骆文也是很满意的：高大威猛、五官帅气，连单眼皮都觉得是优点；头脑聪明，有幽默感；名牌大学毕业，有知识、有见解。博士学历并未给何瑛带来什么特殊的优越感，她常说自己选错了专业，上学苦、就业晚、工作累、收入低、风险大，倒是很羡慕骆文的生活。

既然双方都满意，关系进展得就更快。当时国内的开放程度渐高，青年男女交往也不像过去那么遮遮掩掩。两人不仅如影随形，也很快突破了最后那道禁区。何瑛对骆文的依恋全写在脸上。爱情是灵药，甚至能让人的性格发生转变，原本文静内敛的何瑛变得主动起来，亲昵的举止也不避讳家人，甚至像骆平这种敢爱敢恨的女孩有时看在眼里，都觉得肉麻。那段难忘的时光，骆文现在想起来都会有一种甜蜜感。

骆文和何瑛正式交往的那年正赶上香港回归，全国都沉浸在喜悦中。骆文感觉整个世界都是美好的，觉得普罗大众都在为他俩祝福，对两人的未来也很有信心，整日心情明媚。他当然不是关心香港的未来，而是觉得自己的命运马上就要进入更幸福的轨道了。不知是不是命运的安排，之后骆文经历的几个人生转折还真都与香港产生了关系。

　　相处没有多久，骆文就陪何瑛回了趟上海。何瑛父母对这个未来女婿格外满意，巴不得赶紧办完婚事。他们甚至怕对方以后会嫌弃并抛弃自己的女儿，总是借机试探骆文，想从他那里听到更多的保证。骆文记得很清楚，当时正赶上戴安娜王妃意外去世，电视画面里播放着盛大的皇家葬礼。何母居然对着荧屏抹了几滴眼泪，感叹女人不易，哀叹着若嫁个不可靠的男人，即使是王子又能怎样，日子一样悲惨，云云。最后干脆直接对骆文说："你可要一直对我们家小瑛好啊！"骆文不敢怠慢，赶紧心领神会地应承了几句天长地久之类的话。这让何瑛都很吃惊，感叹母亲在这个事情上的极致发挥。她知道，对于戴安娜的事情，母亲平时一毛钱的关心都不会有。

　　谈婚论嫁的环节进展得尤为顺利，双方商定来年何瑛博士毕业就结婚。

　　一切都按照计划表推进。次年底，何瑛把父母接到北京参加婚礼，双方家长这才首次见面。所谓婚礼，就是两家人外加山东老家来的几个骆家的亲戚围着一个大桌子吃了顿饭。骆氏夫妇不太在意形式上的东西，小两口的思想也比较统一，都不喜欢那种表演性质的婚礼，宁肯不收礼金，也不愿大张旗鼓走形式。

　　婚后几年，两人确实度过了甜蜜的时光，双方的事业都处在上升期，商量好暂时不要孩子。那时也没什么钱，他们租住在一个很小的旧式一居室楼房里，也不觉得拥挤。两人整日在外忙碌，一个频繁出差加班，一个经常值守夜班，在一起的时间并不是很多，很少开火做饭。但他们各有奔头，对未来美好生活有着共同的憧憬，忙忙碌碌的生活倒也并不缺少味道。

　　二〇〇三年三月底，刚刚跳槽到新公司的骆文到香港参加一个培训，以前虽然有过几次境外差旅，但香港是第一次去。香港的繁华与绚丽给他留下了深刻的印象，当他站在维多利亚港旁看着耀目的霓虹灯时，兴奋地给何瑛发了短信，说一定要单独安排休假带她来玩。

结束了三天的培训，骆文回到北京。刚到家没两天，"非典"来袭，随后北京也告急。那时，大家对病毒不了解，人心惶惶的，商场里的食物、水和卫生用品被抢购一空。在医院工作的何瑛也有点紧张，回来告诉骆文要小心，但他不以为然，还嘲笑那些抢购食品的人，说"吉人自有天相"，直到大街上空无一人，媒体天天更新感染和死亡数据时，他才有点紧张。骆文人在香港时正是疫情暴发的初期，回家后北京又成了风眼，他觉得自己命硬躲过了一劫，不免向家人和朋友调侃自己鸿运当头。

鸿运紧接着就来了。何瑛因所在医院暂时封闭在家休息待命，骆文公司也让员工居家办公，因为疫情，他们反而有了朝夕相对的难得机会。两人倒是也很享受这来之不易的二人世界，任凭窗外"腥风血雨"，窗内如胶似漆更甚。疫情结束时，骆文收到了令他意外又欣喜的消息：何瑛怀孕了！

为了庆祝这个好消息，骆文决定快速兑现诺言，六月底就带着何瑛飞往香港。这次旅游计划只有三天时间，没想到，一落地，骆文就得了胃肠型感冒，上吐下泻，发烧不退，也足足折腾了三天才缓解。何瑛也从旅伴变成贴身医护人员。有了病体不支的伙伴，逛街游览不是取消就是从简，兴致也扫了大半。两人匆匆返回时，骆文反复承诺以后一定重新来一回，弥补这次的缺憾。谁知这一等就是十几年，到如今也没有兑现。

儿子的出生只给他们带来了短暂的快乐，随之而来的坏消息让两人的生活发生了巨大的变化。孩子一岁半时刚学会走路，就被诊断为哮喘病，还是比较严重的那种。从此，两人对孩子的付出就远超于一般家长。因为不知孩子何时会发病，夫妻俩每天都生活在战战兢兢的状态中。无论走到哪里，他们必须随身携带药物以防孩子突然发病，对周围事物保持时刻警惕，避免孩子因接触敏感物质而发病。每到春秋花粉季，他们都是谨慎出门，室内的清洁度甚至达到苛刻的标准……即使这样，也不敢有丝毫松懈，因为他们目睹过孩子发作时憋闷、恐惧、恍惚的痛苦表情，心中仿佛总有一个挥之不去的阴影跟随左右。直到孩子逐渐长大，病情才平稳下来，虽仍时有发生，但可以随时用药，及时控制，孩子的痛苦也小了很多。现在发病频次减少，他们的紧张程度也缓解不少，甚至会经常忘记孩子身上还带着一个不知何时会引爆的炸弹。

然而随着孩子的成长，夫妻间的问题也开始显现。骆文的职位不断升高，忙碌程度也成倍增加，在家的时间少得可怜，按何瑛的说法，这个家就是他的旅馆。他从开始的偶尔参与一下家事，到最后无暇顾及，照顾孩子的担子都落在了何瑛身上。何瑛也逐渐进入科室主力的行列，出门诊、做手术、讲课、带学生、写论文、参加学术会议、职称晋升……整个人像是上了发条停不下来。儿子上学后，辅导功课更是让她分身乏术。随着时间的推移，两人的交流越来越少，相互的抱怨越来越多，争吵也时有发生。既然总是意见相左，干脆就不交流了，他们各忙各的、各活各的。两人就像同一驿站的房客，只能做到点头之交。

骆文比较粗枝大叶，虽觉不快，但也无心顾及。他们已走过了两个七年之痒，权当是司空见惯的中年危机吧！他没有想怎样，更未思量分合之事，日子就这么平淡地往前走着，像是与己无关。

何瑛则不然，女人的心思细腻很多。她对骆文的冷漠非常不满，对家庭的气氛也很失望，但也不愿去主动改变，更准确地说是不会。隐忍的性格决定了她处理矛盾的方式，悲郁的心性又让情欲的表达笼上了灰纱，推动着双方的关系朝着绝望的方向挺进。

繁杂的琐事往往是中年夫妻关系破裂的温床，不幸的是，这个温床在他们之间孕育出了恶果，矛盾逐渐升级、激化，直到难以收拾。

激烈的冲突爆发在二〇一四年初孩子十岁的生日宴上。

儿子的生日是一月十八日，一个听起来很吉利的日子。那天正好是周五，骆文在外地开会，乘下午的航班回到北京。何瑛跟他商量是不是把庆生宴推后一天，周六两人都不上班，时间上更从容。骆文表示他可以提前到达，并改签了早一班的机票赶回来，让何瑛放心安排。于是，何瑛按原计划张罗餐馆、通知亲友。

其实，夫妻俩都不太在意形式上的东西，但对于孩子，改变原则的事情也时有发生。儿子自小没少受罪，何瑛时深感亏欠的，因此每个生日她都很上心，再忙再累也要做到尽善尽美：房间如何布置、礼物何如选择、蛋糕什么样式、穿着打扮怎样、菜式花样……事无巨细亲力亲为。家人也都理解她的心情，无不积极配合。

不巧的是，那天机场突然接到航空管制的指示，航班延误在所难免。要说这也很正常，但为什么偏偏是今天？骆文查过两地天气，会中也关注了即时航班动态，改签时还特意选了更早一点的航班以防不测。但就是应了母亲常对他说的那句话：人算不如天算。骆文刚在候机厅匆忙买了礼物，虽然他知道何瑛必定准备好了一切。他有点懊恼要是再早一点出来就好了。候机厅不断传来继续等待的通知。终于熬到机头昂起冲向空中，却比原计划到达时间晚了整整三个小时。

落地时间正是生日宴计划开始的时间。包间内，何瑛的焦急此刻已经变成烦躁。骆平在一旁宽慰嫂子，尽力聊一些热门话题分散她的注意力。当时电视中有一档《爸爸去哪儿》的节目很火爆，是孩子和爸爸一起在外玩耍的真人秀。骆平以为这个能引起一些共鸣，可这正触动了何瑛心中的不满，她觉得骆文给予孩子的陪伴太少了，便忍不住甩出几句抱怨，弄得骆平也觉无趣。好在儿子凡凡很懂事，表示并不在意，还劝母亲别生气。

刚好那几天何瑛的心情也不好。科里老主任退休，要提拔新人，何瑛是业务骨干，全科众望所归的接班人。但经过院领导的权衡，还是把这个职位交给了何瑛的竞争对手，而这个新主任一直与她有矛盾。这些细节是一直出差在外的骆文所不知的，他很长时间都不关心妻子工作上的事了，两人除了孩子似乎已无其他话题了。

期间，服务员反复询问是否开席，何瑛决定不再等，生日宴在压抑的氛围中开始。

出了机场，骆文想赶快到餐馆，挤着晚高峰的地铁再换出租车，终于一身狼狈地赶到现场。一路上，骆文的短信、电话不断，何瑛一概不回，无名火在他的胸中越积越厚。当他推开包间的门进来时，生日礼物已经送完，蛋糕也已下肚。看着眼前的残羹冷炙，骆文把憋了一下午的火气都撒在何瑛身上。令他始料未及的是，他遭到了超乎想象的绝地反击。冰冻三尺非一日之寒，何瑛的忍耐也到了极限，几年来郁积在心中的所有委屈总算找到了这么一个宣泄的出口——她喷发了。接下来发生的一切，让在场的所有人，骆文、骆母、骆平、凡凡瞠目结舌又不知所措。

何瑛先是回顾了事情的原委，指责文不该将自己的问题和情绪转嫁于她；由近及远，又抱怨骆文无视家务，不顾孩子，不关心自己，自己含辛茹苦地支撑着这个家，却得不到任何支持和抚慰；哭诉他们母子受了多少委屈而无处宣泄，甚至说骆文心有别属，对她不忠；继而又陈芝麻烂谷子的都翻了出来，既不顾及自己的形象，更不理会是不是会让在场的人感到难堪，全都一股脑地狂泻出来。从据理力辩，到胡搅蛮缠；从思维缜密，到逻辑混乱；从措辞有度，到秽语相交；从义愤填膺，到涕泪交加，再到鬼哭狼嚎，何瑛就像变了个人，杯碗也成了发泄对象，甚至骆文买给凡凡的礼物也无法幸免于难。何瑛就这样令人瞠目地发泄了一个多小时，才逐渐平静下来。起初，骆文还适时回嘴，但很快就败下阵来，到结束时，茫然失措的他已呆若木鸡地站在那里很久了。

凡凡在奶奶的怀里哭泣，骆平搂着嫂子哄劝。此时，骆文已乱了方寸，脑子随着何瑛的失态而凌乱。他想起何瑛说过其母早年的癫狂之态，当时她还笑着警告他不要惹恼她，说不定她身上也有这个遗传因子。果真，一语成谶。

从那以后，两人再也回不到原来的样子，关系断崖式地跌到谷底。表面上，生活似又回到过去的节奏，但骨子里已完全没了韵律。冷战随之升级。骆文忙碌依旧，夫妻见面的时间只减不增，即便难得在一起，也少有眼神触碰，只有遇到迫不得已的情况才适当沟通，且惜字如金。肢体接触更是成为禁忌。此前的三四年时间里，何瑛就对夫妻之事意兴阑珊，不是躲就是推，总有原因拒绝，即使接受也多是应付了事。最后，骆文也接受了这种让他深感压抑沮丧的夫妻生活。他们从肉体到灵魂，越走越远。

骆文接受不了这样日复一日对精神的消磨，但又无力解开这个结。他搞不懂夫妻俩为什么会到如此地步，自己似乎也没有主动去缓解的动力。是因为面子吗？可能。反正他没有行动，就这么一步一步走到了今天的境地。

既然相处不舒服，索性彼此分开一段时间。三年前的暑期一过，骆文就搬了出来。当他把这个决定小心翼翼地告知何瑛时，得到的只是冷冷的两个字："随你"。

第五章

　　清晨六点，寒秋的京城，空中仍然黑蒙蒙一片，天际的晨晖扫走了星痕，却不愿露出一丝光芒。骆文赶到机场时，Sissi、Coco 及 Hulk 已等在那里。这两天的会议，将决定明年的预算是否会被亚太地区管理层通过。骆文带着团队骨干即将踏上征程，这样的会议虽然很重要，但对骆文已是轻车熟路了。

　　骆文供职的企业是一家经营糖果零食类的跨国公司，旗下有众多知名品牌，巧克力、糖果、餐后零食等，品类繁多，销售额也很大。骆文所在的市场部有四十多人，除了几个管理产品的大组之外，还有一些支持功能的团队及人员。他所在的岗位十几年前是很难看到本土人的，通常不是外国人，就是港台地区过来的，能升到 Sissi 现在这样的层级就基本到头了，更不要说骆文现在的位置。那时有一个词叫"玻璃屋顶"，意思是你看得到上方，却永远突破不了某个预设的限制。近年，随着人才市场的变化，尤其本地人才能力的不断进步，这个屋顶也在逐渐被打破。骆文得到这个职位是能力使然，而且已经七年有余。

　　骆文刚刚踏入市场时做的是销售，每天奔波于商海，与客户打交道，锻炼出各种沟通技巧，也挖掘了基因里的喝酒潜力。因为业绩一直很出色，他已不满足于销售系统内的提升，利用公司内部的机会，从地区主管的位置跳到市场部，从基础的产品经理助理做起，在品牌营销管理的通道上继续拓展。在历时六年的积累后，他已是高级产品经理。二〇〇二年，他抓准时机，跳到了现在的公司。

哮
喘

50

起初，他只管理一个产品，然后是一个产品线，继而负责一类产品，再到多类产品，现在已是市场部的主管。骆文一路走来可用"势不可挡"来形容，几乎每两年就上升一个台阶，今年是他加入公司的第十六个年头。

飞机缓慢滑出跑道。Sissi 坐在骆文旁边，Coco 与 Hulk 坐在前排。

"Vincent，前天的酒缓过来了吧？"Sissi 微笑着发起话题。

"早就没问题了。你没事吧？我看你那天好像不太舒服。"

"没事了，就是有点肚子痛，休息一下就好了。"

"那就好。最近大家都累得够呛，但愿这次能顺利过关。"

"放心吧，我感觉没问题，只要我们内部别出岔子就行。"

"嗯。Rimond 应该没事了，咱们讲得够清楚了，他也没再有什么异议，就看上面了。"

"那就好，我总有点不放心，怕他临阵缴枪。"

"哈哈，那就有一战了。"

Sissi 担心的是骆文的老板，也就是公司的总经理 Rimond。

今年初，Rimond 才接替前任来到公司，是新加坡籍华人，但不怎么会说汉语。Rimond 原是负责英国市场的总经理，调任之前对亚洲市场几乎一无所知。由于去年公司的销售远未达到预期增长值，前任被调离岗位，回到美国总部，明升暗降安了个闲职。当时很多人认为，以骆文的能力及上升势头，必是接任总经理的热门人选。然而，即使有前任的推荐，总部最终还是选择从外部市场派新人来接管。

Rimond 刚来的时候，为达成他给亚太区管理层的各项承诺，推出了一系列自认为是划时代的内部改革动作，涉及政策、管理系统及人员等多方面的调整，包括财务总监、销售总监在内的数个一级主管都被他陆续换掉，但关键的市场总监他并没有动。这类公司的总经理会经常更换，顺利的能干四五年，多是两三年就走掉了。每任新人到岗都会重复"三把火"的路数，推行自己的管理理念及方法，甚至招揽、培养亲信占领重要岗位。这些倒是无可厚非，但问题是 Rimond 并没有完全消化中国市场，一些落地政策明显有问题，造成了团队的动荡及管理效率的下滑，生意也没有如他所愿快速增长，反而呈现了下降趋势。以目前进度看，今年的目标肯定不会完成了，甚至可能会出现多年来的首度下降。但他本人非常强势，认为效果不如预期是因为团队并未很好地执行他的想法，市场部作为关键部门便首当其冲被问责。

骆文是前任总经理提拔起来的。前任总经理任职近七年，公司业绩实现了飞速发展，骆文也在这几年达到了事业的高峰。他不太喜欢 Rimond，倒不是因为自己没有得到这个位置，而是觉得对方水平有限、情商不足，但工作上还要按规矩接受其管理，心中就生出很多不爽。加之近来 Rimond 故意给他脸色，盛气凌人，着实让骆文感到辛苦。

与上级沟通并非骆文的弱项，其智商、情商都不在低值，只是性格有时会让他好似另类般的存在。尊敬上级并不代表事事都要无原则地附和，他鄙视奴颜媚骨，也不喜欢下属对自己卑躬屈膝。他个性比较直率，就事论事，敢于谏言，就少不了与上级的碰撞。这样的人是职场里的稀有动物，幸好成长的关键期遇到的都是比较开明的上级，欣赏其能力的同时，也笑纳了偶尔出现的"不敬"。不然，能否走到今天的位置也尚未可知。

为了第二年的预算，这两个月来骆文和 Rimond 发生了数次激烈的争论，最后都是不欢而散。考虑到自己的仕途，Rimond 有意在预算中迎合上面的期望，在目标上"放卫星"，但骆文坚决反对。他认为市场和产品的状况不允许这样揠苗助长，若强行如此，会出现严重的负面问题，团队的稳定性都会受到影响，大客户也会出现问题，还会产生许多其他的关联麻烦。双方从争执不下到互下最后通牒，一方警告要珍惜自己的职业发展，一方回怼公司未来胜过个人前途。骆文骨子里就是这样的人，除非你以理服人，不然他就会比较坚持，尤其是不买强权的账。有时，母亲会说他和父亲一样执拗，对此他不认同，因为他不喜欢父亲。

骆文毕竟是了解市场的老手，数据、逻辑方面都做得无懈可击，Rimond 也说不出二话，最后，双方各退了一步，制定了一套折中的方案。即便如此，骆文也觉得达成的希望不大。这次的会议就是要汇报这个折中方案。Sissi 担心的是，虽然和 Rimond 达成共识，但上层若反对激烈，对方有可能会"溜肩膀"，不仅不帮他们说话，还会直接妥协。

哮喘

"兵来将挡吧！"骆文懒于猜测各种可能，想在飞机上多休息一会儿，并嘱咐大家都养精蓄锐，准备下午的那场硬仗。前排的 Coco 和 Hulk 都安静下来。Sissi 把自己的耳机递给骆文，让他听些自己下载的歌曲，说是可以安神助眠，自己打开电脑，温习要上会的演讲稿。

动人的歌曲从耳机中悠然飘出，骆文试图和着旋律睡去，但即便深度疲劳，仍良久无法入眠。可能是生物钟的缘故吧，他感叹自己老了，毕竟即将四十八岁，年龄不饶人。他索性眯起眼睛，看着窗外凝滞的云层，思绪又不知不觉飘到那些愁绪中。母亲的病情还会严重下去吗？会不会出现自己不愿看到的状况？他与何瑛之间最终会发展到何种境地？离婚协议要不要签呢？儿子远涉重洋该阻拦吗？能阻拦吗？以后再想见儿子就困难多了……

都说四十不惑，几年前骆文还觉得自己成熟很多了，看破了很多东西；这些年来，反而觉得越来越困惑。一转眼就快到了知天命的年龄，自己的生活却失序了，不要说天命，连眼前这点琐事都摆不平。回顾这几年，他就没有顺过，迈过一道坎，又是一道坎。不，这些坎一直还在，何曾迈过？就这样下去吗？不知何时是尽头……

耳畔传来李宗盛的那首《山丘》。几年前这首歌出来时，他就很喜欢，觉得歌词写得极好。此时，动听的吟唱再次滑过耳鼓，他突然觉得自己现在更能体会歌词字里行间的味道。"时不我予的哀愁"还会缠绕自己多久？不知他的下一个山丘是什么、何时来、有多高，也不知另一边有什么在等候，只是他现在还做不到忘掉或"嬉皮笑脸面对"的洒脱。好在尚未白了头，不应太过哀伤自怨。

这时，骆文骨子里那股不服输的劲头突然跳脱出来，觉得领悟到了一些东西。他不应该在这里喋喋不休，要振作一点，没有过不去的坎！母亲不是说过，生活就像硬币一样都有两个面吗？坦然接受吧！母亲的病情挺稳定的，坏不到哪去；他和何瑛之间会有一个令人满意的结局，毕竟还有情分在；凡凡不管到哪里都会平安快乐的……思绪翻滚之后，骆文感到身体从内到外地发热，也不知是源自内心的坚韧，还是确实悟到了真谛，久违的乐观似乎一下子又回来了。他感谢这首歌让自己豁然开朗。于是，他摘下耳机，挺直了胸膛，开始低声哼唱起来："越过山丘……"

　　Sissi 能清晰感到混杂于机身颠簸中骆文极其微小的肢体摇摆，以及隐约萦绕于轰鸣舱室之中的快乐歌声。她深感欣慰，侧目欣赏着骆文舒展开的面庞，虽不知道他在想什么，但能切实感受到对方此时的愉悦，而且这种快乐应该有自己的功劳。想到此，她就愈发高兴起来。

　　飞机准时降落虹桥机场。下了飞机，骆文觉得身上很轻松，不到两小时的飞行好像把他带到了一个全新的世界，面对已不知造访了多少次的大上海，他突然感到一抹新鲜感。他决定回到北京要好好跟何瑛聊一聊。对了，周末还要跟广告公司开研讨会，新的工作就要开启了。此时，刘莎的模样又一次在他脑海闪了一下。

　　几位同行者都能感到骆文的心情极佳，他们也受到感染，一路说笑不止地向会场奔去，并不知道等待他们的艰苦会议要比想象中的还要惨烈。

　　下午一点，会议准时开始。在陆家嘴豪华写字楼的高层会议室里，通过落地窗浦东新区的繁华一览无遗。

　　上海是公司亚太区总部的所在地，负责除中国大陆之外，包括东亚及东南亚诸国及地区的市场。会议在亚太区主管简单、俗套的开场白后，很快就进入备受关注的实质性内容。

　　所谓预算，并不只是简单的数据推算，而是以年度计划为基础的一系列工作与思考在数字上的表达。换言之，表面看是关于财务数字的讨论，实则是公司及品牌所有关键管理策略与计划的展现与碰撞。工作过程不仅耗费了团队的众多精力，其结果也将对未来一年业务的运行产生决定性影响。

　　Rimond 率先对公司整体运营管理进行了简单汇报。他用了大量时间讲述去年业绩增长减缓的问题所在，随后将今年销售下滑的主要原因与去年的遗留问题做了很强的逻辑连接，并重点分析了几个涉及营销层面的问题，尤其在品牌管理方面需要改进的地方。去年增长缩减的主导因素是外部市场的一些变化，而今年的销售窘境更多的是因他强推不正确的改革所致的连锁副反应。但他对此只字不提，反而将这些"令人期待"的改变描绘成未来几年快速成长的支柱。显而易见，他既是在将自己撇清，也是在搭建空中楼阁。

来上海前的内部预算会上，骆文已同 Rimond 在内的管理层对这次汇报的主要内容达成了共识。他没有权力去审核 Rimond 最后提报的 PPT，今天听到他的这番讲话，整个人都惊在那里。骆文感觉自己被出卖了。

这种会议，大家说的内容与调子必定是统一的，不知为何 Rimond 突然改变口径。如果只是甩锅给前任，多少还能让人理解，而大家形成共识的规划及担当翻脸就不认，这太让人愤慨了。PPT 里的数据看似还是那些，但人嘴两张皮，经过 Rimond 的重新组合，完全就是另一个故事了。要命的是，如果上面接受这种逻辑，那么对骆文及其团队相当于全面否定，这已不是明年好不好过的问题，基本可以递交辞呈了，还得是引咎辞职。

此时再去修改讲稿已不可能，但骆文可以在表达上做些修饰，跟总经理的调子保持一致，再在后面的讨论中进行周旋，这样做最安全。但以骆文的性格，这是绝不可能做到的。与生俱来的正义感与倔强，从他的血管中迸发出来。你可以反对我，但不能欺骗我——这是骆文的底线。他决定反击。

接着就是令与会人员感到吃惊的一幕。骆文的发言不仅把 Rimond 刚才传递出的错误信息全部纠正了一遍，而且进行了着重强调，生怕大家没有注意到。其间，虽没有尖锐的措辞或点名道姓，但言语坚定、表情严肃，与会者都是高级管理人员，无须动用智商都能理解他的用意。

几位骆文的下属也比较吃惊，刚才还不知该如何进行后面的汇报，见骆文给他们打了个样，也就胸有成竹了。他们了解骆文的性格，也理解他此时的情绪，更支持他的观点。随后的汇报中，他们与骆文的宗旨保持高度一致，且每个人都发挥得很好，Sissi 的温婉坚定、Coco 的感性妩媚、Hulk 的健壮威猛都变成极强的冲击力，把会议的气氛推到了剑拔弩张的状态。公司亚太总部高层在内的所有人都非常吃惊，在他们的职业生涯中很少见到如此场景。这分明是两个对立群体在撕扯，哪是一个整齐划一的团队在为共同利益拼争呢？

随后的会议议程中，火药味有增无减。Rimond 岂能受得了这样的气？下属让自己难堪至此，他必须要有所行动。针对具体问题及数据进行讨论时，为了维持自己的主张与面子，Rimond 不断反驳骆文的观点，在对预算数据拍板时，他居然反水，未按事先商量好的底线，主动申领了更高的指标，并接受了与之不相匹配的花费预算。骆文的态度十分明确，不仅坚决，而且理据充分。会议持续到晚间十点才不得不停下来。为了打破僵局，管理层要求团队进一步思考权衡，明天再讨论定夺。

骆文带着几个下属连夜重新计算、调整数据，商量对策至凌晨才睡。

第二天的会上，财务总监的意见出现了反转，居然也接受上面的更高挑战，与 Rimond 的意见保持一致。他是 Rimond 带过来的老下属，关键时刻显现了出来。销售总监虽然不是 Rimond 的嫡系，但也选择妥协。最后，只剩骆文一方在负隅顽抗。

鹬蚌相争，渔翁得利，结果是看戏的上层成了获益者。最后的决定是偏向 Rimond 的观点与数据，同时又部分接受了骆文的主张，做了小幅度的调整。职场有职场的游戏规则，骆文只能保留意见。他深知这样的预算数字，对他们整个部门来说，明年将是一个极其痛苦的年头。接近傍晚，在亚太区老板依然俗套的总结语中，这场争斗终于"圆满"结束。

从此，Rimond 和骆文之间，留下了更深的裂痕。

骆文快速整理了一下思路，把后面马上要做的几点事情给大家交代了几句。"日子还得过啊！管它呢！咱们尽力就好。"他安慰着仍悻悻然的同事，并赞扬大家表现不错。确实如此，几个人都很给力，只是结果不如所愿。

晚上在岸边餐吧举行宴会，骆文有事不能参加，提前跟老板打了招呼。Sissi 等人的心情也不佳，加之骆文不出席，也打算缺席。但骆文还是劝他们参加，尽不尽兴是他们自己的事，但礼节还是少不了的。他觉得该吵的也都吵了，以后自己的日子可能不好过，但不能影响下属们的前程。

骆文口中的事情是要去看望岳父岳母。

多年来，即便是跟何瑛闹别扭，他仍保持着这个习惯，每次到上海出差，只要能挤出时间，一定会去看望何瑛的父母。他觉得两位老人对自己一直很好，看望一下既是礼数，也会感到心安。就算有朝一日与何瑛离婚了，他们仍是自己的亲人，他笃信这个理。明天就要返京了，骆文特地当晚安排时间去看望二老，反正他也没心情和那些两面三刀的人一起把酒言欢。

何氏夫妇的家位于闵行区一个远离市中心的居民区，是一间面积不大的两居室，但是新房子足够两人生活起居。他们的老房子在城区的静安寺，地段好。因为小儿子何瑞没什么出息，十年前结婚没房，老两口就把房子腾给儿子住，自己另外买了这个偏远的住所。买房的钱是老两口的存款加上两个女儿凑的钱，何瑛两口子占大头，他们的经济条件好，主动多分担了一些，儿子则是一分没出。

岳父母那边早已把饭菜烧好，在家等着女婿。自何瑛与骆文开始恋爱，两个老人对这个女婿就十分喜爱，不允许妹妹、弟弟说一句姐夫的不是，且到处炫耀，街坊邻里都知道他们有个事业有成、懂事顾家的好女婿。每次何瑛回家，老两口都会百般嘱咐她要好好照顾骆文，做个好媳妇，气得何瑛经常甩话"干脆你们跟他过吧"。两口子分居的事情他们知道一些，但总体很乐观，坚信早晚一切会恢复正常。为了促成大团圆早日到来，老两口使尽浑身解数，基本都是费力不讨好，也没少看何瑛的冷脸。

把骆文迎进门后，两位老人争相嘘寒问暖，弄得骆文都插不上嘴。何家有个规矩，只要骆文在，大家一句上海话都不讲，生怕顺嘴溜出几句都会让女婿有被冷落的感觉，因为骆文听不懂上海话。这么多年，他们还真就做到了。

何瑛的弟弟何瑞带着妻儿也到场了。老三没上过大学，从小就不爱学习，打架斗殴，不务正业，到处惹事，是一家人的心病。可怜天下父母心，往往是哪个孩子最不争气就更疼哪个，从小到大，老两口的钱基本都花在这个宝贝儿子身上了。现在儿子大了，成家了，踏实了不少，至于说出人头地则为时已晚。何瑞目前在邮局工作，收入不高。

骆文登门前在街边商店买了些水果和两瓶五粮液，他和岳父都爱喝这酒。岳父前几年查出严重的肝硬化，身体日渐消瘦虚弱，连病带吓的，现在喝酒已没那么凶了，无奈酒瘾难消，每天仍必须喝点，声称宁肯死也要喝，家人索性也就随他去了。他在家只喝大桶装的散装酒，过节请客才会喝好一点的。每次骆文来都会带上两瓶五粮液，他也不舍得喝，就这么攒起来，这么多年探亲加出差，累计也有百八十瓶了。最后，这些珍藏基本都让何瑞拿走了，除了自己享用，据何瑛说他还卖过几瓶换钱。骆文也并不介意，反正是孝敬老人的，随他们安排，高兴就好。

有几个月没见到姑爷了，老两口兴奋得很，招呼何瑞陪姐夫喝好，爷仨干脆打开一瓶五粮液，边喝边聊，无非谈一些关于身体、工作、家庭之类的闲话。何母在一旁也不怎么动筷，除了看着骆文笑，就是不断给他夹菜，生怕姑爷吃不好，再就是拿着手机给他们照相。骆文知道她是要给何瑛发照片，用意不言自明。不管怎样，他还是感觉挺暖的，老人一片好心，也就不厌其烦地配合着做一些摆拍的动作。

席间，骆文试探着问二老关于凡凡到国外读书的事情，却发现他们对此一无所知。看来何瑛的保密工作做得挺到家，原来并不是他一个人被蒙在鼓里，心里多少感觉好受一点，也就更急迫地想回去问个究竟。

"真要把凡凡送国外去吗？孩子这么小，怎么舍得呢？别一时冲动啊！"何母很敏感，不无担忧地唠叨起来，"准是何琳给瞎张罗的，这两个丫头都不让人省心！"

何琳是何瑛的妹妹。何家三个孩子各差三岁，何琳居中。何琳的性格与姐姐反差很大，活泼外向，胆子大，学习虽没何瑛那么出色，也算聪明用功。大学学的是服装设计，毕业后从事本行工作，时常混迹于所谓的时尚圈，虽没混出什么名堂来，却学来了做事标新立异的风格。二〇〇六年德国世界杯，不懂足球的何琳也附庸潮流，约了几个伙伴去德国看球旅游，声称要给意大利队加油。中国人有钱了，自己的球队去不了世界杯，就找各种理由到世界杯上凑热闹。那时，很多女孩都喜欢意大利队，真正的原因跟足球没多少关系，基本都是为了那一张张帅气的脸。那届杯赛的小组赛，意大利与美国分在一组。比赛现场，何琳结识了也是远道而来的美国小伙。结果不知道是谁勾引的谁，反正两人迅速擦出火花，短短几天就如胶似漆、形影不离了。回国没多久，小伙子居然跑到上海来求婚。最后，何琳嫁到美国，现在已是三个孩子的母亲了。

骆文猜想此事也应与何琳有关，但不想在二老面前再谈论让他们操心，就说事情还没定，等回去和何瑛商量完再告知他们。

何瑞吃饱后就不再喝了，孩子第二天还要上学，路又不近，准备早点回去。互道珍重后，他就带着老婆孩子回家了。

岳母又把骆文叫到身边，试图为他和何瑛破镜重圆出谋划策。

"小文啊，你看凡凡出去你们就更孤单了，要不你们再生一个吧，现在都放开二胎了……"

"妈，您就别操心了，我们都这么大岁数了，哪里还生得出孩子啊！"骆文想赶紧搪塞过去。

"怎么不可以？我认识的院里的邻居，快五十了还生了一个呢！何瑛才四十四岁，又是第二胎，没问题的。"

"何瑛和我这么忙，哪有时间和精力再生养孩子啊！再说，一个孩子挺好的。"

"我们还不算太老，如果需要，可以到北京帮你们看孩子。"

"哎哟，您可别操心了，我们现在挺好的。"

"好什么好，再有个孩子就更好了！"

"不是您想得那么简单。"骆文想尽快结束这个话题，这多少刺到了他的痛处。

"你要是不好意思，我去跟何瑛说。她是妇产科大夫，生个孩子还不是小意思。"

"您可千万别掺和，没准儿还给搞砸了，我回去自己慢慢跟她说吧！"

"那更好。"何母将信将疑，但到底有了点进展。她见大家吃得差不多了，不想让老头子再喝酒，就张罗着收拾，骆文要帮忙，何母死活不让。

趁着何母在厨房忙碌的档口，何父突然左右顾盼，压低声音小心谨慎地用手比画了个圆圈，对骆文说："小文，那个东西还有吗？"骆文一愣，看着对方略带羞涩又充满期待的眼神，旋即就明白了。

几年前的春节，骆文与何瑛带孩子来上海过年，那时他们的关系还没有这么僵。除夕吃完年夜饭，女人和孩子们到一旁看电视，他和岳父继续喝酒聊天，对方也是突然小声问他："人家说的黄色录像到底是什么东西？"当时骆文很诧异，不知道怎么回答好。

"活一辈子了也没见识过。"岳父继续自言自语。

"无非就是男女那些事，没什么意思。"骆文感觉自己比提问者还不好意思，想敷衍了事。

"你们看过的当然觉得没意思，我还没看过呢！哪天你帮我整一个来看看。"敷衍失败，提问并没有结束。

"这……您这也没有 DVD 机啊，看不了的。"骆文胡乱找了一个借口。

"啥 DVD？我可以买啊！"

"行，等您有了 DVD，我再给您弄就是了。"

看着对方的认真劲，骆文不知该如何拒绝。这事儿老爷子不和自己的儿子说，然而找到他，可见对自己很是信任，便暂且答应着，大过节的，别扫了对方的兴，以后不提也就忘了。然而，他有两点判断是错误的：第一，不跟儿子说，除了不好意思之外，主要是怕挨训、被拒或被揭发，而女婿通常不会训斥或揭发；第二，老爷子并不是说说就算了，而是牢记了他的承诺。

回到北京没多久，岳父就给骆文打电话，除了家事，特意提到自己已买了 DVD 机，别的也没多说。骆文只能心照不宣地说知道了。其后每每通话，除了问候，对方都会有这样欲言又止的提示。几次下来，骆文有点扛不住了，不好再拒绝。再去上海时，除了五粮液，还真给对方带去了两张 DVD 光碟。没过多久，何瑛回到家劈头盖脸地骂了骆文一顿，说他怎么能干出如此不堪的事情。

岳父得到那两张光盘后，如获至宝，在家反复观看，并开始频繁骚扰岳母。年奔七旬的岳母不堪其扰，又不知老伴为何突然如此亢奋，在她眼中，老伴的举止与流氓无异。起初，她还以为这些反常的欲望跟酒精引起的大脑损害有关，直到后来老伴也邀她看那些碟片时，她才由羞及怒。案子很容易就破了，原来是女婿做的"好事"。

其实，关于给不给岳父这两张光碟，骆文也做过思想斗争。只是老人难得求他一次，又是反复催促，自己也不好再搪塞。虽然这事登不了大雅之堂，但只要老人高兴，满足一次应无大碍。他单纯地认为，这也算是一种变相的孝心吧！可惜，何瑛并没有买他的账，全盘否定了他的"好意"，但事已至此，只能严厉警告下不为例。骆文顿觉无趣，便灰头土脸地不作声了。

这一晃四五年过去，随着骆文与何瑛关系的紧张，见到岳父母的次数也越来越少，此事也没再提起，未曾想岳父今天又提起了这个话头。

"上次那两张让老太太给没收了，有空再给我整两张吧！"看着骆文呆若木鸡的表情，岳父有点不好意思地笑着挠挠头。

"现在都没人用DVD了，弄不到了。"骆文又摆出敷衍的架势。

"是吗……"老人有些遗憾。

骆文突然生出恻隐之心，觉得拒绝也要策略一些，不能伤了老人的心。

"嗯……现在都网络化了，DVD早就淘汰了。您看现在大家看电影、电视剧不都是在网上看吗？"骆文找补着。

"是啊，你妈会用，我不行。我笨，学了好多次，转眼就忘。"

老两口有个平板电脑，是何琳送的，便于二老与他们一家视频聊天，同时也希望他们学会使用，享受网上冲浪的乐趣。岳母头脑灵活，很快就学会了打字、聊天、上网等，现在偶尔还会在上面追剧。但岳父基本没有用过，他这辈子除了对酒执着，少有耐心做成一件事情。

"我记下了，以后若是看到，一定再给您弄两张。"骆文继续安慰岳父，"您也学学这些电子的东西，很容易的。会了就能看到很多东西，什么都有，比看那个有趣多了，还方便。"

"哦。"老人将信将疑，但好歹有了女婿的承诺，也算是没有白张这个口，到底是羞于启齿的事情，便不再追问了。

骆文跟老人闲聊了一会儿，继而又拿来平板电脑，手把手教了对方几个简单的上网步骤，下载了几个娱乐应用程序，甚至还教了一个简单游戏的玩法。其实，这些大都很快会被老人忘掉了，但骆文教得尤为耐心。岳母看到两人在那里打得火热，心里很高兴，觉得这个家散不了。于是，她又抓起手机，继续拍照，给何瑛发了过去。

第二天一大早，黑色的天空掺了少许灰白，骆文的团队成员在机场碰头。他们要赶回公司处理一些后续事务，还有几个会议在等着骆文。对他们这群人来说，辛苦是永恒的主题的，只是地点发生转换而已。

当飞机的轮子重重落到地面时，骆文才醒过来。因为睡觉，他错过了飞机上的早餐，Sissi 已经给他备好酸奶、鸡肉三明治和一小盒水果。这些是登机前买好的，她知道骆文不喜欢吃飞机上的餐食。骆文倒也没客气，回了一句"谢谢"，在飞机滑入栈桥前，就把这些填进了肚子。

飞机停稳后，骆文打开手机，各种信息、通知鱼贯而入。下意识地，他率先点开刘莎的信息："早！这两天的会议顺利吗？关于周末的 Workshop，有几个细节想跟你最终确认一下。方便的时候，我们通个话。谢谢！祝开心！"最后还附了一个俏皮的表情符号。

"周末想吃什么？馅饼吧！"后面弹出的是何瑛的微信，没有提及昨晚的事，似乎也不给选择的余地。何瑛的信息是在提醒骆文不要忘了之前的约定。骆文这才意识到两件事情在周末会撞车，他没有跟何瑛确认过周末的具体时间，只是按以前的默契应该是周六。

"周五晚上，行吗？我六、日两天都有会。"他也顾不得什么馅饼、饺子了，直接回复。

"不行！"没有解释，也不商量。

骆文知道这句"不行"就是字面意思，也不再追问，只好想办法协调刘莎那边的时间。可是周六、日的会不仅涉及自己的团队和广告公司人员，还有媒体公司的团队，足足一大票人马，所有通知和准备都做好了，是不可能取消的。可孩子的事毕竟太重要了，他也迫切地想了解和参与决定，如果这周不见，后面又不知要拖到哪天了，可能就来不及了……他思忖了片刻，给刘莎发去了信息："不好意思，有些私事必须要处理。能否：1. 周六的会推到下午开始？ 2. 周六上午我缺席，午后再参会？"骆文还是想挤出时间与何瑛见面。

"理解。我协调一下，目前可以有 95% 的把握回答你。"刘莎又在句尾附了一个微笑的表情。她没有追问原因，也没有为协调及修改安排的大量付出而叫苦邀功，直接给出了及时而明确的答复。

骆文喜欢这种回答，不仅简练，还有那么几分诙谐，智商、情商俱在。他觉得此时的刘莎简直可以用"可爱"来形容，心中的好感又加一分，甚至期待时间过得快一些，以便能早点见到对方。

"谢谢！"骆文回复，并在后面附上一朵鲜花的符号。这是他在微信交流里很少做的，他不喜欢使用表情符号，只是很偶尔用到其中的一两个笑脸。他原本也没有细想那是什么花，信息发出后仔细看了一眼，觉得应该是玫瑰花，心中反而有了得意，认为这个符号代表了他的内心，除了感谢，还夹杂着一些朦胧的情意。

　　好心情又占了上风，飞上海的路上焕发出的那些正能量，似又继续燃了起来，预算会议的不快也被抛在了脑后。

　　"能不能周六上午？我只有这个时间可以。"骆文也不给何瑛选择了。

　　"行。"对方不愿多打一个字。

　　就这样搞定了。骆文长吁了一口气，举起双臂，尽情舒展腰身，轻振了一下双拳。不经意间，熟悉的歌词再度从嘴边又飘了出来："越过山丘……"

第六章

周六早上，骆文如约来到何瑛的住处，也是自己的家。

现在，骆文除了工资由自己支配外，夫妻共同的存款、房子、汽车等都由何瑛使用。既然已有暂时保持现状的共识，双方就各自被动地去习惯眼前的一切，只是谁也没说这个时限是多久。

骆文向来不是很在意钱，原来在一起的时候，他们也是各管各的工资，比较大的家庭开支都是骆文出，不单因为他的收入远高于何瑛，主要是他认定挣回来的钱就是给家里花的。婚后，何瑛并没有要求他上交工资，双方很有默契，其实只要何瑛主动提，骆文也不会拒绝把钱交给她管。

分居期间，除了何瑛吩咐的事，骆文也会经常回来找些活干，不管对方是不是需要。比如把车洗干净，检查一下水电、煤气管道，修理一些破损的物件，实在没事做，就擦擦桌椅、板凳和地面。何瑛也不理会，任他忙碌。骆文主动问话，何瑛也会搭腔，只是没有以前话多。如果他不说话，何瑛也很少主动挑起话题，只有一点除外：儿子发起的谈话，两人都会积极参与。

来之前需要打招呼，进门时就不必，走的时候打不打招呼也无所谓。这就是骆文目前回家的状态。他回来的最大乐趣就是和凡凡互动，但随着儿子的长大，父子间的交流也少多了。他只有一个要求，期望何瑛不要教导凡凡恨自己。其实这一点他大可不必操心，何瑛从来不会这么做。

刚分开的时候，骆文回来的次数还多些，现在频次大幅减少。他很忙，何瑛的事情也多，聚少离多反倒令二人如释重负。起初，他们还时有沟通，最近一年几乎就没什么话了，平时发信息说得多些，但仅限就事论事，且措辞简单。毕竟是多年的夫妻，彼此还是相当了解的，比如饮食口味、审美好恶等。每次回来，骆文都会吃一顿饭，何瑛也不问，直接做好。他端起碗就吃，也不评价，但心里还是觉得何瑛做得好吃。骆文喜欢吃带馅的食物，包子、饺子、馅饼之类的，所以今天何瑛决定做馅饼。

进屋的时候九点刚过，凡凡还在赖床。何瑛正在和面备馅，她要提前准备好，以便一会儿能腾出时间跟骆文谈正事。客厅里的电视开着，新闻节目正回顾着前两天的热门话题——美国新任总统特朗普访华。屏幕里播放着总统小外孙女背中文古诗、唱中文歌曲的视频，播音员热情洋溢地颂扬着中美友谊。骆文心想，凡凡可能很快就要去那里上学了，希望两国关系持续友好，这样对儿子有好处。

骆文在房间里乱转，东看看，西瞅瞅。两个多月没回来了，一切都没变。家里仍是一尘不染、井井有条的。所有的摆设还是原来的样子，只是添了几件装饰品，多是凡凡拿回来的。电视柜里摆着几个相架，有两张是他与何瑛结婚时的照片。一张是婚前他们回上海拜见岳父母时在外滩拍的，骆文站在何瑛身后搂着她的腰，何瑛则平举双臂凝视远方。一九九八年，美国电影《泰坦尼克号》横扫中国市场，正值双方在热恋。观影时，何瑛哭得不能自已，靠在骆文怀里良久无法平静，骆文边亲吻着她，边在耳边呢喃着情话。随后，他们便模仿电影里的经典镜头，拍下了这张照片。这张照片拍得很好，两人都很喜欢，何瑛以前还用它做过电脑墙纸。另一张是结婚照。两人的婚事得到了何氏夫妇的积极响应，回京后，他们做的第一件事就是拍了结婚照。那时，婚纱摄影是很时髦的事情，两人折腾了多半天才完成拍摄。这套古装照片就是他们比较满意的一套。那年还有一部电视剧风靡全国，就是《还珠格格》。骆文没看过几集，但何瑛很喜欢，就效仿剧中主角五阿哥和小燕子的造型拍了几张，效果还不错。

骆文站在照片前，唏嘘了半晌。时间过得真快，相爱的时候两个人多好啊！走到今天这个地步，他也找不到问题的症结，成因似乎很多，莫衷一是。以前，他自诩为明白人，这么重要的事情却弄得一团糟，稀里糊涂地走到今天的境地。

"给你的协议看了吗？"何瑛不知何时走到骆文的身后，打断了他的思绪。

"哦……看过了。"骆文迟疑了一下，故作镇静地回复，随后转身坐到沙发上，像是要迎战的样子。

"有什么意见吗？"何瑛也不铺垫，单刀直入地问道。

"嗯……这个能不能一会儿再说？你先跟我说说凡凡的事。"

骆一凡是夫妻俩在"非典"时期宅生活的爱情结晶，名字的由来却颇有一番周折。当时流行请"高人"指点取名，何瑛还让骆文到市区某胡同里的取名公司走了一遭，找到一个据说是清帝多少代嫡孙的老先生。报了孩子的生辰八字后，老先生闭着眼睛，嘴里念念有词，执笔在白纸上乱画一通，不出一分钟，灵光一闪地在纸上写下三个名字，都带有很重的旧式文风。骆文觉得都不好，不是字太复杂难写，就是音韵不太好，还容易被人起不雅的外号，所以就没用。

回家后，他一边嘟囔对方赚钱太容易，一边说要让自己良好的文学基础能有用武之地。结果，他起了几个，何瑛都不喜欢，干脆自己来，想了一个"骆奕凡"，出处是"神采奕奕，气宇非凡"。双方都觉得不错，就拿去给骆母看，老人的文学造诣夫妻俩都是认可的。

母亲问他们是想让孩子平凡安稳过一生，还是出人头地、人前显贵？两人在这一点上的价值观还是蛮一致的，都说是前者。于是，老人把"奕"改成"一"，期望孩子能做一个平凡之人。这跟骆母的个人经历有关，她希望孙子能躲过世间无妄的潮涌，安安稳稳过好自己想要的生活，这是她本人想得到的，但已无法实现。

夫妻俩都觉得很好，写起来也简单，字的整体结构和寓意也不错，就定了下来。骆文的发小还找了一个"大师"看了一下，对方也说很吉利，称孩子会一辈子健康、顺利。夫妻俩便高高兴兴地给孩子报了户口。没承想，凡凡刚一岁多，那个"健康"的寓意就被打破了。

"孩子的情况也不复杂，先说也好。"何瑛也不坚持，娓娓道来。

何母的猜测是对的，何瑛确实找到何琳，说想让凡凡去美国读书，让她帮

哮
喘

66

忙安排一下。

何琳嫁到美国已满十年。刚到美国的时候，由于丈夫是美国人，很快就申请到了美国护照。拿到身份的同时，她就给父母、姐弟都办了亲属移民申请。当时骆文他们也没有具体的移民计划，只是觉得多一条出路也好，或许未来孩子可以到国外读书，毕竟外面的教育环境要更好些，也没反对，就加入了排队等候的行列。现在还没有排到，他们也几乎忘了此事。这次何瑛找到妹妹，并不是移民申请下来了，而是想让凡凡现在就去美国读书，希望何琳能帮着联系一个合适的学校，日后能帮助照看一下孩子。何瑛觉得凡凡的学习成绩固然不错，但高考这条路太辛苦，万一有个闪失，就会对前途有很大的影响。她喜欢国外的教育模式，认为比较适合凡凡的成长。更重要的是，凡凡的身体基础不好，压力大了会不会导致病情加重也未可知。尤其现在北京的空气环境也不佳，对哮喘患者尤为不友好。凡凡的成绩向来不错，尤其是英语好，想必过去也能很快跟上。

何瑛不轻易开口求人，也从来没托妹妹做过什么事。所以一听到何瑛的请求，何琳二话没说，很快就帮忙落实了相关事项。学校最好是能住宿的私立学校，就是学费比较贵；公立学校也行，何琳家旁边就有所不错的，但孩子要吃住在家里。两所学校都了解了孩子的情况，均表示愿意接收，明年暑期后过去，到那边直接对接八年级。凡凡现在是初一，相当于美国的七年级，至于选哪个还没有最后决定，现在正准备办理学生签证，该在明年开春就一切就绪了。

何瑛也没让骆文插话，一口气就把事情的来龙去脉讲毕。骆文一直坐在那里静听，何瑛讲得很清楚，道理也很充分，他居然一时不知从何开口，原先准备的一大堆问题也不见了踪影。原以为还会跟何瑛有所争论，现在看，是多虑了。

他终究是心疼儿子，哮喘病是夫妻俩最担心的事，凡凡能健康安全是头等大事，美国环境好，有利于孩子的健康。何况从教育的角度看，留学也是不错的选择。自己没有理由反对，他是明理之人，只是会想念孩子。

"你也两个多月没见凡凡了吧？"何瑛继续道，"你那么忙，咱俩现在又是

第六章

这个状态，对你来说其实没太大区别。孩子放假还可以回来，你也可以利用假期去看他，而且还可以多去几次。算一算，不见面的时间也没多久。"何瑛讲得也在理。

"你应该不会反对吧？我仔细考虑过，没有完美的事情，但我认为这是比较好的选择。"从骆文的神态何瑛能判断出个大概，他应该是同意的，只是需要个心理缓冲。

"听你这么说，我也没什么意见了，想得也算周到。"沉默片刻，骆文问道，"公立还是私立？"

"我希望上私立。一来可以锻炼一下凡凡，让他独立生活；二来何琳三个孩子都还小，自己工作也挺忙的，不想让她太辛苦。其实上寄宿学校，她也得操心。就是凡凡会孤单些，但五年后就上大学了，也不需要大人了。五年很快的。"

"学费呢？"这是关键问题。

"私立要花不少钱，而且学费年年在涨。先不管大学的事情，我算了一下，各种花费加起来一年最少要四十万。"何瑛停下来，挪动了一下身子，平静地看着骆文，意思很清楚。

"钱不是大问题，只要凡凡好就行，除非我不干了，供他这几年应该没问题。"

"我也可以出一些，家里还有些存款，但靠我的工资肯定搞不定。"

"你还要过啊，别管了，照顾好孩子就行了。"

何瑛能够推测出骆文的态度，但当对方这样说出来时，她还是忍不住很动容、温暖地看了对方一眼。

骆文倒没觉得自己有多么爽快或伟岸，他的反应是真情流露。他就是这么一个人，不会屈从于他人怎么说，他会根据自己的价值观行事，怎么想的就会怎么做。他认为自己理应出学费，绝不会因为做了好事期待别人夸奖与感激。

凡凡起床了，骆文只能收声，径直去找儿子。两个多月没见面了，他真有些想凡凡了。

凡凡现在的学校是重点中学，学习成绩也非常好，不用操心。这也归功于何瑛这些年的付出，业余时间基本都花在了孩子身上。何瑛上学时的功课很好，辅导孩子的方法也很得当。当然，各种课外班也没少上，昨天晚上他还在上外教的一对一课程，英语水平已远超同龄的孩子。

凡凡的兴趣从小就跟骆文相悖。他曾试图教孩子踢球，凡凡反而对篮球感兴趣；他不喜欢手工类的活动，凡凡却对拆拆装装的行为着迷；他给儿子买了很多文学历史方面的书籍，但书架上的空间更多是被军事与科幻类读物占据……

近几年，凡凡不与爸爸生活在一起，距离感虽被亲情掩盖了一些，但彼此的生疏感还是昭然若揭。凡凡对父子交流的热情远没有骆文高，或者说根本就没什么热情。父子间的对话基本都是骆文发问，凡凡简单应答，很少有反向的形式。用不了几个来回，彼此就无话可说了。凡凡也不怎么想见骆文，每次见面像是在应付一项极其反感的作业，不耐烦的情绪溢于言表，恨不得赶紧结束。这让骆文深感失落，这不是他期望的亲子互动。本来来的时候因思念堆积起来的好心情，现在就像即将燃尽的炉火，吃力地闪动着。

为了避免陷入山穷水尽的尴尬境地，骆文借口帮何瑛做事，适时地将自由还给了凡凡，准备找个机会和何瑛继续刚才的话题。

凡凡也如蒙大赦，很快回到电脑旁。双休日，他有总计不超过十小时的时间可以自由支配，这是何瑛立下的规矩。当然，所谓的自由时间，对孩子来说，一定是跟学习无关的。凡凡在屏幕前迅速调遣着自己的肢体与五官，偶尔发出叫喊声，宣泄着各种喜怒哀乐。他痴迷于游戏，但因有何瑛的严格管束，还不至于失控。他的成绩好，底气也很硬，现在又是在自由时间，没有人干涉，凡凡乐在其中。看着儿子打游戏时流露出的专注与热情，骆文感觉自己还不如虚拟的游戏，更觉无趣。

骆文不喜欢打电子游戏，觉得那是浪费生命。过那么多的关，得那么多的分，有什么用呢？所有付出都逃不出设计者的掌控，丢掉的都是自己的时间。他觉得年轻一代的颓废跟游戏有很大关系，尤其那些成熟的职场中人把大量的时间用于打游戏，简直是不正常的。

记得刚工作那会儿，电子游戏在国内方兴未艾，他也曾玩过《魂斗罗》

《超级玛丽》之类的，现在听到那些游戏里的音乐还觉得挺亲切的。当时也是快乐的，却没多大瘾。现在不同了，年轻人对游戏痴迷的程度令人瞠目，还衍生出了"电竞"的概念，被视为一项体育项目，这让爱好体育的他始终难以理解。这是科技发展的福利？还是不良的副产品？他更倾向于后者，也不知道自己再年轻一次会不会一样沉溺，反正就现时而言，他的心中对此很抵触。可他又无力驳斥，毕竟自己没有深度体验过，便不具备评论的资格。正所谓存在即合理，如今游戏已成为一个很庞大的产业。每当年轻同事跟他描述从游戏中获得的快乐甚至启发时，他又多少能理解一些。不喜欢，但又要去接受，这也算是他内心众多矛盾中的一种。

骆文从事的营销工作面对的消费者就以年轻人为主，研究他们的心理及所需是必要工作，推广活动也会经常涉及与游戏相关的话题，在这方面，他是与时俱进的。他深知若不去主动体会年轻一代的所思所想所为，很可能会被社会和时代迅速淘汰，他不想与儿子这一代有太多的隔阂，但有时确实力不从心，对游戏的感触只是其中之一。到了一定年龄，他的体会更深，这可能是规律吧，代际的沟壑是一定存在的，不是努力就能完全填平的。只是儿子现在与自己的距离似乎已不只是代沟的问题。这一点对骆文来说却不是什么矛盾，而是实实在在的失落与忧虑。

骆文止住思绪，跟何瑛打了个招呼，两人从客厅移步卧室，关上门继续聊。他们不想彼此间的不愉快让孩子知晓，实际上，凡凡戴着耳机根本就听不到。他们把凡凡出去上学的事情，拣重要的细节又商量了一下。此时，骆文已完全站在出谋划策的角度了。

半晌后，骆文看了一下表，即将十二点了。下午的会一点半开始，他要致开场词，不能迟到。何瑛让他吃完午饭再走，旋即到厨房里去烙馅饼，骆文也跟了进去。

"那个协议我看了。"骆文到底还是提到了另一个重点，他不想让何瑛感觉自己是在利用儿子的事情做掩护而躲避此事。

"有什么意见吗？"何瑛并没有停下手中的活。

"你真想这时候离？"

"……那什么时候呢？"

"我是说……你都想好了？"

"还有什么可想的？"

双方一问一答，没有赘言，似乎谁也不愿先表露自己的看法。馅饼在锅里嗞嗞作响，何瑛打开油烟机。噪音让两人的对话停下来，厨房又显得安静起来。

何瑛的离婚协议写得很简单，除了一些套话，对财产分割的部分并没有很苛刻的要求：她希望房子归她，余下几年的房贷由原先骆文支付改为她自己承担；两人的存款希望保留下来，因为数额并不大，而且她要养孩子；凡凡成人前不需要骆文再支付费用，她认为自己的收入足矣。凡凡出国的学费她没有写在协议里，一则这事没有最后定下来，二则她觉得骆文肯定不会袖手旁观，她非常了解他的为人及性格。

骆文对协议的内容没有异议，也不是很关心。他真正犹豫的是，要不要就这样结束这段婚姻。现实是他们之间确实已无挽回可能，各自也接受并习惯了分开的生活，更看不到任何积极的信号能让两人破镜重圆。以前说暂不离婚主要是为了孩子，现在凡凡大了，看似他也不太在意，而且很快就要到更远的地方生活了。骆文着实找不出什么理由去维持一段形同虚设的婚姻，只是当取舍近在眼前时，他反而感到很踌躇。

骆文沉默良久，何瑛也不吱声，直到金黄色的馅饼端到餐桌上。

"快吃吧，牛肉馅凉了就不好吃了。"何瑛把醋瓶子和碗筷推了过来。

骆文闷着头吃，像是羞涩般的，也不看何瑛一眼。何瑛也不坐，站在对面，目光却一直落在骆文身上，好像在监视一个刚刚犯了错误的孩子。骆文默默咀嚼可口的、熟悉的美味，何瑛看在眼中，内心却翻涌着难以名状的苦涩。

"这事儿先放一放，你赶紧忙去吧，别迟到了。"见骆文快吃完，何瑛打破了沉默。

骆文有点不置可否，心里已经在盘算何时去办手续了，没想到何瑛又按下了暂停键。

"行，那我先走了。"骆文也没时间多想，无疾而终地结束了这个话题，

"另外，妈和骆平好久没见到凡凡了，哪天一起吃个饭吧！"

"行。"何瑛转身走进厨房，继续给儿子做馅饼去了。

走前，骆文特意走到儿子的房间，摸了摸凡凡的头以示告别，然后匆匆离开。凡凡的眼神半分都不曾从电脑屏幕移开，始终坐在那里，无动于衷。

骆文像赶场一样来到会场，所有人已经就位。

今明两天的会议是研讨几个重要品牌下一步的传播策略。市场部、创意团队、媒体团队四五十人分组就座，准备掀起头脑风暴。

骆文一眼就看到出来迎接他的刘莎。她今天上身穿了一件红色暗花外套，下身配了一条黑色的紧身短裙，套着黑色的长筒丝袜，脚上束着一双黑色高跟皮鞋，鞋面扣着暗金红色的花瓣，一眼望去整个人既时尚又干练。红色是很难驾驭的颜色，却被刘莎彰显得很得体，没有一丝张扬俗艳之感。

日前，两人在电话和邮件里已将会议的主要环节讨论过。由于骆文临时变更了时间，刘莎便对会议议程进行了调整，就连后勤问题都安排得妥妥当当，让骆文很是满意。

按日程，骆文率先致辞。他特别强调明年的困难会远大于今年，对整个团队及代理商的要求也会更高，希望大家能有更佳的表现，共同扛过艰苦的一年。

茶歇时，骆文特别找到刘莎，向她表示感谢。骆文是发自真心的，他知道调整会议议程给刘莎带来了很多额外的工作，可截至目前，刘莎没有提过一句。

"哎呀，没事的。变化是常有的，别人能有事，Vincent 就不可以有吗？"刘莎笑道，"不过塞翁失马，你也成全了我们这些女同胞。"

"怎么？"骆文困惑。

"今天'双十一'啊！会议推迟半天，我们昨夜清购物车就从容了很多。拼到那么晚，早上可以睡个懒觉，不毁容也不影响工作，多好啊！"刘莎俏皮地回答，然后转身问旁边几位年轻的女士，"昨晚有没有血拼？"

"有啊！""当然啦！""必须的！"伴着大家的呼应，话题旋即转到了疯狂购物体验。

回到会场，骆文有些走神。刚才刘莎的回答让他心下一紧。此时，他的思绪已经脱离了会场的发言与互动活动。他竟然忘了今天是"双十一"，倒不是因为他要买什么，"双十一"对他来说有另外一层重要意义——结婚纪念日。

十九年前的今天，骆文与何瑛领了结婚证。他清晰记得那天是周二，当时街道办事处不是每天都处理结婚登记，只有周二、周五才能办理。周五是十一月十四日，听起来不吉利，所以两人就选择周二去。他们还讨喜地自我解释，两个十一代表一生一世的爱或一辈子一直好下去。

不知过了多久，这个日子居然演变为充满戏谑感的"光棍节"，虽然确实挺形象的，但与结婚纪念日撞期，还是让人感到有点别扭。两人还互开玩笑，说这是要拆散他们的意思。紧接着没过几年，这个日子又成了影响力更大的"网络购物节"。全国人民尤其女性，恨不得在这一天把全年所需都买回家，就像不要钱似的，有用的、没用的统统感兴趣，最后是否真能省下银子已不在她们的考虑范围了。也好，每到这一天，就当全国人民给他俩庆祝结婚纪念日了。

骆文突然想到何瑛约他今天见面是不是有特殊用意？否则她为什么那么反对改到昨晚呢？凡凡好像跟他说昨晚确实是去上外教课了……他觉得自己忘掉这么重要的日子确有不妥。不过，现在想起来又怎样呢？难道要买个礼物？甚至整出个什么仪式？确实也无心做什么了，从这一点来说，他们可能真的走到尽头了……

骆文的思绪完全游离了周围的环境，根本没听到此时发言的Coco在点他的名字，让他回应一个问题。当Coco再次提醒他时，骆文才从失神中猛醒过来，傻傻地愣在那里。这是一个跳板问题，内容本身并不难答，只需要点到的人有一个呼应，就像"托儿"一样，让演讲者借个力，使后面的内容更具吸引力。Coco想展现的是，她除了穿着性感抢眼外，演讲技巧也是才气外露的。

这一措手不及让骆文极其尴尬，他根本没听到Coco的问题。全场的目光都聚集在他身上，此时骆文恨不得自己的身躯即刻挥发殆尽。他感到面颊有点发烫，全身的神经都紧张起来。要不要再问一下Coco提的是什么问题？显然不妥！但总比愣在这里好吧？

　　正在不知如何是好之际，刘莎及时挺身救场，还不忘开了个玩笑，引得哄堂大笑，随即把大家的注意力从骆文身上转走。如释重负的骆文长吁了一口气，能清楚地感到头上冒出了冷汗。他定了定神，把注意力拽了回来。此时，他抬头望了一眼对面的刘莎，对方刚好朝他眨了一下眼睛，脸上挂着迷人的笑容。

　　再次茶歇时，骆文又走到刘莎面前。

　　"谢谢你啊，刚才给我救场。"

　　"哪里，你是不是哪里不舒服？"

　　"没有，刚才突然想起一个事情，所以走神了。实在不好意思，太丢人了。"

　　"吃点东西吧，别自我批评了。从概率上讲，走神的肯定不止你一个，只是不巧被抓了现行。"

　　"总之，还是谢谢你！"

　　"太客气了。你要怎么谢啊？"刘莎脖子一歪，又露出一个俏皮的笑容。

　　"晚上请你吃饭！"骆文脱口而出。

　　"好啊，恭候啦！"刘莎没有矜持，"一言为定！"她又追了一句，好像是怕骆文反悔似的，双手合在胸前轻轻拍了几下，很高兴的样子。不过，这也确实是真情流露。

哮喘

第七章

因为是周末，会议不想占用大家太多业余时间，就没有安排集体聚餐。散会后，骆文和刘莎商量了一下，最后决定去三里屯，那里热闹，离会场也不远。

三里屯对骆文来说并不陌生，还很熟悉，他工作的第一家公司就在三里屯旁边的一个高档写字楼里。多年走来，他可说是见证了这里的发展轨迹。这里刚有酒吧的时候还不是很热闹，骆文做销售时也时常跟客户或同事到这里泡吧。后来店家逐渐多起来，成了有名的酒吧街，来的人也越来越多，他就不是很愿意来了，觉得鱼龙混杂，失去了早先的味道。随后各种业态纷纷涌入，这里被开发成一个时尚购物中心，他来得就更少了，一是没有购物需求，二是逐渐不喜欢这么喧杂的场合，觉得闹心。酒吧去得更少，他觉得自己老了，这种地方已经不适合他了。

骆文还没讲完他的回忆与感受，两人就已来到霓裳艳影的目的地。坐了一下午，又有茶歇垫底，此刻两人都不饿，骆文提议先陪刘莎随便走走，逛逛店铺。刘莎没意见，跟着骆文没入人群。

两人身材都属高挑，走在一起倒是挺般配的。刘莎穿着高跟鞋，走起路来的姿态颇为婀娜，胸脯总是挺得高高的，显得特别精神。身边的女伴靓丽动人，反令骆文生出了几分自卑，觉得自己的穿着和形象略显土气。这也怪了，平素他在个人形象方面还是很自信的，此时却不知这些自信都跑去哪里了。

见多识广的骆文并未觉得三里屯有多么卓尔不群，时尚热闹毋庸置疑，只不过能刺激到他的东西不是很多。突然，他留意到广场上有一些人拿着相机在拍照，长枪短炮锁定的对象都是在广场与店铺间穿梭的女孩。他们是谁？记者吗？好像被拍的目标并不是什么明星，最起码他不认识。姑娘们的共性是穿着比较时尚，也不乏奇装异服。有些资质不错，有些无论颜值抑或身材着实令人倒胃口。她们中的大多数像是刻意对着镜头搔首弄姿，完全不像是来逛街购物的。

骆文听同事讲过三里屯有很多这样的女孩，装扮得花枝招展就是来给人拍的，希望靠街拍一炮而红，即使没有达到目的，起码也可以满足一下虚荣心。那些拍照者的身份更是复杂，肯定不是什么新闻工作者，目的也很多元。

骆文觉得眼前所见正如他感知的当下社会，世人变得复杂难辨，事事都不那么纯粹了。人们演着，甚至骗着，背后都少不了利益的驱使。他不喜欢这样的世界，却又不得不置身其中。

此时，刘莎很自然地拉住骆文的手臂，示意他们换个方向，因为有人已经在拍她了。"白天这种人更多。"刘莎拽着骆文紧走了几步，并试图借用他伟岸的身形挡住自己，直到她认为安全后才松手。骆文缓了缓神，心里有点小悸动，觉得自己保护了刘莎。当然，他坚信镜头中的刘莎必定是娇艳动人的。

骆文很久没有逛街了，单独和女性同行更是久违了，加之走在身边的又是近日累积了很多好感的女孩，心中颇有些兴奋，甚至都有点不会走路了。刘莎高跟鞋碰击地面的声音清晰可闻，敲出了一种令人步伐凌乱的节奏。他也不太敢望向刘莎，只能乱扫着另一侧的景物，随便扯些不咸不淡的话题。两人身体的距离也很难拿捏，刘莎稍近些，彼此的臂膀就会不经意间发生触碰，这让骆文感到有点不好意思。

说是逛街，但两人一家店都没进过，只是在广场及巷廊间穿梭。嘈杂的市场里，他们就像两只迷路的蚂蚁，没有目标地画着混乱的足迹。不知走了多久，骆文感觉有点累了，并非是走的距离太长，而是莫名的紧张消耗他的能量。他觉得刚才说的很多都是废话，好多都记不得了。

骆文停下来，看了刘莎一眼。对方还是对着他笑，没有说话。

"你饿吗？"其实是他自己饿了。

"你累了吧？"刘莎关切地反问。

"有点。"

"逛街是我们女孩子的擅长之事，你就别受罪了，咱们还是去吃饭吧！"

"我就是这个意思。"骆文笑了笑，松了一口气。

两人并未在吃的问题上浪费太多时间，彼此似乎很有默契。在骆文的引领下，他们来到一家中式餐厅坐下，这里主营川菜。

餐厅的装潢雅致，环境很安静，一进来立刻与外面凌乱喧闹的万丈红尘隔绝开来。略显幽暗的灯光中，缭绕着一缕缕沁人的焚香，和着婉转低吟的古琴声，一起蔓了过来。他们选好一个角落，一大丛翠绿的凤尾竹将二人与邻座隔开，婆娑竹影的掩映下，这个方寸之间显得更加私密幽静。

骆文选择川菜的用意很明显，因为刘莎是川妹子。聪颖如刘莎，自然也能体会到对方的用心，主动承担了点菜的职责。骆文没有参与意见，照单全收，自己偏爱川菜，也喜欢刘莎选的那几样菜式。

骆文是标准的山东大汉，葱蒜是家里饭桌上的常客，从小就养成了南北通吃的口味。工作之后，全国到处跑，味蕾被彻底打开，对辣椒的耐受度从能接受到喜爱，从"不怕辣"到"怕不辣"。现在能让他愉悦的事情不多了，辛辣的食物便是其中之一。

几个菜很快就上桌了，有鱼有肉，有荤有素：夫妻肺片、水煮牛肉、干煸鳝鱼、辣子鸡丁、麻婆豆腐、清炒空心菜。因为菜量小，他们多点了两道。骆文喜欢经典的菜品，就像他吃涮羊肉时的选择一样。他不喜欢那些花哨的"创意菜"，觉得当下的东西都搞得太复杂，一味猎奇，把以前的好东西变成"四不像"，反而缺少了极简的精致。在他眼中，越是简单越可贵。

"也不能怪商家，食客的需求就是这样啊，你不鼓捣出新花样，他们就不来吃了。"

"理解，我是商家、食客一起批评。"

两人没在这个话题上再做展开，这不是他们的兴趣所在。刘莎自作主张地点了一瓶红酒，说是红酒健康些。骆文默许。

"我看你酒量还不错，那天喝了不少吧？"骆文问道。

"我能喝一些，但也就是那天的量了，再喝就醉了。你看我当时好像没什么大事，事后也很难受的。"刘莎笑道，"今天我们不拼酒，慢慢喝，慢慢聊，这样比较安全。"说完吐了一下舌头。

"怎么还上升到安全层面了？"骆文轻笑道，"那不安全是个什么样子？"

"嗯……不安全嘛……有很多，最起码可以不乱说话。"

"好多秘密吗？我现在倒是想换白酒了。"

"那不行，我得矜持点，不能乱了方寸。"

说完，刘莎有点后悔，像是不小心暴露了心机一样，慌张地将目光从骆文脸上移开，为了掩饰内心的凌乱，赶紧举起酒杯，"谢谢你请我吃饭，干杯！"此时，她觉得自己已有点乱了方寸。

"哪里，我应该谢谢你，最近辛苦了，还帮了我这么多。"骆文赶紧举起酒杯，轻碰了一下。

两人竟有点语塞，放下杯子，笑了一下，一时不知说什么好，干脆都去吃东西。这家餐馆的菜很正宗，双方异口同声地表示赞许，桌上的佳肴成了调节气氛的最好工具。

"你今天很漂亮。"还是骆文率先打破了僵局。

"是吗？谢谢！"没有女人能拒绝这样的恭维。

"这身红外套很适合你。"

"真的吗？我也很喜欢。今年我穿得最多的就是红色，内衣、外衣都是。"话刚脱口，刘莎就感到言辞不妥，害羞和懊恼冲到脸上，让她脸上的红色也重了一些。她不知道为什么今天嘴巴这么不听使唤。

"为什么？本命年吗？"骆文的迅捷反应就像一棵救命稻草。

"是啊，你还记得！"刘莎紧紧抓住了这根稻草。

"当然。你还信这些？"

"有点吧。毕竟是老祖宗传下来的，肯定是有点道理的。本命年要多穿戴红色的东西，可以避灾。"

"我不信！本命年就一定有灾吗？"

哮喘

"穿戴红色既能避灾，又能纳福。"刘莎的笑容中充满了真挚。

"哦，这一年快过去了，你还挺顺利的？"

"目前没有太糟心的事，所以……"刘莎拍了拍自己的红色外套，像是在感谢它，继续说，"管用的。"

"OK。"骆文竖了一下大拇指。"那招来什么好事了没有？"

"认识了你呀！"刘莎感到脸颊又热起来了，觉得今晚自己这张嘴实在是没救了。

骆文笑了笑，任凭刘莎在那里心里乱跳。对方的话让他也感到很受用，内心深处的某处也被刘莎搅动得荡漾起来。自从与何瑛分居以来，除了工作需要，他还没有单独跟女性吃过饭。不能否认，约刘莎吃饭正是骆文所期望的。他更不能骗自己，每次和她一起，心里就会生出一种莫名的紧张。很久没有这种感觉了，他不太敢正视这个问题，是因为隐约能知道答案。但他也有点怀疑，思想斗争中，他的理性常是优势的一方。是不是自己独居时间太久，而产生了一种简单的冲动？对方有这个意思吗？真有的话，又会怎样？难道自己要跟对方怎样吗？他们还不了解彼此，双方现在只是工作关系，这样很不合适吧……突然，骆文有点反感这个瞻前顾后的自己。管它呢！如果彼此感觉好，就多相处，也不一定要做什么。开心最重要！没必要对自己这么苛刻。骆文决定尽量甩开这些杂念，不言未来，享受当下。于是，他拿起酒杯，继续和刘莎对酌。

"不敢当！若真是这样，到时我也穿！"骆文做出一个诙谐的表情。

"你的本命年也快到了吗？哎哟，我还不知道您贵庚呢！"刘莎确实不知道骆文的年龄。

"哦，相比你们80后，我们都是老一辈了。"

"乱说，你看着很年轻啊！"

"我明年本命年，跟你差了快一轮，还不老吗？"

"不老，正当年！"

刘莎没想到骆文比自己大了十一岁。在她眼里，他还很年轻，不仅容貌看不出痕迹，言谈举止也充满朝气。她原以为对方只比她大三四岁，但想到他的职位，又觉得应该更年长些。她从心里一点不觉得骆文与"老"字有任何关联，她很欣赏这种既有阅历，又有活力的男人。她觉得对方时不时会流露出一丝郁郁寡欢，只是没机会多问。吸引力与好奇心叠加，更让她有了靠近的欲望。

"祝你青春永驻！"刘莎再度举起酒杯，"也预祝你本命年顺利！"

"对，顺利！明年穿红色，把晦气都压下去！"

骆文的回答又挑起了刘莎的窥探欲望。他的吸引力在不断增加，让她更渴望去了解他的内心。刘莎很久没对哪个异性产生这样的感觉了，每次面对骆文，感性就会占据上风，让她心如鹿撞。她不想这么快就去鉴别情感背后的理性，觉得那样太残忍。不管将来会怎样，她很享受当下的感觉，不想有一丝被破坏。

"你总说晦气、解忧什么的，我也感觉你的状态不是很好，你是有什么难言之隐吗？"刘莎终于决定满足一下自己的好奇心。

骆文停下筷子，注视着刘莎。那次聚会，他就已经见识了对方的聪颖，所以这个问题并未让他觉得有多么意外或不快。此刻，他在内心盘算，要不要跟她谈论自己的生活。对方尚算是陌生人，但分明又让他感到强烈的亲切感。回避吧，他觉得对不起她的真诚与可爱；谈吧，又觉得暴露内心深处的东西，有些不安，而且他也不知从何谈起。可是，看着刘莎投过来的关切目光，他的踌躇很快化为乌有。骆文决定袒露，哪怕只是一点点，并不是想要从对方那里得到什么理解或安慰，只是实在不忍心拒绝。

他在头脑里组织了一下语言，想以最简单的方式袒露自己的苦恼。可是，压抑许久的烦恼就像掘开的堤坝，不管口子开得多小，终究是会汹涌而出的。骆文先讲到工作，与总经理的矛盾、业绩的压力，包括因关键职位人员长期病假缺岗给他造成的额外负荷……刘莎一直在静静地听，她已不再吃东西，偶尔与骆文喝一口酒，让他喘口气。工作上的事情她大致知道，毕竟这两周的沟通不算少，加上前任的交接报告，她觉得这些应该压不垮骆文。

唠叨了一会儿工作上的事情，骆文觉得舒心了一些。生活上的苦闷过于私密，且故事很长，恐怕不宜透露。他问刘莎还想吃点什么，借此止住这个话题。刘莎摇了摇头，她的兴趣显然不在吃上。她兴致正浓，想趁热打铁继续探询下去。

骆文点了一碗担担面，想以此彻底关掉刚才的"频道"。刘莎一声不响地看着对方吃完一小碗面，好像生怕任何动静都会破坏他的味蕾。当骆文吃罢抬起头时，刚好碰上刘莎关切的眼神。

"下半场？"刘莎轻声发出了请求，让人难以抗拒。

骆文本有心聊下去，只是觉得不妥，但在刘莎温柔的执着面前，他也失去了抵抗力，索性翻出了内心真正的苦痛。他讲到母亲的病，这是最令他心痛的负担，也讲到了婚姻的困境，连儿子的疏远与即将远走留学的事情也一股脑谈到了，只是没那么具体。他没有过多谈及何瑛的情况，但可以确定的是，他们已经走到了尽头。

刘莎的微笑始终不曾褪去，她是一个很好的聆听者，几乎没有插嘴，直到骆文长吁一口气结束了话题。骆文并未感觉很辛苦，好像找到知音一般，倾诉令他如释重负。其实刘莎什么都没做，只是彼此交流的气氛很好，让骆文觉得有一种彻底放松的感觉。

至此，刘莎终于在心中勾勒出了一个全貌。骆文所谈其实没什么惊世骇俗的特殊经历，感情纠纷、生老病死、儿疼女爱以及职场挫折，这些是每天都在发生的事情，每个人都会经历，她自己也可以讲出一堆来。只是所有事情都集中在一段时间内发生在一个人身上，就值得同情了。尤其在对倾诉者有好感的基础上，怜爱的情绪自然而然在刘莎心中慢慢发了芽。骆文的心事错综复杂，刘莎也不知该从何处入手去安慰。看对方的样子，貌似也没那么可怜，反而是笑容更舒展了。骆文不需要别人的怜悯，刚才的倾诉已是很好的疗伤，此时的他觉得轻松了很多。

"不好意思，啰啰唆唆讲了这么多，没烦到你吧？"骆文反而来宽慰刘莎。

"没有，你能跟我说这些私事，我挺感动的。我也帮不上什么忙，只能在工作上更努力，争取让你少些添堵的事。"她挤了一下眼睛，想活跃一下气氛。

"谢谢！"骆文也意识到这个话题有些沉重，"我们谈点别的，总说我这点破事儿也没什么意思。"

骆文让服务员把杯盘撤下，刘莎去了洗手间，等回来时，她发现除了酒之外，桌上多了一个果盘和两碟坚果。餐厅打烊晚，店内还有不少人，他们好像刚刚进店的客人一样，调整了一下坐姿，又重新聊起来。

"好啦，再聊点什么？"刘莎神清气爽地按下重启键。

"说说你吧！说了那么多我自己的事儿，对你的情况却一无所知呢！"

"嗯……"刘莎有些犹豫，自己当然有故事，可说来话长，也不知该从哪里开头，而且今天她的主要是想探究一下骆文的心境，目的达到了，她就不想再扯远了。

"我没你那么复杂，整天傻吃傻喝、无忧无虑，没什么谈资。"她选择了回避。

"不可能，每个人都有自己的生活曲线，只是起伏不同罢了。你应该不简单，只是不想跟我说。"骆文将了她一军。

"真的，我的人生不值一提。"刘莎继续笑着躲闪，"不过……如果你想听有个条件。"

"什么？"

"请我再吃一次饭，到时我根据饭的好坏再决定给你讲多少。"

"没问题。"骆文没那么多心眼儿，直接钻进了刘莎的圈套，等他回过味儿来，对方已得意地把一片甜瓜放进嘴里，然后举起酒杯道："那就一言为定喽！干杯！"

两人又把话题转到工作上，后面新广告的创意及媒体活动的跟进等，还有很多需要刘莎的团队去做，而且时间很紧。这两天的会议内容也有不少要总结的，两人相互提醒了一下需要注意的事项。骆文嘱咐刘莎，不同品牌的工作衔接一定要跟紧几个产品组的头儿，因为自己事情太多，有可能照顾不周。

"你好像很器重 Sissi 吧？"刘莎点头称是，突然话锋一转。

骆文坦言："嗯，她能力很强，工作也很认真。"他不会说诸如一视同仁的话来敷衍对方。

"我也觉得她不错，头脑很清楚，下午的演讲就能听出来，而且口才也很好，不紧不慢的，很稳。"

"是，她的性格就是这样，跟 Coco 她们完全不一样。平时话不是很多，但你并不觉得她闷。谈笑也比较适度，反应很灵敏，属于那种稳而不钝的。"骆文不吝溢美之词。

"看来你是真的喜欢她！"刘莎一副调侃的腔调。

"是啊！她是我招进来的，没有看走眼，当然喜欢。"骆文很自豪，没有拐弯。

"嗯，我看她对你也是言听计从的，会不会有点那个意思？"刘莎娇俏地一笑。

骆文一时语塞，才觉出刘莎是话外有音，却也不多想，语气相当磊落："哈哈，别开玩笑了。人家 Sissi 是 80 后，比你还小三岁呢，对我们这种老男人……怎么可能！"骆文笑出了声。

"怎么不可能？现在的姑娘就喜欢你这种类型——高富帅，很吃香的。"刘莎也笑出了声。

"不可能，不可能，我们有代沟！"骆文忙不迭地摇头。

"那我们也有代沟啦？我也是 80 后啊！"

"当然啦！你们还是祖国的花朵呢，我都是明日黄花了。"

"得了吧，有我们这样的花朵吗？要是也是黄花，大家都是！"

两人相视而笑。少顷，又言归正传。骆文说 Sissi 管理的产品最大，压力很大，她也会时常帮他处理一些部门整合的项目，比如与广告公司之间的评估和协调工作，嘱咐刘莎跟 Sissi 保持沟通畅通。

刘莎提到年底的安排，虽然还有些时间，但知道年底客户事情很多，所以就想早做打算。按惯例，他们两个团队每年都要有个年终联谊，她向骆文征询合适的时间。骆文在年底排得满满的日程中初步锁定了圣诞夜。他并不过圣诞节，只是觉得年轻人对该节充满了热情，两方团队以 80 后、90 后为主，安排在这天很合适。赶巧那天又是周六，大家可以尽情欢乐而没有后顾之忧。

酒喝完了，两人觉得时间已晚，便起身离开餐馆。外面的喧嚣程度已不如他们来时，仍有很多人在闲逛。深秋的凉意并没有阻挡姑娘们穿得清凉，晚间的灯火仍能映出许多妖娆的身影，络绎不绝地在夜色中游弋。

二人不约而同提议再逛一会儿，都想把相聚的时间拉得长一些，所以走路的速度也慢了下来。

交流了这么久，他们觉得彼此的距离近了不少。骆文走起路来已没有来时那么紧张，而且感到刘莎与他的距离似乎近了些。人的感官是很神奇的，这种距离哪怕仅有一厘米，都可以清晰地体会到。

刘莎觉得骆文放松了很多，两人的身体碰触似乎也多了一些，虽然还是会很快分开，但能感到骆文不再像一开始那样触电般地快速闪开。重要的是，她喜欢这种看似无意的身体接触。

善于察言观色的卖花人跟了过来。在骆文看来，这是很俗的套路，但今晚他没有免俗，买了一小束直接塞给刘莎。他没有勇气去看刘莎眼中的喜悦光芒，却能感受到对方的欣喜之情。此时，对方高跟鞋碰击地面的声音已不再是凌乱的节奏，而变成悦耳的音符，直接叩击着他的心房。

骆文也不像先前那样不知所云了，随意采撷着街边的景物谈笑风生、诙谐幽默。他寻找着之前拍照的那些人，却一个都找不到了。刘莎奇怪，"找他们做什么？""估计他们会抓住你继续拍。"刘莎笑问为什么，骆文答："因为你很美……"

回到家中，骆文还回味着晚上的时光。躺在床上，刘莎的样子直接涌进脑海：红色的外套、美丽的妆容、迷人的笑颜、炙热的眼神，还有那高跟鞋的声音……都在脑子里翻滚。他甚至下意识地摸了几次自己的臂膀，那是跟刘莎接触过的地方，现在仿佛还沾染着对方的味道……他翻了个身，思绪也跟着转了一百八十度。为什么这么快就跟对方谈了自己的私事？这不符合常理，毕竟他们才相识了两周，这种客户和代理商之间的关系有点离谱，自己怎么会闹出这种笑话呢？是不是被最近家里的事弄昏了头？他还是有妇之夫，何瑛会怎么看这个事？可是他们夫妻已行至陌路，还需要在乎彼此的看法吗？骆文觉得脑子有点乱，又翻了个身。这次思绪并没有发生一百八十度的反转，各种凌乱的念头奔赴心头，完全理不清了。

骆文躺平身体注视着天花板，思绪似乎也平稳了一些。他发现今天都是自己在倾诉，刘莎并没有回馈太多的信息。换言之，他对刘莎还是一无所知，连家庭、成长背景等基本信息都不了解。他突然有点自嘲不靠谱，年纪也不小了，居然这么不稳重，随便就掏空了自己，还动了春心……想着想着，不由笑出了声。

时间已过十二点，手机传来微信及邮件的提醒声。骆文连忙抓过手机，是网络营销管团队发过来的快讯，简报了一下"双十一"的销售情况与去年大致持平，没有达到预期的增长。他也不想再爬起来查看邮件里的详细报告了，想到明天还要开会，索性把手机扔到一边，试图睡去。

可是，睡不着。

因为收到"双十一"的信息，结婚纪念日又跳了出来。他想起何瑛，为什么今天又不再说离婚的事了？时间太紧吗？还是她又有什么其他想法？对方为何此时主动提出离婚，他还是没搞明白。孩子的事也是，到了最后一步才告诉他……骆文觉得自己的智商严重倒退了，好像很多事都被蒙在鼓里，一切都不由他控制了。

不是吗？Rimond在骗他，财务总监、销售总监都骗了他。自己是不是真的出了什么问题？诚信就那么不值钱吗？Sissi, Coco, Hulk他们不会把自己也卖了吧？应该不会的……可能是自己的状态真的不好，不然不会这么被动、这么辛苦。

刘莎会不会骗我？她对我有那种感觉吗？凭直觉是有的。但他觉得自己现在的感觉并不靠谱，所以告诉自己，别犯傻，稳重点，别不知轻重！最起码需要先了解一下，对方还是有点神秘。对，先了解一下……

第八章

这一晚，并不是只有骆文一个人辗转反侧。刘莎同样良久无法入睡。

回想了今天发生的一切，她心里始终有一种温暖甜蜜的感觉。她佩服自己为骆文救场时的快速反应，现在也不知当时是从何而来的灵感。她承认自己一直关注着骆文，岂止今天的会议，从见到对方的第一眼，他就散发着一股磁力，把她紧紧地吸住。骆文的表情、眼神、声音、身形时常会在她的脑海闪现，刘莎知道这感觉已远远超出了工作关系。

骆文给她买的那束花插在小花瓶里，就在不远的储物柜上静静凝视着她。送花的时候，骆文显得很自信，有点不容分说的意思，她居然连句谢谢都没说，实在蠢到家了。这一晚，自己做的蠢事还少吗？想想自己说过的那些话，真是太过分了！她有点害羞，不由得自嘲地笑了一下。

对方也是喜欢我的吧？刘莎想起骆文略显紧张的步伐与言谈，觉得好笑，这不就是他内心的真实反应吗？女人的第六感往往可以精准地捕捉到这类信息。他确实对我有好感，但为什么饭桌上又没有进一步的表达？她想起骆文对她说的那句"因为你很美"，这不像是一般礼节性的奉承。她记得他说话时的表情和语调，很难形容，却能感受到那种真挚。她的心像是被蜜灌满了，那句话让她几乎忘了后面两人交谈的内容，伴着她一直回到家，直到现在还甘之如饴。

刘莎想到骆文跟她说的那些烦心事。对方的婚姻就快结束了，她竟有种难以言喻的窃喜。她知道这样不好，但又克制不住。她觉得骆文不易，糟心事都赶到了一起。她产生了强烈地伸出援手的念头，但又怕被拒绝，那种关切之心就显得更为急迫、强烈。她突然感到有点恐慌，怕自己动了真情。她刚刚接手了新的工作，双方是工作关系，应该也只限于工作关系吧！他们彼此还不了解，陌生感一直都是有的，恐怕只是一时的异性相吸？刘莎有点自恼，又不是情窦初开的小姑娘了，应该懂得谨慎行事，不能因小失大，让关系失控。就算生出些许暧昧的感觉，默默享受就好，绝不能轻举妄动。

可是，女人毕竟是感性的动物。刘莎固然聪慧，但面对感情的波澜，女性的特质会不自觉地占据主导，试图主宰一切。她辗转反侧，努力压制着内心的躁动。身体已经很疲惫，但大脑异常兴奋。很久没有这种感觉了，难道真的是缘分不可挡？抑或又是一次危险之旅？上次的创伤恍如昨日，自己用了这么多年才勉强抹平，她害怕再度受伤……

那道旧伤对刘莎而言是刻骨铭心之痛。那是十二年前的事情了，她的上一个本命年，在成都。

刘莎是川妹子，生在都江堰。四川是刘母的籍贯，刘父是黑龙江人，人高马大的，想必这就是刘莎能长到一米六四的主要原因。这一北一南的结合，缘于二十世纪六十年代末。当时，国家把兵工企业分散到边远的山区地带，刘莎的父亲就是那时随原在东北的工厂南下到四川的。新工厂设在都江堰附近，刘父还是个刚满二十岁的小伙子，在厂里做技术工人。后来经人介绍认识了都江堰市某商场做售货员的刘母。两人育有一对儿女，长女就是刘莎，弟弟比她小四岁。

刘母生完刘莎后，身体一直不是很好，就辞掉商场的工作，在家专心带孩子、休养身体。家里的生活并不宽松，但三口之家过得并不拮据。可刘父思想陈旧，一直想要个儿子传宗接代。刘母并不想再生，一是自己身体不好，二是当时的政策不允许，但最终拗不过丈夫，还是怀上了孩子。之前的两个担忧接踵而至：刘父因为坚持要二胎，丢了工作；刘母生产时大出血，身体从此一蹶不振。

刘父丢掉了铁饭碗，又多了一张嘴吃饭，生活质量急转直下。父亲的文化水平不高，除了原先那些技术活，别的啥也不会干。更要命的是，他眼高手低，什么都看不上，始终就没找到稳定的工作，生活上还要经常靠岳母家接济。心情抑塞的父亲开始借酒消愁，这好像是失意落魄的男人惯常的选择，然后就是酒后和妻子吵架，有时还会动手。母亲不堪其辱，常会带着孩子躲到农村的娘家住上一段。没有老婆孩子在身边，父亲更放肆了，结交了一些不三不四的市井之流，除了喝酒就是赌博。十赌九输，结果可想而知，不仅家当所剩无几，还欠了一屁股债。这些好像也是落魄男人的常规套路。

不久，父亲就去了不远的省会成都打工，其间不知换了多少工作，也就是勉强度日。被他一起带到成都的还有酒和赌，尤其是赌，是夫妻矛盾的主因。直到如今，父亲还会偶尔找刘莎讨钱，去支撑他扔不掉的癖好。

父亲去了成都不久，母亲也带着两个孩子跟了过来。靠父亲的收入显然不能支撑稳定的生活，两个孩子都上学后，母亲就自己张罗了一个卖蹄花的街边小摊，没想到生意还不错。虽然是小本买卖，但由于味道好、待客实在，居然在周边小有名气起来，后来还开了固定的门店。母亲的收入明显超过了父亲，父亲也过来帮忙一起做，生意好，家里的生活也就得以大幅改善。在刘莎眼里，那几年是最好的光景，吃穿不愁了，笑容便常挂在母亲嘴边。

好景不长，有些闲钱的父亲积习难改，又开始重操旧业，不断把辛苦钱扔到牌桌上。一边进，一边出，家里的经济又紧张起来，父母的冲突不断升级。后来，由于修路改道等原因，小店在几易其址后，生意也到了勉强维持的地步。但为了支撑远在武汉的女儿读大学，母亲咬牙又坚持了几年。直到刘莎大学毕业，加之母亲年龄大了、身体也撑不住了，才停下来，那是二〇〇三年。

刘莎学的是新闻专业，毕业后在当地的一家报社工作。这家报社在西南地区乃至全国都有相当的影响力。刚从大学出来的刘莎意气风发，踌躇满志。她在学校就是好学生，文笔极佳，被分在新闻部，经常跟着老师，也就是本部门领导出现场采访，每天忙忙碌碌、心气很旺。

然而，命运的打击却悄然而至。

刘莎的老师是个三十岁出头的男记者，成都本地人，比刘莎大十岁，一表人才。他是名牌大学新闻专业毕业，毕业后就在该报社工作，能力很强。工作十来年，获过很多行业奖项，是报社的后起之秀，也是台柱子之一。

起初，刘莎对这位老师有好感，但更多的是崇拜，觉得能遇到这么一位出色的前辈，自己很幸运。

第一年，两人配合得很默契，做了几个很棒的采访，受到了广泛关注，刘莎的能力也得到了报社的认可。彼时的刘莎淳朴机灵、办事利落、肯吃苦，加上生就一副好模样，备受同事的喜爱。总编辑还在一次会议上表扬他们的组合是"金童玉女"。

慢慢地，两人的关系产生了微妙的变化。

第二年夏天起，对方经常给刘莎发一些充满关怀的短信，送一些精致的小礼品，继而业余时间会约她出去谈谈人生。不经世事的刘莎哪里抵抗得住这样的殷勤，一来二去就生出了情愫。大学期间，刘莎就不乏追求者，但她从没正式谈过恋爱。懵懂的少女一旦打开心扉，爱情的火焰就凶猛得难以阻挡。两人很快就开始一边工作一边恋爱的相处模式。

刘莎爱得很纯粹、很热烈，几乎倾尽所有。她一心一意地依恋着对方，他喜欢什么，她也跟着喜欢；他生气了，她会乖乖认错；他累了，她会给他捶腿；他要炒股，她就把全部积蓄都拿出来。她把自己的生活完全交给了对方，天天都在憧憬着两人的美好未来。

然而，当她陶醉于这爱的世界时，并未察觉世界之外还有一个世界。

第二年夏末，当她怀着紧张激动的心情告知对方怀孕后，得到的却不是她所期盼的关怀与安慰。让她更不知所措的是，对方希望能和平分手，因为他另外有一个交往更久的女友，更让人难以接受的是，不久前他们已经领了结婚证。歉意、悔过与毒誓，这些都已经对刘莎无效了，她的心碎到无法弥合。那些日子，她感觉整个人是空的，世界对她已毫无意义。身体的创伤很快能过去，但心灵的裂痕却太过煎熬。她更恨自己，恨自己无知、幼稚。她对生活满怀失望，甚至发誓不再交友、不再生育。

她很快辞去工作，因为她无法和一个骗子继续共事下去。可回到家中，她又不知该怎么活下去。迷茫沉沦了一个月，压抑的情绪仍无法排解。她决定躲得更远些，离开这座伤心的城市。报社广告部的同事介绍她到上海一家知名的广告公司上班，她也接受了这个岗位。在她心里，做什么都不重要，重要的是赶快离开这里。

二〇〇五年的十一本是举国欢庆之日，对刘莎而言却是离散之殇。民众们痴迷地守在电视前，发着彩铃，辩着好恶，赌着输赢，享受着霸屏的《超级女声》。几个巴蜀少女春风得意地闪耀在名利舞台时，另一个四川女孩却失魂落魄地从天府之国逃到陌生孤单的上海滩。

时间是灵药。在新环境里，刘莎重新找到了自我。她很适应这份工作，非凡的能力很快就显山露水。她将身心全部投入事业，不放弃每个汲取营养的机会，迅速成长。她从级别最低的助理一直做到现在的高位，平均每年都会被晋一次级。能独当一面时，她已是公司的明星，工作业绩傲人，频繁受到老板乃至国际部的认可与表彰，甚至被认为是未来总经理的接班人。

在这个充满魔力的大都市里，刘莎的见识与眼界也在倍速增长，性格与情智都经过很好的打磨。十几年来，她已脱胎换骨，蜕变成干练、知性、时尚的高级职业女郎。此时，她那个伤心的本命年已成为久埋于心底的记忆。她不愿去碰触，几乎都忘掉了。她觉得自己已经释然了，但代价也是惨重的，青春易逝不再回。职场上意得志满，感情生活却一片空白，刘莎不知道自己究竟是成功，还是失败。

今天，鬼使神差地又迎来一个本命年，命运把骆文推到了她的面前。

难眠之夜，这段惨痛的感情过往又被翻了出来，经历了一遍鞭尸之痛。回味今晚久违的心跳时，刘莎不免有些杯弓蛇影。只有受过伤的人，才能真正体会痛彻心扉的滋味，越是心动，越是怕受到伤害，正所谓近情情怯。

第二天的会议，两个彻夜难眠的人又见面了，整晚的煎熬多少会残留在脸上。刘莎仍显得很活跃，丝毫看不出疲惫感。他们像往常一样打了招呼，只字不提昨晚的事情，好像什么也没发生过。

经过昨晚的思考，骆文决定让自己冷静一下。他的注意力仍会不自觉地停留在刘莎身上，但当与对方有眼神接触时，就会迅速移走视线。这种回避的心态同样植于刘莎的心中。茶歇与午餐时间，两人也不往一起凑了，各自融进其他伙伴中，而且表现得很兴奋、很健谈。

避开了眼神，隔离了身体，却躲不过念想。不知为何，骆文感觉刘莎总是能撞进他的视野。她今天没有穿那件红外套，但一条红色丝巾绕在她白皙的颈项，像一簇跳跃的火苗在人群中穿梭，很是醒目。骆文原本喜欢蓝色，但此时红色在他心中的好感急剧增加。他想起对方说的本命年，看来，他还会再看一阵子红色的刘莎，虽然已是岁末将至。

会议进展得很顺利，一天下来两人也没说过几句话。晚间，大家一起吃饭，他们坐得并不是很远，彼此都能礼节性地相互寒暄，但又恰当保持了安全的距离。直到散场，两人也只是在群体性的告别中挥手致意。

回到家，冷静了一天的骆文终于没有扛过这一关。他摆弄着手机，在微信界面来回键入、删除着信息。半晌，他又停在那里出神，仿佛刘莎就坐在对面。他不知是否应该说话以及说些什么，但又想说上两句。他怕信息一旦发出去，局面就会失控，昨晚刚刚决定要冷静，自己也为此坚持了一天；不发信息的话，两人的关系会不会就此戛然而止，烟消云散？他又有些不舍，这就像让跑步的人突然静止站立在那里，会很不舒服，哪怕慢下来缓冲一下也好。最后，他决定还是给对方发个信息，最起码做到有礼有节。

"这两天辛苦了，好好休息。改日请你吃饭，继续听你的故事。"骆文终于按下了发送键，句尾配了一个微笑的表情。他觉得这样说很得体，既无承诺，又保留了可能性。

"好的。期待。"一个小小的延迟之后，刘莎的回复过来了。不是难掩激动的秒回，却又能感受到对方似乎等候已久。

刘莎的心情与骆文别无二致。她推演着事态进展的各种可能，手里同样抓着电话，纠结着是否需要做些打破僵局的事情，以便他们日后能从容相对。哪怕是好合好散呢！她如是想，可分明也没有合过啊！她自己不好意思地笑了起来。骆文的信息好像把缚在自己身上一整天的绳索打开了，让她觉得无比轻松。她心情愉悦地冲进浴室，让温暖的水柱冲刷着身体，觉得整个人由里到外的温暖、舒畅。她不知不觉地轻声哼唱起来："真的好想你，我在夜里呼唤黎明……"歌声糅合着升腾的热气，缓缓溢出浴室，飘香满室。

刘莎神清气爽地裹住浴袍回到床前，愉快兴奋的心情尚在。她抓起电话，准备浏览信息。此时，一则未读信息跳了出来，给她的快乐心情踩了一脚急刹车。是父亲发来："女儿，好吗？最近手头有点紧，能否给爸爸转点钱？"每次接到对方要钱的信息，都会勾起刘莎心中另一段深深的痛苦回忆。

刘莎从小就不喜欢父亲，在她眼中父亲一无是处，对妻子缺乏关爱，对孩子缺少照顾，对家庭丧失责任。在她经历感情创伤离开成都后，父亲从未主动打电话问候过自己，就算母亲和她通话时，对方也很少过问。当然，父亲也会偶尔给她打电话要钱，无非是要用在酒桌与牌桌上。念及父女之情，她勉强给父亲转过两次钱。因为他很难从母亲那里榨出钱来，父亲就经常冲着妻子发脾气，家暴从未中断过。刘莎不在家，也不知道母亲受了多少委屈和欺辱。

终于，争吵酿成了祸端。刘莎离家的第三年，父母因老问题再次爆发激烈的争吵，父亲动手打了母亲，而且下手比较狠。母亲一气之下离家出走，回到乡下娘家去住了。可没几天，日历就翻到了令人战栗的五月十二日。汶川发生了特大地震，母亲再也没能回来。刘莎的姥姥家在都江堰市的最北边，距离汶川只有几十里路，地震波及了家里的房子，把母亲压在屋下，人被挖出来的时候一息尚存，可由于伤情过重，很快就走了。

春节时，刘莎回过一次家，这是她离开成都后第一次回来，没想到也成了她跟母亲的诀别。她把所有的恨都倾泻在了父亲身上。没有父亲的失职，母亲和他们姐弟本可以过得更幸福；没有这次争吵与暴虐，母亲也不会离开家，自然也不会丢掉性命。处理完母亲的后事，她和父亲大吵了一架，暴躁的父亲随手抓起桌上的物件砸过来，在刘莎的额头留下了一处永久的疤痕。与之相比，心里的伤痕才是难以平复。从此，刘莎不再回成都，也未与父亲见过面，哪怕是通话都很抗拒。恨意深深根植于内心，她无法原谅这个没有心的男人。

如今父亲老了，没有收入来源，身体也大不如前，与弟弟生活在一起。弟弟没有考上大学，就职于一家贸易公司，收入不高，还要养家。这两年，刘莎借着给小侄子压岁钱等机会周济给弟弟一些钱，也是为了分担一下包括照顾老人在内的压力。姐弟情深，伸出援手乃是情之所至。至于父亲，毕竟还有血脉的联系，她觉得也应尽些义务。

随着时间的推移，刘莎对父亲的恨慢慢淡化了。两年前，父亲开始跟她联络，也只是发发信息，她也不再拒绝。谁知，父亲本性难移，自觉父女关系缓和了，本来面目也就藏不住了。去年起，每隔几个月他都会找刘莎要钱，起初说是帮助弟弟或给孙子买东西，后来干脆连理由也不找了。刘莎从弟弟那里证实了她的猜测，但也无心跟对方较劲，每次会多少给他一点。老人倒也识趣，虽然想要更多，却不敢有二话。

刘莎的户口本及身份证上的籍贯栏填的都是黑龙江，但因对父亲始终怀有不满，也就很少谈及自己与那片遥远黑土地的牵连。这也就是为何骆文问她是哪里人时，刘莎脱口而出是四川。

刘莎摸了一下额上的那道疤痕，把思绪从这段痛苦过往中拽了回来。她不想让父亲的事情破坏了自己的好心情，随手通过微信转给对方两千元钱，也没有附言。

"谢谢女儿！"对方接收得很麻利，没有耽搁半秒钟。

刘莎调整了一下心情，回到电脑旁，整理了一下今天会议要跟进的内容，以及骆文嘱咐的那些重要而又紧急的项目。最近事情确实太多，每件都有各自的难度，未来两个月又会有很多不眠之夜了。她调出日历，更新了密密麻麻的日程表及事件提醒。搞定之后，她深呼了一口气，眼睛盯着日历，脑海中却不断翻滚着骆文的信息。她盘算着骆文会何时再约她见面，却没有半点头绪。那就静观其变吧！她这样想着，困意袭来。她合上电脑，上床熄灯。睡意迷离中，她仍然没有停止寻找那个相见的日子，找着找着便进入了梦乡。

刘莎没有料到，这一等就是一个多月。

第九章

繁忙的日子开始了，两方团队都进入了高度紧张的状态。

刘莎这边，其他客户的工作不能停，骆文这边的事情又同样较着劲。几个产品新广告的准备工作同时推进，创意、策略、消费者互动等项目，整个公司各功能团队都调动了起来。各种会议不断，各种掏空、各种消耗、各种提案、各种修改……大家熬着，一边受挫，一边兴奋，没日没夜。这个行业是吃青春饭的，没有一定的体力与耐性是很难坚持的。幸好他们在不断推进，所有重要的产出基本都没有错过原定的时间表。刘莎也憔悴了很多，但优良的职业素质让她没有掉链子。当然，每次对重要的提案进行交流时，都能见到骆文的身影，这也是刘莎负重前行的一个动力。

骆文这边是另一种忙碌。年底是节日密集区，也是公司产品的销售旺季，他们不能错过这个时段。由于新任总经理不合理的管理调整，今年销售业绩非常吃紧，年度任务肯定是无法完成的，但总要缩小落差。媒体、渠道、消费者等，各种推广活动都要落实。不仅要与外部团队合作推进项目的准备工作，还有一个接一个的内部会议、差旅等，大家都觉得分身无术，疲劳感倍增。预算工作结束后的极短喘息已不复存在，脑力、体力都在高负荷运转，每个人又开始透支健康。

骆文和刘莎时有见面，但都限于提案会议，双方依旧会有简单的寒暄与玩笑，但没有机会谈别的，谁也没再主动提起他们的约定。

一旦忙碌起来，时间就会过得很快。同样因为忙碌，双方都有了很好的自我解释。他们可以不去过多猜测对方为何不再进一步，尤其刘莎，她觉得骆文不会食言。

就这样忙碌、等待到了圣诞前夕。

冬至那天，骆平叫哥哥回家吃饺子，同时商量点事情。骆平说他上次一走就是一个多月，承诺来看母亲的事根本就没影子，批评他是最不可靠的人。骆文也很无奈，近几个周末他不是加班就是在外地出差，实在分身乏术。但他没法解释，也不觉得委屈。骆平抱怨得没错，事实就是这样，而且他心里挂记着母亲，觉得不管怎样，食言都是不对的。

骆文依旧搂着母亲贴了一下脸，跟她聊了一会儿。旺财坐在旁边的地上，乖乖地听着母子的对话，时而摇两下头，好像听懂了的样子。可母亲的专注力与理解力大不如前，能够正常应答的内容少多了，跑题甚至不知所云的现象已经很明显了。眼神也变得呆滞了，但骆文还能感觉到目光里的慈祥。他心里有点紧张，觉得母亲的状况不是很乐观，这才一个多月啊，怎么这么一下子就发展成这样？

他跟骆平一起包饺子，念叨着自己的担心与疑问。

"我天天在她身边，这种现象确实越来越频繁了，实际上你上次来时也不是很好。"骆平答道。

"有什么办法吗？"骆文像是发问，又像是自言自语。

骆平看了他一眼，没有作答，因为这是废话。兄妹两个都知道这个病的转归不会好，能比较缓慢地发展就算谢天谢地了。骆文给母亲买了不少保健品，有的他自己都觉得很反智，但总有侥幸心理，希望能收到意想不到的效果。

"我觉得咱们得找个保姆了，住家的那种。"骆平接上骆文的话说，"她现在需要贴身看护了，我怕出意外。"

"哦，你是觉得自己看不过来，是吧？"骆文自觉这么说不妥，但话已脱口而出。

"你觉得呢？"骆平有点生气，"我也要有自己的生活啊，不能天天守着妈过啊！"

骆文赶紧摆了两下手，表明自己不是那个意思。他知道妹妹不容易，这两年母亲住在她这里，限制了她的很多自由。骆平是个闲不住的人，喜欢热闹，社交也广，因为母亲的缘故，现在成了宅女，心里难免有怨言。

"刚来的时候还好，妈的状态没那么差，我俩还能聊天解闷儿，也是个挺好的伴儿。那时，她还能照顾自己，也不影响我出门。现在不行了，你看看她的状态，离不开人的，我出去买点东西都怕家里出事。你不住在一起，没这个感受，很熬人的。时间长了，我也受不了啊，不知哪天我也非傻了不行！"骆平也一触即发地倾诉了自己的苦闷。

骆平见哥哥不说话，继续说道："我知道你肯定管不了，那我就得想办法啊！我也不愿家里来个陌生人住，可实在没辙啊！除非……"骆平看了一眼骆文，"除非把妈送到养老院去。"

"不行！"骆文突然扔出两个字，语气严厉。

骆平吓了一跳，看到骆文的脸色，没敢继续下去，把后面的话都咽了下去。她本想说说自己已经看了一些养老院的事，看来只能留到后面找机会再说。骆平知道哥哥的脾气，不会轻易发火，但如果真触动了他的痛处，父亲的暴脾气也会在他身上偶露。她也知道哥哥对母亲的感情，以前她会开玩笑讽刺他有恋母情结，可现在却没有这个胆量。

母亲是个开明之人，没得病前就跟两个孩子说过，如果自己哪天不幸瘫了或傻了，不要他们在身边伺候，直接把她送到养老院就可以，她不想拖累子女。那时，兄妹两个都以为她是在开玩笑，满口答应，因为他们认为这些事是不可能发生在母亲身上的。如今一语成谶，他们反而感到不知所措了。

刚发现母亲有生病的征兆时，骆平就跟哥哥聊过，讨论到是否有可能在未来将母亲送至养老院。谈了几次，骆平明显感觉哥哥并不愿意这样做，最后的结论都是"到时再说吧"。可真的事已至此，骆文又不让说了。

"我也没说现在就送妈过去。"骆平低声嘟囔了一句，心里觉得有点委屈，同时又有点生气，干脆埋头干活，不理骆文了。

骆文能够理解妹妹的心情，但感情上实在无法接受。他骨子里根深蒂固的念头就是必须要守着母亲，让她身边有亲人，不管什么情况下都要守着。他会反过来想，如果自己是这种状态，母亲会怎么样。她一定会守着自己，绝不会将自己送到一个举目无亲的环境！母亲不会这么做，自己当然也不能这么做。

此时，骆文的心里有点恼火，他不是冲着骆平去的，而是冲着自己。他怪自己没有照顾好母亲，现在连照顾都谈不上，一切都甩给了妹妹。可目前的局面他又无力扭转，既治不好母亲的病，又没办法与现实达成妥协。

看着低头不语包饺子的妹妹，骆文很快平静下来，觉得自己不应朝对方发火，要赶紧想个办法缓解一下。

"那就先请个阿姨吧，这样你不用那么辛苦了。钱我来出。"骆文用平和的语气说道。

"我不是想找你要钱……"

"我知道。你这个建议也对，只是对你还是挺麻烦的。我看妈的状态没那么差，就不必让阿姨住在这里了，白天看着她就行，还可以帮忙做饭，多少能减轻点你的压力，你的时间也灵活一些。你看呢？"

骆平见对方已经把话说到这个份上，也不想再讨论此事，点点头答应了。她觉得这样也好，阿姨不用住在家里，自己更方便些，欣慰着哥哥总算能有点合理化建议了。她告诉骆文，自己已经看了一些家政公司的信息，这两天就去谈，如果有合适的就尽快敲定。骆文称是，并说好一定由他来出钱，骆平也没跟他争。

饺子煮好了，三人围在桌前吃起来。母亲还能自行去夹饺子，只是动作慢，有时会停下来出神片刻。骆平是个急脾气，直来直去的，有什么事一会儿就过去，不会往心里去，刚才空气中弥漫的紧张感很快就消散了，兄妹间又恢复了往日的亲密无间。

"上次没招的事，是不是这次能说些实话了？"骆平又来逗哥哥，其实她也不知道有什么情况，只是胡乱诈一诈骆文。她知道哥嫂之间的不合由来已久，在她看来，既然都分居了，就没有意义再维持下去，纯属浪费时间。可她又很矛盾，不想看到两人真的彻底决裂，不仅因为她是两人的月老，而且在她眼中，哥嫂之间不应该有什么原则问题。她觉得骆文、何瑛很般配，姑嫂间一直保持着良好关系，只是她从何瑛那里也探不出什么内幕，又不好深究。

"你真希望我再找一个？"骆文倒是没有躲避。

"事已至此，如果真有合适的，我支持你。"骆平向来心直口快。

"你觉得我找什么样的合适？"骆文故作认真地发问。

"我哪知道啊，我觉得合适的现在不也不合适了吗？"

"那我要是真有一个也不敢让你看了，省得你误导我。"

"真的有啊？赶紧抬出来给皇额娘及本姑娘看看。"骆平认真起来，夹了一个饺子放在母亲碗中，老人笑了一下，兄妹俩都很开心。

"四川人，白领，三十有六，一米六四，相貌姣好，这条件怎么样？"骆文随口说出刘莎的信息。

"三十六，小你十一岁，挺有福气啊！有手腕！不过你是钻石王老五，年轻姑娘都喜欢。"骆平来了兴致，"就这些？"

"不够吗？还要啥？"

"三十有六也不算很小啦，婚恋史咋样？还有家庭背景什么的，多啦……"骆平放下筷子，掰起了手指。

这倒是问住了骆文，也提醒了他。关于刘莎，他几乎是一无所知。他又想起上个月"双十一"三里屯的晚餐，觉得自己在这方面的交流技巧实在不高，只顾着一个人在那里"卸车"，却没往自己"车上"装半点东西。这时，他又想起上次的约定，一晃一个多月了，得安排个时间再见面聊聊。不过后天就是双方的圣诞夜聚会，到时视情况再定。骆文这样盘算着，顺口应付了骆平一句。

"不说了，八字没一撇呢，纯属娱乐。逗你玩。"最后一句是学着那个著名相声桥段的口音。

"不带这样的啊！拉屎拉半截还缩回去。"骆平说话也不分场合了。

"恶心不恶心啊？吃饭呢！"骆文拿筷子点了骆平几下。

骆平赶紧吐了下舌头，伸手在口鼻前煽动了几下，然后半捂着嘴，笑出了声。见到女儿笑，母亲也跟着绽放笑容，这让骆文的心情又好了很多。

"你总问我，我还没问你呢！你有什么动静没有？"骆文想把妹妹的注意力从自己身上移开。

"我啊——一颗红心两种准备。积极备战,绝不将就。"

"你抓紧点吧,都四十岁的人了,别一天到晚地不着调。"

"放心吧您呐,我一定发挥'比学赶帮超'的精神,力求早日落听,不让您老人家操心,争取赶在您前面开始新生活!"骆平用京片子耍起了贫嘴。

十四年前,骆平因婚姻挫败从医院辞职出来,当时去了一家大型的合资医药公司,从此开始了母亲口中另一段"不省心之旅"。

20世纪90年代正值医药销售的黄金时期,所谓黄金时期就是管理相对宽松。外资企业和诸多国企都处于快速上升期,从业人员的待遇非常好。那时的销售人员,尤其在外资企业,很多以前都是医生或药剂师,综合素质相对较高。到骆平入行的时候,整个行业大致已进入平台期,人员素质也相对下降,利润也没那么高了,但仍属不错的行业。骆平的工作正是何瑛介绍的,当时她在妇产科当大夫,能接触到很多厂家的人,小姑子要找工作,自然会卖力,也算是对红娘的投桃报李了。

做了几年销售工作,也升了一官半职,骆平就脱离了那个行当。她并不喜欢行业内的很多惯例,尤其对给医生及药剂人员塞钱的潜规则深恶痛绝。她觉得此行为等同于为非作歹,会遭报应的。但那是行业的潜规则,保持原则的人凤毛麟角,通常和产品的优劣关系不大。她拗不过整个行业的风气,就只能放弃这一行。

后来,她本要去一家外贸公司从事销售管理工作。但刚进公司不久,就觉得天下乌鸦一般黑,进而心生退意。当时正值北京奥运会前期,股市疯涨,好像所有人都去炒股了,傻子都在赚钱。做了几年的医药代表,骆平也赚到了些钱,就干脆辞了工作专心在家炒股,同时再找别的工作。起初确实赚了不少钱,她膨胀得厉害,天天劝骆文入市,多亏骆文没有听她的。后面的故事就和大多数散户一样,股市雪崩让她赔得心灰意冷。在家晃荡了一年后,她又找了一家医疗器械公司打工去了。

此时的她已不再像以前那么单纯,为了生计干脆就踏踏实实地做下去。医疗器械比药品来钱快,尤其贵重器械或大型仪器,利润都很大,销售人员的奖励也很高。骆平比较外向，为人坦诚、爽快、不吝啬，实际上很适合做销售。很快，她不仅升了职，还成了公司里的台柱子，收入也相当可观，俨然成了一位小富婆，那时天天嚷嚷着请家人吃大餐、洗桑拿、坐游轮。谁承想几年后公司老板出事了，因为商业贿赂被抓，骆平也被警方叫去协助调查了好几天不能回家。见不着人，家人很焦急，又束手无策。那一年正赶上马航三七〇客机神秘失踪，骆平回来时，家人见她没事，就跟她开玩笑，问她是不是坐的马航班机。

后来公司被兼并了，人也散了大半，骆平不想去新公司，就在家待业。没过多久，母亲的健康出了问题，就接过来一起住了。骆平说这也算因祸得福，如果她不在家，也没人可以照顾母亲。

骆平的房子、车子以及还算丰厚的家当都是销售医疗器械时赚到的，足够她闲上很长时间，所以她也不着急找事情做。前段时间突然兴起，开了个小网店卖珠宝首饰，随后又觉得太辛苦、利润低。生意没起色，于是大喊"曾经沧海难为水"，没多久就关门大吉了。

吃完饺子，骆文又跟妹妹闲扯了一会儿。骆平问他最近的安排，他说新年会过来陪母亲跨年。

"你不去何瑛那里吗？"骆平问。

"不知道。"

"什么叫不知道？这么重要的日子都不见吗？看来是真不行了。"骆平也不忌讳，张口就来。

"也可能见吧，到时再说，休息三天呢，有时间。但跨年得跟妈过。"

"我看这架势，春节也得是'再说'了。"

骆文苦笑了一下，觉得骆平说得也没错，自己与何瑛的关系可能真要有个了断了，这样拖下去不是办法。

骆平嘱咐骆文让母亲见见凡凡，趁着老人间断还能明白点儿事。

"上次就说知道了，一过就是一个多月，太不靠谱了。"

骆文无言以对，心里泛起了焦躁。凡凡的时间不是自己能控制的，想到母亲这么久没见到孙子，他觉得心中有愧。

"我安排，你放心吧。"骆文再次给出了承诺。"得嘞！"骆平不无讽刺地拍了拍哥哥的肩膀。

骆文照例跟母亲贴脸告别，照例扔下一堆老生常谈的嘱咐，照例被骆平催出了门。骆文告别妹妹，满怀愁绪地回去了。

第十章

周六的街头到处可见圣诞的节日气息。置身于灯影闪烁中的骆文，不自觉地被这欢快的气氛感染了，心情显得格外好。让他高兴的还有另一件重要的事情，今天可以见到刘莎，而且不用板着脸谈工作。他甚至可以想象今晚的欢乐场面，每个人的笑脸都在他面前闪过，Sissi, Coco, Hulk……对，还有Lucia，她是基督徒，今天对她来说应该是个很特别的日子。当然，还有刘莎，他喜欢看她笑的样子。他猜想，对方今晚一定会穿红色的衣服。

骆文喜欢看到大家欢快的样子，独乐乐不如众乐乐。工作中的他严谨、理性，工作之外的他又粗犷、感性。他会为兴之所至而不拘小节，为情之所动而义盖云天，会为伸张正义而多管闲事，也会为生动感人的文字或影像流泪。他觉得自己是个矛盾体，不知哪一面才是好的。不过，此时的骆文没有心思顾及那些矛盾，他正处在感性的一面，恨不得立即飞到会场。

骆文到的时候，大部分人已经恭候多时了。这是近五十人的大队伍，餐厅不是很大，老板干脆把二楼全部腾出来给他们，五张大餐桌铺满了厅房，并不显得拥挤。

双方的主管被安排在中间一桌，骆文、刘莎也理所当然地并肩而坐，这是他在讨厌的所有约定俗成的规矩中最乐见的一个安排。

红色果然又出现在刘莎身上。她今天穿了一件紧身的暗红色衬衫，上面均匀地撒满了一枝枝灰白色的玫瑰图案；半高的皱褶领口收紧在颈根，外面挂着一串银色玫瑰花坠的项链；两侧肩头也被小花褶俏皮地捏住，刚刚过肘的袖口停在前臂上端，露出了白净细长的前臂；下身是一件蓝白色的软质短口牛仔裤，腰口收住了红色衬衫，裤子并不紧贴，但也没有太多的富余，勾勒出窈窕的身材；脚上是一款棕红色平底软质休闲皮鞋，鞋面打着两个小蝴蝶结，随着步伐轻轻颤动，平添了活泼。

开场词被骆文以言简意赅的语句结束，以至于大家还没反应过来，他已把酒杯高高举过了头顶。随后，大家在还算整齐的"圣诞快乐"的欢呼声中，解决掉了各自杯中的液体。

不需要动员与预热，晚宴气氛从一开始就进入高潮。大家都很兴奋，经过一个多月的艰苦奋战，几个项目进展得非常顺利，创意及相关活动的准备已经到了最后的细节修改阶段，元旦后就可以进入制作步骤了。不出意外的话，全线活动将在一月下旬准时上线，二月的春节档期已经胜券在握。只有他们知道这里的辛苦，彼此间的问候、感谢、祝贺都显得如此真切，杯中酒成了他们最好的交流载体，大家尽兴地欢闹着。

骆文转身面对刘莎，手擎酒杯，并没有说话。

"怎么？要说'感谢'？还是'辛苦'？"刘莎轻甩了一下额角的头发，侧仰着脸看着骆文，抢先张口。骆文被噎了一下，他确实要以这样的俗套开启两人的对话，于是顿了一下说："那就尽在不言中吧！""尽在不言中。"刘莎重复道。两人静静喝下今晚的第一杯。然而，这一杯就像给后面定了调子，他全场都处于尽在不言中的状态，不断交换着言语、眼神与酒，彼此似乎都在刻意保持一种距离。

Coco 继续她的"小衣襟短打扮"风格，活跃于酒桌之间；Hulk 仍是她的忠实伙伴；Sissi 与她的组员坐在另一桌，喝着果汁，应酬着各路来客，显得安静许多。这时，Lucia 走过来，已经微醺的她满脸通红，对着骆文端起了酒杯。

"Vincent，看到我的请柬了吧？"刚才在桌间她已经问过很多同事相同的问题。

"看到了。"骆文知道她是指婚礼请柬，昨天已经摆在他办公桌的显眼位置，日子定在元月一日。

"那你一定要来啊！"

"必须的，份子钱都准备好了！"骆文抬高了音量，生怕 Lucia 听不到似的。

"谢谢老板！"Lucia 笑出了声，也不等骆文再说什么，一饮而尽。

"恭喜你，Lucia！"身旁的刘莎插了进来。

"谢谢 Teresa！哦，如果你方便的话，也欢迎你光临！"

"合适吗？"刘莎的意思是自己跟 Lucia 不是很熟，又非同事关系，怕对方只是借着酒劲随便一说。

"有什么不合适的！非常合适！你要是能来就更好了！周一我把请柬给你补上，必须来啊！"Lucia 红着脸又看了一眼刘莎身旁的骆文，"你俩都来，金童玉女都到了，太好了！"Lucia 又是一杯，意在与刘莎以酒为盟。

刘莎有点尴尬，先是愣了一下，赶紧一饮而尽，道："谢谢！我一定到场！"

部门的人都知道骆文目前和妻子已分居，约等于单身状态，在他们眼中，骆文的婚姻已经结束了。而对于刘莎，大家在一起打磨了快两个月，各方面的交流都不少，也知道她单身。Lucia 的话当然是酒后的无心之语，连有意的玩笑都谈不上，而对两个当事人来讲，掩藏在片刻窘境下的心绪波澜，却是真实存在的。

对骆文而言，这种措辞似乎是把他们两人的暧昧心思挑明了给大家看，所以难免有些小小的局促。对刘莎而言，还多了一层心绪。她想起十二年前自己的那段情感经历，当时他们也是被大家唤作金童玉女，结果却是劳燕分飞以及深深的伤痛。

刘莎看了骆文一眼。骆文故作轻松地向她摊了一下手，挑着眉毛顽皮地笑了一下，然后双方各自闪身，扑进欢乐的人群中。

众人在热烈的气氛中与酒精做着愉快的抗争，抗争的结果自然很容易猜到，转眼三四个小时过去，厅房内已是"哀鸿遍野"，个别人已醉倒一侧，部分人还在兴奋地找酒，浅酌的人唯恐不乱地喊着号子。

此时，骆文的酒量已接近了他的安全底线。今天到场的人远多于那天涮羊肉的人，他兴致很高，不知不觉就喝到位了。他已经有点话密，头脑还算清楚，不断提醒自己要停下喘口气，不然今晚就沦陷了。

他叫来刘莎和 Sissi，告诉二人活动可以收尾了，让她俩分别招呼大家散场。按以往的惯例，还有第二场的活动等着他们。助理早已订好卡拉 OK 包房，那边仍有充足的酒水与食物可供大伙儿继续疯狂。众人清点了一下人数，有意继续的有近四十人。队伍就这样浩浩荡荡地移师到了附近的 KTV。

路上的时间虽不长，对骆文来说却是一个难得的缓冲。走到 KTV，他感觉舒服多了，自觉还能拼上一会儿。

他们包下了最大的房间，环形沙发基本可以容下所有人，墙面各个角度都有尺寸不同的屏幕，同步播放着歌曲画面。各种炫目的彩灯翻转穿梭、激闪跳动，让幽暗的房间变得迷离而躁动。中间的舞池并没有因为人多而显得窄小局促，已有几对舞伴和着歌者的节奏，在里面缓慢移动着脚步。

早到的同伴以各种姿势填充在沙发里，此时已没有职位高低之分。骆文随便找个地方坐下来，身旁的人换来换去的，让人目不暇接。有的去点歌，有的去敬酒，有的去跳舞，热烈的气氛始终不变。

骆文仰身靠在沙发上，看着灯影中闪动的伙伴，自己也被感染了，身体随着节拍摇动起来。和年轻时不同，他已不是很喜欢来这种地方，觉得太闹，而且每次来都感到自己会唱或听过的歌越来越少，老去的感觉却越来越强烈，自然也就意兴阑珊了。

这时，一小瓶矿泉水塞到他手里。骆文直起身来，发现 Sissi 已坐在他身旁。

"Vincent，喝点水吧！你今天可没少喝酒。"

"哦，谢谢！你怎么样？还好吧？"

"没事，我只是刚开始喝了点，后来基本没怎么喝。"

"那就好，你可以帮我盯着点这些牛鬼蛇神，以免我中了他们的圈套。"骆文抬起胳膊，用手往周遭扫了一圈，开着玩笑。

"放心吧，我帮你看着。"Sissi 也笑出了声，同时又指了指他手里的矿泉水，骆文会意，顺从地打开喝了几口。

"你要唱什么歌，我帮你点？"屋里嘈杂一片，Sissi 必须要提高音量附上手势了。骆文没听清，她只好贴近对方的耳朵又说了一遍。

"我是老古董了，不会唱啥了，机会让给新新人类吧！你去唱啊！"

"我这五音不全的你又不是不知道，别丢人了。"Sissi 捂着嘴笑答。

此时，Hulk 窜了过来，递给骆文一小瓶啤酒，喊道："老板圣诞快乐！新年快乐！"

"你也快乐！哈哈……"两人都属于酒后亢奋，听到彼此的问候就像遇到多年不见的亲兄弟，仰起酒瓶往嘴里倒下去。

"慢点！"Sissi 在两人的酒瓶上同时搭了一下手。

Hulk 趁着酒劲把 Sissi 拉到舞池中手舞足蹈起来。又有几个伙伴过来敬酒，其中也不乏醉不择人的。骆文来者不拒，只是每次喝得都不多，觉得再不克制就要失态了。

此时，那件红色衬衣闪现眼前，在彩色灯光的映衬下，上面的白色玫瑰反着光，格外醒目。刘莎坐在骆文身边，由于环境嘈杂，便很自然地坐得比较近。骆文不仅没有躲避，还向她迎了几分，感觉就要贴到一起了。刚才进屋时，他还在寻觅刘莎的影子，现在突然对方出现在面前，骆文竟有几分欣喜，身体很诚实，借着酒意与昏暗的灯光向对方尽可能地靠近。

"你是不是喝多了？"刘莎把头凑近，关切地问了一句。

"还早着呢！怎么，要跟我喝一杯？"骆文已经用自己的语气印证了刘莎的猜疑。

"我不跟你喝，我喝不过你。"

"你随意就好，我干了！"骆文举起酒瓶对着刘莎晃了一下，也不管对方喝不喝，直接就把瓶子倒扣在嘴上。

刘莎赶紧用手去抓，但为时已晚，大部分的酒液已经进肚，剩下的泼洒了出来，溅到两人身上。刘莎并没有用多大力气，是因为骆文的动作已经不那么稳了。

"别喝了，你这么大块头，一会儿醉了可没人背得动你。"刘莎的手还拽着骆文的胳膊，顺手从桌上抽了几张纸巾，在他大腿上擦了几下。其实这也是枉费，酒已经被裤子吸收了。

对喝高的人而言，越是这样劝，对方就越是想逞能。骆文拿过一瓶新开的啤酒，再度举起来。刘莎一把夺过酒瓶，稍微有点严肃地摇摇头。在骆文眼里，这个嗔怪的表情简直可以用"娇媚"来形容，心中顿时生出一股本能的冲动，想吻一下刘莎微噘的嘴唇。所幸他还没有醉透，强压住了这个疯狂的念头，嘴上却还不饶人："都举起来了，不喝就不对了。就喝一小口，以表敬意！"他一边贫嘴，一边想去拿刘莎手里的瓶子。刘莎哪里会给他，眼看拗不过，索性仰起脖子自己喝了下去。骆文被这一举动惊住了，等他过去夺瓶子的时候，里面的酒也就剩下了一半。

若按平时闹酒的路数，这样的场面必会引来骆文的鼓掌叫好，并激发他继续比拼下去的热情。然而这次很反常。酒意之下，他也不太清楚为什么没有再去纠缠对方。他轻轻地晃了晃头，试图整理一下思路。此时，他深知内心充满了对刘莎的怜爱之情，却不敢表达。骆文觉得头有点沉，也理不清头绪，居然顺从地说了一句："那好，咱都别喝了。"

其实，刘莎也有了一点醉意。她放下那半瓶啤酒，发现自己的手还搭在骆文的手臂上，却并没有马上收回来，继续说："你还是歇歇吧，要不唱首歌？"

"我不行，你唱吧！"

"那我给你唱一首吧！"刘莎也不忸怩，一是想让骆文止杯，二是她发自内心地想给他唱首歌。

"那好啊，求之不得！"

"你想听什么？"

"嗯……随便，我都爱听。"

"'随便'最难唱啦，让我想想啊！"刘莎起身要去点歌。

"Teresa——"骆文突然一把拽住刘莎的手。对方不知何事，扭头看着骆文。

"Teresa——Teresa——"骆文又重复了两遍，欲言又止地看着刘莎，好像是在说"你懂我的意思"。

刘莎有点不知所措，感到骆文把她往回拽了一下，因带着酒劲力道很大，竟让她趔趄了一下，几乎撞到他怀里。骆文也没客气，顺手搂了一下她的肩膀，把头埋在对方耳边，以便让她在嘈杂中清晰听到自己的声音："邓丽君。"

　　刘莎这才恍然大悟，进而有点自责，居然没有跟骆文形成默契。她紧握了一下骆文的手，不乏温情地看着对方道："没问题，我唱给你听。"

　　刘莎从小就爱唱邓丽君的歌，她这"邓丽君"的绰号也不是浪得虚名。邓丽君的歌基本都烙在脑子里了，不需要预热，只要前奏响起，她就能条件反射地进入状态。如果骆文点了别的歌，她还真不一定能有这样的自信。此时，是属于她的 Teresa Time。

　　"如果没有遇见你，我将会是在哪里，日子过得怎么样，人生是否要珍惜……"

　　当歌声响起时，喧闹的房间突然静了下来。大家都在鉴别是否是原音重现，当确认是刘莎的声音时，在场的人都惊呆了。他们有点不敢相信这婉转甜美、堪比原唱的声音，居然出自这个平时洒脱干练的女郎之口。初始的惊叹很快就平息下来，大家不忍心再制造任何声音，去破坏此时的天籁之音。

　　骆文已在刘莎的嗓音中彻底沉沦。他探着身，两肘支在膝头，双手托住下巴，双眼恍惚地盯着前方。这哪里是歌声，活脱脱就是纯美的蜜汁，把他的心、他的魂，全都浸透了。屏幕中邓丽君的身影投射在他的瞳孔里，但眼前闪动的分明是刘莎的姿容。他完全可以脱离想象，站起来直视着刘莎，甚至可以像其他伙伴那样，走近去做出赞赏举动，但他没有。他露出淡淡的微笑，这笑是从心里甜出来的。他希望歌声永远不要停下来，就像失魂落魄之人突然找到一个温暖的栖身之所，再也不想离开。他醉心于这灯光幽暗的角落，甘愿傻傻地听着、想着、笑着、享受着。

　　在众人疯狂的呼喊与赞誉声中，刘莎回到骆文身边。他的姿势几乎没变，像是尚未从刘莎的音容笑貌中抽离出来。

　　"你，没事吧？"刘莎担心他醉了，却不知对方醉的是心。

　　"哦……没事。你唱得真好！"

　　"真的？你要是喜欢，我一会儿再唱给你听。"刘莎分明是在说，听众这么多，我只在乎你。

"好。唱得真好！真好……"骆文突然语无伦次起来，随意抓起一瓶酒，"唱得真好，谢谢你！"

刘莎看着对方失神的样子，被他笨拙又不失真诚的言语打动了，自己的歌声能让眼前这位令他心仪的男人感动，她觉得很幸福。这次她没有再去阻拦骆文，而是高高兴兴地与骆文碰了一下酒瓶，将刚才剩下的那小半瓶酒喝了个精光。

受到刘莎歌声的感染，不知谁又接上了一曲悠扬缠绵的情歌，众人也好像刚回过神一样，把刚才积蓄的情感都放在了这首曲子上。舞池中聚集了不少成双成对的舞伴，由于女多于男，也不乏两个女生的组合。此时，室内变得很静谧，除了舒缓的曲调，听不到其他杂音。大家和着歌声缓慢移动，沉浸在各自想象的温情中，浪漫的气息溢满房间。

"你不请我跳舞吗？"刘莎见骆文还在那里若有所思，主动打破沉默。

神游的骆文一下子被刘莎的邀请拽回现实，觉得酒真是耽误事。他何尝不想请她跳舞？自己怎么就没想到呢？他连一句"好"都没说，霍地一下站起来，有点失稳，赶紧调整了一下身体，向刘莎伸出手。对方也把手送过去，借着骆文的力道站起身，同样调整了一下身体。她喝得也有点多。

舞池中，骆文的右手搭在刘莎的腰间，左手半举，托着她的手，一个标准的交谊舞姿势。他的交谊舞舞技还是很不错的，底子是在中学时就打下的。那时天安门国庆联欢，学校是方阵中的一员，他们天天练习跳那些集体舞，《阿细跳月》《金梭和银梭》……他现在还能隐约记得里面的一些片段。大学时更是流行交谊舞，三步、四步、华尔兹、伦巴……他几乎全学会了。犹记得，当时不少同窗恋曲都是从那些舞会中传出来的。

当下，骆文并没有心思彰显舞技，这样的氛围也不适合炫耀。此时，他就想无限接近刘莎，慢慢享受这浪漫的感觉。他定了一下神，好让自己的步态保持平稳。他也不问刘莎会不会跳或想怎么跳，这确实也多余，现在的刘莎就像一只乖乖的小猫，顺从地任由他带着自己移动。

骆文带着刘莎缓慢挪动着脚步，他觉得没有什么比"两步"的舞步更适合当下了，这跟走路没什么两样。两人的脚慢慢蹭着地板，上身几乎没什么摆动，刘莎靠得很近，双方的身体更是常有触碰。

骆文感觉刘莎衣服上那些白色的玫瑰好像活了起来，一阵阵的花香沁过来，分不清是虚幻的馥郁，还是刘莎的体香。动起来的不只是花朵，枝叶上的刺好像也鲜活起来。每次与刘莎的身体有接触，骆文都会感觉被刺到，只是那些刺并不尖锐，带来的也不是痛感，而是剧烈的心跳。

两个人黏在一起，缓缓移动着身躯，彼此不说一句话，内心的火焰却在熊熊燃烧，而且火势难挡，将他们所有的思绪都烧了个干净。他们觉得现在是最美好的状态，一切尽在不言中。

一曲很快终了，两人的手还是拉在一起没有松开，显然，他们都想继续下去。谢天谢地，下一曲仍是类似的旋律，温暖甜蜜的气氛得以延续。两人的距离好像更近了一些。刘莎感觉有些眩晕，步态也有点紊乱，干脆把上身全部依靠到对方胸膛。骆文也引着两人紧握的手，从半空垂到体侧，刚才彼此身体还有些微小的夹角，现在则几乎是零距离了。

这种吸引力还会带着一种惯性，不断靠近，直到几近融合。刘莎柔软地贴着骆文，他明显收紧了停在刘莎腰间的那只臂膀，刘莎没有抵抗，随他揽得更近。稍后，骆文又把拉在一起的那只手松开，轻轻地揽到刘莎的腰背上，对方的手也顺势收回搭在他的肩头，用额头轻轻抵住骆文的胸膛，闭着眼睛感受着对方澎湃的心跳。此时，刘莎感觉身体仿佛被这两只有力的手臂托了起来，甚至怀疑自己的双脚是否还在地上。她觉得自己是一片云，倚在骆文身上，幸福地飘着。她不再眩晕，真切体会到一种温暖安全的依靠……

好在浪漫的情歌没有匆匆停止，让两人热血沸腾又满脑空荡的甜蜜得以延续。第三首曲子过后，终于有人打破了原先的节奏。快歌骤起，二人依依不舍地回到座位上。手不得不松开了，双方仍是不发一言。刘莎递给骆文一瓶矿泉水，两人的眼神也没有停留在对方那里，都盯着舞池，仿佛还在回味刚才的种种瞬间。

此时，Hulk 与 Coco 拿着酒瓶找过来。房间比较热，加上酒精的鼓噪，Hulk 已脱得只剩一件短袖紧身 T 恤，酒菜撑起的腹部削减了半分上身的肌肉

哮
喘

线条美，仍不失雄浑的气质。Coco此时也是一身清凉打扮，一字抹胸的白色绉纱短款衬衣，领口低开，白色的蕾丝胸衣隐约可见，本已很短的肩袖被她提到肩上，露出整个手臂；下身仍是紧身短款的绛紫色绒布裙，搭配黑色长筒丝袜及黑色短靴。二位是来敬酒的，东拉西扯的祝词已不再重要，只要求喝下去，见到刘莎也在，就一并招呼。

两人间的静默被这欢快的一对打破，心神也借机归位，也不推辞，相互道好之后，各自喝了一口。Hulk，Coco则不肯罢休，觉得他俩喝得太少。

"少喝点，唱唱歌、跳跳舞吧。"刘莎试图摆脱二人的纠缠，确实自觉不能再喝了。

"你一唱，我们都不敢唱了。"Coco笑喊着。

"我这么帅，跟谁跳都伤一堆人的心。"Hulk接着Coco的调子逗着嘴皮。

"哪里，我看你们俩就挺般配，赶紧跳一曲给我们看看。"刘莎索性也开起玩笑。

Hulk，Coco倒也不在意，相互贬损了一番，最后各自把刘莎、骆文拉进舞池。

午夜的钟声响起，平安夜派对被推向高潮。在Lucia的带领下，大家齐声唱《圣诞快乐》，喷洒着香槟与缤纷彩纸，互相交换着祝福，场面温馨热闹。

Sissi走过来向骆文道贺，他才意识到今晚似乎很少看到她的身影。

"我一直在看你们啊！"Sissi答道。

"你不唱歌，不跳舞，又不喝酒，多闷啊！"

"谁说的，酒我喝了一些，唱歌我不行就多听，舞我也在跳啊，你以为没人请我啊？刚刚Hulk还请我跳了一曲呢！"Sissi笑着反驳。

"没错，我都请Sissi跳了好几支了！老板也应该请Sissi跳一支才对。"Hulk在旁边添油加醋地说。

"罪过！罪过！好，下一曲就跳。"骆文笑着赔礼。

Sissi轻咬了一下嘴唇，脸上有些不好意思的笑容，脚步却并未移开半寸。她怪怨似的拍了一下Hulk的肩膀，对方顺势撤开了。

"你要不要唱歌，我给你点去？你唱得不错，我们又不是没听过。"Sissi

继续对骆文说。

骆文心情很好，就答应了。Sissi 问他唱什么，他又说随便，只要他会就行。他们不是头回在一起唱歌，骆文向来信任 Sissi，认为她点的歌准没错。

下一曲的前奏刚响起，Monica 和 Lucia 几乎同时跑过来，向骆文伸出手，要求老板请她们跳舞。Lucia 让 Monica 先来，Monica 见状便称今天是圣诞之夜，应优先教徒。Lucia 受到礼遇很开心，也就不客气。骆文本想兑现跟 Sissi 跳舞的承诺，正想如何是好，Sissi 已笑着把 Lucia 推到骆文眼前，说要去点歌，转身离开了。

骆文一边跳舞聊天，一边寻觅着刘莎的踪影，只见她正在角落里与自己团队的同事说笑，非常开心的样子。他下定决心一会儿要再找机会请刘莎跳舞，重温刚才那种梦幻般的感觉。

两曲过后，骆文刚与 Monica 分开，熟悉的音乐就响起了，就是那首《山丘》。骆文知道是 Sissi 给他点的，而且一定是优先播放出来的，他不能辜负。趁着兴致正浓，他一把抓过麦克风，很投入地唱起来。骆文的唱功属于中等偏上，音域不是很宽，只要不是太高或太低的调子，基本都能驾驭，再一个就是要看临场发挥。这首歌骆文很熟悉，又很喜欢，唱起来感情尤其投入，效果极佳。

骆文在屏幕前声情并茂地演唱，Sissi 也站在一边凝神于画面中滚动的歌词，跟着节奏轻微地摇着身首，好像在品味歌词的深意。

见老板倾情放歌，大家叫好的声浪一浪高似一浪，更刺激了骆文的激情，他唱得更加卖力了，最后索性手持话筒边走边唱，俨然是演唱会的台风。他一边号召大家跟着合唱，一边与涌动在他身边的人互动，大家被此情此景煽动得一阵阵尖叫。骆文向 Sissi 浅鞠一躬，以表对她代为点歌的致谢；又向 Hulk 挥动臂膀，给予其身形的誉美；与 Coco 面对面做了一个性感的造型；见到 Lucia 则在胸前比画了一个十字，对方也高兴地回了一个相同的手势……

不知是凑巧，还是心有灵犀，骆文如愿以偿地碰到了刘莎。刚好赶上副歌部分，他抬高了音量，带着大家一起唱着"越过山丘"，一边停在刘莎身旁，

哮
喘

112

不再移动脚步。全屋的人集体嘶喊着，整齐而嘹亮的歌声把情绪推向巅峰。刘莎闪动着含情的目光看着骆文，两手都竖起大拇指。骆文的胆量已在酒精的助力下被撑满，一把搂过刘莎，在对方前额着实地镶上了一吻。

歌声在鼎沸的大合唱声中结束。曲终人散，大家的注意力很快就回到自己的那一摊上，点歌的、掷骰子的、敬酒的又嘈杂成了一片，并没有太多人关心骆文那里的后续。

昏暗中，刘莎觉得有点面颊发烫。她下意识地用双手搓了几下脸，轻轻吐了一口气。骆文自觉失态失礼，但想着做也做了，无所谓了，又没人注意到，刘莎应该也不会在意，索性就继续说笑。

刘莎当然不会不在意，而且觉得很甜蜜，只是事发突然，又怕别人看到不好，显得有点慌张。看到骆文若无其事的样子，她也镇定了几分，佯装什么都没有发生，也继续与他人谈笑风生。

深夜两点，在折腾了八九个小时，转战两个场子后，大家的体力消耗都到了临界值。幸亏中间被刘莎挡了酒，不然骆文现在可能真的要让人架出去了。虽然后面又零星喝了一些，但节奏放缓了许多，又有唱歌、跳舞、谈笑的"干扰"，此时才得以直立而出。

大家相互扶持、簇拥着走出练歌房，互道圣诞快乐，各自乘车散去。

骆文的言语未乱，步态却已不稳，Sissi 一直跟在他身边，偶尔会伸手搀扶一下。刘莎一面跟同事道别，一面有意在等骆文，见到他晃过来了，赶紧过去打听是否安好。被冷风一吹，骆文清醒了不少。他坚持 Sissi 和刘莎不要管他，两人实在拗不过，便各自钻进出租车，回首张望了一下，分别离去。

骆文并未马上离开。此时已是一天中最冷的时分，身上的酒热让他并不觉得很冷。骆文紧了紧防寒服的衣领，把手插进衣兜，在街边慢慢走起来。他脑子里还有些兴奋，并不是因为那些歌舞，而是刘莎。

他想在附近转一下，回想一下刚才让他心跳异常的瞬间，好像走远了就会被忘掉一样。但他实在无法聚精会神地品味，甚至很难回忆出具体的感觉，只是觉得一想到这事，就有一股暖流从胸腔窜至大脑，随后便会不自觉地咧开嘴微笑。他又回想起刘莎的歌声，后悔应该让对方再唱一曲，于是随口哼唱了几句。

然后，他又自言自语："我是不是真的恋爱了？""够可笑的，这么大岁数了，自作多情。""我们合适吗？目前的状况，我还适合谈及男女之情吗？""为什么不可以？喜欢就试试呗，也不一定是要结婚啊！""不行，你知道人家怎么想的啊？""可能看不上你，也可能会摽上你不松口，自找麻烦。"……他口吐白气，在昏暗的街灯间碎碎念着，不知不觉已经挪出了几百米，却终究理不出个头绪。

酒力在寒气的调动下爬上头，骆文觉得有点不舒服，突然一阵反胃，忍不住在路边的树坑处呕出来。他有点难为情，环顾左右发现没人，便小跑几步离开了。他靠在一棵树上试图恢复刚才的思考，但头晕与反胃感交织袭来。平静了一会儿，他决定打车回去。等了半天也不见车子来，他又折返往回走，练歌房前有不少出租车在趴活儿。

这时，手机里突然传来提示音，是 Sissi 发来的。

"我到家了，你安全到了吧？"

骆文倍感温暖，于是快速回复了过去："放心吧！"带着醉意，他也不肯撒谎说到了，即使是善意的谎言。

"好的，好好休息！"

"你也是，谢谢！"

手机还没有收起，新信息又跳出来，是刘莎的："还好吧？"

骆文立刻驻足，也不上车了，任凭司机在那里狐疑。他擦了擦电话屏幕，给刘莎回过去："没事，你呢？"

"有点醉，但无大碍。"

"安全到家了？"

"嗯。你呢？"

"很快了！"

"今晚很开心，谢谢你！"

骆文盯着刘莎的信息，感觉对方就在眼前。又是一阵暖意夹杂着眩晕冲上头来，他深吸一口气，打了个冷战，也顾不得许多，用微颤的手指发出了心愿："想听你唱邓丽君。"

"好的，以后唱给你。"

"还想听你的故事。"

停了几秒钟，刘莎留下了回复："好的，等你。"

第十一章

圣诞节后，公司还要上几天班，广告公司那边紧锣密鼓地做着各个项目的收尾工作。对于客户来说，元旦前这几天刚好是个喘息时间，公司内部的事情还有一大堆，骆文本周要完成团队的年度工作评估。

所谓年度评估，就是年初时每个员工把自己一年的工作目标计划好，并按权重分配好分值，同上级达成共识后，就形成个人一年工作业绩的评判依据；年底再根据实际完成情况，与上级共同回顾，由上级给出分值，以最后的总分值决定自己的年终奖励与晋升机会。忙了一年，对每个员工来说，这是很重要的时刻。市场部不同于销售部门，只是年底有一次奖金，而且有些评估项目不只是数字能代表的，所以需要相对多的沟通。

对于骆文来讲，他只需把直接向他汇报的几个团队主管的评估做好，自己的年度评估已约了 Rimond 在元旦后谈。

骆文的为人向来直白，不喜欢兜圈子，也不会为了平衡某种关系或个人感受去评价员工的工作。他一向就事论事，不喜欢说虚头巴脑的东西，所以此前的评估大家过得都比较简单。

研发、调研等功能团队的主管排在前一天做完，今天做产品组的，Sissi 排在第一个。

骆文和 Sissi 谈话的氛围从来是轻松的，即便是很严肃的话题。Sissi 是比较理性的人，很少见到她有大的情绪起伏，做事又很守诺，两人的交流过程很顺利。对于骆文的打分，她也会提出某些异议，但两人都能很快达成共识。原

哮喘

计划谈半小时，实际不到二十分钟就搞定了。骆文放下文件，跟 Sissi 说起另外一件事情。

"明年有一个 IDP 项目，在美国，我想安排你去，有什么意见吗？"

这个 IDP 是一个员工发展项目，是给比较优秀的员工提供的境外进修机会。这种机会通常针对企业要重点培养的人才，多是员工被派往发达国家去工作一段时间，以期能在技能、视野等方面有所提升。其间，企业会提供优渥的福利和后勤支持，不仅员工本人，连家属都可以享受陪同前往的待遇。这对大多数员工来讲，都是可遇不可求的绝佳机遇。

"要多久？" Sissi 并未表现出亢奋之情，其内心的反应与平静的外表如出一辙。

"一年。本来是年初就要走的，但春节档有新产品上市和新广告，我跟美国那边商量了一下，他们同意开春后，最晚年中过去报到。"

"可是下半年我这里还有一个新品要上啊？"

"哪年没有啊？要考虑这个咱就永远走不成了。如果不是 Jessica 休病假，我都不会往后拖的。"

"Jessica 什么时候上班啊？"

"还不清楚。"

"要不我等等吧，她要是上班了，我就按点儿过去。"

"她要不上班，我们就放弃这机会吗？不仅是你，其他人也都不去吗？你别考虑那么多，船到桥头自然直。"

"那你兼顾两组的事，忙得过来吗？明年那预算，还有 Rimond，肯定不好过的。"

骆文也不知如何回答。Sissi 的担心是对的，他也没有答案，但这么多年大大小小的事都见过，他觉得自己能撑过去。他对 Sissi 的反应也有些感动，不是所有人都能做到先为别人考虑的，Sissi 是真诚的。

"要不先放放吧，只要美国那边不催，过一段视情况而定，也行吧？" Sissi 继续说。

"我先报上你的名字，没有极特殊的事情，年中你就过去。"骆文试图快刀斩乱麻。

"我无所谓，以后还有机会。要不让 Hulk 或 Coco 去？ Coco 那个新品上半年基本就搞定了，她的产品生意相对小些……"她已经开始站在骆文的角度思考问题了。

"No，就这么定了。"骆文摇了摇手，示意对方不要再费神了。

Sissi 知道骆文的性格，也不再坚持，出去叫 Hulk 进来。

和 Hulk 的谈话过程并未因在两位男士之间而显得简洁顺利。外形强健的 Hulk，其工作作风则属于细腻型，有时甚至有点啰唆。在骆文看来，如果能兼具男女两性的性格特点，这样的人可能会比较出色。换言之，男性应该具有一些女性的性格优势，反之亦然。比如女性通常比较细致，男性比较粗放，那么最好的是男性兼有一些细致沉稳的特质，而女性兼有大方洒脱的特质，这样就比较完美。他对自己这套理论比较自信，甚至还搬出来试图教育儿子。

然而，Hulk 的细致在骆文眼中显得有点过分，甚至可以用"磨叽"来形容。今年 Hulk 的分数不是很高，奖金也大幅减少。Hulk 强调了 Rimond 在管理上存在的问题以及其他一些客观存在的困难。骆文表示理解，并做出了解释。Hulk 转而又说到明年他这个组的压力会很大，因为新人较多，还有两个缺人的岗位待招聘。虽然预算对大家都是一样的超级困难，但他的那些产品摊到成长比例上是几个组中最大的，费用增长却是最小的……对此，骆文做出了简单的回应，但实在不想听 Hulk 在那里诉苦，就说可以把想法体现在明年的评估计划里，元旦后再讨论。Hulk 也觉得自己有点跑题，便就此打住。看着 Hulk 那线条粗犷、棱角分明的背影，骆文突然觉得有点违和感，觉得对方的性格颇有趣，自己的理论可能还要修正一下。

Coco 的主要问题是品牌成长缓慢以及团队管理效率，对此，骆文给了直接的反馈及要求。她表示接受，但希望日后能管理一些更大的牌子，期待能有更多的锻炼与学习的机会。她听说了 IDP 的事情，就直接问骆文是否已经有安排了。骆文问她的期望是什么，Coco 很直接，说自己在目前几个产品组经理中是入司时间最长的，也就是资历最老的，希望能够优先考虑她，并表达了强烈的上进愿望及对这个机会的渴求。骆文也很诚恳，表示目前考虑的不是她，后面一定会有机会。Coco 的失望显而易见，她知道机会一定给了 Sissi，又不好直接求证或争抢，只能结束谈话，怏怏不乐地出去了。骆文很理解 Coco 的心情，也愿意为自己人争取进步的机会，只是觉得她在综合能力上确实还需夯实，她与 Sissi 的差距还是比较明显的。

最后要谈的是骆文代管的一组人。他要代行 Jessica 的职责，给每个组员做评估。

和 Lucia 谈完后，她告诉骆文，昨天给刘莎补了一份婚礼请帖，并指着桌角的请帖，提醒他元旦那天务必前来，不要放鸽子。骆文向她保证会出席。人逢喜事精神爽，Lucia 这几天一直处在比较亢奋的情绪里。

谈了一下午，窗外已经黑下来，但大部分人还留在座位上，估计今晚加班的人不会少。骆文有点感慨，这一年不易，明年肯定更难，希望大家的辛苦能有好的回报。

他看见桌角那张醒目的喜帖，又想起 Lucia 的嘱咐。他当然会去，更关心刘莎会不会去。既然 Lucia 已经发了请帖，刘莎也答应了，就应该会去。可他还是有点不放心，打开微信，找到前两天夜里带着醉意与刘莎的往来文字。这两天，他已经看过很多次了，现在仍觉得很温暖，也感到有点肉麻和难为情。他是想见刘莎的，于是输入文字："元旦 Lucia 的婚礼，你去吗？"

"不想我去吗？"片刻后刘莎回复，配了个微笑表情。

"那就必须来！"骆文对着屏幕笑了一下。

"那也只能这样喽！"

"结束后有事吗？"婚礼是上午进行，他想约刘莎。

"可以有事吗？"

"最好没事呗！"

"那又只能这样喽！"

"下午一起转转？"

"不会晕吧？"

"晕了有饭可治愈。"

"晚上也要被霸占吗？"

"我是规矩的人，不敢乱来。"

"那就托付给你啦！"

接下来的几分钟，骆文都沉浸在这些文字里，反复地读着，脸上挂着微笑，仿佛看到刘莎俏皮而又可爱的脸庞。

一年的最后一天，骆文如约来到骆平家。昨天也是公假，他本打算约何瑛见见孩子，最好能和母亲一起吃个饭，但何瑛要带孩子到郊区玩两天，说过些日子凡凡生日可以再约。骆文没办法，但庆幸终于可以有个准日子让母亲见见孙子了，好歹可以跟骆平有个交代。

想到明天要见刘莎，骆文的心情就很好，让妹妹拿来酒，兄妹两个边喝边吃。母亲始终在一旁微笑地看着他们，不知道听进去了多少，几乎不再说话。

几杯啤酒下肚，骆平问哥哥与何瑛到底要怎样，骆文坦白了离婚协议的事。骆平觉得协议内容大致合理，骆文工资高，以后自己过，经济上应该挺宽裕，还嘱咐即使这样也得时不时给孩子花点钱，别抠门。

骆文聊到凡凡要去国外读书的事，问骆平怎么看。骆平一听就急了，本能地心疼孩子，又觉得以后难再见到侄子，有点接受不了，觉得何瑛是在报复骆文，让哥哥必须拦下来，后又听说是骆文出钱，更急了，骂他不长心眼儿，都要离婚了，房子存款都给女方，就剩下工资，还都给捐了，即使是为了孩子也得谈谈，毕竟以后骆文还要有自己的生活。骆平的嘴像小钢炮一样，借着酒劲数落个没完。骆文也没反驳对方，他知道妹妹是为自己好，让她发泄一下也无妨。

沉默了片刻，骆文说自己心里有数，孩子几年的学费他能撑住，让妹妹别瞎操心。骆平内心不平，仍嘟囔个没完："你要是没相好的，就先别离，好歹财产还是自己的。""哥，你太傻了！"她一边出主意一边继续数落哥哥。"要是有相好的，是不是就得离啊？"骆文不愿让骆平再搅和此事，想岔开话题。"咦，这事儿有意思，老实交代。"这一招果然奏效，骆平变脸比翻书还快，喝了一口酒，眨起好奇的双眼，看着骆文。才出虎穴，又入狼群！骆文觉得失策，但为时已晚，只能再打岔敷衍。

哮喘

就这样，一家三口在兄妹俩叽叽喳喳的说笑中，尚算平稳地结束了二〇一七年。

元旦上午，骆文早早来到教堂。想到下午要跟刘莎约会，他并没有穿西装打领带，而是选择了半正式的休闲装，既可以比较舒适自在，也不失整洁庄重。反正自己也不必在婚礼上发言露脸，索性自由一些。

教堂坐落在崇文门附近。骆文参加过很多婚礼，在教堂倒还是第一次。婚礼安排在接近中午的时段。今天是个好日子，前面已有两对新人举办了仪式，Lucia 的婚礼是中午前的最后一个。

新人及众多嘉宾悉数到场，几个公司同事也纷纷向骆文招手致意。骆文正准备上前寒暄，有人在身后轻拍了他一下，转身一看，刘莎已立在眼前。

今天，刘莎穿着一身长款白色羽绒服，并不显得臃肿，项上缠着一款朱红色暗花纹的羊绒围巾，头上扣着一顶朱红色的绒线帽子，兜住了耳朵，帽顶吊着一团红色的绒球。可能是走的距离比较长，颧骨上的红晕堪比胭脂，定是被冷风吹的。她一边跺着脚，一边把双手捧到嘴前呵气，像是在暖手，手上却戴着一双朱红色的毛线手套，无效的动作显得有点可爱。

骆文不便把目光在她身上停留过久，赶紧招呼她和同事们入场。进入室内，众人自降音量，可能是受到氛围的影响，脸上的表情也收敛了许多。看得出，很多来宾都是第一次来教堂，左顾右盼，低声私语，多有感叹的意味。

日程安排得很紧凑，骆文等人进来没多久，婚礼就开始了。婚礼进行曲引出两位新人，后面的祷告、宣誓、交换戒指等流程，大家即便没参加过，也从影视作品里熟悉了七八，所以并没有陌生感。

一身白色婚纱的 Lucia 显得与往常很不同，不过在骆文眼里却没有平时漂亮。对他来说，这些礼服都千篇一律。他不太明白婚前挑婚纱到底有什么意义，那些婚纱实在没有大的区别，更不要说一掷千金却只穿一次的行为有多么荒谬了。至于化妆，他也认为千篇一律，就像手机里的美颜功能，不管长得什么样，出来的效果都差不多。他更喜欢 Lucia 平时的着装打扮，文静、温和、可亲。

新郎是某网络公司的技术人员，被 Lucia 笑讽为"理工男"，因为 Lucia 而信教，这可能是 Lucia 入教后发展的最重要的教友了。小伙子长得很帅，眼镜并没有遮住他看 Lucia 时的深情目光，当宣告礼成的那一刻，这目光终于催出了 Lucia 的眼泪。

此情此景，骆文并未有太多感动，可能是参加的婚礼多了，已习惯于新人的动情之举。他甚至会想，日子很快会归于平淡，还有多少人能持久饱有这种浓浓情爱呢？他又有点自责，觉得自己有些负能量，可能是他的婚姻出了问题，才这么悲观。他是相信爱情的，只是太久没有遭遇激情了。

正在骆文胡思乱想之际，简短庄重的仪式已经进入尾声，牧师正在祝福一对新人。他突然想起刘莎就在旁边，侧目一看，对方正双手合十于胸前，指尖顶着下巴，像是祈祷，又像是紧张，也像是在出神，眼中充满了喜悦的光芒。他无法知晓刘莎的感受，只觉得此时的她看起来单纯而又真诚。

新娘抛花的环节开始了。刘莎躲在后面，没有往前凑，仍笑得很灿烂。来客争相与新人合影留念并奉上祝福。婚礼在欢乐的气氛中结束，人群散去，百余年历史的教堂恢复了平静与庄重。

与同事们告别后，骆文来到街边拐角处，刘莎已在那里恭候。

"想去哪里？"骆文轻声问道。

"难道你没有计划吗？"

"没有，我以为你会有好主意。"骆文挠了挠头，实事求是道。他曾试图计划今天的行程，但想了几个总觉得不够理想。他太想把这段时间计划得分秒都愉悦顺畅、值得回味，反而没了主意。后来想不妨见面听听刘莎的意见再定，也就不再纠结了。

"明明是你约我，却等着我给方案？"刘莎有点失望。

"要不……我带你去北海转转吧，离这里不远。"骆文以为刘莎真的感到不快，反而立刻变得有决断力了，随便从想过的选项里拣出一个。

"好啊！"刘莎几乎是脱口而出，脸上旋即露出笑容。其实去哪里对她来说都没问题，她对北京并不熟悉，只来了两个多月，因为忙还没时间到处走走。只要和骆文一起，不管到哪里，她都会欣然往之。

北京的"帝都"之名实至名归，古迹随处可见，尤其是环紫禁城一带。之所以带刘莎来这里，主要是因为骆文小时的记忆，那首承载着几代人美好回忆的歌曲《让我们荡起双桨》，让他对北海有着一种特殊的感情。从小学到中学，不管是集体春游还是结伴玩耍，他已记不清来过这里多少次，每次来，一定会在湖上泛舟，让水中鱼儿望着他们，"悄悄地听我们愉快歌唱"。

冬天的北海虽然没有和风细柳，景致却另有一番风味。踏进公园大门，刘莎就处于兴奋状态。太久没出来放松了，她就像被囚禁已久的小鸟，终于破笼而出，尽情欢快地享受着自由。

对刘莎来说，隆冬寒冷的空气都是新鲜的，她此时几乎感觉不到雾霾的存在。骆文看她高兴的样子，也来了兴致，除了介绍景观，还会给她讲一些自己儿时游园的记忆，以及成长过程中经历的一些趣事。刘莎听得很认真，时而发问，时而感慨，时而开心地笑。毕竟比骆文小了十一岁，对刘莎而言，有些岁月的经历与感受是无法靠读书填补的。在她眼中，骆文的脑子里装了很多东西，谈吐又很风趣，让这些故事变得格外引人入胜。现在的骆文俨然成了邻家大哥哥，刘莎的仰慕钦佩之情油然而生，跟在他身边觉得心里很舒服，也很踏实。

湖面已结冰，冰面上都是玩耍的人群，既然此时无法再现"小船儿推开波浪"的情景，骆文干脆就拉着刘莎漫步冰面。刘莎从小生活在四川，主要的工作经历在上海，加上四年大学生活在武汉，基本都是在南方生活。虽然因工作原因跑过很多地方，也都是短暂停留，尤其是寒冷的北方，她来得更少。这是她第一次站在天然的冰面上，起初有些胆怯，但在骆文的鼓励下，很快就抛开了紧张。

冰面上有不少嬉戏的人，除了穿冰鞋的，还有冰车在内的很多自制工具，这又勾起骆文的一些回忆。此时，刘莎已不可能像刚才那样能集中精力地和骆文说话，因为脚底随时会打滑。冰面行走是男女双方快速拉近身体距离的最好方式，既可以迅速消弭矜持，又可以让双方感觉到所有接触行为都自然合理的，是谈情说爱中的惯用招数，也是有非分之想之人的奸巧伎俩。只是，此时此地，两人之间，必定是与奸巧无关的。

两人的手从岸上时的各自管理，到初登冰面时的偶尔搭扶，再到现在已是完全粘在了一起。刘莎死死抓住对方的臂膀，仍不能很好地保持平稳，有时会撞到骆文怀里寻求支撑，最后发展到把骆文一起拉倒，两人摔在一起，再互相搀扶、戏谑，笑声中混杂着惊怨、娇嗔、关切……这些经典的俗套画面对两人来说都很受用，因为所有的笑都是发自内心的。

从冰面嬉戏到湖边休息饮茶，骆文的嘴始终没有停下来过，他很久没有这样畅快叙谈了，因而谈性一直很高。而倾听者也同样情致满满、毫无倦意，直到天色已暗，茶叙才勉强停下来。

在后海吃饭聊天是骆文北海游计划的一部分，既然前半部分已顺利执行，后面的就更是顺理成章了。此时，他自信满满，不再请示刘莎，直接带她来到了目的地。

所谓后海，实际上就是北海北边的一片叫什刹海的水系，分前海、后海和西海三部分，只是大家叫惯了后海。二〇〇三年"非典"过后，此处突然成了人们娱乐的热门景点，在很短的时间内，酒吧、食肆爆炸般迅速铺满了海子两岸，成了京城夜生活的一个标志性所在。

此时的什刹海已是霓虹初上，出了北海后门，两人直接融入斑斓灯火。没走多远，刘莎已从骆文手里接过一串冰糖葫芦，还没吃完，一捧棉花糖又塞了过来。她来者不拒，有心分给或说是喂给骆文一些，却不好意思。骆文见她食欲不错，就没在路上停留，快步穿过前海，直奔银锭桥附近，爆肚、烤肉都让刘莎尝了尝。也可能是连走带聊兴奋了一下午的缘故，刘莎胃口很好，开始还说要减肥，后来便不再矜持，直到最后撑到讨饶。骆文化身资深导游，讲述着有关后海的今世今生，作为唯一的游客和听众，刘莎听得如痴如醉，目光中既有满足也有欣赏。

漫步于今非昔比的巷陌与湖畔之间，可见古老与时尚激烈碰撞却相安无事；曼妙灯影通过冰面反射过来，虽然已无浪漫夏日的一倾碧波，仍不失满满的朦胧意境；道路两边的酒吧密集得让人有些窒息，"大珠小珠落玉盘"已难听闻，取而代之的是急缓交杂的弦雨，揉着各种低吟与嘶吼，一股脑地向路人抛洒过来。

走累了，两人找了一家比较安静的临湖酒吧坐下来，点了一瓶红酒和几盘零食。酒吧的装潢很有品位，烛光柔柔地投映在两人身上，酒液尚未入喉，两心已有了倾吐之意。

"我都说了一天了，该你了。"骆文喝了口红酒。

"我还没听够呢！"刘莎笑着抿了一口，"也好，你也歇一歇，想听什么？"

"当然是关于你喽，你的故事，你答应过我的。"

"想知道什么？"

"随便，都好。"

"属相、星座你都知道了，身高、体重这些数据也能一目了然吧，还有吗？"刘莎故意逗骆文。

"耍赖！要是只有这些，我上次就不跟你说那么多了。"骆文佯装认真道。

刘莎的本意当然不是拒绝，看到骆文的样子，也不想再故弄玄虚，呷了口酒，将自己的故事娓娓道来，从童年的经历到家庭的演变，表达了自己对缺少家庭温暖的失望。她谈到母亲遭遇的不幸，以及对父亲的怨恨，尤其是那段父女矛盾与心理负担，讲得很细致，也很动情。也谈到工作后的经历，以及在上海十几年的励志过程，几乎将三十几年来她有记忆的生活主线都捋了一遍。但关于那段感情的伤痛，她没细谈，只说谈过一次恋爱，因为性格不合就分手了。

骆文听得很认真，刘莎的生活线条并没有他想得那么复杂。她的成长背景虽然值得同情，但同时代很多人都有近似的遭遇，也不足为奇。最触动他的是刘莎对父亲的恨，他想起了自己对父亲的不满和父子关系的平淡，但似乎远比刘莎父女间的要缓和。刘莎谈及此事时，眼窝里分明含着泪，骆文本想安慰几句，又不知说什么好，心想着她还年轻，过些年可能就释然了，就像他一样，所不同的是，自己的父亲已经不在了，相信对方应该能解决好。他不想再去追问对方伤心的记忆，便找了轻松些的内容，转换了话题。

"你就谈过一次恋爱，而且还是十几年前？"对此，骆文有点难以置信，以刘莎的条件应该不乏追求者，他甚至觉得她的感情经历简单得不合逻辑。不过，此问刚脱口，他立刻觉得不妥，觉得自己不应该刨根问底，尤其是女性的情感经历，对方既然不想多说就没必要那么较真。

"你不信？反正没骗你。女人年纪大了不好找的，不像你们男人，看看你，一堆人围着你转，都挑花眼了吧！"

"哪有？我已经过气了，心灰意冷，该远离情场了。"

"不要谦虚啊，现在的姑娘就喜欢你这样的，你很棒，相信我！"

"得了吧，我这样的还有人喜欢？别逗了。"话虽如此，但骆文心里还是感到很受用。

"爱信不信，反正我喜欢。"说完刘莎就后悔了恨不得把自己的舌头咬下来。她实在搞不懂为什么在骆文面前总是失言，明明没有喝多啊。她眼神慌张地低下了头。

不止她一个人慌乱，骆文也有点发窘，抓起酒杯喝了一大口。

"哎，别总细数从前了，太严肃，看看我今天拍的照片。"刘莎打破沉默，抓起手机，凑过去跟骆文并肩而坐，一起翻看相册里的照片。在一大堆的图片里，两人一边回忆点评，一边筛选他们认为不错的。骆文也照了一些，拿出来一起分享、对比。

"你也拍照啊，但从没见你发过朋友圈，是不是把我屏蔽了？"刘莎问。

"怎么会？是我自己不喜欢。"骆文继续滑动指尖浏览图片，"我不喜欢把私人生活随便展示给别人看，更不喜欢炫耀、自恋或自以为言语、思想很酷地晒信息。"

"有那么严重吗？不是所有人都这样吧？"

"也不绝对。有喜欢发的，就有喜欢看的，反正我不喜欢。我觉得在这上面花时间有点浪费，我宁愿做些其他的事情。"骆文停下手，看着刘莎，"我看你发得也很少啊？"

"英雄所见略同。"刘莎笑着回答，"但我做不到你那样的克制，偶尔会发一下，权当放松娱乐了。"

骆文从来没发过朋友圈，也不会去评论别人的内容，所有想法只限于内心感受和自我约束。他骨子里有一种特立独行的东西，且坚守不移。发与不发朋友圈，本是无关痛痒的事情，也不影响他有自己的主张和感受。既然刘莎谈到此话题，他索性就谈了谈自己的看法。

骆文不希望将私人的生活展现给关系疏远的人，也不想通过旁观别人的生活打发时间和收获乐趣，觉得那些靠点赞及留言获得满足的人很滑稽。亲近的关系不需要通过这种方式来维系，真朋友可以很久不联系，天天在那里点赞的人也不见得可交。"从某个角度来说，这个平台就是在做买卖，不是售卖东西，就是在推销自己，没什么营养。"他会有意识地限制自己在微信上投入的时间，于他而言，它就是发送信息与通话的工具而已。他几乎不怎么关注朋友圈，且都是匆匆扫过，很少互动。即使是老板、客户这样的利益关系人，他也不去凑热闹，认为那样的人际太虚伪、不真诚。

骆文不喜欢酸文假醋地卖弄，觉得这样既无知又愚蠢；不喜欢随便转发一些自己都不过脑子的文章，大数据时代无良的信息推送，加之随处可见的无知写手，很容易将阅读者的视野局限在一个越来越小、主观乐见的方向，仅靠朋友圈的文章充实知识，并把观念与情绪沉浸其中，这种人既少智又可悲。很多人在朋友圈上侃侃而谈，工作生活中却出现行文与言语低能的现象。骆文厌恶各种伪装，华丽的面具背后充斥着各种不堪；他还不喜欢那些拉票行为，觉得这是公然的造假，且众人居然乐此不疲，从这一点就能看出社会诚信与道德的退步……

刘莎认为骆文讲得不无道理，但也不必太认真，把朋友圈当作娱乐工具就好了，喜欢就多用，不喜欢就远离。通过朋友圈也能获得一些有用的信息，观察到人生百态，不失为一种乐趣。骆文说他只是有感而发，不会去较劲，更不会去干涉他人的行为。自己不发朋友圈已是习惯，让刘莎留意，笑言若是哪天破了这个规矩，一定是出了什么事情，或是他的人生出现了重大转变。

他们又谈到了手机。骆文觉得手机带来的副作用已严重威胁到人与人的正常交流。他讨厌大家在一起的时候，有人总是拿着手机在看，觉得这种人缺乏基本的礼节和修养。他不相信一个人会有那么多重要的事情，也不认为这些人平时多么珍惜时间，以至于要做到分秒必争。如果真是这样，为什么还要坐在一起呢？就算对话题不感兴趣，这么做也是相当没有礼貌的。他对自己团队就有明确的规定，开会不允许看手机，而且从来没给违反者留过面子。即便公事以外的聚会，他也以身作则，尽量不被手机控制。一来二去，同事们在他面前都能做到脱离手机束缚，并且已经成为很自觉的习惯，倒不仅仅是因为骆文是领导。

刘莎说多亏自己不是"低头党"，不然得罪了骆文还浑然不知，转而又说以后要向他学习，私生活不干涉，但工作要有规矩。骆文说自己没有那么厉害，但对一些基本原则不会妥协。刘莎能感到下属对骆文的拥戴，只是没想到对方亲切随和的外表下，还有这么多的批判与严厉，觉得他具有矛盾的特质。骆文也觉得有趣，说自己确实是一个多面体。

两人你一言我一语，时而互换心得，时而吐槽欢笑。他们频繁举杯轻啜，谈到默契之处，还会高兴地轻击一下手掌。此时，观点是否一致已不重要，二人更多的是在体验倾诉与志同道合带来的快慰。谈笑之间，彼此更认定对方是自己的知音。

此时，酒吧的背景音乐换成《蓝莲花》。骆文说他特别喜欢这首歌，就跟着旋律哼唱起来。刘莎也喜欢这首歌，看着骆文陶醉的样子，也兴奋地一同低声唱和。

音乐的力量是无边的，这首广为传唱并备受白领阶层喜欢的歌曲，此时再次拨动了骆文的心弦。他从刚才的嬉笑的氛围中抽离出来，闭上眼仰靠在沙发上，和着词曲，很快就入境了。他想起这几年的各种不顺，虽然他骨子里有一股不服输的倔劲，但在现实中却越来越感到力不从心。随着年龄渐大，这种无力感也与日俱增，常会觉得未来很灰暗。然而，现在不同了，刘莎坐在他的身边。他似乎恢复了信心，觉得自己应该去抗争，摆脱这些负面的东西，重新开始。"没有什么能够阻挡，你对自由的向往……"他抬高了些声音。

他请店家再放一遍这首歌，酒吧里人不多，老板欣然满足了他的愿望。他看到旁边的刘莎也在陶醉地摇头哼唱，心里认定她能理解自己，两人的心灵是相通的。"穿过幽暗的岁月，也曾感到彷徨……"他再次抬高音量，引来了邻座的侧目。

得到了某种激励的骆文感到很兴奋，突然拉过刘莎的手，两人凑近了一些，对着脸，没有任何羞涩之情。他们已沉浸在歌词的意境中，摇头晃脑，尽情地合唱起来："心中那自由的世界，如此的清澈高远……"直到博得了邻座的掌声，他们才转身招手致谢，重新举起酒杯，为了他们的宣泄与默契干下了这一杯。

"你知道吗？我看过一个报道，说这个曲子是作者在抑郁症康复后写的。写得真好！"骆文说。

"我也看过，好像是去爬峨眉山登上金顶后，有感而发写的。"

"看来人还是要有挫折才会有收获啊，有大难就有大悟。"骆文好像是在说给自己听。

"是啊，我看你现在像是有所悟了。"刘莎像是看透了骆文，举杯示意了一下，不等对方回应，自己就饮了一口。

"但愿如此吧！"骆文笑了笑，又低声哼了两句歌词问道，"对了，你的家不是在成都吗？去过峨眉山吗？"

"没有，有时间的时候没钱，有钱的时候没时间。"

"哈哈，哪至于啊！你爸爸和弟弟都在那里，回家探亲时去一趟很容易啊！"

"……以后找机会吧！"骆文触到了刘莎的心结，她想躲开这个话题，"你去过吗？"

"去过一次，但登山的时候下雨了，什么也没看到，没玩好。"骆文没留意到刘莎的有所保留，继续说，"那里值得一去，佛教四大名山之一，下次回去一定要去啊！"

"……以后有机会，我们一起去啊！"刘莎抬起头，表情认真地说道。

"好啊，我可以陪你去。"

"一言为定？"

"一言为定！"

两人碰了一下酒杯，刘莎刚刚空旷的眼神终于满溢了笑意。

第十二章

元旦后，团队即刻进入了紧张的节奏。

骆文必须保证前几天的日程要如期完成，因为随后他将会有国内的差旅，然后直接转到英国参加公司的全球市场总监会议，一直到月中才能回来。他把行程告诉了刘莎，虽然心里有想法，但也没敢再约下一次的见面，因为时间实在不可控。刘莎倒也不提，她也很忙。

忙碌之中，骆文还要穿插把新一年的个人评估计划做好，忙完团队的，就要和 Rimond 谈自己的评估。两人在上海预算会上结下了更深的芥蒂，但彼此又要试图避免嫌隙升级。尤其骆文，他最近心情不错，不想再有新的冲突，毕竟 Rimond 是他的上级。

对于去年的打分，骆文也不再耿耿于怀，觉得该吵的都吵过了。业绩不好的表面现象也摆在那里，团队的奖金大幅减少，自己也没有理由去为收入再较劲，他必须要和大家一起分担，虽然下属看不到他的评估或奖金。

问题出在今年的目标设定上，Rimond 给出了更严苛的评判标准。以骆文的角度看，这样的计划无异于让他今年的奖金在年初就注定为零。同时，其他的管理项评估也可能最终被打到很低的分值，这几乎就是预订了一个可以炒掉他的利器，以便日后他更加顺从于上级的管理。

骆文觉得 Rimond 还是有些手腕的。由于预想到可能遭受的刁难，以及避免冲突的心理，他并没有激烈反驳，反馈时只是强调了四点：第一，他对今年的管理政策与营销目标仍持保留意见，而且他个人确信无法完成；第二，他会带领团队尽最大努力配合管理层的决定；第三，理解并尊重 Rimond 对他的要求，自己也会尽力而为；第四，如果出现销售业绩不好，导致团队利益严重受损，希望到时管理层能给市场部员工一些特殊的年度奖金政策，以保护团队的积极性与凝聚力，他个人的那份可以不要。Rimond 表示第四点可以考虑，但要届时视情况而定。至于前三点，他也无从批驳，双方就这样表面和平地完成了这项工作。

月中从伦敦返回北京时，骆文接到何瑛的通知，说凡凡的生日宴放在正日子，餐馆也订好了，让他转告骆平当晚带骆母一起到餐馆集合。由于当天不是周末，担心影响孩子第二天上课，希望不要拖得太晚，大家务必早点过来。

自几年前那次迟到诱发何瑛情绪失控后，骆文再也没有错过与何瑛的任何约定时间。当天傍晚，骆文提前离开办公室，约定在六点，他提前十五分钟就到了。

自从他跟何瑛分开住后，家庭聚会都是在外面，除省事外，也因为三年前骆平开始养狗。凡凡哮喘严重，宠物的毛发也是过敏源之一。当时骆文还批评妹妹不该养狗，这样凡凡就不便来家里看奶奶。骆平不服，说在哪里都能见，况且不养狗时也没见对方登门来看过几次。更重要的是，她要有自己的生活，骆文不幸福，不能把其他人也捎带上，噎得骆文哑口无言。

骆文走进包房时，所有人已各就各位了。凡凡轻靠在骆母怀里，老人的手抓着孙子的手，没有说话，眼神平视前方，脸上带着略显僵硬的笑容。意外发生在何瑛身上，骆文看到她好像刚哭过，眼圈还红着，里面噙着未干的泪水。他看了一眼骆平，对方似乎也刚擦过眼泪。骆平给了哥哥一个眼神，意思是让他先别说话，骆文不知何故，只能乖乖地坐下来。

何瑛伤心是因为见到了婆婆，各种时间上的不凑巧导致婆媳自去年凡凡暑期开学后，就没再见过面。小半年过去了，今天当她看到老人如此不堪的样子，百般滋味涌上了心头。何瑛没有料到婆婆的病情发展得如此之快。对方尚能认出他们母子，但这种清醒的意识维持不了多久，有效的交谈也很有限，更不要说比较复杂的思想交流，婆婆空洞的眼神像刀子一样划痛了何瑛，她对婆婆向来比对自己的母亲还要尊重。这几年，婆婆的健康每况愈下伴随着她与骆文惨淡婚姻走向尽头，各种哀伤的情绪交织在一起，令何瑛实在无法自持，泪水夺眶而出。她怪自己应该早点带凡凡来见奶奶，反复念叨着怎会到了这个地步。骆平开始还在劝，没说几句，自己也跟着抹起了眼泪。

骆文知道原委后，内心也难抑波澜，咬着嘴唇坐在那里发呆。他不知道该先劝谁，如何劝，自己也很难受。

此时，四个人神情严肃，思绪翻腾；一个人面带笑脸，却已无法知晓她的内心。

压抑的情绪不知持续了多久，骆平先挣脱出来，打破沉寂。

"好了，别难受了，今天应该是高兴的日子。凡凡，去喊服务员，可以上菜了。"

凡凡出门喊菜，骆平继续说："大家到此为止，让凡凡高兴点，他还是孩子呢！而且，妈也不是一点都不明白，过一会儿兴许能给咱点儿惊喜呢！"她极力转移话题。

暂且放下沉重的情绪，大家的言谈渐渐恢复正常状态。婚姻的裂痕并未影响姑嫂关系。骆平又开始发挥健谈的特长，活跃气氛。何瑛与骆文话不多，但和骆平倒是说笑如故，姐妹一般你一言我一语地聊个不停。她们谈到何瑛最近的工作，何瑛告诉骆平科里从来就闲不下来，最近妇科那边由新提拔的主任直接管，产科这边由她管，虽然还要接受主任的管理，但两人关系不太好，对方基本也不太干涉她这边的事情。除每周有两个半天门诊，其他时间她都在病房，患者很满。值夜班、查房、讲课、教学、研究一样不少，还要应付院里各种人际关系和一些无意义的活动。骆平原来和何瑛也算同事，颇能聊得来，各种八卦、吐槽、笑料层出不穷。其间，何瑛也谈到与主任竞争岗位及日常相处的不快。

如今，何瑛早已做到主任医师，是公认的业务骨干，平时为人低调和缓，不争不抢。可能是儿时经历所致，她从小就喜欢安静，多是独来独往，极其抵触各种社会活动。大学八年，她远离各种组织，以普通群众的身份参加了工作。是金子永远都会发光，由于业务好，口碑佳，院党委想重点培养她，她却无动于衷。这样的性格影响了她的事业发展。最近科主任竞聘，科里投票，她以压倒性优势领先。论业务水平、专业文章的质量和数量、知名度与患者口碑，竞争者并不比何瑛强，但她还是落选了。事后，院领导坦诚相告，科主任属于行政职位，综合评估中，政治面貌也是考虑因素之一，对方是党员，这一项加了分。以何瑛的性格，倒也不太在乎行政职位，如果主动让她当，她可能还要考虑一下是否想做，但现在以这个理由"否定"她，她反而较了真。她没给领导任何好脸子，不识相地质问了一番，最后索性拂袖而去。

谈到此，也是普通群众的骆平就拿何瑛打趣，说她把孩子也带坏了。小学入学集体戴红领巾，凡凡小不懂事，回来问何瑛啥叫共产主义，她说自己也不清楚；孩子又问那戴红领巾要接什么班，是不是以后接妈妈的班当医生，她除了说"不清楚"，还加了一句"有可能"；孩子问那为什么每天都要戴，她就说这是学校规定，是校服的一部分。儿子觉得当医生挺好，加上又是学校的规定，疑惑方才释去。

"现在好了，上初中了，看你怎么解释！"骆平一边笑，一边摸了摸凡凡的头。

"不用解释，暑期后就走了。"何瑛笑着回答。

话题随即转到凡凡上学的事上，骆平又问了一些具体的安排，何瑛把最近的进展说了一下，对骆文也算一次信息更新。学校最终选择了可以住宿的私立学校，春天签证就能办好。孩子会提前去，先进夏令营适应一下环境，七月底成行。总之，到目前一切进展顺利。

骆平问凡凡是否喜欢去美国上学。凡凡迟疑了一下，说他也没得选，自己的意见从来不重要，既然已经决定了，再问他也没什么意义，语气中带着些许不满的腔调。何瑛有点不快，说并不是没跟他打过招呼，他也没反对，没必要事后发牢骚。见妈妈有点不高兴，凡凡把后面要说的话咽了下去，不再争论。他转口又说无所谓，去也好，省得以后高考，他不喜欢考试。唯一放不下的是，这边还有好朋友，好在放假可以回来，平时也可以用微信联系。他瞬间又换成一副想得开的样子，大家这才恢复了平和的气氛。

当凡凡把生日蛋糕端给骆平时，她把对方搂在怀里，真情流露道："姑姑

第十二章

以后见凡凡不容易喽！"

"想他，你也可以去美国看他啊！"何瑛接过话。

"一万多公里呢，不容易啦……"骆平继续在那里感伤，突然看了何瑛及骆文一眼，"你俩不想啊？要我可受不了，多折磨人啊！"

"孩子大了早晚也得离开你，就当早自立了几年呗！"何瑛也是在宽慰自己。骆文亦点头称是。

"拉倒吧，那能一样吗？不要说孩子，大人也孤单啊！早几年我就说过，再生一个多好，现在知道两个孩子好了吧？"

骆平无意的一句话，触动了何瑛与骆文共同的心结。

骆文很喜欢孩子，他们结婚不算晚，但六年后才有了凡凡。原因是何瑛不喜欢孩子，她从小帮助母亲分担家务，还要照顾两个弟妹，加之父母的吵闹及家境拮据，所有这些让她对家庭生活产生畏惧的心理。与骆文的爱情及结合，是强大生化魔力催化出的情感使然，但当要决定是否抚育下一代时，就没那么多激素的影响了，理性又做回主导。骆文一早就说想要孩子，但何瑛一直以工作忙及多享受几年二人世界为由搪塞，其实是她对自己没信心。骆文当时也处在事业上升期，心想反正还年轻，那就先拼两年，晚些再说。拖了几年后，骆文觉得是时候了，何瑛又比较明确地表示不想要孩子，也说不出什么具体原因，就是不想。这下骆文有点急了，再与何瑛谈及此事的时候，措辞和表情就严肃起来，甚至上升到稳定婚姻的层面。那时，两人的感情很好，何瑛也没坚定到誓死不从的地步，软硬兼施后，她终于松了口，后来赶上"非典"，天时地利人和都配合下，便有了凡凡。

凡凡出生后，何瑛则是来了一个大逆转，对孩子的疼爱远远超过骆文，摇身一变成了模范母亲。这让骆文产生了错觉，以为她会同意他要第二个孩子的梦想，可当他一腔热情地去与何瑛商量时，换回来的却是当头一棒。

何瑛明确表示不想再经历一次生产之苦，一个孩子足够。况且当时没有放开二胎，两人的收入和积蓄都不是很多，没必要自找苦吃。总之，拒绝的信号就是在"不行"前面加了两个字——"绝对"。

对此骆文却很在意，他理想中的家庭结构就是两个孩子。他用尽了各种方式、糖衣炮弹、明理施压，包括动员两边亲友相劝，何瑛就是油盐不进。两人还为此激烈地争吵过几次，因此也累积了一些猜疑、不满与怨气。几年的"威逼利诱"都不见效，工作越来越忙，年龄也越来越大，骆文也就心灰意冷，不再提及此事。但这件事则成了骆文耿耿于怀的遗憾。

骆文认为在此事上何瑛太不通人情、太冷漠与太固执，不尊重他的想法。直到现在，不管何人在何时何地，只要谈及他为何没要第二个孩子，骆文多少会有点牵怨于何瑛。他一直也说不清楚两人为何走到今天这个局面，现在回想起来，没能多要一个孩子可能是彼此关系慢慢恶化的一个诱因。

站在何瑛的角度，她当然能够体会骆文对二胎的渴望，但她不想要也是发自内心，理由说得也很清楚。除了家庭现状及未来规划上的得失考量，她更关注的是丈夫对自己身心的关怀与理解。而骆文从未设身处地为她着想过，还把两人的隐私公之于众，让外人来劝服她，这使何瑛的逆反心理更加强烈。当然，她也有近乎要妥协的时刻，但骆文对她身心方面的双重忽视令她最终关上了心门，并上了把锁。事情的走势就是越谈越没有退路，越谈矛盾累积越多。何瑛认为生与不生无关紧要，相互理解才是最重要的。而骆文在这件事上有点偏执，更多的是自我中心，优先考虑自己的想法和情绪，无视妻子的身体及内心感受。对此，何瑛深为不满。

其实，夫妻之间因为各种琐事发生争执原本稀松平常，大多不会偏离生活的航道，但对何瑛、骆文这对夫妻，生与不生二胎的分歧却为婚姻的解体埋下了祸根。

"不靠谱，这么大岁数还生什么！"何瑛瞪了骆平一眼。

"谁说不能？你还没满四十五，又是二胎，没问题的，你产科大专家还用我教啊？"骆平继续较着真。

"讨厌！要生你生去！"何瑛笑着骂了一句。

"我倒想生呢，跟谁生去啊？"骆平和何瑛一起大笑起来。

何瑛又问骆平个人的事情有没有进展，骆平就要何瑛给她介绍对象。何瑛说最近再努力一下，看有没有落单的男大夫可以骗过来……两人聊得热闹，骆文插不进话，便跟凡凡聊天。儿子显然兴致不高，简单敷衍，眼睛也不抬一下。父子间已难找到共同的话题，这让骆文不禁怅然若失。这时，凡凡突然搂住奶奶的肩膀，看了一眼骆文，主动开腔："奶奶的病真的好不了吗？"

"很难，只要没有快速发展就很好了。"

"那怎么办啊？"

"唉……我们一起努力想办法吧，让奶奶少受罪……所以你以后别忘了奶奶，经常来看看她。"

"以后就很难看到了……"

父子间的谈话又把室内的气氛冷却下来，众人不约而同陷入了沉默，只有老人在那里保持着如故的笑容，一整晚都没给大家带来惊喜。

回到家，骆文又开始辗转反侧的难眠模式。今天的生日宴给他带来更多的是伤感。何瑛与骆平聊得那么热络，似乎与自己毫不相干；热烈的气氛背后是冷冰冰的现实碎片，就像那生日蛋糕和上面的烛火注定要被切割与熄灭；下次聚会不知要到何时了，短暂的团聚带来的往往是更长的分离；心爱的儿子与他已经渐行渐远，不久就要远到难以相见；母亲让他更揪心，却又束手无策。骆文觉得自己好像已经游离于这个家庭之外，没人愿意或是有能力拉他一把，孤独无助的感觉又袭了上来。

梦中，那些球又开始蠕动起来，从躯干漫了出来。那些球越来越大，一个已经顶在胸口，压得他喘不过气，憋闷，挣扎，无济于事。越来越多的球，由小及大，由远及近，不停地向他移动、膨胀过来。无法呼吸，难受至极，恐怖无助……

又一次惊醒，骆文感到胸口很压抑。他起身，打开灯，坐在床上发呆。类似的梦才做过没多久，怎么这么快又来了？难道有什么不好的兆头？他有点烦躁。

骆文抬头看到挂在床前的大画框，那是他租房时特意给自己买的，图片正是凡·高那幅著名的油画《星夜》。画面上，夜空布满蜷曲在一起的星云，月亮被裹在其中，散发着黄色的光。星月之光笼罩着大地上的山峦与房屋，近处有一棵巨大的柏树，张扬着枝叶向上方的极限刺去。

骆文凝视了良久，咀嚼着画中的意境。空中那些涡旋着的星与月，此时居然像是梦中那些恐怖的球，纠缠交杂在一起，密集而充满压迫感；月光像是马上要被星团吞没，而星星本身没有一丝光亮；夜色显得很沉重，连房屋的阴影都倍觉压抑；柏树也显得萎靡无力，强撑着立在那里迎合着低沉的气氛，让人心烦意乱。

不，这不是作者的意思！不仅有星光，分明还有月亮在闪动。光亮终究还是射了出来，没有光，哪有影？那些民居、那座教堂，不是被照得很清楚吗？为何自己看到的竟是如此负面的东西呢？骆文起身喝了口水，压压惊，随后走到窗前，拉开窗帘，举头张望。此时，黑夜与灰霾搅在一起，星辰难觅，半弯月亮灰头土脸地挂在远处，顽强地提示着星与月本是黑夜的一部分。

再昏暗也总是有亮光的，就像黑夜后就是白天一样。骆文刚刚鼓励过自己要积极面对生活，不应该这么快就改变意志。不顺心总会过去，自己必须要越过这些"山丘"，远方一定会有新的生活。

他很自然地想起刘莎，觉得这个女孩可能就是他新生活的开始，心中随即翻出了很多美好的感觉。对，要与命运抗争，积极开始新生活！他甚至还挥了两下拳。

深夜，一个中年男人在自己的出租房中感悟人生、斗争思想、自我激励，想到此，骆文觉得自己很好笑。他重新躺下，心情好了很多……

第十三章

已入腊月，大寒将至。为新广告忙了两个多月，全部的准备工作告竣，今晚将在全媒体及渠道同步上线，正式开启春节档的推广活动，所有工作按部就班按照时间表往前推进。

市场部内部进行了一个小型庆祝会，大家切了蛋糕，释放了一下这段时间以来的紧张情绪。其间，还视频连线了广告公司团队，两边同步热闹了一下。

元旦以来，骆文和刘莎还没见过面，也没发过信息。几天来的文件往来、电话会议等不断，双方都能感到对方的存在，甚至偶尔还有几句纯事务性的交流，虽不见其人，但对方的样子在彼此心中始终没有淡化。视频连线中，二人终于得以相见，虽然两边的环境乱哄哄的，时间也不长，却足以让二者内心荡起波澜。

只是，再次的见面恐怕还要再熬一段时间，刘莎因为别的项目需要出差，骆文再过一周也要去南方开几天销售年会。二人都是敬业的专业人士，绝不会为了尚不明媚的儿女情长耽误正事。骆文不清楚刘莎后面的日程安排，有点担心春节前是否还有机会见到对方。按照目前所知的安排，再想见面也就只有节前那一周多的时间了，他想找个机会试探一下对方。

就在此时，刘莎的信息到了："久违！"

"太久！"骆文觉得心有灵犀，即刻就回了过去。

"鄙司亚太区创意年度颁奖典礼，想请您赏光莅临，不知妥否？"

"日历说了算。"

"二月五日，详见邮件。"骆文的邮箱已跳出新邮件的提示。

"感谢上苍恩准！"

"叩谢赏光！"刘莎附了一个欢快蹦跳的小企鹅表情，紧接着又是一条，"不感谢我吗？"

"必须当面！"

"期待！"又是一个小企鹅。稍后，再是一条："不问地点？"

"有你就好，无问西东。"

刘莎没有再回复，但骆文可以感到对方在那边对着屏幕幸福地微笑。

月底，公司销售年会在珠海召开。这是每年固定的项目，旨在总结既往、展望未来。由于此时的北方非常寒冷，大多数公司都会把年会放在南方城市，有钱的甚至出境去开。因此，会议经济就成了这些南方城市的发展引擎之一，珠海也不例外。此时的珠海，气候宜人，各种会议马灯似的在这座滨海之城你方唱罢我登场。

销售团队是会议主体，市场部员工占比不大，他们要在这几天的会议里颁布新一年的策略，向各地区、各渠道的同事宣讲计划、答疑解惑。当然也包括与来自全国各地的销售人员欢聚、互通情感。两个不同部门的人实际上是绑在一根线上的蚂蚱，却又有着先天的矛盾。一个是花钱的，一个是赚钱的，虽然是殊途同归，两边在思维方式，技能手段上却有很大差异，所以天天上演着沟通、磨合、冲突、协作的戏码。

大会上，Rimond慷慨激昂地宣讲着自己的理念和憧憬。但是，过去一年的经验让很多人并没有他那样的兴奋，只不过两千多人的掌声汇集在一起，仍显得很热烈。Rimond迷失了自己，显得异常兴奋，他所感受到的只是听众由衷的认可与赞誉。

台下的骆文觉得Rimond这种自恋有点可恨。一个人在高位的时候自然会与基层存在距离，如果自身再缺乏管理能力与判断力，就会陷得更深。自娱自乐尚可原谅，但他所处的位置却影响着整个公司员工的利益与命运。可谁又能拉他出来呢？骆文想着预算会时财务总监的趋炎与销售总监的附和，再看看前排邻座里很多带头鼓掌的高阶管理者，他又觉得 Rimond 可怜。这可能也是对方的悲剧吧！当他在那里享受虚假的掌声，觉得自己带领公司走上康庄大道时，岂知早已与现实背道而驰了。

骆文和其几位同事的讲话比较务实，只谈技术层面的东西，各项计划简明扼要，也没有与 Rimond 的观点形成冲突。事前，骆文提醒过大家，这毕竟是一个需要鼓舞士气的会议，要跟总经理的调子保持一致，但也要求大家不要喊口号，所有人都知道今年一定会很艰难。

几天的会议很快就过去了，这种年会通常会在最后一两天安排娱乐活动，也算是给辛苦一年的销售人员的奖励。地区销售人员很少有全国的差旅，所以从某种角度来说，他们更感兴趣的是最后这段日程。珠海近邻澳门，公司就安排最后两天去澳门旅游。周六一早，大军浩浩荡荡从横琴口岸直接转到一线之隔的东方赌城。

第一天是集体旅游。由于前一日晚宴喝多了，骆文感觉有点乏，加之以前来过澳门，屈指可数的那些景点对他没什么吸引力，本想在酒店休息，但最后还是被大家拉着出去一起逛了，一天下来，也累得够呛。他只记得干了两件事：做摄影师及配合各种合影需求。晚上，大家兴致不减，要去赌场见识见识，骆文实在有点累，就没参与，回房倒头睡去。

第二天是自由活动。他们住在著名的威尼斯人酒店，这是一家装饰布局充满意大利水城风情的综合娱乐场所，各种时尚店铺鳞次栉比，超大的娱乐区域中，各条道路总是能把游客轻松带到酒店最赚钱的区域——赌场。女士们把时间都放在她们永远都不腻的逛店上，男士们则在另一个充分显示人性弱点的地方挥洒着热情。

骆文睡到自然醒，吃过午饭来到赌场时已是下午两点多，他想找到自己部门的人。看着场内人头攒动热火朝天的景象，他想很多人都知道输多赢少，但仍会义无反顾地走进来，执着地认为自己就是少数的幸运者。如果是纯娱乐还好，但真能做到的并不多。他见过很多这样的人，去之前都是无所谓的样子，侃侃而谈各种心得，心态轻松，回来时拉长脸的却占多数。人生不也是这样吗？起伏盈亏或许早已注定，不管有多少资本，或自认为有多大本事，投身其中时，应知道很多事情不是由自己决定的。接受现实、适可而止才是真本事。

骆文一边胡乱想，一边在星罗棋布的赌桌间游弋，没过多久，终于看到熟悉的身影。

Hulk 站在一台俄罗斯轮盘赌桌旁，周边围了一些赌伴，骆文过去打招呼。Hulk 的脸上带着明显的疲惫，嘴上仍显得很亢奋。他昨晚饭后就留在这里，玩到半夜才回去，睡了没几个小时，中午不到就又来报到了。昨晚，他先赢了不少钱，但没有收手，夜里的运气与精力同步衰退，不仅吐回了所得，还输了一些。

"现在战况如何？"骆文问。

"惨淡，累计输了六七千。"

"差不多就得了，你这哪是公司的会啊，成自费旅游了。"骆文戏谑地宽慰对方。

"可不是吗，能打好多场球了。"Hulk 自嘲了一下。

自从 Hulk 上了上海那个外资工商管理学院，学进脑子里的东西不知多少，但学会了打高尔夫球，且一发不可收拾。有限的业余时间几乎都放在了打球上，还经常利用周末时间到外地和朋友一起打。球友主要是同学院的同学，他说这是一个很好的社交机会。大家的层次都很高，不少事情在打球的时候就谈拢了，时间长了自然会有各种职业发展或赚钱的机会。他还因此认识了做金融的朋友，在对方的指导下，前一段炒股赚了不少钱，他说这就等于免了不少学费。Hulk 认为这是宝贵的资源，以后可能都用得上。骆文问他花钱读这个书是不是主要为了交际，对此，他也不否认。后来 Hulk 劝骆文也去打高尔夫，说是除了社交，这也是一项很好的运动，乐趣无穷，尤其适合年龄越来越大的人。骆文除了对足球热衷外，其他的运动都一般，而且也忙，说笑之间从来也没去尝试过。

"那你就歇会儿呗，赌场都是这样，你待的时间越长，输的概率越大，他们巴不得你一直在这不走呢！"骆文随便说了几句，深知劝也没有。

"我玩的时间不长，也是不同游戏换着玩，刚换到这桌，中间休息过。"Hulk 像是犯了错的小学生在向老师解释，生怕骆文把他带走似的。

"你的休息就是上厕所吧？"骆文揭穿了他。Hulk 伸出手指虚压在嘴唇上，和骆文相视一笑。

Hulk 在局中的神态非常专注，手中的筹码被他不停摆弄，看得出脑子一直不闲着。下注缓慢而谨慎，还会经常调整，显得很纠结。骆文觉得赌桌上还真能看出一个人的性格，Hulk 在平时的工作中就有这样的特点。人确实是不可以貌相的，Hulk 就是很好的例子，雄性十足在外，雌性过剩在内。

骆文观战了几轮后，自己也换了几百元筹码凑热闹。两人相伴玩了一个多小时，Hulk 手气仍然不好，又输了一些。骆文不像 Hulk 那样前思后想，全凭感觉迅速决断，反倒运气很盛，眨眼的工夫居然赢了两千多。正当两人感叹各自运气迥异时，几位女同胞也出现在桌旁。

Sissi, Coco 及 Monica 刚刚购完物，把东西放回房间后，也想过来试一下手气。她们就猜 Hulk 肯定在这里，果不其然，还意外"捕获"了骆文。

听说骆文赢了钱，大家一边起哄请客，一边也问着玩法想加入。Sissi 不想玩，坚持旁观。Coco 也没心思再强拉，撸着袖子和 Monica 一起加入战局。

又玩了一会儿，仍是骆文一家独大，其他三人全程陪跑。

"厉害啊，Vincent！不过你要小心啊，都说'赌场得意，情场失意'。"Coco 开着骆文的玩笑，继续下注。

骆文看了一下表，四点半已过，必须停下来了。他要赶晚上的船离开，然后退房去码头。他查了一下手里的筹码，加上本金，有接近四千元。他把筹码分成四份，分给几位同事，让他们继续玩。

大家口中说"不好"，身体却很诚实，完全没有拒绝的意思。骆文笑道："快过节了，就当发红包了。恭喜发财！"又对 Coco 说，"这样就可以情场得意了吧？""必须的！"Coco 带头喊起来。这也是骆文在下属那里口碑好的原因之一，他常有一种义盖云天的大哥风范。大家谢过，骆文说最后再看他们玩一把就撤。

Sissi 本来不玩的，拿了"不义之财"觉得收在兜里也不合适，既然骆文说再观战一把，她干脆入局，也说只玩一把。

这个轮盘赌的玩法就是在零到三十六的数字里选择押注，最后轮盘摇出的数字如果被押到，就会有高达三十五倍的丰厚回报，一个人可以押很多数字，只要押不中，就算庄家赢了。

轮盘已经启动，大家飞快选择着自己青睐的数字。只有 Sissi 比较稳，始终在思考，等大家快押完时，才不紧不慢地把手中所有的筹码均分给了几个数字：零、一、二、六、七、九。大家不解为什么都是小数字，她说前几轮大数字居多，所以想赌一下小数字，说完冲着骆文诡秘一笑。

小球最终停在"九"上。喜悦与失望的嘈杂声中，Sissi 兴奋地拍着手。骆文伸出大拇指，道了一个"牛"字。"有你的功劳！"Sissi 笑答。骆文不解，但也不再追问，只道："小心啊，Coco 说了，'赌场得意，情场失意'，哈哈！"说完跟大家挥手道别，径直离开了。

骆文心想自己破了财，接下来该"得意"了，而且很快就能见到"得意之人"了。

晚上，骆文从码头坐船转到香港，也就是第二天典礼活动的所在地。

这天是立春，香港仍寒意不减，但对于骆文这样习惯冰雪的北方大汉来说，已是相当舒适。

刚刚通过海关，他便觉得有一股春的暖意袭来，心想着老祖宗的节气说法还真有道理。其实这种暖意更多来自内心，因为很快就能见到刘莎了，这让他一路上都难掩兴奋，周遭的一切都变得面目可爱。元旦那天的相处，让他的好状态维持了很长时间。他一直期待的再次相见就在眼前，虽然只有一天的会期，他却已付出了一月有余的等待。

尚未到酒店，骆文就给刘莎发去了到达的信息。刘莎晚上有个内部的会前会议，会后还需要与同事在一起，告诉骆文今晚就不陪他了，明天见面再聊。骆文有些小失望，但想到只是再多等十来个小时而已，也就欣然接受了。到酒店时已经不早了，处理了一些杂事，就快到十一点了。

会场设在九龙环球贸易中心顶部的丽思卡尔顿酒店，这是香港知名的五星级酒店，也是城区的制高点之一。刘莎所在的公司隶属国际知名的传播集团，去年的业绩非常好，受邀前来的外部嘉宾又都是极具分量的关键客户，这笔钱他们还是舍得花的。

骆文被安排在一百一十层的海景房，宽阔的落地窗外，维多利亚港全景尽收眼底。子夜时分，港湾的灯火依旧不减。对着窗外尽情伸展了一下腰身，繁华的风景、舒适的房间、期待的心情，让骆文顿感周身轻快。这时，刘莎发来信息："好好休息，明天见。"他不想回复，生怕摆弄手机的举动会破坏现在的平和心绪。刘莎的样貌正在他的脑海不停闪现，伴着一股暖流自头部向全身缓慢流动。这一晚，他睡得很香。

早晨刚入会场，刘莎就不知从哪里冒了出来，笑着站在骆文眼前。今天她穿的是一件酱红色长袖连衣裙，小立领系在颈前，胸口斜合着止入腰间，边口嵌着几颗乳白色花纹的中大纽扣，寸余宽同色同质的腰带横在中间，把纤腰收得清晰而曼妙，腰带打了一个自然的蝴蝶结，显得整个人活泼俏丽。

两人寒暄了几句，骆文夸刘莎穿得好看，刘莎说自己的打扮属于中规中矩，广告公司的人穿着都比较开放随意，她算保守的。骆文环顾了一下四周，发现大家的穿着确实没有甲方那么严肃。刘莎告诉骆文，今天他是颁奖嘉宾，让他留意司仪的示意。另外，她被老板安排了一些服务性的角色，不能时时伴在骆文左右，晚宴时她就自由了，到时再聊。骆文表示理解，让她去忙。

典礼非常热烈，一年来亚太区各国的优秀广告及传播活动案例被一一展示出来。骆文不是第一次参加这种活动，仍被其中的信息所触动与感染。下午的颁奖环节，各类奖项逐一揭晓。令骆文小有意外的是，领奖者居然就是刘莎，她去年在上海做的项目获得了一项大奖。

久经沙场的骆文上台时反而觉得有点紧张。紧张来自羞涩，他感觉那盏锥光灯发出的分明就是 X 射线，已把他穿透于大庭广众之下，此时，观众好像能看到他面对刘莎的狂乱心跳。刘莎笑得很灿烂，当骆文把奖杯递给她时，除了致谢，她还给附送了一句："你很帅！"

这种会议并不冗长，开始得晚，结束得早。傍晚，大家已聚在顶楼号称世界最高海拔的酒吧，浪漫高雅的鸡尾酒会暨自助餐是当日活动的最后一个环节。刘莎说过，到了晚宴就恢复自由身了，所以骆文没有丝毫耽搁，准时赴宴。

晚宴时会换装，尤其女宾，这正是她们展现卓越风姿的好时机。骆文走入餐厅，让目光努力穿越人流，寻找着那一抹红，不断猜想着刘莎会以怎样的红色露面。

然而，他失算了。当刘莎又一次突然出现在眼前时，骆文才意识到自己的思维过于僵化了。眼前的她身着一身白色的旗袍，胸口及下摆散落着几朵带着枝叶的粉红色花朵，白色高跟鞋把她的曲线勾勒得更加诱人，一边耳侧还插着一朵粉红色的鲜花。骆文一时恍惚，不知该怎么夸好，这活脱脱就是他印象中旧时上海滩大家闺秀的样子。

"好看吗？"

"嗯……"骆文使劲点了两下头，嘴巴像是比动作还要笨拙，"这是什么花？"他指着刘莎身上的图案，随便抓了个话题来救场。

"芙蓉花。知道是什么意思吗？"

"还有什么含义吗？"

"成都啊！芙蓉花是成都的市花，所以那里也叫蓉城。"刘莎继续说，"纯属巧合啦，主要是好看，所以我就买了。"

"哦，这个我倒是知道，只不过没怎么见过芙蓉，下次去成都一定好好看一下。"

"不只是看芙蓉吧，你还有答应过的事要做呢！"刘莎轻声笑着，凑近了些，对着此刻略显呆滞的骆文吐了三个字："峨眉山。"

当骆文反应过来时，刘莎已经融入人群之中。

说是自由，但晚宴中两人都有一些必要的交际。尤其刘莎，她还有其他客户和相识要照应，各级上司、同事也要交流，显得更忙，两人基本很难有时间和空间的交集。

骆文没有心思再吃下去，时间过半，仍难见那款白色的旗袍，恨不得晚宴就此结束。他抓起电话给刘莎发了个信息："我先回房间了，你完事我们找地方再聊。""好的，一会儿我给你信息。"看到刘莎的回复，骆文与几个相识又聊了几句便告辞，回到房间。

没过多久，刘莎的信息就跟了过来："我们去哪里？""随你。"骆文又给了对方开放性的选择。"去维港转转吧，不想总在室内憋着。"骆文自然没意见，他只想赶紧见到刘莎，分秒必争。双方约定十五分钟后在大堂碰头。刘莎也是早退，她心里并不比骆文沉稳，只是必要的应酬实在推不了。

　　骆文在大堂度过了难熬的十五分钟，当刘莎蝴蝶般翩翩而至时，他所有的焦虑才一扫而空。

　　此刻，刘莎换了一身轻便的服装，上着橘色短款薄羽绒服，下配浅蓝色牛仔裤，足下一双白色健身鞋，头上扣着乳白色的绒线帽，朝气蓬勃的少女风扑面而来。她已卸去晚宴的浓妆，浅留了些胭脂，自然色的双唇上闪着珠光。

　　骆文觉得此时若再夸刘莎好看，就有点没话找话的意思了，索性直接把她带上出租车。很快，两人就站在了维多利亚港的景观大道上。

　　当晚天气很好，气温较昨日又有所升高，港口风平浪静。十天以后就是除夕了，岸边已有了一些节庆的气氛。混合着湿润暖潮的欢乐气氛扑面而来，提醒着人们春天的脚步已近。舒适的天气令游客的步伐也拖缓了许多，快九点了，岸边的行人仍然不减，说笑拍照各得其乐。

　　自从元旦见面后，忙碌以最体面的方式拉开了两人的间距，而羞涩与矜持又阻止了间距的回弹。那种不远不近的距离对双方来说都有些煎熬，因为彼此的挂念都是那么强烈。周遭的喜庆气氛也感染了两人，双方似乎要把这一个多月攒下的话一股脑说给对方听。从白天的会议，说到晚宴中的见闻，很快就聊到最近的经历。刘莎讲了元旦后最后一段冲刺工作的疯狂，骆文谈了年会的感想和赌场的好运。刘莎又让骆文讲在伦敦的见闻，他则由着性子让刘莎吐槽另一个新客户的怪脾气。

　　来到星光大道，他们一起找着喜欢的明星，追忆各自的青春岁月，共同感叹曾经的"东方好莱坞"已经不复存在，那些让他们倍感亲切的明星只留下这些手印，提醒着人们曾经的辉煌。

　　骆文在李小龙像前拉开武术架势，刘莎依着梅艳芳雕像哼唱《女人花》，唏嘘着生命的脆弱。二人说起梅艳芳的病逝，便谈到同年更早离去的张国荣，感叹天妒英才，说那一年真是多事之秋，于是决定再去找"哥哥"的手印。他们很快就找到了，驻足了良久。他们都喜欢"哥哥"，斯人已逝，勾起了些许伤感。

　　就是在那难忘的"非典"之年，骆文刚从香港回到北京没几天，就听到了"哥哥"的噩耗，那是四月一日。"非典"对骆文没有丝毫的负面影响，但"哥哥"的死讯却让他难以接受。他不知道张国荣为何选在这天离去，从此愚人节便多了一抹灰色的印记。

骆文把刘莎带到栏杆边，谈到自己性格里的倔强与不妥协。曾几何时，他特别喜欢"哥哥"的那首《我》，对歌中言说的坚持深有同感。但这些年的摧折已让他不再那么锋芒毕露，也不再那么自信，甚至有些心灰意冷。

刘莎也把两人的交流升华到人生感悟的层面。她也说到自己常常感到孤独，有时觉得拼命工作失去了意义，但她仍怀有希望，期望能找到可以妥善安放自己的归宿。她鼓励骆文一切都会好起来，并坚信他有这个能力。

骆文受到鼓舞，给刘莎低唱了几句："我就是我，是颜色不一样的烟火，天空开阔，要做最坚强的泡沫……"可是天生脆弱的泡沫再坚强又能怎样呢？骆文又回到了伤叹的调子。刘莎笑他自找灰色的角度去理解，让他摆脱负面情绪。刘莎说骆文性格中最好的一面就是坚韧，也是她最喜欢的，鼓励对方要坚持自我，别轻易放弃。于是，接着前面的歌词，回唱给了骆文："我喜欢我，让蔷薇开出一种结果，孤独的沙漠里，一样盛放得赤裸裸……"

刘莎忍不住说道："我也要盛开，请你跟我一起绽放。"然后高举双臂，似乎要拥抱整个港湾，大声喊着"绽放"。骆文重新陷入欢快的情绪，觉得刘莎不仅可爱，也懂他。

两人继续在岸边惬意踱步。聊了很久后，话题慢慢少起来。周围的游客也稀疏了很多，宁静的氛围慢慢侵蚀整个广场，试图夺回被喧闹强占许久的地位。

走得有点累了，他们停下来，彼此陷入沉默。二人并肩凭栏，对岸的霓虹减了大半，提示时间已经不早，可谁也没有心思关注时间。四周渐渐安静下来，两人的血液却在升温。海水涌动的声音也愈发清晰，仿佛要推动他们内心的浪花澎湃而出。

骆文向刘莎靠近了一些，臂膀抵住了对方的臂膀，刘莎没有回避。隔着冬衣，骆文似乎能感到对方的体温，他的心怦怦跳个不停，不敢看对方一眼。刘莎也不看骆文，两人心潮起伏，身体却凝滞良久，平静而又热烈地感受着彼此的存在。

"在想什么？"骆文打破沉默。他觉得自己的声音有点发颤，气温并不低，应该是因为紧张。

"嗯……不知道……很多……你呢？"刘莎没有看骆文，眼睛自顾盯着远方，若有所思。

"挣脱。"

"什么？"刘莎没有理解。

"怎么挣脱你，现在有点甩不开你了。"骆文觉得自己心快跳出来了。

"是吗？"刘莎侧过头看着骆文，双眸饱含欣喜的目光。

骆文此时已难耐内心的热火，完全无法抗拒这柔柔的目光，彻底投降了。他埋过头去，把嘴轻轻地压在刘莎的唇上。刘莎不迎不退，闭着眼睛，像是品味心仪已久的醇酿。她的唇绵软而温厚，骆文不忍用力，生怕不小心压碎此刻的幸福。这丝清晰的甘甜化作一股暖流，从刘莎唇间涌进骆文的身体，他感觉整个身躯像要飘起来。他不敢停留，怕就此迷醉。

刘莎慢慢睁开眼睛，微笑地看着骆文，不说一语。

骆文也没有言语，他轻轻伸过臂膀，把刘莎搂了过来。刘莎顺从地靠过去，把头倚在对方肩头。

就这样静止了一段，他们听着彼此的呼吸，看着对岸不断隐去的灯光。

"真的想挣脱我吗？"刘莎轻声道。

"这是个傻问题，换一个。"

"真的喜欢我吗？"

"也是傻问题，换一个。"

"我不是在做梦吧？"

"再换一个。"

"我喜欢你。"刘莎不再提问。

骆文把刘莎搂紧在怀里，让她的脸贴在他的胸膛。

"听到吗？"骆文轻轻抚摸着刘莎的头。

"嗯。"

哮
喘

"什么？"

"我喜欢你。"刘莎感受到此时骆文的心跳已与自己的脉动连在一起。

两人再也不用抑制情感，迸发出的柔情把双方的唇再次粘在一起，纠缠着更加激烈与持久的爱意。

两人回到酒店时已是两手相握。心中的火还在燃烧，谁也不想说晚安。骆文说带刘莎去房间看维港全景，刘莎没有拒绝。

已是子夜时分，脚下的城市已开启夜间模式，远近灯光闪着惺忪的睡眼，慵懒地支撑着城市的基本轮廓。他们来到窗前，相依而立，极目俯瞰。天空离他们更近了些。今晚多云，星月时隐时现，远远地偷窥着人间的秘密。午夜的幽暗淡化了细节，但天海间的整体画面仍然让人心驰。点点星火遍布蜿蜒起伏的岛屿，拥填在港湾内的墨蓝色海水，比刚才更加温柔乖顺，摇曳着一场美丽的甜梦。

"好美啊！"刘莎靠向骆文的胸怀。

"因为有我吗？"

"你说呢？"刘莎右手轻掐了一下骆文的手臂。

"我觉得因为有你才美啊！"骆文吻了一下她的额头。

"贫嘴。"刘莎双手搂住骆文的腰，问道，"你为什么喜欢我？"

"不知道，就是喜欢。你呢？为什么？"

"纯粹。"

……

"能一直这样多好！"刘莎轻声继续道。

"不要天亮吗？"

"天亮也这样。"

"那我可坚持不了。"

刘莎抬起头看着骆文，咬着下唇，一副生气的样子，言外之意是"你什么意思"。

"我现在已经坚持不住了！"骆文猛地迎过去，把对方的唇衔了过来，双手把刘莎紧紧箍在自己怀里。

两个燃烧的火球终于突破了最后一道防线，激烈地碰撞在一起。三个月来埋在心底的所有激动与渴望，一股脑倾倒出来。肢体的纠缠、情欲的宣泄，现在没有任何东西可以把两个人分开了……

汗水浸透了发梢，晶珠却还不断地从毛孔中拱出。两个刚刚冲上巅峰的身体还紧扣在一起。刘莎睁开双眼，迷幻地看着上身有些潮湿的骆文，任他的汗珠滴落下来，打在她的脸上、眼中、唇边。骆文想抬手去擦，她抓住他的手说："我喜欢你流汗的样子。"骆文忍不住亲吻她的额头、五官及脸颊，刘莎把他搂近，重新粘回自己的胸膛。

喘息之后，骆文感到对方的身体有细微的颤抖。抬起头来，却看到刘莎泪眼婆娑。还未及询问，刘莎已经侧过头去。骆文赶紧翻过身来，把刘莎搂在怀里，将嘴唇贴到她的耳边，轻问："怎么了？"刘莎没有马上回答，而是把脸顶到骆文颔下，蹭了几下，试图借骆文的颈项拭去泪水。片刻后，她不无激动地说："我高兴。"然后搂着骆文的脖子，不再说话。

此刻，刘莎的眼泪完全是下意识的，但内心绝非空白。多年的单身生活让她对爱情失去了信心。十二年前的感情重创对她来说，从来没有过真正宣泄的出口；少爱又破碎的原生家庭，难以给予她保护与安慰；只身漂泊在陌生城市，她用近乎疯狂的工作模式充填个人生活，伤痛渐平时，年龄、见识、身份又把她慢慢隔离到一个很小的圈子。她渴望情感的归宿，但已不再奢求。骆文的闯入，揭开了在她心灵掩压已久的封印。她不知道为何寥寥数面的相处，就会让自己产生这样磅礴的情感、这种难以抑制的冲动。她曾犹豫，也有些畏惧，不知道前途会是怎样。她想到过十余年前的奋不顾身，担心再度遇人不淑。到最后，她发现这些理性的思考全无用处，因为她强烈地需要一份爱。

她不再权衡利弊，因为她所体验到的骆文，是自己理想的意中人，就连当下的欢爱都是那么完美。此刻，冲上她心头的是感动。可能是上天怜悯，又给了自己爱的机会，而且每一个感受都是那么令她欣喜若狂。她觉得自己获得了重生，幸福至极……

同样感到获得重生的还有骆文。压抑已久的情感生活终于在此有了新的篇章，这当然全部是刘莎带来的，至今，他也理不清这份情感的缘由。他也犹豫过，自己的状态是否应该再去开启一段严肃的感情。他试图鉴别他们之间终究会是止于肉体相悦，还是情爱绵长，但又发现一切都是徒劳的。最好的答案就是从心而行，他喜欢刘莎，那就放胆去喜欢。这才是骆文，率性而果敢。他决定大步向前。刘莎的到来把他从委顿的状态重新激活起来，他开始恢复积极的心态，乐观面对生活，并坚信这就是自己的新生了。

汗水退去，留下呢喃细语。二人依床相偎，透过大大的落地窗遥望海天，窗外景色如故，窗内的感情早已升华。

玻璃窗反射出两人的身影，刘莎很是欣喜，指给骆文看，神情像是欣赏一幅美好的作品。她告诉骆文，刚才她就发现了。骆文戏谑她不害羞，她说喜欢，以后还会给对方惊喜。骆文要拉上窗帘，刘莎阻止。她喜欢这样的感情，没有压抑的情感，没有遮拦地释放。骆文说她疯狂，她说喜欢，以后会给对方更多的疯狂。

看了一下表，已经时近一点。骆文突然想起什么似的，稍坐起身，向刘莎提议道："给我唱首歌吧，你欠我的。"

"哪有这么晚唱歌的？"

"不晚啊，这是新一天的开始。"

"嗯，新的生命！我的！"刘莎吻了一下骆文，她是指自己的重生。

"对，新的生命！我的！"骆文感受到了默契，他的心思与刘莎无异。

"那就更应该唱了，今天还是一个特别的日子。"骆文继续说。

"什么？"

"我的生日。"

"啊？真的？……讨厌，为什么不早说？"刘莎翻到骆文身上，淘气地去捏对方的鼻子。

骆文的生日是二月六日，出生那天正好是大年初一。母亲的预产期本是在小年前后，可等到大年都快来了，仍未见动静，除夕一大早才折腾起来。当医生觉得应该能够回去吃个团圆饭时，被父母期待已久的"小鸡"，终究以他执拗的方式熬过了己酉年，在刚刚跨入庚戌年的半个小时，这只"小狗"总算冲了出来，从"鸡尾"变成"狗头"。母亲说这孩子太有主意，以后不好管。果然，这种执拗植入了骆文的性格。幼时，每当他顽冥固执时，母亲都会笑批他："狗头太硬，不敲不行。"

"哪有光着身子给人家唱歌的？"刘莎反而有些害羞了，捶打着骆文，仍不依不饶。

"那就几句吧，我喜欢听你唱。"骆文脸上露出虔诚的期待。

刘莎收起羞怯，乖乖地趴在骆文耳边轻轻哼唱起来："甜蜜蜜，你笑得甜蜜蜜，好像花儿开在春风里……"

骆文被这股春风暖到了，沁人心灵的不仅是刘莎甜美的歌声，还有甘之如饴的爱意。刘莎柔软的依偎与歌喉再次掀起了骆文内心的狂潮，未等歌曲唱完，他又翻身压了过去，把自己的热情毫无保留地给了对方……

一觉醒来，眼前已是接近正午的海港。云层有点厚，太阳藏而不露，彻夜敞开的窗帘并没有放进刺眼的光芒，这才让两个耗尽体力的人得以恢复精力。

下午的飞机，已不能再多赖床，两人仍有不舍，也只能赶紧起身收拾行李。

日间的维港，是另一番的迷人精致，虽只能匆匆浏览一下，两人也心满意足。来不及吃饭了，索性从食柜里随便抓了些东西，赶紧上路。好在他们同一个航班，可以继续享受温情。

飞机缓缓滑动，刘莎歪在骆文的肩头，共享的毛毯之下，两人的手一直没有松开过。正准备睡去，手机进来了一个信息，骆文这才意识到没有关机。点开屏幕，跳出了一串祝福文字："生日快乐！平安顺心！小数字，大福气！"后面缀着一个调皮的笑脸，是 Sissi 发来的。骆文恍然大悟，那赌桌上所押的数字正是他的生日：一九七〇年二月六日。

刘莎指着信息的后半句不解其意，骆文讲了赌场的故事。刘莎撇着嘴，一脸诡谲地看着骆文："我说什么来的？你不缺桃花运的。""胡说什么，赶紧睡觉！"骆文捧过刘莎的脸，在上面重重地亲了一口。

关上手机，两人偎得更紧，随着机身的摇动很快进入了梦乡。

第十四章

春节前还有些忙碌的扫尾工作。农历小年已过，多数公司开始进入松散状态。大家忙着年终总结、内部聚餐、请客送礼。

骆文的公司卖的是糖果食品，春节是最重要的旺销档期，各种媒体、渠道、终端的推广活动非常密集。服务于他的广告公司也就只有跟着忙碌的份，又赶上好几个新品上市，变得更加闲不下来。为能享受正常的假期，各方都需要把这几天充分利用好，再忙也要坚持下来。

在香港的激情迅速拉近了骆文和刘莎的距离，但又苦于忙碌的工作，双方约定忙完最后几天，腊月二十九再见面。仅仅数天的间隔，两人的微信几乎要拥塞起来，无尽的思念与爱意只能局限在手机屏幕的方寸之间了。

骆文的假期也要提前安排一下，除了刘莎，还有几个与他命运相关的人需要往来。他要约何瑛除夕一起吃年夜饭，这几年虽然见面越来越少，但仍保持着共吃年夜饭的固定动作。再者，让母亲多见见凡凡，这也是何瑛的心愿与承诺。然而，这次的固定日程却难以实现了。

何瑛告知骆文一个坏消息，她的父亲元旦前查出肝癌，已经扩散，属于晚期。近来病人状况也不是很好，除了消瘦加速外，难忍的疼痛也经常出现。何瑛决定带凡凡去上海过年。她不知父亲能否熬到下一个春节，特别是凡凡要去国外读书，有可能是见姥爷的最后一面了。骆文听到这个消息很伤感，去年十一月初见面时，老人看起来精神尚好，三个多月下来就是完全不一样的状况了。除了安慰几句外，他只能对何瑛的决定表示支持。

今年的腊月二十九有点特别，这天是二月十四日，情人节。西方的节日已成为大众习以为常的存在了，尤其对年轻一代，其熟悉程度一点不亚于传统的节日。对商家而言，这当然是乐见的事情，文化多元给他们带来最直接利益就是更多的商机。骆文的公司同样不会错过这个机会，他们的巧克力就是这天最好的热销货。

今天也是节前最后一个工作日，只上半天班。市场部大多数员工都是外地人，这天都会以各种交通方式回老家。中午分别时已经没有多少人，大家彼此道着双节快乐，各自喜气洋洋地踏上了行程。

Sissi 走之前特地过来看了一下骆文，提前拜年。她今年不回江西过年，和朋友约好一起到东南亚旅游，除夕就出发。她说骆文看起来精神不错，但也难掩疲惫的神情，得知对方假期不出门，便嘱咐他好好休息，还问是否需要带什么东南亚的礼物。

骆文说 Sissi 才是如假包换的气色不佳，更应该好好休息，并问她身体是否还有不适。Sissi 说会时常会感觉腹痛，忙起来尤甚，是老毛病，无大碍。骆文便嘱咐她别大意，身边没有家人，吃喝休息更应该多多注意，能有出门旅游散心的机会不易，让她尽情放松，他什么都不需要，她能玩好比什么都重要。Sissi 是骆文的得力干将，各方面的理念又很一致，自然也就多了一层兄长般的关怀。Sissi 也很感动，保持微笑，频频点头称是。

道别时，骆文跟 Sissi 开玩笑，说今天是情人节，问她是否有心仪的对象共度良宵。对方有些不好意思，说自己没有那个福气，就算喜欢谁也不见得有那个命，这个节日不过也罢。骆文也不深究，称对方条件好、各方面又那么出色，肯定会有人喜欢，自己打包票。Sissi 若有所思地一笑，反问骆文是不是今天有情况，他的好心情让人一目了然。骆文笑而不答，心思却已飞走，挂念着下午与刘莎的约会。

骆文拿了一大袋子各种口味的巧克力，准备送给刘莎及亲友们。这是公司的福利之一，因为生产这种产品，他们吃起来很容易。办公室随处可见，平时工作中也要经常品尝新品，所以他们对这些食品早已没有什么兴奋感可言了。

每次给骆平带回去的时候，对方都会很高兴，说选工作还是要讲究，她以前卖的是药，白给也不吃。

骆文好久没有这种恋爱的感觉了，他不喜欢走形式，但正值浓情，又是情人节，心想还是应该准备个礼品之类的。想了很久，最后还是从俗，在网上花大价钱定了一束玫瑰花，此时卖家坐地起价他也欣然接受，只是千叮咛万嘱咐商家要把花包严实，不要露出来，以免送到公司让别人看到会产生尴尬与流言。

约会地点也成了挠头的事情。越想完美就越不完美，结果也就如同元旦那次一样让人为难。骆文觉得这次一定要设计周全，不能再像上次那样随心所欲了。北京对刘莎来说到处都是新鲜的，那么探访古迹还是最保险的，最后，他决定去颐和园。其实所有心机都是枉费的，对刘莎而言，去哪里并不重要，重要的是有骆文作陪。

因为还要去位于中关村的老房子看一下，所以骆文和刘莎约定下午在颐和园正门见。

建立亲密关系的情侣很容易就能在人流中找到彼此。刘莎依旧是快乐地小跑过来，几乎是跳着扎进骆文的怀抱，然后享受对方给她的热吻。今天在她身上并未看到熟悉的红色，骆文问她为什么不抓住本命年的最后一两天，刘莎笑而不语。

骆文捧过去那束高价玫瑰，刘莎高兴得不得了。看似俗物，但对于有情人来说却是至真至美的馈赠，尤其对于十几年来未曾享受爱情眷顾的刘莎，这种俗，让她非常受用。她忍不住撒娇，骆文笑言女人是容易满足的动物，刘莎则说有他就是最大的满足。

节日将近，园内的游人并不多。

他们穿过玉澜堂，沿着长廊漫步于昆明湖畔。颐和园四季皆景，少年时打下的文史功底此时又派上了用场，骆文不住地向刘莎讲述关于这座皇家园林的前世今生。转过石舫，他们又走到西堤，这里是游客较少涉足的区域。两人在靠椅上相依而坐，光洁的柳枝垂在头上。望着近堤远岸高低呼应的佛香阁与十七孔桥，骆文的思绪又回到了旧日时光。这里也曾是他少年时代集体出游的常备之选，上学时的乐趣又被翻了出来。刘莎听得着实认真，她品着骆文带来的巧克力，不时亲热地喂给旁边这位演讲者吃。

湖面结着厚厚的冰层，时而有零星几人在上面行走耍闹。他们想起北海的戏冰，不由都笑了起来，回味着当时的紧张与心动，说到甜美之处，彼此的嘴唇又贴在一起。骆文问刘莎想不想下冰走走，她摇了摇头，此时只想稳稳靠在骆文身上，无惊无险地享受甜蜜。骆文也不强求，此时他已不再需要通过光滑的冰面帮他促成与刘莎的肢体接触。

天色暗了下来，寒意渐浓。颐和园让人百来不厌，两人说好下次再去看看园内的其他景观，就一起回到城里，来到了五光十色的世贸天阶。

他们已经吃了不少巧克力，都没什么饿意，就决定随便吃些快餐小吃。二人拉着手在街廊中漫步，浓浓的节日气氛扑面而来，欢喜写满了人们的面颊。如今，情侣们的身体互动又迈上了一个新台阶，牵手拥抱早已司空见惯，如胶似漆的亲吻也是随时随地可见，人们亦见怪不怪。骆文感到自己还不算老，他没觉得自己与刘莎的亲密举止与周围年轻人有什么区别，这让他感觉良好。

他们抬眼看着顶棚那著名的超大激光屏幕，变幻的多彩画面以极其震撼的方式冲击着游客的视觉。人们随着色彩的游移调动着眼球，半张的嘴巴时常发出惊叹的呼声。

骆文从刘莎背后搂住她。刘莎的惊叹夹杂着欢快的笑声，愉悦的来源不仅是因为空中的色彩，也来自骆文在她颈间、脸颊留下的亲吻。

"我们回去吧！"刘莎突然转过头来对骆文说。

"怎么？累了？还早呢，不想玩了？"

刘莎看着此时颟顸的骆文，有点想笑，随后一抹红晕浮上脸颊。她咬着下唇，趴到骆文耳边轻语："我们一起回去吧，到你那里去。"看到骆文还没反应过来，又追了一句："你不是没看见红色的衣服吗？一会儿给你看。"

骆文恍然大悟，这也是他想要的，只是刘莎来得太狡黠，让他更加为之疯狂。

骆文的住所距世贸天阶不远，但短短的路程对热恋者来说仍很煎熬。当两

哮
喘

人进到房间时，激情已像脱缰的野马，他们就像受困沙漠多日的旅人看到泉水，不顾一切地扑了过去……又是一身大汗。平息下来的刘莎这才仔细地看了室内的布局与装饰。卧室的灯全开着，稍显刺眼，骆文想去关掉一些，被刘莎拦住，她说自己喜欢明亮。

"我喜欢亮堂堂的，一切都能看在眼里，清清楚楚的。"

"你还有什么癖好，一起说出来！"骆文想到香港酒店落地窗里的影子，微笑看着刘莎。

"不能一次都告诉你，好酒要慢慢品。"

刘莎注意到床头那幅凡·高的画作，想起涮羊肉那天，她猜到骆文英文名字由来的情景，便自夸起她的聪明，笑问："你这位 Vincent 与作画的那个 Vincent 有什么心灵相通之处吗？"

骆文见她兴致颇高，干脆反问道："你看到了什么？"

"星星、月亮、树、山、教堂、房子……"刘莎逐一念着。

"我的意思是你感受到了什么？"

"嗯……明亮、愉快、平静。"刘莎还在思考，又问，"你呢？你看到什么？"

"我看到的东西总在变。以前看到的跟你说的差不多，后来更多注意到这棵树，感觉它很特别，很有力量，好像把整幅画的平静给打破了，连压在它上面的天空都要刺破，有股倔强的力量。有点像我，或者说像年轻时的我，什么都不服！"骆文看到刘莎眨着眼认真聆听，继续道，"这两年看又不太一样，我觉得有点压抑。那星星的密度、回旋的张力、空中沉重的色调，都觉得有点让人喘不过气来。"

"那棵树一样还在那里啊，还是挺张扬的啊？"

"但现在看起来柔和多了，觉得它有些力不从心，终究会败的。"

"你好消极啊，是不是这两年心情不好，感受才变成这样啊？人就是这样，心情不同，看到的东西就不一样。"

"可能是吧！"

"你看，我现在看到的更多是那旋涡里的光，那个月亮也很明亮，虽然是夜空，但天上并不显得昏暗……好像星星在狂欢一样。"刘莎直起身体，试图指给骆文看。

　　骆文顺着刘莎的思路看，居然也有了那样的感受，他知道这确实跟个人的心态有关。他觉得刘莎现在必定是快乐幸福的，她比自己单纯，可能是跟经历有关吧，对方还没有他这样的年龄与生活遭遇。

　　此时，骆文受到刘莎的影响，感到那幅画里显现出的东西也有了活力，群星环绕的光点显得越来越耀眼。他觉得应该感谢刘莎，是她给自己带来了正能量。认识对方这三个月来，心情好了很多，觉得以前那个自己又慢慢回来了，虽然那些糟心事一如往日，但自己好像更有信心了。

　　"这幅画好像是凡·高在精神病院画的吧，那时他已经生病了。"刘莎挑起另一个话题。

　　"对啊，那种状态能画出这样的作品，也算神奇了，是天才无疑了。"

　　"很多精神病人都是天赋异禀的。"

　　"是啊，他们好像生活在另一个世界，感知到的东西跟常人完全不一样。有时我会想，所谓的正常人在精神病人眼里会是什么样的呢？"

　　"也就是说，谁有病都不好说喽？"刘莎笑了起来。

　　"我看也是。你觉得我有病吗？"

　　"嗯，病得不轻。"刘莎亲了他一下。

　　"有药吗？刘大夫，我要治病。"骆文说着把刘莎抱过来。

　　两人笑闹了一阵，刘莎要去冲澡，骆文这才想起刘莎还没好好参观一下他的住所。他起身带刘莎参观自己的房间，房子的装修及家具很新，也很讲究，家用物品一应俱全。刘莎很意外，她认为一个男人能把房间收拾得这样干净已经很棒了，只是少了些味道。

　　"什么味道？"骆文问。

　　"嗯……女人的味道。"

　　"那是什么？"

　　"说不清，可能是细节吧，包括装饰，或者一些小东西。"

　　"那倒正常，本身就是一个男人窝，跟女人没关系，为什么需要女人的味道？"

"现在有关系啦，不需要吗？"刘莎过来搂住骆文的脖子。

"需要，需要，有机会烦劳您帮忙改造一下。"

"人也要改造吗？买一送一。"

"都要！"骆文顺势把刘莎举起，来了个公主抱，直接抱到浴室里。

刘莎仔细环视了一下，夸赞卫浴很有品位，符合她的要求，能租到这样的房间很不容易，比她那里强多了。

两人又回到卧室，骆文请示刘莎是否可以把灯光调暗，刘莎调皮了几句才答应。他们在幽暗的灯光下相拥在被窝里，继续东拉西扯地聊了一会儿。

刘莎问起骆文春节的安排，他说首要任务是陪伴母亲，除了休息，基本就是跟家人在一起，哪也不想去；另外，还要和自己的发小吃饭，这是每年的固定安排。他甚至谈到何瑛要去上海过年，关于家庭方面的事情他向来坦诚，只是谈多谈少的问题，从认识刘莎的第一天起就是这个心态。刘莎也很明理，任由骆文表达，不拒绝也不追问。在她心里有个界限，不会主动谈及对方的家庭。

刘莎也谈到她即将到来的假期旅行，不禁有些兴奋，表示要是能和骆文同行就好了。她要跟闺蜜去日本，初一一大早就动身，整个假期都会泡在那边。她很期待，只是又要有一段时间见不到骆文了。

刘莎谈到的闺蜜叫Linda，是她在上海时的同事。

Linda是贵州人，比刘莎小一岁，在上海上的大学，毕业后一直在广告公司工作。Linda和刘莎前后脚进入现在这家公司，两人一路成长，都是公司的骨干，虽然刘莎职位升得更快，但两人可以说是并驾齐驱。两年前，职位已经做到很高的Linda，突然提出辞职。她说实在受不了广告公司的悲催生活，想活得更自由一些。后来，她去了一家私募投资公司，一则她的专业就是经济学，二来这一行来钱也容易些。这个行业有个基本特点就是圈钱，用客户的钱去滚雪球，不管是投资抑或别的名目，就是让客户相信把钱放在这里就会有更好的回报，甚至是超大的回报。行业里鱼龙混杂，都披着一层光鲜的外衣，谁能拿到最多的客户投资，谁就最厉害。由于Linda具有很扎实的客户经验，

第十四章

159

也认识不少白领、金领，甚至老板级人物，这一点为她在公司迅速站稳脚跟打下了基础。很快，Linda 就以出乎意料的业绩成为公司的明星理财经理，在圈子里也小有名气。

做了十来年的同事，刘莎和 Linda 成了很要好的朋友，两人几乎无话不谈。Linda 也是单身，在上海的时候，很多的业余时间她们都是一起度过。她们有个约定俗成的安排，就是每逢大的节假日，只要 Linda 不回贵州老家，两姐妹就会结伴出行。她们没有家庭牵累，经济条件又不错，这几年已经从国内游发展到周游世界。

"Linda 人很好的，以后你们肯定有机会见到。"刘莎非常自信道。

"嗯，那要看她好不好看。"骆文打趣道。

"她个子不高，但挺秀气的，人很聪明。"刘莎来了兴致，抓过手机，翻出 Linda 的照片给骆文看。照片里的女子颇有几分姿色。

"怎么样？"

"都美颜过了吧，哪里看得出来啊！不过也是，现在真的东西不多了。"

"我也美颜啦，大致可以对比一下吧？"

"你美颜比素颜差远了。"骆文脱口而出。

"真的吗？"刘莎爬到骆文身上，幸福地看着他。

骆文很诚恳地点着头，还没有来得及说话，嘴就被刘莎的唇堵住了。

"这种公司有点传销的意思，都是杀熟的套路，Linda 没有找你圈钱吗？"骆文问。

"没有啊，她杀谁也不能杀我啊！她只是偶尔给我点股市的消息，她很在行的，信息又多，我已经在她的指导下炒点股票了，目前业绩还不错。"

"哦，那就好。股市有风险，小心谨慎啊！"

"知道啦，我投得很小的。"

"小的也会变大啊！"

"知道啦！"刘莎感觉被子下突然碰到了什么，这才明白骆文是一语双关，便会心一笑，温柔地贴了过去……

一顿饱睡醒来，已是接近正午。与上次不同的是，这次他们既不需要退

哮
喘

房，也不需要赶飞机。刘莎是晚上的航班去上海与 Linda 会和，时间还早，她就缠着骆文说话。

骆文起身打开窗帘，强烈的光线射了进来，外面已有零星的鞭炮声，除夕是个好天气。他没有拉开纱帘，转身伸展了几下腰身。"这回看清本命年红了吧？"循声望去，刘莎已穿上她的红色内衣，迎着光冲骆文笑着。"本命年顺利！年年顺利、幸福！"骆文先是竖起大拇指，又拱手拜年。"必须的！有你就是我最大的幸福！"刘莎又投进骆文的怀抱，索要新年礼物。骆文口中告饶，但已身不由己……

这就是刘莎，她对爱的渴求发自体内每一个细胞，你可以拒绝，但她不能停止；这就是刘莎，她对爱的理解就是尽情享受、倾其所有，任凭既往的痛有多深，当爱已开启，一切便已不再重要；这就是刘莎，骨子里有一种超乎常人的热烈，幼时的家庭阴影带给她的并不是故步自封的心态，这一点与何瑛完全相反，而是对情感与家庭的强烈期冀，之于性，更是具有明确的认知与渴求；这就是刘莎，她交出了自己的全部，也期望对方能不遗余力。

骆文喜欢刘莎，也包括她的欲望。他很惊讶于自己的体力，不管多么疲惫，只要刘莎在身边，她的一举一动都像能给他即刻冲上电流，让他重新焕发活力。他想，这可能就是因爱而生的力量吧！他又怕升温越是迅猛，冷却得就越快，这当然不是他所期盼的结局。他发自内心地喜爱刘莎，没有掺进半点杂念，只是自己的经历令他不敢在此时奢求过多。越是在意，越是谨慎。他不敢多想，告诉自己尽力就好。这就是骆文，坦诚纯粹的光洁之中，也带着一丝矛盾与悲观的灰瑕。

桌上的花瓶里插着骆文送给刘莎的那束玫瑰，阳光与爱的滋润下，正轻启着花瓣，舒展开来。骆文盯着这簇静静绽放的火焰心想，这可能是丁酉年最后的，也是最鲜艳的一抹红了。

第十五章

送走刘莎，来到骆平家时，暮色已沉。

骆平告诉哥哥，最近几天感觉母亲的话比前些日子多了些，都是些陈年往事，而且都是自言自语，很难交流。

骆文与母亲贴过脸后，老人居然还认得他，看来今天状态不错，骆文的心情略好些。他试着问了一些简单的问题，母亲能做只言片语的回应，但基本也都没有没有下文，或转而说别的，语速仍然较慢，眼神缺乏聚焦。

老人自说自话的情况确实多了些，内容都是过去发生的事情，别人很难插进话去，即使强行打断，过一会儿，她还会重拾旧题。她的声音亦不大，吐字也时有滞涩，旁人不见得能留意到，但对骆文来说很刺耳，那是一种刻骨的心痛感。

保姆回河南老家过节了，这几天骆文也没什么安排，可以留在这里陪母亲。骆平很高兴，说她终于可以解放几天，热情欢迎哥哥在这留宿。骆文觉得对方有点反常，追问原因，骆平说一会儿再聊。

做饭时，骆平问起中关村的老房如何了，骆文说除了尘土多，一切都好。骆平又说看母亲现在的状况估计是搬不回去了，闲着也是闲着，建议先租出去。骆文又是一句不近人情的斥责："不行！"在骆文看来，只要母亲在，房子就要妥善保管好，他答应过母亲，就要做到坚守。骆平理解哥哥的想法，只是认为应该务实一些，骆文这样执拗于个人情感体验的理由听起来动人，但多少有些逃避现实的味道。大过节的，骆平不想引发不快，也就不再与对方理论。

毕竟是年夜饭，虽然只有三个人，骆平还是整了一大桌子菜。这几年每逢过节，骆文都会生出一种伤感。他和何瑛貌合神离，为了孩子凑在一起，气氛很是尴尬，所幸有骆平在中间调节；母亲寡居多年，父母双全的氛围自是没有，老人的健康又每况愈下；骆平也不顺，早年婚姻不幸，年至不惑仍找不到归宿……今年更感悲凉，何瑛与凡凡都不在身边，三个人的年夜饭冷清得过分。菜做越多，这种感觉反而越甚。

酒已备好，兄妹俩举杯招呼愣在桌旁的母亲，说着节日的吉祥话，开始了带着淡淡伤感的年夜饭。

酒过三巡，骆文继续刚才的发问，他感觉妹妹像是心中有事。骆平心情好，也不绕弯子，直接就交代："本姑娘最近可能要命犯桃花了。"

"我就说嘛，一定是有什么事。"骆文与妹妹碰了一下杯道，"快快从实招来。"

自从去年年底请了保姆，骆平的负担减少很多，可自由支配的时间也多了起来，解决个人感情问题也就提上了日程。元旦前后，她在交友网上转悠，闲极无聊地尝试把自己的简单信息发布了出去，同时参与了一些线上互动活动。结果，各种求偶信息蜂拥而至，让她有点应接不暇。左挑右选后，她筛出几名候选人，而且前几天还参加了几场相亲会，以便缩小选择范围。春节期间，她还会再参加一场，目前已有两三个不错的候选者，对方也很积极。骆文表示能照顾母亲几天，骆平自然高兴，正好给她腾出时间解决终身大事问题。

"网上交友靠谱吗？"骆文不无担心地问。

"我以前也不太放心，不过有见面的机会呀！本姑娘又不是青春少女，大风大浪都见过了，不会轻易落入贼人的圈套，放心吧！"说罢，骆平一饮而尽。

"就通过那个相亲会见面？"

"嗨，别提相亲会了。"骆平兴奋地拍了一下手，大笑起来，"我跟你说，整个一个'老鼠会'，什么歪瓜裂枣的都有。这些婚恋公司就靠这个赚钱呢，整得跟标准流程似的，感觉就像给牲口配对。看上了是你的事，看不上也是你的事，反正跟他们没关系，介绍费赚到就行了。这钱赚起来多容易啊，谈情说爱是刚需啊，以后我也开一个婚恋公司。"骆平像相声"贯口"一样，来了这么一段，已经忘了刚才让对方放心的话。

"小心点啊，你这个人没心没肺的，别让自己吃亏！"

"又小看人，你有头有脑的不是也没整明白吗？"

"狗不叫，蛇乱跳。"母亲突然在旁边蹦出一句，随即又恢复了平静。兄妹俩有点意外，相视一笑后，一齐搂住母亲，老人却未给他们任何亲昵的反馈。

饭桌上有了骆平就不会寂寞。骆文把母亲扶到沙发上看春晚，自己又回到桌前继续聊。骆文今天心情很好，几乎是有问必答。

"你跟何瑛到底怎么打算的？"骆平问。

"能怎么样？够呛了呗。"

"够呛也不代没希望了啊，你得努力呀！"

"努力干什么？"

"复合啊！"

"你觉得还有可能吗？"

"不可能就赶紧拉倒，别抻着，多受罪啊！"

"凡凡……"

"别装圣人了！你以为孩子不明白？都耗了几年了，这样对孩子就没伤害吗？"没等骆文往下说，骆平就抢过话茬，"现在凡凡大了，你们赶紧了断也好。别说你们俩，我夹在中间都觉得别扭。"

"听你的，新年新气象！"骆文把杯中的白酒一起倒进嘴里。他觉得骆平说得有道理，既然何瑛已经发给他离婚协议，这事看来也该画上句号了。尤其现在，他身上还留有刘莎的余味，他有了重新开始的强烈冲动。

骆平继续多管闲事，帮骆文出主意，劝哥哥保护好自己的财产，别装大头。毕竟是亲兄妹，关键时刻，再好的姑嫂关系也暂时放在后面。骆文是个有主意的人，已经决定的事情，即使后悔，也不会轻易改变。何况是给儿子花钱，他认为是天经地义的，与后悔都沾不上边。骆平一边骂哥哥死偊，一边也只能随他去了。

"那你赶紧找一个吧，要不要我也给你在婚恋网上注册一下？"骆平继续热心肠道。

"我自己有数。"骆文答得很快，好像对方已经登录婚恋网站似的。

"有数？还是有了？"骆平机灵得很，听出了弦外之音。

"算是……有了吧！"

"哎哟，行啊您，蔫儿不唧儿的挺有准儿啊！"骆平拉着北京腔奚落起来。

"只许你州官放火，不许我百姓点灯？"骆文笑着与对方碰了一下杯。

"是不是上次你提的那个什么一米六八？别磨叽，赶紧招！"

"刚刚开始，路还长呢，不一定怎样呢！"骆文又开始闪躲，脸上却露出开心的表情，"真不好说，有重要进展一定给您汇报。"

"那何瑛这边你还不麻利点儿，等什么呢？别到最后鸡飞蛋打啊！"骆平端起酒杯，另一只手抬起来，笑着指了指骆文，"不会是哪边都不想放手吧？你们男人太坏！"

"别胡说，我心里有数。"骆文也笑了，跟骆平喝了一大口。

"男人没一个好东西！……不过，除你之外。"骆平话锋一转，顺手把一直坐在旁边的旺财揽了过来。旺财也很乖，顺从地跳入女主人怀中，使劲舔着她的脸。

时钟跨过了十二点，外面鞭炮声震耳。母亲似乎没有听到，呆呆地坐在那里，任由屏幕上的强光反射到她脸上。兄妹俩围着老人许了愿，带着旺财一起自拍了一个全家福。

骆平在沙发上与旺财戏耍，说今年是旺财的本命年，要给它买好吃的，穿红衣服。骆文便想起了刘莎，不知她对自己的本命年是否满意。骆文想，或许因为有了他，刘莎觉得没有白穿那些红色的衣服吧！心情好，自信感就容易爆棚。

各种祝福短信排山倒海般地涌进手机，都是复制粘贴，千篇一律，好在都是喜庆的话语，看过就算了。骆文只留意到两个人的信息。何瑛发的是："过年好！我爸妈也问你好！"再无其他；刘莎的则是火辣辣的"想你"，文后贴着一枚滚烫的唇。

吃饺子时，骆平说是酸菜馅的，就不用蘸醋了。骆文仍是倒了些醋，说习惯了，称"饺子不蘸醋，吃着不舒服"。骆平说他太倔，骆文坚持如此，并引以为荣。

鞭炮烟花仍在窗外不知疲倦地炸开绽放，戊戌年已在眼前。骆文憧憬着自己的本命年，他不知终究会是怎样的运程，但此刻信心满满。

他过去给母亲喂了一个蘸了醋的饺子，并抓住她的手，问是否还记得儿时对他的那句教训。母亲看着骆文，接着他的前半句"狗头太硬"，说出了后半句"不敲不行"，然后又自顾自地完整说了两遍。显然，她还留有这段记忆。接着，老人问道："我儿子从小就倔，你认识骆文吗？"

大年初四，雨水。骆文如约来到中关村附近的餐馆，和两个从小玩到大的朋友见面。他们当年都同住一个家属大院，大院隶属某事业单位，所以他们的父母中至少有一个是同事。今晚的酒局是三人每年春节的固定节目，至于平时有没有机会聚，就全靠运气了。

三人一直到中学都是同校同学，只是不在一个班。这种从小结下的友谊一般坚如磐石，彼此十分了解，没有利益牵扯，却又有太多共同回忆。他们早已不住家属院了，但每次见面必会选在那附近，要的就是那种怀旧的情怀。虽然周边景物已面目全非，但并未破坏他们儿时的记忆与感觉。

三人中年龄最小的是郭耀宇，生于一九七〇年四月底。他出生的几天前，中国刚刚成功发射了"东方红一号"人造卫星，成为世界上第五个能独立发射卫星的国家。为了纪念该事件，家人给他起了这个名字。但在另外两个人口中，大名早就用不到了。那个时代，上学没有外号的男生少之又少，北京人习惯在名字中取一个字并直接在后面加一个"子"，用以日常称呼，多表示亲切。郭耀宇的外号是"腰子"，乍听以为是遵从地方习俗，或是取自大名中的"耀"，实则与二者无关。正解是他喜欢吃火爆腰花这道菜，所以就有了这么一个绰号。

最年长的是曹月，至今他还在埋怨父母给他起了一个女性化的名字。他是一九六九年九月初降生，仅差几天就可以上更高一届的年级。那年七月下旬，美国阿波罗十一号宇宙飞船成功登月，人类第一次踏上月球。日常科研工作与航天有些关系的曹父，非常兴奋，就给儿子取了这个名字。不过，即使曹月对自己的名字很满意也没用，大家同样习惯叫他的外号——耗子。他从小就不老实，喜欢上蹿下跳到处跑，爱凑热闹，哪有事往哪钻，加之长得瘦高，眼睛也小，故得此名。只是经过多年的吃多动少，人到中年严重发福，已变成名副其实的"硕鼠"了。

骆文也有外号，他个子高，身体壮，性格倔，大家便叫他"骆驼"。

每次聚会他们都会聊到很晚，酒自然也不少喝，且经常有人喝醉。三人酒量差不了太多，喝起来颇能尽兴。这是三人独有的私密空间，在这里他们以外号相称，纵论天下，大谈特谈，还可以爆粗口，完全不用顾及身份。散伙后，他们又会很快带回自己的社会面具，成为另外一个人。

骆文到的时候，腰子已经恭候多时，酒菜也点好了。他的单位离餐馆不远，以前常来此消费，轻车熟路。

腰子中等身材，略显臃肿，留着短寸，仍能看出局部谢顶的趋势，鼻梁上架着一副没什么特点的近视眼镜，属于扔在人群里很难找到的那种面相。他在大学学的专业是机械，现供职于石油系统的某研究院，属于体制中人，是单位一个小研究所的所长，处级干部。每次聚会，他都会被发小挖苦官腔太重，他已尽量克制，但这种东西是长期积累下来的，不知不觉地就会带出来，只是自身察觉不到而已。他的妻子在某企业做会计，女儿刚入高中。

两人还没说上几句，耗子就到了，眼睛被挤成更小的缝，脸上颤着肉，肚子上扣着一口"肉锅"，几乎是横着走进来的。

相比腰子中规中矩的生活轨迹，耗子的经历就传奇多了。他在哈尔滨上的大学，一入校就发挥了到处乱窜的本性，广泛结交，参与各种社团活动，很早就交到女朋友，还不止一个。大二的时候，因为打架和不服从管教，他收获了两个处分在案，后来干脆就辍学了。当时，很多人往返于中苏两地倒卖烟酒皮草之类的紧俏商品，耗子也搭上了这趟顺风车。都说"富贵险中求"，这种买卖不少都是在钻法律的空子，参与人员也很复杂，经常出事。但确实不少人都发了财，耗子便是其中之一，不仅赚到第一桶金，也锻炼出了经验与胆量，从此走上经商之路。

耗子是典型的实用主义者，从事过很多行业。用他的话讲，"什么赚钱干什么"，多年下来有赚有赔。二〇〇八年北京奥运会时，他抓住商机，经营小区的健身器材以及群体运动装备，迅速发迹。如今，他的体育用品贸易公司已初具规模，名下另有一家健身房。此外，他还经营着一个规模不大的礼品公司，专卖节日礼品，自从有了这个公司，骆文和腰子就从来没有自己花钱买过大闸蟹。

几年前，耗子离婚了，有个女儿现在上高二。女儿跟母亲一起过，他倒快活地落了个自由身，身边的女人一直都没断过。他结交很广，吃喝玩乐样样不少。

三人虽然很久不见，默契依旧，他们可以任意开启一个话题敞开聊，很快就能进入酣畅淋漓的境界。

上学时，三人都喜欢足球，也都是校队成员，腰子、耗子虽是替补，但丝毫不耽误二人对足球的迷恋。三人先是聊了一会儿国安队，由于去年成绩很烂，进而就骂了起来。耗子认为是以前管理层留下的问题，他特别讨厌之前的俱乐部老板，骂对方除了说大话不会干别的，还总是一副自以为是的官僚嘴脸；腰子对此深以为然，他理解体制里的一些弊端，觉得球队之所以多年成绩乏善可陈，都是自己瞎折腾的结果；骆文则认为新的管理层看起来专业了一些，对新来的德国教练印象还不错，但有没有真本事要拭目以待。三人都觉得有点扫兴，骂了两句就不聊了。

他们的话题多是以耗子为中心发起，他的经历异彩纷呈，又健谈，满嘴的故事和笑料。骆文和腰子照旧从女人的话题入手，问他最近有什么艳遇。

节前，耗子刚刚结识了一位女友，说是展销会上认识的，年龄小他十几岁。平时在他嘴里大都是女孩倒追他，谁叫他经济条件好呢。他认为现在的女孩都很现实，鬼心思多，脸皮也厚实不少。这次有所不同，这个女孩较为含蓄矜持，他便有一点动心，产生了征服的欲望。

腰子好奇道："还有你搞不定的？"

"总跟我谈诗词歌赋、人生感悟之类的。骆驼，这事你擅长啊，我一个工科肄业生，被弄得跟大傻子似的，还不得不附庸风雅。要不是看她长得好看，我才没这个耐心呢！"耗子的语气有点自嘲。

骆文笑道："你不是擅长聊天吗？你阅历多丰富啊，一个小姑娘随便来两句不就搞定了？"

耗子摇了摇头道："起初我也是这么想的，没用，还得上实惠的。最后各种'上杆子'，设计感动桥段，心想还拿不下你了？不给你感动得主动扑过来不罢休。"

腰子问："最后怎么就从了呢？"

"情人节那天，她在西安出差回不来，就又给我整感伤文字，什么'寒夜孤独'啦，'伊人憔悴'啦之类的，一堆。还给我传那首歌——《没有情人的情人节》。"耗子喝了一口酒，继续说，"你什么意思直说啊！我就问她是不是想我了，人家不直接回答，来了一个'若有你在，该是好的'。"

腰子忍不住笑出声，道："我去！有点意思啊！"

"那我也'好的'呗。我啥也没说，买了张机票直接飞过去了。晚上摸到酒店，一敲门，一大捧玫瑰往过一塞！"

骆文打趣："还装吗？"

耗子直言："我不知道她的眼泪是不是装的，反正是一夜销魂，彻底拿下！"

腰子摇着头笑道："俗不俗啊！你这是老掉牙的招数了，还拿去骗人家不经世事的小姑娘。"

"谁骗谁啊！好使就行呗！"耗子又喝了呷了一口酒，道，"骆驼，你要是找对象得学会整事儿，女人都喜欢这些虚头巴脑的架势，互相装呗！"

"骆驼是职场精英，属于高富帅，还用愁这个？"

骆文佯装自愧不如道："不行，这事儿得学，艺无止境啊！"

三人大笑，推杯换盏，祝贺耗子抱得美人归。骆文说这回耗子应该踏实了，以前倒追的不在意，此次费这么大劲才征服，肯定会珍惜了。

"其实现在觉得都那么回事。"耗子扯大了嗓门儿，好在他们在包间里，不影响别人，"起初觉得这姑娘特淑女，实际都是装的。真睡一块儿也不整词儿了，都是现实世界了。"

骆文道："好好处呗，等着喝你的喜酒啊！"

耗子倒是很平静："再说吧，现在的女人都猴儿精，别算计我的钱就行。我可不想随便结婚，先一起玩玩看吧！"

耗子的前妻是大学时的女朋友，后来分了。做生意发财后，他又回去找人家，前妻本来已经和别人谈婚论嫁了，硬是把人家给搅黄了。可这么执着的感情也没禁得起住岁月的蹉跎，孩子还在幼儿园时，两人就分手了。离婚时，耗子是净身出户，两手空空，也算是给母女俩有个交代，仁至义尽。也亏得耗子能折腾，后来又东山再起了。从那时起，耗子就说已看透婚姻，发誓不再结婚。

话题又转到腰子身上。耗子说他总是打探别人的私情，索性让他把自己的风流韵事也跟大家分享一下。

腰子正色道："我哪有风流啊，疯了还差不多。"

耗子不干了："别闷着自己乐哈，我都交代了，你也得争取个坦白从宽。"

"我什么情况你又不是不知道，哪有你那么多机会和自由啊！天天学习宣讲，思想都是一尘不染的。再者，咱是老实人，比不上你。"

"别跟我这儿装啊！天下乌鸦一般黑，哪都一样，只要是人，都有七情六欲。除非告诉我，你们这一票不算人。你媳妇儿我可知道，哪管得了你这么个大领导！"

"我们是有信仰、有道德、有纪律的好公民。"腰子说完，笑着举杯。

"别跟我整那些没用的，你们这种道貌岸然的我见得多了，打倒大尾巴狼！"

三人一起干了一杯。骆文问腰子最近工作是否顺利，而这正点到腰子的痛处。

几年前，腰子非常风光，那时他刚升任所长，上面提倡党政分家，所里的书记基本不管事，且到处宣称所长负责制，表态自己只是配合行政一把手的管理。腰子手里有实权，工作干起来很有劲头。骆文记得那时聚会时腰子的心情特好，还时常谈两句工作上的抱负，大有为事业献终生的意思。这两年局面急转直下，现在强调所长和书记要打配合，两人观念经常冲突，矛盾丛生。他的工作积极性也大打折扣。现在的腰子就像变了一个人，尤其不想谈工作，有一种得过且过的感觉。

腰子自嘲道："现在是老婆孩子热炕头，图个安全退休就行了。"

骆文道："你才多大岁数啊，退休还早着呢！"

耗子提议："干起来没劲，又不能享乐，要不你跳出来创业得了。"

"我哪有那本事啊！这个年龄出去还能做啥？我在这里轻车熟路，没功劳也不会有啥罪过，好歹也是个处级干部，比上不足，比下有余，知足了。"

"可也是，好歹也是领导，熬一熬吧，兴许过一段又变了呢！哪有都顺的时候，哥们儿都几起几伏了，还活着呢！你们是铁饭碗，没问题！"耗子发自肺腑道。

"谁知道呢，管它呢！"腰子甩下一句，显然不想再继续这个话题。

三人又是几杯下肚，有点话密起来。今晚还没怎么说到骆文，话题自然就转到他这里。

腰子先发问："骆驼，去年你说换了一个总经理，靠谱吗？"

骆文就势开始吐槽 Rimond，谈到今年基本难逃"悲惨世界"，说到他与 Rimond 的几度争吵、其他管理者的背叛、工作压力巨大……其间也没少甩脏话。两位酒友也多有感慨，说原来高大上的外资企业也有这么多乱七八糟的事情，耗子那"天下乌鸦一般黑"的说法恰如其分，果然是干什么都不易。几个中年男子此刻又惺惺相惜起来。

耗子坦言："既不会说英语，又不会低眉顺眼，你俩这活儿我都干不了。我喜欢自己说了算，图个自在。"

骆文羡慕道："你多好啊，挣钱多少都是自己的。这么多年下来，还是你最有出息。"

谁知耗子开启诉苦模式，说他这种企业也不好搞，说倒就倒，乱七八糟的事情都得管，客户也不好伺候，各种支出也很多，天天都有危机感。接着，他又埋怨世风日下，一切向钱看，人与人之间的信任度大不如前，做起生意来就更辛苦。打工有打工的轻松，没那么多烦心事。总之，不必互相羡慕，谁难受谁知道。

腰子喝高了，便摘下腕上的手串给两位显摆。几年前，他开始喜欢并搜集这些东西，除了各种珠串，还有核桃、琥珀等，家里收一堆他所谓的宝贝，在这些爱好上也花了不少钱，一些下属和关系单位的人知道后，还经常投其所好，送给他当礼物。后来市场上的风头弱了些，手里的东西贬值不少，尤其是核桃，也拿出来送给过骆文及耗子。腰子讲起这些头头是道，耗子笑他研究这个比钻研自己的专业还用心。

骆文对这些东西不怎么感兴趣。他与何瑛结婚时双方也没带过戒指，后来觉得有点过意不去，花不少钱给何瑛买了一枚钻戒。何瑛起初很高兴，但没戴几天就摘下来，扔在抽屉里了。一是她不太在意化妆首饰之类的东西，二是工作性质使然，经常做手术摘戴起来不方便。另外，就审美来说，骆文觉得这些物件戴在身上并不好看，若是和服装搭配不当反而画蛇添足。说穿了，骆文不愿随波逐流。

腰子则不以为然，认定这是工艺品，还有文化传承在里面。他还对材质、雕刻等方面颇有研究心得，说这是黄花梨的佛珠，买来时据称还是开过光。耗子也不给他面子，抢白道："你不是党员吗？党员应该是无神论啊，怎么还相信这些！"耗子一时难以回答，嘟囔着爱好而已，与其他无关。见死党们都不捧场，便扫兴地收起手串，骂耗子没文化。

耗子自由成性，喜欢到处放炮，很多事情都看不惯，张口就骂。在社会上摸爬滚打多年，他算是见多识广，有着一套专属的人生哲学。他什么都不信，认为现在人与人之间虚伪的东西太多，但又崇尚仗义，他承认这是有一点矛盾的。他看似玩世不恭，但对人很讲情义，尤其孝顺父母。他最厌恶装腔作势的人，有句口头禅是："人得像人。"

骆文跟他们说起儿子要出国的事，腰子很羡慕，追问详情，希望以后也有机会把女儿送出去。

原来骆文的居所附近本来有所不错的小学，因为婚后何瑛一直没松口说何时要孩子，所以等孩子生出后，双方的积蓄和忙碌的节奏都影响了他们的购房

哮喘

172

决定。也就在那几年，房价飞涨，看着每天都在上扬的价格，又考虑到孩子上学择校，他们就匆忙买了一套不是特别满意的房子。后来入住及办房产证拖延了不少时间，等孩子上小学了，校方却认为他们的居住时间达不到入校要求，拒绝接收。就在两人已经陷入绝望时，耗子伸出了援手。他动用了自己的关系网，没几天就把择校的事情搞定了。

转眼要上初中了，划片内的中学质量一般，凡凡成绩很好，想上一个跨区的市重点，又是耗子出手帮的忙。耗子觉得好不容易把孩子办到了好学校，才上了一年就走了，太可惜。

耗子顺口又问骆文和何瑛有何打算。三个人的妻子都相互认识，早时有聚会，最近几年见得少了，但也偶有联系。骆文实话实说，耗子不觉唉声叹气起来，在他眼里何瑛是"绝对靠谱"的模范媳妇。可毕竟清官难断家务事，他也不方便插嘴，只顾在那遗憾。腰子也表示可惜，劝骆文再慎重些。骆文不想败了大伙儿的酒兴，甩出一句"再说吧"，把这个话题翻了篇。

三个年近五旬的男人进入半醉状态，仍聊兴不减。

耗子趁着酒劲，要给两个哥们儿张罗介绍年轻姑娘，还说现在她们就喜欢他们这样的大叔型。腰子连说养不起，骆文只说一切自己来，无须好友代劳。恍惚中，他想起了刘莎，心里涌起了一丝甜蜜。

耗子见骆文默认了他的"倡议"，索性死缠住骆文，说他认识一个八〇后女孩，如何漂亮、如何知性，尤其适合骆文。骆文佯装感兴趣，耗子便给他细说了一番，还展示了手机里的照片。骆文嘴上胡乱评论着，心里想的却是刘莎。他推开耗子的手机，举杯与对方欢笑畅饮。旁边的腰子则接过手机，推了一下眼镜，细细看起来。

当三人都成酩酊之态时，已是子夜时分。服务员问是否还要上今晚的第三份火爆腰花时，三人都亢奋地表示来者不拒，并喊着多放点大蒜。

他们很珍惜这样的相聚，深知这样的机会相当难得。每个人都需要坦诚的人际交往，更需要从自己做起，可现实中能做到的又有几个？三个亲密无间的发小，尽情享受着当下真情与共的氛围，他们知道，离开此地后，他们都要伪装成另外一个模样活着。

第十六章

骆文的假期几乎都用来陪伴母亲。何瑛母子去了上海，刘莎与闺蜜在日本旅游，他牵挂的几个人都不在身边，平时又太忙，正好借机好好休息一下。他住在骆平这里，省得来回跑，还可以蹭妹妹家的饭吃。虽然工作干练，婚史也不短，但骆文几乎没怎么进过厨房，烹饪方面完全是低能。

读书、看剧、睡觉、发呆，这些平时没空做的事都有了时间，骆文体会到了久违的轻松。和母亲说话是他每天必做之事，不管谈话质量如何，他都会聊上一会儿。即使母亲没反应，他也不在意，权当自己宣泄了，就连刘莎的事也全说了出来。

骆平索性就把哥哥当保姆使唤，除了做饭，所有的事都交给骆文。陪老人、买菜、收拾卫生、遛狗……所有活儿骆文也照单全收，没有怨言。骆文对妹妹的贡献还不止这些，最重要的是给对方腾出了择偶的时间。

刘莎和他联系一直没断，不是发来美丽的风景图片，就是肉麻的思念文字。骆文原本最讨厌把时间都花在刷屏上，但因为心中有人，也就迷上了这块小小的屏幕，欲罢不能。难得的轻松惬意让他有时间做一些自己喜欢的事，而与刘莎的信息往来，则令他找回了恋爱的感觉。他有时会疾速在屋里走几圈，以释放内心的激动；也常会在屋里随口唱几句小曲，内容基本上都是关于儿女情长的；他高兴了，就过去跟母亲说上两句，觉得对方会为他高兴。

春节长假很快就过去了，但多数人还延续着懒散的状态。很多员工会把年假与长假合并起来，不管是回老家，还是外出游玩，抑或宅在家里，都希望尽可能晚一些再回到工作岗位。等到真正凑齐员工，已经过了正月十五。

一年已经过去六分之一的时间，销售进度却并未按同等的比例实现。元宵节一过，紧张的气氛便充斥了整个公司。

营销管理会议上，Rimond发了飙，他感到了前所未有的压力，各方面反馈的信息都让他惴惴难安。如果按此势头发展下去，他今年向上级承诺的业绩不但会严重缩水，甚至还会令其乌纱不保。

之前盲目拍Rimond马屁的销售总监此时也有点六神无主，在那里碎碎念着Rimond根本不接受的解释，最后也只能硬着头皮表忠心，却也被怀疑是否能够做到。骆文当然也是Rimond炮轰的对象，但这种结局他早有预料。长假的放松加之与刘莎的恋情让他心情不错，所以一上来并未和Rimond严词力争，表情始终很平静，还时常面露笑容。但这并不意味着他会放弃自己的主张。骆文有理有据地给Rimond介绍了各产品的关键数据，结论是新一轮的广告战役后，品牌走势是上升的，渠道及终端数据基本健康，也是合理的。现在只是缺少消费者的数据，他们会在月中这轮广告结束后陆续展开调研，以便日后可以得到更清晰的判断。意思已经很清楚，当初计划做得不现实，目标定得太高。

对Rimond而言，骆文这是在翻前面预算的旧账，为了面子他也要把对方坚决打压下去。他不接受骆文的解释，直截了当地指责对方是在逃避责任，说现在需要大家团结一致去想办法，而不是抱怨和闪躲，希望整个团队端正态度，迅速采取有效手段，赶上原先预算的进度。

这下把骆文的倔脾气给拱了出来。预算会时他的态度和提供的数据都很明确，只是为了服从大局，才硬扛下了不可能完成的任务。年初个人评估时，他私下又很清晰地表达了自己的意见，况且这不仅是他个人的见解，更不是私人恩怨。他很理性地给大家分析数据，不能说自己不愿意看到这些结果，就说别人在胡说。就算是胡说可以忍，毕竟每个人都可以有自己的解读和判断，骆文接受不了别人说他态度有问题。

他收敛笑容，把刚才几个重要数据与结论摘出来复述了一遍，又结合既往数据与经验做了进一步的解释。对比信息可以清楚地看出，如果不是推广工作到位和执行出色，结果可能还要更差一些。他话锋一转，谈到节前甚至追溯到去年预算会后，所有团队成员的工作状况。说到如何加班熬夜，部门员工如何默默承受来自他的训斥与压迫，甚至举例 Lucia 推迟婚假坚持作战的事情，搞得 Lucia 的眼圈都有些发红。最后，骆文的结论是：品牌走势健康，团队态度卓越，工作尽了全力。骆文状态很好，说话简练，信息干净，不卑不亢。这等于让 Rimond 既下不来台，又无从反驳。Rimond 继续宣泄着自己的愤怒，称无法接受这样的沟通方式，然后让大家用一节会议的时间寻找方法，一会儿回来时必须看到解决方案。话毕，他摔门而去。

最先跳出来的是财务总监，他需要站在 Rimond 这边。他并不很懂营销的具体操作，但必须帮助总经理缓和一下紧张的局面。他给出了一些费用支出调整的可行性，希望市场及销售部门能配合找出一些办法来。

骆文正在气头上，没有主动发声。最后，销售总监还是妥协了，给出了几个行动方案。一些关于局部调整和队伍管理的举措，骆文没有太多意见，但有一点让他无法接受。

销售总监提出可以大范围地向各级分销商压货，如此，销售数据可以迅速提升，如果推广活动起到很好效果的话，或许就能改变整个局面。骆文当即提出反对，他认为广告及营销活动不可能消化如此海量的压货，如果强硬执行，可能出现难以收拾的退潮局面。这样，不仅销售数字会更加难看，品牌与客户也会受到极大的负面影响，甚至会给公司造成毁灭性的打击。

当 Rimond 返回会议室时，几个行动方案已经摆在那里，骆文的态度仍是强烈反对。最终决定权在总经理手里，即使他听懂了骆文的意见，时下的困境与压力又使他不得不铤而走险。最终，他决定按照销售总监的意见去做。

得势的 Rimond 仍不饶人，总结时不点名地警告主要管理者要端正态度，把公司的命运视为己任，给下属起到正向的示范作用。会议室中弥漫着紧张而压抑的气氛，众人瘫坐在那里各怀心思，当 Rimond 宣布散会时，摔门而出的变成了骆文。

Sissi 找到骆文。会前骆文跟她说要准备去美国工作的事情，因为节后人

哮
喘

力资源与美国总部都给了信息，不希望这个项目推到年中，最晚报到时间是五月一日。已入三月，各项准备工作需要时间，所以现在必须要做决定了。

Sissi 先安慰了骆文几句，说 Rimond 毕竟是老板，犯不上搞得自己没有退路，大不了大家一起再苦一段，或许运气不错能有转机。骆文反问她觉得可能吗，Sissi 没有作答，随即又提起她想说的事情。

Sissi 再次表示想放弃这次 IDP 的机会。理由很简单，现在自己主抓的产品正值关键期，有很多事情要跟进。她这个组的项目又是公司超过三分之一的业务占比，本来指标就高得离谱，如果这个组闪失比较大，那今年肯定会很惨。下半年还有新产品要上市，这么多工作留给骆文，她感觉实在不合适。

骆文还未从刚才的坏心情中走出来，听了 Sissi 的解释，更是烦躁。他扬手不让对方再说下去，称这个事情已定，到此为止。Sissi 深知他此刻心情，便停下来，起身给他倒了杯水，也不离开，又坐了回去，静静地注视骆文。

平静片刻，骆文告诉 Sissi 每个组都有新产品要上市，都有各自的问题与压力，不能因为这些就影响员工的个人前途，他会觉得愧疚，最后索性甩出一句气话，要不就放弃这次机会，谁也别去，以后再说。Sissi 认为如果放弃的话，肯定会给总部留下不好的印象，也影响今后的机会，建议还是要派人过去，只是自己希望留下来。

骆文觉得 Sissi 有点傻，工作这么多年，他几乎没见过 Sissi 这样置自身发展于不顾的"无私"员工。若是换作其他人，都会争着抢着去的。况且今年业绩铁定不好，不仅累，奖金收入也会严重缩水甚至没有，这是一个绝佳的躲清闲的机会。骆文深知 Sissi 绝非欲擒故纵，却也只能把她的执念视为一根筋。他直言难以理解对方的思想，又问 Sissi 有什么建议。

Sissi 并没有期望骆文的理解，她也并非没有私心，但内心深处的执着让她坚守着自己的选择。看到骆文不再坚持，她没有显现出任何遗憾，反而露出安心愉悦的表情。她觉得 Hulk 是比较合适的人选，但决定由骆文来做，她不便多说。

Sissi 走后，骆文冷静了不少，对 Sissi 的赞许更加深了一层。他并非冷酷无情之人，能深切感到 Sissi 一定是发自内心地想为自己多分担一些，可她越是这样，他越是于心不忍。

　　事已至此，骆文再坚持也是徒劳，就把 Hulk 叫了进来。对于来之不易的进修机会，Hulk 有点受宠若惊，但他在上海那个工商管理课程到夏天才能毕业，最近还有不少各地的游学安排及毕业论文要做，便问是否可以推迟到入秋成行。沟通了半天，也没有解决方案，骆文决定放弃。他跟 Sissi 的想法一致，相比之下，Coco 的综合能力还要弱一些，但既然 Hulk 去不了，也只能考虑她了。

　　Coco 听到这个从天而降的好消息，兴奋之情溢于言表，不断向骆文表示谢意，并保证走前一定将工作交接好，学成归来加倍努力回报团队，不辜负领导对她的认可与信任。

　　骆文称先报上去，最后还要跟人力资源及美国那边确认一下，让 Coco 做好准备。真是人逢喜事精神爽，Coco 几乎是欢快地飞出办公室的。骆文想，利益面前才更能看清人的本性，这不是 Coco 的问题，只是大多数人都自我感觉良好，不愿承认别人比自己强。这也是人之常情吧，一如 Coco，她肯定不会觉得自己其实是备胎中的备胎。

　　刘莎也回来上班了。两周的假期让她彻底放松了一下，与 Linda 悠闲地逛遍了东瀛的主要景点。泡温泉、吃料理、北海道赏雪……身心的舒畅让她甚至不想再上班了。这对闺蜜显然是意犹未尽，还没回来就开始策划下一次旅程了。遗憾还是有的，对刘莎来讲，就是不能见到骆文。

　　处于热恋期的情侣一日不见就如隔三秋，刘莎和骆文有多久没见了？可想而知重逢时的欣喜场面。他们从忙碌的时间表中哪怕挤出一分一秒也要相见。除了思念，他们还有千言万语要彼此倾诉。

　　刘莎给骆文讲了不少日本行的细节，即使假期中已经给对方图文直播了很多，此时仍要不厌其烦地复述一番，骆文也很愿意做听众。谈到没有看成樱花，刘莎明显露出了惋惜的表情，表示要能晚两个月去就好了。骆文安慰她事事不可能求全，如果想看樱花，北京玉渊潭也有，只是规模不大。刘莎便想起自己的大学，说现在武汉的樱花也很有名，有机会可以带骆文去看。骆文自然

哮
喘

178

是满口应允。

刘莎从日本带回不少礼物，给骆文买的有红色的编织手环、红色的项链、红色的小摆件……因为终于到了骆文的本命年。她相信是红色给自己带来了好运，让她收获了爱情，所以一定要把这红色的幸运转赠到骆文身上。

骆文当然照单全收，只是他不久前刚挖苦过腰子戴手串的事，所以死活不肯戴手链。为了哄刘莎高兴，他还是戴上了那串项链，心想反正外人也看不到，不影响观瞻。刘莎虽未尽兴，但想到已有一件信物紧贴在骆文身上，也就心满意足了。

令骆文意外的是，刘莎居然还给没见过面的旺财买了个小礼物，是一个精致的红色项圈。秋田犬是日本的国犬，买到适合的配饰易如反掌。细心至此，也让骆文对刘莎的爱恋更加深厚。刘莎说都是本命年，不管是人是狗，都少不了红色庇佑。骆文嗔怪她骂人不露脏字，人与宠物不能并论，两人因此嬉笑缠绵了良久。

时间来到三月下旬，Coco 进修的事情最终批了下来。这两周她显得很兴奋，每天都加班，会议发言也很踊跃，连保洁阿姨都能看出她有喜事。她开始频繁给骆文发信息，谈一些工作上的事情，有些平时都不用骆文操心，只是她走后骆文要代管她的团队，所以也算交接工作的一部分。言语之间，她还会偶尔表达一下积极上进的意愿，以及对骆文的由衷感谢。骆文觉得这才是她频繁主动联系的主要原因，可见 Coco 一直担心事情有变。现在好了，板上钉钉了，她的好心情也达到了峰值。

月中之后，新广告战役告一段落。各组要陆续开始开展消费者调研活动，目的是对上一轮的广告做评估，以便判断效果如何与下一步的调整方向。该活动需要市场部与广告公司共同参与。几天前 Coco 就邀请骆文去看她的调研项目，骆文觉得也很正常，毕竟再过一个月他就要分出很多精力去照看 Coco 那一摊，多去了解一下是理所应当的，也就没有过多参与其他组的安排。

Coco 给骆文打了一张时间表，下周几场调研分别在上海、武汉、广州和成都，每个地方都是一天日程，周五就可以回来。广告公司那边也会有人参加，骆文便心有所愿刘莎可以跟进这条线。碍于工作，不可能有太多亲近，但也算在一起了，能少一些思念。

骆文给刘莎发信息，问对方是否跟他选择同一条路线。刘莎的回复很肯定，只要骆文在，她就在。骆文建议周末在成都多待两天，可以带刘莎去峨眉山玩，算是兑现诺言。同时，也便于她去看望父亲与弟弟一家。

过了好久刘莎才回复，说她还想去看看 Sissi 那组的调研，毕竟那边的产品更重要一些。骆文正在疑惑不解之际，对方又追过来一条信息，建议 Coco 改一下行程，把武汉调到最后一站，她参加武汉这一站，然后两人一起在武汉玩两天，她要带骆文去看樱花。骆文觉得这样也好，能赶上一年一度的樱花季也是缘分，便不再多想，相约下次再去峨眉山。

然后，老板的要求对 Coco 来说，当然是举手之劳了。

三月底的江城，春分刚过两天，十足的暖意已让人有了初夏的错觉。结束了一天的工作，众人散去，只剩下刘莎和骆文，他们要尽情享受这难得的二人世界。

刘莎不想到武汉大学看樱花，在那里看的是人，不是花。她想去磨山樱园，那里清静一些，便在东湖那边定了一个五星级酒店。她的收入匹配这个级别的酒店。她并不是奢侈挥霍之人，但与骆文在一起，便想每个时刻都要尽美，住宿条件自然也要是尽善的。

两人吃完东西来到酒店已是晚间，一到前台就收到惊喜，酒店给两人免费升级到行政套房。惊喜还在继续，进入房间不久，刘莎突然大叫起来，吓得正在洗澡的骆文以为出了什么意外。等他围着浴巾出来时，发现刘莎正对着床旁的墙壁扭动身体。原来这堵墙被一扇大大的镜子覆盖，镜子外面彩色的装饰布帘已被拉开，里面呈现着另一个完全一样的镜外空间。

骆文不解其意，刘莎说一会儿告诉他，便兴高采烈地冲澡去了。一头雾水的骆文只能听着浴室里传来欢快的邓丽君小调，坐在床上百思不得其解。时间不长，刘莎就已经香喷喷地钻入骆文怀里，答案这才揭晓。原来她喜欢通过镜子窥视二人的欢愉。这让骆文有点意外，不免想起之前香港酒店里的那扇巨型

哮
喘

落地窗，以及他的出租屋内明亮的灯光。骆文假装嗔怒刘莎不良癖好多，不害羞。刘莎不服气，建议骆文不妨一试。骆文哪还有什么钻研尝试的心思，此时箭在弦上，早已蓄势待发了……

刘莎也不知道自己为什么会有这样的癖好，但内心确能实实在在体验到极乐的快感。多年对情感的饥渴得到释放，遇到的又是理想伴侣，突如其来的莫大幸福，反而萌生了一种患得患失的心理。明亮的光线、清晰的投影，便不只是欢愉的催化剂，更是明见一切与真实把握的一种内心补偿。她并不以此为羞，这源于她的感情观和率真的个性，爱就要炽烈，就要毫无遮掩。

本来说好要去市井品味一下"过早"的感觉，但毫无悬念的赖床，让二人只能把豆皮、热干面之类的早餐计划挪到中午去享受，只是赏花的日程需要压缩一下了。吃罢午饭，他们来到磨山樱园。

一进园区，刘莎就开始自我批评。原本以为的安静之所，实际上人头熙攘，喧嚷不已。她向骆文请罪，说自己犯了经验主义和空想主义的错误，没有做好功课，哪怕提前上网查查攻略也好。骆文自然不会在意，既来之则安之就好。两人兴致不减，很快融入人流，寻找着那一簇簇的粉红。

园区的樱花正值初放。阳光和煦，微风轻摆，成片的樱树摇着紧实的花团，展示着自己的姿韵，没有辜负远道而来的看客。虽有摩肩接踵之不便，但樱花之美足以抵消人流拥塞带来的不便。他们穿梭于小桥流水与花木亭榭之间，尽力在水边寻找人少客稀的所在。刘莎说她大学时，武汉的樱花并没有这样的规模与名声，不像现在已然成了城市的名片。

刘莎说日本人独爱樱花，问骆文是否也喜欢。他认为，每一朵樱花并不抢眼，但连成花海却能显示出惊人的美艳。刘莎说她很喜欢樱花，骆文却叹"樱花七日"，花期过短。对此，刘莎也认同，说樱花盛开时花团锦簇，非常艳丽，但数日之后就落英缤纷，接近尾声，常会一夜之间花瓣尽落。这种凋零方式果决利落，且落樱素洁宁静、不污不染，显得异常凄美。花开花落间，来去都是这么骤然。

"你不觉得这样很美吗？"刘莎问。

"日本武士崇尚的就是这样的精神。"

"人生苦短，活着时就要像樱花一样灿烂，不留遗憾，离开时也要果断。"

"是啊，又有几个人能做到如此洒脱呢？"

两人都觉得话题过于沉重，便就此打住，又牵手踱进樱海。

看得尽了兴，二人信步出园。刘莎说此处距她母校很近，也不征求骆文意见，直接带他来到校园。

校园早已今非昔比。刘莎说他们班只办入学周年纪念，十周年时她来过，明年是二十周年聚会，她应该也会来。她又给骆文讲了一些上学时的事情，比如同学现在都在做什么，当年的同窗好友现在如何如何。其实骆文最关心的是她的恋情，但刘莎表示乏善可陈，有人追她，但她没同意。骆文不相信，刘莎就发起毒誓，骆文赶紧去哄，转而表示深信不疑。

晚间，他们来到吉庆街。过度商业化后，现在的街道已无往日味道，不禁让人有些遗憾，可对于想追忆往日时光的人来说，似又别无选择。

走了一下午，也聊了一下午，他们都有点累，决定坐下来吃点东西，清蒸武昌鱼、三鲜豆皮、沔阳三蒸、排骨藕汤，点的都是经典菜品。他们的食欲很好，四个菜居然没剩下什么，最后还吃了一小份四季汤包。刘莎说以前是穷学生，吃不起这些，现在实现了点餐自由，随时随地可以大饱口福。她让骆文吃饱，说晚上还要辛苦。骆文会意，笑说刘莎是危险人物。刘莎仍滔滔不绝地叙述她那遥远的城市记忆，好像要把自己的前世今生统统搬到骆文的脑子里。

"你知道吗，湖北这地方有一个特点，女人比男人厉害，不好惹啊！"骆文打断了对方。

"是啊，湖北妹子都敢爱敢恨，绝不含糊。"

"川妹子本就泼辣，又在武汉受了熏陶，这种女人还要得吗？"

"这么快就嫌弃我了？"刘莎凑过去与骆文对着脸。

"主要是心里没底啊！"

"放心吧，我对你厉害不起来。"

"还不够厉害吗？"骆文轻吻了一下刘莎的唇，意有所指地坏笑了一下。刘莎调皮地挤挤眼睛，还了一吻。

骆文也谈了一些自己对武汉的印象。他第一次来武汉是大学时期与同学旅游，当时先是在武汉玩，后乘船逆水而上去重庆，主要是为了游三峡。然后，话题由三峡展开，又谈到楚文化。骆文的母亲在大学教书时的研究方向是周史，小学时就让他读《东周列国传》，对骆文来说，春秋战国的故事可以张口就来。刘莎的眼中散发着仰慕的光芒，她喜欢骆文的博学。

骆文从三峡又聊到重庆。他说那时重庆还没成为直辖市，香港回归那年才不再隶属于四川。他本人十分喜欢重庆，喜欢那里的江湖气息。武汉虽也有江湖气息，却远未有重庆那般刚烈，而是显得比较圆通。可能是和地理位置有关，毕竟是九省通衢，这种承接八方的所在，没有什么城市可以睥睨。但作为镶嵌在长江沿岸的这两个"火炉"，他更偏爱上游一千公里外的山城。刘莎不知道的是，三峡、重庆与骆文的初恋有关。

刘莎说她还没有游过三峡，也没到过重庆，感叹自己枉在长江边住了四年，也愧对四川人的身份，因为除了成都和都江堰，她几乎没去过其他的蜀地。她娇嗔地要求骆文以后带她去三峡和重庆，后者满口答应，说欠她的债越来越多。

说到重庆，骆文想起刘莎不愿回成都的事情，见她情绪很好，便试探着又提起这个话题。刘莎起初不愿往下谈，但看到骆文诚恳关怀的表情，便不再缄口。

关于那段伤心的历史，刘莎在后海时就跟骆文讲过，她没再复述细节。她告诉骆文，成都是她的伤心地，原生家庭的不幸、父爱的缺失是她的终身之痛。她始终难以原谅父亲的所作所为，但血缘是割不断的，因此这两年她没再拒绝间接的接触，甚至对他有所接济。但让她去见父亲，抑或重新踏上成都这块土地，她还没法完全说服自己。

"可是弟弟也没有得罪你啊，连他也不见吗？"骆文质疑。

"弟弟来过上海几次，我们平时也有视频通话。"

"人生能有几个十年啊！多大的仇才要这样啊！"

骆文的话语戳中了刘莎的泪点，对弟弟的思念和愧疚瞬间奔赴心头。骆文把刘莎搂在怀里，安慰道："试着放下吧，以后我可以陪你回去。"然后轻拍着她的臂膀，感到她的泪盈，也似乎感到对方在微微地点头。

因为第二天下午要飞回北京，两人没再安排周日的行程，以便他们可以享受自然醒带来的慵懒从容，更可以肆无忌惮地在镜子前享受彼此的给予与占有……

又至月底，公司销售数字在本月实现了飞跃式增长，不仅弥补了前两个月的落差，还赶上了年度预算的进度。Rimond 的心情明显好起来，但其他高管人员的焦虑并未得到缓解。

骆文很清楚增长背后的缘由，他们只是把公司仓库的产品移到了各级分销商及终端的库房里，并未真正流转到消费者手中。销售团队由此支出了海量的工作及费用，如果后面动销不畅，排山倒海的退潮顷刻间便会发生。对骆文来说，困境是注定的，只是时间问题。他为辛苦运转的团队感到惋惜，却又无能为力。

刚刚享受完销魂的武汉之行，回到办公室就迎来一脑门子的"官司"。如此大的危机埋伏在那里，新一轮高密度的工作已经开始，Coco 还有一个月就要启程，骆文也感觉到了压力。两个团队都要他代管，精力支出已到极限。正当他愁眉不展之际，总算等来一个意外的好消息：Jessica 来电，说她的身体已经康复，四月就可以上班了。

第十七章

Jessica 与 Sissi 年龄相仿,湖南人。她在广州上的大学,毕业后一直在外企从事营销工作。她在上海和广州都工作过,几年前从广州一家食品企业跳槽到现在的公司,是骆文手下一个产品组的主管。

她有很不错的专业技能,为人和善,只是性格比较敏感,有时会为一些别人完全注意不到的细节而纠结、焦虑。可能是一直漂泊在外的原因,她对外界环境始终保持警惕,和同事保持一定距离,工作上全力以赴,有时会执着过头。

来到北京后,Jessica 遇到了现在的丈夫,结婚没两年就怀孕了。去年五月生产时,全家兴奋得不得了,她却在产前开始紧张,总担心出现各种意外,忧虑孩子是否健康、担心自己没有奶水等,大家安慰后,她才稍好些。骆文还帮忙让她住进了何瑛主管病房的高级单人间,嘱咐何瑛多加照顾。

生产那天,产程比较长。Jessica 从一开始就焦虑,后来有了难产的迹象,转为剖宫产。谁承想产后还没出院,她就状况频频。悲观情绪逐渐加重,每天表情阴郁,自诉压抑、痛苦、孤独,还经常流泪,时不时会跟家人为小事发脾气。然后就是睡不着觉,没有食欲,连孩子也不想喂、不想见。经医院会诊,确诊她得了"产后抑郁症",需要治疗和慢慢调养,这一恢复就近十个月。

Jessica 休假期间,骆文一直代管她的团队。时间长了,人力资源找到骆文,问是否需要找新人顶替。骆文觉得 Jessica 很不易,不想因此影响她的前途,就说可以再坚持一段时间。另一个很重要的原因是,母亲在生骆平时也出现过类似的状况，给骆文留下了极深的印象，便更加同情 Jessica 的难处。所幸，虽然时间有点长，但 Jessica 还是归队了，骆文的压力也可以减轻一些，这也算是对他善心的一种回报吧！

四月的第一个工作日，Jessica 准时来办公室报到，跟大家寒暄了几句，便过来找骆文。

Jessica 个子不高，病前的及肩卷发已变成直发，一根马尾巴扎在脑后，原先比较消瘦的脸庞也圆润了不少，瘦小的身材也稍显丰满了。

骆文问她是否完全恢复了，她表示没问题了，只是因为吃药和少动，身体素质没以前那么好了，经常容易疲倦。她反复感谢骆文给她的空间与支持，无以为报，只能立即投身工作之中。骆文要她不要客气，尽快把工作交接了一下，并告诉她今年的压力与目前的形势，让对方做好心理准备。Jessica 表示她人在家中一直和同事保持沟通，同步信息，大概情况都了解，让骆文放心，自己会处理好一切。

Jessica 的回归让骆文稍缓了口气，目前团队是整齐的，虽然很快 Coco 又会离开，但能享受一小段也是好的。他与刘莎正在甜蜜之中，虽各有各忙不能天天见面，但仍能保证较为频繁的接触，感情持续升温。爱情的滋润让骆文感觉良好，工作上的烦恼也被淡化不少。

何瑛并未食言，清明节期间再次约齐一家人吃饭，让凡凡见见奶奶。何瑛觉得婆婆的状况尚好，病情没有明显加重，席间也曾认出她与凡凡，只是谈话变得困难。至于老人口中的那些陈年往事，大家也不太理解，但都觉得能说话总比不说话好。骆文也了解到岳父那边的情况不乐观，癌细胞已向肺部、脑部和远端淋巴结转移，人也消瘦得厉害。老人刚出院，正在家休养，病情像是一颗定时炸弹，随时可能出现不测。这些话题都让气氛添了伤感。

让骆文更伤感的是儿子。他们父子间说是形同陌路，也不为过，凡凡对父亲几乎到了无话可说的程度。骆文明显感觉到儿子对自己的疏远，他试图与之好好交流，但基本都会被对方三言两语怼回来，然后就是戛然而止。这让骆文心里很不是滋味，他始终想不通为什么凡凡会对自己如此冷淡。夫妻关系的决裂波及无辜的孩子，这一点让他对凡凡愧疚不已，相处中，他已做到最大限度的让步，并给予孩子物质上的极度关怀，换来却是父子二人渐行渐远。骆平劝他，孩子正值青春期，从小又随了骆文的倔脾气，有些反应也是正常的，让哥哥别太往心里去，长大一些就好了。

骆平为了活跃气氛，不打自招了她的择偶进展，何瑛兴奋地催她快说，骆文也来了兴致。

骆平说经过两三个月的筛选评估，终于锁定了比较理想的人选。对方比她大两岁，离异，有个孩子跟妈妈过，但她不在意。男方是大学老师，教计算机课程，为人比较稳重。

何瑛问对方外表如何。骆平说一米七六，虽然不高，也算及格。她本人身高一米七，和对方站在一起身高差还算有些，她尚能满意，大不了少穿高跟鞋。长相是她喜欢的那种，眼神深邃，棱角清晰，还带点硬胡茬，显得很有男人味。

骆文问经济条件如何。骆平说了解有限，肯定不是有钱人。房子给了前妻，现在他自己租房住。不过这些对她都不重要，只要对方人好就行，自己年龄也不小了，没必要过于挑剔。

骆文略带玩笑地讽刺妹妹是动了真心，原来说宁缺毋滥，现在却成了不能太挑。骆平坦言自己老了，要面对现实。何瑛不认同，骆平才四十一岁，以今天的标准属于正当年呢，实在和老扯不上关系。

凡凡也凑过来支持小姑，说她年轻漂亮，一直都是万人迷，他会一直支持小姑。骆平搂着凡凡笑得开怀，骆文却在一旁有些黯然。他不是对骆平的事情有意见，而看见儿子对骆平主动亲近，与对他的避之不及形成鲜明对比，内心感到很凄凉。

何瑛继续刨根问底，重点围绕对方的脾气秉性。她的意思是不要找太过一根筋的人，随和一点比较好；最好要顾家，有再多钱，家里什么也不管，不关心伴侣也是白搭；教师挺好，工作稳定，不一定要有权有势有钱，这些人不见得靠得住；也不必"外貌协会"，个子高有什么用，又不是找电线杆……两人叽叽喳喳地热聊，骆文在旁边反而觉得有些不适。他觉得何瑛明显是在指桑骂槐，而他除了乖乖听着，也没有任何反抗之力。

何瑛才不会管骆文如何想，她正说得眉飞色舞，劝骆平紧抓机会，毕竟岁月不饶人，如果觉得合适就快点结婚，还来得及生个孩子，实现为人母的心愿，她可以保驾护航。

一番推心置腹的交流后，骆平备受鼓舞，兴奋得就像是马上要结婚了似的。骆文实在找不到话，只能硬着头皮往反向插了一句，以显示自己的存在与价值。

"也别太快，现在的人都比较复杂，他这样有过婚姻的要好好了解一下再说。"

"你哥说的也是，还是要稳当一些。"何瑛居然随声附和，这让骆文颇感意外。

"知道，我又不傻。"骆平跟凡凡击了一下掌。

"你傻得还少啊！"骆文脱口而出。

"哎，告诉我，对方哪一点最打动你？"何瑛瞥了骆文一眼，赶紧接过话来，担心骆平多心。

"嗯……我觉得他……特有深度！"沉思片刻，骆平居然带着敬慕的口吻说道，脸上挂着欣赏与满意的表情。

几天后，骆文收到何瑛的信息，告知凡凡的签证下来了，计划不变，七月底她就会送凡凡去美国，未来三个月如果有时间，可以多来陪陪儿子。何瑛一直没再提离婚的事，骆文也不想在此刻追问此事，也就放在了一边。

没想到刚过两天，何瑛又带来一个让人不知如何是好的消息：何琳十年前给他们一家办的移民签证居然下来了，同时下来的还有何瑛的父母及弟弟。等了这么多年终于排到了，欣喜与兴奋是通常的反应，此时的骆文的内心却溅不起半点水花。

办移民一事骆文早已忘记了，如果现在问他是否还要办，他多半会说不。一是家庭的状况今非昔比；二是他的事业发展与生活圈已在国内牢固形成，放弃太可惜；三是自己年龄已不小，很难从头来过，此时出去必苦于适应，还会感到孤单寂寞；最后一点，也是最重要的，他现在有了刘莎。

除了刘莎这一点，骆文的这些顾虑，何瑛都能猜到和理解。她多少也有同类的顾虑，但考虑到儿子要过去上学，觉得还是多留一条出路为好，这样未来的选择会灵活一些。即使拿到绿卡，也可以不申请成为公民，以后还可以选择在国内生活。何琳为办成此事花费了很多精力与金钱，没有理由在经历漫长等待后，而在拿到理想结果时选择放弃。她把这样的想法讲给骆文，骆文认为也有道理，不妨先办下来，反正不耽误日后的选择。

月底，骆文与何瑛带着凡凡去广州停了一天，在美国领事馆办好了面试及签证，后面还需要入境去办理绿卡。何瑛说正好要送凡凡过去，建议骆文七月底也一同前往，如果顺利，待两周就回来了。骆文想到事已至此，就答应下来，准备回去请好年假，一同送儿子赴美。而这些，他并没有告诉刘莎。

月底的另一件大事就是给 Coco 践行，骆文请大家吃了顿饭。席间，面对大家的祝福，Coco 一一谢过，特别再次感谢骆文对她的信任，表示会珍惜机会，期望一年后回来与大家再欢聚。私下敬酒时，她还谦虚地向 Sissi 及 Hulk 表示，自己很幸运获得这个机会，其实两位也很棒，应该选择他们，相信后面一定还会有机会。她甚至鼓励 Jessica，说对方若不是休病假，可能也会被选中。Coco 说她也有点矛盾，犹豫是否要接受这个机会，因为要跟男朋友分开这么长时间，不舍得。Hulk 开玩笑说可以把男友让给 Sissi，自己再找一个。大家会意，用哄笑的方式阻止对方再说下去。

一年过去了三分之一的时间，进入四月后，销售急转直下。三月，分销商已经囤积了大量库存，市场无法迅速消耗，订货需求自然大幅衰竭。客户的抱怨不断增加，公司的压力也逐渐增大。

Rimond 的火气更是水涨船高，没有一次会议不是开启咆哮模式，但收效甚微。骆文当初的警告在不断应验，他没有丝毫幸灾乐祸的感觉，只是觉得大家辛苦至此却不得不为错误的抉择买单，得不偿失。Rimond 自知理亏，但又放不下架子，既然在技术层面再难与骆文叫板，索性就越过他，把炮火直接对准了他的下属。

五一小长假回来，总部及地区所有高管被召回北京碰头，会议的气氛可想而知。在过堂式的汇报中，每个人几乎都被折腾得体无完肤，市场部的汇报成为 Rimond 发泄的一个重要出口。

　　Sissi 的逻辑清晰，说话不紧不慢，对无理打断和挑战都能据理应对。她的思路与骆文很像，只是没有骆文那样的执拗性格与刚烈脾性。Jessica 刚上班不久，但对各方面的信息掌握得很清楚，面对冲击她比较谨慎，也有些许怯懦，幸好骆文比较了解她的团队，帮她圆了几次场，才算过关。在骆文主导下，Monica 代替 Coco 做了报告，虽然气场略弱，好在有骆文压阵，也算基本胜任。问题出在 Hulk 这里，Sissi, Jessica, Monica 都是女将，Rimond 讲话时多少还要顾及一些，索性把所有未尽的情绪都发泄在 Hulk 这个壮丁身上。

　　从 Hulk 打开幻灯片开始，几乎就没有得到一次比较完整的表达自我的机会，讲话频频被 Rimond 打断。他管理的产品并非是表现最差的，但全线溃败现象仍然明显。Hulk 通过各种方式试图解释真正的背景，但已经没有机会了。Rimond 就像脱缰的野马，听不进去任何意见，只顾任着性子狂奔怒吼。

　　Rimond 毕竟是总经理，Hulk 不敢直接反击，只能趁对方喘息之时插进几句，试图"润滑"一下。但效果适得其反，他的以退为进如同火上浇油，助燃了 Rimond 的嚣张气焰，责难已经上升为人身攻击，甚至夹杂粗口。扑面袭来的斥责与侮辱让骆文坐不住了，正要拔刀相助时，Hulk 突然发声了。

　　Hulk 明确表示，他已尽力，如果管理层对自己的表现不满意，他大可辞职不干，也不愿意受到此般侮辱。他的话虽具有反击力度，声音却有些颤抖。骆文发现 Hulk 的眼圈已经微红。都说"愣的怕不要命的"，见人家连饭碗都无所谓了，Rimond 一下被噎在那里。

　　会场气氛旋即凝固，没有人发出一丝动静。半晌，财务总监又跳出来圆场，表示 Rimond 是为公司生意着急，不是跟 Hulk 有私仇，大家都是职业经理人，受点委屈不算什么，还是要体现专业精神和团队意识。骆文没好气地打断财务总监的话，示意 Hulk 坐下，不用再讲了。

　　骆文执拗的性子又从骨子里钻出来。他就是这样的人，典型的吃软不吃硬，越是跟他强硬，他反弹得越厉害。别人经常会拿他没办法，因为他从不无理取闹。

自己的团队成员在众人面前受到侮辱，这等于在自己脸上抽巴掌。骆文起身平静而强硬地阐述了自己的几个观点和建议，希望大家把精力放在如何解决问题上，而不是讨伐过去的所为甚至是人身攻击。事态何以至此，大家心知肚明。骆文提供的无可反驳的数据就摆在那里，他并未顺着财务总监递来的梯子滑下去，而是直接给 Rimond 挖了一个坑。

Rimond 如果连这些都听不懂，也不可能坐到这个位子上，他已经没有退路了，只有选择鱼死网破的路数，那些一直压在心中对骆文的不满也被一并翻了出来。他斥责团队不应该持有这样的态度，不能面对挑战和管理压力就逃避责任，甚至恶意与上级对抗。如果这样，他也可以像 Hulk 一样一走了之，随后又问在座的是不是都要辞职。

骆文对刺过来的明枪毫不躲避，正面刚上去："如果公司需要，我可以做表率！"一阵沉寂后，Rimond 摔门而去，他似乎也只剩下这么一招了。

散会后，大家相互安慰压惊。骆文把 Hulk 叫过来，问他是否感觉好些。Hulk 仍心有余悸，又跟骆文复盘了一下他的委屈，被复盘的还有他微红的眼圈。骆文让他不要跟 Rimond 较劲，总经理醉翁之意在自己，而非 Hulk，有事他会扛，让对方安心工作，忘了刚才发生的事。

Hulk 心宽了一些，感谢了骆文。骆文此时也不愿去想善后的问题，辞职不干也没什么，工作不愁找，那股倔强不服输的劲头仍然充盈在他的身体里。他见 Hulk 回到座位后，Sissi 等几个女同事便围过去送去安抚，居然有点忍俊不禁。他想起了 Hulk 的红眼圈，还真与他那健硕魁伟的身材违和得很呢！

工作上的不顺心并未影响骆文的恋爱心情。五月八日，骆文约刘莎在餐馆见面。烛光晚餐已经备好，今天是刘莎的生日。

天气已趋暖和，刘莎穿了一件性感的白色低胸连衣裙，两个宽花边吊带跨在肩上，与胸缘的蕾丝连成一体，上身收紧在腰间，宽松的下摆折着花浪，裙缘压在膝上。项上的挂件垂下来，一弧白色金属花朵贴在胸前，在光照下显得既优雅又活泼。她尚未褪去外套，骆文已经赞不绝口。面对心上人的赏识，刘莎自然是心花怒放。

等菜期间，骆文便说自己没有食欲，刘莎以为他有何不适，关切询问。骆文说实在无法看着对面的刘莎，自己已经欲火中烧，想赶紧回到房间里。刘莎嗔他坏，但还是喜滋滋地过来与骆文同坐在长凳上，两人靠在一起等菜，没有浪费一点可以亲昵的时间。但凡想看出男女间的情感热度，只需留意双方一起吃饭时的距离与方位，便可知八九。

映着烛光，两人甜蜜地享受着美食。他们好像有很多话要说，而且总是能找到话题延续亲热的氛围，不管谁执话权，对方都有兴趣恭听。判断男女间情感热度还有另外一个窥视角度，就是两者之间的话语是否会随着相处时间的延长而不断减少。只不过，肯定的答案似乎已成定理，在多数的关系中，几乎可以不必费神求证，难的是寻求反证。

杯盘撤去，一个碗口大小的迷你蛋糕被送至刘莎面前，一根红烛摇曳着柔软的光亮和温暖闪动在两人之间。刘莎按套路双手合十，轻垂双眸，许下愿望。当她吹灭火烛时，骆文的礼物已经摆到眼前。

刘莎打开那个方形的彩盒，里面的礼物让她惊讶得合不拢嘴。

这是一套24K金珍藏版的邓丽君原声CD。刘莎尚未合上惊诧的朱唇，骆文又从提袋中小心取出了另一件同样珍贵的礼物——一幅印有邓丽君头像的原版海报。

刘莎感动得快要流下眼泪来，问骆文是如何搞到如此珍贵的礼物。骆文见刘莎这样感动，心里也甚是欢快，十足的成就感注满心胸。此时，刘莎已经高兴得不知所以，起身离开座位，幸福地靠在骆文怀里。

这份心意骆文已准备了一段时间，但他的忙碌与寻宝能力，还不足以支撑这样感天动地的礼品。"在家靠父母，出门靠朋友"，耗子给了他鼎力的支持。他把寻找邓丽君概念的礼品作为任务派给了耗子，耗子热情仗义，发小的事当作了首要任务。他有礼品公司，又结交广、门路多，很快就办到了，而且还是超额完成任务。

那套CD是香港宝丽金唱片公司在一九九五年邓丽君去世时发行的纯金纪念唱盘，能搞到就相当厉害了，而那张原版海报能淘来更是不易。当时，耗子就问骆文要送谁，他笑而不答，只是说是很重要的人。耗子在"人"之前加了个"女"字，他也不否认。耗子就说那必须搞定，又不忘讽刺骆文这个不喜欢走形式的人现在居然也搞起形式主义，之前从没见他给何瑛送过什么，看来这次是动了真心。不过耗子也很欢喜，说春节饭局中他的示范与教育，对骆文起到了积极作用，知道怎么哄女人开心了。骆文问钱，他扬手免谈，说请他喝酒就好了。

骆文不由感到遗憾，说现在CD都派不上用场了，那张海报固然珍贵，可惜没有邓丽君的签名。此时，刘莎哪还顾得上这些，只忙着小鸡啄米似的亲着骆文，说一会儿回去给他唱邓丽君。

房中轻飘着邓丽君的歌声，刘莎用自己甜美的嗓音滋润着骆文疲惫的身心。温馨的烛光晚餐与感人的礼物，让刘莎度过了有生以来最开心的一个生日。内心巨大的幸福感催生了她无尽的柔情，不顾一切地将之交付给骆文。骆文感觉那声音仿佛是一缕清风，慢慢拂去了他淋漓的汗水。他和着节拍，抚触着刘莎的肌肤，像是告诉对方，他愿意沉醉在这柔美的音律中，不再醒来。

"我喜欢你！"刘莎凝望着放在桌上的CD，幸福感还在绵延。半晌，好像又突然想起什么，抬头问骆文，"你那天怎么想到我英文名由来的？"

"不是说过了吗？"骆文早忘了他留下的半个谜底。

"不是，你说还有别的，不只是名字重合的原因。"

骆文想起那天的推导思路，现在已不需要留个话题去制造见面机会了，于是揭晓了答案。

"是啊，我原来猜你没有后半个答案，只是逗我的，没想到你会抓到这个信息。"自己的生日与邓丽君的忌日出现巧合，对刘莎来说有种五味杂陈的感受。

"那是忌日，我不好说的，不吉利。"

"是啊，她去世那天我满十四岁，为此一直都觉得有点别扭，不知是不是上天冥冥中的安排。"刘莎讲到自己从小学到中学如何痴迷于邓丽君、如何在学校和邻里间以婉转的歌喉而享有"邓丽君"的美名。两个日子的巧合让她一直有个不大不小的心结，每逢生日她的心里都会有些不好受，这种感觉一直持续到大学。工作之后，她很少公开唱歌了，这种心情慢慢淡化，到后来几乎就没什么感觉了。现在重新提起，那种难言的心情又涌上心头，她便不无伤感地对骆文说："你觉得这会不会预示我的命运也不好啊？"

"胡说什么！这种迷信的事情亏你说得出口，这不是自己咒自己吗？掌嘴！"骆文搂过刘莎，轻按对方的嘴唇，"怪我，不该告诉你所谓的'答案'。不过这确实是个没有意义的巧合。"

"……但愿如此吧！"刘莎出了一会儿神，转忧为喜。

"你喜欢我吗？"刘莎轻问。

"继续说疯话，是吧？"骆文正要往下说，被刘莎用手捂住了嘴。

"不许转移话题，必须回答！"刘莎松开手，注视着骆文。

"我喜欢你！非常喜欢！"此时的骆文满心爱怜，他口从心起，只恨被刘莎抢了先。

两人相拥很久，静默无声。

"如果天天都能在你身边就好了。"

"那我可招架不住啊！岁数大了，身体不行了。"骆文故意逗刘莎。

"重说！"刘莎打了骆文一下，有点嗔怪的语气。

"不是吗？不仅消耗，还要挨打！"

刘莎起来连掐带打地与骆文闹作一团，不一会儿，二人又重新拥在一起。

"如果你愿意，可以搬到我这里来住。"骆文又开了腔，声音不大，但语气不乏认真。

"真的？"刘莎用怀疑的眼神注视着骆文。

"君无戏言。"骆文斩钉截铁道。

刘莎当然是满心欢喜，只是出于女性的矜持，她没有迅速做出回应。几个月来，双方的感情进展神速，她已经很难离开骆文了，每次小别，对骆文的思念都会一直在心里缠绕。她曾开玩笑说每次来骆文这里都感觉像偷情似的，毕竟是两人各有所居，生活细节上还有诸多不便。她也曾想过与对方长久厮守，但总疑虑住在一起还是有点太快了，让她主动提出更会羞于启齿。

刘莎反复询问是否会给骆文带来各种不便，以确认对方的邀请不是一时冲动。提出同居，骆文确实有情到深处的冲动，但希望刘莎陪在身边也是本心。他对自己的处境并无顾虑，自己与单身几乎无异，婚姻的离散只差一个形式上的文件，彼此也都接受对方可有自己的生活。他也不喜欢考虑那么多，自己的情感是真挚的，刘莎也无异想，为什么不做呢？骆文是言出即行的人，刘莎越是怀疑，他就越是坚定。

很快，双方就落实了这个提议，也讨论了一些细节，最后确定刘莎搬过来，不仅因为是骆文的提议，刘莎那里他也曾去过，无论位置、面积及装修条件都远不如他这里，刘莎过来显然更合适。刘莎说最近两人都比较忙，需要提前准备一下，她的房租只交到六月底，七月份就可以搬过来。

两人兴奋难眠，仿佛有着说不完的话题。骆文说到骆平新交的男友，笑她痴心的样子，担心妹妹可能又会犯傻。提到工作，刘莎劝他不要使性子，跟老板较劲没什么好下场，退一步海阔天空，"铁打的营盘流水的兵"，没准生意不好，Rimond 自己也待不下去。后来又聊回生日，谈邓丽君，谈生日礼物。刘莎仍心存感动，说到动情处，感慨这个生日太过难忘。骆文一脸虔诚，称有了他，以后的每一个生日都会精彩。

母亲节到了，骆文又来到骆平这里看望母亲。来之前，骆平说有点小事让他出主意，骆文猜八成是与新谈的男朋友有关，也乐于听听。

刚进门，旺财就迎过来，脖子上的那个红色项圈很显眼。骆平说旺财特别喜欢这个礼物，摘下来清洗时，它都会主动提醒骆平给戴回去。她笑道没想到哥哥这么懂行与心细，真是太阳从西边出来了。骆平当然不知道，如果没有刘莎，她永远也享受不到这个待遇。

保姆在给母亲梳头，老人像是在跟对方聊天，实际上还是自说自话，反复念叨的仍是陈年往事，内容相差无几，话量不多，语速也很慢。骆文试图过去跟母亲聊几句。

骆文轻问："妈，说什么呢？"

母亲自顾自地说着："我们家老骆没有坏心，他想进步，就是脾气不好，组织上给他一次机会吧！"

"妈，还说过去的事有什么用啊？"

"如果还要考验他，能不能先把我调回大学，我想做研究，为国家做贡献。"

"妈，您说吧，儿子爱听。"

"我儿子学习好，就是倔，随他爸。老二身体差，早产，所以取了这么个名字，希望能平平安安。"

"妈，中午吃什么了？"

"还没吃呢。您呢？"

"午饭没吃两口就睡了，醒了没多久，刚喝了一小碗粥。"保姆插话道。

骆文有点不甘心地问："妈，认识我吗？"

"……"

骆平说母亲这几天食欲差了些，偶尔能认出自己，正常对话基本不行了，自言自语的部分差不多就是刚才骆文听到的那些。

"又要来啦！"母亲突然冒出这么一句话，目光茫然。

"对，这两天开始，经常说这句话。"骆平补充了一句。

骆文心头一惊，这是他熟悉的一句话，只不过已经几十年没有听到了。他没时间去细想，只嘱咐保姆留心照顾，尤其不能亏了嘴，如果吃饭不行，身体很快就垮了；多准备些好消化的东西，饭菜做得软烂些；多下楼遛达遛达晒晒太阳……

"行了，又当我不存在是吧？要不你来管？我比你嘱咐得还细呢，放心吧！"骆平在旁边又挖苦起来，并不是真生气。

"都孝顺，老太太有你们这对子女也是福分。"保姆由衷说道。

骆文问骆平有什么好事要跟他说，是不是又有了新欢。骆平也不相瞒，表示已经锁定上次说的那位，一切进展顺利。对方追得比较紧，挺殷勤的，她倒想绷着点，不想那么快，要掌握节奏。骆文问对方背景是否了解清楚了，骆平说没啥可再了解的，都摆在那里了，她信任对方，一看谈吐和气质就不是撒谎的人。

骆平给骆文看了对方的照片，骆文没觉得有妹妹说得那么精神，浓眉大眼没错，只不过眼中有些古怪的神情，也说不清是好是坏。骆平说那才叫有深度，正是她的理想型。见妹妹心满意足，骆文也就不再深究，毕竟那是骆平的私事，他不便介入太多。其实，骆平想和他细聊的是另一件事——她要改名字。

最近经朋友介绍，骆平认识了一位"大师"，据说精通《周易》，还给人看相取名，颇有些名气。骆平最近交友顺利心情好，就跟朋友去见了这个"大师"。她把男友和自己的生辰八字给了"大师"，对方说是吉相，称两人很般配，结婚的话属于那种特别幸福的组合。

骆平很高兴，就让对方仔细研究了一下自己的名字。"大师"说她的名字不好，是两人婚姻的唯一不足，不过改一下就万事通顺了。对方给出三个选择，其中一个是在现有的"平"字上加个草字头。骆平也很心动，她本就觉得自己的名字偏男性化，变成"骆苹"就柔美多了。但改名毕竟是大事，她也知道自己名字的来历，所以不敢擅作主张，就叫骆文过来商议。

"不行！"骆文带着训斥的口吻给出了斩钉截铁的拒绝，而且脸色十分难看。

"你是不是脑子进水了？居然轻信这些乱七八糟的东西！"骆文的声音已接近怒吼，把一旁的保姆吓得退到里屋。"你的名字怎么来的你不知道？能有这个想法，就是不敬，就是良心被狗吃了！只要妈在一天，你就别想动这个念头！我在一天，你也别想动！"

骆平被骆文突如其来的怒火吓蒙了，像犯错误的小孩子一样不敢出声。她觉得有点委屈，眼圈红了起来。

骆文立刻意识到对妹妹的态度有点过分，赶紧缓和语气道："刚才妈那句话你听到了吧？我记一辈子。听我话，别做这种傻事。凡凡出生时我也找过'大师'问过名字，这个你也知道，说'一凡'这名字很好，尤其对健康方面，一辈子不得什么大病。结果怎么样？都是胡扯！咱不懂那些旁门左道，但躲着可以吧？就算很科学、很灵验，咱只尊重就好，不盲从，行吧？"

骆平的心态渐渐平和下来，她也预计到骆文会反对，只是没想到对方的反应如此强烈。她深知自己名字的来历，所以还没等骆文说完，心里已经决定放弃了。

　　"你放心，我不改了。"骆平叹了口气，继续说，"'大师'也说如果不方便，用新名字刻一个名章，随身携带，效果也是一样的。我刻个章吧！"

　　"那我不管，只要别把户口本改了就行。"骆文赶紧顺坡下驴，与妹妹达成和解。

　　"又要来啦！"母亲在那边又冒出一句。兄妹俩相视无语，不再继续这个话题。

第十八章

回忆起童年，骆文脑子中几乎是空白的，甚至小学前几年的印象都比较零碎与模糊。唯独上小学前那一年，在他的脑海里留下了极深的烙印，至今都难以消散。他性格里的灰色，大致也是从此时被逐渐涂抹进去的。

就在这一年，他开始频繁接触到"死"的概念，与他以往理解的完全不同。

当时，骆文上幼儿园，根本不懂生命的含义。死亡对他来说，只是小伙伴之间嬉戏的快乐用语。在打仗的游戏中，他们一天不知道要"死"多少回，每次的"死"都是欢乐无比的。

然而，从这一年开始，死变成另外一件事情。

开年不久，春节将至，他照例会随父母去山东老家过年，两边的亲属相聚不远，每次探亲也都是一趟搞定。未曾想，还没有到计划的启程日期，他们就要匆忙上路，而旅程的性质则从省亲变成奔丧。

骆文的姥姥由于突发疾病离开了人世。骆母与双亲感情极深，也是他们最疼爱的么女，姥姥的猝然离去，对她的打击可想而知。骆文第一次看到母亲流泪，当众撕心裂肺地哭泣，那种难以自持的哀号令他恐惧万分。从闻讯赶至老家吊唁，再到返回北京，母亲全程再没有笑容，这让习惯妈妈慈祥音容的骆文难以适应。第一次看到亡者的模样，他也心生畏惧，不敢驻足观望，眼泪虽未少流，但更多是因感染忧伤所致，对于死，他还没有什么清晰的概念。他问母亲，死是什么。母亲说，就是永远见不到了，她也会死。这引得骆文大哭不止，他不是害怕死，而是害怕失去母亲。他开始知道，死是一件很不好的事情，希望不会发生在自己身上，也不要发生在父母身上。

随后，发生在这个家庭的生离死别就没有停下来。春、夏两季，骆文的爷爷、奶奶相继离世，同样是突发疾病。一家三口反复往返京鲁两地，主题始终是悲伤。骆文的父亲是家中长子，需要承担的就更多，虽然表面上没有像上次妻子那样崩溃，但沉重的心情难以避免。骆文看到父亲只是眼圈有些湿润，并未有母亲那样的涕泪交加，着实佩服这个素来教育他要成为坚强男子汉的男人。几经哀伤的场面后，骆文渐渐有了戒备。他跟着大人一起戴孝，一起叩首，一起流泪，一次比一次乖顺懂事，虽未用更多的问题去烦扰父母，但心中的揣摩并没有停息。此时，死亡在他脑海已完全没了嬉闹的含义，慢慢沉淀成一个既严肃又伤感的模糊概念。他痛恨死亡，因为会让人伤心落泪，让他多日不见笑容，也不能开心玩耍。他开始意识到，不仅是父母，自己也会死，只觉得应该还很遥远，也就不必担忧更多。

七月底，唐山大地震，北京也有受累。那时他们住在筒子楼里，记得有一次余震，半夜父亲抱着自己不顾一切地往外冲。混乱中和邻居相撞，因此还发生了口角，害得母亲在月下的空地上向邻居不断道歉。

此时的骆文，开始对死产生了强烈的畏惧感。因为他看到大人们也很害怕，连身材魁梧、脾气火暴的父亲也很恐惧。他以前只知道生病和衰老会死，现在发现死有很多形式，竟然可以随时发生。他开始想象死的样子，又问母亲死后会是怎样。母亲说，像睡觉一样，再问会不会做梦时，就被父亲喝止了。

很快，他又觉得没那么可怕了。他们在临时搭建的地震棚住了一阵子，那段时间对骆文来说，是欢乐的。大家彼此帮助盖地震棚，完工一个就会接受一次受助者的招待，可以经常随着父亲去各家吃好东西。晚上闲暇，大家在广场避震纳凉，小朋友给大人表演节目，很是欢快。骆文现在还能唱出他表演的快板书："打竹板，点对点，我给大家说快板。早起点，晚睡点，马列主义多学点。我的快板就这么点，要请大家原谅点！原谅点！"……夜里小便时，他不小心踢翻了倒置的酒瓶子，那是被当作地震警报器的，父亲一跃而起，夺门而出。一场虚惊给骆文留下的是快乐。他觉得这种生活更好玩，便觉得死也无所谓了，甚至希望地震一直不停，砸到也无非是死，反正妈妈说了像睡觉一样，睡觉多舒服啊！

命运好像给这个家庭缠上了恶毒的诅咒。夏末，震情已过，刚住回筒子楼没多久，家中最后一个老人也撒手人寰。这回是骆文的姥爷，积患已久加上妻子离世的打击，让老人的身体迅速崩溃，仅熬了半年多，便追随老伴去了。再次踏上鲁地时，母亲已有旧疾在身，精神上也没有完全从丧母的创伤中走出来。伤痛复来，几乎摧毁了她，导致随后很长的时间里，她的身体都很虚弱，甚至因此诱发了其后孕期的种种健康问题。此时，骆文对灵堂的气氛已不陌生，但眼见母亲的精神被击垮，他也慌了神。那些日子，他经常被噩梦惊醒，不是鬼怪来杀他，就是母亲死了，梦中的她闭着眼睛，一言不发，惨白的面孔像极了姥姥的遗容。

一年之间，爸爸妈妈从父母双全，到再无高堂，忧伤的气氛始终笼罩着这个小家。同在这一年，几位国家领导人也相继辞世，全国也沉浸在悲伤的气氛中，这更加剧了骆文对死亡的戒惧心理。他已经习惯了黑白两色，这一年，他臂上的黑纱就没有摘下过，白色纸花是他最熟悉的花朵，那个改编自陕北唢呐曲的《哀乐》深深扎根在他心中，成了儿时最熟悉的旋律之一，也是一听便能引起他深度恐惧的曲调。死亡是什么——这一沉重又难解的疑问，开始在他年幼的心灵逐渐驻扎下来。

他想不通死亡的答案，却无法停止思考。他舍不得离开父母，不能接受再也感知不到这个世界，那种埋在土里喘不过气和被火烧的疼痛都是超出他承受范围的。人究竟有没有灵魂？如果有，为什么感知不到？灵魂又去了哪里？在天上吗？天又是什么？……他想象不到宇宙的尽头，那种没有边界的感觉令他恐慌，以至于他自小就对天文学产生了抵触情绪。每次到天文馆参观都会心生恐惧，他还没有从这门科学里得知边界外面是什么——这一百思不解问题的答案。

他恐惧死亡，甚至不愿意讨论与之相关的事情，哪怕仅仅是耳闻也不舒服。他也不愿意长大，因为长大就距离死亡更近了。可他又拒绝不了，身高在长，年级在升，死亡也终究会到来，不管愿不愿意，都是难以逃避的。对他来说，成长也是一种恐惧的叠加。他曾想，如果老了能得那种心情很悲伤的疾病，就最好不过了。因为悲伤可能就不想活了，也就不再害怕死了。长大后，积累了更多的知识，他曾借助书本上的哲学去理解死亡，也曾想过通过宗教寻找出路，但至今没有找到正解。

这是骆文自幼埋在心里的灰色心结，并参与构成了他的思维方式与个性特征。随着年龄的增长，对死亡的纠缠早已不再是日夜萦绕的难题，而由此派生出来的思考与困惑却未曾中断：生命的意义何在？终点又是什么？快乐如何延续？为什么一定要有悲伤？哪一个可以真正拥有，哪一个可以如愿躲避？面对命运，是否真的无能为力？到底如何面对这些未知与不可控？……

性格促使他倔强争胜，能力推动他干练果决，但总有一种矛盾、忧郁的东西裹挟着他。

同样在这一年，当骆文默默咀嚼死亡的含义时，命运的奇遇也落在骆氏夫妇身上。而且，转年发生的事情结局，又成为另一个让骆文终生难忘的阴郁心结。

岁末，国人沉浸在一片喜庆的气氛中。多年的郁郁不得志终于有了释放，夫妻二人觉得生活有了奔头，压抑的心情也开始逐渐消散。没过多久，骆家迎来了一个意外的喜讯——家中要添丁了。

这个不期而遇的收获，对两口子来说是喜上加喜。他们一边憧憬工作生活的转机，一边期待第二个孩子的降临。父亲希望有个女儿，母亲说儿子能有一个手足相伴很满足。

父亲开始找单位交涉，希望恢复原来的职务，但不可能那么快，事实上，直到女儿出生时，他才再度落实工作。即使如此，父亲仍是充满信心，加之即将到来的新生命让日子有了盼头，情绪也日渐高涨。

母亲的状况则截然相反。她已经习惯当下的工作，不仅深爱学生，还觉得中学教师的工作颇有价值。她一方面很知足，一方面希望丈夫如愿、家中一切安好、第二个孩子能顺利出生。她的情绪并没有父亲那么高扬，短暂的喜悦后，很快又恢复了平静，除了性格所致，也缘于当时她整个人的状态不是

哮
喘

很好。

那些年，骆文的母亲的身体一直比较虚弱，原有的慢性胃病在压抑情绪的长期影响下，始终得不到很好的缓解，一年内父母双双故去的打击又加剧了精神的苦闷。再次怀孕后，随着胎儿的成长，身体的负担也越来越大。她因怕影响胎儿发育，也不敢求助于药物，疾病的困扰就越发严重。病痛加之失去胃口，长此以往恶性循环，健康状况堪忧。

更重要的是，随着腹部的隆起，母亲的情绪却逐渐走低。她开始出现一些悲观的想法，总担心会有这样或那样的问题，情绪变得越来越不稳定，活力也明显下降，以往理性、开明、坚强的一面很难再看到了。

母亲本是敏感心细之人，常年不得志加上病痛缠身，精神变得极为脆弱。她开始变得忧心忡忡，时常念叨着一些在丈夫看来完全是多余的想法，比如：不应该在此时怀孕，可能给家庭带来更大的负担；担忧丈夫恢复工作的愿望会落空，因为争取了这么久，也应该有结果了，不会有什么变化吧？……

随着孕周的增加，母亲的负面情绪有增无减。丈夫的工作仍未落实，领导的宽慰与承诺反而加重了她的担忧与不安。她一方面想去丈夫单位找领导论理，一方面不断嘱咐丈夫要谨慎低调行事，以防有变，他们经历过很多，不能不防。此外，她还一改以往清晰凝练的话风，常为生活琐事唠叨不停，情绪也时有不稳，激动时，甚至动过打掉腹中胎儿的念头，觉得这个孩子给家里添乱……

好在父亲那时比较乐观，没有受影响。他理解妻子的心境，把这些异常举动归为孕期的正常反应，认为产后就会好起来。除了耐心劝导，他还想方设法给妻子补充营养，一路小心照顾，确保孕程不出意外。在骆文眼中，这也是父亲最值得称道的一段为夫经历。

谁知临近生产，母亲的胎位不正，试过不同的调整方法，也未有收效。母亲的紧张程度不断走高，她不想挨刀，担心身体难以承受，又怕孩子会有问题，忧虑与不安与日俱增。

屋漏偏逢连夜雨。本是七月初的预产期，还没到六月中，就出现了早产征兆，必须紧急手术。六月十二日，女儿提前三周来到人间。剖宫产后，父亲抱

第十八章

203

着婴儿喜不自胜，母亲却出现了意外。

产后第二天，她开始不愿说话，整天唉声叹气，说自己的前途都完了，日后没法见人，对不起丈夫、孩子，对不起所有的人，甚至想死去，以了断无尽的烦恼。旁人苦口相劝也没有任何作用。

没过两天，她突然开始变得焦虑躁动，不停自言自语她多年来所受的委屈，然后就是不停地哭泣。见到襁褓中的女儿也没有亲近的愿望，更拒绝喂奶，称孩子不是自己的，她的孩子要到下个月才会临世，还声称这是有人要陷害她，破坏她的家庭，存心要把她置于死地。她拉着丈夫的手，叮嘱他不要相信任何人，社会是循环往复的，一切还会回来，让对方保护好孩子……再往后，胡言乱语成了日常，还动不动大喊："又要来啦！"最后，眼光发直，言语也只剩下这一句，不断重复，不知疲倦。

医院请来精神科医生会诊，留下了"产后精神障碍"的诊断。

经过几天的治疗，母亲的病情渐渐平稳下来。她不再躁动，也不再说有人要害她，只是神情忧郁，总是以泪洗面，还会时常神态木然，嘴里仍旧不停低念着那句"又要来啦"。

幸运的是，经过一段系统治疗后，出了满月后的母亲状况已大为好转，所有症状几乎消失，可以在家休养，只是情绪始终不高。也是上天的眷顾，回家没几天，父亲的工作也得到落实。闻讯后，母亲的情绪出现了明显的好转，笑容逐渐打开，人也有了活力，状态一天好过一天。

几近康复后，夫妻俩商量给女儿取名字。父亲建议叫"平"，小名"安安"，意为"平平安安"。女儿是早产儿，取这个名字，保佑她健康一世、平安一生。妻子受了不少罪，这个名字也是对她及全家的一种祈福，希望这个家从此不再经历任何波折与逆境，能一直平顺安稳地走下去。母亲很高兴，说这个名字起得好，起到了她的心里。自此，母亲彻底恢复了常态。

多年来，那段奇异又酸楚的回忆，母亲从未再提及，不知她还记得多少。父亲提过一次，但为了不刺激妻子，也不敢多说，她也只是苦笑不答。

那时，骆文才七岁，母亲的病容一直刻在他的脑海里，连同当年那有关死亡的恐惧纠缠，始终挥之不去。面对母亲失魂的样子，他曾恐惧至极，甚至觉得那比死还可怕。病中的母亲不再理会他、不再爱抚他，而且有些面目狰狞。为此，他哭过、躲避过，生怕母亲不会好起来，自己从此失去依靠。

现在，伤痛已随着时间慢慢淡去，但骆文永远忘不了母亲当时的神态，以及那句魔咒般的呼喊："又要来啦！"

第十九章

时间跨入六月，暑热渐近。写字楼里的空调已经启动，在女士们漂亮裙子的装点下，办公室多了些缤纷与活力。销售形势却降至冰点，整个团队都挂着一张晦暗无色的脸。

所有的销售走势都不幸按照骆文的预见实现了。五月中旬起，公司就再也没有发过货。分销商的信心已近乎崩溃，恐慌性地抛货，渠道内的价格探底且混乱不堪，串货已到了失控的境地。公司每天都要应对大量的客户投诉，高企的营销费用都浪费在了应对渠道纠纷上。销售人员的信心也在快速消融，队伍的流失不断增加，残败之局已清晰可见。

Rimond 疲惫的脸上已见不到笑容，连咄咄逼人的气势也消磨殆尽。目前的形势让他进退两难，坚持原来的方向，死局就在眼前；放弃前面的坚持，等于下了"罪己诏"，等待他的就是一纸罢免函。局面失控，系统运转也出现失和，连追随者也不再力挺 Rimond，更不要说面对骆文，总不能向对方承认错误吧，他干脆也不跟骆文沟通了。管理系统已经失效，每次会议都很简短，最多是就事论事地讨论如何无济于事地亡羊补牢。

看着 Rimond 的窘相，骆文也觉得有点于心不忍。按说 Rimond 的履历并不单薄，一路打拼上来，没有经验、能力也做不到这个位置，但不知为何犯下如此低级的错误。在他看来，Rimond 在一开始的判断上就出现了重大失误，后面不断在错误方向上一往直前，跑得越快，离终点越来越远，自己却浑然不知，徒增辛苦。当然，客观环境也很重要，如果当初几个关键的管理人员，都能像骆文一样站出来反对，也不至于有今天这样的后果。

可是，为什么只有骆文一个人在说真话？是其他人都不懂吗？他们考虑的是什么？忠言就真的这样难以入耳？怎么说 Rimond 也是专业人士，应该有及时纠错的能力，如果他能很好地控制情绪，或许会有转机，但他偏又是一个刚愎自用的心性。看来是当局者迷，自信到了偏执的地步，错误的决策说多了，自己也深信不疑了。每个人都可能遇到盲点或低潮期吧，可偏偏都让他们遇到了，倒霉的不止 Rimond 本人，所有参与者都在劫难逃。

想到后面可能出现的一系列问题及团队所受到的牵连，骆文没有丝毫取笑对方的心情。有 Rimond 在的一天，这种局面就会持续一天，此时没有更好的办法，只能硬着头皮往前闯。

国际部及亚太区对他们的质询频次不断增加，严厉到了极点。公司全员像热锅上忙乱的蚂蚁，慌张无序，疲于奔命地做着低效的努力，骆文感到崩盘在即。

日常的工作还要继续，夏季促销活动已经开始，下一轮大的热销档期是中秋国庆档，准备工作也进入了轨道。他与刘莎都拧紧了发条，见面的时间又在减少。

月中，骆平没有答应哥哥给她过生日，说是有事。骆文猜出了个七八，也没追问。周末赶上端午小长假，他告诉妹妹会去跟母亲一起吃粽子，顺便再给她补过生日。

何瑛说假期要值班，凡凡有课外班，同时也约好和同学出去玩，没法去看奶奶了。骆文有点扫兴，好在有刘莎在，也觉得生活很充实。

端午节下午，骆文过去看母亲。老人较之前瘦了一些，保姆告诉他是因为饭量少了，但精神尚可；交流方面还老样子，不是长久沉默，就是自言自语，内容也没什么变化。现在连保姆也会说那句"又要来啦"，她总能听到老人重复此句，问骆文啥意思，骆文也没心情跟对方解释。

保姆是河南信阳人，骆文随着骆平叫她宋姐，实际上她比骆文还小几个月，叫习惯了双方也就都不在意了。宋姐幼时家贫，又是女孩，没上过学，至今不识字。如今居然还有目不识丁的人，这点让骆文比较吃惊。可宋姐说，在老家，她并不是孤例。

早年，他们夫妻俩一起来京，宋姐一直做保姆，丈夫在装修队打工。后来丈夫混成工头儿，拉着一帮老乡自己组队伍接活儿，钱越赚越多。比起早年的艰苦，现在生活已经超乎她的想象。生意做得越来越好，家里也有了车子，居住条件也大为改善，从没有暖气的平房换租到大居室的楼房。女儿嫁到老家，夫妻俩和儿子一起住。儿子在小商品批发市场里租了个摊位卖日用百货。现在家里日子富裕多了，"不缺钱"也时常能从宋姐嘴里听到，一对子女也都有了孩子，她早已荣升祖辈。骆文感慨虽是同龄，却已落后了宋姐一大截了。

宋姐干活麻利，工作得心应手。骆平怕她跑掉，再找合适的不容易，就比市场价格多给了些，对方也很满意。宋姐喜欢聊天，熟悉之后，她的话很多。骆文想这样也好，母亲就不会孤单了。

宋姐平时也会听到骆氏兄妹的对话，对他们的事情知道不少。趁骆平出去遛狗，宋姐告诉骆文，最近骆平心情非常好，有个男的总来找她。那男的有一点怕狗，好像旺财也不太喜欢他，多数时候那人不上楼来。骆文问是不是一个浓眉大眼特有气质的男人。宋姐点头，但说也不咋帅，她老公也是浓眉大眼，不比那男的差。骆文问她感觉那人如何，宋姐说进屋时见过两次，觉得这人话不多，但看起来心眼不少，不过看骆平的样子好像很满意的。前两天骆平外出过生日，回来挺晚，说对方好像有啥大举动。听到骆平开门，宋姐赶紧收声，嘱咐骆文别多问。

旺财看到骆文在，撒着欢地跑过来与他亲热，脖子上还套着那个红项圈。脖子上同样多了一样东西的还有骆平，只不过骆文以前没见过。那是条项链，重点在于坠子，是一方蚕豆大小的长方形图章。骆文问那是啥，骆平直接给他摘下来看。他马上意识到眼睛老花了，拉远距离仍觉有些模糊，他从小视力就极好，这两年开始出现老花的迹象，看小的东西十分费劲。

"让你配副花镜你不听，不服老可不行啊！"骆平说道，又夺回坠子，拿在手里，给骆文做说明。

原来那是一方人名章，上面盘有一只小蛇，四方边缘有一圈祥云类的东

哮
喘

208

西。章底面积很小，上面的篆字骆文看不清，但不说也能猜到，就是那个新名字"骆苹"。骆平说坠子刚到手几天，自己很喜欢。

"终于如愿了哈？"骆文也没什么好气。

"是啊，但愿'大师'说得准，能带来吉运。"骆平的神情颇认真，手里不停地把玩着那枚小东西。

"还挺能折腾，哪儿淘换的？"

"这可是有心之人送的。"

"浓眉大眼？"骆文带着揶揄的口吻。

"嫉妒啊？看不得人家好啊？"骆平并不生气，继续说，"这是生日礼物。我只说了需求，人家上心，帮着找人设计，又给做好了送到眼前，咱不感动也得感恩啊！"

"我看你挺感动的，别没底线地感恩就行。"

"你盼我点儿好行不行啊！"骆平把项链戴回去，"这是和田玉的，很贵的。"

"哎哟！这哥们儿够意思啊，看来对你是掏心掏肺。"

"钱是我出的。"

"什么！"骆文不敢相信自己的耳朵，"不会吧？"

"这种东西总不能让别人花钱吧，否则就不灵了。"

"我宁肯它不灵。"骆文疑窦丛生，以他的处世观，这事是绝对不能找女方要钱的。他顿觉这个男人不仗义，也就更加不可靠了。

骆平看骆文没好气地乱拆台，就不再聊，自己抱着旺财到沙发上躺着去了。骆文自觉无趣，又凑过去言和。他把一大包巧克力扔给对方，骆平才露出了笑脸。

"说真的，我劝你还是慎重点，别让我操心啊！我这两天右眼皮老跳，八成是因为你的事。"骆文喜着脸和气地说。

"承蒙关心！我心里有谱。"骆平说着往嘴里塞了一块巧克力。

"前两天生日是不是跟他过的？是不是有什么大好事儿？"

"哎哟，你克格勃呀，还是中情局？"骆平斜了一眼宋姐，对方缩了一下头。

骆文已顾不上帮宋姐打掩护了，索性死缠烂打下去。骆平拗不过，干脆和盘托出。那位新晋男友在她生日那天向她求婚了，骆平没点头，但答应对方会认真考虑。骆文说看她的意思是很难拒绝的，骆平也不否认，坦言没什么大问题的话，她打算往前迈出这一步。骆文见大局已定，便不再惹妹妹不高兴。此时，他说不出祝福的话，又重复了一遍"慎重"二字，准备结束这个话题。

"求婚礼物是什么啊？"骆文随口问了一句，也没指望骆平能告诉他。

"这个章啊，还不够心意十足吗？"

"就这？没别的？"

"是啊，不够吗？"

"你是不是傻啊！"骆文感到像嗑到一颗坏瓜子，从嘴到心瞬间没了滋味。

……

没有熬过六月，Rimond 的解聘书就到了，连一句告别都没来得及说，夏至一过，人就从办公室消失了。取而代之的是新总经理 Peter，公司又进入动荡期。

可能是觉得 Rimond 中文不好，因而对国情了解有限，继而出现了管理方面的问题，新上任的 Peter 是能够流利使用汉语的美籍华人。Peter 比骆文大两岁，长着一副白净书生样，以前主要负责的是北美市场。他生长于美国，父母来自台湾与上海，对中国文化有着比较多的认识。

与 Peter 一同到位的还有一个五人小团队，称之为"营救小组"。由于公司需要迅速摆脱困境，上面担心 Peter 势单力薄难以为继，就从亚太区不同市场抽调了背景不同的几位资深管理人员，组成了一个类似帮扶角色的团队，以期确保能够扭转颓势。小组组长是骆文以前的老板，也就是 Rimond 的前任。他在中国深耕多年，业绩一直不错，骆文也是他在任时一手提拔起来的，大老板希望他能起到关键作用。

营救小组是一个临时团队，计划在几周内完成任务，组员还有自己的工作，也不能全身心地放在这个事情上。成员会分几次来京完成诊断与指导工作，所以他们在时就会是极其忙碌与紧张的节奏，挑灯夜战是家常便饭，但比这更难熬的是不尽的质询与挑战。

骆文虽是身经百战，但还是很寄望于这个营救小组，认为很多事情会迎刃而解，自己也会摆脱前一段 Rimond 在任时的郁闷状况，但他过于乐观了。

首先就是铺天盖地地翻旧账，既往所有的东西都要翻出来，一点一点地查，大家就像犯罪人员交代问题一样。小组成员毕竟是外来的，对前情一无所知，面对错综的头绪，他们也只能先确定问题所在，虽然很多问题在骆文眼里已很清楚，但配合是当下必须要做的。大量的时间用在解释、说服小组成员上，由于他们的介入，所有重要活动与费用支出也必须停下来，这就造成有更多市场方面的问题需要处理，可又不能不执行。

产生这样的矛盾谈不上是谁的错，双方都在为完成自己的任务而努力。骆文最着急的是，因为项目暂停以及增加了烦琐的审批程序，使得一些工作效率反而下降，市场正在失去尚存的机会。起初，他有些情绪，交流时难免会有所吐露。他又习惯直来直去，不善于委婉地发表看法，也就难免发生意见相左、激烈争执的状况。在其他人都相对克制的情况下，他的举动就显得很突出，逐渐变成"不配合"的代表人物。

骆文也低估了这次业务整顿的力度。Peter 是带着任务来的，公司遭遇这么大的挫折，高管人员脱不了干系，必须有人要被追责，仅仅是 Rimond 还远远不够，所有一线主管都在预设的清理名单里，只不过需要时间去鉴别，也需要人力资源准备预应方案及招募工作。

骆文没有恶意，也没有私念，执拗的性格让他不自觉地往前冲。他反复阐述自己的观点，不停提出建议，积极推进项目的落实，不断敦促小组简化程序。骆文对小组不妥的判断与决定，也时常跳出来反对甚至质问，根本不在乎对方的身份或是否有他人在场。他忽略了职场的潜规则，不是所有事情都要按原则与对错来进行。此时，Peter 与营救小组需要的是尊敬与顺从，他们要迅速建立一种权威与统一步调，甚至可以把技术上的事情往后放，也要优先保证话语权的神圣不可侵犯，任何对这一目标的挑衅行为都会被认为是恶意与不专业的。

此时跳出来的骆文无异于出头鸟，迎来的无情打压也是可想而知的。Peter找骆文谈话，传递他与"营救小组"的不满，并给出明确的要求，意在让他更顺从配合。骆文并未把这当作严厉的警告，仍我行我素，做他认为正确的事情。Sissi也劝他不要再去强辩，甚至在一些会议上帮他打圆场，但收效甚微。城门失火，殃及池鱼，骆文的团队也遭到质疑，所有人都处在紧张而又危险的局面之中。

　　骆文深感局势不利，也不想让自己的所为影响到团队的饭碗，便试图自控。但让他明哲保身或保持沉默，都是不可能的，这是禀性使然，所以和上层的各种摩擦一直也没间断过。另外，四年一度的世界杯正在上演，原本与耗子约好去俄罗斯的看球计划也只能作罢。Rimond留下的一堆烂摊子都要自己帮着收拾，还要隐忍，难免怨气满腹，唯一的出口也就只剩下了工作。

　　刘莎与骆文的约定终于到了。七月的第一天，也是周末，刘莎的行李已经打好，骆文过去帮忙，把她接到自己的住处。

　　整整十二个大纸箱，还有两个拉杆箱，骆文感叹刘莎来京还不到一年，居然攒了这么多家当。在刘莎看来，女孩子麻烦一点也是情有可原的，行李绝大多数是衣服，都是为了悦己者容。如此，骆文也不好再说什么，索性就好好卖力。

　　骆文虽在这里住了四年，但单身男人的衣物与家当通常有限，很多柜子都是空的，刘莎那些衣物也不愁没有容身之地了。整理完毕，仍有一些空间可用，刘莎笑着说很完美，好像是就是给她准备好的一样。骆文也很开心，屋子里的东西一多，瞬间多了生活的气息。他一边与刘莎共进外卖晚餐，一边由表表达着自己的欣喜之情。

　　"还差得远呢！"刘莎说道。

　　"还差什么？你还有东西啊？"

　　"不是，再稍微改造一下，屋里的装饰布置总要调整一下吧，不然太闷了。"

　　"还怎么调整？我看着挺好。"

"不会吧，你就这审美水平？你别管了，交给我吧！"

"那就拜托你了。"骆文想象不出空间有限还有什么可调整的，便任由刘莎去折腾，她有积极性，骆文也高兴，只是不抱有什么期待。

吃完饭，刘莎把一盆植物端了过来，细心整理起来。这是她那些箱子之外唯一单独带过来的东西，一路都亲自捧着，反复嘱咐骆文要小心，不要碰坏它。

藏蓝色的花盆里栽着两株绿植，根基并排立于土中，看上去像是同根而生。数根分枝从基部岔开，枝干上顶着很多深绿色长圆形的叶片。叶片约两到三指宽，微厚，表面光滑，边缘呈波浪状，到顶部收得很尖。一眼望去有点像仙人掌，但没有厚肉与多刺。绿植被照顾得不错，枝叶挺拔，没有缺损与萎谢，看起来挺拔饱满，光洁滋润。

骆文不认识这盆绿植，但觉平淡无奇，外观距好看实在相差太远，便问刘莎是什么。刘莎说是昙花，她从小苗养到现在已经四年多，不舍得放弃，所以从上海带到北京，一直在等它开花。她指着藏在枝侧里几个琥珀色的长条肉芽，说花就从这里开出，看样子今年很有希望看到。

骆文从没见过真实的昙花，只知道此花花期很短，因而难得一见，更奇怪刘莎为何喜欢这种花。她说昙花通常夏天开，最晚能开到十月，花期也不算短。只是绽放的时间极为短促，很美也很香。她相信骆文能给她带来好运，今年这花一定会开。骆文将信将疑，果真如是，自己也算是开了眼界，现在已经入夏，开与不开很快就能见分晓了。他不再去想，任凭刘莎细心摆弄着枝叶。

收拾了一天，终于得以安顿。洗漱完毕，两人躺在床上，总结这一天的忙碌，倒是有些成就感。想到从此就在一起了，彼此都很感慨。从认识到现在整整八个月，他们觉得像是经历了一次长征，特别是从香港之夜以来的四个月，彼此已经把对方当成自己的一部分了。

对骆文而言，刘莎热情奔放、情趣十足，又聪颖乐观，他们之间有一种难得的默契。在刘莎眼中，骆文为人简单纯粹、品行正直、有担当，又兼具智慧才华，简直就是自己理想中的精神归宿。刘莎在骆文郁闷烦乱时闯进了他的生活，骆文则唤醒了刘莎深藏于心底的对爱的渴求。此时的两人，都觉得对方是

第十九章

213

上天对自己的恩赐，能结合到一起不仅是无比英明的决定，更是命运的眷顾。

他们感觉很幸福，尤其是刘莎，感到自己浴火重生了。在骆文面前，除了那段伤痛的感情，她几乎没有隐私，总是试图将内心毫无保留地展示给对方，哪怕是细微的喜怒都想说给对方听。她心中的确还没有任何长久的规划，他们在不断走近，不断走近，到了可以天天在一起的地步，还需要再判断什么呢？她也没有别的选项，只知道一心一意地去爱对方，不知不觉中已把自己的一切托付在骆文身上。

营救小组的工作进展顺利，虽然骆文让他们有点挠头，但毕竟他所说的也都在点子上，对调整管理策略很有帮助。多数品牌的指标仍是健康的，问题主要出在过激的销售行为上，以及 Rimond 在管理方法上的走偏。经过一系列调整，大浪逐渐平息，虽然销售尚未完全恢复，但各方面都在往好的方向发展。营救小组也结束了为期一个月的工作，各自散去。

财务总监、销售总监及销售团队的部分高管相继被裁掉，公司进行了大换血。骆文有点吃惊，自己居然还是安全的，他原以为自己大概率也会被请走。Peter 找他长谈了一次，首先肯定了他的能力，在了解既往背景后，觉得他在 Rimond 时期的表现很难得。他坦言为了管理需要，骆文本应被裁掉，但作为组长的前任总经理给他打了保票，力保他留下，认为他是不可多得的人才。所以直到最后，才在清洗名单里把他摘了出来。Peter 要求他调整好心态，尤其要改变一下为人处世的风格，注意沟通方式，建立与上级的良性互动关系，还说一切重新开始，希望他们以后合作愉快。

骆文并未感激涕零，只是平和地表达了理解与礼节性的感谢。Peter 没有意识到自己犯了常识性错误——人的性格是很难改变的。

有惊无险地度过危机，尤其自己的团队毫发未损，这让骆文大大松了一口气。他请团队吃了顿饭，逐一安慰并感谢每一个人。从年初开始，大家都在挣扎，大量精力消耗在了无谓的招架上，Peter 及营救小组这一个月来的折腾更是雪上加霜，让已经疲惫不堪的团队几乎走到崩溃的边缘。他告诉团队全员，人不是机器，需要调整，除了手里的工作不能耽误外，各组要协调好当前的事

哮
喘

214

情，并从现在开始可以轮流申请休年假。乱局初平，还有很多未尽事宜，骆文居然跟手下讲这些，足见耿直的性情，这也是他备受下属拥戴的主要原因。

　　七月底，凡凡的行期已到。骆文也请好假，本月最后一天他要与何瑛一起送儿子去美国。忙乱之中，他一直没能跟刘莎提及此事，眼看要动身了，他才向刘莎坦言。

　　对此，刘莎有点意外，一时不知如何是好，只是平淡地问了一下大致的行程和归期。失落肯定是有的，但她也只能接受。骆文夫妻之间的事情她从来不主动问，对方也基本不提。双方都保持着一种默契与界限，一句不慎都有可能让对方产生不必要的想法，他们都有情商，索性就都远离这个话题。

　　刘莎当然想跟骆文长相厮守，她也知道对方的婚姻终将要终结，她需要做的就是静静等待就好了。她甚至会说服自己不去想更远的未来，因为那是她无力掌控的，庸人自扰只会破坏她和骆文现时的亲密关系和美好感觉。在她看来，骆文的婚姻基本结束了，只是还没完成形式上的最后一步而已。

　　舐犊情深乃人之常情，骆文对孩子的挂念与付出，也会让刘莎更加相信骆文是一个深具责任心的男人。但对骆文与妻子的情况，她也不可能无动于衷，毕竟她爱骆文，爱得很深，当然希望骆文能够全身心地对待和她的这段感情，这也是人之常情。她的自尊心很强，两人也有默契，所以她并不想打破这个界限。但关于移民的事情，她觉得有必要过问一下，想弄清骆文心里到底是怎么想的。

　　骆文没有搪塞的想法，更没有隐瞒的动机。他向刘莎坦言了此事的背景，同时也谈了自己的看法。他说，既然走到了这一步，索性善始善终地做好，这样才对得起何琳的付出；也不想因为自己放弃，影响何瑛办理相关手续，他俩毕竟还是法律上的夫妻，关涉移民手续的申请。能办成绿卡，以后进出美国看望儿子也方便。此事的关键还是看如何打算今后的生活，骆文没有移居海外的计划，自己目前更适合留在国内，况且现在身边有了刘莎，他更没有离开的理由了。

　　骆文说的是实话，他的心已经被刘莎牢牢拴住了，跟何瑛的婚姻马上就要翻篇了。两人形同陌路经年，分居也有四年了，彼此只维持着最基本的亲情，若没有儿子，恐怕那纸离婚协议也早已签掉了。但毕竟这层关系还在，他也不愿过早给刘莎有什么具体的承诺。他比刘莎大不少，这方面的生活阅历还是多一些的，这就让他更慎重。与刘莎不同，他偶尔会想到比较具体的未来，甚至想到可能会与对方结婚，建立新的家庭。他喜欢刘莎，这一点毫无疑问。

听了骆文的解释，刘莎心情好了很多。她相信骆文不会骗她，虽然没有谈及未来的具体打算，但最起码他还是表明了自己对她的心意，这是她最关心也最让她感到暖心的。她倚在骆文的怀里说了实话，坦言自己担心失去对方。

骆文请了两周假，说若无意外，会准时回来，因为工作上的事情很多，还嘱咐刘莎那边的事也要盯紧，不然回来打屁股。刘莎听完转忧为喜，又回到甜蜜的日常中了。

三万英尺的高空，飞机在云端静静挪移，大西洋西岸那个国际大都市已渐渐迫近，骆文的思绪也随着时区的变换不断翻转。他难以入睡，恍惚中，他猜想着未来，却仍感到太多的茫然。母亲、妹妹、工作、家庭、孩子、恋人……凡凡会有一个什么样的全新生活？今后父子间的关系又会如何？他与何瑛要如何处理这支离破碎的关系？他和刘莎会走向哪里？

第二十章

　　走出肯尼迪机场海关，何琳已在外面等候多时，看到一家三口出来，跳着脚迎过来。许久未见的姐妹俩甚是亲热，何琳一手搂着何瑛，一手揽着凡凡，兴奋地说个没完。骆文觉得自己有点多余，但何琳并不这么想，她很喜欢这个姐夫，只是暂时轮不到和他寒暄而已。

　　何琳住在康涅狄格州，离纽约不足一小时车程，很快他们就到了家。何琳家在富人区，虽然他们并不是很富有，却是妥妥的中产。何琳的丈夫做金融管理，有很高的收入，何琳自己在一家知名服装品牌企业从事后台管理工作，虽然不是她的本专业，大体上也算未离开本行。

　　何琳已经有了三个孩子，但夫妻俩仍嫌不够热闹，年初又收养了一个墨西哥裔的小男孩。如今家里人丁兴旺，她不只围着老公和四个孩子转，自己还要工作，整天忙碌不停，却能自得其乐。

　　不同于姐姐的沉静，何琳有用不完的精力。可能受到所学专业的影响，她喜欢热闹，热衷猎奇，崇尚自由随性的生活，这一点和她老公倒是很契合。男主人也很热情，操着极晦涩的中文，努力表达自己的好客之心。骆文的英语很好，双方很快就相谈甚欢了。

　　何琳的房子很大，足够容纳骆文一家，即使何瑛与骆文要分房而住。凡凡是几个孩子中最大的，他还有些生疏感，但在几个混血弟妹的热情围绕下，也渐渐放松，试着和大家交流起来。

　　时差的原因，加上在飞机上睡了一觉，骆文与何瑛都是只乏不困，索性继续和何琳聊天。平时的电话和视频沟通怎么也比不上面对面的交流。姐妹俩唱主角，骆文偶尔插话，男主人第二天还要上班，陪了一会儿也就回房睡觉去了。

他们谈到了父母，何琳说父母的移民手续也下来了，何瑞正在国内一起办理，一家人以后可以到这边来生活。何瑛担心父亲的病熬过不今年，让何琳有机会回去看一眼，顺便就说到现在京沪这样的大城市发展很快，何琳可以考虑回国发展。何琳却说自己自由散漫惯了，家业也都稳定在这里，现在回国恐怕很难适应了。政经话题不是女人的兴趣点，话题很快又回到了孩子身上。

凡凡的事情已经都安排妥当，过几天夏令营就开始了。开学前共有两个短期夏令营，正好有助于凡凡融入当地生活。何琳观察了凡凡与弟妹们的交流，认为他的语言问题不大，很快就能适应，大不了就多上一年，让骆文、何瑛不必担心。

凡凡上的是周边较好的私立寄宿学校，何琳会接他回来度周末。平时与学校的联络都由何琳负责，她会与姐姐随时通气，让何瑛不必过虑。既然选择这条路，就别犹豫，美国的教育基础很好，凡凡以后一定会有出息。如此，何琳相当于要照看五个孩子，何瑛还是客气了几句，感谢妹妹的热心。何琳让她免了这些，凡凡在，她还多了一个乐趣，四个都养了，再添一个也无所谓。

何琳问姐姐后面有什么打算，何瑛表示还没有细想。现在每天工作都很累，压力大，待遇也一般。在北京这样的城市生活，花费很大，现在又要支撑孩子在美国的开销，便觉得有压力陡增。凡凡上中学这几年，经济上因有骆文的照拂还好，大学及以后的事情现在都不好说，到时看情况再定。她又谈到目前工作环境并不尽如人意，跟主任的关系也不好，她个性强，不是那种擅于周旋之人，尤其不喜欢讨好领导，所以什么好事都轮不到她，闷头做好自己的事，图个安稳就好了。她埋怨如今医患关系被扭曲了，医生成了替罪羊，大家都夹着尾巴做人，每天上班的心情就更差了。

"经济压力大，工作环境又不舒服，那你还让我回去，要害我啊！"何琳跟姐姐开着玩笑，劝何瑛如果不想干了就辞职，不必耗到退休，反正也没几个养老钱。不干了就来这边生活，还可以陪凡凡。"一辈子能有几年啊，别委屈自己。"

何瑛说走一步看一步，现在首要任务是让凡凡顺利衔接学业，不要出什么大问题。至于以后，她还想不清楚，反正有绿卡之后，走动方便，选择就多些。当前的计划，是先把凡凡中学这几年熬过去。

顺理成章，交流内容就应过渡到双方关系上，何琳本想问两人到底想怎样，但因话题过于敏感，便咽了下去，准备私下再找他们单谈。

何瑛把所有倒休都攒到一起，又请了几天假，要待到九月初凡凡开学后再回去。何琳很高兴，说要好好陪姐姐玩一下。她转头问骆文的安排，骆文说优先把绿卡的事情办好，他还有很多工作，两周后必须回去，如果顺利的话，走前还要见一下这边的同事和大学同学。至于玩，他兴致不高，以前也来过美国，顶多到纽约转转。何琳说办理绿卡申领手续约好在两天后，有希望赶在骆文回国前拿到。

手续办好后，凡凡就去了夏令营，何琳也请了几天假，加上周末的时间，天天带姐姐开着车到处转。何瑛以前参加学术会议也到过美国，但毕竟没有像这样有闲暇，而且又有妹妹的热情导引，便乐得跟着何琳四处走马观花。骆文完全是陪客心理，偶尔跟着出去两趟，也都是听着姐妹俩东拉西扯聊个不停。他索性更多时间留在家里，权当休息了，没人在身边，也图个清静。

因为待的时间短，也不必纠结于时差，还大致保持国内的生物钟，这样跟其他人的作息差异就比较大，交流空间就更有限了。刘莎仍是他的快乐源泉，只要有时间，两人就用微信聊一会儿，文字图片不过瘾，就躲到房间里视频通话。刘莎那边的信息很简单，除了想念还是想念，撒娇亲昵只多不少，骆文便希望时间过得再快些。

第二周，骆文外出做了两件事，这是他来之前就安排好的。

第一件，见 Coco。

Coco 来美国工作三个月了，平时从朋友圈里可以看到她晒的各种信息，看起来还比较顺利，只是具体的工作状况还没交流过。毕竟是自己的下属，作为老板，虽然是私人旅行，还是有必要去关心一下。来之前，骆文就跟 Coco

打过招呼，说时间允许的话会去看她。

公司总部在紧靠纽约的新泽西州，从骆文住处开车过去也就不到两小时。Coco住在公司附近，骆文来过总部，所以很容易就找到了。他们约在一个中餐馆见。Coco的气色很好，着装还是招牌的性感路线。见到骆文就像见到家人，她很开心，虽然这边华人不少，但苦于刚来不久，环境不熟悉，觉得很孤单。骆文让她抓紧时间尽快熟悉，不然很快就到期了，想熟悉也来不及了。

骆文先是问了一些工作方面的问题，又问她是否适应。Coco表示完全应付得来，这边的工作没有国内那么紧张，到点就下班。周五大家就开始讨论周末如何玩，她来了三个月，几乎每个周末都有派对或外出游玩，很难见到国内那样加班不要命的人。骆文说，这就是文化的差异，生活方式不会影响工作效率；国内的工作就辛苦很多，这和大环境与体系的不同有很大关系，当然也存在效率上的问题。他让Coco多多主动参与一些具体事务，不然很难学到真东西，随后他也会通过人力资源给这边再提一些要求，目的是保证这一年要让她有所收获。骆文知道这种性质的进修通常压力不大，由于进修者停留的时间较短，重要项目都会避免交到他们手里，不然可能会影响工作的进展。一般交给他们的都是相对简单或短期的小项目，这样锻炼价值就不大了。本人要是再不用心，一年下来可能就是走了个形式，达不到提升的目的。

骆文不担心Coco的生活，这里的工作压力和国内是天壤之别，加之文化与环境的差异，她应该会在这里度过比较轻松自在的一年，通过她朋友圈的信息已经能充分感受到了。

Coco问骆文新来的Peter如何。此人原来在美国总部工作，她见过几次，还一起开过会，彼此认识，只是不熟。骆文说时间太短，还需要磨合，前一段都在忙着解决问题，刚把营救小组送走。对此，Coco说她大致都知道，也听说了有关骆文的大无畏表现，开玩笑说本以为明年回去就见不到他了。骆文也笑称确实差点让她如愿。

他乡遇故知，两人聊得很开心，话题便打开得更广。骆文问Coco的男友如何，这么长时间不见面，会不会担心对方不要她。Coco表示不担心，一切尽在掌握。转而她也大着胆子，直接问骆文是不是也找到了女朋友。骆文有意敷衍，称他这样的人不受待见，不会有人喜欢了。Coco 不同意，说喜欢他的肯定一大把，他的身边就大有人在。骆文随口应了一句"不可能"，Coco 便认了真，脱口而出了 Sissi 的名字。

这让骆文多少有点尴尬。刘莎也跟他开过相同的玩笑，还不止一次。他以前从没往这边想过，也不认为 Sissi 会对他有什么想法，但别人一说，他反而不知如何是好了。从那以后，但凡与 Siss 接触，骆文总会刻意保持距离、注意态度，生怕说出或做出什么不得体的事情，让对方产生误解。如今，他仍认为这是无中生，也自嘲是庸人自扰。如今 Coco 又提此事，这让他有一点警觉了。

"不可能！为什么你会这么认为？真的很奇怪。"骆文直接否定。

"你是说你们之间不可能？还是 Sissi 不可能喜欢你？或是你不可能喜欢 Sissi？"Coco 很执着，起初她确实有八卦的心理，现在见骆文一本正经的，她的兴趣就加入了认真。

"都不可能。"

"不要那么绝对啊，老板。Sissi 喜欢你，谁不知道啊，只有你这个当事人没感觉吗？"

"没有。"骆文不可能承认，本来他就是这么认为的。

"相信我，我们天天在一起，女孩的第六感是很准的。"

"她跟你说过？"骆文觉得大脑有点转不动了。

"当然没有啦，但是我觉得肯定是。"

Coco 继续在那里眉飞色舞地讲着 Sissi 如何喜欢骆文的迹象，包括 Sissi 与他交流时的眼神、说话方式，旁观他时的神态，背后谈论他时的措辞……说得越多，骆文就越发窘迫。后来他只能频频摆手，称这一切纯属杜撰、演绎，并表明他从没察觉过，也从未往这方面想过。他让 Coco 停止传谣，这样对谁都不好，话是笑着说的，内心却很严肃。

"你喜不喜欢她那是另一回事了，反正你不愁找不到，只是你想不想找。现在大龄男士很吃香，你这样的大叔范更是香饽饽。"见骆文这么坚定，Coco 自觉无趣，也不想聊下去了。

"咱们这个圈子女性占绝大多数，按你这个逻辑，我周围不都是情种了吗？太危险啦！哈哈……"见 Coco 见好就收，骆文也轻松了些，便开起了玩笑。谁承想，他又掉进另一个尴尬漩涡。

"那倒不假，只不过是甜蜜的危险，怕是你求之不得呢！反正我觉得喜欢你的可不止她一个。"

"还没完了！你给我说说。"骆文此时完全抱着纯属娱乐的心态了。

"能说吗？别生气就行。"

"没问题。"

"Teresa。"

骆文听到这个名字时，心里着实一惊，这远比刚才听到 Sissi 的名字要让他感到局促，甚至如芒在背。难道他和刘莎的事情大家都知道了？是他们出双入对时被别人看到了？还是上次武汉调研时，他们滞留未归被 Coco 察觉了？他不禁胡思乱想，倒不觉得这是什么大不了的事情，如果他想和刘莎长久下去，早晚也要公之于众，但目前显然是低调处理比较好，毕竟他们还是客户与代理商的关系，掺入这样的私情还是挺敏感的，很容易节外生枝。

"这……你也真够能演绎的啊……"骆文有点语塞，慌忙招架。

"这也是第六感，我觉得 Teresa 喜欢你。据我观察，她看你的眼神绝对不一样，只有女人才能理解。"

"就凭这个！"骆文又缓了口气，看来是没有证据的，他底气硬了很多。

"这个就够啦！如果我有实锤，还在这兜什么圈子啊！"Coco 意犹未尽，"不过我觉得 Sissi 更好些。"

"为什么？"

"Sissi 性格更文静内敛，温柔贤惠识大体，还能干。而且她是我的同事，必须向着自己人啊！Teresa 人挺漂亮，不过还是不太了解，应该也不错吧。我跟你说，她绝对对你有意思……"Coco 翻来覆去表达着自己的观点，宛若媒婆在做最后的对比与游说。

骆文赶紧支开了这个话题，他怕 Coco 再推演出新的剧情，也怕自己言多必失。

哮
喘

222

两人结束了这顿超长的晚餐，吃到最后完全没了美味的享受，原因当然不仅仅是那味如嚼蜡的美式中餐。回家路上，骆文已不再辘辘饥鸣，心里却打起了乱鼓。

第二件事，见同学。

骆文的大学是国内最高学府之一，同学有多一半都在国外，其中在美国的居多。有两个同学分别在纽约及费城工作，相距都不远，大家就约在纽约见面。多年没见的同窗在异域聚首，一点距离感都没有。学生时代的经历是共同的谈资，嬉笑之间，肯定不会出现与Coco在一起时的那种尴尬。

聊到生活现状，骆文发现自己的理念和他们已产生了很大的分歧。他们给他的感觉是比较随遇而安的，思想也比较单纯。他们都有着不错的工作和收入，又谈不上多么富足或进入了有多高的阶层。他们也不想去做透支人生的拼争，更多的是强调享受生活，满足感比较高。而留在国内的同学看起来满足感就低一些，人到中年，大多还处于一种与命运绞杀的状态，思想上也比较复杂。这可能就是环境造人吧！

两位同学知道骆文此行是来办绿卡的，便询问对方是如何打算的。他们自然欢迎骆文来此定居，这样就又多了一个可以聚会交流的好友。二人也知道骆文做出这样的选择并不容易，他在国内已有了很好的基础，放弃需要勇气，也需要对这里环境与文化有认同。不过，既然孩子已经过来读书了，推测骆文早晚也会跟着过来。

美国对骆文来说并不陌生，他所在的公司就是美国企业，老板、同事、管理系统与企业文化，有很多美国的元素在里面。他从研究所出来后，一直都在外企工作，所以对美式文化非常熟悉。骆文对这样的文化有相当的接受度和好感，他的性格比较执拗，就会比较喜欢不受拘束的思想环境；他为人比较直接，人际关系简单的文化会更适合他。这些都可能促使他选择这里，但他已不是初入社会的年轻人，生活中的很多选择更不再是简单的喜好就可以决定的。他也曾想或许会到这里生活，但应是比较晚的时候或退休之后。

骆文确实还没有移民的打算，目前对他更有吸引力的人和事都在国内。但他也很难解释目前的所作所为，申请绿卡和送儿子读书，因为两个不同机缘走到这里，看起来却有很明确的方向。两位同学告诉他不必有太多执念，没人知道下一步会走到哪里，不管如何计划，生活都不会被你牵着鼻子走。骆文觉得有理，但心里的主意并没有动摇，他还是想在国内生活下去。最后，三人便以"世事难料，各自保重"作为饭局的结语，欢快又惆怅地干掉了最后一杯酒。

与同学的交流是轻松的，他们没有利益牵扯，留存彼此间的都是有关青春的美好回忆。吃完饭，三人在百老汇大街上穿行热聊，站在时代广场大声说笑，立身于这个"世界的十字路口"，彼此的人生轨迹早已东西各异，但纯真的情谊仍能找到交点。此时的骆文感慨良多，觉得自己的人生好像也来到了十字路口，只不过方向仍混沌不清，更不敢奢望完美的尽头。

非常幸运，在计划回国的前三天，绿卡拿到了手，本来也不必等，只是这样如期返程就更显完美了。还剩两天，骆文安排了两个事情：第一，他想去纽约转一下，看看博物馆；第二，他要跟凡凡与何琳谈话，前者是他要求的，后者是何琳要求的。正好，这两天是两个夏令营的间歇期，凡凡在家，骆文想还是谈话更重要，就先把这件事做好。

赴美的飞机上，凡凡坐在父母之间，但只与何瑛偶有交流，和另一边的骆文只是保持最基本的信息交换，形同陌路。骆文曾尝试主动交流，但得到的都是不冷不热的闭门羹，儿子对他的态度已不只是简单的冷淡。他不能接受这样的局面，必须要改变，最起码要弄个明白。

房间内，几个小朋友已经相处得很热络了。他们很快找到游戏这个共同兴趣点，玩耍交流中，凡凡已颇有些大哥范儿了。当骆文把凡凡从几个弟妹中叫出来时，他显得非常不情愿。昨晚骆文就约好要谈话，凡凡却推到今天，现在看来是躲不过去了，只能阴着脸来到父亲的房间。

毕竟是孩子，骆文不可能像成人间交流那样一板一眼的。他先和凡凡讨论了一下夏令营的感受，继而又问及在美国的一些见闻，以及对未来上学的想法。在这个面对面的私密空间里，凡凡已不可能再拿其他的人或事来做挡箭牌，只能以最简单的语言做出回应。这已经让骆文感觉好了很多，他觉得和儿

哮喘

子还是可以交流的。

轻松的语境慢慢转为严肃，骆文最终还是抛出了他最关心的话题，问凡凡为什么对他如此冷淡。对此，凡凡起初极力否认，然后就是沉默不答，相持了几分钟后，孩子终于打破沉寂。

"你还要我们吗？"凡凡不再回避骆文的眼神，直视着他的双眼发问，表情严肃。

"这是什么话！爸爸怎么可能不要你？"骆文顿了一下，"我和妈妈的事情会慢慢谈，大人之间有矛盾，不影响我们之间的关系啊！"

"你觉得可能吗？"

"有什么可能不可能的！爸爸有对你不好吗？"

"你对我好过吗？"

"我不希望你这么想，爸爸是爱你的，这一点不容置疑。"

"你不希望，我就不这么想吗？"凡凡的话都很简练，但每一句又都是那么咄咄逼人，让骆文很难招架。他对凡凡冷漠的理解更多归为青春期的表现，虽然心里不快，但面对这种对抗性的对话风格，他必须沉得住气。他不想被儿子的情绪拖着走，否则必定是不欢而散。他需要一个深入交流的机会，所以停下来缓冲片刻。

"你是大孩子了，父母的关系你应该能理解。两个人好与不好，那是我们的事情，让我们来解决，我们也有这个自由和权利，对不对？我不希望你被牵扯进来。"骆文继续说，"我们有矛盾，会影响到你的心情，为此我道歉，爸爸也很愧疚。可事已至此，我们不应该再彼此伤害。我们毕竟是亲人，妈妈爱你，爸爸同样爱你。你对爸爸如此冷漠，对爸爸是不公平的，我心里会很难受。"

"我心里也很难受，你考虑过吗？"凡凡的情绪没有得以平复，反而更激动了，"你离开我和妈妈多久了？你给我做过一次饭吗？我哪一门成绩跟你有关？除了'儿子还好吗'和'爸爸想你了'，你还会说什么？我的哪个本领是你教的？"

面对儿子连珠炮似的诘问，骆文体会到了少有的溃败感，他居然无言以对。看着对面喉结已显的凡凡，他突然感到很陌生。这就是他常常挂念于心的儿子吗？这就是他相信的坚不可摧的父子情吗？儿子说得有什么不对吗？

"你为什么还回来？为什么还要跟我们凑合在一起？那是骚扰，你知道吗？妈妈需要你，那是她的事。我现在不需要你了，早就不需要了！"凡凡继续升级攻势。

骆文已经气势上完全被压制，像受审的犯人般低头不语。他需要先稳定自己的情绪，两人又恢复了沉默的对峙。良久，还是他打破了沉默：

"爸爸理解你的想法，也许你是对的，我再次道歉。可是，很多事情不是一两句能说清楚的，你长大了可能就会理解。爸爸不希望从你这里得到什么，你就记住一点，不管你如何，爸爸始终都爱你。爸爸对你最低的期望，就是你不要恨我。"

"已经恨了！"凡凡没有给骆文任何台阶。

对话僵在这里，实在无法延续。骆文起初期望的心灵互换式的温馨交流，现在已变成仇视敌对的控诉会。他只能再次重申自己的观点，试图平缓地结束这次交谈。最后，他嘱咐凡凡别让妈妈和小姨操心，在这边好好学习。

"我没想来，是你们让我来的，学得好不好不关我的事。"凡凡继续执拗着，完全无视骆文的情绪。

骆文的火气一下子就冲了上来，甚至想动手，但还是忍住了。他从来没有动手打过孩子，况且他对凡凡刚才那些质问还是有点理亏，也就不忍心再制造冲突。他调整了一下语气，稍显强硬地说："随你吧！该说的我都说了，你好好的，爸爸有时间会过来看你。"

"不必了。"凡凡头也不回，摔门而出。

惊诧与压抑的情绪还在延续，骆文咀嚼着刚才凡凡的话，各种回忆与感触涌上心头。他想到凡凡小时候可爱的样子，想到他成长过程中很多父子互动的温情场景。他沉浸在这些回忆里，脸上带着笑，但片刻又苦从中来。他曾努力想做个好爸爸，最终还是失败了。骆文甚至想起了他年少时对父亲的恨，可自己除了没有暴躁的发泄与拳脚相加，哪一方面又做得比父亲好呢？本以为儿子对自己的感情是不可能出现问题的，但眼前的事实击碎了他最后的防线，他感到心痛。他忽略了儿子的感受，这一点本不难想到啊，更早的时候就该有所作为啊！他恨自己过于自信，自信得接近愚蠢，目前的局面就是不折不扣地自找麻烦与活该！

骆文哪里还有胃口，他无视何琳开饭的呼唤，继续在房间内自责与思考。他想该有个了断了，他与何瑛的关系是造成孩子仇恨心理的症结，两人再这样不疼不痒地拖下去，只能平添新的烦恼。该结束了，他决定走之前就跟何瑛把离婚的事情谈妥。今晚就谈！

午后，第二个谈话也开始了。午饭时，何琳注意到凡凡的情绪不高，现在看到骆文的样子也就基本明白了。骆文大致说了几句，何琳劝他别往心里去，孩子都有这么一个阶段。况且，他确实不在孩子身边多时，凡凡有些怨气是可以理解的，青春期过去就好了。骆文只能说但愿如此。

何琳没有兜圈子，顺着凡凡的问题直接挑明了主题，她想知道骆文与何瑛到底是怎样打算的。

骆文很直白地谈了自己的想法，两人之间留存的东西已很少了，现在已经走到尽头了。他反问何琳怎么看。

"你们还有信任吗？"何琳问。

"没想过，但信任应该是有的。"

"信任的基础是什么？"

"互相了解吧！"骆文不知道何琳问这些的目的是什么。

"你了解我姐多少？你从何时就不再了解她了，你知道吗？"何琳不需要骆文再开口，自己滔滔不绝地说下去。

她说到家庭对何瑛心理的影响，谈到成长过程中姐姐的负面心结。对此，骆文记得不多，何瑛跟他谈过一些，但自己都没有去深究。在他看来，那些都是很普通的童年回忆和两人闲来无事的聊天，更谈不上有必要去关心和安慰。关于这些年何瑛在工作上的不顺，如果没听到最近何瑛与骆平的谈话，他几乎也不清楚，更不要说何琳补充的那些细节。他一直以为何瑛年轻有为、事业顺达，甚至在医院呼风唤雨。何瑛的工作对他来讲更多是一种交际工具，不断地

第二十章

227

将亲友同事托送过去，让何瑛在医院里帮助挂号、找病床、拖手术及协调各种关系，自己却很少主动关心过她每天在干什么、想什么、开不开心。

他也不知道凡凡具体上了几门课外班，只是囫囵知道个大概，就更无法体会何瑛要花多少时间接送和辅导功课，而这些都是在没有长辈、保姆或其他人帮助的情况下完成的，他几乎从没操过心。

他没有给何瑛做过一次饭，哪怕是热恋时都没有；何瑛没有让他买过首饰，结婚时都没有要；她提过的一些小要求，他几乎转身就忘了；他给何瑛的承诺也很少，仅有的几个基本也被抛诸脑后，她也从未向他抱怨过；他对二胎有执念，却不顾何瑛的想法，甚至不管会不会对她的身体造成创伤。

这次，骆文听到了令他极为震惊的事情：何瑛在七年前被查出早期宫颈癌变，而他却浑然不知！他记得何瑛说过体检时发现子宫有些问题，他就简单问了一句问题大不大。何瑛说是早期的不良病变，应该能搞定，他就想当然地以为全都搞定了。那毕竟是癌性病变，他连一点恐慌、担忧或安慰的情绪都没表现出来，淡定得让人不解。他没有再去追问，只是不走心地问何瑛需要自己做什么。他继续出差奔走，忙于自己的事业。何瑛自己在医院做了手术，虽然是相对简单的门诊手术，但身边没有一个人。事后几年的复查与他更无关系，这件事在他脑子里几乎就没有什么印象。与此同时，他在干什么呢？他在动员周围人一起"围攻"何瑛，劝对方生第二个孩子。何瑛的拒绝换来的是他延绵多年的耿耿于怀。

谈话至此，骆文产生了巨大的愧疚感，甚至体验到了羞耻感，觉得自己亏欠何瑛得太多。以前不顾家是出于分工的默契，以前的粗枝大叶是男性的特点，以前的忙碌都是为了这个家好，以前对何瑛的疏忽是出于双方的信任与理解……以前的所有理解，现在看可能都是错的！就像何瑛的病，他没有足够的关心，以为对方是医生，又守着医院能轻松解决；何瑛也说没那么严重，更没要他怎样……于是，他就理所当然地没有多虑。多问一句不行吗？在网上查一下有那么困难吗？自己要是患了癌还能那么淡定吗？工作出差比老婆的命还重要吗？……是他的自信或自我中心把事情搞砸了。

何琳说姐姐从来都不会在背后骂他，也不允许别人说得太过分。何瑛知道自己的婚姻可能很难维持了，却还是不想太为难骆文。何琳不理解骆文在想什么，又把他的一些善举翻出来：有时间就回家打扫卫生、对岳父母关怀备至、干脆利落地承担凡凡的高额学费……她质疑骆文在释放什么信息，如果不想再过了，就不要再去感动何瑛，他应该知道何瑛的为人，她心软，而且对骆文一直心存情意。

何琳阐明与骆文谈话的目的并不是要劝和，只是想替何瑛把挤压在心里的委屈发泄出来。她觉得姐姐太辛苦，很多事独自承担没有必要，既然她不愿说，那么做妹妹的就要站出来说。何琳不想介入他们夫妻的事情，和也好，分也罢，唯独不能成为一笔糊涂账，否则她看不过去。

何琳恳请骆文不要在意她的直截了当，她没有恶意，不管骆文与何瑛最后结果如何，她都会认这个姐夫。她一直认为骆文心地善良，因而不理解为什么两人走到如此地步。谈话最终以何琳的一声叹息作为结束。

又是一堂思想教育课，虽然何琳的语气没有凡凡那样具有攻击性，但打在脸上的痛感一点也不轻。骆文陷入彻底的混乱，他想整理一下头绪，但显然已经乱了阵脚，无从下手。索性晚饭也不吃了，把自己关在屋内。少吃一两顿饭还不能构成惩罚，他现在要检讨自己为什么活成这般模样，一个自己都讨厌的样子。他本心是善良的，希望人人过得好。他拼命工作就是想让生活再好点，结果却让曾经与自己最亲近的人身负重伤。为了儿子，他不惜付出一切代价，只要他能健康开心，可现在又让自己搞得一团糟。"不是所有的坏事都可以用好心原谅的。"骆文想着何琳最后甩下的话，越发难以原谅自己。

下面要怎么做？难道要跟何瑛复合？现实是残酷的，他都不知如何再与何瑛说话。两人所有的美好都已成为遥远的记忆，冷漠才是当下的真实温度。他需要时间消化一下今天的心情，不管是接受现实，还是努力做些什么，都应该停下来好好思考一番。可以肯定的是，今晚他再也没有心情和勇气与何瑛讨论离婚的事情了。

曼哈顿中城五十三街，纽约现代艺术博物馆，这是一个让艺术家充分发挥创意和展示激情的场所，也是世界各地艺术爱好者膜拜的圣殿。临行前的一天，骆文选择在这里落脚。博物馆旁边就是第五大道，繁华的商业区激不起骆文的半点兴致，他来这里纯粹为了要看自己心仪已久的那幅美术作品。

欣赏了莫奈、毕加索，驻足了达利、马蒂斯，浏览了塞尚、莫迪利亚尼……穿行于大师的杰作之间，骆文的心境平静了很多。太多的艺术瑰宝让人目不暇接，他只能走马观花，不能过多停留，因为他心里有一个终极目标——凡·高。

终于，他找到了那幅最爱。《星夜》就在眼前，骆文像遇见失散已久的故知，站在画作前凝视出神。他天天面对这幅作品入眠，亲切感扑面而来，但真正站在原作面前时，仍然会兴奋得心潮起伏。他贪婪地扫描那些色彩与图形，不想错过每一个细节，试图发现一些没有察觉到的新元素。

此时的"夜空"显得更暗一些，但月亮仍明晰可见；光芒被星云裹挟着，不知会不会被最终淹没；繁星搅动的旋涡，有一种无法抵抗的力量，试图拽着那些光向深空隐去；那棵树又挺拔了一些，但终究不知会否有力地刺破天空……

明与暗、拼争与压迫交织在一起。骆文看到了矛盾，却辨不出哪个更具有优势。光亮始终存在，凝神注视时，它可以变得耀眼夺目；沐浴温暖之时，又必须时刻抓住不放，不然，它很快就要被浩瀚的夜空所吞噬。

万米高空，云层仍是一副懒洋洋的样子浮在窗外。幽暗的机舱中，骆文沉沉地睡着。

那些球又来到梦中，膨胀翻滚着，压在胸口。他伸展着肢体，不停地挣扎，却愈发憋闷。走掉一个，又来一个，窒息的感觉没有一丝减缓。濒死、无助，他恐惧地要叫出来，却没有声音……

第二十一章

不仅是噩梦的纠缠，一万多公里的长途飞行中，骆文几乎都是在混乱中度过的。

他反复思忖着与何瑛的关系，除了愧疚，实在不知道该如何跟对方继续走下去。他没有什么可以偿还给对方，一切都来不及了，何瑛也未见得需要。跟以往不同的是，他觉得自己应对这场婚姻悲剧承担更多的责任。他和何瑛恐怕也早已接受了这个现实，此刻的追悔莫及或顾影自怜都是不可取的。如果没有跟何琳的这次长谈，骆文此时可能完全是另一种心态，或许已经怀揣着与何瑛最后的谈判协议。而现在的感觉就像一次缓期执行，他们还是站在最后的岔路口，准备各自的前程，只是骆文想在分手前多跟对方道几句珍重罢了。临行前，他没有与何瑛再聊什么，想等着对方回到北京后，两人再心平气和地单独谈一次。

想到儿子，骆文更觉无力。凡凡的这次发作大大出乎他的意料，没想到孩子对自己已经积累了这么多的怨气。不知下次再见儿子是何时，到时凡凡对他又会是何种感情，会像何琳说的很快就过去吗？还是更深的离隙？他不愿去面对这道鸿沟，怕就此失去父子亲情。可是相隔万里，一切无法控制，更无法预料。骆文开始有点后悔送凡凡出国读书，这不是主动把孩子推到更远的地方吗？可这也不是他能决定的，何瑛说的那些理由很充分，自己不能为了私心影响孩子的前程，现在只能默默祈福了，希望凡凡一帆风顺，希望父子俩尽快重归于好。

骆文又想到刘莎，半个月没见了，心里一直是惦记的，或说是很想念。他不想让刘莎卷入他和何瑛的事情，所以对此绝口不提。他欣赏甚至感激刘莎没有任何的探究举动，他更感谢命运，能让如此情投意合的女人走入自己的生活。他要尽快处理好自己的婚姻问题，不然对刘莎也是极大的不公平。他进而又想到如果结束了目前形同虚设的婚姻，还要不要重新组建家庭？说实话，他有点累了，而且还有些戒惧心理。他不是很在意形式的人，只要能和刘莎在一起，是否结婚并不重要。可刘莎愿意吗？她看起来是挺洒脱的人，也从未流露过半句想要结婚的意思，她能接受这样的生活吗？如果刘莎想结婚，自己是否能够欣然接受？对刘莎来说，必定对婚姻抱有美好的憧憬；而骆文太清楚婚姻是一把双刃剑，它让爱情变为更紧密的亲情，也会让激情日趋平淡，令生活回归最质朴的原貌。骆文用力甩了甩头，还是走一步算一步吧，起码他和刘莎现在是深感幸福的。

辗转纠结了一路，看似想清楚了很多，实际上却没有什么具体答案。飞机即将落地时，骆文把遮阳板打开，强烈的光线从舷窗射了进来。阳光起到了振奋精神的作用。骆文一想到马上就能见到刘莎，凌乱的思绪好像一下就消散了，身上的疲惫感也不见了。

骆文嘱咐自己不必再胡思乱想，既然没有什么更好的结论，干脆就随遇而安、见招拆招吧！此时，他的脑海被刘莎占满了，所有烦恼都变得不足挂齿。人就是这么奇怪，看似复杂的思绪，只要插入一种很强烈的情绪，一切都可以抛得一干二净。

跨越浩瀚的太平洋，骆文的心情也实现了翻转，他只想加快脚步，快一点回到刘莎身边。

因为是工作日，刘莎没有来机场接骆文。等他到家时，发现刘莎已等在门口。不等把行李拖进门，两人就用一个长吻以解相思之情。刘莎之前就说有惊喜等着他，这让骆文更是迫不及待。她拉着骆文，让他做好心理准备，说家里发生了一些变化。骆文不明其意，便跟着刘莎进屋。

屋内的变化让骆文大吃一惊，他开始还以为自己进错了家门，这哪里还是

哮喘

他之前的居室，分明是一个全新的空间。

原来趁着骆文不在的这半个月，刘莎居然把房子重新布置了一番。骆文方体会到刘莎所说的"调整一下"是何含义，他完全低估了刘莎点石成金的能力。

客厅墙壁重新刷上了彩漆，点缀了有几个鲜艳抽象的色块，热烈却不凌乱；原来多余的小物件都被她撤掉，换上了更协调的小家具和装饰；几盆鲜嫩的绿植填在适合的空间，为房间平添了很多生气；沙发换上了新罩子与靠垫，地面增加了一块时尚的地毯，沙发、地面与整体色调极其搭配；茶几、桌面上摆了各式花瓶，瓶中插着各色花朵，吐露着幽香；阳台上的纱帘也换了新款，仲夏的傍晚，天光仍盛，透过薄纱洒在屋内，美丽舒适的感觉让人想立刻瘫在沙发里。

骆文以前不怎么用书房，都是偷懒抱着电脑在卧室解决公务，现在这里也被收拾得整整齐齐。墙壁重新刷了温馨的彩漆，书桌上增添了小摆件，其中之一就是刘莎从日本带回来的穿红色和服的小玩偶；屋内也添了一个小沙发，可供阅读与休息；地面也同样增添了茂盛的绿植。

厨房虽然用得少，还是被收拾一新。换了一整套餐具，碗盘的色彩和质地都很讲究，相比起来，骆文原来用的餐具就不堪入目了。烧菜煮饭用的锅子也添了两个，就连那些盛装油盐酱醋的小容器也翻了新，感觉一下有了浓浓的居家气息。

对此，骆文赞叹不已，心满意足。刘莎让他别着急夸奖，最后还有卧室要看。

卧室更是让他大呼意外。原来的白墙变成淡淡的米黄色，显得温暖与恬静，落地窗帘也换了匹配的新款，这些跟原来的白色家具仍很和谐；床头、床盖也是匹配的暖色调花纹布，床头的阅读灯换成了更好看的样式；房顶的灯具也换了，刘莎打开开关，是那种可以调节亮度的多头暖光灯，她说骆文应该深谙她换灯的原因；屋里同样添置了绿植，床头柜上也安排了鲜花。

最让骆文惊诧的是，原来床脚对面的那面墙竟被镶上了一整块顶天立地的大镜子！镜子的宽度与床相仿，上方有装饰性的射灯。原来放电视的地柜仍在，上面摆着各种饰品，还有刘莎那盆宝贝昙花，这些物件都不影响床面上的一切完整地展现在镜中。刘莎说这下省了穿衣镜和化妆台，但最关键的功能骆文已经体会过了，不需要她再赘述。电视已被移走，赖在床上看电视不好，再者平时他们也不看电视，摆在那里纯属浪费空间。原来挂在墙上的那幅《星夜》被移到床头上，从镜子里反射过来仍然清晰可见。镜子旁边的空墙面上挂着一个新的相框，里面封裱的是骆文送给刘莎的那张邓丽君海报。

骆文不知说什么好，自己完全被眼前的一切深深震慑了。他发自内心地喜欢这些变化，由此及彼，也就更喜欢刘莎。他揽过她，送上深深一吻以示感激。

收拾停当，沐浴更衣。刘莎给骆文煮好了饺子，热腾腾地端到餐桌上。今天是三伏中末伏的第一天，北方人有个说法，如果节日不知吃什么，吃饺子肯定没错。伏天虽不是什么节日，如今也被人们作为各种过嘴瘾的借口，拿来编排上了说法，至于吃什么倒是见仁见智，各取所好了。刘莎说工作日太忙，下次有时间再亲手给他包饺子，这次就用速冻饺子应付了，让骆文见谅。骆文哪会介意，狼吞虎咽的吃相说明了一切。

吃饭间，骆文问刘莎如何做到半个月完成这么浩大的工程。刘莎说自从搬进来就一直在构思此事，有的东西早就看好并下了订单，骆文走后就只剩下落实了。刷漆有专业人员，各种物件的搬运都不需要她动手，装镜子也没那么复杂，她只需要摆弄一些小地方，因而短时间内完成这些也不算费劲。她让骆文不必担心，只是墙面动了颜色，以后房子不租了，恢复原样很简单，其他的都不需要请示房主。不过她还有些小遗憾，留待以后慢慢调整。骆文连说不必，目前的一切就够他欣赏享受好一段了。

"说真的，完全超出了我的预期，你太强了！"骆文发自肺腑赞道。

"什么事用心做都不难啊！"

"有些事不是用心就能做好的，这些布局和装饰，需要审美才可以。"

"这是我的专业啊，广告公司的人要是没有审美能力，不是跟废物一样吗？"

"嗯，问题是每个人都认为自己有审美能力，但世上丑的东西随处可见。

审美水平能反映社会的进步程度，国人的审美水平确实还有待提高。"

"别忧国忧民啦，只要你满意我的审美就够了。"

"岂止满意啊，五体投地。"

"贫嘴！你满意，我就放心了，还怕你怪我瞎折腾呢！"

"怎么会！夸都嫌词儿少。你原来说的'调整一下'，我以为就是小打小闹的变化，没想到会是这种级别的。这是颠覆啊，完全是另一个感觉了。"

"什么感觉？"

"说不清楚，生活从此不一样了。"

"那就好，我觉得原来的布置缺乏生活气息，现在才有个家的样子。"

"嗯，家的样子，好……"骆文沉浸在满足的情绪中，并没注意到刘莎说出那个"家"字时，眼中闪过的一丝羞涩且幸福的神情。

吃完饭，刘莎拉着骆文给他看那盆昙花。那些琥珀色的肉芽长得更长，尖端已经饱满充盈，颜色也淡了，并泛出了白色，宛若花苞。刘莎很兴奋，说这几天花苞越来越大，应该是马上就要开花了。她说真的很神奇，是骆文给她带来的好运。骆文不懂花草，任凭刘莎说得欢天喜地，他只愿她开心。

久别胜新婚，太久的相思已不允许两人再说更多的话。激情如旧，骆文望着镜中的一切，想着焕然一新的房间，各种满足混在一起，此时已无法用语言表达他心底对刘莎的爱。欢愉过后，两人调暗了灯光，拥在床头，延续刚才难以进行下去的交流。

刘莎和骆文简单讲了一些工作上的进展。说到 Jessica，刘莎认为她的专业能力还不错，只是刚恢复工作状态有点紧张、焦虑，对一些小事特别敏感，有时会过度纠结，搞得他们很辛苦，就问以前的她是否也是这样。骆文说那是性格所致，患病前她就是这样，但没有刘莎说得那么严重，可能是好久没上班，又赶上公司动荡的缘故，适应一段应该就好了。他给刘莎讲了 Jessica 发病时的样子，刘莎听后唏嘘不已，感叹女人不易，生孩子本身就辛苦，还要承受这些病痛的纠缠。

骆文给刘莎讲了一些美国的见闻，谈到 Coco 轻松自在的状态，说她很幸运，不仅是从 Sissi, Hulk 那里捡到了这个机会，还完美躲过了公司动荡带来的身心压力。他就没这么好命，一辈子都在超负荷运转；又谈到自己较真的性格，如果碰上不利的人与事，就显得更加辛苦。刘莎却说很喜欢他这种执着的劲头，世间没有完美的性格，要是他换了个样子，对自己未必就有这样的吸引力了。骆文又讲了一些 Coco 的趣事，唯独没有提到两人关于 Sissi 与刘莎的对话。

骆文谈到美国同学的一些变化，感慨环境差异对人心境的影响。刘莎问他顺利拿到绿卡后有什么新计划，在骆文看来，以不变应万变，他还是更适应国内的生活，但为了保持绿卡的有效性，以后需要经常跑过去待上几天。刘莎没再追问其他。

儿子的事情骆文也简单说了几句，感叹父子情意也变得脆弱，自己又无从发力，只能祈求以后会有转机。刘莎的安慰与何琳所言大致一样，她没有孩子，也只能说些肤浅的道理。骆文再次回避了关于何瑛的话题，刘莎也只字不提。

骆文谈到去博物馆看画的感受，继而坐起身，仔细端详床头上那幅画。刘莎他此刻有什么感觉，他说感觉那些光更亮了，密集的星团好像更有序了，压抑的氛围也减轻了一些……

"哎呀——"正当骆文对着那幅画絮叨、沉思时，刘莎突然发出一声尖叫，着实把他惊了一下。

"快看！开了！开了！"只见刘莎兴奋地指着电视柜上的那个花盆。骆文顺着她的手指方向看过去。还未定睛看清，刘莎又连拉带拽地把骆文带到床脚。她打开一盏很小的照灯，轻轻拨开一丛枝叶，定睛观察，随后高兴地对骆文说："看！"

展现在骆文眼前的便是刘莎期待已久的昙花绽放。那苞芽已微微张开，白色的花瓣也看到了层次的雏形；几颗蕊丝也有了迫不及待的迹象，俨然要争先露出头来；花瓣外层的绿白色丝瓣已经分开，像是雏菊的外衣。

沉淀在双方体内的各种倦意一扫而光。两人把枕头垫在地板上，扯过被单，把身体紧紧裹起来。他们不想错过每一帧绚丽的画面，要守在一起，见证这美妙的时刻。

时间一分一秒地流过，花朵也在时刻变化着。白色的花瓣逐渐张开，花蕊已清晰可见，淡淡的花香也散发出来。

刘莎兴奋得像个孩子，一手搂着骆文的脸，一手不断地比画着，生怕对方错过什么似的。她在叶间清点，居然有八朵之多。她告诉骆文这是雌雄两颗，花蕊有些不同，但花体差不多，能开这么多她已经非常满意了。

骆文的注意力并不全在花上，他时而跟着刘莎的指示赞叹花朵的俏丽，时而注目于刘莎那张纯真专注的脸庞。他觉得此时她的笑靥堪比正在绽放的花朵，心底的爱怜油然而生，忍不住揽过刘莎的脸，不断在上面留下爱惜的吻。

花苞已经彻底打开，约一指长、两指宽的椭圆形花瓣层次分明地围出一圈圆形的花冠；半指长的白色花丝挺拔而不失柔美，头上顶着一团团淡黄色的花药，在通体的洁白中煞是显眼；密集的柱丝充盈着花心，使整个花体显得饱满生动。此时已进入极致的舒展状态，艳丽的花朵不再羞涩，争相从枝侧的小窠里探出头来，摇曳着曼妙的身姿，努力呈现出最好的自己，不负深夜守候的知音。

香气愈来愈浓，逐渐达到饱和，骆文和刘莎的情绪也高涨起来。刘莎飞快地按动着相机的快门，却觉得每张都不能记录昙花最好的姿色。少顷，她又调动灯光，白色的花瓣居然透出了淡淡的幽蓝色调。二人惊艳于眼前的景象，也不断地相互拥吻，沉醉在浓浓的爱意里。

已过午夜，两人都有些饿了。刘莎取来一些零食，骆文也来了酒兴，打开一瓶红酒。两人裹在被单里推杯换盏，品花论酒，任夜消磨。

骆文说有鲜花，有美酒，还缺动人的旋律。刘莎便枕在骆文的肩上，轻声唱起了邓丽君的名曲："我爱这夜色茫茫，也爱这夜莺歌唱，更爱那花一般的梦，拥抱着夜来香，吻着夜来香……"骆文轻摇着肩颈，与酒无关，他已醉在这轻柔的旋律中。

刘莎告诉骆文，这首《夜来香》不是邓丽君的原唱，但邓丽君唱得最好，昙花也不是夜来香，但此时这首歌再应景不过了。骆文完全赞同，他要求刘莎多唱两遍。他本不愿打破这沁人的旋律，却还是忍不住在旁边跟着哼唱起来。

刘莎要留下与昙花的合影。她快速整理了妆容，披了件衣服，让骆文给她多照几张。快门闪响，把花与人的灿烂融在一起。骆文觉得此时看到的是最美的刘莎。

好花不常在，约一个小时后，花冠开始慢慢收敛，像是疯狂舞动后的疲倦，它也要谢幕了。

两人并没有离开。看着花体慢慢收起，蕊丝藏了回去，白色的花瓣也不断收聚成窄窄的一小束。所有的曼妙都偃旗息鼓，连带着花香也残余无几。骆文有些失意，一直叹气，试图挽留花事，却无济于事。随后，他有些疲惫，劝刘莎也不要再看了。刘莎让骆文不要躁动，静心看，然后就不再说话。她默默凝视着，倦意全无，一如欣赏绽放的过程，脸上始终带着静静的微笑。直到花瓣彻底闭合，恢复了初始的状态，她才意犹未尽地收工。

"真美，就是花开的时间太短了。"骆文的语气里满是叹息。

"因此才更珍贵啊！而且也不短啊，还不满足吗？"

"谁不喜欢更长一点呢？"

"花朵闭合的过程也很美，我不觉得很短啦！"

"这话倒是很有哲理。即便是这样，也实在是短，今天真的理解什么是'昙花一现'了。"

"这样不好吗？"

"你是说缺陷美吗？"

"在我看来没有缺陷，这是最好的绽放。"

"为什么？"

"来在热烈的期盼中，走在无尽的留恋中，你不觉得这是最完美的一场经历吗？"

……

三四个小时的专注与兴奋过后，各种疲倦席卷而来。第二天还要上班，两人赶紧熄灯回到床上。

"对了，你知道今天是什么日子吗？"刘莎突然侧过身来，问了一句。

"不是末伏吗，饺子都吃了，你困糊涂了吧？赶紧睡吧。"

"早就过了十二点了，已经是新的一天了。"

"不知道，又有什么讲头？"

"今天是七夕，中国的情人节。"

骆文笑了一下，又是一个商家喜欢的噱头，不过他也确实不知道。实在是困了，他把刘莎搂过来，在额头上亲了一口："节日快乐！"

"只是这个节日有点苦涩，牛郎织女一年才相会一次。"刘莎嘟囔着，"两个有情人偏偏要被隔开，唉……"

"你不是不嫌短吗？不是更在乎完美的过程吗？"

"那是另一回事，好在我们能天天在一起。"

"不仅在一起，还能天天看昙花。"骆文的字句已模糊到几乎要连不起来。他感到怀里的刘莎又往他胸前凑紧了一些，抵在他脸侧的头发也轻轻摩挲了两下。片刻后，黑暗中不再发出声音……

回到岗位，即是回到忙碌。总部根据各方反馈，重新调整了年度销售指标，虽然比去年有所增长，但已不是 Rimond 那时的高不可及了。公司每天都在向好的方向恢复，大家的心气也得到了提升。

Perer 上岗已近两月，各方面的情况趋于平稳，于是新的一轮的运动又开始了。新官上任三把火，除了着手生意本身的技术问题外，他也没能免俗，又折腾起了新的管理文化。

每届总经理似乎都热衷于树立自己的一套管理理论，表面看都是符合公司的整体文化方向，字句上也都正能量满满。同时，也都会有几个自己带过来的心腹，或主动被发展的拥趸，一起摇旗呐喊，助推这些东西。骆文经历了多任总经理，对这种现象可谓习以为常。他不会像其他人那样附庸叫好，更不会大张旗鼓地向下属或底层营销人员宣讲渲染。他还是老样子，不自欺，也不欺人，不媚上，也不傲下，所以 Peter 与他的距离也一直是不远不近的。

现阶段比较重要的工作是准备国庆中秋档期的推广活动，各组进入循环往复的又一轮忙碌。听过刘莎关于 Jessica 的反馈后，骆文一上班就把她叫到办公室，除了了解工作内容外，他更关心对方的精神状态，怕出现什么问题。因为母亲生产时有过类似的病况，他对 Jessica 的同情心理也就一直存在。

第二十一章

239

Jessica 的神态没什么异常。骆文问她几个月来是否已经适应，身体有没有什么不舒服。Jessica 理解骆文的意思，就让他放心，说第一个月时有点忙乱，心情也有些烦躁，但现在好多了。自从生病后，父母就从外地来北京陪她，做饭带孩子都有帮手，自己的压力缓解了很多，现在的主要问题是工作太多，但也没办法，大家都一样，自己也没什么好抱怨的。

骆文嘱咐她有些事情不必亲力亲为，多让手下去做，这样他们会成长得快些，自己也没那么辛苦。Jessica 解释说不是不放心，而是有些工作他们确实做不了，或是太重要的事情放手后自己还要返工，这样会更辛苦，索性多担当一些。

骆文又劝她有些事不必太较劲，其实结果差不了多少，但多耗费的精力实在不划算。他日后也会注意，不会太纠缠这个组的事情。但 Jesscia 反而严肃地回绝了骆文的善意。她说这样不公平，也会被别人说闲话，自己如果需要特别照顾就不该回来上班，或者说不配这个职位，让骆文不必这么优待她。

一番好意被泼了冷水，骆文觉得无趣，但并没有生气。他知道对方的性格，只能让她劳逸结合，有什么不适就及时说出来，他随时可以提供帮助，别自己闷着就好。Jessica 表示感谢，但还是强调自己没事，说骆文可能多虑了。

正要离开时，Jessica 又回过身来，问骆文是不是有什么人背后向他说了什么。见她表情认真，骆文连忙否认，称只是自己刚回来想起这事随便问的，没事就好。Jessica 这才将信将疑地离开。

又是很久没有见到母亲了，周末，骆文来到骆平家。

母亲的状况还算稳定，骆文照例跟她聊天，其间老人也曾认出骆文。宋姐说母亲最近饭量还不错，她也会经常带老人出去走动，现在两人可以聊得很好，只是搭界的话题不多。

骆平出去遛狗时，宋姐问骆文是否有时间，因为不识字，想麻烦骆文帮她看点东西。骆文没有多想，问是什么，宋姐说是手机里的字，便打开了自己的手机相册。

宋姐说这是她老公手机里的信息，她给拍了下来，让骆文帮着看看都写了啥。骆文有点迟疑，这毕竟属于个人的隐私。宋姐满不在乎，觉得她和老公之间不分彼此，没什么秘密可言。宋姐说她平时不看，也看不懂。最近，她发现老公有点反常，经常晚归，不像是去干活，而且开始讲究穿戴了。她去问那帮工人老乡，都说没觉得有什么不对。她仍不放心，在她的观念里，男人有钱了就会变坏，所以得盯紧点。前两天，老公喝多了在家里发信息聊天，后来睡着了，但手机一直亮着。她看那对方的微信头像是个女人，而且两人的对话框里还有爱心、红唇这类表情。她不懂文字，图标总看得懂，就用手机拍了很多那里的信息，想让骆文帮忙看看。骆文问她为什么不找孩子或其他亲友帮忙，她说怕丢人；又问为什么不找骆平看，她说天天混熟了，也有点不好意思。

骆文心想既然答应了，也只能信守承诺，便接过手机，点了进去。

宋姐没少拍，照片能有二三十张。骆文快速滑动着图片，大致扫了一遍内容，心里便有些不安。宋姐的判断是对的，这些都是调情的文字，几乎都是很直白的挑逗，甚至还有很多难以启齿的对白，连骆文看了都会心惊肉跳。可见，两人已远远超出了普通朋友的关系，有过苟且之事是肯定的，且已不是很短的时间了。

骆文起初犹豫，不知是否应该念给宋姐听。念，等于直接掀起巨浪，一场家庭矛盾在所难免；不念，就是要欺骗宋姐，这不是他的行事风格。看着宋姐期待的眼神，他万分后悔接受了这个请求。可是，目前也没有退路了。思忖片刻，他决定选择性地告诉对方，并尽量调节了一个比较和缓的语气。他告诉宋姐，这确实是男女之间的聊天，而且明显越界，并挑了几句含蓄的对白念了一下，算是有所交代。

这就是骆文，先把事情定了性，但具体的程度与极其不堪的内容他绕过不说，最后仍要念一些原文，这样他就心安了。心安的原因是，他觉得没有骗对方，他最讨厌不诚实，绝对不能接受别人欺骗自己。平时对手下的要求就是如此，他的底线是可以接受不告诉他，但不能接受告诉他的是假的。于是，宋姐这事也就按此原则处理了。不说不等于骗对方，但说出来的一定要是真实的。然而，他那个原则放在这种事情上，恐怕也不见得正确，只是得了个"好心"的自我安慰罢了。

即便如此，宋姐也是难以承受的。此时，她的脸涨得通红，声称回去要好好修理一下丈夫，然后便开始长篇累牍诉说自己如何辛苦照顾这个家，如何没过几天好日子便被辜负云云，越说越气，继而大骂男人好色成性，都不是好东西，完全不顾及听众的性别与感受，还一个劲地让骆文帮助论论这个理儿。

"又要来啦！"妈妈突然喊了一句。

这是救命的一句，宋姐马上住口，老人她还是要管的。骆文也趁机安慰了宋姐两句，让她消消气，日子还得过，建议她回去好好和丈夫沟通一下。借事要联络，骆文抓起电话就到里屋躲清静去了。

骆平回来时，风暴已平息。宋姐不再提这个事，也对骆文摆手，让他也保守秘密。骆文自然没有兴趣去扯这些闲篇，便和骆平聊起来。他最关心的是妹妹与男友的进展。骆平说经过思考，她已经答应了对方的求婚。由于他们都有过婚史，也不在意形式上的东西，就不办什么仪式了，下个月找个吉日去领证，十一就可以搬到一起住了。骆文问这是两人商量的结果，还是对方的主意。骆平说当然是商量的，只不过对方说得都挺有道理，她更多地尊重男方的意见。

骆文又问结婚住哪里，骆平说男方租了个小房子，离他单位很近。骆平没有固定的职业，不用考虑上班距离，所以对方希望她搬过去。至于婚后母亲怎么办，这正是骆平要和哥哥商量的。

骆平称男方的房子小，母亲过去会很拥挤。而且刚结婚就带着如此状态的老人过去，对男方多少有点不公。对方还不喜欢宠物，旺财也是个问题。如果让男方搬到骆平这里，除了宽敞一些，其他问题还是存在。骆平说首选是送母亲去养老院，次选是骆文搬来跟母亲住，别的办法还没想出来，想听听骆文的意见。

这次再听到"养老院"三字，骆文没有发飙，但脸上的阴云是藏不住的。他也不知该如何回复骆平，以自己的工作状况，即使没有刘莎，都有心无力，况且他现在已不是一个人。而第一选项于他而言，是很难接受的。骆文坐在那里不说话，脑子也是空的。

骆平坐过来，平静地劝骆文要接受现实，不是他们不管老人，毕竟他们都有自己的生活，总不能这么耗下去。尤其骆平，她已经照顾母亲多年，也不能为此放弃自己的幸福。老人住进养老院，兄妹俩一样可以经常去看望。骆文工作太忙，即使是住在骆平这里，也不能保证每周都来，有时甚至一个月也见不到人，实际上区别不大。

"当然有区别！"骆文没有过硬理由可以反驳妹妹的说法，只能以他的执拗宣泄不甘与无助。

骆平见哥哥又在耍倔，知他心情不好，也就不再说话，让他独自消化一下情绪。沙发上，兄妹俩比肩而坐，互不相望，气氛僵持。屋内安静得很，只有旺财蹲守在两人身前，左右顾盼，小心地喘着气。

过了很久，还是妹妹耗不过哥哥。骆平尝试调整语气，试着给骆文递过去台阶。

"要不我们自己先过一段时间，然后我再劝他搬过来，这样给对方有个心理缓冲，你硬要求人家跟妈住在一起也不合适啊！"骆平继续说，"顺利的话，元旦前后，最晚春节前，或许我们就能一起回到这里住。"

"那这段时间妈怎么办？"

"找个好的养老院住一段呗，地方我都看过了，条件很好的。也就三四个月的时间，这也不能接受吗？"

骆文没了主意，觉得骆平的方案已是做出了巨大妥协，自己实在不忍再驳斥了。他想了一会儿，抬头看见旺财，又问："你们回来前，旺财怎么办？"

"我找朋友帮养一段时间。"

"过几个月就又能接受了？"

"人都能接受了，还差一只狗狗吗？"骆平抱过旺财抚摸着它的头，旺财貌似听懂了，亲昵地去舔骆平的手。骆平继续说："他又不是像凡凡那样过敏，只是心理作用。旺财这么可爱，他要是还不喜欢也说不过去啊，我来做工作。"

"就这么一段时间，折腾起来也不方便吧？"

"你怎么又说回来了？真拿你没办法！那你说怎么办？要不就麻烦你过来住一段？"

骆文被妹妹将在那里。他是不可能搬过来的，却仍然心疼母亲。他选择继续沉默，但心里已经松动。过了一会儿，骆文正要认可骆平的建议时，有人出来救场了。

"要不我看一段老人家？"宋姐在旁边插进话来，"反正我也没什么事，两三个月对我来说没啥问题。要是你们不在意，我过来陪老人，变成住家就好了。"

这无疑是给兄妹俩解开了死结。两人都很高兴，客套地表示是否太过麻烦。宋姐很爽快，说是跟老人处出了感情，自己的娘不在了，就把老人当作母亲伺候。一番话说得兄妹俩感动不已。骆文说他争取多回来探望，骆平说这样也可以省去她安置旺财的烦恼，原本是要麻烦朋友的，这下都解决了。骆平提出要给宋姐加工资，骆文使劲点头，宋姐也没拒绝，笑着说："中！好说，好说。"

就这样，一场紧张的对峙瞬间化为乌有，意外变成皆大欢喜的结局。

"又要来啦！"妈妈像是给这欢喜结局做了一个收尾。几个人愣了一下，此时，兄妹俩不再有往日闻听此言的心境，相视笑了一下。

哮
喘

第二十二章

出伏后，酷热仍没有退意。

骆文和刘莎的生活也过得非常热烈。重新装饰的住所还保持着新鲜气息，两人像是处在蜜月中的小夫妻，每天感到幸福无比。

刘莎的昙花每夜如约来访，她不忍心错过，宁愿压缩睡眠时间也要守在旁边。骆文也会陪着，他更多关注前半段的绽放，后面的收合过程就心不在焉了，刘莎却始终热情不减。

伴随昙花的绽放，邓丽君的曲调也没断过。骆文已记下不少歌词，觉得刘莎的脑子简直就是一个邓丽君曲库，任他点唱，不仅随口即来，而且惟妙惟肖。

骆文拍的照片刘莎很喜欢，说对方抓到了最好的瞬间，神态精准而生动。她选出了最中意的洗出来，放在相框里，摆到床头。这还不够，还要在社交平台上展示出来。微信名也改成"来在期盼，去于留恋"。头像则更新了这张她与昙花的近身合影，一花一人，两张绽放的容颜映衬得不仅靓丽，更是爱花人内心的幸福与欢愉。

刘莎开始尝试做饭，手艺没有何瑛好，但也绝非笨手笨脚，常能做出一些令骆文赞不绝口的美味，尤其是川菜。她对骆文情感上的依赖也有增无减，工作时也会经常发来一些柔情蜜语，回家更是缠着骆文问长问短、撒娇嬉闹。

同样热火朝天的还有两人的工作状态，中秋及国庆档期临近，准备工作也进入倒计时。最后的冲刺阶段，双方团队都处于高度紧张中。不想，冲突也在此时发生了。

事起于一个新产品的广告。在一开始的任务书中，双方并没有分歧，但在后面的创意及制作过程中，两边的理解差异便凸显出来。该产品属于 Jessica 团队，负责此产品的品牌经理入司不久，虽然是男性，但性格上比较阴柔。他在双方交流过程中，经常甩出一些过分且难听的话，对方开始只能忍气吞声，"客户永远是对的"，这句话也适用于此行业。但乙方的忍耐并未换来甲方的宽容，反而变本加厉。广告公司里都是比较年轻的员工，一忍再忍后，终于爆发了。

一次会议上，面对时间压力及屡次修改仍不满意的画稿与文案，品牌经理发飙了。他辱骂对方脑子是奇怪材料做成的，讽刺美术团队的长发男孩"不是扎个小辫就能做创意的"……由此，乙方团队崩溃了，认为是可忍孰不可忍，在客服总监的带领下，直接发起了反击。他们认为甲方对乙方的劳动缺乏最基本的尊重，并没有表现出品牌经理应有的水准，不是说那些卖弄的空话，就是不懂装懂；乙方团队也有尊严和底线，不是他们脑子有问题，而是他们无法避免"垃圾进、垃圾出"，希望甲方能从自己这方面多提高，不要一味抱守甲方心态，摆出令人厌恶的嘴脸。

矛盾升级到不可收拾，品牌经理要求更换服务团队，乙方团队也不想再伺候无理取闹的客户。工作不等人，僵局直接推到了骆文与刘莎面前。

事情的经过比较清楚，技术上的判断也没有极高的难度，即使观点不同，也远未到难以为继的地步。刘莎率先站出来，代表官方承认错误，表示不管怎样，乙方团队都不应对客户持这样的态度，他们会积极配合客户要求，调整队伍，尽快重新投入工作，保证按质守时地完成后面的任务。

通常这样的让步足以让双方暂时搁置矛盾，但还没等骆文回复，Jessica 就跳了出来。双方数次摩擦与最后的冲突她都在场，她对技术层面是有不满的，不然品牌经理也不会无所顾忌。时间表的压力近在眼前，她向来追求完美，不希望出现任何闪失。眼看就要错过原定档期，她的焦虑与不满不断升级，压力传递下去，被下属过滤后，便翻译出了如此的态度与言行。

哮喘

Jessica 直接给刘莎回了邮件，仍是不依不饶的态度。在她看来，面对重要客户，乙方团队应该始终保持较高的专业素质，这样才对得起不菲的代理费用。她不会纠结于表面的争吵，某个人的交流方式也不应影响整个团队的沟通，管理系统应该发挥应有的作用，遗憾的是，她没有看到乙方管理人员在此事上的付出。她在意的是结果，如果档期有任何微小的延误，她的团队都不能接受，必须有人为此承担责任。

事情僵在这里，让骆文有点为难。他认为双方都有责任，甚至更多的是在自己团队这边。身为甲方，他也不喜欢甲方心态，平等的意识在他心里扎得很深。他见过很多"半瓶子醋"式的甲方人员，说着蹩脚的英语，谈着似是而非的术语，卖弄着自以为是的小聪明，陶醉在自作多情的低俗品位上，心里却总有一种高人一等的优越感，一旦需要显露真本事时，通常又都是不堪入目。

骆文先和 Jessica 单独沟通，简单回顾了整件事的过程，认为应该先从自身方面找原因。团队成员确实存在技能问题，为人处世也有缺陷，他希望不要将此事升级。乙方团队当然有需要改进的地方，他会跟刘莎谈，两边的关注点应尽快回到项目上来。

Jessica 并不否认下属的无理与过分言行，但仍对乙方团队的服务质量提出了要求。她希望骆文能给刘莎施压，不然当下的工作很难推进。Jessica 越讲越激动，严重怀疑刘莎先参了她一本，否则骆文不会让她检讨自己的团队，而刘莎却像没事人一样。接着，她又臆测刘莎仗着跟骆文沟通不错，前面的工作也很顺利，把骆文和整个团队都耍了，甚至建议这一波工作告一段落，骆文应该要求乙方把刘莎也换掉。她开始详细举例说明刘莎团队的一些问题，更多不是技术上的，而是一些沟通过程中的个人体会，有不满，有猜疑，甚至还有仇恨。在骆文眼中，那些枝节问题都是很难成立的一己之见，无奈 Jessica 笃信，执着地在那里控诉。

这多少让骆文有些吃惊，没想到对方积攒了这么多的自我体会，且又那么偏执。骆文比较忌惮 Jessica 以前的病情，生怕她再复发。工作已经够忙的，他不想在其他方面再刺激对方，终究健康还是第一位的。自从 Jessica 上班后，他时不时会去观察对方的状态，包括搜集一些周围人的反馈。较之过去，

Jessica 多少还是有些变化，比如本就敏感多疑的性格中又掺杂了一些执拗，喜欢钻牛角尖，情绪一直不太稳定。骆文怀疑她并未痊愈，也可能是后遗症，又或者是药物带来的副作用。

此时，骆文既不想与 Jessica 争论，也不想再听她没完没了的碎碎念，直接打断了对方。他说自己后面还有会议，不能多谈，表示会把 Jessica 的意见与要求传递给刘莎。既然刘莎已经道歉，也希望 Jessica 大度一些，工作为上，不再追究。Jessica 见状，也不好再说下去，临走前回身又补了一句："Vincent，我一直都是工作为上，希望你相信我。"

刘莎那边本就不需要多费口舌，她见过太多形形色色的客户，虽然引发了不快，但并未造成什么心理负担。她反过来安慰骆文，说 Jessica 不容易，身体尚未痊愈，还要带孩子，工作压力过大，同为女人，她深表理解，不会和她较真。至于技术与管理层面的问题，她和骆文的观点一致，很快便达成共识。

后面的跟进还算顺畅，刘莎给 Jessica 那边换了一个全新的服务团队，并亲自介入工作细节。技术上的难关很快就克服了，也没有造成延误。

教师节这天，骆文过来探望母亲。每年这个时候，都有很多学生登门看望老人，但自从母亲搬到骆平这里，学生们就改为电话问候了。如今，电话也只能骆平接过来，代为寒暄致谢。

骆平告诉哥哥，她找人算过了，九月六日是吉日，她和男友那天领了证，现在已是已婚人士了。这两天她忙着收拾东西，准备下月初就搬去与新郎同住。

骆文说总要跟妹夫见个面、吃个饭吧。骆平说当然，刚好趁着月底中秋节，大家可以一起过，她请客，就算婚宴了。随后又问何瑛是否回来了，让骆文带着她一起来，骆文则让妹妹单独联系何瑛。

宋姐抽空跟骆文聊了几句。她回去审过老公了，但对方死不承认，偏说她胡乱猜疑。宋姐拿出照片，结果对方勃然大怒，指责妻子阴险，居然背地监视他。后又解释那些热辣对白都是他喝醉酒胡说的，不能当真。恼羞成怒的男人指着宋姐的鼻子，暴躁地威胁道，要是她再折腾，他就出走不回来了。宋姐感到既委屈又害怕，哭了一鼻子，不再纠缠。但她对此耿耿于怀，说这事没完，只是看在儿子、孙子的面上没大闹，过几天还要再问个清楚。她请骆文支招，惹得骆文哭笑不得，自己不小心卷入这场闹剧，躲还来不及呢，怎么可能出谋划策。再者，他也没什么主意，只能安慰几句作罢。

喜事不断。还没有离开骆平那里，骆文便收到耗子的信息，说他十一要结婚，让骆文一定来参加婚礼。骆文问是否还是"诗情画意"那位，耗子说甩不掉了，只能打脸再迈入婚姻的大门。他问骆文这边来几位，好提前留位。骆文犹豫了一下，告诉对方两位。耗子追问另一位是何瑛还是新欢，骆文回了三个字——邓丽君。

节日临近，人际交往也变得热络起来。月中的周末，骆文参加了两个同学聚会。

周六是高中同学毕业三十周年的聚会。他所在的学校是重点中学，同学们大学及日后的出路都不错，现在一部分在国外，多数国内的同学也很少联系，有些竟是毕业后首次相聚。

见面后，大家还是倍感亲切，把酒言欢，感叹岁月如风。骆文跟很多同学的感受相反，他认为大家的外表基本没变，变化最大的还是内在的东西。他觉得表面的推杯换盏掩盖不了时间带来的生疏感，大家共同经历了高中三年，可供采撷的回忆也不算少，但仅限于原地踏步。老师、同学们的热情仍然高涨，交谈也不可谓不真诚，但除了简单的寒暄之外，话题便很难再深入。三十年下来，彼此的距离已经很远，除了一些保持联系的同学，其他人完全形如陌路。可能是分开的时间太长，当大家兜了一圈再次聚在一起时，沿途看到的风光与感受已大不相同，无法用三言两语去鉴别异同或快速融合。也会有志同道合者，但鉴于时间与机遇，已很难再重新建立持久的亲近感。

骆文有些感慨，这也是生命中一段珍贵的经历，现在只能单独截取出来，作为短暂的开心之用了。可人生的记忆最后多会变成碎片，谁能保证时下的经历日后不被片段化？延绵持久的美好感受实在难得，友情、爱情、亲情，人生所有的情感，也大致如此吧！

周日是大学入学三十周年聚会。这里的故事就比前一日丰富多了。

无论入学周年，抑或毕业周年，每逢五、十这样的整数年，大学同学都会云集北京。除了重返校园这一规定动作外，就是要痛快地畅饮一场。留在国内的大学同学已经不多，每次能来的人数有限，这次两个大桌就解决了。

骆文在大学时代是足球明星，更是系队的灵魂人物。白天，男生们在学校踢了场球，一群中年男子已远不是青年学弟的对手，尽管技术不差，但体力已大不如前。惨败的结局没有影响他们的兴致，旁边几位中年女同学也在卖命呐喊，重拾球场边那些青春的记忆。

啦啦队中有一位特殊的女性，那便是骆文的初恋女友覃璐。

覃璐是重庆人，个子不高，真实的身高一直无人知晓，应该不足一米五八，但她的官宣数据永远是一米六〇。在校时，她基本都穿厚底鞋，工作后更是高跟鞋不离脚，加之她自信满满，大家也就从不把她归为小个子那类。覃璐的身材很好，体型保持得不输青春少女，长相也属于传统巴蜀妹子的那种甜美，皮肤光滑，年近五十，却保养得当，看着像是只有三十几岁。平心而论，她称不上绝色，但也是中上姿容，尤其那双会说话的双眸，当年不知俘获了多少男同学的心。

毕业后，覃璐大部分时间留在北京打拼。她自己有个公关公司，且具相当规模，几年前就请了一个职业经理人打理，给对方分了股份，自己挂了个董事长的名头，只在后台过问一些大事，平时就躲在重庆过着自己想要的生活。

她一直不太适应北京的生活，觉得气候太干燥，空气质量也欠佳。生意稳定后，她更不愿意挤在这里，总说在北京待久了会头疼，实际上是厌倦了这边的生活节奏。她在北京也置了房产，几年前就租出去了，自己跟丈夫回到重庆。丈夫也是重庆人，本来做茶叶生意，因为覃璐的生意越做越大，后来也就不怎么做了。丈夫对北京的生活倒是有些不舍，但拗不过覃璐，也就跟着走了，在重庆继续卖茶叶。两人有个孩子，现在在国外读大学。

回到重庆的覃璐过得也很充实，健身、瑜伽、茶道、花艺，无所不通，一天下来也挺忙。她还在南岸酒吧区投资了一个音乐酒吧，同样不用亲力亲为。养生娱乐是她的生活主题，闲暇时间便到处旅游，一年很多时间不在重庆。因为有北京公司的进项支撑着，日子过得极其潇洒，从不为钱着急上火。

她丈夫回渝后的生意也格外红火，整天在外吃喝玩乐不着家，两口子都有各自的生活圈，也算是各得其所，却已无创业阶段的亲密无间，生意越做越好，两人的感情反而越来越淡。夫妻间的交流日渐减少，在一起时也是同床异梦，外人看到的是潇洒滋润的成功夫妻，实质上他们是在苦撑一个冰冷的家庭躯壳而已。覃璐明知丈夫在外面难免有不检点之处，但又无法改变彼此的生活状态，除了失望，也只能无奈地接受这种貌合神离。

在骆文眼里，他与覃璐的恋情至今仍可算是一笔糊涂账。

刚入学时，两人并没什么往来，骆文甚至都没注意到对方的存在。他在学校属于活跃分子，除了校足球队，学生会、各种社团到处都有他的身影。加之他性格活跃、为人直爽，外形高大俊朗，很快就成为女同学们倾慕的对象。

骆文跟覃璐的交往始于大二后半学期。那时，覃璐常到球场边看骆文踢球，积极端水摇扇，很是殷勤。骆文起初并没在意，后来这种殷勤更加密集。覃璐会到男生宿舍来看他，送酸奶，送水果，还主动邀请他去看电影、参加舞会等。骆文当时懵懂，始终没有进一步的觉察。最后，同宿舍的男生实在看不下去了，骂骆文是不是傻，这么投怀送抱还不拿下，如果看不上就赶紧想办法甩掉，省着让别人也没机会。即便如此，骆文也没做什么，连覃璐的手都不敢碰，因为没有那个感觉。

那年暑假，几个同学相约外出旅游。大家列出了几个不同的线路，最后定下了去三峡，其中最主要的原因就是覃璐的极力推荐。她是重庆人，说是游完三峡可以去重庆玩，她当导游，顺便还能探亲。同学们觉得路线合理又有落地接应，便都同意这条路线。大家先到武汉玩了两天，然后坐船去重庆，选择这个方向也是因为逆流而上的船票更便宜。

在武汉逗留期间，覃璐更加积极主动地接近骆文，玩到兴起时，还会主动揽住骆文的臂膀，让对方感到局促不安，同时又多少会有点小鹿乱撞的感觉。同行的伙伴早已看出端倪，便不断给他们创造空间，只是骆文比较迟钝，始终没有捅破这层窗户纸。

游船上，尽览千里江陵之美景，平添了不少浪漫的气息。覃璐的主动进攻就变得更有侵略性。几天的行程，她与骆文基本寸步不离，最后几乎变成两个人的旅程。吃饭、散步、观景，覃璐都把同行伙伴屏蔽在外，大家倒也知趣，不来叨扰。

骆文看似风流倜傥，但在谈情说爱方面，却是不折不扣的低能儿。一个散发着青春活力的娇媚少女无时无刻地缠在身边，一会低声细语，一会娇羞轻笑，不是温柔的关切，便是深情的凝视，再淡定无感之人也很难把持。果然，覃璐的热情唤醒了骆文体内流淌的青春血液，让他逐渐产生了情感的冲动。

所谓冲动，也只是在心中隐约的感觉。魁梧的骆文并没有勇气做什么出格的举动。覃璐再果敢、再热烈也要坚守矜持的底线，彼时的女孩尚未有如今女孩这么奔放，所以也只能按兵不动等待骆文开窍。

船过丰都，刚游完鬼城，游船继续溯流而上，距离终点重庆已经不远了。舷栏旁，覃璐站在骆文身边，一层湿热的水汽笼罩着夜幕下的江面，习习微风吹过，顿觉身上凉爽了一些，但燥热感仍盛。此时，覃璐心中有些着急，不想浪费最后的宝贵时间，于是使出了令骆文至今记忆犹新的"杀手锏"。

她突然对骆文轻声说："我冷。"骆文不解，他身上还在冒汗，江上虽有微风，但与"冷"字实在不沾边。他不解其意，用奇怪的眼神看着覃璐。对方没有蜷缩，亦无发抖，微光下分明可以看到额头还有微微的香汗。他问她是不是哪里不舒服。覃璐在内心翻了个白眼，索性直截了当地说："我冷，你不想抱我一下吗？"骆文这才恍然大悟，下意识地伸开臂膀，还没有完全环绕过去，覃璐已经倾倒在他的怀里。当她的头靠在他肩头时，骆文疑惑道："不冷啊！"

这是骆文平生第一次跟异性亲密接触，来得突然且毫无逻辑。随后的旅程，双方的距离拉近了很多。但骆文就像没完全开窍一样，举手投足总是抓不到要领，所有的亲密行为几乎都是在覃璐的主导下才得以实现。他与异性的第一次拉手、第一个拥抱、第一次亲吻都是在本次旅程中完成的。当然，还有很多第一次也发生在这里，比如第一次吃重庆火锅、第一次吃小面、第一次吃抄手、第一次感受除了葱蒜之外的另一种辣的魅力……

盛夏山城的夜晚，闷热笼罩着渝都的每个角落，飘浮在空气中的麻辣气息仍然浓郁。此时的骆文和覃璐基本已经确定关系了，他们一身便装，携手悠闲地在解放碑下驻足瞭望。骆文又听到了那句"我冷"，此时的他已经不再愚钝，怀中的覃璐也露出了征服者般喜悦的笑容。

回到北京，双方关系迅速进展。得到爱情启蒙的骆文，迸发出男性势不可挡的力量，在女方欲擒故纵的配合下，两人很快就突破了最后一道防线。时至今日，骆文也不知道当时覃璐是不是第一次，但对他来说绝对是爱的初体验。

书香门第的家庭背景使骆文从小受到很好的教育，尤其母亲在文史方面的熏陶，塑造了他出色的知识基础与人文素养。但这个家庭也并不是完美的，在两性情感与婚恋方面的教育基本是缺失的。这也导致年轻的骆文虽孔武有力，却不解风情，始终无法令覃璐在身心方面得到满足。正是在此时，覃璐与一个外系男生擦出了火花，越走越近，与骆文的关系自然逐渐降温。没有熬过大三的第一学期，两人的恋情便无疾而终。骆文本来情商就不高，对于覃璐的主动撤出，他有点丈二和尚摸不到头脑，又不愿低头恳求，虽有失落与不甘，但也只能稀里糊涂地接受分道扬镳的现实。直到几年前，骆文才知道当时对覃璐来说，他是二选一中的优胜者，但性情方面的低能最终让覃璐坚定了分手的决心。

虽然后来另一位男生也没有胜出，但覃璐与对方的关系一直持续到毕业前。让骆文感到荒唐的是，他又听到了熟悉的故事。

原来那男生与骆文是校足球队的队友，两人关系还不错，对方并不知道骆文是他的前任情敌。一次球赛后，几个队友喝酒吹牛，正在与覃璐热恋的他便津津乐道自己的恋爱故事。他讲到了夏夜覃璐如何勾引他就范，使出的招数居然与用在骆文身上的如出一辙。"天气热到不行，她居然跟我说'我冷'，这意思不是很明显吗？投怀送抱咱还不懂吗？赶紧搂过来亲个够，心计是不假，足见哥们的魅力……"当他眉飞色舞地炫耀"战果"时，骆文心里却是五味杂陈。

骆文与覃璐的再次相遇是在二〇一二年夏天，毕业二十周年聚会上。二十年后再见旧爱，骆文多少有些尴尬，不知话从何起。覃璐倒是比他大方得多，仍是风韵不减，八面玲珑的性格，那双会说话的眼睛还是很勾人。她说笑自如，几句俏皮话便打消了骆文心中的窘意。同样是一场球赛，同样是会后畅饮，浓浓的同窗情谊瞬间拉近了彼此的距离。那天是周日，本来众人喝完酒便要散去，但大家的兴致极高，刚好夜里是欧洲杯的决赛，难得一见的同学决定继续酒局，一边喝，一边聊，一边看球，女同学也都表示不离不弃、奉陪到底。

深夜的大屏幕前，女生为意大利小伙儿的出众颜值尖叫不止，男生则盛赞西班牙斗牛士的流畅进攻。当西班牙四比零狂扫意大利，创纪录夺得大赛三连冠时，女生不禁为帅哥惋惜，男生则惊叹王者之师的神奇。而骆文和多数同学一样，已经醉意十足了。

同样醉意不浅的还有覃璐。酒局散去后，骆文被覃璐扶到自己的房间。借着酒力以及残留彼此心底深处的那一丝旧情，两人糊里糊涂地就鸳梦重温了。事后，覃璐并没有赶回重庆，而是改签了机票。不知为什么，她有很多话想和骆文倾诉。年龄的增长与各自人生阅历的洗练，让双方变得十分坦诚。他们谈了很多，除了交换人生感悟，当年恋爱时的细节也被一并翻出来。

疑问主要来自骆文，他一直好奇当时对方为什么慢慢冷淡了自己，并最后提出分手。覃璐也不隐晦，直接告诉对方，她觉得当时的骆文不是梦中情人，自己无法从他那里得到理想中的温情呵护，她不否认那时的自己也很幼稚，犯了完美主义错误。他们复又聊到婚姻。覃璐说他们夫妻间的话题已经乏善可陈，大家各干各的，互不相扰。她不知道丈夫在外面是否有其他女人，并不是她心大，只是不想自寻烦恼。两人在一起就是凑成一个形式上的家，可能年纪大了又会亲近，但现在实在没有幸福可言。她又问骆文是否幸福。当时骆文与何瑛刚刚疏远，便坦承自己的婚姻进入瓶颈期，缺乏激情，他们已经很久没有夫妻生活了。

后来，覃璐也曾尝试约骆文再度良宵，但他没有赴约。对此，骆文有着自己的一套认知逻辑。他觉得那次酒后的激情解开了多年的心结，像是终于对失败的初恋有了一个交代，止步于此刚刚好。加之那时他跟何瑛还没闹到分居的地步，心里多少还是存有愧疚的。后来覃璐再来北京，双方就仅限于电话联系了。

又是几年没见，这次聚会两人仍能坦然说笑。聚会散去，覃璐说想跟骆文单独聊聊。骆文没有拒绝，爽快答应了。覃璐在同龄人中仍属风姿绰约，但此时的骆文也更有定性了，因为他心里装满了刘莎。覃璐并问了问骆文的近况，尤其关心他的婚姻状况。骆文实情相告，说两人在等着办理最后的手续。覃璐沉吟片刻，然后说，既然这样，她也不再忌讳，干脆告诉骆文一直压在她心底的事情。

那次酒后一夜风流后，覃璐很快回到北京。经历婚姻波折的她显然对骆文有了全新的认知，胸中旧情的火种又被点燃。她对自己的魅力有十足的把握，知道骆文的婚姻也出现问题后，就想着或许可以再续前缘。谁知很快她就接到何瑛的电话。何瑛说已经知道她与丈夫的事情，要求覃璐到此为止，她不想自己的家庭就此破碎，过去的事情不必再提，希望他们两人不要再来往。覃璐当时很吃惊，十分诧异何瑛是如何知道的，她出于本能地解释试图掩饰。何瑛索性明白告知她看到两人事后的短信往来，还复述了覃璐的几条信息内容，这下覃璐彻底缴枪，不再辩解。她没有道歉，也没有撒谎，只说她和骆文是大学时的恋人，多年没见酒后失态，后来再没有过，也希望何瑛别去难为骆文，要怪就怪在她身上。何瑛态度很诚恳，说她愿意相信对方，不管怎样，以后双方别再往来就好。覃璐被抓现行，也无力再辩驳什么，只承诺让何瑛放心。最后，何瑛反复叮嘱覃璐，她们两人通话的事情不要告诉骆文。覃璐答应了。

时间回到六年前的夏天。

女人的第六感是神奇的。骆文参加同学聚会的那段时间，何瑛一直觉得心慌。骆文出差固然频繁，但最迟也会在走之前告诉何瑛大致行程，即使没有详细信息，往返的日期一定是准确的。可这次骆文是去参加同学聚会，不知怎么突然就和出差联程了。虽然第二天回来露了一面，拿了电脑包和一两件衣服，却丢三落四了一些小东西。这不像骆文的行事风格，之前每次出差，不论时间长短，他必会把行李整理得很好，还要反复检查。他向来注意形象，衬衫每天都会换，三四天的时间只拿这么一两件衣服，十分反常。待骆文疲惫地返家后，神态与举止也有细微的异样。

即便如此，何瑛也没太在意，他们的关系已趋于冷淡，她不想让对方觉得自己无事生非。当晚，骆文很早就睡熟了，尚在忙碌的何瑛无意间看到他手机上传来的短信，那是覃璐意犹未尽的情话。何瑛平时绝不会去查看骆文的手机，这条界限她守得很死。但面对这样的信息和这几天来的猜疑，她还是忍不住打破了这个界限。夫妻俩的手机密码彼此知晓，一是他们都有极强的自律性，二是凡凡会经常拿过来玩，所以密码也就只对外人有效了。

当何瑛打开短信时，一切一目了然。那时，骆文和覃璐刚结束缠绵不久，热度还在，尤其覃璐，各种肉麻的文字都发了出来。

那一夜，何瑛受到的心理冲击可想而知。她觉得受到了极大的侮辱，既不知道这段激情从何而起，也不知骆文还有多少这样的事情瞒着她。她没了主张，心乱如麻。近一两年来夫妻感情渐淡，她不否认有自己的责任。她太忙了，跟骆文的交流太少；因为凡凡的病情反复，她的情绪常常濒临崩溃的边缘，难免迁怒于骆文，无意中挫伤了他的自尊心；她没有满足骆文渴求二胎的愿望，多少给对方留下了遗憾；生活和工作的压力让她喘不过气，根本无暇顾及丈夫在身心方面的需求……总之，所有问题叠加到一起，她和骆文渐行渐远，共同话题越来越少。

可是，她从没想过骆文会欺骗自己。回想那些辣眼睛的调情文字，何瑛感到的不仅是电话那边未知女性的侵略，而是整个世界对她的背叛。她没有掉眼泪，沉静的性格让她做不出一哭二闹三上吊的过激言行。那要怎么办？这个家就这样破碎了吗？她辗转反侧，彻夜未眠。

经过几日的思想斗争，何瑛决定要捍卫自己的家庭。她觉得如果跟骆文对质，以对方的性格，肯定不会躲藏遮掩，那样反而没了退路，这个婚姻可能就到头了。可她又做不到隐忍，只要一想到骆文与其他女人同床共枕，她就浑身难受。心理洁癖令让她甚至不想再和骆文睡在一张床上，生怕自己也染上某种不洁。

这样不是办法！如果还想挽留这个婚姻，那就只能接受现实，必须立即切断骆文和那个女人的往来。她决定先找女方摊牌，目的不是了解细节，而是要保护自己的婚姻。痛定思痛，何瑛拨通了那个牢牢记住的电话号码……

听完覃璐的一席话，骆文简直不敢相信自己的耳朵，整个人呆若木鸡。当初听完何琳的一席话，他已经觉得羞愧难当；今天覃璐的话完全把他推到无地自容的境地。之前他一直找不到一个清晰的脉络，现在终于搞清了何瑛与自己分崩离析的症结。除去性格差异、疏于交流等主观原因，背后竟还藏着这些足以令何瑛伤心欲绝的导火索。这些年来造成如此局面的事情，哪件没有自己的责任？家中大小事，他安然做甩手掌柜；何瑛工作不顺，自己没有一丝关心；交流变少，自己也不主动改变；何瑛得了那么重的病，他不仅置若罔闻，还一味坚持要二胎的自私想法；自己不忠可以归结为酒后乱性，却让对方承担所有的心理挣扎。他甚至想起几年前凡凡生日宴上何瑛歇斯底里的发作，终于明白她为何会骂他负心……他觉得自己彻底辜负了何瑛。换位思考，如果他是何瑛，可能早就发作了，但对方居然隐忍了这么多年。

骆文心情一落千丈，已没心思再跟自己的旧日红颜轻言漫谈。他告诉对方自己心情很乱，草草结束了与覃璐的约会，一个人闷闷地回去了。

第二十三章

中秋节当天，骆平把大家聚在一起，算是将家宴、婚宴合并了。说是大家，实际上也就五个人，新婚夫妇与一对旧日鸳鸯，加上一个垂垂失智的老人。

骆文到场时，骆平正跟何瑛热聊，手中拿着那枚链坠图章。新郎亦在座，满脸堆笑地在一边独自饮茶。见骆文进来，新郎迅即起身，连声称哥，叫得骆文有些不好意思，赶紧寒暄。落座后，新郎又不断给骆文、何瑛添茶倒水，哥嫂不离口，喊得两人都有点不自在。

新郎比照片中显得年岁大些，确实是浓眉大眼，但头发不是很密了，四十出头的年纪，外表看起来很沉稳。不是很爱说话，眼神比较游移，面部表情变化不多，显得严肃有余，活泼不足。举止比较谦恭，说话一板一眼的，比较讲究措辞。身体也不太挺拔，个头看起来比骆平高不了多少，这还是骆平穿了平跟鞋的情况下。总体看下来，远未达到骆平口中那种迷人的外形与深邃的思想。骆文觉得可能是初次见面，故而比较拘束，所以就主动挑起话题，随意开些玩笑，以便让对方感到放松。毕竟是一家人了，既然妹妹中意，自己必须拿出做哥哥的样来。

何瑛也很配合，也很有长嫂的风范。她招呼一对新人吃多吃好，又给婆婆布菜，张罗服务员上菜，偶尔还会搭骆文的腔。这让骆文深感欣慰，他似乎又看到当初那个通情达理的何瑛了。

气氛很快变得轻松起来。骆文问新郎工作忙不忙，对方称最近课少，教师不用坐班，时间比较灵活，所以尚算轻松。骆文心里嘀咕，既然不用坐班为何偏要骆平搬过去，既要多交一份房租，还差点让母亲去了养老院。又问学校待遇如何，对方称很一般，拿死工资而已。何瑛接口道，要那么多钱干吗，够过日子就行了，关键是两人幸福。对此，骆文持保留意见，骆平的积蓄原本也就够自己生活良可，如果现在经济上一加一小于二，也就没什么幸福可言了。再问喜欢骆平什么，对方说单纯、善良。骆文又在心里盘算，这倒是没看错，但骆平向来感情用事，容易相信人，这回可别再让她受伤了。

骆文一边问，心里一边打着小九九。骆平有些不悦了，直抱怨哥哥问题太多，还没给红包。本是一句玩笑，骆文还真拿出一个大红包。嘴上再厉害，他还是心疼妹妹的，不管对方缺不缺钱，他必须做出姿态，要让新郎知道他们兄妹情深，以后若亏待了骆平，他可不答应。骆文特意说这是哥嫂共同的心意，何瑛忙看了骆文一眼，本来她也准备了红包，此时已不合适再掏出来，索性省下了。骆文很高兴，妹妹的婚事解决了，自己也能少操点心，自从母亲得病后，"长兄为父"的责任感在骆文这里也变得越来越强。

吃月饼之际，何瑛说两人岁数不小了，如果想要孩子就抓紧，守着她这么一个产科大夫，不用白不用。骆平说还没考虑这事，她是想要的，说着又看了一眼丈夫，对方没有接话，便不再往下说。新郎表示会慎重考虑。骆文知道对方有一个孩子了，没有那么迫切的愿望也可以理解，又是私事，也就没有追问下去。

结束前，几个人拍了张全家福，母亲脸上也有了笑容，这让骆文更加高兴。骆平说宋姐那边都敲定了，国庆假期她要先回趟河南老家，节后才能回来，晚搬过去几天，并让骆文放心。骆平在桌下给骆文摆了两下手，兄妹俩有默契，骆文知道那意思是让他不要提春节前搬回来的事，骆平需要时间去做丈夫的工作。骆文点点头。何瑛看在眼里，不明其意。

骆文又问了一些凡凡的情况。何瑛说一切顺利，语言上还要过渡一段，但学校反馈没什么问题，何琳那边看得也还算紧。她准备春节再过去待些日子，问骆文是不是要一同去。骆文现在还定不下来，何瑛提醒他每半年要入境一次，不然绿卡会受影响。随后，两人就找不出什么话题了。日前覃璐说的事情，使骆文内心添了对何瑛的愧疚，所以和她说话的语气也柔和了很多，何瑛则觉察不到这细微的变化，还以为他是受了骆平喜事的影响心情大好。

分别时，骆文又显示出了长兄的姿态，嘱咐一对新人要互敬互爱，珍惜彼此。新郎过去跟老人道别，口中喊着妈，让老人保重。老人嘴里发出了几句不知所云的回答。骆平拍了拍母亲，道："妈，这是您女婿，问您好呢！"老人端详了对方一会儿，不紧不慢地回了一句："又要来啦！"

刘莎在家又给骆文备了两块月饼及一些水果，说中秋是团圆的日子，她也不能错过，要和骆文团圆。骆文虽吃得饱，但也乐于再吃一些。

刘莎最近心情不错，中秋国庆档的所有工作都按时完成，此时已全部上线，各方反应也不错。其他客户的项目也进展顺利，现在是难得的一段喘息期，再过一周就是国庆长假，她想跟骆文好好商量一下如何度过。

商量之前，刘莎兴奋地告诉骆文一个好消息。中秋假期前，她刚把自己手里的股票清仓，赚了不少钱。骆文赞她能干。刘莎说她也不太懂，基本上都是听从 Linda 的建议，今年以来她赚了能有十多万，有点财大气粗的意思。她说 Linda 下个月来京，或许可以安排大家见个面。骆文问 Linda 是否知道他俩的事，刘莎说闺蜜理应分享，只是不会事无巨细而已。

谈话之间，刘莎的电话响起，是视频通话的请求。她犹豫片刻，到书房去接听。隔着房门，骆文可以听出是刘莎姐弟的通话。他把客厅的电视声音调低了些，避免影响刘莎，自然书房的动静也就清晰很多。

刘莎与弟弟一家互致问候，上小学的小侄子也在向姑姑问好，惹得刘莎满心欢喜。她喜欢孩子，言谈之间尽显亲昵之情。除了互问一些家常，刘莎让弟弟有时间带孩子来北京玩，弟弟满口答应，说假期的时候视情况而定。最后，弟弟问刘莎要不要跟父亲通话，刘莎低声说算了。她问了两句父亲的情况，弟弟说身体不如往日，但精神尚好，高血压、心脏病都是老毛病了；烟酒断不了，家里的事肯定是不管的，除了回来吃饭睡觉，其他时间都在外面瞎转；打牌是消磨时间的主要方式，耍钱的乐趣仍不减当年，好在输赢都不大，没再给家里带来什么负担。他让刘莎严守原则，就算父亲要钱，也只能象征性地点到即止。结束通话前，小侄子用四川话邀请姑姑来成都看他，刘莎也高兴地用家乡话回了一句："要得！"

从书房出来时，刘莎的脸上还带着笑，看得出这次通话让她心情不错。骆文顺口问了两句弟弟的状况，刘莎也乐于讲述，尤其这个小侄子，她虽没见过几次，却非常喜欢，疼爱之情溢于言表。

"要不国庆长假我陪你去成都？我答应过你，咱们一起去峨眉山，你也可以回去看看弟弟，怎么样？"见刘莎情绪好，骆文也来了兴趣，借机建议。

刘莎的笑容逐渐收敛。她感激骆文的善意，但心结还无法解开。随着时间的流逝，这件事情在她心底已有些松动，不然她也不会给父亲打钱，于她而言，这已是很大的进步。她曾想过日后的某一天一定会战胜这个心魔，只是没有合适的机会让自己彻底放下倔强的怨恨与强烈的自尊。骆文为此曾劝过她，在武汉时她甚至被他的话触动落泪，她觉得是时候了，但真正需要行动时，却还没有攒足勇气。

"我们不是要参加婚礼吗？"刘莎随便抓来一个借口。

"婚礼是十月一日，咱们可以第二天走，收假之前回来，时间足够。"

"这时出去人太多了吧，景点还不得挤死啊！"还是借口。

"人少的时候咱们没时间，这也没办法，这个时段想找清静的地方太难了。"

"我想想吧！"

"别想那么多，很多事情都是一迈而过的，原地踏步解决不了问题。"

刘莎没有接话，推脱要去洗澡，躲在浴室里做起了思想斗争。当她裹着浴巾出来时，又一次选择了放弃。

"我们换个时间再去吧，累了这么一段，我想在家里休息一下。"

"累是没完的，这种事情还是需要积极一点，其实没什么大不了的，有我陪你呢！"骆文骨子里的执拗又开始蠢蠢欲动。

"我知道啦！"刘莎过去搂着骆文，轻语道，"你为我好我心里清楚，下次一定去，我答应你。"

"真的？"

"真的。"

话已至此，骆文便没再执着下去。回到卧室，窗帘敞开着，夜空中的圆月清晰可见。难得的好天气，两人第一次在一起度过这样重要的节日，聊兴更盛。

骆文给刘莎讲了一下今天的家庭聚会。刘莎问新郎给他的印象如何，骆文称没有妹妹说得那么迷人，现在回想，一顿饭下来也没给他留下什么深刻印象。刘莎问是不是因为他太过严肃、不苟言笑，骆文不置可否。他觉得对方有点神秘，离过婚，孩子也不小了，阅历显然比骆平复杂，只是很少听到这方面的信息，不知是不是在有意回避。骆平也结过婚，但当时年轻，属于意气用事，婚姻续存不长，也是比较久远的事了。骆平的性格一直没变，善良单纯，他总担心她会受欺负。刘莎则认为好人自有好报，以骆平的性格与为人，以前虽受过伤害，总会转运的，这回应该有福报了。骆文直言不信这些缘分、福报之类的说法，顺便讽刺了一下骆平刻章随身携带的事情，面露鄙夷之色。

刘莎又问耗子的婚礼，骆文便给他讲了对方的经历，又谈到腰子，以及他们三人之间的友谊。刘莎很羡慕，说能有这样的死党很幸福，自己从小到大都没交到特别投缘的朋友，工作之后才有了 Linda 这样的闺蜜。骆文说，朋友三千不如知己一人，交友这事宁缺毋滥。随着年龄渐增，多数人的交际圈会逐渐萎缩，真正能留下来的一定是至交了，数量上必定是不能求多的。

骆文好奇 Linda 的背景，刘莎又做了些补充，说 Linda 比她想得开，异性缘尤佳，但自我保护意识还是比较强的，不会陷得很深，但自己却做不到。骆文又问除了股票，Linda 是否还在帮她做其他理财。刘莎摇摇头，她们之间不涉及这些事，股票也是她自己想试试，才找 Linda 出主意，没想到收获很不错，又问骆文是不是也想炒股。骆文摆摆手，表示没兴趣，他还记得北京奥运会那年股灾，骆平损失惨重，自己没有贪欲，也没那个财运，更认定小散户真正能赚钱的没几个，发大财的更是凤毛麟角，但不长记性的往往也是这群人。其实，这些人既可怜又可恨，所以他不会染指，也会劝周围的朋友少凑热闹。他劝刘莎见好就收，远离投机。刘莎点头称是，也说自己胆小，以后应该不再炒了，既然现在有骆文在身边，她可以享受人财两安了。

骆文和刘莎从来不谈有关钱的事情，虽然住在一起，日常生活开销也都不吝啬，更谈不上精打细算。对此，骆文比较满意，觉得刘莎不是斤斤计较的人。他讨厌便宜算尽之人，也不喜欢对钱特别敏感的异性，刘莎既能挣钱，身上又没有铜臭味儿，更让他觉得赏心悦目。

骆文问刘莎，既然不想去成都，有没有别的出行计划。刘莎说还没想好，即使哪都不去，只要天天守在骆文身边也觉得很幸福。

时间已不早，骆文张罗着睡觉，刘莎却还惦着自己的昙花。看了这么多天，骆文的兴致已不大，笑问可不可以请假。刘莎说钟情一件事就要有恒心，感情更是这样，又问骆文是不是对她生厌了。骆文缠不过她，只好表示奉陪到底，但严肃地提出了一个条件：既然有"花好月圆"的说法，他们也应该应景，花开之前两人要"团圆"一下。刘莎笑着骂骆文讨厌，但身体已经向对方移去。

国庆当天上午，骆文带着刘莎准时奔赴婚宴。

耗子的婚礼搞得还是很气派的，高档酒店、豪华车队、迎宾司仪，一个也不能少。会场上，骆文和腰子接上头。腰子是自己来的，说老婆有事，孩子没兴趣。骆文有点奇怪，腰子的夫人向来喜欢热闹，怎么偏偏今天有事？腰子没好气地说不知她干啥去了。骆文向腰子介绍了刘莎，腰子很客气，一板一眼地问候，套话连篇。刘莎则以"郭处"相称，笑言他确实爱打官腔。腰子大笑起来，连说千万别听骆文瞎扯，气氛瞬间轻松起来。骆文和腰子一起过去跟耗子父母打招呼，对方问骆母近况，又问媳妇怎么没有一起跟来。腰子赶紧接过话，说他俩是自己来的，老婆都有事，让给二老带好呢。两位老人也搞不清状况，让他们吃好喝好。

仪式开始前，耗子终于抽出空来打招呼。他不像腰子那么端着，大着嗓门儿开门见山，笑问刘莎是否就是那个"邓丽君"。刘莎笑着点头。骆文告诉她，那些生日礼物就是耗子帮忙搞到的。刘莎赶紧称谢，并赞他有本事。耗子大手一挥，让对方别客气，说"好哥们儿的事不尽心，那还算个人啊"。他直言刘莎长得好看，弄得刘莎反而有点不好意思。骆文窃喜不已，觉得刘莎在发小面前给自己提了气。

腰子挖苦耗子都二婚了还要在上午行礼。耗子不服，反问有规定吗，说夜里办别人也管不着。毕竟女方是初婚，要优先考虑对方的感受。说着，他指了一下场子中央，说女方外地的亲戚就来了三桌子，都是他报销，还有不少朋友，气势比他这边还要盛。

仪式快开始了，司仪催耗子赶紧就位。耗子一边走一边回头对骆文说："骆驼，学着点，等你们结婚时用得上。"骆文让对方少说废话，先把自己眼前的事"演好"再说。刘莎笑而不语，拉着骆文前臂的手收紧了一下，身体也倚在了他的身上。

婚礼没有什么出乎意料的新内容，只是排场比较大，现场布置、设备和菜品都比较上档次。耗子交际广，还请来了两位三线明星助场，唱了两首歌，引来了不断的喝彩声，现场相当热闹。骆文不太在意形式上东西，只顾着与腰子聊天。

腰子说耗子这次没少花钱，听说女孩那边开口比较大。因为家里是小地方的，讲究比较多，最后还给女方父母买了一套房，虽然当地房价不高，也算够意思了。骆文笑称谁让他老牛吃嫩草，要娶小媳妇儿的，人家才三十一，还是嫁给二婚，占了便宜就得多出点血。腰子说八〇后对于他们这个年龄来说太难驾驭，思维方式差得太远，一定要慎重。这话不想让刘莎听到了，斜着眼看了两人一眼，腰子没反应过来，他不知道刘莎是八一年的。骆文见对方父母年龄不大，估计比自己也大不了多少。腰子说也就五十六七岁吧，确实大不了几岁，不知耗子是叫爹妈好，还是叫哥嫂合适。

两人调侃得正欢，台上的新人已经开始拜父母了。骆文心想，这对老夫少妻今后少不了需要相互适应磨合的地方，但心里还是由衷希望他们能白头偕老。夫妻对拜引发场下叫好一片，骆文也跟着喊了起来。刘莎见他如此兴奋，便问感受如何。骆文脱口而出："拳击赛前，双方也是要相互鞠躬致意的。"刘莎笑着打了骆文一下。

新人巡回敬酒时，骆文终于近距离看清了女方的长相。新娘确实容貌出众，说话又比较得体，被耗子一衬托，更显年轻。耗子继续耍贫嘴，说是论资

哮
喘

264

排辈，三人中他年龄最长，硬要骆文和腰子叫声"嫂子"。两人也不扫兴，张嘴就来。新娘多喝了几杯，便借着玩笑的劲头，拉着刘莎"弟妹"喊个不停，还要刘莎也叫她一声"嫂子"。刘莎不好拒绝，勉强喊了一声，臊得满脸通红。新娘离开后，刘莎问骆文刚才自己做得是否妥当，骆文正在兴头上，即刻回了一句："弟妹叫嫂子，应该的。"这让刘莎脸上的红晕又多驻留了一会儿。

两位发小留到婚宴尾声。再次祝福并合影后，耗子送他们出来，说是改日单请二位，特别嘱咐骆文也要带上刘莎。

被骆文带进自己的发小圈，刘莎显得很高兴。对她来说，这是两人关系的又一次质的飞跃。

他们又在街上走了一会儿。刘莎问骆文对新娘印象如何，骆文直言没有刘莎好看。刘莎说他又耍贫嘴，骆文便停下来仔细端详着她，发自内心地又重复了一遍结论。刘莎很受用，拉着骆文的手又紧了一些。她问骆文八〇后是否真的不好驾驭，骆文只道因人而异，刘莎不依不饶道："我呢？"

"不容易。"

"你重说。"

"我已经被 80 后驾驭了。"

"这还差不多。"

刘莎笑得很开心，此时的身体重心已完全落在骆文的身上。

第二天睡到自然醒，两人赖在床上聊天。刘莎喜欢两个人这样无所事事地躺着。骆文觉得平时太忙了，难得如此长假，只要刘莎愿意，他愿意就这么陪她傻躺着，一直到上班。

但总有躺累的时候，刘莎提议出去转转。可她对北京城内尚一知半解，周边更是毫无头绪了。她伸懒腰时看到床头那幅《星夜》，脱口而出不管这幅画想表现什么，星空总应该是美的，现在雾霾越来越严重，在城市里想看到漫天星空的景象已经成了奢望。

骆文突然从床上直起身来，有了好主意。他问刘莎是不是真的想看星空，刘莎认真地点点头。骆文便说带她去京北的坝上草原，那里地势高，空气好，

第二十三章

是看星空的好地方。刘莎担心太远，骆文说不到三百公里，顺利的话，四个小时差不多就能到。骆文的车给了何瑛，骆平有一辆SUV，她说过节日期间不出门，要在家陪母亲，那辆车应该可以用。刘莎略有迟疑地问什么时候动身，骆文回了两个字："现在！"

骆文连取车的时间都不想浪费，两人索性收拾好东西直接过来找骆平。骆平还没见过骆文为了出去玩这么迫不及待过，便拿着钥匙审道："老实交代，跟谁去啊？"

"朋友。"

"雌还是雄？"

"保密。"

"保密就是雌。"

"借不借吧？"

"让我看一眼？"

骆文心情好，又急着走，觉得让骆平见见刘莎也好，便让在楼下等的刘莎上来。

见到刘莎，骆平矜持了很多，热情招呼二人坐下喝杯水。骆文见没法快闪，便让刘莎放轻松，别客气。刘莎走到老人身边，喊了声"阿姨好"。老人微微点点头，但没有言语回应，目光也没在刘莎脸上停够合理的时间。

骆平发现自己突然变得笨嘴拙舌，便东一句西一句地乱扯，以免自陷尴尬。而真正陷入尴尬的刘莎也没缓过来，只能生硬地应对。旺财跑过来解围，刘莎一眼看到那个红项圈，高兴地抱过旺财爱抚。旺财也很给面子，对客人没有半点戒备，待在刘莎怀里撒欢。骆文说那个项圈是刘莎买的，让骆平心生好感，两人便围绕旺财热络地聊了起来。

半晌，骆文看了一下时钟，提议下次有机会约在一起吃饭，他们还要赶路。说完，打断了谈话，拉着刘莎迅速离去。临出门，骆平问他们去哪里，骆文在门外回复："北边看星星。"骆平追问何时还车，骆文的声音渐远："没准儿，上班前肯定还。"话音未落，两人已经出了楼门。

还没上高速，骆平的短信就跟了过来："姑娘不错，不输何瑛。"骆文也不回复，他的心已在路上。

出京费了不少时间。本来黄金周外出游玩的就多，加上高速免费，一路上十分拥堵，开出八达岭高速就用了近四个小时。骆文牢骚满腹，质疑这条高速路收了这么多年的费，早该惠民免费了。刘莎很少见到骆文心急气躁的样子，觉得好笑，干脆也不劝，任他一路抱怨下去。骆文是怕到得太晚，气温过低不便外出观星。他是行动派，决定的事就一定要实现，说好今晚看到，就一定要兑现。

到达张家口时，已经天黑许久了。刘莎不让骆文再走，连续这么长时间开车，需要休息。见骆文执意前行，刘莎便安抚道，如果今晚去看星星，多晚她都会和他去，不过她已经饿了。见状，骆文只好停下来。他们定的酒店就在张家口市区，两人先确认房间，简单收拾一下，就到楼下吃东西。已经快八点，骆文也不再那么执拗，他也怕太晚外面不安全，便试探着问刘莎是否今晚还要去看，刘莎斩钉截铁地回答："去！"

开到坝上时已经接近十点。开得越远，车辆与路灯也就越稀疏，进入坝上已看不到什么车了。十月初的坝上早已转冷，晚间更是寒气逼人，然而两人的热情却是异常高涨。

他们把车子开到没有灯火的路上，仍不断前行，直到没有一丝人工光线从可见的远方透过来。骆文仍不知足，胆子大，打开远光，循着模糊不清的车辙，向道边的纵深又开出数百米。到了不再敢前行的地步，才停下来，关上车灯，下了车。

眼前的景象让刘莎惊喜万分，这是她生平第一次看到如此绚烂的星空。无际的穹苍深不可测，又近在眼前。数不清的星星点缀在墨蓝的幕布上，忽远忽近般闪耀着。它们密集如麻，却不会让你感到凌乱，此时充盈眼底的分明是耀眼的翡钻；它们明暗闪烁，你却不舍去评点强弱，影印于心扉的已是婉转的浪漫。半个月亮远远地挂在天边，无意打扰星河的狂欢。漆黑的草原上，连虫鸣都显得那么和谐悦耳。刘莎偎在骆文怀里，找不到语言去形容此刻的震撼，只有静静待在那里，连喘息都不敢张扬。

骆文心中的波澜并不比刘莎平静，以往看过不同的星空、大海、高山，而今天的感觉却很不一样。初始的感叹已渐渐平息，凝神静思中，他脑海中又浮现出那幅《星空》。他看到了凡·高笔下的星云，那流转的星团仿佛就在头顶，旋涡的中心确实有了光芒，显得温暖而清澈。此时的他，觉得夜空一点也不阴暗压抑，星云似乎也在涌动，拼出不同的组合，让那些快乐的涡流像万花筒一样交融，相互碰撞出新的缤纷。

间或，他又感到一丝压抑。天宇的深邃像是把这些美丽吸了进去，星光被宇宙的黑暗压得无力而黯淡，它们正向无尽的纵深溃去，没有什么力量可以抵挡这种注定的远逝。沉重的黑色似乎又抢回主导地位，带着冷笑漠视这些终将隐去的光芒。

骆文无法分辨此时内心的感受，就像他对那幅《星空》摇摆变换的感知一样。他闭上眼睛稍事休息，再次面对天穹时，明亮与快乐的感觉又回来了。他用力摇摇头，眼睛已经有些酸楚，随后打了个冷战，意识到寒气深重。他见刘莎纹丝不动，仍是兴致盎然，便回车取出羽绒服和毛毯，把刘莎和自己裹在一起。两人轻声细语，嘴里的热气清晰可见。骆文告诉刘莎，他想起了凡·高的画作，以及自己矛盾的情绪。刘莎不以为然，说如此美景怎么会生出压抑的感受，她赞叹还来不及呢！

终于，刘莎也扛不住寒冷，两人钻回车内，身体立刻回暖。骆文问刘莎何时回去，刘莎说她还没看够，不想马上离开。骆文也觉得这样的二人世界难能可贵，也就不再催了。他调大车内的热风，放出舒缓的音乐，两人便在车中继续与星空的交流。

刘莎突然要给骆文放一首歌，说对方一定喜欢。当她用手机连到车内音响播出曲子时，骆文才知道是自己熟悉的那首 Vincent。这是专门为凡·高谱写的一首英文歌曲，内容主要说的就是《星夜》那幅画。

"Starry, starry night（繁星闪耀的夜晚）……"当歌声响起时，回望星空，骆文又被带入那种错综复杂的感知中。不知画家的调色板描绘出的是否是"深深的忧郁和晦暗"，但骆文可以感受到作者那双"洞察灵魂深处的眼睛"。"而此刻我才懂得你想对我诉说的那些故事，你因深深地思索而承受着苦闷……可是，那些人不会听到，因为他们无法体会……"寒冷寂静的夜，加上低婉的歌声，这勾起了骆文的一些愁绪。人到中年，生活中的不顺与困惑让他身心疲惫，他时常会有矛盾的想法与不被理解的苦闷，这略带忧伤的曲调引发了他的共鸣。

他给刘莎描绘了自己的心境，也感叹自己应该保持更好的心态去感受生活。对此刘莎很理解，说很多事情都有两面，关注积极的一面，另一面就不重要了。她有和骆文一样的困扰，希望能和他共勉。她觉得骆文的生活需要改变，总是保持一个节奏难免疲劳，必会出现负面情绪。骆文问她怎么改变，刘莎说方法很多，而且他不想变化也不行了，因为身边有了她。骆文点头称是，立即又从短暂的愁绪中跳了出来。多年来，他一直找不到可以倾诉的对象，如今遇刘莎这个知己，他觉得自己苦尽甘来了。他搂紧刘莎，告知对方他是幸运的，是刘莎把他的星空变得明亮动人。

车内又恢复了轻松与甜蜜的氛围，歌声依旧，却仿佛唱出了一种宽广悠扬的调子。刘莎说这首歌还有另外一个名字——《繁星之夜》，知道的人不多，但她更喜欢这个名字。骆文说那就改成这个名字。乐观与热情再次回归，两人重新把欣喜的目光投向熠熠星空。

车顶是全景天窗，骆文用毛巾拭去浮尘，仍有些模糊。刘莎不怕冷，执意让骆文打开了天窗。一股寒气立刻钻入车内，两人盖上毯子，把座椅靠背调至最低，并肩靠在一起，不再说话。车内车外静谧如一，万籁俱寂的黑夜中，只有低回的旋律，动人心弦。

"我真不想走了。"刘莎低声打破了沉寂。

"又开始说胡话了，会冻死的。"

"有你在，我可暖和了，保证没事。"

"冻不死也会被人抓走的。"

"胡说，谁管啊？看星星还有罪吗？"

"看星星没罪，但美人看久了，会犯罪。"

"那好，给你看个够。"刘莎说着把脸凑到骆文面前，咬紧嘴唇，眸子里闪着光。

两人相视一笑，脉脉含情，身体贴得更紧了。此时，闪耀在彼此眼中的除了璀璨的星光，还有深深的爱意。

群星之下，茫茫草海，寒冷与寂静笼罩着一切。没人注意到埋在视野深处的一股热烈与躁动的火焰，正在剧烈燃烧，与漫天星辰交相辉映……

赏完星空，他们没有即刻回京，骆文说既然出来了，就四处转转。他的文史知识又有了用武之地，这里是"燕云十六州"的腹地，他选了几个州地，带着刘莎访古去了。

两人去云州大同观石窟，感受魏都遗迹；到应县看了应州木塔；又登上蔚州古城，欣赏了打树花的民间奇艺……一路下来，骆文把唐之后与两宋的历史给刘莎补习了一遍，她津津有味地听，啧啧称奇。刘莎叹服他博学，骆文自夸是童子功，母亲是他的一生之师。他又讲到母亲钟爱的春秋战国时代，关于该时期的故事他知道得也最多，一个伍子胥母亲就可以给他讲上两个钟头不重样。母亲认为那是华夏思想真正百花齐放、硕果累累的年代，秦暴政断送掉了很多，汉唐仍有繁荣，之后的就不太喜欢了，有宋以来，华夏文化迅速走向衰落。刘莎不无遗憾地表示如果老人家现在头脑清楚，听她聊天该是多么有意思啊！这又勾起了骆文内心的软肋，母子情深，他现在仍不能完全接受母亲得了这种病。

骆文和刘莎没有浪费一天，收假的最后一刻才回京。骆文去还车，骆平说明天就搬过去跟老公住了，宋姐那边已交接好了，她也会常过来看望母亲。骆文嘱咐她抓紧做老公的工作，争取早日搬回来，绝对不能拖到春节后。骆平一边骂哥哥自私没良心，一边又让他放心，说她有把握。骆平还想打听一下刘莎的事情，骆文不想多说，称等她搬回来的那天，会带着刘莎给她接风。

回到住处，刘莎失望地告诉骆文，昙花败了。骆文宽慰她，已经开了一个半月，应该满足了。但刘莎还是有些伤感，骆文便说世间万物无不如是，没有恒久不变的，花如此，人亦是。愁绪袭来，刘莎缠着骆文要他多说点吉利话。骆文就笑她是林黛玉，莫非还要葬花？他不许她一副多愁善感的样子，那不是他喜欢的刘莎。刘莎只好转悲为喜，说不管怎样这个长假她过得很开心。

第二十四章

回到工作岗位，弦又重新绷紧。第一天就是媒体计划会议，重点讨论明年全年的媒体策略及春节档期的计划。媒体代理商的总经理 Jason 也在场，平时他不怎么出面，可能是这次会议的议题比较重要，骆文也没有多问。会后，Jason 单独来找骆文，他才知道对方亲自到场事出有因。

骆文与 Jason 是老相识，双方合作很长时间了。Jason 的团队也是国际知名的媒体代理商，七年前通过竞标获得骆文所在公司媒体主代理商的资格，包括传统媒体及互联网在内的主要业务，都是 Jason 团队在提供服务。Jason 当年还不是总经理，因为在那次竞标中表现出色，没多久便迁到现在的位置，因而对骆文及其公司有着特殊的感情。

骆文是 Jason 的重要客户，每年数亿金额的花费，不仅保障了媒体公司的流水与利润，也是团队稳定发展的基石。更重要的是，两人由工作结缘，发展成了不错的私交。Jason 生长在北京，上一代也是山东人，与骆文算是老乡；年龄和经历与骆文相仿，也是名校毕业的背景，一路打拼到现在这个位置实属不易；他为人诚恳，少有虚假的客套，除了工作立场的角度偶有不同，在价值观、为人处世的原则上与骆文颇有共鸣，性格上相对温和，没有骆文那么率性执拗。双方见面不多，但每年都会有一两次的单独交流，或品茶，或饮酒，每次都是谈兴十足，大有惺惺相惜之意。

客户与代理商的关系是很微妙的，两者之间有说不清的利益勾连。为了避免猜疑，大家通常会保持一定距离，尽量做到表面上的秉公。目前的职位确实让骆文拥有不少"肥私"的机会，但他从骨子里就对此深恶痛绝，不屑于沾染。因为坚守清者自清的理念，他与外部团队的接触从来都很坦荡，公司廉洁诚信的约束条款，对他这样的人来说是多余的。防君子不防小人，其言在理，天下通用。

Jason 也送过骆文贵重的礼物，但都被退了回来，并遭严词警告。骆文坦诚地告诉 Jason，现金礼券等各种形式的好意他都见识过，都没有收，希望 Jason 能尊重他的原则。Jason 在确认骆文的人品后，坦言如今已很难见到这样正派的客户。他们也是大公司，也有自己的准则，但环境面前为了生存，也时常会有一些不可言说的花费。他欣赏骆文的品性，觉得能结识这样的人不易，很珍惜彼此的交情。现在最让他高兴的事，就是花时间亲自去维系骆文这样的客户关系。事实上，两人真正意义上的往来，已与工作无关了。

这次 Jason 找到骆文是因为他感到双方合作关系存在变数。国庆假期前一天，他们收到公司采购部的信息征询邮件，这不是每年底由市场部领导、采购部配合的年度代理商工作评估。邮件中提到公司要完善对供应商的管理，对所有在册供应商都会重新审核，特别是采购金额很大的重要单位，希望在接下来的工作中得到对方的支持。骆文虽不知此事，但认为是 Peter 新政中的常规动作，Jason 的团队服务质量很好，不应担心有变。

Jason 却觉得事情没那么简单，双方合作很稳定，明年的项目也都开始准备了，此时突然来了这么一出，他不得不谨慎。况且圈子很小，他已经从另外一个媒体公司朋友那里得到信息，采购部已经联络对方，征询是否愿意参与可能的供应商遴选及竞标工作。他觉得这个邮件就是信号，很可能是为了更换代理商做的准备。若真如此，他希望骆文能帮到他，并不是徇私，最起码要公平。他对自己团队的服务水平有自信，不想输在其他方面，一旦丢掉这样的大客户，对公司的冲击太大，自己的职位都可能难保。

骆文理解 Jason 的焦虑，劝对方先别多想，一般这种事情一定要提前征询市场部负责人的意见，才会有对外的动作，而此事他毫不知情，很可能是虚惊一场。他让 Jason 少安毋躁，等他沟通后再说。

事实证明 Jason 并非杞人忧天，第二天骆文找到 Peter 谈时，得到了肯定

哮喘

的回复。

Peter告知他要重新考虑供应商的选择，关系到市场部的两个重要供应商都会在其中，其目的不是为了针对谁，而是要不断优化管理，提高业务质量，并减少开支。本来这事也马上要跟骆文谈，听取对方的意见，目标是年底前完成所有工作，明年重新评估供应商的品质。

对此，骆文无法反驳，他不能站出来去维护现有的供应商，这于情于理不合适。但他强调此时调整未必妥当，现在正处于年底促销及备战春节档期的关键时刻，对日常工作会造成很大的影响。同时，重新评估对市场部而言也是一项额外的烦琐工作，在年终如此繁忙的日程中插入此事，绝非上策。如果一定要做，建议放在次年夏天，对工作的影响会小很多。他也表示对现有供应商的服务质量比较满意。Peter则认为公司全年无休，很难说哪个时间是最好的，需要就抓紧做，只要为公司好，大家就要努力克服困难，希望骆文的团队辛苦一些，配合公司完成必要的工作。

骆文心里生出诸多不满，Peter在节前就发了邮件，现在还装作正要跟自己打招呼的样子，完全不按流程来，而且固执己见，没有丝毫商量的余地。对此，他也只能服从，最后也只问了具体通知和安排何时发出。Peter说是明天，让骆文回去等采购部的通知。就让一切已经就绪！这又是一己独断的佐证，即使要做，市场部就应该是重要的发起人和过程管理者之一，绝不应该绕过去并且完全无视其存在。

从Peter的办公室出来，骆文就收到刘莎的信息。她也看到了Jason所说的邮件，产生了同样的焦虑。骆文告诉刘莎信息属实，具体的晚上回去再说，便去召开部门会议了。

部门会议的主要议题就是年度预算，一年一次的熬人工作又要开始了。年度预算通常会早些启动，往年九月就已动手，今年由于公司的动荡，总部那边同意推迟。全球预算确认在圣诞节前必须完成，给中国区的时限是十二月中旬。实际上也并未比往年推后多少，这也意味着短时间内大家的工作压力更大了。已开始的年度计划正在进行中，接下来是就圣诞档期活动的落实与监控、春节档期的准备工作、年度评估、销售年会……虽然年年如此，大家还是咬牙历数着未来三个月的工作，叹息凛冬将至。

翌日，采购部的竞标通知果然如期而至。Jason 与刘莎的公司全部受邀参加新供应商遴选的竞标。

昨晚骆文已经给刘莎打过预防针，她没有再去多言。骆文拨通 Jason 的电话，劝对方接受现实，现在就担心结果还为时尚早。他相信 Jason 团队的能力，自己能做的就是与 Jason 保持全程及时沟通，其他的只能走一步看一步了。Jason 表示无奈，再次强调只求公平，骆文承诺可以做到，便各自去忙。

今天真不是个好日子。下班时，骆文又收到骆平的信息，上来就问骆文有没有炒股。就在这一天，国内股市遭到重挫，大盘跌破熔断底部，股市上演了千股跌停的惨剧。这又一次证明骆文远离股市的理念是正确的。但并不是所有人都有这样的远见或运气，骆平便是其中之一。所不同的是，此次的悲剧主角不是她，而是骆家的新女婿。

骆平在之后的电话里告诉骆文，上月初她老公听到不知哪个可靠的专业熟人放出消息，看准了某只股票，因为手里没有活钱，就想用骆平的钱抓住这个机会。正值新婚情浓的骆平倒是大方，一下子就划给对方三十万，让他见好就收。对方也没客气，全仓买入。未曾想，没有等来承诺的共同富裕，反而一损俱损。一个月来股价一路走低，今天又赶上至暗时刻，现在的股价已经超出腰斩，进退两难。

骆文听后气就不打一处来，骂骆平糊涂，说她十年前吃过股灾的苦，现在是好了伤疤忘了痛。骆平说她也委屈，本来是不炒的，没扛住老公的温情攻势，现在后悔也来不及了，想着自己辛苦攒的钱一夜之间灰飞烟灭痛不欲生。骆文骂完旋即又对妹妹充满同情。他本来就对这个新妹夫没有多少好感，现在更是反感之极。但作为局外人，他也不好多说，只能提醒骆平多长点心眼，信任是婚姻的基础，但一味地偏听偏信就是愚蠢。收线前，他还不忘挖苦了一句："眉毛浓不一定心思纯，眼神深有可能人品浅。"

几家欢喜几家愁。刘莎则庆幸自己节前抛空了股票，不仅赚到钱，还成功避难。骆文让她以骆平为鉴，万不可再涉足股市，又忍不住抱怨妹妹不识忠奸，早晚会在这个男人身上栽大跟头。刘莎站在女性的角度却有不同的见解，认为骆平的感受才是第一位的，只要她喜欢就是幸福。她又大赞 Linda 的神奇，称自己有如神助，交到如此闺蜜，真是太幸运了。

刘莎告诉骆文 Linda 下周末来京，要安排大家见个面。此时，她恨不得把自己的一切都交付给骆文，她的朋友就是他的朋友。她已经涉足了骆文的发小圈，这让她觉得与骆文的生活有了更紧的交融，那么介绍 Linda 给他认识也是水到渠成的事了。

见到真人时，骆文觉得 Linda 比照片上看到的要小巧些，容貌也更亮眼。Linda 性格开朗，举止大方得体，一看就是场面上的人。想到刘莎说她不缺异性缘，骆文也就心领神会了。

Linda 说久闻骆文大名，很早就想见识一下本尊，看看到底什么人能让眼高于顶的刘莎爱得如此疯狂。骆文让她说得有点不好意思，便问是否有令她失望。Linda 直言果然名不虚传，赞他俩是天生的一对。这回又轮到刘莎难为情了，让 Linda 不许拿她打趣。

三人聊了很多。Linda 关心刘莎是否已经适应北京的生活，常驻上海的她如今少了一个能掏心掏肺的姐妹，生活无聊了许多。刘莎打趣在上海时也没见得从 Linda 男友那里抢来过多少时间。Linda 说那不一样，毕竟两人都在同一个地方，见起来方便，而且不能什么都指望男人，闺蜜才是不可替代的。

刘莎问她蜜运如何，Linda 说是正在进行时，还嘱咐刘莎男人不能只看表面，自己得长心，又称没有冒犯骆文的意思。对此，骆文并不介意，这正说到他心里，他这个要命的妹夫不正是鲜活的例子吗？

刘莎又问 Linda 是否有结婚的打算，对方没有明确答复。她倒觉得无所谓，住在一起跟结婚也没什么两样，这么多年的经历已不在意那一纸婚约了。她又反问刘莎是否要结婚，多半是说给骆文听的，两人都迟疑了一下没有回答，尔后刘莎岔开了话题。

骆文借机盛赞 Linda 神机妙算，既帮刘莎赚钱又躲过了股市风浪，居功至伟。Linda 笑言那是自己的专业，掌握的信息和判断力肯定比普罗大众强，不然也没法吃金融这碗饭了。骆文又问起她的工作，Linda 说她的公司运转很好，准备明年底申请在美国上市，如果成功，便是在海外上市的首家国内私募基金公司。接下来的一年，是公司冲刺业绩的阶段，所以最近压力很大，到处抓客户。她称老板许诺上市后会分给她股份，那时她就可以实现财务自由了。

　　谈到这里，Linda 便说目前手里有个不错的理财项目，不仅保本，回报率也很可观。虽然法规不允许承诺保本与回报，但他们可以私下签一个承诺合同，既往都是这么操作，也都履约兑现了。合同为期两年，如果运营顺利，翻两三倍甚至更多都有可能。这也是她冲业绩的重要项目，如果两人感兴趣可以考虑。她强调自己从不杀熟，尤其刘莎，不会让对方接触自己的业务，只是这次的压力太大，完全看他们自愿，来见他们也不是这个目的，如果觉得不妥，就当她没说。骆文也不绕弯，说自己从不参与这些，况且现在他要支撑儿子念书，也没有多少闲钱。刘莎还没张口，骆文就把话题带开了，Linda 也只能就此打住，不再提了。

　　Linda 又劝刘莎尽早辞职，说这个职业不是人干的，过于摧残灵魂。骆文觉得没那么夸张，大家都是为生计挣扎，彼此彼此。Linda 就说他是甲方，不理解乙方的辛苦，乙方都是装孙子，装给甲方看，如果不是为了饭碗才不伺候呢！她历数了很多甲方的丑陋嘴脸，卖弄、装懂、虚伪、娇气、贪婪……挖苦讽刺的词汇让她用了个遍。骆文对此也不否认，但各行业都有这样的人，不能以偏概全。Linda 就说以她个人的经历可以很负责地说，这样的人绝对不在少数，而且甲方的素质每况愈下。刘莎见两人有点"开杠"的意思，便出来解围，夸骆文的团队既专业又通人情。Linda 笑言那是刘莎的幸运，确属难得。刘莎也确实深受工作之苦，可不干这个又能干什么，年龄也不小了，转行绝非易事。Linda 倒觉得干什么都行，刘莎又不缺小钱，生活品质第一，实在没什么好干的，在家相夫教子也挺好。刘莎听后脸一下子就红了，连说那还是比较遥远的事情。

　　趁刘莎去卫生间之际，Linda 恳请骆文好好照顾刘莎：她是用情很深的那种女孩，爱上就会不顾一切地付出所有，让他别辜负了她，她曾经受过很深的情伤，折腾不起了。骆文不解其意，Linda 才知道他对刘莎的那段历史全然不知情。骆文追问背后的真相，Linda 只道说来话长，如果刘莎不想告诉骆文，由她来讲就不妥。

媒介及广告代理商比稿的任务书已经发出一周，骆文把项目的具体协调工作交给了 Sissi，她有经验，而且所管理的是重点产品，就选她的一个品牌作为标的。

两方面参与竞标的公司都是三家，皆为知名的国际公司，其中就有 Jason 说到的那家媒体公司。采购那边说是 Peter 推荐的，骆文虽不知 Peter 葫芦里卖的什么药，但也嗅到一股异样的气味。

Sissi 找到骆文，征询后续有什么具体指示或建议。骆文尚不了解背后的脉络，只能确定此事必是 Peter 参与的。他告诉 Sissi 要小心行事，做好分内事即可，不要随便表态，但原则的事情绝不能含糊，不管是 Jason，还是刘莎，只评论业务范畴内的事，不偏不倚就行，其他的事情交给他去协调。

Sissi 抱怨本来已经忙不过来，再加上这一摊事，简直让她喘不过气来。骆文觉得有点过意不去，问是否要分一部分工作给 Jessica 或 Hulk。Sissi 认为没必要，标的已经发出去了，况且那两位也不轻松。她体谅骆文的苦心，找她可能是最合适的，只是觉得自己体力、精力都到了不堪重负的边缘，找骆文诉一下苦而已。她让骆文放心，自己再咬一咬牙，撑过这段应该就好了。骆文见 Sissi 脸色不好，且明显消瘦了不少，便嘱咐她注意休息，别太卖命。Sissi 反问"有可能吗？"骆文苦笑无言。

竞标日不断逼近，两个代理商都处于紧张备战中。

骆文是坚守原则之人，刘莎并没有因为与他的关系获得更多内部信息。再者，对于竞标背景，他也是一头雾水，Peter 传递出的都是很中性的信息。

刘莎和骆文的公司都是老搭档了，合作时间比 Jason 的公司还要长，加上在刘莎的带领下，新团队一年来的工作相当出色。现在的创意标的实际上也是他们正在做的工作，所以在内容的把握上非常自信，既然打听不到什么消息，他们也只能把当前的事情做好。目前一切顺利，刘莎只有忙碌，并不焦虑。

Jason 那边就没有这么放松。除了做好应标准备，现在进行的工作也不能停下来。每年这个时候，各大电视台和目标媒体下一年度的资源谈判及购买已经开始，他的团队都把精力铺在这上面。很多媒体协议已经签完，有些甚至需要预付款项，以确保客户能享受到优质的栏目与时段资源。由于双方合作稳定，往年这些工作都是自然展开的，骆文这边也认可这些提前发生的支出，公司会在媒体落地执行后再付款，换言之，Jason 这边要垫付款项。甲方是大客户，这种风险他们愿意承担，作为实力雄厚的代理商，他们也具有一定的承受能力。可是现在遇到这个突变，Jason 必须要谨慎行事。购买的资源虽然可以再转让，却会造成工作成本的浪费以及可能的财务损失，且公司的信誉也会受到影响。他再次找到骆文，征询是否要停下所有进行中的项目。如果停下，开年的春节档期就会受到很大影响，这是公司难以承受的损失。骆文找到Peter，说明了情况。Peter 不接受工作有停顿，言称他本意是希望通过竞标给现有的代理商一些压力，否则他们会因长期服务产生倦怠感，至于最后结果如何，还是会以市场部的专业判断为主，让骆文按原计划进行。Jason 得到骆文的信息反馈时，心里踏实了一些。

周日下午，何瑛约骆文去看望婆婆。以往她都是找骆平，现在骆平正值新婚，便没有去打扰。他们到达时看见宋姐带着老人正在楼下遛弯。母亲虽然行动自如，但动作明显迟缓，对儿子儿媳形同陌路，话也不多。宋姐说老人现在偶有自言自语，但翻来覆去也就那几句，其他方面还好，两人生活这段时间彼此也适应了。骆平几乎天天都会和她视频电话，每周还会过来两三次，这让骆文倍感欣慰。

何瑛感慨老人每况愈下的病情，称使不上力气的感觉是最难受的。她告诉骆文自己的父亲现在状况也不好，又发现了新的转移部位，人基本消耗得差不多了，前两天刚出院，估计过不了多久还会住进去。家里虽然对此有思想准备，但还是比较忙乱与压抑。

探视完老人，何瑛问骆文是否要一起吃晚饭。这让骆文感到惊讶，几年来两人谈不上有什么互动，何瑛几乎不会主动邀约他。何瑛倒是很自然，说现在凡凡不在身边，自己闲了很多，骆文也省得回去再做饭了，她并不知道刘莎的事情。骆文不好拒绝，便给刘莎发了信息。

两人找到一家山西面馆，是何瑛的主意，骆文喜欢吃面，她不会忘。虽说是一起吃饭，但主要都是骆文在吃。何瑛说她现在晚上吃得很少，有时懒得做就不吃，慢慢习惯了，反而觉得挺好；又说骆文吃饭还是老样子，总是吃得很香的感觉，这样好，说明身体不错。

两人的话并不多，很久没有单独在一起，反而不知该如何交流。孩子似乎成为唯一的话题，骆文问了凡凡的状况，得知一切都好，心情也放轻松了。何瑛说她这个级别需要值的夜班已经不多了，但为了多积攒些假期，就主动替别人值。她打算春节前一周或更早就去美国陪儿子，尽可能多待一些日子，又提醒骆文半年需要入境一次，问他春节是否能一起过去。骆文还是之前的口径：事情太多，到时再说。

话题聊开后，骆文便问何瑛现在身体状况如何。对方不知何意，他便点明几年前宫颈早期癌变的事情，说是何琳告诉他的。何瑛停顿片刻，才说当时发现得早，手术做得也干净，连续复查了几年都没复发，应该算痊愈了。骆文十分诚恳地表达了内心的愧疚，称当时太过以自我为中心，疏忽了作为丈夫最基本的关心与责任，多亏现在没事了，不然负罪感更深。何瑛见对方不停地自我批评，反过来宽慰起来，称事情已过去很久，自己的委屈劲也过了，不必再提；又说骆文一如既往地坦诚，既然说开了，她也愿意接受这份歉意。

骆文心绪翻涌，激动之下坦白了之前和覃璐的事情，说从覃璐处得知了何瑛与对方通话的过往。何瑛脸色转暗，不再说话。骆文没有解释细节，只说仅此一次，不管他们现在关系如何，此事错在自己，他真诚道歉，并感激何瑛的宽容和多年的隐忍。

双方静默了半晌，何瑛抬起头，打破了沉寂。

"现在说出来心里就舒服了吧？"

"是，她告诉我实情后，心里一直堵着这事。"

"这才多久啊，应该再多堵一阵子，我堵了几年呢！"见骆文不吱声，何瑛继续说，"你舒服了，我又不舒服了。这么多年了，我都已经淡忘了，你又给它翻出来干什么？"

"我想道个歉，真心的！"

"还有什么意义呢？"

"总要有个说法吧，不对就是不对。"

"不对又能怎样？我们重归于好？还是清空旧账，两不相欠？"

又是沉默。

"算了，我已经不记恨你了，你突然提出来我也没有思想准备，才会有点激动。"何瑛继续说，"你现在还和那个姓覃的有来往？"

"赶上同学聚会才见一次，没有那种关系了。"

"你现在过得怎么样？"

"还行吧！"

"没再找一个？"

"不谈这事，行吗？"

"你搬出四年多了，歉你也道了，我们之间的事你怎么想的？"

"事已至此，都按你的意思处理。"骆文指的是离婚协议。

"我能有什么意思？这些年来这个家都是以你的意思为中心，这回怎么轮到我了？"何瑛语锋锐利，但口气还算平和。停顿了一会儿，又继续道："我也不想走到今天这样，但靠我一个人的力量也做不到。我们双方都有责任，谁也别怪谁了。我也有做得不好的地方，也可以道歉。我更关心的是后面怎么办……表达了这么多歉意，对这个家，你还有什么想法吗？"

"……我还能有什么想法？"沉默片刻，骆文支吾了一句，然后又是低头不语。

"除了歉意，就没有别的了？"何瑛注视着骆文。

"……还能有什么？……不知道……"骆文有点语无伦次。这也是他的真实想法，表达完歉意只是感觉轻松了些，脑子还是一片空白。他明白何瑛的意思，他对妻子和这个家是有留恋的，可是此时此刻，这种留恋又显得太过微弱。一来彼此疏远得太久，已错过重新来过的最佳时机，这就像一股推力，已把他远远置于家庭之外；二来与刘莎情投意合，让他把所有情感与冲动都转移到了新的目标上，无暇顾及其他，这又像是一股拉力，拽着他远离旧情。这一

哮喘

280

推一拉间，两人已隔了千山万水。骆文不是冷酷无情之人，为不再给对方造成新的伤害，只能选择沉默。

沉默中，何瑛注视着骆文，他却避开了对方的眼神。

"既然这样，我再说什么看似也多余。"何瑛以失望的口吻打破了僵局。她长出了一口气，叫服务员结账，直起身，又说："事情都摆在这里，我们各自再考虑一下吧！如果你着急办理那个手续，咱们就尽快定个时间去办；不急，就等我看完凡凡回来再谈，这样全家至少还能完整地过一个春节。"

"那就过完节再说，我不急。"骆文回应道。

"二十年啦……今天还算挺有意义的，旧账清了，事情也谈开了，你可以安心了吧？谢谢你陪我度过了这个特别的纪念日！"说话的时候，何瑛的眼圈有些泛红。

骆文这才惊觉今天是"双十一"，两人结婚二十周年的纪念日。一种复杂的情绪涌上心头，刚刚释然的心情又混进了新的愧疚。他不知该如何接话，便一言不发地结账，送何瑛上了出租车。

回到家，刘莎见骆文情绪不高，以为是老人的状况不好，便关心地问了几句。骆文随便敷衍了一下，到临睡时心绪还未平息。刘莎看他没精打采，便又换了个话题，兴奋地跟对方讲她"双十一"的战果，说今天抢到了心仪的裙子与外套，还打开屏幕让骆文评价一下。除了"好看"，骆文也没说太多，只要刘莎喜欢就好。刘莎略微有点失望，嗔怪对方情商不在线，她并不知道这个日子对骆文来说有另一层意义。

次日，是供应商竞标的提案时间。

经过三周的准备，供应商按抽签的顺序各自讲标。三个创意公司的提案安排在上午，进展得比较顺利。刘莎团队排在最后，由于轻车熟路了，进展得就更快，比规定时间还早结束了一些。Peter 几乎没有发言，仅对专业问题提出了一些疑问，更多的是市场部人员在控场。

午间，大家在会议室就餐，边吃边总结上午的提案。从内容上看，刘莎团队的提案明显胜出，其他两家虽有亮点，但总体策略及创意把握上还是有一定

第二十四章

差距。总结时，Jessica 对刘莎团队既往的服务提出了批评，认为他们的服务质量存在一定的波动，态度也欠妥，可见她对上次的冲突还耿耿于怀。至于内容，她并不否认刘莎团队占优，但也表示三家之间差距不大。标的是 Sissi 的产品，她的意见很明确，综合各方面来讲，没有理由换掉刘莎的团队。骆文没再表态，上午每家演讲之后快速回顾时，他已经有过很清楚的意见，结论与 Sissi 无异。Peter 也没说太多，表示会尊重市场部的专业意见，并大致认可前几位的发言，大家直接依据打分表进行评判就可以了。

下午的媒体公司部分，时间拖得比较长。由于此领域涉及内容较多，不仅有策略与计划，还关系到资源差异与价格比对，各方为了争得大客户，都拼得比较凶。

Jason 团队安排在中间发言，与其他两家公司的对比优势，就没有上午刘莎团队那样明显了。尤其 Peter 推荐那家公司，在媒体价格上与 Jason 团队互有优势，只是在策略与计划内容上稍显逊色。按正常逻辑，Jason 团队胜出比较合理，在最后议价阶段，Jason 方面只需稍微让步就可以了。市场部人员的结论也比较一致。然而，Peter 的态度较上午反差明显，话也变得多起来，认为这家新公司在很多方面已超过 Jason 的团队，虽然内容上稍逊，但在此前没有合作的基础上，能做出如此方案已展现了很高的水平，至于 Jason 方面只是占了熟悉业务的优势，应该重点考虑新公司的一些资源优势，以及对方为稳定新客户会更加用心服务等因素。他又征询采购总监的意见，对方在技术方面没什么发言权，就紧紧抓住价格这一细节大做文章，结论也是赞同 Peter 的看法。

随后，骆文谈了自己的观点。他觉得二者在技术层面的差距确实不明显，但仅从标的内容上看，Jason 团队并没有占到先前合作的优势，而新公司在策略思考及创新性上有显而易见的短板；价格上双方互有优势，也都是可以进一步谈的。他建议首选 Jason 团队，风险及对现有工作的影响都会比较小。

晚餐后，打分结果出来了，创意公司方面，刘莎团队分数领先较多；媒体公司方面，Jason 团队虽没有压倒性的优势，但也胜出了。

对此，Peter 并没有最后拍板，称有些因素不见得能完全反映在打分表里，需要再思考一下，至于是哪些因素他没有明确。随后，他又特别提到媒体公司这部分，两个公司的差距较小，需要慎重，不能仅以分数而定。骆文认为此事不宜久拖，不仅对参与竞标方不公平，也会对自己的工作造成影响，希望尽快有结论。Peter 表示没有要拖延的意思，但也没必要逼着他现在就做决定，他建议骆文及采购总监会后留下与他再沟通一下，以便加速进程。骆文心中有了不太好的预感。

果然，三人会议的气氛紧张了不少。Peter 直接避开策略与计划内容不谈，重点就放在比价上。他示意采购部要求两个团队根据现有计划给出最终的底价，同时把双方各自的媒体计划交给另一方团队，限一周内给出最终的报价，这样可以看出价格上的优劣。采购总监表示同意，这也是该部门最容易想到和最善于做的动作，虽然简单粗暴，但也有其道理。对此，骆文无法反驳，他不满的是 Peter 无视价格外的差异，对其口中的"有些因素"也没有解释清楚。骆文又问创意公司那边是否可以确定，Peter 表示等媒体公司的事情落实后一并解决，最后又提醒骆文，现在所有的动作都不能松懈，更不能停下来，要对乙方提出明确的要求。这场谈话几乎成了 Peter 的一言堂，他有这样的权力，骆文也无可奈何，只寄望本月内一切都能尘埃落定。

面对 Jason 与刘莎的追问，骆文只能让他们继续等待并按要求补充信息。尤其 Jason，他的自我感觉越来越不好，却也只能竭尽全力保住重要客户。

一周后，Peter 把骆文及采购总监叫到办公室，两个媒体公司的报价都摆在桌案上。Jason 公司在绝大部分价格上都有优势，总计花费也明显低于竞争对手。可见，Jason 那边已经做到了极限，不仅牺牲了不少利润，个别地方甚至是不计利润的。这样的报价已远超正常的运作，大有釜底抽薪之势。骆文直言这不是正常的报价，但足见对方的诚意，Jason 团队应该留下来。采购总监不表态，他知道 Peter 的想法才最重要。

果不其然，对于 Jason 的让步，Peter 认为这是诚信问题。作为一个合作多年的伙伴，如果没有这次竞标，他们必定会用更高的价格去欺骗客户。这不是对大客户应有的合作态度，这样的伙伴不值得托付。

骆文见对方上纲上线，认为 Peter 的意图已经很明显。他不清楚这背后到

第二十四章

283

底隐藏着什么原因，但按这个逻辑继续展开，也实在说不过去。于是，他直接反驳了 Peter 的观点，把价格背后因素也分析了一遍，特别说到如果甲方以这种方式去臆测评价乙方，亦无异于欺骗，他无法面对合作伙伴的诚意。

见骆文的倔脾气上来了，Peter 也不管对方是否言之有理，直接反击回去。他认为作为高管人员，立场不能错，公司的利益永远是第一位的；竞标过程和具体要求都是透明公平的，不能说是欺骗，没有人逼着对方参与竞标和出此报价；如果骆文执意站在乙方的角度说话，他不能接受。

骆文强忍怒火，坚称自己始终站在甲方的角度，但事事都要讲个公理心，合作是双方的共赢，不是甲方凌驾于乙方的单方逞强；Jason 团队是多年的合作伙伴，历经甲方多任管理团队，有口皆碑；况且在明知合作有可能存在变数时，仍在积极准备当下的活动，甚至垫付资金为客户争取资源，显然不存在诚信问题。

双方僵持了一会儿，Peter 深知硬来势必理亏，毕竟 Jason 这边的优势一目了然。他缓和了一下语气，要求骆文确保对方的品质，但还要再评估一下。他又示意采购部要求两方把年度佣金条款再更新一下，并称这是最后的要求，一周后再做决定。如此，既可满足骆文提出的十二月前结束此事的要求，也可以给自己缓冲思考的时间。

事已至此，骆文也未继续争执。临走，Peter 拍了拍骆文的肩膀，让对方放松点，说最后一道程序并不复杂，他猜想结果恐怕变化不大，但总要有正式的流程，这样才有说服力；又说他是为公司利益着想，既然大家都有不同的选择，他也会尊重，毕竟 Jason 团队一向做得不错，他们留下来自己也会很高兴，所以也没有叫停现在的工作；这些都在他的预判里，大家的专业推荐也会坚定他对 Jason 团队的信心，希望他们以后能像骆文说的那样，保持一贯的高品质服务，无愧于大家的选择。最后，Peter 开玩笑道，Jason 团队能得到大家的如此力挺，事后不能独自庆祝，应该请甲方一起喝酒以示谢意。

第二天，Jason 打来电话，说自己收到采购部更新佣金条款的通知，不知何意。因为在前两年的评估及合同更新时，这部分的费用已被不断压至很低的水平。他们的佣金除了固定比例外，还有很大一部分是作为额外奖励兑现的，奖励的基础就是客户的销售业绩。今年客户动荡，销售不会按原来的计划实现，这部分他们已经拿不到，本来年底还想跟骆文商量可否调整一下，以便对乙方有更好的保障，此时若再压缩，他们实在有点无力承担了。

由于昨天 Peter 释放出 Jason 团队会保留下来的信息，为简化沟通，骆文便直白告知 Jason，他们应该能够胜出，这是 Peter 最后的要求，让他根据实际情况权衡，如果实在困难，就保持原样并附上简要说明即可。目前对甲方来说，这已是完全可以接受的条款了，让对方安心配合走完最后一个流程。

Jason 听后很高兴，觉得总算没白忙，虽然做出很多牺牲，但只要能保住重点客户，一切都是值得的。他也提到据说竞争对手的母公司在北美就是 Peter 的合作伙伴，公司的老板与 Peter 私交不错，这次竞标可能就是对方跟 Peter 打了招呼。

骆文已经猜到了七八分，并不感到意外，不过现在看问题不大，月底前应该就能通知 Jason 胜出，让他赶紧把眼前的工作做好，提前花的钱就能更加放心支付了。Jason 满口答应，正好这两天要支出一笔不小的费用，照常进行就是了。

最后，Jason 长吁一口气，千恩万谢，说事后再找时间与骆文单聊。

骆文已没有更多心思再去想这个事情，手里还有很多工作要处理，尤其是预算，已经到了关键的阶段。刚接到亚太区通知，预算会提前到十二月十日，还有两周左右的时间，所有关键职位的同事都在挑灯夜战，他自然也逃不掉这种煎熬。几天来的忙碌让他顾不上刘莎，好在大家都忙，相互能理解。

想到会有一段时间没法去看望母亲，骆文便想起骆平。不知妹妹的新婚生活过得如何，搬走快两个月了，也没太多消息，最近朋友圈发得也少了，便给骆平发了信息："新娘还好吗？"

"还好吧。"

"新婚生活很甜蜜？"

"还好吧。"

"说服工作抓紧啊！"

"知道了。"

"最近两周我忙，可能没时间去看妈，你多留意一下。"

"知道了。"

骆平每次的回复都会延迟很久，而且内容简单，不再有风趣的措辞，这不像她平时的风格。骆文感觉对方的心情不太好，他无法确认，也无暇细想，只能继续去忙。

本月最后一个周一的早上，Peter 把骆文叫到办公室，采供总监也在座。这次，他听到的是完全颠覆的信息！ Peter 说他已经做了决定，明年起选择另一家公司作为媒体供应商，Jason 的团队退出；同时，创意代理商方面，刘莎团队赢得继续服务的机会。

Peter 给出的理由和上次说的无异。本次提交的佣金条款显示，Jason 团队没有优势，他们不仅保持了原来的标准，还进行了"自我狡辩"。而竞争方提供了更优的方案，这也更验证了他此前对老供应商的推断。考虑到业务伙伴的更新会刺激更好的服务，便做出此决定，希望骆文能理解，并希望骆文能代表公司对他们多年的服务表示感谢，做出适当的解释，并全力保障新老代理商交接工作的顺利进行。

面对这样的结局，骆文只觉自己被骗了。他不是不能接受更换供应商，而是觉得更换的理由非常荒谬。退一步讲，即使是以权位压人，不得不换，也不能进行这样公然的欺骗。他没有给 Peter 面子，非常严肃地提出了质疑，质问对方为什么出尔反尔，这一切好像都是安排好的，自己也成了这场骗局的帮凶。

Peter 当然不会示弱，要求骆文注意措辞，他是为公司着想，没有私利，而且流程规范，骆文的质问是毫无道理的；至于一周前的谈话，他也没有给骆文任何承诺，只说 Jason 的团队有可能，是骆文理解有误，并且向当时也在场的采购总监求证，对方也点头称是。

骆文不能接受 Peter 的解释，又苦无对证，何况 Peter 还官大一级，更是无处说理，言谈之间难免掺进了情绪。他说如果公司的管理都是这样的状

哮
喘

况，无法期望会有什么好的结果。这无疑是火上浇油，Peter 也绷不住发了飙，说业务上的事情他给予骆文绝对的尊重，但不等于就此失去发言权与决策权，即使刘莎的团队也存在问题，没有一个公司是完美的，他已经做了权衡，给足了业务团队面子。言外之意，保留刘莎的团队已是他做出了让步，媒体公司这边骆文就不应再任性抵抗了，并让他不要把私人感情引进来，要秉公办事，端正态度。

这番话触及了骆文的底线，关于不徇私情这点，他可以说是做到了问心无愧。耗子经营礼品公司，曾找他帮忙引荐，但因公司体量不大，他直接就回绝了。覃璐的公关公司规模不小，也有不少业务交集，求到他时，他也只是推荐到采购部，走正规流程竞标，最终也没能入选。骆文决不允许有人中伤他的诚信与人品。如果 Peter 认为他中饱私囊，可以调查并开除他，但不能血口喷人，甚至是贼喊捉贼。

眼看战斗升级到无法收拾的地步，采购总监赶紧打圆场缓和气氛。他劝骆文不要激动，采购流程没有问题，业务上的事情有不同见解甚至重大分歧，也是可以理解的，但公司有公司的制度，既然 Peter 做出了决定，劝骆文还是以大局为重，保持平和心态，同时给骆文不停递眼色。

骆文气得说不出话来。Peter 见有人打圆场，就顺水推舟，他也不想把事情闹大，只有他知晓背后的交易。他主动向骆文示好，为说了过分的话道歉，希望双方都能心平气和。既然对方递过了一团棉花，再出拳也没有意思了。沉默了一会儿，骆文坦诚自己脾气不好，如果没有攻击自己徇私的意思，那他也收回刚才过激言论并道歉。他又问 Peter 这是不是最后的决定，对方点头称是，并再次希望骆文理解、配合。

很快，Jason 的电话就过来了，骆文简直无颜以对。他不知该向对方说什么好。解释？安慰？宣泄？如何面对这么多年以诚相待换来的交情？他可以肯定 Peter 一定背后做了不可告人的交易，进而对这个世道产生了怀疑，为了个人私利真的就能无所顾忌，甚至没有做人的底线？ Jason 方面一直是他在出面沟通，直到最后，还给了对方错误的暗示与建议，而自己又是一副十拿九稳、诚心诚意的样子。他觉得这种行径完全就是背叛，是对诚实的背叛，对友情的背叛，对人品的背叛。他完全可以将责任推给 Peter，但确实觉得自己难辞其咎。反而是 Jason 安慰了他几句，事已至此，他们只能接受，公司这边的损失与后续他会处理好，让骆文别担心。他劝骆文别跟 Peter 较劲，毕竟都是辛苦打工人，山不转水转，他们日后还会有机会合作，忙完收尾工作及交接事宜，他会再约骆文吃饭聊天。骆文更是觉得过意不去，除了一遍遍的"对不起"，他已词穷。

同样不能接受这个结果的还有骆文的团队成员。Sissi 说后面的交接工作又是一堆事情，各组都有怨言。骆文哪还有心思再去理会她的话，只说没有商量的余地，自己已经做了恶人，大家把火撒在他身上就好。见骆文心情败坏至此，Sissi 便不再发牢骚，语气即刻变得温和，说事已至此她就再撑一段，协助骆文把交接工作做好。最后，她让骆文宽一宽心，胳膊拧不过大腿，Jason团队及市场部都知道这不是他的问题，所以别太为难自己。

回到家，刘莎的兴奋马上被骆文的郁闷压了下去。了解原委后，她十分同情骆文的处境，也叹息诚信的没落。她不认为骆文是反应过度，因为深谙其品性，就更能理解对方的心思与感受。她只能想办法说些安慰的话，逗骆文开心，但效果有限。

本月最后一天是足协杯决赛，北京国安与山东争胜。刘莎突发奇想，要骆文带她去济南现场看比赛，其实为的是让骆文这个真球迷开心起来。然而，骆文拒绝了，说是心情不好，在家看直播就行了。最后，国安赢得了多年未曾染指过的冠军，骆文却说足协杯冠军的含金量远不如联赛，而且只是打了个平手，靠客场进球多才得了冠军，也没什么了不起。

刘莎有点无奈，这回是真领教了骆文的牛脾气。对朋友的背叛令骆文如鲠在喉，糟糕的情绪持续了多日才渐渐好转。

然而，骆文不知道，对于将要发生的坏事情而言，这一切只是刚刚开始。

哮
喘

288

第二十五章

进入十二月，预算会的日期渐近。大家进入最后冲刺阶段，来回打磨各种图表、数据，日常工作也不见少，整个团队都处于极度疲劳的状态。

刚从竞标事件的负面情绪走出来，骆文这些天一直过得不踏实，前一天晚上还跟刘莎叨念这几天可别再遇到什么糟心事，结果成了乌鸦嘴，骆平的一个电话又让他一筹莫展。

事情出在宋姐这里。自从她上次与老公闹了一场，对方表现尚可，每天按时回家，对宋姐的态度也好了很多。宋姐觉得对方已回心转意，自己又没抓到新证据，尤其是不想把事情闹大，便不再提此事。没想到她住到骆平这里后，老公本性难移，抑或是从来就没移过，又开始跟那个女人频繁往来。最后，竟大着胆子把对方邀到家里来幽会，不想被回来取东西的儿子撞个正着。父子间发生了激烈的争执，儿子干脆就把这件丑事告诉了宋姐。这下宋姐无法淡定了，只靠打电话哭骂是不解决问题的，她死活要回家去闹，并且要日夜守在老公身边。如此就无法在骆平这里继续全天陪护老人了，骆平好说歹说让对方再坚持两个月，但宋姐心意已决，答应可以白天来，但绝不能过夜。骆平没有办法，便打电话找骆文商量。

骆平表示还没说服老公，现在自己也不太方便回去。骆文追问原因，骆平起初吞吞吐吐，后来才说如果现在回去，他们也就离了。这让骆文很吃惊，再问，骆平就不说了。骆文一时没了主意，骆平说可以先送母亲去养老院，只是短期过渡一下，并保证不管宋姐能不能回来，最晚春节前也会接母亲回家，算下来最多也就两个月。骆文问她为何两个月后就保证能回来，而现在不行。骆平有点不高兴，说她有她的难处，不要再逼她。

骆文实在没有办法，心想两个月很快就过去，也只能让母亲委屈一段时间了。骆平不断安慰哥哥说，养老院的条件很好，老人过去不会受罪。她也跟院方商量好了，无非多交点钱，只要照顾得好就行。如果骆文没意见，她明天就送母亲过去，她平时去那里看望和回家看望其实差不太多。骆文又问如何安排旺财，骆平说宋姐答应带回去帮忙照看一段时间。就此，兄妹俩达成协议，一切就由骆平代办。

终于迎来了预算会。为了表示公司动荡后重振的信心，以及对新一届总经理 Peter 的支持，这次会议从习惯的亚太区所在地上海，转到北京的中国公司总部召开。

周一早上，当大家坐在一起时，除了上海来的几位老板，没有几个脸色光润的。周末又是熬了两天，疲惫都写在大家脸上。

与去年不同，此次骆文与 Peter 在数据上没有分歧。Peter 有自保的心态，不想把数字做得太离谱，毕竟有 Rimond 时期的遗留问题，他可以找到很好的解释。另外，可能是因为代理商竞标的事情心里有鬼，会前定稿时，大部分的原则问题 Peter 都听取了骆文的意见。所以，今天的会议没有出现去年的内讧大戏，团队是作为一个整体在跟上层讨价还价。亚太区管理层的挑战虽然尖锐，但由于准备充分，最后确认数据时双方都有让步，结果也算顺利，却还是发生了意想不到的事情。

会议中，Sissi 的状态很不好。从早上坐进会议室，骆文就发现她有点萎靡，脸色苍白。问何故，她说还是腹痛，最近经常这样，吃了止痛药会好些，但这几天明显有了耐药性，也不大管用了。她说最近太忙，一直没腾出时间去医院。骆文让她休息一下，把她的演讲调到最后。

轮到 Sissi 汇报时，情况仍没好转。她的额头上已涌出了汗珠，可见已是疼痛难忍，但她还是坚持上去讲。老板也发现了异常，刚开始还在开玩笑问是否紧张，Sissi 称无碍，只是有些不舒服。她硬撑着讲了下来，结束时，只能靠扶着座椅才回到座位上。瘫在座位里的 Sissi 已难以自持，剧痛令她几乎说不出话来。众人都有点手忙脚乱，由于会议还要进行下去，骆文便让 Hulk，Jessica 先陪 Sissi 去医院，会后自己再赶过去。

等骆文赶到医院时，Sissi 已从急诊被送进病房。Hulk 和 Jessica 的神情都很落寞，他们告诉骆文 Sissi 的病情很重，有些检查结果还没出来，但大夫不乐观，希望家属做好思想准备。管床的医生今晚在，一会儿可以见到。

什么思想准备？骆文不敢相信自己的耳朵，当 Hulk 告诉他 Sissi 被推到肿瘤病房时，他坐实了焦虑不安的预感。Jessica 说起初是要去妇科，后来直接就转到肿瘤科。Hulk 说急诊做了些治疗，缓解了疼痛，现在病房中休息，问骆文是不是要进去看。骆文说先不去打扰，其实他心里有些难过，不敢进去。

骆文拨通了何瑛的电话，这里正是她所在的医院。他拜托何瑛帮忙打听一下相关情况，看有什么可以帮上的忙。何瑛说她马上办，虽然没见过，但她知道 Sissi 这个名字。

主管医生下了手术回到病房。骆文等人准备进入医生办公室时，何瑛也赶来了，几人也没有寒暄，直接坐在医生面前。

主管医生看到何瑛，便说既然有同行在，他就不绕弯子直说了。目前可以初步判断病人患的是卵巢癌，而且是晚期，虽然癌症分型还没出来，但病人的情况很不好。骆文问既然还有一些结果没有出来，是否有可能误诊。医生对骆文的心情表示理解，但以目前已知的信息看，基本可以确诊了。他解释了一些普通人似懂非懂的检查结果及术语，一旁的何瑛早已心领神会，便问下一步如何处理。医生说会尝试手术，看一下腹腔内的状况，包括完善一些检查，后面的化疗等手段这几日会尽快落实。他让骆文通知家属，手术要签知情文件。

最后，医生问众人对患者的告知程度有何建议。他接触患者时感觉对方修养不错，也很理性，虽然尚未告知详情，想必对方也心中有数。骆文呆若木鸡不知如何回答，Hulk 也是闷声不语，Jessica 已在不断地擦眼泪。此时，何瑛倒成了他们的主心骨，建议选择性告知为好，对 Sissi 这样的患者而言，完全隐瞒没有意义。至于后面的沟通，等通知了家属再说。

从医生办公室出来后，何瑛又简单复盘了一些关键信息，告诉三人不要对误诊抱有幻想，待出的检查结果只会辅助判断病情的走势，目前看不会乐观。又让他们赶紧通知家属，越快越好。医院这边有她在，医护的交流及照顾她会帮忙盯着。

见三人有点不知所措，何瑛问是否需要她去安慰一下 Sissi。骆文这才缓过神来称不用，让何瑛先回去，自己来善后。何瑛有些不放心，见骆文比较坚定，便跟主管医生又打了招呼，然后离开。临走时，她拍了拍骆文的臂膀，告诉对方不必感情用事，现在 Sissi 需要心理支持，周围的人不能先垮了。

骆文准备进病房，问另两人是否同入。Jessica 已经泪眼婆娑，怕进去后控制不住影响 Sissi，强壮的 Hulk 也有点红了眼圈。骆文便独自进入病房。

见骆文进来，Sissi 试图坐起来，骆文赶紧摆手，快步走到床前。Sissi 的脸色有所恢复，疼痛的缓解让她有了些力气。她坚持要起来，骆文只能把床头摇起来，让她斜靠住。

骆文的心情很沉重，尽管极力克制了，但眉宇间还是难掩愁云。他问 Sissi 感觉如何，对方微笑说没事了，骆文便不知要再说些什么。

Sissi 问他是否和医生谈过了，骆文点头，让她放心，说慢慢会好起来。她问具体谈了什么，骆文支支吾吾寻找着自己认为合适的答案。Sissi 让骆文不用瞒她，这里是肿瘤病房，她有心理准备。

Sissi 轻语道："我应该是遇到大麻烦了。"

骆文强颜欢笑道："没那么严重，有医生在，你别瞎想。"

"我知道是怎么回事，你也别担心，生死有命，我能想开。"

"……是不太好的病，但医生有办法……你要有信心。"

Sissi 一声轻叹："这就是命吧，我只是有点不甘心。"

骆文觉得再谈下去自己也要失控了，便岔开话题，问她怎么任其发展到这个地步。Sissi 称去年上半年就会经常感到下腹隐痛，只是没那么频繁，程度也不是很厉害。由于工作忙，饮食休息都不规律，她以为就是简单的肠胃疾病或经期紊乱，所以一直没有太在意。今年以来，疼痛发作的次数逐渐增多，痛感也强了。自己到药店买了些止痛药，服后管用，就没再做什么。她也想过去医院做系统检查，又觉得麻烦，加之工作上的事情多，好不容易有的休息时间，更不愿意耗费在医院里，便带着侥幸心理得过且过。这两个月来问题越来越严重，止痛药的效力也减小了，她有点害怕，正准备忙过这段，新年前后去医院检查，但终究没能熬到。

Sissi 有点抱歉道："我这一病你就更累了，实在不好意思。"

骆文使劲摇了摇头说："现在，你还说这些干什么？眼下你什么都不用管，安心养病。"

"我没有那么大公无私，只是确实有点添乱了。"

骆文觉得鼻子有点酸，慌忙转过头去环视四周，问 Sissi 还需要什么东西尽管说。病房是双人间，中间拉了帘子，空间不是很大，还算有个独立的区域。骆文起身走动了两步，看似在观察环境，实际上是想缓解压抑的心情。Sissi 说她在北京没有亲戚，只能求助大家。骆文也觉得唏嘘不已，病到这个份上，她还是孤身一人，举目无亲。他赶紧走出房门，深呼了一口气，把 Hulk 和 Jessica 也叫进了病房。

大家又聊了一会儿，骆文要尽快通知 Sissi 的父母，但 Sissi 不想让老人担心。骆文有点急躁，身体是大事，手术也要家属签字，有家人在旁边总会好些。Sissi 便不再坚持。

Sissi 嘱咐 Hulk，Jessica 帮着买一些东西，并收拾好她的办公桌，特意嘱咐把桌面及抽屉里的一些物品拿过来。Jessica 让她安心养病，回去再收拾也来得及。

"我应该是回不去了……" Sissi 的一句话又触动了 Jessica 的泪点，病房里瞬间充满了伤感的气氛。

回到家时天色已晚，骆文忘了给刘莎发信息。看着他失魂落魄的样子，刘莎以为预算会议进展不顺利，或是又跟 Peter 起了冲突，劝他别为工作影响生活。骆文便把 Sissi 的事情告诉了她。

刘莎听了非常吃惊，但又觉得在意料之中，她早就察觉到 Sissi 的病态，但无论如何没有想到会如此严重。她试图安慰骆文，但没说几句便又感慨丛生。她觉得 Sissi 太可怜，远离家人，真正有了难，才更知道孤单的可怕。刘莎对此感同身受。

骆文说 Sissi 的病必定与劳累有关，终日这么辛苦工作，不知到底是为了什么。刘莎深知 Sissi 对骆文的重要性，担心他接下来的工作会很辛苦。骆文却觉得怎么样都能挺过去，只要 Sissi 能康复，他再辛苦几倍都可以。两人长吁短叹到半夜，骆文难以入睡，刘莎就一直奉陪。

第二天晚上，Sissi 的父母就从江西赶到医院。面对病床上憔悴的女儿，两位老人痛哭失声。Sissi 上次回家还是去年春节，没想到再次相见，彼此要承受如此巨大的痛苦。这是他们唯一的孩子，两个即将退休的老人日前还在商量，将来是否要与女儿在北京同住，现在却要面临失去这唯一精神支柱的可能。Sissi 也哭了，此时的她已不再坚强，所有恐惧与无助在父母的怀抱中尽情释放了出来。

骆文在病房外等候，他不敢进去。何瑛下班没有走，特意过来探望。此时，身着白大褂的何瑛成了骆文的心理支柱，何瑛安抚和淡定的语气让他倍感欣慰。

骆文让前来看望的同事都回去，自己留下来处理后面的事情。主管医生来时，刘莎刚好捧着鲜花赶过来。骆文无暇照应刘莎，与何瑛一起跟着医生进了办公室。

手术安排在明天一早，今天出来的检查结果只是坐实了昨天的诊断。医生说手后一切就比较清楚了，并让骆文去叫家属。

骆文到病房门口时刘莎刚好从里面出来，她把头靠在骆文的臂膀，擦拭着眼中的泪水。此时，何瑛也从医生办公室出来，远远看到两人相依的画面，因不知女方是谁，便试图回避。骆文见状，轻轻推开刘莎，为二人做了介绍。他没想到对他来说的两个重要女人，在这种场合相遇了。刘莎有点尴尬，赶紧强调自己情绪失控，试图掩饰与骆文的关系。何瑛像是什么都没发生一样，表示理解，还安慰了刘莎两句，便走进病房。

接下来的事情都是由何瑛主导，骆文像个随从似的忙前忙后。何瑛条理清晰，说话也简洁明了，尽显职业风范，连一旁的刘莎看在眼里也觉得心里踏实。

哮喘

签完字，Sissi 的父母与骆文聊了一会儿。他们常听女儿谈及骆文，夸他人品好，有才气，长相也帅。他们感谢骆文多年来对女儿的照顾，还称给他和公司添麻烦了。骆文听了更加难受，让二老不要客气，说 Sissi 的病与劳累有关，自己深感愧疚。两位老人哪有心情休息，坚持留下来陪女儿。骆文理解，便不再劝。

何瑛跟当班护士交代了一下，让她们也顺带照顾一下两位老人，便准备离去。临走，她特意走过来，看了一眼刘莎，并靠近骆文，轻声关切道："注意休息，Sissi 是个前车之鉴，别那么玩命。"

"我懂。"骆文低语，也不看何瑛。

"我看你不懂！你的脸色也没好到哪里。"

"这两天太忙，又遇上这种糟心事。"

"你哪天不忙？缺了你地球就不转了？"

"大家都这样，又能怎样？不干了？"

"你总是有理。就算不干了，又能怎样？家里又不是等你的米下锅。得了病谁还管你？真正在意你的只有家人。"

"知道了。"骆文想尽快结束谈话。

何瑛侧过身来面对刘莎，脸上多了些笑容。她伸出手抓着骆文的臂膀，显得很亲热的样子，继续说："他就是这个样子，不撞南墙不回头，死倔！"

"Vincent 挺好的。"刘莎硬着头皮回答，此时恨不能有个地缝儿钻进去。

"好什么呀？我还不了解他，忙起来什么都不顾，六亲不认。你们也帮我看着点儿，他不听我的，这样下去身体早晚要垮。"

此时已变成何瑛一个人的表演，刘莎只能配合着报以微笑。

"赶紧回去休息吧！"骆文艰难地说道，甚至带了些恳求的意味。

"没理了就轰人，他就这样，二十年了，没变过。"何瑛看着刘莎说道，然后转头又对骆文道，"对了，你最近也去检查一下身体，以前就跟你说过，每年一次体检，就是不听。Sissi 要是早去检查，不至于变成今天这个样子。你年龄不小了，锻炼几乎没有，还喝酒，不能掉以轻心，靠吃老本不行。记着啊！"

"知道了。"骆文抬手向病房外指了一下，示意何瑛别再说了。

何瑛这才跟两人告别离去。

骆文和刘莎尴尬地站在楼道里。半晌，刘莎对骆文说："她还是挺能干的。"骆文点了一下头，以前他很少见到何瑛职业的一面，这两天在医院的所见，让他对何瑛有了全新的认识。他感到有些新鲜，甚至带点钦佩。他从没想到平时沉静如斯的何瑛，也有如此干练果敢的一面。

"她一直这么能说会道吗？"见骆文不说话，刘莎继续问道。

"不是，她平时少言寡语。"骆文也很奇怪何瑛今天居然这么健谈。分居这么久，她很少一气儿和他说这么多话。尤其还抓住他的臂膀，这也是几年来两人唯一的一次身体接触。

"你没跟她说过我们的事吧？"刘莎继续问。

"没有，怎么会呢？"骆文确实也没打算说。

"你打算说吗？"刘莎似乎明白了什么，追问道。

"不知道，还没想过，可能会吧！"骆文像是在自言自语。

"可能？到底要不要说呢？"

"这很重要吗？"骆文因 Sissi 的事心情本就不好，何瑛制造的尴尬还未散去，刘莎又在这里咄咄逼人，这让他有些烦躁，索性低吼道："她不关我们的事，你也没必要关心这些，管好自己就行了。"

刘莎有点意外，这是骆文第一次对她发脾气。她有点害怕，又有点委屈，咬着嘴唇站在那里，不再说话。片刻，骆文自觉有些冲动，便缓和了口气道："你别在意，我心情不好。"他并没道歉，"我只是不想把两件事扯在一起。"

"我以为你跟她说过，刚才她那些话像是有意对我说的。"见对方温和下来，刘莎的语气也柔和了一些。

"是吗？我和她之间也很久没有说这么多了。何瑛没有恶意，她是好人。"骆文搂了一下刘莎，让对方别再多想，忘了此事。起初，刘莎还若有所思，骆文又过去亲了她额头一下，表示歉意，她才没再纠缠，很快恢复了情绪。

两人回到病房跟 Sissi 挥手道别，骆文说明早他会来陪手术。两位伤心的老人不忘再三致谢，将二人送出病房。

路上，两人的话题仍围绕 Sissi 展开。骆文一直在念叨 Sissi 可惜，说如果自己离开公司，她应该就是接班人，感叹天妒英才；继而又可怜对方，本是前路繁花似锦，谁知这么快就要戛然而止。两位老人也可怜，Sissi 和他说过，二老本想再要个孩子，但因为当年的政策没能如愿。如今，万一独女有个闪失，让他们如何度过余生？

刘莎想起病房中的所见，难掩激动，说看到 Sissi 的样子，便觉得生命太脆弱，她和自己的年龄相差不多，这种感受就更强烈了。从现在起，她也要好好平衡一下生活和工作。Sissi 的父母让她感觉到没有双亲的悲凉，有朝一日自己如果有何不测，可能还不如 Sissi。

骆文打断刘莎，说对方越说越不像话，又说她父亲还健在，如果她愿意，关系是可以弥合的，称下次有机会，就帮刘莎促成此事，而且不再是商量的口吻。刘莎亦不再反对，搂着骆文说今天尝到了人生凄凉的滋味。骆文继而安慰道，就算她今后遇到什么不顺，自己也会陪在她身边。刘莎听了很感动，把骆文抱得紧紧的。

第二天手术后，更坏的消息传来。癌细胞在腹腔内广泛转移，医生只做了简单的清理，便结束了手术。病理结果也证实是最不好的细胞分型，这意味着预后将非常差。

当医生把结果告知家属时，两位老人难以承受，不顾周围人的安慰，抱在一起号啕大哭，很快就难以支撑。经过两天来的冲击，骆文已能把控情绪，急忙叮嘱同样抹泪的 Jessica 安抚好老人，避免出现意外。过了很久，Sissi 的父亲问大夫女儿还有多长时间，医生说半年，也可能更短。接下来，又是一段撕心裂肺的悲咽。

术后第二天，Sissi 坚持要知道实情。她自觉来日无多，有权了解更准确的信息，以便安排自己的事情。两位老人也都是明理之人，待情绪平稳后，决定把实情向女儿和盘托出。

Sissi 又哭了好一阵，她不让别人劝，也没人敢打扰她。直到她自己停下来，便开始呈现 Sissi 式的坚强和冷静。她跟医生说要痛苦最小的治疗，如果没有，她宁愿放弃。既然结果一样，她想保持基本的尊严，不想在有限的时间里再受罪，同时要把完好的形象留给父母及朋友。

医生答应了她的要求。实际上，不管什么样的治疗都会有副作用，加之身体的不断衰竭，那个文静、聪慧、充满内在活力的 Sissi 已经不复存在了。

很快，化疗开始了。Sissi 一家的情绪也进入稳定状态。骆文必须回归工作状态，不管心情多么糟糕，他尚无法改变现在的生活。

春节档活动的准备工作进入关键阶段，刘莎知道骆文身兼数职，所以也格外用心，希望能帮他减轻些压力。部门同事也是一样的心理，Sissi 的病让他们更自觉，也更团结。年终促销活动收尾、媒体公司交接、员工年度评估、年会的准备……桩桩又件件，骆文感到少有的疲劳。传统的圣诞聚会也取消了，现在大家已经失去了娱乐的心情。

人力资源找到骆文，询问是通过内部提拔还是外招，以补充 Sissi 的岗位。骆文的执拗劲又冒了出来，说是要看 Sissi 的状况。他说自己心里过不去这道坎儿，希望再等一段，反正春节就快到了，自己能撑过去。人力资源提醒他这种想法有欠职业性，不能因个人情感影响工作，因小失大。骆文表示轻重自知，会在适当时候麻烦对方启动招聘程序。

刘莎也劝骆文赶紧找新人补缺，这样也便于她的团队工作。骆文让刘莎给他一段消化的时间，以前都是 Sissi 咬牙帮他撑事，现在自己不咬牙回报于心不忍。刘莎不再多说，心里却着实佩服骆文的做法，觉得他是重情义之人。

元旦将至，还有两天就要跨年。骆文没有等来难得的新年短假期，何瑛一个电话又把他拉进了另一场生离死别。

何瑛告知父亲在医院病危，已处于弥留之际。老人提出想见女婿一眼，如果骆文方便，希望他能去上海见一下岳父。骆文没得选，不管从哪个方面说，他都必须要去。刘莎嘱咐他别太劳累，最近伤心的事情太多，要注意保重自己。

自从去年预算会后，骆文就没再见过岳父。没想到一年后，便是永诀的时刻。当他赶到医院时，何瑛一家人都在，只有何琳无法赶回来。何瑛说老人这两天出现过几次昏迷，醒来时还会说胡话，清醒的时候又很明白，情况时好时坏，今天的状况尚好。骆文问还有没有希望，何瑛摇头，现在是多活一日算一日，随时可能走，这次肯定是回不了家了。

骆文来到床头，岳父已瘦得皮包骨头，颧骨高耸，显得眼窝更深，一双眼睛失去了神采，身上插满了管子勉强维系。癌细胞的吞噬、疼痛与昏迷的反复折腾，已经把老人的骨血抽干。他已失去了反抗的能力，哪怕是任何微小的冲击，都可能将之彻底摧垮。

见到女婿，老人显得有点兴奋。今天，他的意识很清楚，刚刚鼻饲了一些食物，看起来精神饱满的样子。何瑞把床头摇起来，便于父亲与姐夫交流。

骆文从包里拿出两瓶五粮液，在岳父面前晃了晃，一旁做治疗的护士不解地斜了骆文一眼。老人点头微笑，家人都知道此时的五粮液已不仅仅是酒，岳母苦笑着擦了擦湿润的眼睛。

简单聊了一会儿，老人精神仍好，便说想跟骆文、何瑛说两句。其他人以为要离场，老人摇头，说一起听没问题。

何瑛与骆文各坐一边，老人伸出枯掌抓着两人的手，用意很明显。骆文对他后面要说内容已有预感，只能坐在那里积极配合。

岳父说何瑛从小没少吃苦，帮了家里很多，成人后仍是家里的支柱，而他也没有给予孩子太多疼爱，着实对不起女儿。但何瑛很争气，是几个孩子里最有出息的，同时又嫁了这么好的女婿，他和老伴都很满意。小两口发生矛盾让他们很难过，可是没有什么越不过的坎儿，时间长了，再大的事情也能过去，况且他们还有凡凡。两口子闹别扭也是人之常情，双方互相理解一下就好，毕竟家和万事兴。老人希望两人能重归于好，这样他死也瞑目，并要两人答应他不计前嫌，坐下来好好谈，把这个家维系住。

何瑛已经热泪盈眶，这是父亲这一辈子跟她说过的最暖心的话，却已是弥留之言。她坐在那里不发一言，只顾拭泪。

骆文的内心在翻江倒海。人之将死，其言也善。岳父的话发自内心，又是临终的心愿，他怎么忍心拒绝？可他与何瑛的关系岂是这一句遗愿就可以修补的？岳父的手抓得很紧，一如那个直扑过来的要求，让他无法挣脱。骆文感到老人此时的目光紧紧锁住了他，而全屋的人都在注视着他，等他的回复。他没有抬头，内心凌乱不已，想不出一个周全的答复。此时，他反倒寄望于何瑛能帮助化解困局，可她除了低头拭泪，没有任何反应。

空气好像凝固了一样，老人又追问了一句："好不好？"骆文实在不忍伤了老人的心，便低声答了一句"好"。见骆文首肯了，老人又兴奋地摇了摇何瑛的手，问："好不好？""嗯！"何瑛点着头，泪水已像断了线的珠子。

骆文的到来像是给老人打了一剂兴奋剂，一天下来，病情居然没有大的波动。晚上，骆文让大家回去好好休息一下，他没什么事，就在医院陪夜，正好省了住酒店的钱。何瑛给他更新了被褥，并拿来不少吃的，嘱咐他多休息，别累着。岳母见小两口相敬如宾，便在何瑛的陪同下欣慰地离开。

晚上，翁婿又聊了一会儿，东拉西扯说了很多过去的事情。

岳父聊兴很盛，谈笑间，又扯到了几年前找骆文要光盘的事。骆文笑着问好看吗，岳父说好看，第一次看的时候紧张得不得了，然后就是兴奋得不得了。骆文听着内心苦笑不已。老人感慨这辈子除了喝酒，什么好事也没赶上，最好的年华都白白虚度了，刚过上几年好日子，又要跟世界再见了。他羡慕现在的年轻人见识广，啥都能见识到，他们这一代已经废掉了，什么都不会，想学又晚了，学不动了。他感谢骆文上心，如果托儿子办，对方肯定不管，还要嘲笑他。骆文就说给他弄光盘的事败露后，还被何瑛骂了一顿，两人都会心地笑了。

骆文心血来潮，笑问岳父是不是还想看。对方愣了一下，说没机器。骆文说用手机就可以看，一会儿去网上给他找。老人也不懂，一边说好，一边将信将疑。话题又转到生活琐事，两人慢声低语，拉着家常，时而笑意盈盈，场景很是温馨，宛若父子，赢得旁边护士的赞许目光。还没聊完，疼痛来袭。骆文叫来医护人员，随后老人出现了昏迷。骆文本以为可以睡个完整的觉，没想到一夜下来，枕头都没有热过。

第二天早晨，何瑛带着母亲准时过来。老人状态平稳，睡得正沉。护士不停夸奖骆文，说这个女婿没得挑，忙前忙后几乎一夜没合眼。而且老人昨天的状态也特别好，应该是托了女婿的福。又不断说何瑛有福气，嫁了好老公。何瑛让骆文去休息，岳母让他回闵行的家里睡，骆文没有接话，只说这几天假期他都在，夜里的事情就交给他。

骆文在医院附近找了家酒店，进屋倒头就睡，一觉就到了中午。他看了看手机上的信息，是 Linda 发来的，她从刘莎那里得知骆文来了上海，便邀他一起吃晚饭。骆文回复晚上要去医院值班，Linda 便说到酒店附近找他喝茶聊天。

Linda 还是那么光鲜靓丽、心直口快，说两个多月没见骆文，他好像老了好几岁。骆文叹了口气，说最近都是糟心事，家里家外、工作生活没一个顺心的。Linda 也听刘莎讲了一些，对骆文深表同情。骆文想起初次见面时，Linda 谈到刘莎的感情经历，便问是否方便跟他聊聊。

Linda 没有拒绝，从头到尾讲了一遍，这是刘莎唯一不愿展现给骆文的部分。对此，骆文心中只有疼惜，却无法置评。

"你会在意吗？" Linda 问道。

"在意什么？"

"这段情史啊！"

"谁没有过去啊，这没有什么。"

"可这对刘莎的打击很大，这一直是她的心病。"

"没必要，你们女孩感情比较细腻，其实这是司空见惯的事。"

"你不在意就好。她打过胎你也不在意？"

"不在意，都是很久以前的事了，没什么意义了。"

Linda 放心了，又强调刘莎是个用情极深的女子，希望骆文能多多关心她。

"你知道自己在她心中的分量吗？" Linda 继续说。

"你别吓我哈！" 骆文故作惊讶道。

"她几乎是对你倾尽所有的，在我这里听到的都是对你的爱。我就纳闷了，难道你就没有缺点吗？"

"太夸张了吧？不至于。"

"真的，对天发誓，她就是赴汤蹈火也要爱你的。"

"那你说说，她为什么喜欢我？"

"纯粹。"

骆文不是第一次听到这个词，记得在香港刘莎就说过，看来这不是 Linda 杜撰的。

"她说你人很干净，心地善良，虽然性格执拗一些，但没有藏着掖着的东西，跟你在一起很踏实，不用设防。"Linda 历数着刘莎的溢美之词，称这些优点正好与刘莎的前任形成了鲜明对比，她上一次是被骗的，所以格外看重诚实。Linda 告诉骆文，刘莎跟她不同，她很渴望能有自己的家庭，特别是孩子，只是碍于状况她不能催骆文。

"我也问过她，能不能接受不结婚、不生子。她说也可以，虽然有些遗憾，但若能跟你一直好下去她也不在乎。她为了你连原则都不要了，这不是痴爱是什么？"

骆文被 Linda 的一席话说得心里发暖，对刘莎的思念也油然而生。与此同时，现实的沉重感又浮上心头，他怀疑自己能否承受这样刻骨铭心的感情。家庭的变故、工作生活的诸多困扰，让他这两年一直处在负面情绪里，对很多事情的评判都难免悲观。刘莎的闯入给他带来了极大的愉悦，甚至改变了他过去一年的生活状态，让他焕发了新生。可是，最近接踵而至的事情好像又唤起了他心底阴郁的影子。他努力想调整目前的状态，否则又会跌入不良的情绪循环，这对刘莎是极大的不公平和辜负。

在 Linda 看来，骆文虽然外表阳刚、处事果敢、谈笑幽默，但眼神里总浮现着股忧郁的色彩。她觉得骆文太辛苦了，应该适当休息一下，健康状况好了，心情就会不一样。每天经历这么多烦心事，铁人也受不了，不忧郁才怪。Linda 又问医院那边有什么要她帮忙的，骆文谢绝了。他简单介绍了岳父的状况，说老人随时都会走。Linda 又问何瑛，骆文说他们轮流值班看护，他负责守夜。

"老人看到女婿床前尽孝一定很感动吧？"率性的 Linda 又是脱口而出。

"你又要说什么风凉话？"

"人之常情嘛！岳父没拉着你俩的手劝和？"Linda 狡黠地挤挤眼睛。

"你够鬼的！这个倒真是有。"

"原来这种狗血剧情真的是源于生活！你老婆也够有心计的。"

骆文拉下脸，说这跟何瑛没关系，是老人的善愿，让 Linda 别乱说。

"呦，还替老婆说上话了，感情还挺深的啊，这不是脚踩两只船吗？" Linda 并没有停嘴的意思。

"不是你想的那样。这事别乱开玩笑，不合适。"骆文的语气已有严肃。

Linda 见骆文面露正色，便收敛了一下，道："好，我道歉！那你答应岳父了？"

"哄老人高兴呗，他有今天没明天的，还能怎样？"骆文无奈道。

快到晚饭时间了。骆文起身，说要去医院接班。两人互致新年问候，便各自散去。

来到医院时，又是一大家子都在。骆文问了白天的情况，何瑛告诉他老人上午差点去世，又抢救回来，下午还有点糊涂，现在又清醒了。刚才疼得厉害，打了止痛药，疼痛已经缓解了。

骆文让他们回家，但没人想走，都怕回去后见不到最后一面。今天是十二月的最后一天，大家想在一起跨年。骆文理解，也没有再劝，便坐到床边。老人的精神明显好转，护士说是因为女婿来了高兴。

何瑞一家陪着母亲出去吃饭，何瑛说不饿，在病房陪骆文随便吃了点东西。因为止痛药起了作用，老人此刻有了谈话的兴致和力气，拉着骆文聊天。何瑛不想插嘴，拿本书坐在床边看。骆文催何瑛也出去遛遛，对方不想去，说了几次，何瑛不解其意，偏不动。骆文怕岳母回来更不方便，便从口袋里取出手机。他没有时间去搞岳父想看的那种视频，就让耗子随便给他发了两段。耗子笑他这么大岁数还靠这个搞情调，骆文只回复说这是"止痛药"，搞得对方一头雾水。

他给岳父指了指屏幕，老人居然心领神会，欢喜地接了过去。骆文给他戴上耳机，点击了播放键。不久前还缠在老人脸上的扭曲表情舒展开来，专注之余，嘴角也浮出了微笑。

坐在对面的何瑛不知他俩在搞什么，忍不住探过头去看。老人看得认真，也顾不上遮掩。骆文心想这下完了，索性做好迎接来自何瑛的"暴风骤雨"。风暴并未如期而至，何瑛看了片刻，又安静地坐回对面，斜眼看了一眼骆文，口中轻轻吐出了两个字——"流氓"，但分明没有怨气，嘴边还挂了一丝笑意。骆文有点不好意思，挠了挠头，也笑了一下。

一家人如愿陪老人跨入了二〇一九年，但生命却未在新的一年停留太久。第二天凌晨，老人撒手而去。

骆文多待了两天，陪着一起料理后事。到了不得不回去的时候，何瑛让他放心走，她还要留下来多陪母亲几天。何瑞开车把骆文送到机场，临别时操着浓重的沪普致谢，说不管未来与何瑛关系如何，骆文永远是他的姐夫。

哮
喘

第二十六章

晚间，飞机准时落地北京。骆文从昏睡中醒来，伸展了一下身体，新的一年就这样来了，忙乱又伤感。打开手机，何瑛的短信跃入眼帘："谢谢！注意身体，好好休息。"同时跳出来的还有一个未接电话，居然是腰子的妻子打来的。他们之间几乎难得直接联系，骆文感觉可能出了什么事情，没有迟疑，随即打了回去。谁知直到见到刘莎，这个电话还没有要结束的意思。

原来对方是来控诉的。她告诉骆文，腰子出轨自己单位的女同事了，证据确凿，腰子也承认了。事情起始于去年夏天，女方是腰子的下属，也是 80 后的单身女孩。老婆察觉到异常是在九月，起初腰子不承认，因此两人在国庆节前还大吵了一架，这就是她没去参加耗子婚礼的原因。后来腰子看似收敛，其实是行事更隐秘了。元旦期间，他说单位领导要带头值班，实际上是约会去了，后被老婆抓了现行。这两天，夫妻俩都是在吵架与冷战中度过的。

腰子的妻子抓住骆文这么个宣泄对象，不停地数落着丈夫的累累"罪行"，全然不顾隐私与形象。腰子当年如何不择手段追求她；如何婚后变了嘴脸，在家里饭来张口，衣来伸手；挥霍家里的积蓄买那些核桃串珠；当个北京多如牛毛的处级干部，便不知道姓什么了，回到家里还打官腔，让女儿都讨厌，却忘了连当初的入党申请书都是老婆帮着写的……骂完又表达自己的委屈，其间数度哽咽。骆文无法插嘴，心想对方此时需要宣泄，索性由着她说，只是中途给手机插上了充电宝。节后上班第一天，她就到腰子单位闹了一次，弄得腰子和那个女同事很下不来台。她也找了单位书记谈话，这下可算是打到了腰子的七

第二十六章

寸。现在两人在家里已经不说话了。她突然想到骆文、耗子都是腰子的发小，耗子玩世不恭，骆文比较理性，所以就找到骆文，让他评个理。

骆文等她说完，便问她想怎样，自己又能做些什么。对方也很困惑，起初因为气不过，只想给腰子点颜色看，闹过之后却不知该怎么往下走。骆文直截了当地问对方是不是要离婚，刘莎马上在旁边捅了他一下，意思是劝和不劝分。对方反而冷静下来，表示并不想离婚。骆文便说既然不想离婚，就试着把此事淡化处理。她到单位这么一闹，对腰子来说是奇耻大辱，毕竟大小也是个领导，以后怎么开展工作。

腰子的妻子本是想通过宣泄，得到骆文的安慰，没想到却招来了指责。尤其骆文还说得在理，对自己的冲动之举后悔不迭，可生米已成熟饭，不由得慌张起来。她确实担心丈夫的前途，毕竟他的事业也关系到全家的生活质量，当然也关系到自己在外人面前的虚荣心。

骆文建议她跟腰子好好谈一下，先不计前嫌赔个不是，再商量一下如何善后，以便把损失降到最低。当然，麻烦是由腰子而起，有错在先，确实需要敲打一下。他安抚对方说今天太晚，明天他会联系腰子，帮她从中斡旋。电话的最后已变成腰子妻子的焦虑与托付。骆文知道对方是有口无心，毕竟她是受害者，只能又安慰了几句，约定再联系，便挂了电话。

这个漫长的电话令本已疲惫不堪的骆文，感到更为烦躁。他盘算着明天要跟腰子怎么说，可想了一会儿便觉心绪烦乱，索性扔到一边，不再去想。洗完澡出来，骆文感觉头痛难耐，刘莎又是端水又是按摩，让他别再处理工作，早点休息。

真的躺到床上，反而睡不着了，骆文便跟刘莎聊起来。刘莎问何父的事情，骆文简单回复了一下。刘莎又提到 Linda 跟她联系了，说骆文看起来比较憔悴，让他注意休息。骆文随口说，Linda 和刘莎是真姐妹，不分彼此。

刘莎以为骆文生气了，称以后尽量不和 Linda 说他俩的事，让骆文不要迁怒 Linda。骆文觉得刘莎多虑了，直夸 Linda 性格率真，人很风趣，又笑问她都给刘莎汇报了什么。刘莎见骆文语气轻松，便提到何父临终劝和之事。

骆文立刻收起笑容，支吾着确有此事，但那只是无意义的小插曲。刘莎仰望着天花板，并未留意到骆文的表情变化，继续问下去："你真的答应了？"

"对。"

"这是遗嘱，要言而有信的。"

"哄老人开心的，那种情况下，也不能拒绝啊！"

"为什么不能呢？如果做不到，委婉地表示也是可以的。"

"我嘴笨呗。"

"你还嘴笨，那就没有再灵的了。"见骆文没有接话，刘莎继续说，"你是怎么想的？"

"什么怎么想的？"

"你要跟她和好吗？"

"问这个有什么意义？"

"没有意义吗？我想知道。"

"这很重要吗？"

"当然重要。"

刘莎没有意识到这样的话赶话已经把骆文逼至爆发的边缘，她没有等来对方的真实想法，接到的却是冰冷的回呛。

"我觉得我们现在挺好的，如果你有什么不满意的可以直说，没必要这么逼我。"骆文的言辞已经变得锋利。

"我哪里在逼你，问一下也不行？"

"不行！我说过，我们的事就是我们的事，跟别人没关系。"

"怎么可能没关系？这不是自欺欺人嘛！"刘莎也被带出了情绪。

"如果你觉得我欺骗了你，现在就可以离开，没必要在一起！"骆文已经是发怒的语气。

"骗没骗，你心里明白！"

"不知道，随你怎么想！"

两人不再说话。沉默了一会儿，骆文转过头看了看一边的刘莎，对方随即转身背对着他。夜光下，他可以看到刘莎在抹眼泪。

此时的刘莎倍感委屈。最近，她的心情并不比骆文好多少，工作的繁忙与精力的透支一点不输对方，但只有她去安慰他，他则很少顾及她的感受。元旦假期。她独守空房，对方没有一句问候；关于两人日后的发展，不问并不等于她不关心，她是在乎结果的。难道感情已经淡去了吗？难道这次上海之行，真的就是他回归家庭的起点吗？她怕失去骆文，Linda让她看紧点，难道闺蜜已经嗅到了不妙的气息？伤心与恐惧交织在一起，刘莎便控制不住了。

骆文的情绪来得快，去得也快。他见不得眼泪，此时已有后悔，也搞不清楚自己怎么就变得一触即发。从Jason落标的事情到Sissi病发，再到岳父病故，腰子的事情也来添乱，这一切都来得太集中，工作的繁杂与身体的疲惫也搅在一起，令他无暇喘息。骆文自觉理亏，不应把自己的负面情绪转嫁到刘莎身上，愧疚之情让他面颊有些发烧。

骆文伸手想要抱住刘莎，对方没有理会，抗拒着把他推开。他有点不知所措，僵持了半晌，然后开了腔。

"对不起，我太冲动了，我没有恶意。"见对方不语，他继续道，"我最近心情不好，但无论如何，都不应该对你乱发脾气。你对我好，我知道，都是我的问题，我自己都讨厌自己。"也不管刘莎是否在听，骆文兀自碎碎念个不停。"我确实厌恶自己，母亲得病、家庭失和、父子不睦、工作不顺、骆平的事、Sissi的病……这些都是对我的报应，我也活该……你别生气啦，不然我心里会更不好受。"

终于，刘莎转过身来，投进骆文的怀抱，但哭泣并未停止。骆文吻着刘莎的额头与眼泪，轻拍着对方的后背。又哭了一会儿，刘莎慢慢安静下来。

"没事了，乖！"骆文吻了一下刘莎的唇。

"谁让你在那里像唐僧一样絮絮叨叨没个完。"刘莎擦着眼睛，嘴里有了嗔怪的语气。

"有这么坏脾气的唐僧吗？"

"我怕你对我发脾气。"

"下不为例，坚决改！"

"我以为你不喜欢我了。"

"又来了，别瞎想。"看到刘莎委屈的表情，骆文赶紧搂紧她，轻声安慰起来。

　　冲突渐渐平息，刘莎也被骆文哄出了笑颜。这场情绪的起伏，让双方都有些兴奋，便就着夜色，继续聊起来。刘莎问 Linda 还跟骆文说了什么，他坦诚还有刘莎的情史。

　　"我本来不想告诉你的，Linda 嘴太快。"

　　"这也没什么，她是好意。"

　　"你在意吗？"

　　"为什么要在意？我有资格在意吗？"

　　"那件事对我伤害太深了。"

　　"忘掉吧，没什么大不了的。"

　　"你真的喜欢我吗？"

　　"愚蠢，换一个问题。"

　　"你喜欢我什么？"

　　"纯粹。"

　　"讨厌！不许学我。"

　　"爱就爱了，毫无保留，这还不够纯吗？"

　　"我所有的都给你了，以后你可不能欺负我。"

　　"哪里舍得？"

　　刘莎要枕着骆文睡去。骆文笑道："这样会把我的胳膊压麻的！"刘莎才不管，执意要他今晚抱着她睡。就这样，一场冲突后，两人又重归甜蜜。

　　第二天，骆文给腰子电话。对方承认确有其事，但不想在电话里多说，妻子去单位闹过后对他很不利，他现在心情不好，不想谈论这事，推脱春节聚会时再聊。

　　骆文没有挂电话，只问对方要分还是要合。腰子很困惑。骆文的意思是不管怎样，不能再对妻子有什么过激言行，两人好好谈，不能影响孩子，办法总比问题多。腰子应允，骆文便不再多嘴。他了解老友的性格，贫嘴还行，要紧关口不扛事儿，胆子很小。

　　随后，骆文又和腰子的妻子通了话，主题已变为劝和与宽慰，希望两人冷静思考，别再吵架，各让一步，多关心一下对方，这事应该很快就能过去。电话那头表示认同并致以万分感激。骆文这才把此事放在一边。

他突然觉得很讽刺，自己的家庭已经一团糟，劝起别人倒是头头是道。

新年的第二周，销售年会如期而至。此前南方城市已经兜了个遍，今年已没有太多的会址选项，最后定在了厦门。

熟悉的场景不断上演，Peter 在台上激情豪迈地宣讲着自己的新政，重复着一波老板一波新思想的老套路。台下轰鸣的掌声不知有多少是发自肺腑的，反正各有各的理解，各有各的盘算。在骆文眼中，这种相互捧场的热烈氛围就像每年定期上演的自嗨大戏。自己也曾经投入过情感，认真扮演过不同的角色。但经历了这么多年，他早就不再轻易热血沸腾，而更多的是生出看客心理，只是表面上还要保持与现场气氛匹配的各种表情。他知道自己是第一排座席的成员，演出来是他应该做的，虽内心有些无聊，但行头却拒绝紊乱，唱念做打仍不失精彩。

Peter 的演讲与去年 Rimond 的内容实质上是大同小异，变化只是光鲜激昂的措辞。那些换汤不换药的管理理念，只是用不同的方式表达出来，看起来似乎崭新，甚至是独创的，反正总有人捧场，场面一度非常热烈。骆文更关心技术层面的东西，而这些在会前已经明确了。Peter 的情商远高于 Rimond，因此行为处事没那么激进，这在做预算及日常工作中表现得很明显。他很聪明，几个重要的助手用起来得心应手。虽然与骆文发生过激烈冲突，但 Peter 亦知对方在业务上是把好手，因而一边打压其性格，一边又重用其才华。骆文也是那种对事不对人的耿直性格，冲突过后也不会迁怒于人，所以，两人虽然磕碰不断，但一直还算是携手前行。

会中，Jessica 找到骆文，表示有意接过 Sissi 的工作，希望能把新招来的人安排在她目前的岗位，实现调整。Jessica 的性格很好强，尤喜暗中较劲，Sissi 组的产品不仅重要，大品牌也多，这对她的履历以及提升自身在公司的地位是有好处的。

病愈恢复上班后，Jessica 较以前更加努力了，好像要把病中失去的机会和地位统统夺回来似的。周围人都觉得这个"拼命三娘"有些神经质，尤其Sissi发病后，她变得更加紧张多虑，时常背后议论一些敏感之事，而这些事在大家眼中大都是莫须有的。骆文也察觉到Jessica在性情方面的转变，所幸这并没有影响她的工作质量，毕竟她的能力还是有目共睹的，便经常劝慰对方放松心情多休息。

对于调岗的要求，骆文还没有想好，他还有为Sissi咬牙撑一段的执念，与其说是相信Sissi能康复，不如说是自己需要这么一个心理修复期，因而表示春节后再考虑这个问题。Jessica觉得骆文对她有所不满，骆文否认，并要她不要乱猜想。Jessica的表情告诉骆文，她并不相信他的话。

Hulk表示年会的旅游他就不参与了，想利用这两天去打高尔夫。上海那个工商管理课程毕业后，他的这一爱好并没中断。同学的聚会虽有所减少，但仍能看到他在朋友圈不时秀一些照片，都是与同学出入高档场所欢聚的场面，图片中的男女也多乐于摆出一副社会精英的模样。

Jessica告诉骆文，Hulk好像有女友了，可能是班里的同学，最近心情很好。球场定在鼓浪屿，Hulk问骆文是否同去。骆文没兴趣，也不想旅游，便提前回到北京。

年会召开之时，春节档"战役"也全部就绪并开始上线，大家都稍微松了口气。

腊八这天，骆文去医院看Sissi。Sissi明显消瘦了，脸色惨白，样子很让人心疼。头发没有像想象中那般脱落，Sissi说她头发密，所以不是很明显，现在主要是疼痛及化疗反应严重，让她感到难熬。父母照顾得很周到，想尽各种方法帮助女儿进补营养，到处打听各种偏方，以期能有奇迹。

Sissi听说骆文为她生扛暂不招聘之事，就劝他赶紧招人，不要意气用事，否则会让她更过意不去。骆文不让对方操心，表示自己会处理好此事。Sissi说同事们会经常来看她，让她觉得没那么寂寞，现在只想把所剩不多的日子过好，跟父母多亲近亲近。她原本打算春节时去非洲转一转，医生、父母都不同意，希望骆文帮她争取一下。她喜欢埃及的文明，本想找机会休假去玩，但一直没有实现，这也算是她最后的愿望了。骆文也很担心，同样建议她在医院安心养病。Sissi 有点烦躁，她只想趁着还能自由行动，想给自己的生命留下美好的回忆，希望大家能成全她。骆文动了恻隐之心，答应帮她去做工作。

Sissi 父母还是不同意，如果一定要动，可以考虑带她回江西过年。Sissi 的意思是，家里只有他们三人，既然父母在身边，那在哪里过年都无所谓了。Sissi 不断央求，二老不忍违了女儿的心愿，只得说只要医生同意他们就陪女儿去。

出于患者的实际情况，主管医生坚决反对。无奈之中，骆文想到了何瑛。果不其然，何瑛发挥了关键作用。最后，主管医生同意患者签署一份免责声明才可放行，Sissi 的愿望终于可以实现了。

准备签证还需要些时间，骆文嘱咐 Sissi 好好休息，配合治疗，不然到时想走都走不了。对方感谢骆文的理解与帮助，说回来会给他带当地的纪念品。

春节越来越近了。周五晚上，何瑛给骆文发信息，提醒他今天是凡凡的生日。骆文自然没忘，只是何瑛主动提醒此事，几年来还是第一次。

何瑛计划春节前一周去美国，问骆文是否同行。骆文还没想好，可能会先留下来陪母亲过节，再过去待两天。骆文能听出何瑛是希望他同往的，但他也想征求一下刘莎的意见，这段时间忙，他俩还没商量假期的安排。何瑛说还有十天她就启程了，不管骆文去不去，走之前她想看望一下婆婆，大家一起吃顿饭，就算节日团聚了。她还不知道婆婆住到养老院的事，骆文说跟骆平商量一下再定。

骆文这才想起来妈妈。老人住进养老院时，他正为预算忙碌，供应商竞标风波，然后就是 Sissi 发病，再到岳父去世，算下来已有两个月没有见到。元旦前给骆平发过两次信息，骆平都很简单地回复说"挺好"。

骆文又想起最近骆平股市赔钱的事情，以及前些日子回复信息时的古怪腔调，便担心起妹妹的婚姻生活来。他越想越不放心，连发信息的心思都没有，直接拨通了电话。

骆平的声音很低沉，说正要跟骆文联系。骆文问她最近过得如何，她只说一言难尽，想约哥哥一起聊聊，让骆文周日到她的住处，说她已经回来快一周了。骆文以为是妹夫被说服了，骆平却说自己没和对方在一起，等见面再说。骆文觉得不对劲，但想着马上就能见面，便没再去琢磨。

晚上正好是美国东岸的早上，骆文给凡凡发出了生日祝福的信息，除了亲切的话语，还配上了蛋糕、气球等表情。等了半天也没见有回复，骆文便放下手机，找刘莎商量春节的安排。

几天前，刘莎刚把 Linda 的旅游邀约推掉，说想跟骆文一起过节，对方揶揄她重色轻友，这么快就把闺蜜扔在一边。其实刘莎的想法很简单，只要有骆文相陪，在家傻待着也很幸福。

骆文便想起了成都之行，上次被刘莎推掉了，不知这次能否成行。刘莎知道骆文的苦心，自己也有点心动，可一到要做决定的时候，又变得艰难起来。她又开始找各种理由，最后躲不过骆文的追问，干脆说不想去，让骆文再给她一些时间。骆文让她周末再好好想想，如果确定不去，他们再商量其他计划。

入睡前，骆文终于收到凡凡的回复："Thanks"，没有任何多余的符号，他仿佛看到万里之外，儿子面无表情的冷漠样子。孩子连一个汉字都懒得用，哪怕配上一个感叹号也好很多。这一谢远不如不谢，骆文感到自己被一盆冰水浇在身上，冷到心底。

周日，兄妹二人见面，这是婚宴后的第一次。

一进门，骆文就看见桌上扔着一个项链圈，这才注意到骆平脖子上的项链不见了。问那个人名章的链坠去哪儿了，骆平说给砸碎扔了。骆文连连摇头，说是几千块钱的东西有点可惜了，大可磨平了重新再刻上新的字。骆平以为哥哥是在嘲笑自己，白了对方一眼，说想着都晦气，看着会短命，直骂那个"大师"是"大屎"。骆文附和道，早就该骂，可惜了那钱。

骆平没有心思继续开玩笑，开始叙述三个月来的婚姻生活。骆文的表情从开始的好奇期待，逐渐变成严肃而又愤怒。

骆平说那人结婚前一副很正经的样子，彬彬有礼的，喜欢纵论时事，古今中外都能聊上几句，家长里短也能应对一二，显得人生阅历很丰富，还常说一些哲理性很强的话。举止也很斯文，不轻易越雷池半步，把她照顾得很得体，从不越界。结婚搬到一起后，她才发现对方丑陋的一面，尤其夫妻生活方面，不仅欲望无休止，还经常提出种种变态的要求，让她无法承受。说到难以启齿之处，骆平气得直喘粗气，脸庞涨得通红。骆文让她喝口水，不必描述那些细节。

骆平的老公姓邬，此时在她嘴里，对方已不配拥有姓名，全程以"乌龟"代指。委屈了这好端端的一个姓氏，不幸沦为骆平发泄的牺牲品。

后来，她发现了更可气的事。乌龟不需要坐班，但上课时间起码应该是固定的。一段时间下来，骆平就发现不对劲。他每周出去的时间都是随意的，或许正是这一点暴露了自己。"咱妈就是老师，还逃得出我的法眼。"骆平到这时还不忘贫嘴。虽然可疑，但她并未挑明，直到元旦前的一天她外出购物，在商场看到乌龟在那里闲逛，她才回去质问。谁知乌龟还嘴硬说去上课了，这回骆平便摊牌了。对方只好说最近学校调课，暂时没给他安排课，他会去一些民办大学代课，这天因为课程临时取消，他便到商场闲逛去了。骆平将信将疑，第二天趁乌龟出门"上课"，就去了对方学校，这才真相大白。原来乌龟是被学校停职停薪的，留校察看的人怎么会给安排课上？

骆文问是什么原因，骆平说听了刚才变态欲望那段，他就应该能猜出个大概。骆文不解，骆平便继续讨伐。

几年前，就有女学生投诉乌龟行为不端，但学校拿不到证据，除了口头警告，也只能不了了之。两年前，有女生在事发时录了音，这回铁证如山。后来，校方给了乌龟行政处分，但没有张扬，也没有停课。但"狗改不了吃屎"，去年暑假前旧疾复发。这回不仅是录音，连录像都有。最后被学校严肃处理，所以才没事可做。他到那些所谓的民办大学代课不假，但朝不保夕，都是临时短工，并不稳定。"但要带的午饭可没少让我做啊，说吃不惯外面的，太油腻，喜欢我做的口味与荤素搭配，这点饭钱都要抠我的！"骆平抓紧一切机会贬损对方。

说到抠钱，骆文便问炒股的钱他还没还。"还个鬼！"说到钱，骆平的气就不打一处来："这还没完呢！"原来，乌龟元旦去看前妻与孩子，正好赶上物业上门检修电表，物业人员在小区工作多年，对住户很熟悉，聊天中骆平才知道让她气炸肺的事情。

他们现在租住的这个房子，原来就是乌龟自己的！他和前妻离婚时，前妻带孩子拿了大房子，他就分得这个小房子。搬进去之前，乌龟说手里没活钱，房租一季度一交，问每月一万一千块的房租可否由骆平先垫上。当时正值新婚宴尔，骆平也嫌麻烦，也不了解细节，一次性给了对方半年的房租，谁承想是进了他自己的口袋。

"你说有这样的人渣吗？我相当于每月还给他发工资！"骆平气得手直哆嗦。骆文现在明白为什么这家伙坚持要妹妹搬到他那里住，一个不坐班的人在乎多那么一点上班的距离吗？什么不喜欢宠物、不方便照顾老人，都是瞎扯，他当时就应该坚持问个清楚。

随后，骆平通过物业找到他的前妻，两人一对账，真相大白。前妻当时就是因为先有了孩子，才草草结婚，便凑合过了。几年后发现他那些恶习和人渣品质，一直忍到学校给他处分才分手。离婚时，乌龟不要孩子，却为财产争得脸红脖子粗，最后本就不多的存款都归了前妻，大房子也划到前妻名下。这小房子还有几年的贷款没交完，他现在没有固定收入，供房贷都有点吃力，居然想出这些歪门邪道的来揩骆平的油。

"什么没活钱，连死钱都没有！他怎么没死在钱上啊！"骆平咬牙切齿地诅咒着。

骆文气得早已坐不住了，忍不住爆粗口，说要好好收拾这只"乌龟"。说着居然抓起手机给耗子打电话，打算让对方找几个人帮他去教训乌龟，刚说到一半就被骆平拦住了。她见哥哥是真心疼她，便委屈地掉下眼泪。骆文看着更难过，又不知道怎么劝，气得来回踱步，骂声不止。

骆文问妹妹下一步打算怎么办，骆平下定决心不再回去。她已经搬回来一周了，昨天又回去把剩下的东西都拿回来，并告诉对方节前找时间尽快结束这一地鸡毛的婚姻。

骆文说炒股的钱和房租必须要回来，骆平说对方答应慢慢还，但她也不指望能还上，不行就当花钱买了个教训，只不过这教训太惨痛、太丢人。骆文则表示绝不能饶了对方，一分钱都不能少。骆平说先离了婚，其他的事再说，并称再也不结婚了。

此时，兄妹俩才意识到屋内缺了点什么——母亲不在身边。

骆平说最近一直在跟乌龟拉锯战，心情不好，近期就没去过养老院，算起来也有一个半月了。骆文顿时就上了火，指责对方怎么能这么长时间不去探望。骆平的心情也很糟，便回嘴说骆文两个月没见，也没听到他有一句自我批评。骆文立刻感到理亏，调整了情绪，便问何时接母亲回来。骆平也没含糊，说明天一早就去。她即刻给宋姐打了电话，问对方白天是否还可以过来照顾，宋姐回答没问题，兄妹俩遂心安。骆平嘱咐后天一早宋姐就过来，顺便把旺财带回来。她说她也有点想老人，自己没什么事，没准明晚就先过去一趟。

兄妹俩一起吃了晚饭，心情平复后的骆平便开始打听骆文的近况。骆文说了岳父过世的事情，也聊到了Sissi的病，抱怨最近都是糟心事，今天又加上了骆平这一桩。

骆平又问起刘莎，她对这姑娘印象不错，便问骆文有何打算。既然已经挑明，骆文也不想隐瞒，权当给骆平解闷疗伤了。他简单介绍了一下刘莎的情况，以及他们认识、相处的过程。骆平听得津津有味，俨然已经忘了自己的伤痛。

"厉害啊，你俩年龄差了快一轮，姑娘长相、性格没得挑，老哥就是厉害！"骆平由衷赞叹道。

"啥厉害不厉害的，缘分吧，互相吸引。也算我没把持住，入了'敌营'。"骆文有点不好意思。

"别得便宜卖乖，我看你美着呢！什么时候结婚啊？"

"结婚还谈不上吧，不然成重婚罪了。"骆文的语气有点黯然。

"何瑛那边怎么样了？她最近给我发过几次短信，都是嘘寒问暖的，也问妈的事，这种关心也是久违了。"

骆文不知如何作答，岳父去世后他也有同类的感觉。虽然元旦后两人就没再见面，也没打过电话，但何瑛的信息开始增多，措辞也不像以前那么冷冰冰的了。他还没有愚钝到那个地步，对方的用意多少能感知到。可冰冻三尺非一日之寒，即便他现在对何瑛产生了无以复加的愧疚，但远未到渴求重归于好的程度，这和有没有刘莎关系不大。

"这种事最后还是看你。两个人都不错，何瑛是老夫老妻有情分，又知根知底；小女友爱得热烈又新鲜感十足。幸福的烦恼啊！"见骆文为难，骆平便帮他分析，"都比我那个靠谱！"

"什么幸福啊，是烦恼！过一段再说吧，结婚有那么重要吗？"

"当然重要了！"骆平已忘了刚刚立下的不婚誓言，"女人和男人想法不一样，这个你都不懂吗？何瑛想有个幸福完整的家，这边就先不说了。刘莎那边你想过吗？人家姑娘也是想名正言顺，为妻为母的！你给人家释放出马上要恢复自由身的信号，现在又拖着不表态，这不是辜负人家吗？女人就这么几年好时光，凭什么跟你干耗啊！"

"我又没骗她，两人在一起高兴就行呗！大家都是明白人，没必要较劲走形式。"骆文有点心烦意乱。

"高兴和幸福是一回事吗？你是为了倔才这么说，还是真的情商这么低啊？"

"那你说怎么办？本来已经该办离婚手续了，各种事不断，现在何瑛他爸又去世了，谈这个也不是时候啊！"

"这就是心疼何瑛呗！说明旧情难断，那你就回去，反正人家已经伸出橄榄枝了。"

"还怎么回去啊？分开这么长时间了，感情都磨没了，双方待久了都别扭，也不能硬往一起凑合啊！"

"那就麻利地拉倒，抱得美人归，不然两边你都给辜负了，最后弄个里外不是人。"

"没那么简单，让我再想想吧！"骆文想结束这个话题。

"总之，这事你别再拖了，尤其刘莎那边，非让你拖出事来不可。"

"你也盼我点好吧，乌鸦嘴！"

"得嘞，我也别说了，咱俩半斤八两，谁都没比谁好多少。妈说得对，这俩孩子没一个让她省心的，看看咱俩婚姻这些事，不气死也得气傻，这就是妈

第二十六章

317

的命。"

"胡扯！"

骆平看触动了哥哥的禁区，便不再往下说，催他赶紧回去，自己也要收拾一下房间，明早去接母亲回家。骆文说他上班走不开，让骆平接回来后给他信息，他晚上再过来。

临出门，骆文想起何瑛约好走之前吃饭的事，让骆平记着安排一下。骆平说何瑛走前一天正好是小年，可以定在那天，反正一共就四个人，好安排。

谁知，这四个人第二天就聚到了一起。

第二十七章

第二天中午，骆平的电话便打了过来，语气很急迫，说是母亲的状况不好，一个多月没见，现在已经不能说话了。骆平刚跟院方吵了一架，质问为什么发展到这个地步。院方一再强调他们照顾得很用心，老人的病情不可控，望家属冷静对待。

骆文急火攻心，说这就赶过去。骆平让他下午去精神病医院汇合，这个病属于精神科管，她已找何瑛帮忙挂了专家号。

赶到医院时，骆文见骆平和何瑛陪着母亲坐在候诊室外。何瑛让骆文先别急，为了省时间，刚才她们已经先去做了脑CT，现在等着问诊，马上就轮到母亲的号。

骆文召唤母亲，但对方没有理睬，目光呆滞，面无表情。骆平说上午到现在一直这样，只说过几句话，多数只是嘴微动，声音很小，不是听不清就是听不懂，唯一能听清的就是那句"又要来啦"。

老人消瘦了不少，行动尚可，只是很慢。腿脚有些僵硬，双手可见细微的震颤。养老院告诉骆平，老人最近偶尔出现过大小便失禁的状况。骆文很难受，也不好发作，来回踱着步子。

很快，老人被带进诊室。可做的检查已经做尽，显示老人的大脑已经严重萎缩，可以断定就是阿尔兹海默症。骆文对该术语早就不陌生了，也储备了足够多的相关知识，但面对医生，他仍在不断追问一些浅显的问题。医生的态度不错，明确强调病情不可逆的现实，至于存活时间和照顾的精细程度有关，但以目前的状况看，不敢说余年一定能超过一掌之指。

后面还有病人，何瑛便强行把骆文拉出诊室。此时，骆平的眼眶已经湿润了，三人的情绪很低落，直到陪老人回到家都没说一句话。

回到家中，三人围着老人坐在沙发上，仍是一言不发。

良久，骆平开始抹眼泪，自责没有早点去探望母亲，尤其因为结婚把老人送到养老院，才让她发展到这个地步。何瑛劝慰骆平，对方反而哭得更伤心，嗔怨怎么这么倒霉，婚姻受挫，母亲还成了这样，自己也没做过坏事，老天为何这么惩罚她云云。

终于，骆文也忍不住悲伤。他跪在地上，把头深深埋进了母亲的怀里。他不想让旁人看到自己的眼泪，但哭泣的抽动已无法控制。骆平见哥哥也哭了，便试图去劝抚对方，自己反而更加不能自已。

"妈不是还好好的吗，以后咱好好照顾就是了。"骆平哭着说。

"……妈已经走了……"骆文在老人怀里憋出了这样一句话。

"胡说什么！"何瑛拍了拍骆文的后背，试图安慰道。

"……妈已经走了……"又是一遍，此时骆文已带着明显的哭腔。

对这个魁梧汉子来说，母亲从来就是他的精神支柱，除了学校学习所得，他所有的基础修养都受益于母亲，他的价值观、为人处世、生活习性也都受到她的深刻影响。没有人知道，这个人前独立强悍的职场精英，在母亲面前一直都是寻求避风港湾的小船。可是命运却残酷地一定要夺走他的精神寄托。骆文宁愿老人罹患其他疾病，也不愿让她的神志遭受折磨，她的大脑是他最需要的器官，没了思想，他便失去了依靠。

无法跟他有精神上的交流，对骆文来讲，母亲便彻底不在了。不管有没有另一个世界，可以肯定的是，老人和自己在精神上已不在一个空间了。这种隔世的感觉，就是骆文说的"不在"。他认为母亲已经走了，仅留下躯壳，让他无所适从。

此时，骆文突然感到有人在触摸自己，是母亲的手。老人忽然抬起一只手，放在骆文头上，轻轻抚摸了两下。这一动作彻底摧垮了骆文，所有伤心与无助全被这象征疼惜的抚触激发出来。他无法压抑自己的情感，放声哭了出来。

第一次看到哥哥落泪，且是如此伤心，让骆平更加难受。她过来搂住骆文，兄妹俩在母亲的膝下哭成一团，像一对可怜的孤儿。

何瑛也把持不住了，这也是她第一次看到骆文流泪，公公去世时她在身边，那时也没见他掉过一滴眼泪。她是了解骆文的，了解婆婆对他的重要性。骆文的话她能听懂，婆婆又是她所尊敬的人，眼前的场景无法让她冷静，便跟着拭泪。

"又要来啦。"

随着老人的一句话，屋内已经压抑到极点的气氛终于有所松动。哭泣良久的兄妹二人停了下来，何瑛也擦干眼泪，陪骆平坐回去。

三人没有失态后的尴尬，沉默片刻，便开始商量后续的事情。安顿好母亲是下一步的重点，如何照顾吃喝、卫生，家中老人设施的更新、治疗与复查……你一言我一语。骆平不再嫌哥哥啰唆，何瑛也积极给骆文出谋划策，两人前后配合主导着谈话内容，俨然是和谐伴侣日常的一次家庭会议。

晚饭时间，何瑛去厨房做饭，兄妹二人给母亲擦洗了一下，并换了衣服。刚刚安顿好，门铃响了。宋姐住得不远，耐不住性子提前过来看望老人。多日不见的旺财，亲热地扑到骆平怀里，这又引发了骆平新一轮的眼泪。和旺财分别了数十天，让骆平百感交集。她湿着眼眶把旺财搂紧，爱惜地抚摸着这个小家伙，似乎明白了一个道理：大多数情况下，狗是比人可靠的。

回到家中已经很晚，骆文仍没有从压抑的情绪中解脱出来。又是一天没消息，一进门，刘莎便看出端倪。

骆文把母亲的情况简单介绍了一下，称自己心里空荡荡的。昨晚他已把骆平的遭遇告诉了刘莎，一波未平一波又起，刘莎更是心疼。她劝骆文想开点，好在老人还在，以后多去看望和关照就是了，总比自己想看母亲而看不到要好。经过近期的一番折腾，骆文明显憔悴了。刘莎让他趁春节好好休息一下，她哪儿也不想去，就在家陪着他。

夜间，那个梦又来了。灰蓝色的球由小变大，疯狂地向骆文压过来，窒息

第
二
十
七
章

的感觉让他痛苦难当。他挥动手臂去驱赶，球却越赶越多，生生不息。胸腔已被压成薄薄的一片，渗着血。他使劲吸着，却没有气进来。那大球顶起他的下巴，膨胀着，让他的喉管几乎撕裂。死，就在眼前……

骆文从梦中惊醒，坐起身深深地吐了一口气。他感到脑袋发胀。刘莎也被惊醒了，跟着坐起来。她打开床头灯，看到骆文脸上惊魂未定的样子，头上还有微微的汗湿，便问是否感到不舒服。骆文摇摇头，说是做了噩梦，想静静待一会儿，让刘莎先睡。刘莎哪还睡得着，过去搂着骆文，想给予安慰。骆文没说话，刘莎问是不是又想到母亲了。黑夜本身就会助长压抑的情绪，他又刚从梦魇中挣扎出来，被刘莎温存了两句，便感到胸口涌出一阵心酸。他怕这种不良情绪继续发酵，便双手把脸蒙上，轻轻地揉搓了两下。刘莎以为他已经湿了眼眶，便起身把他的头抱进怀里，流出怜惜的泪水。

刘莎贴心的言行让骆文很感动，他搂着刘莎，说自己没事，便把这个多年来纠缠他的噩梦讲给对方听。这是他第一次向外人描述这个梦境。刘莎也不解其意，以为是压力大导致的，只说人到中年，各种事情太多，做这样的梦也就不足为怪。骆文认同，只不过一而再再而三地梦到同样的内容，这就有点匪夷所思了。

一时睡不着，两人索性聊天打发时间。其间，骆文又谈到床头的画，特别聊到了对那变幻的星空的困惑。刘莎多少能理解了对方的心境，只是不能给出更深刻的分析。骆文又讲了一些母亲对他的影响，直到困意袭来，二人才相拥入睡。此夜，两人的心又拉近了很多。

第二天下班回来，刘莎便拉着骆文说她想回成都，希望春节的时候骆文能陪她一起去，再到峨眉山去玩。骆文有些吃惊，奇怪一天不到为什么她竟改了主意。刘莎承认是受到昨天骆文的影响，趁父亲健在，她觉得能回去就回去，早点解开心结，这个家便能多几年和睦。骆文很欣慰，愿意相陪。两人沟通行程，骆文说除夕要跟母亲和妹妹一起过，初一之后都可以，让刘莎随便计划。刘莎很高兴，说安排好后她就会通知弟弟。

其实，刘莎说的原因只是其一。其二，或更重要的是，骆文一直有回成都的意思，如果此时她能回去，他一定会感到高兴，顺便也可以通过此行让他散散心。能让骆文高兴是她现在最想做的，哪怕要她克服那个难以翻越的心结，她也心甘情愿。刘莎真心可鉴，只是骆文无法体会到。

腊月二十三，骆平把大家聚到家里，一起过小年，并给何瑛践行。

几天下来，在骆平及宋姐的照顾下，母亲气色有了明显好转，脸蛋也似乎胖了些。骆平说昨天已跟乌龟办完手续，现在她又是自由身了。何瑛问她还找不找，她坚决说不，要先跟旺财好好过一段，骆文与何瑛对此都将信将疑。

何瑛又问骆文是否落实了赴美的时间，骆文说春节还是要跟母亲过，再出去散几天心。何瑛说上班后会很忙，可能就没时间了，一起去美国还可以在那边给骆文过生日，凡凡能在境外陪爸爸过生日也算难得的记忆，明显是希望对方能一起过去。骆平知道哥哥的心事，见骆文不积极回应，猜想对方一定是跟刘莎约好一起出游了，便打岔说骆文还有年假，想休随时都可以，随他自己安排就好。

晚上回到家，刘莎说行程都安排好了，初一出发，初七回来，机票、酒店等预订完毕，连景点攻略都做好了，刚刚也通知了弟弟，对方很兴奋，说这个春节值得纪念，要大办一场。骆文很欣喜，夸刘莎办事他放心。

骆文来了兴致，邀请刘莎和他们一家三口一起过除夕。刘莎兴奋得不得了，这种邀请对她来说意义重大，代表着这个家庭对她的接受。她感激骆文的邀请，整晚不停哼唱着邓丽君的歌。

第二天，离除夕还有六天。下班后，骆文去医院看望 Sissi。

Sissi 的病情持续恶化，整个人明显变得消瘦、苍白，看一眼都会心疼不已。与外表形成反差的是她的情绪，骆文的到来让她很高兴，特意多吃了两口饭。父母也很高兴，说女儿总是念叨骆文，昨天还说该来看她了。这让骆文深感愧疚，自责应该来得再勤些。

Sissi 的签证下来了，也是初一，父母陪她一起飞赴埃及。这两天她很听话，也在努力多吃、多睡，生怕身体有什么变化而打乱了这次行程。医生也在调整治疗方案，争取让她能安全完成这次旅程。

Sissi 说元宵节前回来，上帝保佑她能顺利挺过来。骆文笑她"平时不烧

香，临时抱佛脚"，此时倒想起上帝来了。Sissi 说 Lucia 来看过她几次，还给她讲了一些对生命的认识，对她启发挺大的，现在恐惧感少多了。

骆文鼓励 Sissi 坚持住，要相信一定会有奇迹，相约对方回来时再见，一起过元宵节。Sissi 说很期待，双方便一言为定。

离除夕又近了一天。一大早，人在美国的何瑛给骆文打来电话，使骆文预想中的春节完全变了模样。

何瑛说，凡凡在学校吸食毒品，被校方发现，要约谈家长，后面可能涉及对凡凡的处分甚至学籍问题。她希望骆文能赶紧过去，一是跟学校沟通，二是跟凡凡好好聊聊。她更关心孩子的问题，怕控制不了局面，孩子的身体及前程就毁了。何瑛显然是慌了神，电话里越说越激动，到最后哭了出来。

何琳在旁边接过电话，称自己也是刚刚知道这个事情。她说所谓的毒品其实是大麻，在美国很多州少量持有大麻是合法的，但孩子吸食肯定不对，校方那边必定会有动作，具体的还不清楚。与校方约的是周五碰面，她也希望骆文能在场，关乎孩子没有小事，于情于理他这个做父亲的都应该出面。换言之，如果要赶过去，最晚明天骆文就要启程。

这对骆文来说无疑是晴天霹雳，他已经没有心思去想春节假期的事情，一想到凡凡，他就心痛难耐，何瑛的哭泣对他来说同样扎心。毕竟孩子还小，一旦成瘾，后面的人生几乎就断送了，他想都不敢想。何琳的强调实际上是多余的，他此时唯一想做的事就是赶紧飞到凡凡身边。

骆文当即告诉何琳，他明天就动身，让对方到机场接他，并让她帮忙安抚何瑛，让大家冷静。其实，他自己已经无法冷静了。

骆文订好机票，情绪逐渐平稳下来之际，才想起刘莎那边又是一个难题。他给刘莎打去电话，把突发的状况和她说了一下。刘莎在电话那头停顿了片刻，除了遗憾没再多说什么，只说她来善后，让骆文别着急，有话晚上回去再说，自己开会忙，随后就挂了电话。

晚上见到刘莎时，骆文简直想找个地缝钻进去，他甚至不敢正视刘莎。成都之行不是一次简单的假日旅游，这里承载着刘莎太多的情感。他知道打破这

哮
喘

324

个心魔不易，也知道刘莎惴惴不安的期待，甚至能感到成都那边的亲人期盼的心跳。这个变故过于残忍，他不知如何去安慰刘莎。

"实在抱歉，我没想到会变成这样！"

"没事，不怪你，孩子的事比天大。"

"怎么会这么巧？我实在没脸见你。"骆文的歉意溢于言表。

"言重了，没人愿意这样，别想了，我都处理好了。"

"都怪我，对不起！"

"没事的，以后还可以去。"

"下次假期咱们一定去。"

"再说吧！"

刘莎的语调一直波澜不惊，没有任何起伏。这让骆文更加沮丧，那些不温不火的回答，折射着对方巨大的失望与无奈，打在骆文的脸上，全是发烫的火苗。

整晚，刘莎的情绪都不高，不得不说话时才会简单应对几句，勉强撑着笑容。收拾行李时，她问骆文什么时候回来。骆文无法确定，只说争取快一点，因为节后公司还有不少事情要处理。刘莎试探地问元宵节回来可以吧，骆文说应该没问题，到那边看事情进展再说。

躺下后，骆文想再度表示歉意，甚至想建议刘莎独自回成都，但终究没敢开口。刘莎不愿多说，表示累了想睡觉，让他也早休息，明天还有长旅途。骆文心里很难受，翻来覆去睡不着，觉得刘莎也没有睡，便试着开了腔：

"你真的不怪我吧？"

"怎么会，我说过了，不怪你，你也难受。"

"我都不知道说什么好，要不你骂我两句也好。"

"不是你的错，是命，说明还是不该回去。"

"委屈你了，以后我一定补上。"

"别说了。"

刘莎不再说话，一直背对着骆文。骆文不知道此时的刘莎已经流下了眼泪。

刘莎当然知道这件事不怪骆文，换作她也一定会这么做。她只是觉得委屈，又无处宣泄。几天来，她在反复想象着与父亲重见时的场景，如何开口叫爸爸，第一句说什么，父女俩是否要有个拥抱，父亲会跟自己说什么，谈到母亲时如何处理情绪，弟弟高兴的样子，小侄子与姑姑亲近的情景，该送弟妹点什么东西……还有，几顿饭都在哪里吃，一家人到哪里去玩，如何跟他们介绍骆文，他们对骆文的评价会是怎样，一定记着要拍张全家福……所有的期待、兴奋与紧张都被一盆冷水冲得干干净净。回想弟弟接到通知时的失望之情，她都不忍再说下去，也不知父亲是何想法。没有人关心她退掉一份份订单时的心情，她更不知道这个春节会怎样度过。

　　这是她与骆文在一起后的第一个春节。她设想着除夕去见老人与骆平时的场景，自己如何打扮，跟骆平谈些什么，问到敏感话题该怎么应答，从此自己就有了另一个家……谁知这样卑微的小甜蜜，也被冲了个无影无踪。

　　最近发生的事情让她感觉骆文并没有完全从那个破碎的婚姻里跳出来。以前，她只是单纯地爱，不愿想太多，更不愿正视自己的处境。现在，她分明感到很强的触动，是嫉妒吗？又觉得不该，骆文是爱她的，这一点她不怀疑。凡凡这件事，她都感到很担心，又怎么能怪作为父亲的骆文呢？可是她还是觉得不舒服，心里乱了起来。

　　她知道这都是不可抗力，正因如此，落寞与无助更多了一层。她只能怪自己的命不好，为什么在最欣喜之际却遇到最失落的反转。此时，她不需要道歉，也没有什么能安慰她，她只能独自哀怨。骆文说委屈了她，这就像打开了她泪腺的开关。是啊，世上最难受的，就是无从抱怨的委屈。

　　落地纽约，骆文见何瑛姐妹已等在那里，何琳告诉他新的进展。

　　凡凡承认吸食大麻的事情，一共只有两次。他是出于好奇，才和几个同学偷偷尝鲜，未长期吸食，更没有沾染其他毒品。骆文的心先放下一半，问校方有何新的态度，何琳只说明天一起谈。

　　路上，何琳给骆文介绍了凡凡这学期的表现。刚开学时还有些拘谨，与同学往来较少，基本都是闷头读书。起初两个月的压力比较大，但由于底子好，很快就过了语言关，成绩也稳定下来，几门功课都能拿到很好的分数。前段时间，老师与家长会面时，还谈到孩子很聪明，老师们对凡凡的印象都很好，只是希望他能更积极些，觉得凡凡有些忧郁，不太合群。老师特别提到他的性格比较固执，不太愿意接受别人的意见。"这点跟你一样。"何琳说凡凡完美复制了骆文的性格。

何琳曾试图跟孩子沟通，凡凡没有多说，只觉得和周围同学谈不来。何琳认为孩子毕竟来的时间太短，加之青春期，所以也没太在意。每个周末，她都正常接凡凡回家。在家时，凡凡大都把自己关在屋内，偶尔跟弟妹玩一会儿。带他出去吃饭游玩时，他的兴趣也不是很大。

何瑛说这两天凡凡都是走读，见到母亲他很高兴，只是不愿再提大麻的事情。凡凡觉得事情已经过去了，不再去碰就行了，他轻重自知，学校怎么处理那是学校的事，他已经解释并道歉了，没必要小题大做。何瑛再提此事时，孩子便有了烦躁情绪，希望事情到此为止。

到家时已经过了晚饭时间，骆文亦没胃口，才发现嘴角已经起了水泡。他一刻也不愿耽误，先去楼上看望儿子。半年没见，凡凡又长高了一截，唇上的幼须也重了一些，声音变得厚实了许多。凡凡依旧很被动，还不如何琳那几个小家伙好客，只是强挤出了些笑容，都是乏味的应付之语。骆文没有提大麻的事情，凡凡也知道父亲明天会去见老师，父子心照不宣地规避开了敏感话题，以规避不必要的碰撞与不快。

既然明天要见校方，骆文也不再和凡凡多聊。何瑛已把房间准备好，又问骆文还需要什么，是不是要少吃几口东西，她可以冲点麦片粥，空腹睡对身体不好，让他别不把身体当回事。骆文碍于时差一时难以入眠，让何瑛不用再忙，便去楼下跟姐妹俩说话。

何琳没有见到父亲最后一面，却很清楚骆文对老人的临终陪护，感谢了姐夫的用心，赞他比她自己都孝顺。骆文摆摆手，只说换谁都会那样做。何琳不以为然，说何瑛夸了骆文很多，并玩笑道："以后可以省下五粮液的钱了。"

说话间，何瑛端上了吃的，即食麦片粥已经变成了一大碗热汤面，碗里满砌着飘香的卤牛肉，葱花洒在上面，品相极好。骆文口中说着不饿，最后却连一滴汤也没剩下。何琳瞟了一眼在旁边静静注视骆文的姐姐，吐了一下舌头，悄悄竖起了大拇指。何瑛笑了一下，瞪了一眼妹妹，又做了一个手势，意思是"少说废话"。

第二天见到学校的教导主任，双方沟通得比较顺畅。骆文多次表达了歉意，称会重新审视孩子的家教，保证不会再出类似的问题。他们对学校很满意，也很珍惜这样的学习环境，希望校方给孩子一个机会，避免此事对孩子的成长产生负面作用。

校方对家长的诚恳态度表示认可，也承认学校应负起相应的责任，考虑到情节不是很严重，不打算过度反应，加之凡凡的成绩很好，也希望给孩子更多机会。其间谈到凡凡的性格问题，他们希望这只是成长中的烦恼，但也提醒家长警惕，并要求家长给予孩子更多的陪伴与心理支持。当了解到家长并不在美国生活时，校方觉得当时疏忽了这个问题，否则不一定会接收凡凡。虽然没有明确的条文规定家长必须陪读，但这是学校一直以来的实操原则，背后是重视孩子心理健康的观念。骆文夫妇表示他们没有欺骗的意思，只是由于工作原因暂时无法过来，还好有姨母照顾，日后会尽量想办法解决这个问题。

总之，还算是一个圆满的结局。骆文答应校方周末会与孩子好好谈谈，让他以良好的状态回来。何琳提到下周是春节，想让孩子在家住一周，隔周再恢复正常的寄宿生活。校方表示理解，并预祝一家人节日快乐。骆文等人心情好了很多，商量着回去再和凡凡好好谈。

对骆文而言，接下来的难题就是如何弥合父子间的裂痕。上次谈崩后，父子间只有过几次微信传书，内容也都是清一色的寡言与冷淡。何瑛觉得骆文若无把握，就让她去谈，毕竟凡凡跟母亲比较亲近，并建议骆文休息几天，待事情过去，孩子情绪好转再交流不迟。骆文不想放弃这个责任，说不管何瑛姐妹如何跟孩子交流，他都必须去沟通。

周六一早，骆文又出现在凡凡的房间。前一晚何瑛已经跟儿子聊过学校的处理意见及日后的安排，凡凡也跟母亲保证，今后不会再去碰那些不该碰的东西。现在轮到父子过招，一下子变成谈判的气氛，也没什么过渡铺垫，直接切入主题。

哮喘

骆文平和地开了头："妈妈都跟你谈过了，今后如何做不需要我再多说了吧？"

"本来也不需要。"凡凡闷闷地回了一句，语调中明显夹着棒。

"爸爸有那么讨厌吗？你为什么这样对我？"骆文强忍着不发怒。

"你有什么让人尊敬的地方吗？"棒已经变成了刺。

一上来便是火药味十足，骆文对这样的态度是有准备的，也反复提醒自己要淡定。

"我养育你，就是为了听你这样训斥我吗？"

"是妈妈养的我，跟你没关系。"

"我说过，我跟妈妈分开并不代表我不爱你，也不代表不管你，你要是还有头脑或良心，就不应该说出这样的话。我很伤心。"骆文已有责备的口气。

"我也很伤心，你们考虑过我吗？"

"大人之间的事跟你没关系，我有权利过自己的生活，应该得到尊重，这个你应该懂的。"

"可能没关系吗？你要我尊重你，可你为什么不尊重我？"凡凡没有丝毫退让。

"我怎么不尊重你了？"

"你们考虑过我是否愿意来美国吗？你们想过我在这里多孤单吗？你知道我没处说话吗？你知道我躲在宿舍里哭吗？"凡凡的语调不高，但力度一波强似一波。

"……"

"我想妈妈，可是一等就是半年；我想奶奶，可再回去她已经不能跟我说话了。你考虑过吗？"话音未落，凡凡已经流出了眼泪。

此时的骆文又一次感到了溃败。儿子的这几句质问极具冲击力，尤其是提到奶奶，骆文心中难以挥去的伤感又被掀了来。他忍不住动容，除了对母亲的心酸，还有对儿子的怜惜。此时，怒气已经荡然无存，愧疚占据了主导，不知不觉中，骆文的眼眶也湿润了。他不知该如何接话，整个人都陷入了迷茫。他与何瑛的失败婚姻已是既成事实，对儿子的伤害不是自己不想就不存在的。他明明知道这种遗憾不可避免，还在一味幻想能得到周遭的理解与尊重。他当然没有为难儿子的意图，他对凡凡的爱是那么深。可只是心里有爱就够了吗？自己是不是太自私了？所有的付出都没有放在正确的地方，所有感情都没有被对方接收到。他觉得自己很可悲，也实实在在地感到了无能为力与不知所措。

想象中的推心置腹，此时已变成激烈的分崩离析，准备好的话语又被堵死在嘴边。骆文静默了一会儿，他已经没有力气把对话进行下去，只能寻求一个缓和的结尾。

他平复了一下心情，道："我能理解你说的，你受了委屈，但爸爸妈妈不是有意的，我们会尽力去补偿你。你对我不满，我接受；不想理我，我也接受。我只希望你听妈妈和小姨的话，把学习搞好，以后做个比爸爸强的人。"

"比你强又怎样？这些都跟你没关系，反正你也不和我们在一起了。"凡凡没有给对方台阶下。

"不是你想的那样，你长大了可能会理解吧！"骆文只有招架之力了。

"又是老一套。我已经够大的了，还要理解什么？"

"生命是怎么回事，生活又是怎么回事，你还要经历很多，慢慢来吧！"

"我知道，这些不用你来说。"

"唉……随你吧！"

又是无奈的收尾，又一次剑拔弩张的交流。

失落与伤感交织在一起，内心翻涌的情绪几乎要冲出脑壳。骆文无法平静，坐在客厅生闷气，突然觉得头闷痛，眼球也发胀，甚至能清晰感到两侧太阳穴血管的跳动。他用手按住两颞，难受地低下了头。

何瑛已看到他灰溜溜地从凡凡房间里出来，想必父子间又是一场刀光剑影。她走过去，询问骆文是否不舒服。骆文说头痛，何瑛便着了急，取来血压计，量了几次都是高，又问平时是否这样，骆文说头痛经常有，但血压没测过。何瑛让他好好休息，这两天观察一下，并嘱咐他回国后到医院检查，如果确诊是高血压，就要吃药，不能大意。骆文说没事，可能是时差和休息不好导致的，加上刚才谈话有点激动，休息一下就好了。

周一是除夕。凡凡回学校了，何瑛姐妹在家准备年夜饭，骆文插不上手，便回到自己房间，在手机上打发时间。国内时间早半天，那边正准备跨年，各种拜年信息塞满了微信。

骆平拨过来视频，让他看了看母亲及旺财。骆平特意给老人穿了红色的坎肩，只是对方并未感受到节日的喜庆，仍然面无表情，一言不发。近几年的除夕，三人都是在一起度过，如今少了骆文，只剩下母女俩守夜，气氛冷清了不少。幸好有旺财，屋里的声音也热闹了些。透过屏幕，旺财似乎也认出了骆文，连叫带嗅地很高兴。

耗子的问候也过来了，问春节聚会还搞不搞，骆文说只能推到节后，初定在下个月。耗子说正好媳妇闹着挥霍，要他带着去东南亚玩一圈，初一就走。骆文骂他虚伪，本来自己就没时间，还出来问别人。腰子也有祝福送到，骆文问他"后院可否安好"，对方回了"涛声依旧"，骆文便放心，说聚会时再聊。

骆文给 Sissi 发去问候，询问对方身体如何。Sissi 显然很高兴，说一切都还好，明天能正常出行，让骆文放心，等她回来一起过元宵节。骆文也问候了人在美国的 Coco，对方现在过得很自在，工作不算忙，生活也很惬意。骆文告知这次不去看她了，等她期满回国后再聊。

同学、朋友都问候了一圈，骆文终于把脑子腾空，下面的时间他留给刘莎。他拨打视频通话，对方没有接。间隔一会儿又拨了两次，还是没有应答。他觉得奇怪，改发了信息，没想到过了一会儿刘莎就回了。

骆文："过年好！干什么呢？"

刘莎："过年好！闲着。"

骆文："怎么不接电话？"

刘莎："现在不想通话。孩子的事怎么样了？"

骆文："没事了，反正不省心。"

刘莎："别着急，注意休息，好好过年吧！"

骆文："生气了？"

刘莎："何时回来？"

骆文："还不知道，可能很快，过两天就知道了。"

刘莎："别着急，既然去了，就多陪陪家人吧！不聊了，我困了，先睡了。"

骆文再拨过去，刘莎仍然不接。

刘莎确实心情不佳，她刚跟弟弟一家通了视频电话。对方又谈到她没有回去的遗憾，年货都买好了，小侄子一直兴奋地说要见姑姑，结果家人都很失望。

刘莎在上海待了十二年，也不是没有独自过节的经历，此次却全然不同。虽然她没有怪骆文，但失落的情绪不是一下就能消解的。她本想去上海，但Linda已经和男友出去玩了。她突然觉得无处可去，整个春节假期都要守着这个空房间，原计划与现实的巨大落差让她一时难以适应。她开着电视，却无心看那些锣鼓喧天的载歌载舞，听着外面的鞭炮声，委屈和孤独感充满了内心。骆文的电话她不想接，因为不想说话，也怕自己情绪失控，如此对骆文也不好，便只回了几句信息，关上灯，一个人躺在床上忍受着窗外的喧闹。

春节之于美国的华人，更多的只是关在家里自娱自乐，外面的世界是很难找到节日迹象的。何琳这里也不例外，年夜饭也必须加几个西式菜品，以满足不同人种的需求。何瑛做了很多菜，能看出都是父子俩爱吃的。凡凡倒是给面子，人前和骆文还是有几句吉祥话的往来，只不过都很生硬，也没有眼神的交流。学校的危机解除，何瑛很高兴，多喝了几口酒，脸色红润地聊这聊那，跟骆文也谈笑风生起来。

初二是骆文的生日。早上，他便收到刘莎的短信："生日快乐！"没有赘言，还是不接电话。同样发来短信的还有Sissi，配了一张埃及的照片，说玩得很顺利，给骆文的礼品也买好了。何琳上班，凡凡上课，何瑛做了一桌子好菜。晚上切蛋糕时，何瑛让凡凡领唱了生日歌，孩子没有配合，象征性地吃了一口，便放下餐具。何瑛纳闷，凡凡以前是很爱吃蛋糕的。

初三，这个年好像就结束了。骆文找到何琳，说自己想办个"回美证"，可以两年内不用再到美国，而不影响绿卡的那种文件。何琳有些不理解，问是否打算两年都不过来看儿子。骆文表示工作太忙，时间不可控，怕影响绿卡。再者凡凡暑假也能回去，办这个手续只是以防万一。何瑛觉得也合理，托何琳去办。

哮喘

"回美证"的办理约在二月二十日，也就是正月十六。虽然要请十天假，但骆文还是想办，便踏实留了下来。

　　他又试图拨过几次电话，刘莎都没接听，便彻底改成文字往来，刘莎也简短回复，能看出来情绪一直不高。加上两边时差及骆文这边的环境不便，到后来也不是每天都有信息了，连情人节也只是简单发了几句而已。

　　其间，何瑛与骆文之间虽然话不多，但关系明显缓和，且多是何瑛主动，同一屋檐下，也有这样的便利。他们没有谈及离婚的事情，此时骆文也觉得张不开口。

　　凡凡一直就是那个样子，不冷脸已算不错。寄宿后也只有周末能见到，父子间几乎没有交流，骆文就这样熬到正月十六。

　　上午办手续，下午的回程飞机。何瑛要晚几天走，希望骆文能和她一起。骆文说工作不等人，其实是挂念刘莎，便遂了自己的归心似箭。

第二十八章

落地北京时，街道的节日气氛已经淡去，骆文才意识到这一走已有三周之久。

刘莎下班到家时，骆文已收拾停当恭候多时。然而，久别胜新婚的场景并未出现，刘莎投在骆文怀里，让他吻了两下，并没有再粘下去。骆文突然感到彼此有了生疏感，他猜想是刘莎的情绪还未得以宣泄，便主动哄她开心，并破天荒地要去做饭给她吃。

骆文的猜测没错，这三周刘莎过得极其郁闷。春节期间，除了实在憋得难受下楼转了两圈外，她基本都是宅在家里，终日无所事事，倒是睡了个饱。但失落的情绪一直压在胸口，越待越烦躁。所幸熬到上班，才让她能转移注意力，精神头也恢复了一些。骆文归来，她心里是高兴的，只是那个心结还在，很难做到兴高采烈。

然而，女人的心终究是柔软的，只要肯用耐心去抚慰。骆文带着愧疚的心态与谦卑的言行，绕在刘莎周围呵哄不停，那层本不厚实的冰层，便慢慢融开了。刘莎的表情逐渐舒展开来，最终发出了轻快的笑声。她投在骆文怀里撒娇，骂对方没良心，让她过了这么冷清的春节还不知道关心她。骆文也觉得委屈，称打电话都不接让他如何关心，有口莫辩，不过他也知道女人是感情动物，一不善逻辑，二不喜逻辑，只要说爱她，她就心满意足。

两人靠在一起，聊了很久，话题也越来越温暖。骆文说了凡凡的事，除了虚惊一场，父子关系也愁坏了他。刘莎又展示出了她的温柔攻势，不是安慰就是打气。就这样，两人越聊越热络，彼此的坦诚与温情又回来了。

第二天，骆文去探望母亲。老人身体状况好转，骆文夸赞妹妹的精心照料。骆平念叨哥哥一去太久，宋姐回家过年，自己辛苦在家照顾老人哪也不能去，也不见他有半句问候。骆文马上表示一定补偿，明天周六，他请客吃饭，给对方赔罪。骆平说也好，元宵刚过，权当是两个节一起补过了。

骆文这才意识到与 Sissi 的元宵节之约，赶紧给对方发去信息。过了很久，那边才有回复，是她的父亲代笔，说女儿这两天状况不好，如果骆文方便，烦请他过去一趟，Sissi 想见他一面。

骆文瞬时没了心情，告诉骆平改日再说。

第二天午后，骆文如约来到医院。

Sissi 的父亲说，元宵节前两天他们就回来了，到埃及后没几天，情况就有些不妙，好在坚持了下来。回到北京，Sissi 的病情急转直下，医院采取了很多手段，但也难转颓势。院方已经下过病危通知，这两天稍微稳定了一点，医生提醒时日无多。

老人告诉骆文，女儿元宵节还在念叨他，说是约好一起过，盼了一天没有等到，挺失望的。昨天骆文发来信息时，正在疼痛中煎熬的 Sissi 让父亲转告他，说想在自己走之前见他一面。骆文听闻，心里顿时像压了一块大石头。他食言了，想到 Sissi 元宵节那天的等候，感到既羞愧又懊悔。

眼前的 Sissi 已经瘦得脱了相，面色枯槁，脸上写满痛苦，眼神无光。她艰难地斜靠在床上，见骆文进来，连欠起身都显得很吃力，笑容真诚又勉强。

骆文的到来让 Sissi 有了精神，面对他的反复道歉，她不断摇头说没事。骆文问她感觉怎样，她说不太好。前两天，她做了噩梦，梦到自己爬山，总是没到山顶便滚下来。每次再爬，滚下时的位置离山顶更远，到最后已经没有力气向上了。她觉得这不是好兆头，说明自己终究不会翻过这道坎儿，剩下的时间很有限了。她不需要骆文的安慰，从确诊到现在，她已从恐慌与悲伤中慢慢走出来。病痛的折磨让她更觉生无可恋，巴不得早一点离开，多活一天，就是对父母多一天的折磨。她已是无力报答父母了，更不想再伤害他们。两位老人听到这话，又禁不住抹起了眼泪。从女儿发病到现在，他们也瘦了一圈，以泪洗面也成了日常。二老让女儿不要乱说，她多在一天，他们就能多一天有意义的生活，继而又责怪自己不应该带女儿出游，不然病情不会急转直下。

Sissi 则认为埃及之行非常圆满，人不能奢求太多，弥留之际还能实现愿望，而且是和父母在一起，这已很难得。自从大学开始，她就一直漂泊在外，几乎没有跟父母待在一起这么久。两个多月的时间里，全家又是过节，又是旅游，也算是病痛带来的收获了，她非常知足。

骆文的眼眶已经湿润，他强忍着悲伤，不让 Sissi 说那些令人伤感的话语，多活一天就要坚强面对。Sissi 见气氛不好，便转移话题，说要给骆文看看她拍的照片。

手机中存了大量的风景、古迹与人物图片。Sissi 不知哪里来了力气，一张张给骆文看着、讲着，那些天的快乐记忆不断重播。骆文奇怪没有 Sissi 的照片，她说自己现在的样子已经不适合出镜了，留下照片反而会让人见之神伤，她宁愿留下好的形象，所以只是给父母拍了一些照片。伤感又弥漫开来，Sissi 赶紧收起话题，说给骆文带了礼物，让父亲从柜子里拿出来。

骆文打开盒子，取出一个精致的彩漆木雕骆驼。Sissi 说一眼就看上这个，虽然这是当地较有代表性的纪念品，并不是很稀奇，但她觉得就像给骆文量身定做的。

骆文还没有反应过来，Sissi 便让他看底座下部。他把雕塑翻过来，上面刻着一排字："我就是我，坚忍执着的'骆驼'"，还有"Vincent 念存"的抬头，下有"Sissi 留愿"的落款。Sissi 父亲说这是回京后，女儿让他出去找人刻上的。

骆文捧着这只骆驼，不知说什么好，他被 Sissi 的用心打动了。他的外号"骆驼"鲜有人知，记得几年前聚会聊天时，他跟 Sissi 随意提过一次，对方便一直记在心里。更让他感动的是这句话，Sissi 对他的了解极其准确，他的执拗、他的自我意识、他的困惑与彷徨，全部凝在这几个字中。骆文突然觉得眼前这个羸弱的女子，就像久寻未遇的知音，而她就在身边多年，自己却未真正体会到对方的价值。他低头看着这只骆驼，沉默良久。

哮喘

Sissi 想跟骆文单独说两句，让父母暂且回避一下。而接下来的内容，让骆文更是心绪难平。

她让骆文帮她打开床头的抽屉，取过一个塑料文件夹。她缓慢地从中取出一摞纸张，递给骆文，脸上带着羞涩。骆文看到的是一叠涂写凌乱的草稿纸，每张内容不一，但能看出都是自己的笔迹。那是不同时期他与 Sissi 单独讨论工作时留下的文字，中文、英文、数字、图形、符号……应有尽有，甚至还有一些情绪发泄的短词。瞬间，过往的岁月也浮现出来。

Sissi 说这是她攒下的，自己带不走，就送给骆文做纪念。骆文不解，她才低声说出心底的秘密。

她喜欢骆文。从她入司后不久就萌生了这种感觉，只是不敢说出口。她知道骆文有家庭，也知道他们夫妻不睦，可这种感觉一直没有消退，反而变得更为强烈。她以前有过恋爱经历，明白这不是简单的好感，也知道她一直是单恋。她也曾幻想骆文有朝一日恢复单身，她就可以尝试吐露心声，甚至想当即就表白，因为在她眼中，骆文已经是一个人生活了。但她终究不能战胜自己，她的性格不允许她越界，便一直把这种感觉压在心底。她攒下这些手迹，实际上是对自己情感的一种转移，当内心有波澜时，便拿出来看看，权当是对方就在眼前。而自己有了这个特别的载体，便能够与骆文面对面地交心。

Sissi 自知这种想法很滑稽，甚至愚蠢，但她无法摆脱这个念头，又不想贸然打搅骆文，更不愿破坏这种感觉，便默默守在角落里，独自品味这种复杂的心绪。

此时，窘迫与感动交织在骆文脑海，他像一个懵懂的青年突然遇到了纯情的表白，一时间竟然手足无措。手里的那些纸张也瞬间变得沉重起来，不敢轻易放下，生怕伤了对方的心。

"你不会觉得我不正常吧？" Sissi 笑了一下，打破沉默。

"哪里！我只是不知怎么回答，太意外了。"骆文的语气有点惶恐。

"你不用回答，我说出来心里好受多了，也轻松了，希望你别在意。"

"怎么会呢，我很感动，我不配。"

"别这么说，你很棒，只是我没有这个福气罢了。"停顿了一下，Sissi 继续说，"我还有一个小心愿，不知道合适不合适。"

"你说，有什么不合适的！"

"我想让你抱我一下。"她的眼神充满了渴望。

骆文愣了一下，但很快缓醒过来。他放下手里的纸张，缓慢起身，弯下腰，轻轻地把对方揽在臂膀里。Sissi 的脸轻轻抵在骆文的胸前，一只手也搭了过去，她合上双眼，嘴角露出了幸福而又满足的微笑。

Sissi 说自己所有的心愿已经完成，可以安心离开这个世界了，并感谢骆文让她能释放出心底的情感，又没有笑话她的傻气。骆文觉得自己何德何能可以得到对方的如此厚爱，深感当之有愧。

经历了这么一次亲密而又特别的接触，双方的心情反而变得轻松起来。骆文说他今天的感触太多，要陪 Sissi 多聊一会儿。他们回忆着共同的经历，谈起有趣的往事。彼此敞开了心扉，以往讳而不言的话题，也不再羞于启齿或躲躲闪闪。

骆文问对方主动放弃国外进修的机会，是不是也有情感的因素。Sissi 笑着默认，她心疼骆文劳累，为自己喜欢的人做些牺牲，她感到很欣慰。她说圣诞狂欢时她很遗憾没能和骆文跳舞，被 Lucia 她们抢走机会，自己也不好意思去争，不然早就实现了与骆文近身接触的愿望。她看到骆文与刘莎共舞，甚至看到对方乘着酒兴亲吻刘莎的情景，心里有些嫉妒，心想如果把刘莎换作自己该多好。骆文有略微的紧张，但对方似乎并不知道他与刘莎的事情，还说刘莎那样的性格可能比较适合骆文，自己太安静，机会就很少。骆文突然一时兴起，便问 Sissi 刘莎是否会喜欢自己，他想验证一下 Coco 的观察。Sissi 坦言应该会的，不过也只是一些猜测，她没有把握，也无心多想，因为自己的注意力全都在骆文身上。

骆文又想到澳门赌场投注的事情。Sissi 承认那是她心中的盘算。她想如果用骆文的生日能中奖，就说明两人有缘。赢钱后，却被骆文甩下了"情场失意"的魔咒，她便有些扫兴，也算是天意。骆文感慨女人的心思太难猜，也很感动对方用情如此之深。

"我有时自己都讨厌自己，你究竟喜欢我什么？"骆文是真的不解。

"干净。"

"什么？"

"为人简单，坦诚直率，有善心，讲原则，充满正义感。"

"这么多？不敢当。可这种性格不见得有好报啊！"

"这很可贵啊，现在社会缺的正是这样的人。"

"你不觉得我要改一下吗？"

"当然不用，没有完美的人，但也一定要守住最可贵的东西。没看到我给你留的那几个字吗？希望你能坚持下去。"

……

两人聊到晚饭时间，Sissi 没有食欲，还想再聊下去，但身体已经透支了。护士也劝骆文让病人休息，两人不得不停下来。

骆文嘱咐 Sissi 一定要乐观面对，过几天再来看她。Sissi 无力地点头微笑。临别，两人又一次拥抱，这一次是骆文主动提出来的。

回到家中，骆文情绪又降到谷底，简单吃了几口东西便坐在那里发呆。刘莎问 Sissi 的状况如何，骆文摇头，觉得时日不多。刘莎注意到桌上的骆驼雕刻以及那些稿纸，心中便猜到了大概。她没再去打扰骆文，让他独自关在书房待了很久。

Sissi 的表白让骆文百感交集。他这才相信刘莎和 Coco 说过的话，这些他原本认为不可能的事情，现在却成了真实的存在。Sissi 勇敢的表白深深震撼了骆文，让他理解了更多爱的真谛。

如此深沉安静的情感是他从未体会过的，这些原以为只能出现在文艺作品里经历，如今真实地发生在自己身上，让他难以置信。他不理解 Sissi 何以能坚持这么长的时间，可能是性格使然吧，他更适合刘莎这样热烈奔放的爱。同时，他又感叹 Sissi 对自己性格与心态的精准理解，这种知音的深度恐怕刘莎都不见得能做到。可是当这一切到来时，又已经到了终点。Sissi 得到了释怀，骆文却多了一份沉重的回忆。他不知道这是一种什么样的感情，也不清楚自己算不算是负心，只是觉得对 Sissi 有了更多的亏欠，而想去弥补已来不及。

他反复摆弄着那个骆驼摆件，读着 Sissi 的赠言。又把那些信手涂鸦的纸张摊在桌面上，仔细回顾着与 Sissi 的那些过往，一直到很晚。当他意识到应该睡觉时，头痛的感觉又席卷而来。上次与凡凡生气后，这种症状越来越频繁。在美国那些天，何瑛给他测过几次，确认他是高血压，且血压不是一般的高，让他尽快去医院检查并吃药，他也没有理会。闭目休息了片刻，疼痛并未减轻多少。已经在书房逗留太久，骆文不想再去纠缠这些剪不断理还乱的思绪与情感，便收起那些东西，走出房间。

一周后，Sissi 过世的消息传来。骆文接到电话时，后事已经料理完毕。他难过至极，问 Sissi 父亲为何不及时通知他，以便还能见到最后一面。老人说这是女儿的要求，她希望把彼此的记忆停留在愉快的时刻。

三月底，黄色的迎春花已随处可见，空气里也弥漫着温暖的气息。周末晚上，几个发小又聚在一起，原本定在春节的饭局被反复改期，最后终于落实。

还是约在老地方。骆文进来时，腰子正跟前台的服务员吵架。原来他订的房间被服务员记错了日子，周日、周六一字之差，原来心仪的小包间没有了。腰子正在和当班的小姑娘发火，不依不饶地要对方给个说法。他觉得世道变了，连饭馆都势利眼了，自己丢了面子，便不依不饶。好在酒店老板和他关系不错，反复赔不是，给换了一个大包间，可以唱卡拉 OK 那种，服务费全免，全菜品八折，附送茶水和火爆腰花。加之骆文的拉劝，腰子这才作罢。

酒菜单子刚出，耗子也到了。耗子婚礼过去整半年，三位好友的生活都发生了太多变化，每人都憋着一肚子的话要说。

足球还是最易暖场的话题。国安队足协杯夺冠之事已不再让人兴奋，谁也不相信今年他们会得联赛冠军，三人都很讨厌那个南方球队，但又不得不承认对方的实力确实高出一筹，并一致认为未来两年球队的成绩必定稳居前列，但总觉得缺些什么。骆文觉得球队职业管理和队员配置方面还要再下些功夫；耗子说他们没有冠军气质，第一不是喊出来的；腰子则认为球队的实力稳中有升，但不一定自己又会折腾出什么幺蛾子来，就像他们单位一样，内耗一直是最大问题。

不知不觉几杯酒就下了肚，腰子的家事成了讨论的焦点。谁知骆文刚一开

哮
喘

口就被腰子拦住，表示不想谈，让大家说点别的。

耗子便问骆文的状况。骆文说这半年来就没过几天舒心的日子，家人病、朋友亡、妹妹婚变、父子失和、工作不顺……所有的霉运都赶到一起了。耗子追问骆母的状况，听后不住摇头，说老人是那一辈少有的明白人，可惜了。骆文更是伤感叹息，自己闷闷喝了一杯。

腰子谈到自己的父母，虽然都健在，但基本没法交流。两代人之间差的东西不是一点半点，不仅是各种信息不对称，价值观与生活方式也完全是拧巴的，互相看不上，到一起就吵嘴。他佩服耗子对父母的耐心，说自己做不到那么孝顺。耗子则说自己也是勉为其难，他跟父母达成协议，就是相互容忍、互不干涉，自己也不跟二老同住，见面只谈吃喝不论其他。

腰子有点烦躁道：“架不住他们总在那叨唠啊，实在受不了。”

耗子怼了回来：“只许你说，不许别人说。你让他们说去呗，能影响你什么啊？”

“影响心情啊！我觉得他们太可悲，这一辈子白活了。”

耗子劝道：“你就装听不见呗。他们这代人憋屈啊，年轻时耽误了，生活富裕了，思想又跟不上了，你让他们怎么跟你沟通？社会发展这么快，新东西不是不会就是学不来，活着已经被淘汰了，这点他们自己都承认。这赖他们吗？既成事实，改变不了了。愿意怎么过就随他们去吧！所以，他们说什么我都不往心里去，养老送终第一，只要他们高兴就行。”

腰子仍是自顾摇头：“我没你那么会做心理建设。这也是我的可悲之处吧，与父母没法进行心灵交流是至大遗憾。”

骆文不无感触地插进话来：“你们还有父母可以说话，我找谁去啊？知足吧！再者，你以为你的下一代就不这么想吗？”

“你说得也是，我闺女跟我也是没话说，表面上还能亲热，骨子里的思想差得太远，也快没法沟通了。”腰子附议道。

骆文一脸无奈与失落：“你还能亲热，我这都是冰川。”

“骆驼，咱俩跟腰子不一样，谁让咱夫妻反目，家庭不和谐呢，活该让孩子不待见。我闺女没比你儿子好多少，钱没少给，也就落个听声‘爸爸’的地步，其他的话也是少得可怜。"耗子说罢，一手搭在骆文肩膀上，用力拍了一下。

腰子不住点头："想一想也是，一代就是一代的事，估计我老了也是这命。"

"你以为呢？咱都这命，一代一代的，没逃过这规律。咱们和父母也都是同一片蓝天下活过来的，包括我们的下一代，物质上虽然不同了，精神上其实也有共性。从这一点来看，谁也别说自己一定就比另一代强。"耗子一边说一边抓起了酒杯。

耗子招呼大家喝酒。谈到长幼之间的相处，各自都有困惑与感叹，本质上又很相似。最亲的血缘关系，却有着难以调和的精神藩篱。彼此之间，除了温饱之类的话题，已难有思想上的交流，这是最让他们失意与无奈的。不管是社会的问题，还是个体的原因，又都无力改变。但毕竟亲情难断，失去更是难以弥补的遗憾与痛苦。既要尽孝道，又无法避免水火不容的冲突与不和谐，在进退两难中，吃力地寻求平衡。

人到中年，代际间有关思想、生活方式的隔阂在所难免，感到孤单与郁闷也很正常。骆文想，如果父亲健在，他们父子间关系也不见得好到哪里，凡凡与他目前的状况，或许也是一种必然或轮回。两代人能在思想上做到无障碍沟通，应为人生幸事了。可以说，自己是幸运的，能拥有母亲这样有知识、有头脑、能交流的长辈。只是，这份幸运恐怕已经耗尽了。

耗子说："现在岁数大了，明白得也多了。其实就是那么回事，自己活舒坦了就好，其他的爱咋地咋地吧，只要良心过得去就行。"

腰子仍是意难平："关键是现在良心都不值钱了，有良心能怎样？"

骆文轻轻皱眉道："总有个是非曲直吧？"

"骆驼，这个还真是不好说。我经历得多了，有良心往往没好报，现在社会不看这个。你那驴脾气咱知道，你坚持那些原则有过好结果吗？"耗子摇着筷子，冲着骆文点了几下。

骆文双手一摊，耸了一下肩，一脸无奈："我这也是死性不改了，估计就是个悲催的命。但人得有良心，这是底线啊！"

"对，这个我同意，人得像人。"耗子的声调陡然升高，一只手掌也拍在了桌上。

三人又是几杯下了肚。

耗子说起向何瑛咨询孩子上大学的事。耗子的女儿今年高三，学习还不错。他喜欢医生这个行业，便希望女儿能入杏林，问何瑛有何建议。何瑛也没坚决反对，但强烈建议耗子慎重考虑。

腰子不解道："医生不是挺好吗？工作稳定，也受人尊重。"

耗子笑道："我也是这么说的，你猜何瑛说啥——'尊重个鬼'。她满肚子牢骚，说学医年头长，太辛苦，出来赚钱比同龄人晚很多。工作累，责任重，待遇又不好。现在医疗环境也不好，还要背医患矛盾这个锅，不是咱想的那样，真心劝我慎重。"

腰子瞪大眼睛，道："待遇不好？现在医生多有钱啊！"

骆文摇摇头："不是你想的那样，跟普通知识分子差不多。"

"不是还有外快吗？好多人都发了。"

"不都是这样。按你这么说，那还不都削尖了脑袋抢着去干？"骆文无奈地笑道。

腰子显然不信，口吻笃定道："哪个医生不收黑钱啊？不是红包就是回扣，我见多了，你让他们拍良心说说。"

骆文正色道："这就是误解啊！个别现象肯定是有，所以把整个行业都抹黑了。不能一棒子都打倒，人和人是不一样的，每一行都有败类。反正我从何瑛那里看不到这些，这个我敢拍良心。"

"但愿是少数，可你能替其他人拍良心吗？"腰子呷了一口酒，自顾自道，"说实话，我也不信何瑛很干净。她不是经常出去开学术会吗？国内国外地跑，都是她自己出钱？要是厂家出钱，那不是利益是什么？人家吃饱了撑的？表面打着支持学术的幌子，底下都是商业目的。"

骆文无法反驳，关于这种事他也问过何瑛，腰子说的并不都是无中生有，只是也要因人因事而异罢了。何瑛从来不收红包、拿回扣，这一点，骆文确信无疑。腰子说得固然有些过分，但又理解对方的抱怨。各行各业都有不正之风，但他仍然相信医者仁心，何瑛就是其一。

腰子又联系自身道："我们这一行也问题一箩筐。科研利益驱动，学术造假，专家说昧心话的比比皆是。我也收讲课费、顾问费什么的，但这还算劳动所得，名正言顺，我能守住这个底线就行了。谁跟钱有仇啊，别主动干坏事就行了。"

"这个事太复杂，医生理所应当拿到高报酬，但现状是很难获得体面的高薪，剩下的就是良心问题了。"骆文显然不太认同。

耗子大着嗓门插进话来："靠良心、喊口号能管得了社会吗？还是得想点办法。"

腰子抱怨不少，没有停下来的意思："现在医生态度也不好，拿病人当孙子。谁愿意得病啊？好不容易看个病，不是一两句打发了，就是拉个脸没好气，钱倒是不少收，还自称天使。"

骆文继续耐心解释："这个更偏激了。医生也委屈，工作强度太大，何瑛半天门诊就要看几十个病人，手术一个接一个，她找谁诉苦去？医生也是人，也就什么人都有，大多数都是不错的，不能因为少数人差劲，否定一大群。真正的症结是医疗政策与大环境，将矛盾都转嫁到医生个体身上了，像你这样受过高等教育的人都这么认为，那谁还愿意干这行啊！"

耗子觉得骆文说得也在理，指着腰子附和道："可也是啊！你刚开始还说医生受尊重，自己就在跳着脚地不尊重。"喝了一口酒，继续道："何瑛说现在总有伤医事件，医生心气不高，甚至有些都不想干了。比如儿科这样忙累吵乱又压力大的科室，大夫流失问题就很严重。现在报考医学院校的生源也不如以前好了，估计很多家长都不希望孩子学医。她说凡凡若是在国内，自己绝对不会让孩子步她的后尘，所以建议我也要慎重。"

腰子叹了口气："但愿我说的都是偏见吧！不过，如果医生这行当都没人愿意做了，真的是让人堪忧啊！"

白衣天使这个在人们心中多有神圣的职业，于此三人眼中，也成了观点混杂，令人哀怨叹息的行当。此时，骆文更能体会何瑛这些年的心态。这个平时奔波忙碌，看似精明干练的业务骨干，内心应该充斥着太多的不满与无奈，而自己却从未给予对方足够的关心与安慰。

说到何瑛，耗子就问骆文是否确定要离婚，并问了他与"邓丽君"的最新进展。骆文表示大方向基本定了，但是否再婚还不确定。

耗子追问："不结婚人家姑娘能答应吗？我这次也没想结，最后还不是就范了？"

"我们不太一样，人家也没催过我，我们之间也不提这事儿。"骆文显得不是很有底气。

耗子一听就急了："你是缺心眼啊？人家不提就是不想吗？你问过人家吗？人家没结过婚，八成会有这意思，没准儿还想要孩子呢！"

骆文皱眉道："我这德性还要孩子呢！就这一个都没管好！"

"我看你是没救了！你管不好自己的儿子，和人家想不想要孩子有什么关系？怎么都以你的想法为核心啊？"耗子嬉笑着挖苦对方。

"我真觉得现在这样挺好的。"骆文支吾着。

"你们现在还有那么多激情吗？"

"还行，当然不会像刚开始时那样，这也很正常啊！"

"是正常，总要慢慢回归平淡吧，那时你们靠什么维系？"

"感情啊！"骆文的语气已显被动。

"感情这东西太难拿捏。你跟何瑛也有感情啊，怎么就分了？你不给人家实在的东西，光拿这种说不虚又有点虚的东西来撑着，不见得能撑得下去啊！"

"话是这么说，迈出这一步也不是这么简单，我想想吧！"骆文觉得对方说得没错，只是嘴上不服软。

耗子建议骆文别拖着，对方性子再好，只要心里有这个念想，早晚要发泄出来。让他别装聋作哑，适当的时候跟对方聊聊这事，到底是有着二十年婚龄的老手，不应该不懂这个理。

耗子又问何瑛那边是否已经达成共识。上次打电话时，对方还让他劝骆文少喝酒，尽快去医院查身体。耗子觉得何瑛还挺关心骆文的，问骆文是不是想脚踏两只船。骆文承认两人的关系有所缓和，对方也挺主动的，但应该不会产生什么影响。耗子不以为然，劝老友当机立断，以免两败俱伤，最后弄个竹篮打水一场空。骆文让他说得有点心烦，便转问耗子的新婚体会。

耗子倒很坦白："一切归于平淡。现在酸文假醋彻底没了，整天就知道算计我那点儿钱。没事就要出去旅游、玩乐，穿好的、用好的，说有条件为什么不尽早享受，人生苦短，就应该及时行乐。话是没错，银子却是哗哗地流啊！还总往她们家里划拉钱，说要孝顺父母，弄得我还得端着道德这个碗不能放。"

骆文揶揄道："找个俏丽的小媳妇，你多花点儿也值了。两人有的聊就行，还图什么？"

耗子被说到了痛点，大手一挥道："聊什么啊！根本就说不到一块儿去！现在说我土，说我市侩，早干吗去了？吵过好几次了，现在越来越觉得三观拧巴得很。"

两瓶白酒已经见底，他们开始转喝啤酒。骆文与耗子关于婚姻与感情的讨论，触动了身边的腰子。有些醉意的他，已忘了开局时自己下的封口令，终于不打自招，主动闯了进来："婚姻就是那么回事，都别有太多指望，时间长了就是搭伴过日子。啥感情啊，有几个能一直相亲相爱的？"

骆文侧目道："看来伤痛犹在啊！你老婆那边真没事了？"

"能怎么样啊？她闹也闹了，我也臭了，最后谁也没得好。"

耗子坏笑道："你那相好没折腾你吧？"

腰子即刻回应："人家有素质，不会乱来。"

耗子继续挖苦："啥素质啊？还是喜欢人家呗？"

"心灵相通，聊什么都那么舒服。"腰子借着酒意，若有所想地嘟囔着。

"我看是那事最舒服吧？"耗子已经笑出了声。

"缺一不可。现在老婆从思想到身体都碰不得，整个一个更年期，味如嚼蜡。"腰子也不在意，一副失落的样子。

"那你还不干脆跟那小妮子跑了？"耗子与骆文相视一笑，继续挤兑对方。

"我们是纯感情，不一定要有个什么结果。再者，总要负责任吧！"腰子气势渐微，嘴上仍硬撑着。

耗子撇着嘴："扯淡！担不起吧？你怎么不对人家小姑娘负责任啊？回归媳妇儿这里，想不想人家啊？"

"哎，生活哪有都如意的啊……我现在觉得特没意思，心里空得很……"腰子举杯灌着自己，显得很落寞。

耗子仍不停奚落，告诉腰子要不就追出去，要不就踏实在家过日子，别一副萎靡的样子。骆文动了恻隐之心，又给了几句安慰的话。腰子转而拦着二位不必多言，说自己明白，跟哥们儿说两句不会被笑话，日子还要过，其实老婆也不错，还是有感情的，自己活该有这么一出。然后一边劝酒，一边拍着胸脯说已经没事了，自己酒后瞎扯，烦闷也算有个出处。让两位听完即止，以后不许跟他面前再扯这些，他已经重新开始了，让两个发小以后必须多关照他们两口子，此时通红的脸上又泛出了嬉笑的表情。

骆文不想再消费腰子的伤感，便转移话题，问耗子生意如何。耗子说礼品公司效益不太好，几乎不赚钱，打算再维持一段时间，下半年节日多，看能不能缓过来。体育那一摊也不如以往，但多少还能赚到钱，不然也供不起那位"败家媳妇儿"。

一打啤酒又成了空瓶。与去年的聚会不同，此次的调子显得有些灰色，各人都有不少不如意的经历，发泄便成了最好的下酒菜。三人又聊了很多，最后已经没什么主题了，句式也越来越短，内容皆是相互怜悯的宽慰话语。

借酒消愁愁更愁，还没有清空第二打啤酒，三人已经酩酊。腰子喊来服务员，让再上一份火爆腰花，同时打开了卡拉 OK 设备。三人勾肩搭背，选了一些关于悲情与友情的歌曲，对着屏幕嘶吼起来。一个白领高管、一个私企老板、一个体制内员工，三个外人眼中的人生赢家，无拘无束地释放着自己的失意与困惑。他们边说边喝、边喝边唱，只是言语与唱词已连不成句。

午夜离去时，腰子短着舌头，夸来时被他训斥的服务员好看，并赞扬对方帮他安排了好房间，让小姑娘一定记住他这位郭先生，下次他要到老板那里，对她提出表扬。

第二十九章

　　清明假期后，摆在 Sissi 办公桌上的鲜花才被撤去。一个多月来，骆文始终坚持那花要摆在原处并定期更新，也不许别人使用这个工位。大家都能理解他的心情，并无异议。

　　新进员工也约定在此时上岗，但安排上骆文做了些调整。新人去接 Hulk 的职位，Hulk 接过了 Sissi 留下的工作。Jessica 没能如愿，公告发出时，她找到骆文，表达了对这种安排的不满，认为自己兢兢业业，能力不输 Hulk，且在年会时就向他表达了强烈的意愿。而对方却漠视不理，也没给她任何提前的交流，这一纸突如其来的公告相当于在羞辱她。她想让骆文明示自己为何不能接手 Sissi 这个职位。

　　骆文的考虑只有两点：一是 Hulk 的经验与能力稍优于 Jessica；二是 Sissi 这一摊生意非常大，事情也繁杂，特别是她病后欠下了一些工作要补，而 Jessica 的纠结性格可能会让她做起来非常辛苦。对方自病后复岗以来，精神状况一直不太好，如果接过这一摊，更大的压力有可能让她出现更多问题。如此，便得不偿失，自己也会有愧疚。他主要不想 Jessica 那么辛苦，并告知未来可能会调整各组的产品结构，现在的状况不见得会一直下去；又称对方能力很强，不必通过管理不同的产品体现价值，希望她能安心做好自己的工作。

　　然而，Jessica 显然误会了骆文的好意，反而说自己不需要特别照顾，这样去保护她，无疑是在小看她，令她在下属面前无法树立威信，其他同事也会对她另眼相看。另外，即使产品组进行调整，也不影响她接手这个职位。倘若真做调整，她的压力不就小了吗？她认为骆文的解释站不住脚，只是拿来搪塞她的理由。管理不同规模的生意当然是价值的体现，这一点毋庸置疑，对个人的履历与前途发展都很重要，骆文却公然否认这样的职场共识，让她深感费解。从 Sissi 去世前后骆文的表现看，更说明了这个职位的重要性……说到最后，Jessica 的声音已有些颤抖，眼眶满含泪水。

这一番"讨伐"下来，令骆文更加忧虑对方的健康状况，感到 Jessica 已经彻底变了一个人。她的多疑、偏执让他感到不安，预感会有什么不好的事情发生在她身上。骆文更坚定了之前的决策，他叫停了 Jessica 的发泄，再次重申此事没有商量的余地，必须接受。命令的语气逼迫对方不得不收声，但显而易见，Jessica 并未被说服。她擦了一下眼眶中的泪水，表示自己虽然想不通，但会继续努力工作，并希望两人的谈话不要让其他同事知道，也希望骆文不要因为她的直言，影响日后两人之间的交流。

骆文竟有点哭笑不得的感觉，Jessica 显然沉浸在自己的逻辑里无法自拔，言语、情绪的表达也超乎寻常。他不想再纠缠此事，以免引起对方新的想法或情绪波动。骆文表示会一直信任和支持她，让她整理情绪回到工作中，Jessica 这才悻悻地离开。

新人到岗后，骆文的负担减轻了一些。公司的业务进展平稳，前几个月的进度都能达成预算要求，这让管理层之间的气氛融洽了许多。骆文与 Peter 相安无事，市场部也渐渐从前一段紧张压抑的状态中缓解出来。

四月底，Lucia 告诉骆文，她怀孕了。她一直希望要一个"小猪"，属猪有福气，本以为没什么希望了，最后一刻终于如愿。预产期是明年一月中旬，顺利的话，出生时正好是在农历新年前，算是"猪尾巴"。她很开心，说要感谢上帝的安排。

骆文也为她高兴，祝福的话刚要出口，Lucia 便说出了自己的顾虑。原来，Jessica 最近总是莫名其妙地紧张，也不见工作上有多大的事情，却闹得整个团队都惶惶不安。Lucia 刚开始还有点欲言又止，在骆文的追问下，才透露 Jessica 似乎总是怀疑老板或同事在有意刁难她，想抓到她的把柄，害得她要处处小心谨慎，同时嘱咐下属别大意，避免一并受排挤。这种情况从 Sissi

去世后就开始了，近期更明显。Lucia 觉得 Jessica 可能是受 Sissi 事情的刺激，也可能是前一段工作过于紧张所致，建议骆文多关注一下，别的她也不好多说。

不祥的预感更强烈了。自从 Jessica 产后生病以来，骆文一直怀有同情心，对她多方照顾，不可谓不尽力，事情却总往他不愿看到的方向上发展。工作忙碌是常态，如果这是问题的症结，他实在无力改变，总不能让对方什么也不做。没能接手 Sissi 的岗位，已令她产生诸多猜疑与不满，即使有所谓轻松些的工作可以安排给她，那更会让她在拒绝之余浮想联翩。

骆文也只能默默祈福，但愿最近的生意平稳及忙碌缓解，能让 Jessica 放松下来并恢复常态。他心里盘算着，之后部门的一些项目也尽量不安排给她了，以减轻她的负担。

骆文邀请几位团队负责人吃饭，席间带领大家引着 Jessica 说笑，努力为对方制造一种轻松和谐的氛围；同时，建议大家趁最近的缓冲期多多休息，可以抓紧时间休年假，以便以良好的状态进入下一阶段的工作。其实这些都是说给 Jessica 听的，他担心如果单独建议她休整调养，她会产生猜忌。

五一小长假后，骆文终于迎来一件好事情——Coco 回来了。

Coco 的状态很好，经过一年的海外生活，不管学到了多少东西，对她来讲，资历与自信都得到加强，整个人的精神状态很饱满。大家都说她运气好，不仅有收获，还躲过了这一年公司的诸多不顺与辛苦。Coco 准时返岗报道，使团队又回到了人员齐整的状态，这让骆文舒心不少。

安排好 Coco 的工作，骆文便去了新加坡，参加一个国际部的会议。他并没坚持到最后，提前一天回到北京，因为这一天是五月八日，刘莎的生日。

开春以后，刘莎的工作突然忙起来，不是寻常的忙碌，而是大大超乎常态的消耗。去年公司业绩平平，而且丢掉了两个大客户，利润吃紧。加之整个行业都不是很景气，全司便进入了紧张状态。

这种紧张并不仅限于气氛，而是表现为工作内容上的无限加码。为了能够开发新的客源，公司把开发新客户作为今年重要的目标及考核标准。刘莎的团

哮喘

队虽然稳定，仍然要分担公司交付的重担。在新策略的要求下，整个团队都在疯狂地参与各种竞标工作，以期获得新的成长点。

公司以往的服务对象以国际公司的知名品牌为主，但国际大品牌的服务商又不会轻易更换，本土公司的业务便成了他们追逐的猎物。但很多地方企业的标的通常更加难以控制，客户品牌管理团队的能力都明显不足，专业知识贫乏，对自己要的东西也不清楚，甚至经常变化不定。另外，更令他们头疼的是，很多竞标工作实际上是在走形式，最后的赢家并不是以水平而论，不是早已内定，就是有看不到的桌下交易。如此一来，所谓的竞标经常沦为枉费心思与辛苦，造成大量的人力浪费，乙方对此又无可奈何。这样的环境下，只要想有所收获，就必须硬着头皮去做。对于成功来说，十中有一都成了奢求。这种疲于奔命所带来的，不仅是体力与精力的耗竭，也是情绪上的蹂躏。整个团队都处于极度疲劳的状态，作为团队之首的刘莎压力更大。

这种忙碌意味着更多的加班、更少的假期。刘莎和骆文在一起的时间大幅减少，两人的交流也被迫压缩很多。归家的刘莎总身心疲惫，不是瘫在那里不想动，就是懒得说话，好好休息是她最大的需求。骆文本想制造一些机会让对方感到放松与开心，无奈自己也是上紧了发条，常常是自顾不暇。正因如此，他更不想错过这个生日。即使这样，赶到家时，也已过了晚饭时间。

两三天没回来，家里又有了些新变化。绿植花卉有了更新，位置也做了调整，显得房间有了不少生气；客厅与卧室增加了几幅大小形状不一的画框，错落有致地镶在墙上，都是现代风格的美术作品，房间内立刻多了一抹艺术气息；床与沙发的外套也换成新的，连窗台桌面的小摆件也做了新的整理。

骆文觉得很神奇，五一长假刘莎还有一天在加班，他走之前还没有任何动静，这么多变化不知对方是如何做到的。

刘莎说五一放假那两天她就想好了，既然骆文答应赶回来为她过生日，她就要做点事情来回报。收拾这些东西并不难，趁骆文不在这两天她抽空就做了，无非是想让这个生日有些新意。再者，她搬来快一年了，家里应该有些新气象。骆文深感佩服，夸对方是理家高手。

"男人负责质量，女人负责情调，家里的分工就应该是这样。"自去年夏天入住至今，刘莎又一次提到"家"这个字，脸上已少了羞涩，幸福的表情依旧。

房间里放着邓丽君的歌曲，刘莎自制的烛光晚餐也备好了，虽然只是很简单的菜式，但浪漫气氛不减。骆文让对方许愿，刘莎很认真地闭目合掌，心里默念着她的期望。吹灭蜡烛时，骆文突然把一块奶油抹在她的鼻尖，刘莎先是惊叫一声，随后就幸福地笑了，撒着娇要求骆文用一个甜蜜的吻将恶作剧清除掉。

"刚才许了什么愿？"骆文问刘莎。

"不告诉你。"

"跟我有关吗？"

"有。"

"和去年的一样吗？"

"差不多。"

"就是说去年的愿还没实现喽？"

"可以这么说，但部分实现了。"

"不要期望太多啊，现实一点，这样容易满足，不然失望就会更大。"

"我像是有很高期望值的人吗？"

"女人心海底针。"

刘莎轻笑了一下，若有所思，没再接茬。

骆文本是无心的调侃，却让刘莎内心荡起些许惆怅。她的心思并不难猜，去年此时与现在的唯一区别就是两人住在了一起，那么还没完成的部分就显而易见了。偏偏骆文就是没有抓住这个点，抑或是他根本就不想抓住。她很期待让骆文追问下去，索性就捅破这层窗户纸，哪怕只弄破一点点也是好的，然而骆文似乎对她的愿望并不好奇，而那句降低期望值的要求，对她来说不能不算是一个打击。

随着两人相处得越久，对彼此的脾气、秉性及生活习惯了解得就越深。刘莎对骆文的喜爱与依赖有增无减，她不是不在意婚姻，也渴望成为母亲，只是不想让骆文为难，才始终不去触及这方面的话题。随着年龄的增大，她难免会想到这些现实问题，因为在她心里，拥有一个幸福的家庭是再好不过的结果。

对她来讲，与骆文保持现状或成立家庭都是可以接受的，如果因为追求后者而破坏前者，她宁愿不要后者。可生活并非选择题，当两人的融合已经很深时，追求更稳定的关系也就是很正常的心理诉求了。刘莎是常人，也就不能避免这种人之常情。

相比去年的生日礼物，今年的简单了很多。骆文并不是想敷衍了事，但一直没有理想的选择。他本指望去新加坡时能看到什么有意思的东西，但也一无所获。直到起飞前，才在机场礼品店里买了一个毛茸茸的小鸡玩偶，刘莎属鸡，也算有个说法了。

巴掌大的玩偶虽然做工精细、模样可爱，但骆文总觉得有点小儿科。当他不好意思地拿出来送给刘莎时，对方却出乎意料的欣喜，一直拿在手里摆弄。睡前，刘莎还拿着它，并以卡通人物的口吻与骆文谈笑，看来是真心喜欢。这让骆文感到原本的无奈所得，变成绝佳之选。

"还是小鸡的样子可爱，长大了就没意思了，跟人一样。"骆文摸了一下刘莎手中的小鸡。

"你是说我吗？哈，开始嫌弃我了？"

"哪敢啊，喜欢还来不及呢！"骆文搂过刘莎。

"是啊，小的东西都好玩。不管什么样的动物，小的时候都很可爱，人也是一样。"

"我刚才说的就是这个意思啊！"

"你喜欢小孩吗？"

"还行，不过孩子跟小动物可不同，养起来太辛苦。"骆文随口应答着。

"要是再有一个小孩，你会有什么期待？"刘莎的语气添了些认真。

"啥期待都没有，现在这一个就够我受得了，再有一个不得把我弄疯！"骆文答得平缓，但没有迟疑。

刘莎不再继续，也不再有小鸡的口吻。骆文缠着刘莎求欢，刘莎说不方便，让他赶紧休息。当骆文细微的鼾声响起时，刘莎却无睡意。最近的忙碌节奏让她的睡眠质量有所下降，更重要的是，她还在反刍着今晚的对话。两人今后会有什么样的结局？自己的心愿能否满足？此时的她，心里也没了把握。

　　进入六月，刚刚稳定下来的团队又出了新变数。端午节前，Hulk 向骆文提出辞职。辞职原因跟工作无关，纯属私人计划有变。Hulk 在那个工商管理的课堂上，与一位女同学发生了恋情。女方比他大一岁，原本是有男友的，但因无法割舍 Hulk，毅然选择和前任分手。Hulk 对这场姐弟恋最初也充满犹豫，但情之所至，加之对方的执着追求，便下决心开始新生活。女方也是上海人，与甩掉他的前任同出一地，这一点倒是满足了他的补偿心理。对方也有稳定工作，不愿离家，那么做出牺牲的就只能是 Hulk 了。权衡再三，他找了另外一家公司，也谋得了很不错的职位，准备赴上海发展。

　　骆文问他是否想好了，Hulk 认为事已至此，也没别的选择了。他就读这个工商管理课程，其收获并不在学习本身，主要是结交了不少朋友，建立了一些人脉，另外挖掘了打高尔夫的嗜好，还找到了生活伴侣，可谓是无心插柳柳成荫。他觉得来公司已经多年了，从职业发展的角度看，或许应该做一些改变了。

　　Hulk 的决定让骆文颇感不满，当然，追求事业的发展很正常，这些年他也送走不少离职的同事。他不悦的是，如果本已计划离职，Hulk 就不应该答应接过 Sissi 的职位，而仅仅两个月后就离开，这给骆文的工作安排造成了很大麻烦。

　　Hulk 亦感自己的所为不妥，他本想明年再去上海，无奈女友催得厉害。对方想在明年春节前完婚，还有半年时间，很多事情都要准备，这也是最近才做的决定，而新的工作机会也很快就落实了。Hulk 由衷道歉，希望能得到骆文的谅解。他计划工作到本月底，由于还攒了些年假，月中过后基本就不用上班了。他推荐手下接管自己的职位，提拔该员工也在骆文的计划内，只是直接接过 Sissi 留下这摊恐怕还不合适。骆文希望 Hulk 坚守至最后一刻，临行前他会为对方践行。

　　Hulk 的离职给骆文带来了不小的麻烦，他留下的职位很重要，招新人补缺显然时间过于紧迫，内部人员又有各自的问题。Coco 回到岗位才一个月，刚刚稳定下来；Jessica 的状况本已令人忧虑，不应再增加负荷；新到岗的团队负责人及 Hulk 推荐的人选都不适合。骆文只能通知人力资源加速招聘进程，大不了自己再辛苦一段时日。人力资源很给力，第二天，他的桌上就摆好了几份履历，并约好端午节假期后面试。

　　端午节当天，骆文带刘莎来到骆平家。上次本就约好的除夕见面，一拖就是几个月，但该来的还是要来。这让刘莎很高兴，在她看来，这是被骆家认可的重要标志，意味着离她心里的愿望又近了一步。

　　快进小区时，骆文接到骆平的信息，告诉他先别上来，因为何瑛在这里，等对方走了再说。

　　何瑛先前约骆文今天一起来看婆婆，但骆文推说有事没答应，她便与骆平约了时间，只是聊了很久也没走。骆文只能带着刘莎在附近打发时间，以避开不期而遇的尴尬。收到骆平的消息后，他才带刘莎登门。

　　母亲的病情仍在发展，肢体比以前僵硬了一些，震颤也较前更明显了，吃饭基本需要喂，有时会把大小便排在裤子里。自言自语更少了，一天也没几句话。

　　寒暄过后，骆平与刘莎并肩而坐。与上次见面不同，这次不用准备什么话题，双方好像有一种化学反应，任何话题都可以很自然地展开。骆平已从短暂而失败的婚姻中走了出来，她很健谈，加上旺财这个"润滑剂"，两个年龄相近的女性很快就熟络起来。

　　自母亲从养老院回来，骆文每次来都要独自和她关在里屋聊一会儿，不许别人打扰。现在与母亲交流变得更有仪式感了。与以往不同的是，老人不会再有反应了。骆文也不在意，只是自顾自地说，有时也会帮对方应答几句。他会讲一些日常的琐事，也会谈一谈对某些事情的见解，会告诉老人最近的新闻，也会把自己遭遇的悲欢倾诉出来。他有太多困惑，只是母亲给不了他答案。他甚至会透露隐私，而这些在老人没有得病时，他不见得会讲。他完全沉浸在自己营造的谈话氛围里，喜怒哀乐自然流露。

　　他的脑海中，有一个自己勾勒的母亲形象，借眼前无动于衷的躯壳与之神交，每次见面后，他的心情就会放松很多。骆文相信，精神游移至另一个世界的母亲，能感受到自己的心声。

与老人聊完后，骆平悄悄告诉哥哥："何瑛刚才问我，你是不是有女朋友了，她在医院看到你与一个年轻女性好像很亲近的样子。我啥都没说啥，就说不知情，你可别把我卖了。"

骆平做了几个菜，又端上粽子。在场一共四个人，也算两代同堂了。刘莎说跟老人过节看似很平常的事情，但对她来说已多年没有的经历了。骆平不知底细，便问刘莎父母的情况。刘莎简单介绍了一下，骆文便把话接了过去，称今年本来要一起去成都过年，因为凡凡的事情被耽误了，明年春节一定会回去团聚。刘莎笑着点头，用手握紧了骆文的手。

刘莎确实是百感交集。很多事情都是如此，理想和现实通常是两回事，当真正经历过，以往笃信的东西可能瞬间便不再执守。面无表情、一言不发的老人坐在身边，她也能体会到长辈在场的不同感受。对于长期在外漂泊的刘莎而言，此情此景弥足珍贵。她开始想象自己与父亲、弟弟一家聚在一起的样子，身边当然要有骆文，这才是一个完整的家。进而，对她与骆文共同拥有的小家，便有了更多的期许。

席间的气氛很温暖，骆平说刘莎气色不好，比她们第一次见面时差了很多，笑问是不是被哥哥欺负了，她可以帮忙出气。刘莎摇摇头，表示最近太忙，而且这种忙碌看不到头，估计一整年都会是这样的状态了。骆平劝她对自己好点，钱挣得差不多就行了，女人没有几年好时光，错过了后悔都来不及。刘莎自言有同感，有时也会想辞职休息一下，忙了这么多年，一晃已经三十八岁了，除了工作好像什么都没有。

"你有我哥啊！"骆平举杯与骆文碰了一下。

"那倒是。"刘莎幸福地看了一眼骆文，又拉住对方的手。

"女人还是要有个家，不然会感觉无依无靠的。"骆平继续说。

"是啊！"

"你们有什么打算啊？"

"……这个……还没有商量……"刘莎看了骆文一眼。

哮
喘

"我们现在挺好的，以后的事情以后再说。包打听，这个坏毛病总改不了。"骆文赶紧接过话头。

"女人都是让你们男人的'再说'给毁了，我们的青春都不值钱吗？我现在最讨厌男的装深沉，爱恨都简单点，摆在明面上。表面上人五人六的，肚子里却藏着一堆乱七八糟的东西。现在的男人，大尾巴狼太多！"骆平撇着嘴说道。也不知道她是在宣泄自己的不幸经历，还是在敲打骆文。刘莎一时也不知该怎么接茬，只能尴尬地微笑。她有点感激骆平，那些话虽然扯得有点远，可终归还是站在了自己的这边。骆文还是那副外交辞令，这让她不禁失望，但想到这种语境，也能理解，便本能地帮骆文说话：

"骆文不是那种人，他对我很好。"

"哎哟，真像两口子啊！还没怎么着呢，就保护上了。"骆平打趣道。

"饭也堵不上你的嘴，又拿我来寻开心。"骆文想拦住妹妹的无心快语。

"不过说正经的，你们要是有计划就赶早不赶晚。刘莎也不小了，还能生个孩子，岁数再大就麻烦了。"骆平发自内心地劝道，转而又问刘莎，"你喜欢小孩吗？"

"喜欢！"刘莎有点羞涩。

"那还不赶紧！我们老骆家后代少，指望我是不行了，任务就交给你了。现在放开了，愿意生还能多生。"

"越扯越没边儿，把自己管好就行了！"骆文强行叫停了这个话题。

对骆平来说，谈论这些话题非常自然。以她的观察，两人的关系没什么问题，又在一起生活了这么久，尤其骆文带刘莎登门，这些都是很明确的信息。

对刘莎来说，话题固然私密，但正如她所愿。她自己不便去催促骆文，成家的愿望却与日俱增。只是骆文的反应并不是她想看到的，内心的失落不断叠加。

对骆文来说，骆平的大嘴巴只会让他感到窘迫，他随口的冷处理并不能完全代表他的内心。结婚本是他的选项，要孩子也不是不可以商量，只是目前自己从外在到内心都没有准备就绪，因而任何催促都可能让他产生莫名的抵触情绪。他没有意识到，自己认为合理的缓冲期，对他人来说可能是一种有意的拖延或冷漠。双方的目标无异，只是思考与行事方式不同。事实上，他完全可以更直接道出内心的真实想法，这样反倒简单省事。可惜，他选择了最复杂的方式。不觉之中，自己的言行与内心已势不两立，正如他生硬截断骆平话题的举动，并非是心之所愿，只是自尊心与执拗性格的下意识反应。

然而，这所有的迟疑、躲避与抵触，事实上都在堆积着误解，甚至伤害着另一方，把事态一步步地推到更为复杂的局面。

骆平给两人拿来粽子，又说这是何瑛带过来的，让他们多吃些，使气氛一下变得更尴尬了些。骆平马上意识到失言，慌忙中，她赶紧抛出新话题，没想到慌不择路，还是没有躲开何瑛这个名字。

骆平说何瑛让她嘱咐骆文去医院检查及吃药，说他有高血压，别不当回事。说着拿出血压计，她是护士出身，做这些轻车熟路。骆文先后测了两次，结果都很高。骆文倒没有明显的不适，只是感觉累的时候会头痛，休息一下就好。骆平表示他的血压远超正常值，必须要服药，不然会对脏器产生不良影响，万一出现并发症更麻烦。她又嘱咐刘莎要监督好他，要尽快戒酒，规律饮食作息等。刘莎自然很上心，骆文也只能答应尽快抽时间去医院。

席间，刘莎给老人夹了一小块粽子，并亲自喂到嘴里。兄妹二人见状，更觉刘莎通情达理，有了家人的感觉。刘莎拉过老人的手，问是否好吃。对方并未有眼神的回应，只是慢慢咀嚼着口中的食物，然后低声嘀咕了一句："又要来啦！"

月中，新人选很快锁定下来。对方的资历很漂亮，各方面的条件完全满足要求，可以立即上岗。骆文这下心里有了底，把剩下的事情交给人力资源处理。

Hulk 离职在即，Jessica 又找到骆文，他已猜到对方的来意。

果然，Jessica 再次表达了对这个职位的渴望，上次，骆文拿一些似是而非的理由来做挡箭牌，实际上可能是 Hulk 已经做了一些工作，甚至在后面说了不利于她的话，对此，她可以不计前嫌，希望骆文重新考虑她的请求。

骆文觉得 Jessica 的言行已可用"不可理喻"来形容，绝不是心智正常者所为。他唯一能做的只是安慰，当然收效甚微。最后，他不得不答应会通盘考虑，绝不会存私心，但也不会做出任何承诺，希望对方不要再纠缠此事。

Jessica 刚走，Coco 又找上门来。她的来意也很清楚，目前她这组工作刚刚接手，还没有任何开展，安排新人做比较合适，自己想接手 Hulk 的工作。她自认有足够的实力承担这个职位，希望骆文对她给予信任和机会。另外，公司派她出去进修，就是为将来提拔所做的准备与投入。自己算是学成归来，现在有机会不让给她是说不通的。

骆文几乎被她说服。但新人的工作、待遇各方面均已谈妥，岗位职责与工作内容交代得很清楚，显然不能中途生变，否则对应聘者也极为不公。他对 Coco 开诚布公地表示不想频繁调动现有人员，加之着急补缺，他来不及过多从对方的角度进行权衡；此外，判定个人的发展空间，并不限于某个岗位的安排，日后机会很多，希望 Coco 能够理解。Coco 表示既然如此，她服从命令。

没过两天，Peter 把骆文叫过去，想要了解一下 Hulk 留下的空缺是如何安排的。他和 Coco 在美国时有过几面之缘，此次在国内有了更多工作上的接触，越发关注她。也难怪，Coco 青春风韵，举止活泼，又善于周旋，一直就是公司里最惹眼的女性之一。昨日，Coco 与 Peter 谈工作时，刚好聊到 Hulk 的离职，Peter 的第一反应就是应该由 Coco 接管，当得知她已经被拒绝，便生了护花之心，径直来找骆文理论。

Peter 很直接，认为骆文的安排不妥。Coco 刚从海外培训回来，无论从能力还是时机上看，接管最重要的一组产品理所当然。如此公司在人才发展上的投入才有合理的解释，否则，对现有人才的积极性是一种伤害，不利于他所倡导的"公平与关怀"的公司理念。

骆文对此做出了解释，称该职位无论是 Coco 抑或新人接管，都有其合理性，考虑到日后产品组的结构调整，目前的安排没有问题。况且公司已对受聘者进行了具体承诺，不宜再做改变。

Peter 则不以为然，认为一切应以合理为先，总要优先照顾现有职员，向新人解释的工作可以交给人力资源部门。他希望骆文配合他的理念，调整一下人事安排。结束时，Peter 强调干预下属的决定不是他的本意，但此事希望骆

第二十九章

359

文慎重考虑，口气上显然是没什么商量的余地。

两天后，骆文接到受聘者的电话，对方对人力资源的通知表示非常愤慨，认为骆文及公司欺骗了他。他不能接受调换后的岗位及相关解释，决定放弃加入。对方已经向原公司提出了辞职，这让他相当被动，觉得骆文这么做太缺乏契约精神。

骆文再三向对方做出解释，对其情绪表示理解，并诚恳致歉。对方觉得骆文很坦诚，发泄后便不再纠缠，称自己幸好有另一个职位备选，望与骆文后会有期。

这是骆文又一次失信于人。相对于 Jason 竞标之事，此次影响并不大，但对他来讲性质是一样的。虽然是情不由衷，也是身不由己，仍让他有很强烈的挫败感。他可以接受工作上的各种困难，但难以承受对为人原则的扭曲。可现实又在不断提醒他，原则不再重要，诚信已不是底线，而是天平上可以随意加减的砝码。

哮
喘

第三十章

六月的最后一周，夏至已过，暑气迫不及待地霸占了每个昼夜。

刘莎继续着没有尽头的苦熬。现有客户的工作一项也不轻松，几个新的竞标又开始了。看着她疲于奔命，骆文有点心疼，却也搭不上手。他自己的事情也很多，各有各忙，两人只剩下同病相怜的彼此安慰。

新人既然拒绝上岗，骆文便把 Hulk 的下属提拔起来，让他接手 Coco 的岗位，而 Coco 称心如意地接过了 Hulk 留下的"肥缺"。

骆文找 Coco 又谈了一次，直言 Peter 的介入令他很不愉快，批评 Coco 不应与对方谈及此事。Coco 很无辜地表示自己并无此意，只是 Peter 刚好问到，就照实回答了，她也没想到 Peter 会来找骆文。事已至此，骆文也不想再追究。Coco 愿意接受挑战不是坏事，她也具备一定能力，骆文便嘱咐她做好工作交接，尽快进入新的角色。

所有事情协调完毕，周二一早，公告便发了出去。上午，骆文有会议，回到办公室时，秘书告诉他 Jessica 来过几次，称下午还会再来。果不其然，午饭后 Jessica 已坐在骆文办公室里恭候多时了。

这一次，Jessica 在情绪上变本加厉，俨然已是不折不扣的声讨，而且全是胡言乱语。

Jessica 声称骆文虽然没有承诺过，但意思很明显是把这个岗位留给她，结果却一次次欺骗她，她已经忍无可忍。所有同事中，自己的能力是最突出的，如果不是被生病耽误了，去海外进修的机会怎么也轮不到 Coco。如今，她在外面逍遥自在了这么久，现在回来又坐享其成。说到激动处，Jessica 甚至指责 Coco 凭借色相勾引骆文和 Peter，才得到了这个职位，恬不知耻；进而强调整个事情就是一个骗局，所有同事都联合起来针对她，让她看起来像个笑话。说到最后，Jessica 悲愤交加，一边拍桌子，一边抹眼泪，说自己不会善罢甘休。她要找 Peter 去申诉，如果还得不到满意的答案，就要继续上告，从国际部到全球总裁一个不落。

骆文意识到 Jessica 在精神方面肯定出了问题。他没有正面和她发生冲突，只是叫来秘书帮忙安慰，自己暂时回避。过了好久，秘书告知已经没事了，骆文才回到办公室。

情绪平复的 Jessica 不再论理，但也不愿听骆文的解释，坚持自己受了委屈，要求能有一个安心愉快的工作环境，希望骆文能听到她的心声。骆文表示理解，并建议她回家休息几天，有什么事回来再聊，大家都是多年的好同事，相信一定会与她有愉快的合作。Jessica 阴着脸离开，没有一句道歉或感谢。

骆文拨通 Jessica 丈夫的电话，对方也表示近来妻子在家经常念叨受了同事的气，有人故意给她小鞋穿，他也无法判断真伪，听说今天 Jessica 又当场发作，马上代其道歉，答应让她在家休息一段时间，情况好转后再上班。

放下电话，骆文感觉头痛，而且有点难以忍受。闭目休息了一会儿，喝了杯冰水，才感觉好些。他为 Jessica 的状况忧心忡忡，继续这样下去，她的健康与工作都会受到重创，可现在阻止对方工作显然也不合适。他感到很为难，只能寄望于对方休养之后能恢复正常。

骆文跟刘莎说了白天的事情。刘莎早就觉得 Jessica 不对头，建议他尽早替换人选。骆文有点心软，说看一段再说，又说自己有些头痛，想早点休息。这引起了刘莎的警觉。她一边给他按摩，一边催促他尽快去医院检查，该治疗治疗，千万别耽误了。骆文心烦不已，让她别再啰唆，说他心里有数。

两天后，骆文本想联系何瑛，问一下自己看病的事情，没想到医院打来了电话。何瑛出事了。

事情的起因是一场医患纠纷。何瑛的一个患者有严重的妊娠高血压，孕期就几次被建议终止妊娠。但本人及家属都想保住孩子，何瑛竭尽全力才保全了孕妇坚持到预产期。

剖宫产前母亲和胎儿的状态都很危险，几经努力，母亲的生命保住了，但胎儿出生不久后就死亡了。术前家属被反复告知不排除会有意外发生，对方表示理解并签署了知情同意书。但意外一旦发生，家属却又难以接受残酷的现实。一家人情绪激动地缠着医护人员讨要说法，从叫骂到推搡，再到大闹病房，还砸坏了些设备。

刚从手术室出来的何瑛听说此事，便冲过去保护同事，严厉谴责家属的无理行径。失去理智的家属见到了主管医生，不由分说上去便对何瑛一通拳打脚踢，形成围殴之势，直到保安赶来，混乱才被制止。但何瑛已被打伤，移至病房治疗。

骆文赶到时，事情已经平息，伤人者已被派出所带走。院方把事情经过做了复盘，何瑛除了轻微脑震荡外，面部和肢体多处被打伤，所幸都是软组织损伤，没出现骨折及其他问题，休息一段时间就可以了。院领导向骆文表示慰问，称会追责肇事者，何瑛这边有什么要求尽管说，他们一定会尽力配合。骆文对院方的诚恳态度表示认可，也不想指责什么，只是觉得很气愤，没想到不久前与老友们谈到的伤医事件，今天却眼睁睁发生在了自己身上。

医院给何瑛安排了一个单间，条件很好。病房中放置了鲜花，几位探望的同事见骆文进来，打了招呼，便纷纷离开。

何瑛靠在床上，精神比较差，右侧额头覆盖着纱布，应该就是院方所说的破损缝合；左眼眶出现水肿，有淤血，眼睛尚能勉强睁开；脸部及颈部有几道血印，像是被抓伤的；双手有几处瘀青和破损；由于穿着宽大的病号服，身上的伤看不到。

见骆文进来，何瑛起初有些迟疑，也没说话，咬着嘴唇，双目盯着床脚，并不看对方。

骆文刚才还义愤填膺，见到何瑛，瞬间化悲愤为同情。此前夫妻间的嫌隙此时不见踪影，深深的怜惜与强烈的保护欲涌上心头。他走到床边，躬下身轻声问："还疼吗？别担心，我在呢！"终于，何瑛没有禁住这句话的热度，把头顶在骆文身上，瞬间泪水如注。

她在北京只有这么一个亲人，却已渐行渐远，触不可及。如今受此委屈，这个在她心中始终不曾舍得彻底放手的人，及时出现在身旁，在她最需要心理安慰与保护之际，这一句"我在呢"，让长期失落的她终于找回了可以依靠的臂膀。往日孤独的心酸汇合今日的痛楚一并袭来，泪水如何能够止住？

何瑛不停抽泣着，骆文则轻轻拍着她的肩膀，没有说话，静待对方宣泄情绪。半晌，何瑛稳定下来。这个平时在岗位坚韧平静的女性，此时就像一个懦弱的小姑娘，轻声跟骆文诉说着事情的经过，并给对方展示了一下身上的伤处。她告诉骆文，当时精神上的恐惧远超出肉体上的伤痛，现在感觉好多了，多数外伤在两周内就会痊愈，让对方别担心。

何瑛情绪好转，骆文表示可以陪床，但她觉得自己的伤势远未到需要陪床的地步，估计待不了多久就可以回家静养了。她现在还可以下地走动，总躺着自己也不舒服，让骆文回去休息。骆文坚持要多陪一会儿，何瑛当然很乐意，两人便继续聊下去。

何瑛不让骆文把此事告诉儿子，怕对方着急。凡凡已经放假，这两周何琳一家带着他到加勒比海那边旅游去了。下月初，凡凡会回京待一个月，八月初还要回去上课。何瑛希望骆文届时能多陪陪儿子，有什么要求尽量满足对方。骆文点头称是，只是担心凡凡不理他，何瑛则劝慰一切都会慢慢变好的。

何瑛又讲到凡凡还是比较孤僻不合群，怕再出现什么不好的事情，这样就等于把孩子毁了，她有点后悔让儿子这么小就长期独自生活。

骆文认为也没有更好的办法，除非两人之间有一个能牺牲工作去陪读，但目前看并不现实。凡凡回来时，他会试着和他再交流一下，但并不抱太大希望。对凡凡来说，何瑛这个母亲非常重要，还是她能起到更多作用。

又聊了一会儿，骆文见时间不早了，便嘱咐何瑛休息，他明天再来。何瑛让他不用天天来，有同事照顾很方便，有事会联系他，还嘱咐他尽早找时间体检。

接下来的几天，骆文每天晚上都会到医院待一会儿，刘莎也知情，除了表示理解做不了别的。她自己也很忙，晚上比骆文回来得还要迟。

伤医事件的处理结果显然不可能让双方都满意。伤人者虽被拘留，但家属并没有任何歉意，反而觉得自己受了委屈，态度一直比较强硬，产妇也得到了更加周到的护理。院方怕事态升级，只能两头去安慰，结果自然是一头更嚣张，一头更失落。

骆文深感无奈，但凭他一己之力实在也做不了什么，既不能以牙还牙，也无力向院方咆哮，除了忍气吞声，似乎别无选择。眼见着何瑛康复良好，便无心再去纠缠。虽然对现实存有深深的失望，但除了一声叹息，亦无能为力。

何瑛恢复得很快，不想总在床上躺着，不到一周就出院了。另外，凡凡这两天就要回来了，她可不想在病床上见儿子。出院之际，何瑛告诉骆文一个重要决定：她要辞去医院的工作。她说这几天在病房想了很多，认为自己应该选择儿子而不是工作。孩子还小，不能没人照顾，靠何琳不能解决所有问题，姨母与母亲毕竟不同。尤其凡凡有过不良行为，心理方面也出现了一些不好的迹象，这些都跟家长管教不力有关，其中重要的原因就是父母不在身边。现在是孩子成长的关键期，她不想日后出现严重问题时再后悔，遂决定去美国陪读几年。

这无疑是个重大的决定，骆文一时间有点无措。他理解何瑛的想法，但觉得放弃多年所学及稳定的工作实在可惜，毕竟她经过八年苦读、二十年的辛苦拼争，才有了今天的成绩。现在正值业务上的黄金时期，却要戛然而止，代价太大。

何瑛却没有那么留恋，多年的忙碌与糟糕的工作环境让她早已心生倦意，尤其经历了这次伤医事件，她已经彻底寒了心。了无遗憾当然是假的，但人总要知道取舍，在儿子的前途与自己的职业之间，她只能选择前者。何瑛很乐观，她对物质的要求本就不高，认为凭现在的积蓄与财产，吃饱肚子肯定没问题。到美国后，可以再找合适的机会，她相信以自己的能力应对生活还是不难的。凡凡上大学后就不需要陪了，也就四五年的时间，以后的事情以后再说，到时也可能还会回到国内。总之，现在不必想太多，想也没用，把当下的事情做好就行了。

何瑛向来有主见，她已经跟院方提出辞呈，说此事没有商量的余地了。凡凡回来这一个月，她除了陪孩子散心，就是要把家里的事情处理好，八月初就与儿子一起回美国。

事已至此，骆文只能尊重何瑛的想法。虽然觉得太可惜，但对方说得也在理，既然她本人对工作已无眷恋，也就谈不上有多大的损失了。换作自己，恐怕没有这个勇气，更没有资格指手画脚。除了方便照顾凡凡，何瑛在那边也可以好好休养一下，未尝不是一件好事。

两天之后，凡凡回到北京。

父子俩依然是若即若离的样子，骆文试图去交流，却仍以失望告终。凡凡把两人之间的门关得死死的，任凭他怎样努力，只要对方不打开那把锁，一切都是枉然。

凡凡第一时间探望了奶奶，看到老人的样子，大男孩流下了眼泪。奶奶从小就疼他，也给他讲了很多故事与知识，时隔一年，祖孙俩再次团聚，却已相对不识。席间，凡凡一直拉着奶奶的手不放，这让骆文心里既酸又暖，觉得儿子还是很重感情的人，只是对他没了情分。

老人再度说出那句"又要来啦"，凡凡不解，问什么意思，何瑛说骆文解释得最清楚。骆文把背景简单说了一下，因谈到时代与命运的话题，他怕孩子不理解，想再多解释几句，却被对方打住。

"不用说了，这个还不容易理解吗？我又不是小孩。"凡凡也不看骆文，冷冷地封住了对方的嘴。

"那么，你是大人了？你经历过生死吗？你知道生命是什么吗？知道人生的痛是什么吗？别太狂妄了，你还有很多要学的。"遭到儿子冷遇，骆文便没了好气，话横着就甩了出去。

"我当然知道！"凡凡毫不示弱，硬顶过来。

骆平赶紧打圆场，说父子俩很久不见面，应该亲热有加，不许制造不和谐，让老人看了伤心。凡凡这才把梗着的脖子软下来，轻靠在奶奶身上，不再说话，也不再吃饭。何瑛与骆平看着骆文，眼神中都有无奈，似乎告诉对方一个不争的事实：凡凡跟他一样，都是死倔的脾气。

何瑛说过几天要带凡凡去山西、河南等中原省份转一圈，给孩子补一补华夏历史知识，这也是凡凡自己的兴趣，问骆文是否愿意同行。两周的行程对骆文来说，肯定是无法成行的，他提了一些建议，最后随口问了一句："以前给你买了那么多历史书籍，也不见你感兴趣，怎么现在又有了积极性了？"凡凡没好气地回了一句："不允许吗？"气得骆文又想理论，被何瑛拦住。

旅游回来就剩一周多的时间在北京，何瑛问凡凡还有什么愿望，比如想去哪里玩，爸爸或许可以满足他。面对善意的橄榄枝，骆文也积极响应，表示没有问题，让凡凡随便提。凡凡心气不高，只说："算了吧，你那么忙，我也不敢多打扰，不然最后也是一场空。"骆文拍着胸脯说，"只要是合理要求，我肯定满足。"对此，凡凡也没有积极响应，只淡淡地撂下一句"到时再说吧。"

经过一周的休息，Jessica 回到岗位，气色好了不少。家属反映，在家休息的这几天状况比较平稳，没再念叨那些莫须有的事情，待了两天就闹着要上班，反复劝阻才撑满一周，家里实在拗不过，才让她出来。

可不出几天，闹剧又上演了。

Jessica 几乎天天来找骆文，说要反映情况。对他的称呼也由"你"变成"您"，显得很敬畏的样子。反映的情况主要是大家如何串通一气暗算她，并且算计她的人越来越多：Coco 痛恨自己揭发她，变本加厉地给她设置陷阱；Monica 在网上卖内衣时，不停挖苦她的胸围太小；Hulk 临走时提拔了自己的手下，是准备来取代她的，因为她觉得对方总是话中有话、不怀好意；Lucia 也借口怀孕时不时怠工，给她找麻烦……在她眼中，全部门的同事似乎已经拧成一股绳，不断议论她，传播有关她的流言，要置她于死地。她感到紧张、害怕，处处小心，每天工作就像煎熬，随时可能遭遇不测。可自己又不能休息，否则遂了大家打垮自己的愿望。她希望骆文给她做主，不要听信那些人的谎言，并采取相应的整顿措施。

这已经是明显的不正常了，必须立即采取措施了。

公司与家属协商后，强行带 Jessica 到精神病医进行了检查，初步诊断为偏执性精神病，并收留住院治疗。

从产后发病到病愈返岗，骆文的百般照顾也没换来 Jessica 的身心健康。对方的遭遇给骆文带来了不小的冲击，虽然这种病的病因在医学上尚无很明确的解释，但他总觉得与工作压力有关。

　　Jessica 是他招进公司的，他也目睹了对方这几年工作与生活的经历。起初，Jessica 非常健康，虽然性格上过于严谨、时有纠结，但整个人还是快乐的，工作时十分投入，即便结婚生子后，仍是不辞辛苦，加班熬夜一样都不缺席。他是看着对方的状况持续滑坡，不断在忙不完的工作中挣扎，却无力阻挡。如果能换一种比较轻松的工作，她是不是就不会出现精神崩溃？为什么这样拼呢？是性格使然，还是生活的压力？

　　骆文又想 Sissi，两人除了性格上的差异，工作压力相差无几。早些去医院检查，可能就会避免悲剧，而奔忙换来的结果却是生命的凋零。工作有这么重要吗？再想想自己这两年的透支与烦恼，骆文觉得他那看起来光鲜的事业，已变得无趣且悲摧。自己大部分的生命都放在工作上，私人空间已被挤压得所剩无几。他早已不再为温饱而奔波，可再高的职位、更多的收入又如何？没有时间去消费，没有时间去享受工作之外的生活，就连自己的家庭与亲情都被搞得一团糟。他似乎被套上了卸不下的辕木，必须承载一车的重担吃力地向前，却不知终点在哪里。难道他也要累倒、病倒才能罢休？

　　骆文找不到忙碌的意义，对工作也产生了厌倦情绪。

　　不能再指望 Jessica 回归了，已是七月中旬，马上又要准备中秋国庆档的推广活动，新人招聘需要即刻启动。想到眼前又一轮的忙碌，他觉得自己有点命苦，工作越是紧张，人员越是出问题。

　　Jessica 的事让骆文感到烦躁，回家也忍不住要和刘莎感慨一番。为了给骆文缓解压力，也想让对方休息一下，刘莎建议他们一起出去玩几天，散散心。骆文以为对方想去成都，便说可以作陪。刘莎的假期不多，不想仓促回去又匆忙离开。小侄子暑假本有意到北京来玩几天，但自己最近工作太忙，无法陪伴，前几天劝弟弟明年再说。既然有了这样的计划，便不必急在这一时。她想准备从容，十一或春节长假再做打算。

刘莎有个主意。七月最后一个周末，是她大学入学二十周年的同学聚会，地点仍在武汉。她说骆文可以一起去，聚会只有一天的日程，第二天两人可以坐船游三峡，并到终点站重庆玩两天，这也是骆文向她承诺过的旅程。刘莎手里的竞标预计七月底完成，骆文这边的工作已开始多日，虽有不顺，但下面的人能帮他盯几天，这样他可以勉强挤出一些时间。

骆文算好日子，回来时正好是凡凡返美的前一天，还可以给儿子送行，两不耽误，堪称完美。很久没有跟骆文外出了，又是可以实现以往的约定，刘莎很高兴，说一切都不用骆文管，自己安排行程，让对方请好假便好。

何瑛与凡凡玩了一大圈，回到北京时，距离骆文与刘莎的旅行启程还有两天。骆文又把家人聚到一起吃饭，算是又一次接风。席间，骆文问凡凡收获如何，对方还算配合，简单说了几句，总之是比较满意。骆文情绪也好，便借着何瑛上次的话题，问儿子还有什么愿望，他可以帮助实现。不想凡凡这回认真起来，问骆文是否言出必行。骆文当然满口应允。凡凡说希望骆文带母子俩去香港玩几天。

何瑛解释说这是她与儿子在路上聊天时随便谈到的。骆文仅有的几次陪何瑛出游的经历，她都讲给儿子听了。说到"非典"之后去香港游玩，因为当时骆文突然患病，玩得不尽兴，留下了遗憾。骆文曾答应再带她去，如今十六年过去，仍没有兑现。没想到凡凡将之牢记于心，表示这是唯一的愿望。骆文左右为难起来。何瑛的意思是，如果没有特别的事情，希望骆文能满足凡凡的请求，儿子很少要求什么，自己也很有兴趣重游旧地，权当骆文在她离开中国前给她的一个小礼物。骆平也在旁帮腔，让骆文务必满足母子俩的心愿。

刘莎那边允诺在先，而且马上就要启程，取消的话实在难以启齿，况且自己已有上次爽约成都之行的前科，可骆文对儿子的承诺也很重视，尤其剑拔弩张的亲子关系下，孩子能提出愿望，无疑是释放了示好的信号。此外，就算不考虑十几年前对何瑛的承诺，但对方刚从伤医事件中走出来，又为孩子做出放弃工作的巨大牺牲，骆文于情于理都应满足对方的愿望。

他没有马上答复，说原本安排了重要的事情，回去协调一下，明天再定。何瑛很高兴，认为骆文肯定能摆平，便说明天她就去办加急的港澳通行证，问骆文是否要办。骆文说自己有，更新签注很容易。分别时，骆文能明显感到凡凡的情绪比较好。

没法再拖延了，骆文必须做出取舍。迈入家门一刻，他仍未做出最后的决定。当看到情绪饱满的刘莎时，觉得如果提出取消行程，实在太残忍了，心里便有了放弃香港之行的念头。但这终究是让人心烦的取舍，犹豫的心情并没有让他简单明了地处理此事，反而把事情推向了完全相反的方向。

刘莎问他是否都准备好了，他被动地称是，脸上却显得心事重重。刘莎很敏感，问有何问题。骆文没有退路，便如实说了自己的为难，但隐去了刚才的念头。

刘莎也不表态，只问骆文是如何决定的。骆文没想好，想听听刘莎的意见，如果她坚持原计划，他就去拒绝何瑛母子，这也是他的真实想法。但他没有意识到，这一想法本身就有问题，相当于把自己的困境推给刘莎，这分明已是对刘莎不公了。再者，站在刘莎的角度，骆文不置可否本身就是立场，就是伤害。

刘莎的脸色已经很难看了，委屈塞满心胸，不发一言。骆文得不到答案，也感到了刘莎的不快，便自言自语地嘟囔了一句："要不我还是跟你去吧！就算我亏欠他们的。"

这句话一下子点燃了刘莎的怒火，直接开炮了："你不用亏欠他们！这样无休止下去，还有一个头儿吗？最后是不是我也要亏欠他们？"

"我不是这个意思，只是比较为难。"

"那我是否为难呢？你有没有想过会亏欠我呢？"

"我不是决定跟你去了吗？"

"这是什么？施舍吗？可怜吗？我不需要这个！"

"别不讲理啊，本来是好好商量的。"

"谁不讲理？这个事还需要商量吗？你一直都是有决断力和决定权的，你告诉我结果就行，没必要在我面前摆出一副纠结无助的姿态。"

"算了，都是我的问题，就当没有那个事，一切如旧好吧！"骆文想息事宁人。

哮喘

"这叫什么话？什么叫没有那个事儿？你能如旧吗？你能化解亏欠吗？你和我在一起能玩得踏实吗？"刘莎并没有结束的意思。

"那你说怎么办？理都让你占了，我里外不是人！"骆文有些烦躁。

"我不知道怎么办，问你自己去，别把自己委屈了！"

"你这不是成心让我难堪吗？去武汉，不管别的了。"骆文试图快刀斩乱麻。

"你能不管吗？我不用你同情，也不怕你亏欠，反正也不是第一次亏欠。"

"太过分了啊，你到底去还是不去？"骆文话里已有了些怒气。

"怎么成了我去不去了！不去了！这下你满意了？再也不用为难了！"

这是两人第一次吵架，突如其来，又激烈异常。骆文是一错再错，引出这个话题的方式错在先，又错在刘莎情绪激动时，不断地搭腔而没有任何缓冲，这等于把矛盾不断激化，最后到了不可收拾的地步。双方不欢而散。

骆文冷静得快，半晌便劝慰刘莎不要生气了，但对方已是泪水涟涟，根本不理会。骆文心里也不舒服，见对方不依不饶，便把自己关到书房，把刘莎晾在客厅。如果说是错误，这又可算是一桩。女人是水，只要给她一个坡度，自然会柔顺而下。遗憾的是，这最后的机会骆文也没有抓住。

僵持良久，刘莎主动过来告诉骆文她不想去武汉了，后面的事情随他安排，便独自回房睡觉去了。刘莎怎么可能睡得着？她放弃武汉之行虽有意气用事的成分，此刻确实已毫无心情。骆文的迟疑让她重新审视了自己在对方心中的地位如何。为何又是一次喜悦与失望的快速反转？为什么付出最多的是自己，而最失意的也是自己？难道这是宿命吗？Linda 曾经让她小心骆文并不是自由身，自己真的会因此陷入困局吗？

骆文今天的态度也让刘莎心生伤感，不仅言辞生硬，而且对自己的委屈不管不顾。这难道就是激情过后的平淡吗？难道他已经厌倦了自己？他们的关系真的止于这里了吗？自己的未来又是怎样的？

骆文知道对方在生气，也知道委屈了对方，但无法猜透此时刘莎心里在乱着什么。他想着明天赔个不是就好了，便悄声躺下，独自睡去。

第二天早上，半夜才睡的刘莎起身直接上班去了，也没和骆文打招呼。中午，骆文发去信息，问是否还要去武汉。刘莎回复票已退，骆文说那他就去香港了，并再次道歉，刘莎没再有信息回来。

骆文也不愉快，香港之旅也成了无奈之举。总不能两边都失意，他明知亏欠了刘莎，也只能如此了，起码能有一方是高兴的。这是骆文在此事上犯的最后一个错误，感情并不是二选一的问题，而是全或无的抉择。虽然善意满足了一方，却深深伤害了另一方。他本是倾向原计划的，却沟通出了这么个结果。他完全可以十分坚定地表态去武汉，或在冲突后积极缓和并排除杂念继续三峡之行，但他都没有去努力。或许全都冒犯也比这个结果好，因为此时他的感情是偏向刘莎这边的。这里有他的难处，有他的情有可原，但在感情上通常是不允许平衡的，一旦尝试，多半会摔得很惨。

赴港前的几天，两人极少交流，是刘莎不给机会。她连同学聚会也没去，每天都回来很晚，她有的是工作可以消磨时间，见面也都是简单的必要对话。这是他们之间第一次冷战，刘莎心中的郁闷排解不掉，自觉愧疚的骆文虽然低声细语，却始终找不到化解对方心结的解药。

何瑛自然是欣喜的，儿子提出这个愿望显然是有意而为之，受益者当然就是妈妈，她想再做一次努力，寻找与骆文破镜重圆的机会。

出发当天，骆文跟刘莎道别，问是否要他带什么东西回来，刘莎急着去上班，摇头说不用。跨出门的一刻，她回头留下一句话，让骆文不要选择他俩住过的那家酒店。

当一家三口乘坐的飞机穿行于云海之时，独自怅然的刘莎才把所有的行程订单逐一退掉。

哮
喘

第三十一章

命运的轮回在任何一件事上都可能展现出来。十六年前骆文与何瑛踏上这块土地时，身体不适影响了他们的玩乐。此次，双人夫妻游变成三人家庭游，而破坏性因素又来作乱，只是源头由身体的失衡变成心神的无序，发病者却始终是骆文。

香港的面积很小，三人把市区的景点走了一遍也用不到两天。何瑛对购物没兴趣，便带凡凡去迪士尼世界及海洋公园玩了两天。凡凡全程情绪良好，虽然和骆文还是没什么话说，但表情舒缓了很多。

骆文的心绪自从踏入香港便有了反转。对他而言，这里拥有他与刘莎的美好回忆，而且时隔不长，非常鲜活。他产生了奇怪的感觉，身边明明是何瑛母子，却总觉得是刘莎伴在左右。与刘莎在香港的画面不断浮现在眼前，这让他更加理解刘莎的伤感，想到她独自在家的样子，心里觉得更加不舒服，恨不得赶紧回去向对方道歉，做一些弥补的事情。

这是真实的感觉，他不能自欺。此时，情感的天平清晰可见，刘莎在骆文心中的地位已经无可替代。命运总是给他摆出这样的难题，虽然选择哪边都可能造成对另一方的伤害，但两害相权时，自己却选择了最错的一个。骆文决心尽快厘清和何瑛的关系，一心一意地守护刘莎。

骆文的心中始终被这些念头充斥着，游玩时也就显得兴趣索然。他给刘莎发信息，对方不回，他觉得罪有应得，心里只想早点回去。可冷静下来，又觉得让何瑛母子开怀尽兴是他为人夫人父的义务。既来之则安之，他努力摆出开心配合的样子。但他已下定决心找机会跟何瑛摊牌，他们名存实亡的婚姻关系应该有个了断了。

离港的前一天，三人于晚饭后来到维港观夜景。又是熟悉的环境，骆文与刘莎曾在这里留下了美好的记忆。

人流已显著稀少，凡凡在较远的地方观景拍照，何瑛引着骆文驻足一个较安静的区域，靠在栏杆边。几天来，白天凡凡不离左右，晚间他们又各居一室，虽然在一起，却很少有单独聊天的机会。此时，何瑛想抓住这个机会，跟对方深度交流一下。见父母有话要说，凡凡很知趣，远远地保持距离，假装沉浸于美景之中。

何瑛率先挑起话题，说她走后对方可以搬回旧屋住，既省房租，也能照看房子。骆文称不想马上搬出来，老地方住惯了，以后再说。实际上他认为和刘莎搬过去住实在不合适。又问对方为什么不考虑把房子租出去，何瑛说不想让别人住自己的房子。更重要的是，她想留个念想，就像婆婆不肯租出自己的老屋一样，有这个房子在，就感觉家还在。此话一出，骆文便不知怎么接下去。何瑛见状，便直接切入主题：

"你将来是怎么打算的？"

"什么怎么打算？挣钱、活着呗！"

"你要去美国吗？"

"没打算，这边可能更适合我。再者，你也没工作，我还得挣钱撑着凡凡的学费呢，到那边闲着也不是事儿啊！"

"凡凡的学费挣完了呢？即使你不赚钱，我们卖了房子也够用一段时间。"

"那也不能坐吃山空啊！"

"只要你有本事，怎么都能活下来，看你看中什么了。"

"话说得容易，真正紧张起来，恐怕就不这么想了。我还能看中什么？"

"家庭啊！"

说完，何瑛停下来，骆文也没有接话，交谈凝固了。骆文明白对方的意思，同时盘算着是否要挑明自己的决定，但这个旅程还算顺利，此时摊牌会不会太扫兴？对岸壮观的霓虹闪映着这边局部小小的宁静，面对横亘在两人之间多年的现实问题，他们的心理感受已有所不同，但都一言难尽。片刻，还是何瑛勇敢地说下去：

"我们不能总这样下去，凡凡需要爸爸，你想改变一下吗？"

"谈何容易，我已经习惯这样了。"骆文语调平缓，沉稳得有些凉意。

"只要你心里还有愿望，就没什么难的。"何瑛保持着积极的语气。

"我们彼此都改变了，很难回到过去了。"

"我看你还是那样。"

"我们之间还有什么？"

"信任，这个还在吧？有这个，其他的都可以找回来。"

"信任和感情不是一回事，感情没了，再找就很难了。"

"你一点感情都没有了？"何瑛仍不想放弃。

"我们还是现实一些好，以前的已经不存在了。"

"你有人了？"

"跟这个没关系。"

"那跟什么有关系？"

"跟什么都没关系。我们好过，那是过去，很多年前的事了。我有很多做得不对的地方，不管你是否原谅，我都很愧疚，但不等于我们还适合在一起。"骆文说得稍显艰难。

"过去的就让它过去吧！难道没有一点重新开始的可能？"何瑛做着最后的努力。

"以前我也确实犹豫过，现在已经想清楚了，没有必要了。我们还是接受现实吧！"面对何瑛环环相扣的追问，骆文已没有闪躲的心思，也不想再留什么退路，干脆把自己的想法摆在明面上。

一次更长的沉默。面对骆文冷静得近乎冷酷的回答，何瑛的心也从初始的温热逐渐冷却下来。对方给出了明确的拒绝，她那保全家庭的幻想似乎要彻底破灭了。面对平静的水面，何瑛的心翻腾起来。过往与现在、温情与伤痛纠缠在脑海，她感到空前的失望，外界的焦热与内心的寒冷撞在一起，扰得她难以自持。

何瑛对骆文的感情始终是存在的。年少时的经历塑造了她隐忍内敛的性格，与骆文的婚姻让她体会到了爱情的甜蜜与家庭的温暖。可她并未把这个家经营好，何以走到如此地步，她至今没有找到答案。她努力承担所有家务，纵容骆文坐享其成；她全力支持他的工作，容忍其对家的不管不顾；她接受丧偶式育儿，对骆文的不闻不问宽宏大量；她独自承担病痛，原谅了另一半的无所作为；她甚至容忍了丈夫的不忠，将所有委屈独自咽下……这些又换来了什么呢？只有与她所在乎人的离心。

她曾审视寻找自身的缺点：不注重外表，疏于打扮；不在乎形式，缺少温情互动；太过平静，缺乏主动的交流与关心；对夫妻生活过于冷淡，很早就不能满足对方的要求；为人被动，夫妻关系有了裂痕，却寄希望于时间来治愈，从未积极寻求沟通……她也试图去改变，可始终难以克服心理障碍，只能眼看着婚姻的城堡土崩瓦解。

但是，她终究是深爱着骆文的。对方为人正派、心地善良，对她和孩子不吝钱财，不推卸责任，不仅孝顺父母，对她的父母也照顾有加；博学多才、知性幽默，待人真诚，从不藏着掖着，彼此的信任一直都在；当然，性格执拗看似是缺点，但她偏偏喜欢执着有韧性的男人，并目睹了他因此事业蒸蒸日上。然而，所有这些少了感情的庇佑，单向的依恋还有什么意义呢？

何瑛也曾深陷绝望，想快刀斩乱麻，主动结束这段婚姻，给自己的心灵寻一片安宁的净土。可每到最后关头，对方释放的任何善意信号，都能触动她心底的不舍，并被她理解成希望犹存。骆文在岳父临终时的承诺，让她似乎看到了最后的希望。她下定决心，要冲破自己性格的禁锢，竭尽全力地主动争取挽回。然而，此时鼓足勇气的告白却招致了惨烈的败局。难道是自己做得不够，或根本没有做对？无论如何，何瑛彻底寒了心。既然看不到希望，便不必徒增伤感。这种深深的沮丧，也让她对未来的生活感到茫然。此时，眼前的斑斓世界已色彩尽失，分明变成一片混混沌沌的黑白荒野。

骆文此时也是自责满腹，他自认对何瑛缺乏理解与体恤，亏欠家里太多，但又不能改变婚姻走至尽头的结果。多年的冷战与分离，再浓的感情都会消失殆尽。几年来，他们中哪怕任何一方，早一点尝试改变现状，都可能是不同的结局。可惜的是，走到终点才想起要发力，一切都来不及了。

更何况骆文有了刘莎。在他眼里，刘莎更有活力，情感更饱满而有吸引力；刘莎更匹配他的性格，两人有不必多言的默契；刘莎更有异性的魅力，不仅是穿着打扮和举手投足的十足女人味，连鱼水之欢都是那么完美，一如大汗淋漓的体验……这些精神方面的快慰是何瑛没有给过他或无法给他的。他不能因为对过往生活的愧疚，再去制造新的遗憾。何瑛是骆文注定要偿还的债，是割舍不掉的亲情，他绝不会推卸责任，只要对方愿意，他们可以保持频繁友好的往来，但婚姻已成过去式。

心灰意冷的何瑛招呼儿子回酒店，凡凡这才蹦蹦跳跳地跑回来。临走前，他请路人给三口人拍了一张全家福。各怀心事的三个人凑在镜头前，露出了外表相似的微笑，这是几年来他们的第一张合影。

回京两天后，何瑛带着凡凡飞往美国。落地后，她给骆文发信息报平安。骆文注意到，对方的微信头像变成一张黑白色效果的旗袍照片，签名改成"Eileen"，这也是张爱玲的英文名。何瑛从没有过英文名，此时把自己喜爱作家的名字拿来使用，实现了自己与偶像的连接。

她不仅喜爱其作品，作家精彩却充斥着苍凉哀婉的一切，对何瑛有着很大的共鸣与影响。早年，她曾谈起过这种悲凉，感叹作家在孤单潦倒中客死美国，那也是一九九五年，亦是邓丽君的卒年。两人的所爱在同一年离世，彼时还是双方缘分的温情感怀，而此时，似乎又成了悲剧宿命的忧伤无奈。看着何瑛以这样的方式开启新生活，骆文不由百感交集。可想而知，何瑛此时的心情，难言乐观自信与轻松愉快。

随即，对方便验证了他的判断。很少在微信发声的何瑛，又用那张旗袍图片发了一条朋友圈，并附上了作家那段著名的文字："生命是一袭华美的袍，爬满了蚤子。"

几日未见刘莎，骆文本就心存歉意，加之在香港与何瑛谈得很清楚，更觉得刘莎的珍贵，便主动求和。刘莎最终还是禁不住感情的召唤，虽仍有怨气，但已被时间消磨了不少，又有骆文的万般殷勤，很快就露出了笑脸。她要求骆

第三十一章

377

文做出补偿，再带她去一次香港，还住那家酒店，重温他们的足迹。骆文满口答应，称坚决执行。她又让骆文再带她去武汉，哪怕是重新走一遍上次的路线，同学聚会没有成行，还生了一肚子气，她要以此惩罚对方。骆文继续点头，说岂止武汉，还有三峡、重庆，必须从速办理。双方拉钩盟誓，在刘莎的嗔怪与骆文的恭敬赔笑中，一切又重归平和。

可是，刘莎的心结并没有完全解开。在她看来，自己与骆文的关系似乎变得越来越不明朗了。她心里的愿望已很强烈，但这个话题禁区始终不能轻易突破。骆文迟迟没有明确表态，还时常与何瑛母子互动，让自己不得不有负面的猜想。阴差阳错的机缘冲突也不停止，而失败的总是自己，这更让她增添了失落的情绪。不能再这样下去，她想找个机会与骆文说出自己的心思。

进入八月，刘莎的工作负担急剧增加。上月底，他们终于赢得一项竞标，拿下了某国内知名的大公司。喜悦的心情没有持续两天，团队便进入一种万劫不复的状态。

客户的规模虽然很大，但专业管理水平很低。这就造成工作过程中不断产生无用功，经常是一路做好的东西，到最后让不懂专业的大老板一拍脑袋就给否了，不仅要不停返工，还要承受客户的无理指责，工作效率大幅下降，员工的自尊心也受到很大伤害。费尽周折赢得的大客户，反而成了烫手的山芋，这让作为管理者的刘莎很是头疼，她不仅要盯紧具体工作，还要绞尽脑汁和客户老板交流。

现有的工作也进入了忙碌期，骆文公司的项目虽然熟悉，但工作量并不小。中秋国庆档活动的准备工作并不顺利，Peter 对下半年业绩冲高抱有很大期望值，因而对这一销售旺季极其重视。以往这些工作基本都是骆文管理，此次他也参与进来，美其名曰只是督战，但力气一点也没少出。

今年的中秋节比较早，活动必须在九月初上线。经历了 Hulk 辞职、Jessica 患病等人事变动，工作效率不可避免地出现了一定的降低，整个进程有所拖延。Peter 下了死命令，如果错过档期，就要拿广告公司是问。去年代理商竞标的阴影尚存，乙方不敢怠慢。可工作进度有目共睹，稍有不慎便会错过档期，可想而知刘莎要承受的压力有多大。

此外，手中其他几个客户也不是善茬。一个大客户团队出现大动荡，所有衔接工作费尽周折；另一个客户则是生意惨淡，要重新制作所有产品广告；公司的发展计划仍未改变，新的竞标工作还在不断进来……

月已过半，超负荷运转的刘莎终于支撑不住。失眠频繁出现，每天入睡很晚，稍有动静就会醒来，再想入睡又要费一番工夫。这让她很是苦恼，休息不好，精神状态也大幅下降，神色显得很差。骆文看着不免心疼，便让对方休息一下，或是去找老板重新调配一下工作。但刘莎表示大家都差不多，她张不开口，只能强撑。

刘莎对骆文说，长此以往健康肯定要出问题，Sissi 就是惨痛的教训，自己年龄也不小了，确实有点拼不动了。骆文便说无论怎样，自己都支持她。刘莎考虑忙完最近手里的工作就休息一段时间，不是休假，而是辞掉工作，安心静养，好好规划一下未来的生活。国庆节前几个大的项目基本都会结束，最晚也过不了十月中旬，换言之，熬过这一段她就可以自行安排了。如果继续干，春节档的工作紧接着又要开始，这是没有尽头的忙碌，她已经身心俱疲，没有心气了。

他们错过了七夕节，骆文没想起来，刘莎也没有心思再去关注这些细节。

刘莎的昙花比去年开得晚了很多，因为忙碌，打理得不够精细，长势也不理想。今年花朵少了些，而且拖到八月底才陆续开放。刘莎还是很欣喜，但坚持赏了两天花便有点撑不住了，本身睡眠就很糟糕，再去熬夜看花，肯定是吃不消的。骆文强行阻拦刘莎赏花，让对方爱惜身体。刘莎倒是配合，只是躺在床上的时间并没有都给了睡眠，气色自然也就没什么好转。

中秋国庆档战役终于还是晚了两天上线，虽然无伤大局，但 Peter 的不满却挂在嘴边。他直接在会上批评了乙方团队，称接下来的春节档不能再出现任何问题，否则会要求市场部重新评估代理商的能力。刘莎对此颇有微词，这次拖延本身就有甲方的责任，尤其是 Peter 的介入，全部归罪到乙方头上有些不公，况且只晚了两天，Peter 的反应未免过度。她有些烦躁，但又发泄不出来，其他工作也处于关键时刻，只能忍气吞声。

中秋将至，刘莎手中的项目已进入冲刺阶段。最近，她的胃口不太好，口腔又长了溃疡，更是吃不了几口东西，人也消瘦起来。

昙花仍是每天都在开，她却很难有心思去关注，甚至对所有事情都意兴阑珊的。眼看着她每况愈下，骆文也更坚定了刘莎此前提出的想要辞职的念头。她表示已跟老板谈过，手里的项目有一个要十月中旬收尾，她也需要有个交接过程，如果要走，也要等到十月底才可以离职。刘莎是公司的支柱和未来的接班人，老板再三挽留，劝她三思，哪怕是十月中旬后休个长假，她答应再考虑几天。

中秋节当天，两人又来到骆平家聚会。骆母的情况还算平稳，对这样的患者来说，病情发展缓慢已是福气。

骆文在母亲房中继续母子间的特殊谈话。这次，他谈到刘莎，问老人是否喜欢这个女孩，是否觉得他应该和对方再度建立家庭。他也帮母亲回答了自己，如果喜欢就往前走，等刘莎休息一段时间，两人再商量。谈之前，最好有个令人惊喜的求婚仪式，当然，首先是要跟何瑛办好离婚手续，明年找个时间尽快落实这个事情。那么，为什么不可以更早呢？比如春节前，趁老人身体尚能支撑，过一个更喜庆的春节……

骆平也发现刘莎状态不好，对方虽有说笑，但都很勉强，明显不如以前那么活泼、敏锐。刘莎推说是工作太累所致，骆平便嘱咐骆文要多关心对方，自己不爱惜身体，刘莎的身体不能再不当回事。她知道哥哥不善于照顾人，便提醒刘莎有事别闷在心里，直接说出来，骆文看似聪明，其实情商并不高。又问国庆是否有外出计划，骆文说要看刘莎的状况，也可能带她出去散散心，现在还定不了，反正还有半个月，到时再说。骆平说如果他们不走，届时就多过来看一下母亲，她那段时间可能要去五台山转转。骆文答应了。

回到家中，刘莎跟骆文说今天过节，更感觉家庭与生活的重要性。她已经坚定了打算，不再继续，节后就跟老板确认离职的决定。她问骆文有什么意见，一直在聆听没有说话的骆文这才开了腔：

"这是你自己的事情，我不干预。但我赞成，你该休息一下了，身体为重。"

"这不是我一个人的事情！跟你无关吗？"刘莎带着不满与质问的语气。

"你怎么又想多了？我的意思是这事儿由你定。"骆文对她的反应有点意外。

"想跟你商量一下，也错了？"

"你怎会这么想呢？我这不是在表态吗？没人说你错啊！"

"这么重要的事，我想听听你的看法，你就又推回给我，不能多问问我吗？"刘莎严厉的口吻中带着委屈。

"你说得不是很清楚吗？我也在听啊，没有问题也要问吗？我的意见就是尊重你的意见。"骆文仍是温和地解释。

"你跟我就没话可说了吗？我在你心里到底是什么？玩乐的工具吗？"

骆文已经没法再接下去了，觉得对方有点不可理喻，不理解刘莎为何说出如此过激的话。他没有惹对方，也不觉得自己的言语有什么挑衅的意味，但对方的反应超出了他的认知，这不是以往的刘莎。他平静地注视着对方，问道："你是哪里不舒服吗？"说着端过来一杯水，递给刘莎。

刘莎并没有出手去接，继续发问道："我们之间，你是怎么想的？"

"这个等你休息下来，先把身体养好，咱们慢慢商量。"

"又是这一套，你就不能直接点吗？我承受得住！"刘莎抬高了声调。

"这又扯到哪儿去了？我们今天不谈这个，你好好休息！"骆文越来越觉得不对劲，不想再多谈，以免惹出新的枝节。

"我知道你是怎么想的，如果想回去我不拦你，别委屈了自己。"已经有了愤恨的气息。

"你胡说什么！你还看不出我对你的感情吗？"

"看不出！"

"不跟你说了，改日再谈。"

"就今天谈！你回答我，我们还走得下去吗？"

"越说越离谱了！我们不是在一起吗？为什么走不下去？你想多了。"

"在一起就能走下去吗？我要的是你对我好。可我没有安全感，你到底是怎么想的？你不能这样对我，让我到头来两手空空。现在工作又要没有了，我就更是一无所有了。你要是不喜欢我了，早点分开，我会感谢你……"刘莎已经开始抽泣了。

团圆的日子，谈出了分离的话语，看着对方落泪，骆文有点不知所措。对方处于一种失控状态，他不应争辩，更不能再去发泄自己的情绪，只有安慰这一条路。他过去搂住刘莎，轻拍着对方的后背，让对方别多想，自己没有二心，会对她一直好下去。称她这样下去自己会心疼，让她不要再说了，休息一下，一切都会过去。

良久，刘莎方才平静下来，理智慢慢复归。刚才的失态对她而言像是梦一场，她也不知哪里来的那股情绪，完全压抑不住，不吐不快，可说了心里一样感到酸楚。她向骆文道歉，觉得不应该说这样的话，希望对方别往心里去。骆文见她恢复理性，便安下心来，就说她近来太过疲劳，休息过来就好了，并聊了一些未来在家休养时可以做的事。

刘莎言语虽然不多，但精神渐渐松弛了一些，在骆文的玩笑中，偶尔还有些笑意。临睡前，刘莎搂着骆文说有些害怕，不知自己刚才那样的冲动会不会再出现，更担心会因此失去对方。她觉得自己的状态越来越差，很对不住骆文，说到动情处眼泪又要掉下来。骆文赶紧搂紧她，不住地安慰，不觉中已至深夜。昙花在那边静静地开放着，刘莎却没有投去哪怕是一眼。

十一长假来临时，刘莎手里的项目都按计划顺利完成了，只剩下一个比较大的案子要到月中才能收尾。她的去意已决，还有一个月就可以好好休息了。如此一想，负担似乎已经卸去多半，但她的状态却没有丝毫缓解，反而变得更差了。

失眠已成家常便饭，每天三四个小时的睡眠让她的容颜完全变成另一副样子。平时略施脂粉就可以光鲜靓丽，现在任凭打扮也无济于事。然而，她已不再有心思装扮。向来注重仪表的刘莎，现在出门也只是简单打理一下，每天停留在镜前的时间还没有骆文长。衣服也是随意穿，不再讲究搭配，也不戴任何饰物。对此，骆文也不去提醒，心想只要对方觉得舒服就好，反正也上不了几天班了。他把所有希望都寄托于刘莎离职回家后的恢复上，相信一切都会好起来。

趁着假期，骆文想带刘莎到外地待两天。他提出再去香港，可以重温两人的美好。刘莎拒绝了，理由是他刚去过，不必为她再去，自己已忘了上次的不快。骆文又建议去成都，游峨眉山，刘莎还是摇头，说自己此时灰头土脸，不适合回去，以后再说。骆文再说带她到附近兜兜风，何瑛走后把车留给他，可以说走就走。可不管是看星星，还是游古迹，刘莎一一拒绝。她没有心情，只觉得很疲乏，只想在家里休息。骆文无法，只能在家里陪她，偶尔在小区里转转，还要鼓动多次才能成行。

骆文还要笨手笨脚地做饭，最后基本都被自己吃了。刘莎胃口变得很差，骆文订了可口的川菜，她也是随便夹了几口便推开碗筷，对任何食物都没有兴趣。骆文又给她买一些平时喜欢的零食，逼着她在餐间多吃些。刘莎也试着配合，怎奈确实没有食欲，只能说自己运动少，消耗也少，吃不了几口也正常，让骆文别担心。

电视开着，刘莎平时就不看，现在更不可能关注，反而觉得吵，关上就再也不打开。手机也扔在一边，除了偶尔接听电话，看都不看。

骆文陪她说话，她听得多，答得少。骆文逗她笑，她也有笑容，但没有笑声，更像是苦笑，再看不到过去的奔放与热烈。

刚刚进入十月，昙花就败了。整个花期缩短不少，花团也没有去年旺盛。刘莎没有好好看过几次，彻底谢幕之际，她还表达了伤感，觉得花通人性，主人状态不佳，花朵也没热情去艳丽，希望明年能是个好年景。骆文说肯定会，刘莎叹着气说"但愿如此"。

骆平去了五台山，骆文就经常过去探望母亲。老人的自理能力已所剩无几，宋姐的负担也在逐渐加大。骆平给对方涨了几次工资，最近一次被宋姐拒绝了。她说够多了，自己与老人有了感情，不能赚昧心钱。

骆文问她与老公关系如何，宋姐就说男人有钱就变坏，这句老理儿没有错，今后盯死了就行。又问她如何看得住，她说把钱抓死，每天还要给对方打几个电话。骆文笑问是否知道自己老公挣多少钱，宋姐答不上来；又问打了电话能否知道对方人在哪里，宋姐也摇头。随即就称骆文说得有道理，表示今后还要经常检查老公的东西，尤其手机信息，可惜自己不识字。

假期的后两天，骆文没有过去。可就在这两天出了事情——旺财死了。

旺财以前就得过胃肠方面的疾病，但没这次那么厉害，不知是不是外出遛弯时吃了或接触了什么东西，宋姐也说不清楚。病发很突然，起初是呕吐，后来腹泻厉害。宋姐在老家就养狗，只是没有城里人这么精细，她以为过两天就好了，也没在意。等到病危时，她才着了急，忙给骆平打电话，对方正在回家的路上。等到骆平进家门时，旺财已经奄奄一息，再抱到宠物医院，兽医也回天乏术。

一个小生命就这样猝然离去。骆文刚接起电话，就听到妹妹的哭腔。他以为母亲出事了，惊出一身冷汗。这个小生命陪了妹妹和母亲近五年，骆平从旺财身上获得的快乐，远比她从与人交往中获得的多。多少伤心孤单的日子，也都是这个小家伙陪她度过，它的作用甚至远远超过作为哥哥的骆文。

骆文要赶过去安慰骆平，刘莎闻讯后一定要跟着去。见到骆平时，她还抱着旺财坐在沙发上发呆。刘莎看到旺财脖子上的红项圈，眼泪便流了下来。她与旺财是有缘的，每次见面双方都很亲热，而此时它却冰冷地躺在那里，不再欢闹。

在骆平看来，旺财已是她生命的一部分，自己所有的喜怒哀乐旺财都知道，也都能理解。旺财离去，她再也没有可以随时倾诉的对象，再也没有毫无顾忌的言笑与嬉闹。

第二天，骆平把旺财装殓好，开车到郊区将之葬了。她发了朋友圈，表达了对旺财的感谢与思念。不久，又补发了一条告知亲友：从今天起，她开始吃素。

长假后回到岗位，骆文便开始布置团队进入预算工作，年年如此，大家习以为常了。今年的预算因总部的原因启动得有点晚，中国区的预算会议定在十二月六日，和去年的时间差不多，提前了几天。

这次的预算，Coco 成了主力，不仅是所辖产品的权重，更是性格使然，她喜欢表现。同样希望看到 Coco 有出色表现的是 Peter，他似乎对 Coco 情有独钟，不仅经常在一些会议中表扬对方，在骆文那里也不止一次提到对 Coco 的赏识，大有将之视为骆文接班人的意思。

公司年初就盛传 Peter 与自己的秘书有超出工作的关系，但没有坐实证据。这个女孩后来调升到人力资源部任职，更给传闻增加了色彩。Peter 的妻子孩子在美国，由于嫌麻烦，并没有跟他来到中国。孤身一人在这边，是否动了春心，没人晓得，只是位高权重，大家乐于演绎。

秘书的传闻还没有平息，最近又有他搭上了 Coco 的说法。Coco 从美国回来后，原来的男朋友也成了陌路，性感的单身女本来就是热门话题的目标。她善于周旋人际，喜欢的说她沟通能力强，不喜欢的就会说她轻浮。她跟 Peter 在美国时就相识，在中国的重逢是否发展出了什么暧昧，也是无据可查。用自己的优势获得利益最大化，这也算是一种本事，不管你喜欢不喜欢，这也是职场的日常。骆文对捕风捉影的八卦不感兴趣，只管工作内的事，至于 Coco 与 Peter 到底有没有私情，他宁肯信其无。

预算工作铺开，春节档期的准备工作也启动了。年底的各种工作又进入常规轨道，忙碌是一年的主旋律，暂时的喘息只是夹杂其中的不和谐音符。

与骆文进入疯狂忙碌模式不同的是，刘莎因为即将离任，轻松了很多，手头的工作已所剩无几，最重要的就是那个大的竞标。月中提案结束后就能初步告一段落，即使胜出，跟进工作也是接任者的事情了。她需要做的就是站好最后一班岗，再忙碌一周。

经过长假的休息，刘莎并未有焕发新生的迹象，反而比休假前更差了。表面上尚可支撑，但实际的情况自己很清楚。她的疲惫感很强烈，即使刚刚睡醒或休息完毕，也会觉得打不起精神，身体发软，沉重无力，做任何事情都要鼓足力气才能应付。

工作上的事情倒还好，因为即将离职，身体状态又不好，周围人便主动帮她承担了不少。月中最后提案时，刘莎已无法胜任主讲一角，只能由下属代劳，所幸效果未受影响。

未来的两周她都要跟新人交接工作，虽然还要来上班，但已无任何压力。即使这样，她仍有无力应对之感，每天过得很煎熬。她拒绝各种送行宴，只说来日方长。大家以为离别在即让她倍感伤怀，毕竟在此工作了十四年，便不再去叨扰她。

麻烦总在最不应该出现时到来。还有一周就要彻底放松了，刘莎告诉了骆文一个意外的消息：她怀孕了。

第三十二章

　　这纯属是未期之果，面对意外，已没有心思去回顾缘由与检讨不慎。骆文感到非常棘手，他完全没有做好准备，两人结婚都还没有一个明确的决定或日期，更谈不上生孩子了。

　　他骨子里实际上是喜欢孩子的，不然当初不会一直缠着何瑛要二胎。但时过境迁，如今凡凡已经长大，跟自己的关系也渐渐疏远，他从孩子那里获得的体验已有所不同；此外，年龄渐长，精力、体力下降，让他重历一次抚育过程，望而却步的感受就会很强烈。

　　另一个重要原因，以刘莎目前的身体情况和精神状态，根本承受不了孕期的各种考验。骆文的知识储备让他完全可以断定刘莎罹患了抑郁症，他正准备说服她去正规医院就诊，因为包括休息、开导等手段，他能做的几乎都做了，对方的状况却没有丝毫好转。此时突然闯入的孩子，会对刘莎的健康产生更大的影响。如果确诊，要服药的话，怎么办？对胎儿肯定是不好的。如果因为怀孕和生产造成更大的问题，又如何是好？母亲的经历、Jessica 的痛苦都历历在目，他会后悔一辈子的，这是绝对不能接受的。

　　考虑到刘莎的情绪，他不能直接拒绝，便试着去温和劝慰：

　　"你有什么打算？"

　　"我喜欢孩子。"

　　"这个我知道，你现在身体不好，此时怀孕对大人和孩子都不好。"

　　"你想要吗？"

"老实讲，我没那么积极，但如果你很想要，我们以后还有机会啊，你才三十八，还来得及。"骆文小心翼翼说道。

"谁知道以后会怎么样呢？"刘莎眼神有些迷离。

"现在你的身体不好，生孩子太辛苦了。"

"我吃得了苦。"

"就算你能吃苦，孩子也跟着受罪啊！身体不好对胎儿也会有影响。"

"没有别的办法吗？一边调理一边生？"

"没有你想得那么简单。听我的话，把身体养好了，下次我们好好计划。"

"下次？"

"我保证，只要你想，咱们一定生。"

"我喜欢孩子。这太残忍了。"

刘莎又在流眼泪，此时的她，心里是明白的。她想要孩子，这是她理想中与骆文长久相守的一部分。与孩子一起嬉戏，享受天伦之乐，她憧憬过很多次这样的场景。但机会来时，自己偏偏又赶上这么一个不佳的状态。骆文说的道理她全懂，却始终不甘。

"如果生也没事吧？"她低声挣扎着。

"绝对不可以。你听话，别固执，这可不是开玩笑的事。"骆文的话虽严肃，但语气仍温和。

"我坚持的话，你会很生气？"刘莎像是自言自语，头也不抬。

"可以这么说，但你不能这么想，这么做是不对的。"

"又是我的错了。"刘莎叹了一口气。

"听我的，来日方长"。

刘莎没再说话，心乱如麻，一方面理智尚存，一方面是情感的纠缠，还有一只无形的忧郁之手控制着她。因为这只手，她眼中的事物都被涂上了阴沉的颜色，压得她喘不过气来。而这个本身就令人心绪烦乱的事，就更加让她不堪重负。

刘莎继续在不眠中烦恼，感叹着命运的不公，认为这些可能都是自己的问题，不然怎么都会发生在她身上呢？不仅现在，未来还会有这样的事情，自己的前途已没有任何光亮可寻。

一周之后，也就是刘莎正式离职后的第一天，当骆文晚上到家时，她告诉他，她已经把孩子打掉了。说话时，她很平静，眼泪已经在白天流尽了。

随后，刘莎的情绪进入更低的层级。整日闷在家里，不想做任何事情，室内不再整洁漂亮，自己的装束也变得凌乱，连吃饭都觉得麻烦。

骆文白天要上班，无法陪伴，就不断发信息或打电话。她不是不回复，就是有气无力地应付一两句。晚上回来时，也不想跟骆文说话，更不要说笑脸迎人了。

她经常大口出气，好像心里积郁了很多烦恼，思维也变得非常迟缓，处理任何信息都显得很吃力，总是说自己无力应对生活。时常抹眼泪，说生活没了希望，觉得自己已经成了一个废人。失眠也变得更加严重，有时会彻夜不眠。

骆文觉得不能再这样下去，便跟刘莎商量，认为有必要去精神科看一看。原以为对方会抵触并拒绝，谁知刘莎没有反对，她也觉得自己出了问题。

诊断过程并未费任何周折，结果跟骆文想的一样，抑郁症无疑。医生建议住院治疗一段时间，但刘莎不愿意，她想在家治疗，因为可以有骆文陪着她。骆文心软，明知自己无力照顾，还是尊重刘莎的意见，带着药回家了。

治疗开始后，刘莎的情绪并未得到明显的缓解，只是睡眠稍微好了一些，但和正常仍相去甚远。骆文每天都会用遥控摄像头监控刘莎的状况，提醒她吃药、吃饭；晚上回来便寸步不离，做饭、收拾房间、陪着聊天，甚至帮助她洗漱，照顾得可谓无微不至。自顾不暇的骆文，此时也感到体力不支，头痛又开始骚扰他，而且越来越频繁。但他无心理会，让刘莎尽快好起来是他最大的心愿。

骆文在房间反复播放着邓丽君的歌曲，刘莎只觉得太吵，他便试着自己唱几句去逗对方开心，只是大多枉费；他试着做些美食，只要刘莎多吃了一口，他便会觉得没白辛苦；他给对方讲笑话，虽然看不到笑容，哪怕表情有一丝难以辨别的舒展，他也会开心很久。

骆文没有时间和兴趣去做其他事了。他已经有好久没去探望母亲了，只是给骆平发过几条信息，称自己太忙。他不想告诉对方刘莎的事情，他好面子，不愿求人，即使是亲妹妹。他把能推掉的公差都推了，朋友聚会、客户交际也免谈。"双十一"何瑛给他发来在香港时的全家福，他也没心思揣摩对方的用意。这一特别的日子对他来说已不特别，倒是提醒他鼓动刘莎到网上抢购，只是刘莎对此已毫无兴趣。

虽然是被一种难以名状的忧伤情绪控制，但刘莎心里尚存一些清楚，偶尔会承认自己是因病所困，只是没有任何康复的自信，更不见有积极摆脱困扰的愿望。骆文也不知道这个神秘力量何时才能退去，但由于有了医疗的介入，心里还是有了点底。他每日都在尽力看护，也都细心观察对方的点滴变化，期望刘莎能快点恢复原来的样子。

功夫不负有心人。两周后，治疗效果开始显现，刘莎的病情有了好转的迹象，睡眠时间又长了些，饭量也多了些，气色也渐渐好转。情绪上也有些转机，虽然仍是满脸愁云、低声少语，但流泪的次数减少了，白天甚至可以给骆文回信息、接听电话，思想也显得活跃了一些。这些好的兆头被骆文看在眼里，心态也变得乐观。医生告诉他，这个病的预后多数还是好的，有些人一生也就发作那么两三次。骆文觉得刘莎为人活泼乐观，一定能挺过去。

然而，几天后发生的事情把刘莎彻底打入深渊。

十一月底，治疗刚满三周。这天是西方的感恩节，骆文回到家，看到刘莎又陷入十分压抑的状态，好像刚刚哭过。问何故，对方很久不答话，眼泪又流了出来。再三追问，才说自己"什么都没有了"。原来，Linda给她打了电话，说她的钱没有了。见与刘莎交流吃力，骆文直接拨通了Linda的电话，得到了让他也很吃惊的信息。

去年十月与Linda见面时，对方提过的那个理财项目被骆文直接回绝了，但一旁的刘莎却私下伸出了援手。

作为闺蜜，刘莎认为理应给予Linda支持，毕竟对方为自己炒股赚了不少钱，回报一下也很合理。再者，项目的预期收益也很好，自己的钱闲着也是闲着，不如再去做增值的投资。Linda是绝对可以信任之人，不会骗自己，助人利己，也算两全。刘莎把所有的积蓄都凑在一起，一共三百万，全部投到这个项目里。她等着两年后的理想回报，可刚过一年，所有钱便已不知去向。

这个私募公司的老板虽然也算业界的资深人士，但道德水准并未超出行业均值多少。经过幕后的一系列非法操作，募集来的款项已被他败得一片狼藉，挪用、暗箱操作等非法手段比比皆是，投资人的钱不是损失殆尽，就是不知去向，豪华的办公室人去楼空。原来吹嘘的上市计划，实际上也是空中楼阁，成了骗钱的招牌。

投资人报了警，但这些年来，这种所谓的"暴雷"案件很多，处理过程也很复杂。按以往的经验，案子有可能会拖上几年才能告一段落，最后的结果也不乐观，能追回一些就算不错。

Linda 也是受害者，一直相信对方，不仅自己的钱全放在里面，而且作为公司的骨干还四处积极筹款，也难逃帮凶的角色。她觉得愧对那些信任自己的人，特别是自己的闺蜜，不知如何再面对刘莎。现在所有能做的动作都做了，只能等待结果。后面打官司还需要律师费，这些由她承担，但仍不能弥补对刘莎的愧疚。

骆文实在无法指责对方，此时说什么都没用了。这是刘莎工作十几年的全部积蓄，作为正常人都很难接受，何况是精神脆弱的患者。Linda 说自己打电话时情绪有些激动，只顾跟刘莎说，也没顾及对方的反应。她觉得刘莎情绪很低沉，以为是受了此事的打击，并不知道她现在已患病。Linda 表示可以来北京照顾刘莎一段时间，却被骆文谢绝了。双方互勉了一番，约定有什么消息再及时通气。

经过这一波打击，刘莎的病情急转直下，情绪又压抑到极点，不断哀叹自己生来就是倒霉的命，怪不得别人，如果要怪只能怪自己；对不起骆文，对不起家人，活着却成了众人的累赘。后来开始念叨活着没意思，不如死了好。

还有几天就要开预算会了，骆文实在无法脱身，只好放下面子，把实情向骆平和盘托出，请她白天帮助照看刘莎。预算会后如果还不见病情好转，就直接送刘莎去住院。

骆平的照顾十分细致，但并未带来任何转机。面对终日忧伤少语、以泪洗面的刘莎，兄妹俩忧心忡忡。

十二月六日，上海预算会。骆文已经没有心思去争辩什么，只希望会议能早些结束，以便赶晚班飞机回去。临行前，刘莎的状况还算稳定，骆平让他放心去，但他实在放不下心。事情偏偏不顺利，高层对具体数字的争论喋喋不休，会议被迫不断拖延，接近午夜才结束。航班没有了，他只能改在次日一早回去。

会议结束前，骆文给妹妹发了信息，对方回复说刘莎状态尚好，已经睡了，她一会儿也准备回家了，毕竟母亲也要照顾，宋姐也是等到很晚还没有回家。第二天是周末，骆文可以在家看护，他让骆平辛苦点，早上再过去看一下，他的航班即使准点，也要九点左右才能到家。骆平应允了。

谁承想，飞机落地时，骆文的目的地直接变为医院。原来，刘莎昨夜把所有药物混着一瓶红酒都吞了下去，她不想再活在这个世界上了。

骆平一早刚进骆文家，便发现刘莎已经昏迷不醒，估计是半夜所为。急救车赶到时，人已经没呼吸了，经过全力抢救，仍没挽留住。等骆文赶到医院时，见到的已是冰冷的尸体。

刘莎没有留下任何遗言。她走得很坚决，没给他人丝毫的阻拦机会。她对骆文想必还有很多话说，只是挣脱不了被迫的缄默；她想笑，可莫名的眼泪冲掉了所有的愉悦心情；她有很多幸福的愿望，家庭、孩子、爱，而忧郁的禁锢让她无力憧憬；她对这个世界拥有太多的留恋，但病魔已不允许她作再多的停留。

她曾留有一丝清醒，但终究敌不过体内的神秘力量。她曾试图对抗，但很快便败下阵来，哪怕她曾无比乐观与坚强。这些孱弱的招架与挣扎，残酷地折磨着她，直到最后，使其丧失了对生命的热情和渴望，连不舍都无力体会。

骆文难以接受这样的现实，他有过生死离别的体验，但还没有能力面对眼前的诀别。他贴着刘莎冰冷的脸颊，浑身颤抖起来，哽咽不止，心如刀绞。任凭骆平在旁如何拉劝，他都无法抽离，就像受了莫大委屈的孩子，任性挥洒着泪水。他后悔为什么不能提前回来、为什么要去参会、为什么不让刘莎早些住院、为什么不更早带着对方去就诊。他最终没能满足刘莎的心愿，现在连弥补的机会都没有。两人在一起的时候，总是刘莎一个人付出，自己给予得太少。开会的前一天，已变得少言寡语的刘莎，还在嘱咐骆文尽快去检查身体，自责是她耽误了他体检。他后悔为何不早点和刘莎结婚，自己明明深爱着对方，却总是传递给她错误的信息。他恨自己伤了对方的心，那仅有的几次争吵完全没有必要，那些痛苦全是自己一手造成。

自责、悔恨、悲痛，如开了闸的洪水向骆文奔涌过来。此时的他感到头痛剧烈，眼前的事物也模糊起来。他感到有些喘不过气，想坐下来休息一下，随即便开始抽搐、呕吐，逐渐有些意识不清。骆平吓坏了，赶紧叫来医护。

急剧的情绪变化引发了高血压危象，这一凶险的急症让骆文的眼底、心脏及肾脏均受到急性损害。幸好身在医院，才得到了及时的救治，否则后果不堪设想。刘莎的事情还没有处理完，他已被送入病房。

刘莎的弟弟从成都赶来，刘父的心脏不好，权衡后没有让他随行。多年不见的姐弟再见已是阴阳两隔，悲痛欲绝。Linda 也从上海赶来，面对昔日闺蜜的惨状，泣不成声，生离死别留下的不仅是伤痛，还有深深的愧疚。

在家人及朋友的帮助下，刘莎的后事很快处理完毕。骆文的病情也逐渐稳定下来，时近圣诞，朋友同事陆续来探望，让心境沉郁的骆文稍有缓和。

老友围在他床边，尽力宽慰着他。腰子感慨人生无常，他现在什么都不信，就想把身体搞好，其他都是浮云。又说今年国安又让他言中了，自己瞎折腾，把好教练换了，结果还是看着第一而争不到，明年还是这个命。骆文对此不感兴趣，这些只会让他想起与刘莎看球的情景。

耗子告诉骆文他离婚了，说是越过越觉得三观不合，实在谈不到一起。后期经常吵吵闹闹，上个月给了对方两百万，彼此了结。他的生意也不顺，因为不赚钱，刚把礼品公司关掉。体育这一摊还好，他又签了两个新的健身房，现在正在装修，一月开张。当下健身的人比较多，不管是一时兴起，还是附庸时尚，能来就是生意。他想在这方面赌一把，希望自己明年能有好运。他劝骆文想开点，有什么需要他帮忙的尽管说。骆文已经无欲无求，想到对方为他搞到神奇生日礼物的事情，刘莎的音容笑貌又浮现至脑海。

临别，腰子说春节再聚，但是不喝酒了。耗子略有迟疑，说除了酒，现在能给他带来乐趣的东西越来越少了。

Jason 也来看望骆文，已无生意往来的二人情谊依旧，仍有默契。Jason 说他们的生意稳定下来，有了更多的新客户，骆文替他高兴。背叛的感觉一直背负在心，他再度向 Jason 由衷道歉。Jason 笑称骆文过虑了，他已有了平常心，鼓励骆文受挫不算什么，自己坚强就没人能打垮。这种励志的话语过去都是骆文讲给别人听，现在轮到自己"受戒"，只是没有丝毫振奋的感觉。

圣诞前夜，Lucia 挺着孕肚来到病房。因为刘莎意外亡故，骆文与她的事情很快尽人皆知。Lucia 劝他不必过度伤心，刘莎那么善良热情，天堂中必有她的一席之地。两人如果彼此相爱，死神并不能将他们真正分开，也不能泯灭过往。骆文坦诚自己从小就对死亡有深深的恐惧，对未知的茫然一直伴随他长大。Lucia 认为这是生命的一部分，连她腹中的胎儿也难以幸免，但不能因此就不把孩子生出来，生命的过程更重要；死亡不是终点，对天堂与地狱的选择才是。她觉得骆文是好人，会有好的归宿。

平安夜，骆文想起前年和刘莎团队狂欢的情景，那是他第一次听到刘莎的歌喉，第一次吻了她的额头。他们之间所有的美好，在那一刻开始萌芽，而这一切又消失得太快。

夜里，那个梦又来骚扰他。膨胀沉重的大球依然无法撼动，窒息挣扎的感觉仍然恐怖。与以往不同的是，当他已经绝望到极点时，那个顶在胸口的庞然大物好像又开始缩小。虽然只是略微的松弛，已经足够救命，被压扁的肺腔重新充盈起来。他看到了希望，想借势推开这个负担，但无济于事。不知道这个球是要离去还是要再次膨胀起来，沉重感并未减轻。他拼命地呼吸，无法判断这是最后的喘息，还是复苏的开始。焦虑唤醒了他，总归不是在恐怖中惊醒，仍是忧虑与茫然相交，不得其解。

骆文住院的事也传到美国。起初，何瑛拨过两次视频电话，骆文都没有接，他没有心情，只让旁边的骆平代为表述。刘莎的事情，骆平也简要地告知了对方。何瑛不再多问，逝者为大，作为爱着同一个男人的女人，她对刘莎只有同情与惋惜。

自从知道骆文住院，何瑛的信息就不断，不是关切病情，就是转发疾病康复知识，偶尔还会传来一些凡凡的近照。言语之间，尽显平静与温和。

圣诞节一过，骆文便向公司递交了辞呈。刘莎的事情以及这几年的经历，让他已无心思再去应付日复一日的重复性工作。他迫切需要休息，以便消化所有伤痛与感悟，不管未来如何，现在必须停下来。其实 Peter 来探病时，他已经表达过此意，对方并没有挽留，大家都有默契。休假中的 Peter 及时给出了回复，尊重骆文的决定。鉴于特殊情况，也不需要他再做特殊的交接，工资发到十二月底。Peter 并没有征求他对接任者的意见，骆文更是无心去想。

十二月的最后一天，基本康复的骆文离开医院。医生本来建议再住一周，他但不愿躺在病床上跨年，便果断办理了出院手续。

骆文回到家，面对空空的房子，伤感与失落奔赴心头。刘莎的东西依旧，人却已经不在了。所有物件静默无语，唯有那盆昙花尚有一丝生气，仍旧翠绿饱满，只是未来的绽放将不会再有赏花人了。骆平一直在帮着打理房间，但刘莎的东西她不敢动，建议骆文选择几件做纪念，其他的尽快处理掉，不然睹物思人，无益于恢复心情。骆文说放一段再说，他要慢慢处理。

二〇二〇年的元旦之夜，骆文无法成眠。半夜，他起身对着镜子，里面只剩自己的身影，往日的欢愉再难浮现。他打开音响，反复播放着邓丽君的歌曲，仿佛听到的是刘莎的歌喉。

他踱步至窗前，举目遥望，整片夜空雾蒙蒙的，不见星辰与明月。半晌，他回到床头，盯着那幅《星夜》，凡·高的笔触似乎让他又生出新的感受。夜空重新变得幽邃而压抑，星云黯淡了很多，把月光掩得很吃力。那高耸的柏树也失去了活力，有心无力地指着上方，突破苍穹已成为遥不可及的事情。灰暗的光影洒在尖尖的屋顶，教堂里似乎传出了丧钟的声音。

骆文感到很孤单，想起刘莎和他一起听的那首《繁星之夜》，便播放出来，并开启了循环模式。"在布满星星的夜晚，你像情人们常做的那样结束自己的生命，我本应告诉你，这个世界从来就不像你一样美……"歌曲的意境如同《星夜》一样，引发了不同的感触。此时，这一段歌词占据了他的脑海，思念与伤感久久不能挥去。

骆文去看望母亲，又是很久未见，老人的状况大不如前，肢体的震颤已经很明显，生活亦不能自理。他照旧跟老人聊了一会儿，讲了刘莎的事情，说他想念她、对不起她，说到伤感处，眼圈又湿了起来。说完，老人看着骆文突然说了句"又要来啦"。这算是给儿子的珍贵礼物了，最近老人话少得可怜，连这句也很难听到了。

在家待了几天，骆文的内心仍是难以平复。与刘莎共度的每一天都在眼前不断闪现，思念与悔恨不停纠缠着他。眼前熟悉的一切对他来说都是无尽的刺激，远离伤心的最好方法是不再看见，他决定把这个房子退掉。

何瑛始终对骆文关怀备至，她劝对方到美国小住一段，既可以调养身体，也可以散心。另外，守在凡凡身边，对孩子有好处，父子关系说不定也会慢慢好起来。骆平也同意这个建议，敦促骆文过去休养一下，即使不长住，调整好状态再回来也不迟，母亲有她照顾，不必担心。骆文也觉得不能再沉沦下去，便同意了。他坚持要和母亲过年，机票定在大年初二。

临走前，骆文做了一个重要决定，他要兑现自己的承诺，帮刘莎完成未了的旅行心愿。他要带着刘莎，不是在身旁，而是放在心底。这段旅程也算是他对过去的一个交代，然后把记忆小心收藏起来，开始未知的新生活。

规划好行程后，他告诉骆平，自己除夕那天飞回北京，让她和母亲等着自己过年。

第三十三章

一月十五日，骆文来到香港。

这是他与刘莎建立幸福关系的起点。他去了维多利亚港，凭栏望水，伫立了很久。那天晚上刘莎的每句话、每个表情都历历在目，那些略显羞涩笨拙的情爱场面，现在想起仍很甜蜜。如果当时自己没有去吻刘莎，是不是就没有后来的一切？是福是祸，难以评说。

他在星光大道上徘徊良久，看着那些熟悉的名字，想着他与刘莎的对话。他再次来到张国荣的手印前，想起了两人同唱张国荣那首歌的情景。此时，骆文觉得那歌词简直就是为刘莎量身定制的。不是吗？她一直欣赏着自己心中的烟火，坚定不渝地去爱，即便孤独失意之时，仍能据守在光明的角落里乐观地绽放。彼时，刘莎还鼓励他要坚持自我，并表示欣赏他的坚韧，但其实，刘莎才是最坚强的，只是没能挺过疾病的摧压。

骆文又去了中环的东方文华酒店。十七年前，张国荣就是在这里结束了自己的生命，也同样没有抵挡住抑郁症的折磨。张国荣也好，刘莎也罢，他们忘我赴死的一刻纵然有疾病的推手，却仍要有毅然决然的勇气，而他自己是没有的。生命是什么？死亡是什么？这些终极拷问在精神疾患面前，仿佛又有了另外的诠释。

骆文从小就对死亡充满恐惧心理，他甚至曾有奇想，宁愿这个病生在自己的身上，这样他便能克服这种恐惧，从容离去，或也落得一个满意的解脱。可是，偏偏病魔没有眷顾于悲观的他，而是摧毁了乐观的刘莎，留下自己独自饱受初始的恐慌。

他选择了同一家酒店的同一个客房。室内的布置一切依旧，只是少了可以分享幸福的心上人。他独自临窗俯瞰维港，独自仰卧床榻，静静回忆着那晚美好的画面，想起欢愉过后刘莎的眼泪，那泪水是幸福的。而此时，他的泪水却在心里，含义变成伤心。

一月十六日，骆文来到成都。

刘莎的弟弟把他迎进门。去年春节刘莎准备回家时，他才获知对方有了男友，随后就没有更多消息了，直到去北京料理后事，才见到骆文。没想到一个多月后，他们又见面了。

虽然是三居室，但面积不大，夫妻俩、老人、孩子各住一间。刘父也出来打了招呼，老人身材确实高大，口中残留着东北乡音。女儿的去世对他打击不小，父女多年的怨隙最终也没能面对面冰释，等来的却是冷冷的一个盒子。

骆文不知老人对自己的过去有何反思或感悟，但脸上的伤感是显而易见的。他至今也不能完全理解他们父女间何以至此，自己也跟父亲有过冲突，关系也有疏远，但没有如此的隔绝。十几年不相往来是怎样的感受？老人怎么想不知晓，刘莎的孤单他却早已感知。

面对神情忧郁的老人，骆文想起刘莎对家的渴望、对团圆的期待。很多事情都是一念之差，当推开那堵墙时，才发现自己的执念无足轻重。他后悔自己应该多跟刘莎聊聊，早点帮对方解开心结，更后悔自己的爽约，不然他们父女的相见已成事实。

刘莎的骨灰摆在客厅角落的小桌上，弟弟说春节后准备送到都江堰老家，和母亲葬在一起。骆文表示想跟刘莎单独待一会儿，家人都很理解，纷纷回避，留下他一人在客厅。

骨灰盒前摆放着刘莎的照片，就是那张与昙花的合影，也是刘莎最喜欢的照片。由于发病住院，刘莎的后事骆文没能参与，这是一个多月来他首次近距离接触刘莎，但对方已化为无形。

积郁在胸中的伤痛迸发出来，骆文揽过骨灰盒，把头轻轻靠上去，悲痛地抽泣起来。他轻唤着对方的名字,哭诉着他来了,他是如何想念、如何舍不得她,如何无所适从……他诉说着自己的悔恨,歉疚着很多事都应该早做……他告诉对方自己有多痛苦,生活失去了方向,多希望有她在身边,多希望听到她的歌声……眼泪止不住地往下掉,骆文知道匣中的香灰能听到他的悲咽,感知他已呈齑粉的心。

看着照片中绽放的鲜花与灿烂的笑脸,他爱惜地抚摸着,想起了刘莎评价昙花的话语。刘莎做到了,她就是那朵昙花,在相知的热烈期待中绽放,在爱人的无限留恋中离去。她的生命虽然短促,却给骆文留下了太多美好的回忆。

哭过后,他最后抚摸并亲吻了骨灰盒,轻声道别。难再相见,永存心间,这是他最后的心声。

他把邓丽君的唱盘及海报转交给刘莎的弟弟,说是她最喜爱的礼物,嘱咐把它们和刘莎葬在一起。

临行前,骆文给刘莎的弟弟和刘父各留下两万元钱。对方不肯收,骆文执意留下,说是刘莎带他转交对方的。骆文说刘莎喜欢孩子,钱是给小侄子的,让孩子听话、好好学习;她已不再恨父亲,嘱咐老人安享晚年。

一月十七日,骆文登上了峨眉山。

天气不错,他觉得是刘莎带来的好运气。登上金顶,他唱起了《蓝莲花》,觉得刘莎也能听到。只是穿过了幽暗的岁月,脚下的路并没有低头可见。歌曲的作者战胜了抑郁,听者却败于忧伤。他惋惜,多么希望刘莎没有被疾病夺走。

翌日一早,他看到了日出,觉得也托了刘莎的福。他举起刘莎的照片,让她也看看云海,虽然没有相传的佛光,但已心满意足。置身普贤菩萨的道场,身边的年轻男女纷纷祈求着幸福美满,骆文心中思考的却是信仰的力量。自己从不信奉什么,也不必从此盲从,但多了解这方面的知识或许会对日后的生活有帮助。人到中年,心中的困惑与空虚有增无减,自己应该更积极地寻求力量,摆脱它们!

他觉得是时候应该振作起来了,刘莎必定也希望自己这样。面对朝阳,他

哮
喘

398

重拾精神，再次唱起了《蓝莲花》。此时，他想找到心中的自由世界，还有盛开的花朵，不求永不凋零，只望能再次绽放。

一月十八日傍晚前，骆文抵达重庆。明日，他要从这里坐船走三峡。

路上，他给儿子发去了生日祝福，大洋彼岸刚刚进入新的一天，骆文也没有期待收到回复。

覃璐去机场接到了骆文。这对关系特殊的故人再度聚首，一年多不见，覃璐不知骆文身上竟发生了如此多的变故。

他们去涮火锅，骆文胃口大减。得知对方的身体状况，覃璐不让他喝酒，可骆文想喝，想借着酒向对方倾吐心中的郁闷。覃璐也找到了可以信赖的人，遂与对方碰着酒杯，工作、家庭、情感，双方你一言我一语，彼此宣泄着心中的不畅。

对饮告一段落，两人在市中心随意漫步，来到解放碑前。三十年前，这座纪念碑是周边屈指可数的高点，此时几乎成了最低的海拔，外观和色彩也与周边的时尚建筑不相匹配。

覃璐一直挎着对方的胳膊，骆文也不拒绝，双方似有一种默契，反而不觉得尴尬。他们追忆着往日时光，回味着逝去的青春，感叹着命运的多舛，没有虚伪与掩饰。驻足碑下，青春的记忆又被唤醒，覃璐突然对骆文说了一声"我冷"，骆文会意地微笑，搂住了对方的肩膀。他们已经褪去了男女私情，更像一对共同走过战壕的战友。

走累了，两人来到覃璐的酒吧。这里空间不大，但装饰得很特别，歌手在前面唱着情歌，两人斟满酒，继续未尽的话题。这次已经变成骆文主诉，憋在心中多日无处倾倒的话，一股脑地都倒了出来，包括先前没有触及的隐私。他讲到自己的爱与愁，讲到刘莎、他们感情的起伏与生死离别，以及他内心无法抹去的痛；这些年来对人生的思考与困惑，时代与个人、工作与生活、友情与亲情、爱人与朋友、忠诚与背叛、生命与死亡……他陷入了困境。

从微醺到入醉，骆文忘情地说着，覃璐一直在认真聆听，情绪也随着对方的叙述起起伏伏。她同情骆文，更想让他有所排解，便由着他尽情地说、痛快

第三十三章

地喝。

这时，驻唱歌手说下一首曲子要献给人生陷入困境的人。音乐响起，骆文便止住了说话。"多少人走着却困在原地，多少人活着却如同死去，多少人爱着却好似分离，多少人笑着却满含泪滴……"熟悉的旋律此时竟是如此贴合着他的心。这不正是现在的自己吗——停在原地，不知去向何处，也完全不知生命已沦为何物。不想找个理由继续苟活，却又没有足够的力气冲破牢笼。存在的困惑让他已经迷失。

歌声触动了骆文的心弦，他不禁感慨万千，各种思绪涌上心头，跟着一起大声唱起来，泪水夺眶而出。看着情难自制的骆文，完全听懂他的覃璐，也在旁边奔出了泪水。

昨夜的酩酊让骆文的脑子仍有些昏昏沉沉。他取过电话，看到几个未接通话，全部来自何瑛。想必是有什么事情，睡意犹存的他直接拨了回去，却被对方的消息瞬间惊醒。

凡凡出事了！

几小时前，正值美国东岸晚间，同学给凡凡过生日，在外面一个聚会场所吃饭，但不知是食物还是周围环境有什么致敏物，诱发了凡凡哮喘发作。

平时，凡凡都是随身携带药物，感觉不好随时使用便可以渡过难关。不巧的是，这次装药的背包落到同学家长的车里，没有带在身边。哮喘发作得比较急，几个孩子不知所措，耽误了很久才搞清该做什么。等把药物取来时已太晚，哮喘大发作已然发生。急救车赶到时，凡凡已经休克，经抢救终于挺了过来。

何瑛还处在后怕的状态，说到惊险处，声音有些颤抖。骆文的头又开始痛了，他稳定了一下情绪，问孩子现在情况如何。何瑛说已经稳定下来，还有些后续的治疗。她刚和医生聊过，孩子的各器官没有出现损害，不幸中之大幸，现在大部分指标都回归正常，问题不大，顺利的话，再观察两三天就可以回家了。

何瑛说一想到儿子痛苦挣扎的状况，现在还心有余悸。凡凡已经可以正常交流，还笑着安慰妈妈没事了，这让她心里既高兴又难过。她让骆文放心，刚才自己只是慌了神，才不断给他拨电话，现在冷静下来了。

到此，紧张的情绪方才缓和下来。骆文安慰了何瑛几句，说好久没听到凡凡发病，以为他的病好得差不多了。何瑛说其实一直有间断的发作，只是随时用药便控制在萌芽状态，到美国以后也有过数次，但比国内的频次少了一些。何瑛又说骆文平时不管孩子，这方面的事当然也就一无所知。骆文立刻觉得脸上发烧，孩子这么重要的事，自己却已经多年不过问了。

何瑛没有责怪骆文的意思，反而让他记着吃药，注意休息，过几天见面详聊。凡凡应该没大碍，让他放心，这两天有什么信息会及时告诉他。

时近中午，覃璐已在大堂等候多时，骆文简单收拾了一下便出发了。

覃璐把他送到码头，反复询问是否需要她作陪，她也想重温一下三峡风光。骆文谢绝了，直言这是他和刘莎的旅游。对方表示理解，便不再问。昔日情侣用一个真诚的拥抱互道珍重，踏上了彼此的路程。

游轮启程后，骆文便开启了导游模式。他时而来到船舷边，时而坐在舱房里，每经过一个重要景点，便低声给刘莎做解说，他深信对方能听到。

一样的扬子江，却已是不一样的三峡。不同于三十年前，游轮的档次已相当高，岸边的景致则差了不少。库区的水位很高，很多旧迹都已藏在水下。骆文没有兴趣听船上的讲解，脑子里的知识储备远超过那些普及性的常识，没事做的时候，就躲在舱内发呆。

公司年会已进行到最后一天，朋友圈里充斥着大会的信息，三亚的风光、人物场景、会议实况，应有尽有。Peter 在台上继续着看似光鲜又毫无新意的慷慨陈词，大会的口号万变不离其宗，台下的呐喊与自嗨还在热烈上演。年年如新却又年年相似，人生也大抵如此吧！

Coco 与 Monica 仍在以不同方式展示内衣，变化在于两人的职位都升迁了。Monica 被提了一级，Coco 则毫无悬念地接过了骆文的职位。为了说法上更合理服众，Peter 给她的任命是代理总监，如无意外，转正只是时间问题。不过，这些骆文已不再关心。

Lucia 顺利产下一子，并单独给骆文发来照片，祝他内心平静，祈愿他从容顺心。Hulk 终于完成人生大事，婚礼很豪华。他同样给旧日上司发来喜讯，并约对方日后一起打球。两件喜事让骆文的心情有些回温，给刘莎讲解时也多了点兴奋的语气。

船过丰都时，骆文想起覃璐的那句"我冷"，会心一笑。他感谢对方在重庆的陪伴，也庆幸有这么一个故人，在自己最需要排解时，让他有机会纵情释放。他的初恋、他的青春，已经重新包好，小心地收在了内心深处。

石宝寨已经成了浮在水面上的一圈宅院，夔门也少了筑坝前的巍峨壮观，白帝城更像是小土丘上的庙宇，连神女峰也少了婀娜的姿态。每个景点骆文都未错过，他想让刘莎一一尽览。每到一地，他都会举着刘莎的照片，让她尽情观赏。

何瑛的信息一直没断，而且都是好消息。凡凡已经完全恢复，第三天便回家了。此时，船已过西陵峡，航程也进入尾声。

与三十年前不同的是，现在的游船到宜昌便是终点。导游鼓动大家去看大坝，说是能抗百年不遇的洪水。骆文没有兴趣，他要赶时间转车去武汉，那也是他的最后一站。

在重庆时，骆文接到骆平的电话，说武汉正流行一种特别严重的肺炎，建议骆文不要再过去，改道直接回京。骆文不信，即使有，他也无所谓。"非典"的时候，自己辗转于京港两个重灾区，都毫发无损，此次料也无妨。再者，只差最后一站，他不想留下遗憾。

一月二十二日，腊月二十八下午，骆文进入武汉。

这里有他与刘莎的美好记忆，也是他亏欠对方的伤感之地。若没有那次食言，刘莎就不会那么委屈，更不会有那次争吵，三峡或也早已成行，刘莎很可能就不会得那个忧伤的病。谁知道呢？他的愧疚始终无法散去。

走在街头，骆文便感到一种异样的气氛，人流稀少，大家脸上少了节日的轻松与欢快，多了严肃与紧张。当他到达酒店时，官方消息传来：明日十点，正式封城。换言之，骆文暂时不能离开这座城市了。

起初，骆文没太在意，心想大不了晚走几天，虽然耽误后面的行程，但这场补偿之旅尚算顺利，他很知足。酒店还是选了上次住的那家，房间也没变。骆文无心他想，只盼尽快沉入回忆。

躺在床上，他看着那墙镜子，眼中回闪着往日的情景，可惜里面仅剩下了孤单的身影。

一月二十三日，腊月二十九，骆文一早便去了樱园。

由于不是樱花季节，园中几乎见不到人。这倒是落了个清静，能让他四平八稳地在园中驻足、怀想。刘莎拉着他的手漫步樱海、赏花言情的情景，一幕幕萦绕在眼前，让他心有戚戚。他想起刘莎对樱花的评述："人生苦短，活着时就要像樱花一样灿烂，不留遗憾，离开时也要果断。"当时的感怀成了如今的谶语。骆文倍感忧伤，刘莎确实做到了洒脱，但留给他的却是无尽的伤痛。

午后，他在街上闲转，感受着市井的风情。然而，疫情的消息铺天盖地传来，封城令已生效，沉重的气氛笼罩着大街小巷。市内人们的行动尚未受限，骆文亦无慌张之感。他没有改变路线，也没有加快脚步，正常出街入市。

晚上，他来到吉庆街，在同一家餐馆点了同样的菜，只是对一个人来说，量有点多。他尽力吃下了所有，想起在此承诺陪刘莎回家的情景，现在可以告诉对方，他已经弥补了自己的食言，虽然已是天人两隔，但也能让他心里舒服一些。

晚间回到酒店，他便被告知限制出门，并要及时汇报自身的健康状况，后面是否还能住在这里，要等进一步通知。骆文也不在意，他的心愿已了，可以安心了。

晚上，骆文躺在床上发呆，手机传来信息，是凡凡发来的。微信对话框里传来一个文档信息，文档名是"哮喘"。儿子很久没有主动发过信息了，骆文不明其意，便点开文档。原来，是凡凡写给他的一封信：

爸爸：

　　妈妈说你最近很伤心，身体也不好，我想跟你说几句话。

　　你说我没经历过生死，不懂生命的意义，我想并非如此。

　　从小我就活在疾病的阴影里，不知道什么时候就会突然陷入危险。置身危机之中，却不知道那些伤害来自何处，更谈不上如何躲避，每一次的自卫都很被动。一时的恐慌远远小于持续的忧虑，没有人理解我的心情，包括妈妈。

　　还记得奶奶反复说的那句话吗？我理解的生活就是如此，循环往复，去了又来。不管你愿不愿意，它依然那样，从没变过。

　　这次的发作，让我感觉像死过一回。你有没有经历过胸腔被堵死的窒息？有没有体会过濒临死亡的绝望？有没有极度的无助感？有没有体验过所有的挣扎都是枉费？

　　然而，当我觉得要死去时，却有一种刹那间解脱的感觉，甚至很舒服。我解释不了为什么会这样，但它确实存在。我现在比原来轻松了很多，大不了也就是这样了，死并不可怕。

　　死里逃生，妈妈很难过，我却觉得挺好，这让我突然想通了很多事情。

　　生活的不顺就如哮喘，所有的难受不仅是源于外来的侵扰，一定也有内在的缺陷作祟。而这两边，我都不能彻底改变，也不应该去怪罪。所以，不妨就坦然接受，积极应对吧！

　　我恨过你，你让妈妈孤单，让我少了家庭的温暖。可是再痛苦的事情总会过去，挣扎过后可能就是安详了。我也想让你们和好，但这个事情看来也是不可控的，那么就干脆随你们的愿望吧！我们以前亲近过，现在疏远了，谁知道将来又会怎么样呢？这里可能也有循环往复吧！

　　我已释然。我承认你是好人，也知道你爱我，你有不再爱妈妈的权利。

　　我向你道歉，希望你原谅我的不礼貌。不管怎么样，我们永远是亲人。

　　奶奶说一切还会回来，因为要回来，所以也一定要走的。这个病告诉我，与其焦虑等待下一次爆发，不如从容享受现在的宁静。因为不管怎么样，它还会来的，这就是生活，管它呢！

　　我希望你能振作起来，爱惜自己的身体。再见到你时，仍是原来那个健康

哮
喘

开朗的爸爸。

我爱你！

凡凡

刚刚放空思想、不知去向的骆文，瞬间被这封信融化了，内心填满了感动与温暖。在他眼中一直不谙世故的儿子，却给自己上了一堂生动的人生课。

那些挣扎与痛苦，他曾于梦中感知，不想儿子却在现实中切身体验；他以为思绪中清晰可见的困惑与彷徨，却未见得比孩子的体会更鲜活；母亲的一句话让自己陷于困境，却让凡凡获得了从容。

此刻，骆文感慨良多。是的，生活也如哮喘，所有的痛苦挣扎，其实都有它的外患内因。只要问题还在，发作也就成了日常，或是生活的一部分。自己应该调整心态，反省自身，看淡外界的烦扰，积极乐观地面对不顺。这样，困扰或许就会少些。

他满怀感动。凡凡说得对，生活无非就是这样的起伏循环，得意与失意交错，欣喜与悲伤交替，又何必太过执着呢？放下羁绊，循着光亮走，阴影也就被驱散了。

他满怀喜悦。儿子对世事人情已有感悟，对父母的理解令人欣慰。这让骆文感到振奋，对父子关系重新有了幸福的期待。

他满怀欣慰。通过这些文字，他看到儿子心智的成长，难以相信这封信出自凡凡之手，十五岁孩子的思想让他惊讶，也让他自豪。

凡凡的信似乎给骆文打了一针强心剂，他感觉世界不再那么灰暗了。是儿子给了自己心灵的启迪，多年的思想困顿似乎有所消散，他看到了光亮。哮喘，对他来说，只是病痛；对儿子来说，却是涅槃。骆文受益颇多，新春将至，这是他收到的最珍贵的新年礼物！

骆文把信看了很多遍。最后，他给儿子回了一行字："爸爸很感动！谢谢！"

一月二十四日，农历除夕。

第三十三章

一夜好梦的骆文，早起时开始咳嗽，肌肉也有些酸痛。昨晚回来时，就有些轻咳，他以为是受了凉，并没在意，现在却咳得厉害了。午后，咳嗽频次逐渐增多，周身不适更加明显，像是得了感冒。

已经限制出行了，他便一直在房内休息。虽然恐慌冲淡了节日气氛，但欢乐仍未被完全锁死。己亥年的最后一天，各种祝福信息不断涌进手机，只是祈愿健康的字眼明显多了。骆文不喜欢热闹，便打开播放器，选好歌单，躺在床上听音乐，权当给自己开一场新年音乐会。喜爱的歌曲萦绕耳畔，最多的还是邓丽君。

晚间，骆文感到症状没有缓解，反而越来越不舒服。咳嗽持续，呼吸也有些不畅，胸口好像被什么东西堵着，电光石火间，他猜测自己是不是染上了肺炎。这么不巧吗？他只在此处待了两天，难道是在游船上被感染的？他想不明白，也不去管它，并不感到害怕。

没有年夜饭，他就随便吃了些东西，在手机上打发时间。他告诉覃璐自己安好，也回了一些问候信息。后面的行程被迫取消，骆平、何瑛反复嘱咐他要小心。除了报平安，骆文并未提到自己已经感到不舒服了。

腰子发信息说，家里的风浪过去了，年夜饭依旧，一切如故。他也反思了很久，很多事情没什么了不起的，过去就淡了，好好活着比什么都强，对自己好才能对他人好，让骆文也别犯傻。耗子用比惨的方式安慰骆文，说是本来想再赌一把，没承想疫情来袭，健身房肯定要关停一段时间了。看这架势，刚开张就要进入赔钱模式了。可能是命中注定，现阶段该走霉运了。几经起落，他倒也能想开，不然又能怎样，哭和笑都是一天，他选择后者。他让骆文保重身体，赶紧振作起来，耽误去美国没关系，正好回北京哥仨儿可以一起喝酒消遣。

看着老友们滚烫的文字，骆文倍感温暖，回了"安好"和几句玩笑，三人心照不宣，不再赘言互慰，相约尽快碰头。

很快，骆文感到心中的温暖开始转为身体的发热，他意识到自己有可能真的出了问题，遂一边听着音乐一边胡思乱想起来。

如果真的染疫，那也是命运的轮回吧！十七年前躲过了"非典"，他还沾

哮喘

406

沾自喜，到处炫耀自己百毒不侵，看来话说得太满了。母亲说"又要来啦"，逃不过的。

此时，骆平又发来母亲吃饭的照片及母女俩的合影，老人穿上了红色的马甲，显得很精神。骆平说她祈了愿，希望明年这个小家的每一位成员都能顺利健康。骆文感慨万千，说自己的身体底子还不错，就算得了肺炎，应该也能扛过去。听天由命吧，不管怎样，自己一时半会回不去了。没有陪母亲过年是个遗憾，谁知道明年老人又会是什么样子呢？想到此，骆文心情有些沉重，嘱咐妹妹帮他好好照顾母亲。骆平向来大条，这次却觉得哥哥弦外有音，感觉这话听起来像诀别，逼着他重新拜年。骆文只好改口，说了一些吉祥话。

看到照片中母亲的样子，他又感叹起人生无常。命运是什么？生命又是什么？智慧知性的母亲无法逃避病患对智力的摧残；平静温和的 Sissi 却要面对疾病荼毒与惨烈的疼痛；积极热情的刘莎更要承受悲伤与无助的折磨……生命太脆弱，不测无法豁免，更是无力抵抗。

歌曲《山丘》响起，听了那么多遍，今天骆文才意识到自己忽略了那句"不自量力地还手"，或者以前根本就没有听懂。再过几天，自己就到了知天命的年龄，要多些敬畏，不应再与命运嬉戏。

这和他的个性有关，母亲从小就说他执拗。长大后，这一点让他收获良多，也没少为此吃亏。坚韧与不服输的性格一路惯养了他事事拼争的劲头，可这两年的屡次碰壁，让他收敛了不少锋芒。工作处事如此，情感家庭亦然。曾经孤芳自赏，自认无愧于心，到头来却是愧对一切。到底要不要坚持呢？恐怕自己也很难改变了，刘莎喜欢他的执着，Sissi 对此也赞扬有加，那就随它去吧！人总要有所坚持，至于结果，好与不好都要接受，就像凡凡说的："这就是生活，管它呢！"

由此，骆文想起 Sissi 留给他的箴言，便更觉不能辜负。这个对骆文怀有特殊感情的女性，让他对爱的认知更加饱满，纯净的情感与难得的默契弥足珍贵，回想既往，仍令他心怀感念。

体温还在攀升。骆文起身喝了些水，觉得身体沉重了许多。因为了无恐惧，反而觉得没那么难受。

同事们的祝福信息密集来袭，也减轻了他的不适感。Coco 感谢他的栽培，祝他来年事业顺利。其他人也都恭候他新一年的好消息，相信他会有一个全新的、更高的职业起点。

　　下一步要做什么，骆文也不知道。二十多年的工作，自己最终得到了什么？当年意气风发的抱负，现在还存留多少？又有多少实现了？极少的人能拥有自己这样的职位与收入，可这些对于他想要的生活又有什么相关呢？忙来忙去，身体垮了，家也散了，除了工作好像什么也没做。他兀自悲叹，生活禁不起挥霍，当你发现时，却已来不及珍惜，就像 Sissi, Jessica, 刘莎，为工作牺牲太多，现在想起来太不值得，他为她们惋惜，也为自己慨叹。

　　凡凡祝爸爸节日快乐，骆文欣然回复"过年好"。他现在倒是十分想见到儿子，无奈却被困在这里。

　　何瑛的信息让他更加不知所措："我和凡凡都欢迎你，你想回来吗？"

　　如果时光倒流，与何瑛再来一次，两人会分开吗？应该不会，因为他不会再那样过了。经历了这么多，骆文才发现自己有太多缺陷，可当局者迷的他却迟迟没有察觉。这就是人性，又有几人真正愿意从自身找问题呢？这怪不得何瑛，他的自我、自负、自私毁了这个家。曾经的感情余温尚存，只是覆水难收。

　　"如果你想，我们可以再生个孩子。"何瑛又追过来一条。可想而知，说出这句话需要多少勇气，背后又藏着多少情感。

　　骆文只回了"谢谢"。他真切感到了何瑛的诚意，以及对方深植于心底的情感，他甚至被感动了。只是此时的他，已无心回头。

　　接近午夜，寂静的城市似有鞭炮声传来，骆文觉得是自己幻听了。发烧在持续，咳嗽及呼吸的压迫也重了些，他仍未感到恐惧。

　　难道自己真的过不去这道坎儿吗？从小根植于内心对死亡的恐惧，现在居然荡然无存了。是受到刘莎故去的触动，还是凡凡书信的鼓舞？应该是自发的感悟吧！

　　刘莎的音容笑貌再次浮现在他的脑海，思念与心痛席卷而来。为什么她忍心走了，却没给自己留下一句话？是自己的各种失当，使对方的情绪不断落入低谷，他难辞其咎。周围人都说那是疾病使然，并不怪他，可他摆脱不掉深深的自责。

打开刘莎的微信，昙花伴着熟悉的容颜尚在。"来在期盼，去于留恋"——她做到了。手机里又传出邓丽君的歌声。刘莎的生日与邓丽君的忌日，这样的巧合果真应验了。是啊！那位 Teresa 就是因为哮喘发作离世的，凡凡患的也是哮喘，刘莎亦叫 Teresa，自己是凡凡的父亲，又深爱着刘莎……这之间是有什么机缘巧合吗？他的脑子有点乱，思维也失了序。佳节之夜，孤单与虚弱缠身，让他更加想念刘莎。刘莎懂他，而此时自己正需要这样的人陪在身边。他给刘莎发去了信息："过年好！想你！"

心中压抑的情绪在翻滚，另一个声音又跳了出来，告诉他不应该再去这样想。所有关心他的人都希望他振作起来，自己没有理由再沉沦下去。他刚刚完成刘莎的心愿，已经在心中和过去做了了结，新的生活总要开始。母亲说的再来之事，应该也包括好的东西。凡凡说不必挂念未知的不测，那就从容接受命运的起伏往复吧！

他一会儿消极委顿，一会儿又重拾信心。思想的困惑、现实的困境，让他感觉自己站在方向混乱的路口。他有些迷失，踟蹰不前。

不知是困了，还是不适感所致，骆文已经有点迷迷糊糊。他想起了那个缠绕多年的梦。那些球到底是什么？它们为什么不断地来？他是否还能喘息下去？自己最终能够摆脱它们吗？他想知道答案，但没有人告诉他。

他打起精神，起身看了一下外面的夜空，只有几颗亮星朦胧可见。随即，又想起那首《繁星之夜》，开启了循环播放。悠扬的旋律响起，他静卧床上，安心聆听，咀嚼着旋律中的字句，渐渐入境。"他们从来不听，他们根本不知道，也许现在他们会听……"他渴求相知，这样便可以向对方倾诉；他又享受寂寞，懂自己已经可以满足。

此时，梦中的球仿佛飞了起来，不断聚集，继而幻化成满天的星光，汇在那张画布上。漫卷的星云舒展飘逸，裹着明亮的月光，在夜空中流动起来。那棵柏树已经刺向天际，就要冲破桎梏，让宇宙的光冲进来，把山丘屋脊照得明亮鲜艳。

他喘着粗气，凝结起力气，在手机里选中了那幅《星夜》的图片，发了出去。没有任何文字，这是他有史以来的第一条朋友圈。

新年的钟声已经敲响，骆文拖着沉重的身躯，跨入了明暗未知的庚子年。

不知前路如何，也不愿多虑。此时，他的内心轻松了不少。他合上眼睛，歌曲依然动听，便用心跟着吟唱起来：

"Starry, starry night……"

哮
喘